GRANDES ESCRITORES DA LITERATURA RUSSA

Leon Tolstói
Ressurreição

Tradução *Ilza das Neves e Heloísa Penteado*
Prefácio *Cândido Jucá (filho)*

4ª EDIÇÃO

EDITORA
NOVA
FRONTEIRA

Direitos de edição da obra em língua portuguesa no Brasil adquiridos pela Editora Nova Fronteira Participações S.A. Todos os direitos reservados. Nenhuma parte desta obra pode ser apropriada e estocada em sistema de banco de dados ou processo similar, em qualquer forma ou meio, seja eletrônico, de fotocópia, gravação etc., sem a permissão do detentor do copirraite.

EDITORA NOVA FRONTEIRA PARTICIPAÇÕES S.A.
Rua Candelária, 60 — 7º andar — Centro — 20091-020
Rio de Janeiro – RJ – Brasil
Tel.: (21) 3882-8200

CIP-Brasil. Catalogação na publicação
Sindicato Nacional dos Editores de Livros, RJ

T598r   Tolstói, Leon, 1828-1910

Ressurreição / Leon Tolstói ; tradução Ilza das Neves, Heloísa Penteado ; prefácio de Cândido Jucá (Filho). -- 4. ed. -- Rio de Janeiro : Nova Fronteira, 2021.
464 p. ; 23 cm.

ISBN: 978-65-5640-363-2

1. Romance russo. I. Neves, Ilza das. II. Penteado, Heloísa. III. Cândido, Jucá (Filho). IV. Título.

CDD: 891.73
CDU: 821.161.1-3

"Então, Pedro, avançando para Jesus, disse-lhe: Mestre, quantas vezes deverei perdoar ao irmão que me ofender? Até sete vezes? E Jesus respondeu-lhe: Não te digo até sete vezes, mas até setenta vezes sete vezes."
Evang. S. Mateus, XVIII, 21-22.

"Que aquele de vós que está livre de pecado lhe lance a primeira pedra."
Evang. S. João, VIII, 7.

Sumário

Prefácio   9

Primeira parte   17
Segunda parte   221
Terceira parte   371

Tolstói

O conde Leon Nicolaevich Tolstói nasceu em Iasnaia Poliana, província de Tula, mais dez léguas ao sul de Moscou, no dia 28 de agosto (ou 9 de setembro, segundo o nosso calendário) de 1828. Havendo fugido de casa aos 10 de novembro de 1910, sucumbiu a uma moléstia pulmonar dez dias depois (em 3 de dezembro, pelo nosso calendário gregoriano) numa noite frigidíssima, na gare da estação de Astapovo. Era descendente de senhores feudais e considerava-se nobre, de origem germânica. Realmente outros Tolstóis se notabilizaram na região, desde Ivã, o Terrível. Nisso fundava historicamente o seu título nobiliárquico.

Era o penúltimo filho de uma irmandade de cinco. Foi o único que se projetou superiormente. Sabe-se que herdou o caráter materno, ou seja, o caráter da princesa Maria Volconscaia, mulher de espírito, educada nos princípios do enciclopedismo francês, criatura profundamente religiosa, inclinada à música e à história. A princesa entronizou no seio da família as ideias pedagógicas de Rousseau. Mas a sua influência pessoal foi quase nenhuma, porque morreu precocemente, quando o menino Leon andava pelos dois anos de idade. O pai faltou-lhe aos sete. Como quer que seja, um preceptor francês chamado Saint--Thomas teve grande ascendência sobre os educandos e conseguiu imprimir suas ideias e orientação no menino Leon.

Pode explicar-se o drama pessoal do grande romancista que enfocamos exatamente pelo conflito que se lhe instalou no espírito. Princípios franceses implantados e viçosos numa alma de russo autêntico, em pleno czarismo: o Ocidente conturbando o ambiente oriental.

Toda a vida de Leon Tolstói assinala-se pela inquietude.

Quando, adolescente, se matriculou em 44 na Universidade de Cazã, conceituadíssimo centro de estudos aonde afluía grande parte dos moços da alta sociedade, não pôde vencer a aversão que sentiu aos ensinamentos que aí se ministravam. Não escondeu o seu desprezo à ciência retrógrada. Foi mau aluno. Em compensação, inteligência brilhante, foi bem acolhido nos salões da elite social, e, sem o querer talvez, foi observando, e recolhendo, alguns dos sujeitos que depois figurariam magistralmente retratados nos seus soberbos romances. Fez aí o seu tirocínio. Teve alguns atritos.

Em 47 abandonou definitivamente os estudos universitários, deixando Cazã. Devolveu-se a suas terras em Tula, na intenção de se fazer grande lavrador e de se tornar útil às suas almas, que eram numerosas. Cedo verificou que não estava preparado para esse papel. Fracassou nos seus propósitos reformistas, porque o campo se mantinha ronceiro, fiel às tradições.

Foi quando decidiu ir para Moscou. Rico e jovem, tornou-se dissipado. Podemos ter ideia das vicissitudes de sua vida graças a um diário em que trabalhou desde que deixou a universidade. É uma autocrítica sincera ou é uma autojustificação de suas inusitadas atitudes?

Cansado finalmente da futilidade social em que mergulhara, decidiu levar uma vida mais consistente. Partiu para o Cáucaso, em 51, onde se inscreveu, com um irmão, oficial voluntário de artilharia. Como de rotina na região, meteu-se em expedições punitivas que ordinariamente se faziam contra os montanheses rebeldes. Chegou a ser comandante de divisão.

Familiarizou-se com a ideia de viver perigosamente. Sentiu que o homem do campo, como o da montanha, aceitava a guerra como uma fatalidade inelutável. Era um conformado.

Teve lazer para publicar em 52, evocando coisas que vira e acompanhara, a sua primeira obrita: *Infância*. Fê-la publicar na famosa revista *Contemporânea*, e logo ficou consagrado. Casando com o seu poder de descritista, revelou-se fino ficcionista. Na verdade já se instalara no espírito de Tolstói a crucial pergunta sem resposta: "Para que viver?"

Em *Os cossacos*, obra de 54, trabalho que não teve o desenvolvimento merecido, sente-se que Tolstói já esboça a sua filosofia do homem natural, que procura conformar-se com as leis da natureza, como os outros animais. Esse homem, saído da cabeça de Rousseau, deve viver sem violência e sem a preocupação do pecado, porquanto "Deus fez tudo para o prazer e a alegria do homem".

Tolstói procura talvez justificar a naturalidade com que o mujique aceita o estado de guerra, que não deseja, e para o qual em nada contribui. E tão afeito se mostra com essa ideia, que pede transferência para as tropas que operavam no Danúbio, contra os turcos. Queria conhecer a guerra mais de perto. Logo a seguir conseguiu participar da campanha da Crimeia. Esteve em luta acesa nos arredores de Sebastopol, sobre cujo cerco escreveu uma famosa trilogia, de 55 a 56.

Oficial ardoroso, foi encarregado de levar o relatório militar da campanha ao governo de São Petersburgo (hoje Leningrado), que era então a próspera capital do Império. O novo contato com a alta sociedade, na segunda metade do século passado, arrastou o jovem escritor, irresistivelmente, às estroinices dos tempos de Cazã e de Moscou. E tanto mais quanto ele não se entendia bem com literatos e colegas do seu tempo. É que, dos escritores, uns encareciam a tradição clássica, artificiosa e fria; outros não faziam senão reproduzir a linguagem despoliciada do cotidiano. Tolstói, um tanto descuidado, um tanto despreparado, tinha qualidades pessoais soberbas, em grande parte desenvolvidas na grande leitura dos autores franceses. No fundo, era um romântico. Deixava-se levar pela educação ocidental, mas era cem por cento russo, e aproveitava o que lhe parecia interessante e expressivo. Era um desambientado, e sofria de o ser. Teve complicações com muitos escritores, e, entre eles, com Turguênief.

Em 57 pediu baixa no exército, e viajou para o estrangeiro. Esteve na Polônia, na Alemanha, na França, na Suíça. Foi muito festejado. É claro que nas traduções ninguém lhe podia discutir os méritos estilísticos: somente avultavam as suas qualidades positivas de ficcionista e o seu poder de fixador de ambientes e caracteres.

Deixou novamente a sua pátria, e excursionou triunfantemente. Quando recolheu aos seus pagos, disposto a entregar-se ao mister de romancista, aceitou ser juiz de paz, e dirimir pendengas entre ex-senhores e ex-servos. Fundou uma escola pública, para educar segundo as suas ideias: ensino livre e gratuito, com total abolição de castigos. Outras escolas lhe seguiram o modelo, e os seus princípios pareciam ter boa aceitação, quando os inspetores distritais as fecharam por as acharem subversivas, e em todo caso inconvenientes. Sem objetivo ficou também um jornalzinho, que Tolstói estampava periodicamente.

Meio desorientado, o nosso romancista partiu para Moscou. Aí conheceu Sofia Andreiavna, moça inteligente e prática, com quem casou. Ia pelo ano de 62. Teve quinze anos de sossegada felicidade em Iasnaia Poliana. Do casamento lhe advieram treze filhos.

Ajudado de sua mulher, Tolstói revelou-se então grande administrador, consagrou-se ao bem-estar dos camponeses, e deu-lhes a assistência de outra escola. Mas a sua dedicação aos interesses da família, não lhe esquivou o ensejo da meditação. Pelo contrário. Na tranquilidade do lar, aprofundou a sua análise psíquica, aprofundou a sua crítica filosófico-religiosa; e os problemas da mocidade, aflorando a pouco e pouco, avultaram no seu espírito e na sua obra literária. Espiritualmente nunca serenou. Exaltou-se. Acentuou-se-lhe na consciência o conflito entre o viver natural, que ele propugnava, e as imposições morais da sociedade e da religião. Ele fora realmente preparado para viver e florescer noutro ambiente, que não o nacional russo.

As ideias que lhe ditaram *Os cossacos* foram-se-lhe firmando. Surgiram *Dois hússares* em 56, *Lucerna* em 57, *Três mortos* em 59, e *Colstomer* em 61. Em todos, o homem simples, o homem natural, como o bom selvagem de Rousseau, é idealizado em detrimento do homem civilizado à europeia. É a sublimação do mujique, que se sobrepõe moralmente aos demais. E não é raro que entre aqueles a que ele se compara surja o próprio autor, disfarçado num retrato. A sociedade civil ou militar que transparece nos seus enredos não parece ter senão o fim de contrastar, como fundo de quadro, com os seus heróis, que são infalivelmente a expressão de sua desacomodação espiritual.

Supor-se-ia que nos primeiros tempos a prosperidade de suas empresas (já que suas propriedades cresceram para além do Volga), e os lucros que entraram a fruir das edições de seus livros — lhe propiciavam relegar para o terreno espiritual, puramente literário e filosófico as suas ideias mais ou menos excêntricas. Mas a verdade é que ele nunca se despediu delas, e a elas sempre voltava mais ou menos claramente. Ultimamente Tolstói era uma espécie de louco sublime, que evoluía para chegar ao sacrifício de seus próprios interesses e para indispor-se com a família.

De 64 a 66 trabalhou no doce aconchego do lar no seu maior e mais celebrado romance, que foi *Guerra e paz*. Perfeito pela crítica de costumes da alta sociedade em que situou duas famílias nobres (os Rostoves e os Bolcônsquis), perfeito pela reconstituição histórica e pela análise das campanhas militares, perfeito pelos retratos que o enxameiam, sobretudo pelo Napoleão e pelo Alexandre que pinta — o romance — e é aquilo um romance? — é um ensejo de teorizar, e de expor nuamente as suas ideias contundentes. É uma obra sua, um tanto difusa, mas com grandes e lúcidos clarões. Chega a parecer por vezes que o autor, nas suas hipotiposes, não pretendia fazer senão uma galeria de retratos para a posteridade. Agradou em cheio aos russos, apresentados como amantes da paz; agradou plenamente aos estrangeiros, que aí encontraram a chave da vida social russa, em toda a sua naturalidade, e até na ruralidade grosseira dos costumes.

Alguns viram em *Guerra e paz* uma versão moderna da *Ilíada*, de Homero. Outros começaram a apontar a tremenda incongruência que se notava no nobre e dinheiroso em comparação com o homem natural, encarecido sim, mas desprovido de qualquer outro recurso ou proteção, que não seja a Providência Divina. Poderia haver sinceridade na pregação do conde Leon Tolstói?

Eis que se agravou a crise espiritual do romancista, que pensou no suicídio. Ele também se reprochava o proceder contraditório.

Nenhuma outra obra dá melhor testemunho da vida íntima de Tolstói do que *Ana Karenina* e do que *Ressurreição*.

O primeiro foi laboriosamente composto entre 1873 e 1877. A personagem Levine, se não vive a vida de Tolstói, é a maneira como este viveria nas circunstâncias daquele. O próprio autor o reconhece em *Confissão* (82). Mas não é a maneira como deveria viver. Em *Ana Karenina* começa a surgir e fortalecer-se o místico. Há um campônio decisivo, que convence Levine de que para viver bem é preciso ter fé sólida: é preciso crer em Deus. Esse campônio, se jamais existiu, trabalhou no espírito do próprio Tolstói, e representou a vitória do russismo sobre o ocidentalismo. É a afirmação da fé ortodoxa pura, que havia sido abalada na sua infância. Eis que o romancista, sondando as raízes do Cristianismo, se perturba com aquilo de São Mateus: "Não resistais ao que vos fizer mal / *Non resistere malo*" (V, 39).

Mas este espírito místico que veio a prevalecer durante a lenta e meticulosa elaboração de *Ana Karenina* levou-o muito perto da alucinação. O próprio autor finalmente o reconhece nas páginas inacabadas das *Memórias de um louco*, que são de 84. Dedicando-se à leitura dos Evangelhos, Tolstói fez a sua própria interpretação exegética, e acabou sentindo a necessidade de evangelizar ele também. Entrou a propagandear as suas ideias, nem sempre de modo muito claro. Chegou a consolidar em opúsculos a sua doutrina. Teve prosélitos.

Deus, segundo ele, está em nós mesmos. A felicidade alcança-se pela atividade natural temperada no amor do próximo. Proscreveu toda violência, e apontou o Estado como uma impostura intolerável. Condenou a propriedade particular e a exploração do homem pelo homem, sob qualquer nome. Pregou o vegetarianismo.

Logicamente renunciou às suas propriedades. Continuando sempre a escrever, dedicou parte de seu tempo a trabalhos manuais e braçais. Fez-se sapateiro, e foi arrotear os campos.

Teve complicações com a família. Foi mesmo excomungado pela Igreja Ortodoxa.

Ressurreição, escrito entre 1899 e 1900, de certo modo representa a afirmação da personalidade última de Tolstói.

O príncipe Nekhludov, na sua irresponsabilidade de aristocrata estroina, é uma réplica do conde, na sua mocidade dissipada. Katucha, a órfã camponesa que se deixa seduzir — decerto deslumbrada com a atenção do fidalgo —, é a repetição banal da tragédia de Margarida, que Goethe trouxe à cena, e sacrificou ao Fausto. O caso, se não é autobiográfico, é dos mais possíveis e verídicos.

A prostituição de Katucha chega a ser um episódio natural, e Tolstói conheceu muitos exemplos que tais. Noutro país passaria o mesmo.

O ulterior arrependimento do príncipe, que a não pôde salvar do despenho na senda do crime, e que a não pôde livrar do desterro na Sibéria... A decisão do príncipe de renúncia às riquezas e honrarias do mundo, para casar-se com a desgraçada que ele mesmo prostituíra... essa atitude heroica, que nem a pobre Katucha chegou a compreender... essa é a ressurreição do homem que Tolstói propugna, e que o leitor espera, em consequência da doutrina que se aprega. Nekhludov é a ressurreição do próprio Tolstói, que na velhice condena o jovem de Cazã.

Ressurreição — que mais uma vez se publica na versão carinhosamente trabalhada por Ilza das Neves e Heloísa Penteado — é uma obra caracteristicamente tolstoiana. Aí se admiram os fidelíssimos retratos, sobretudo os femininos, em que o artista soía esmerar-se. A sociedade é pintada aí com as mesmas tintas e coloridos que se conhecem em *Ana Karenina*, ou *Guerra e paz*. Nada lhe falta para fazer de um enredo sem transcendência uma das mais belas criações da literatura russa. Nem há melhor compêndio das ideias do velho conde.

Além das obras a que nos referimos no decorrer desta notícia biográfica, não podemos calar algumas outras produções que trazem aqui ou ali o selo do gênio.

Citaremos *A morte de Ivan Ilitch* (1884-86).

Na *Sonata a Kreutzer*, de 88, Tolstói sustenta a tese mais negativa que imaginar-se possa. E vem a ser que o amor sensual é a própria causa da destruição do amor no casamento. Porque é a própria preparação para o adultério. Apresenta-nos uma história perfeitamente possível, e pretende estender a situação a todos os casais do mundo... Conclui que só a castidade salva, pois só ela casa realmente os seres. Sugere acabar com as relações sexuais, ainda que ao preço da extinção da humanidade... Um filho seu, de mesmo nome, rebate a tese, e sem talento escreve o *Prelúdio de Chopin*.

Tolstói preocupou-se ainda com o teatro. Em 1906 lançou um notável ensaio sobre *Shakespeare e o drama*. Entre outras peças, lembraremos *O poder das trevas*, de 95.

Senhores e servos, também de 95, é um registro de suas observações e experiências como juiz em Tula.

O que é arte?, publicado em 98, é a tomada de posição de um escritor vitorioso, muitas vezes acusado de não ser artista.

Cândido Jucá (filho)

Primeira Parte

Capítulo I

Em vão milhares e milhares de homens, aglomerados em um pequeno espaço, procuravam maltratar a terra em que viviam, esmagando de pedras o solo, para que nada germinasse; em vão arrancavam impiedosamente o arbusto que crescia e derrubavam as árvores; em vão escureciam o ar com fumaça e petróleo; em vão enxotavam aves e animais: a primavera, mesmo na cidade, era ainda e sempre a primavera. O sol brilhava com esplendor; a vegetação, reverdecida, voltava a crescer, tanto nos gramados como entre as lajes do calçamento, de onde tinha sido arrancada; as bétulas, os álamos, as cerejeiras espalmavam suas folhas úmidas e perfumadas, os botões das tílias, já intumescidos, estavam quase a florescer; pardais, pombas e gralhas trabalhavam alegremente na construção dos ninhos; acima dos muros, zumbiam as moscas e as abelhas, radiantes de gozar novamente o calor do sol. Tudo era alegria: plantas, animais, insetos e crianças, em esplêndido concerto. Os homens, somente os homens, continuavam a enganar-se e a torturar a si próprios, e aos outros. Somente os homens desprezavam aquilo que era sagrado e supremo: não viam aquela manhã de primavera, nem a beleza divina do mundo, criado para a alegria de todos os seres vivos, e para a todos dispor à união, à paz e ao amor. Para eles só era importante e sagrado aquilo que haviam inventado para instrumento de mútuo engano e tortura.

Assim, na secretaria da prisão principal da cidade, o sagrado e o supremo não eram o que concederia aos homens e às coisas os benefícios da primavera que voltava. Era apenas isto: na véspera, os encarregados da secretaria haviam recebido uma folha de papel ornada de sinetes, de títulos e de um número, prevenindo-os de que naquela mesma manhã de 28 de abril, às nove horas, três réus — um homem e duas mulheres — deveriam ser levados, cada um por vez, ao Palácio de Justiça, a fim de entrar em julgamento. E eis por que, seguindo esse aviso, aos 28 de abril, às oito horas da manhã, no corredor sombrio e malcheiroso da seção de mulheres, entrou um velho carcereiro. Imediatamente, da outra extremidade do corredor, foi-lhe ao encontro a vigilante da seção de mulheres, criatura de aspecto doentio, vestida com uma camisa cinzenta e uma saia preta.

— Veio buscar a Maslova? — perguntou ela. E aproximou-se, juntamente com o carcereiro, de uma das inúmeras portas que davam para o corredor.

O carcereiro, com um tinir de chaves, introduziu a maior na fechadura de uma das portas, que, ao entreabrir-se, deixou exalar um mau cheiro ainda pior do que o do corredor. Gritou:

— Maslova! Para o Palácio de Justiça. — Tornou a fechar a porta, quedou-se imóvel, à espera da mulher que havia chamado.

A alguns passos dali, no pátio da prisão, respirava-se um ar puro e reconfortante, trazido dos campos pela brisa da primavera, mas no corredor da prisão o ar era opressivo e malsão, ar empesteado de miasmas, de umidade e de podridão, ar que ninguém podia respirar sem ser imediatamente tomado de profunda tristeza.

Era o que sentia a vigilante da seção, embora já habituada ao ambiente. Voltava do pátio e, mal entrava no corredor, sentia uma sensação estranha, misto de náuseas e de sonolência.

Por detrás da porta, reinava grande agitação na cela das prisioneiras; ouviam-se vozes, gargalhadas, passos de pés descalços.

— Vamos, depressa! — gritou o carcereiro, entreabrindo de novo a porta.

Instantes depois, saiu da cela uma mulher, ainda jovem, pequenina, mas bem-feita de corpo. Jogara aos ombros um capote cinzento por sobre a blusa clara e a saia branca. As meias eram de linho e calçava os sapatos grosseiros da prisão. Enrolara na cabeça um lenço branco, deixando escapes algumas mechas de cabelo negro cuidadosamente encrespado. No rosto notava-se a palidez peculiar às pessoas que, durante muito tempo, viveram em recinto fechado. Em contraste com a palidez mate da pele, mais sobressaía o brilho de dois grandes olhos negros ligeiramente estrábicos. O conjunto revelava uma extraordinária expressão de graça e suavidade. A moça permanecia ereta expandindo o peito amplo. Ao chegar à galeria, inclinou ligeiramente a cabeça, fixando o carcereiro bem nos olhos, e, em seguida, dispôs-se a fazer tudo o que lhe fosse ordenado. Quando o guarda se preparava para fechar novamente a porta, eis que esta se entreabriu uma vez mais, deixando aparecer uma mulher idosa, de cabelos brancos, cabeça descoberta e rosto sombrio. Pôs-se a falar baixinho com Maslova, mas o guarda empurrou-a com energia para dentro da cela, fechando a porta.

Maslova aproximou-se, então, da vigia da porta e logo surgiu do outro lado o rosto da velha. Ouviu-se uma voz fanhosa que dizia:

— Tome cuidado e não tenha medo. E, veja lá, negue tudo.

— Ora — respondeu Maslova, sacudindo a cabeça. — Uma ou outra coisa, tudo dá no mesmo. Nada me pode acontecer de pior do que tenho agora.

— De fato, tudo há de ser de uma maneira, e não de duas — disse o carcereiro, satisfeito com o seu trocadilho. — Vamos, siga-me.

A cabeça da velha desapareceu da porta, e Maslova começou a caminhar pela galeria a passo ligeiro atrás do guarda. Desceram a escadaria de pedra, atravessaram de ponta a ponta as salas fétidas e barulhentas da seção de homens, onde olhares curiosos lhes espreitavam a passagem pela abertura das portas. Finalmente chegaram à secretaria da prisão. Lá já se achavam dois soldados postados com espada desembainhada, à espera de conduzir a prisioneira ao Palácio de Justiça. O escrivão rabiscou qualquer coisa numa folha de papel exalando fumo e entregou a um dos soldados, que a guardou cuidadosamente na dobra da manga da túnica. Dando uma piscadela maliciosa para o companheiro, mostrando-lhe a Maslova, colocou-se à direita desta, enquanto o outro passava para a esquerda. Nessa ordem saíram da secretaria, atravessaram o pátio externo da prisão, transpuseram as grades e chegaram à rua.

Cocheiros, botiqueiros, cozinheiros, pedreiros, empregados, todos estacavam à passagem do cortejo, contemplando com curiosidade a prisioneira. Muitos pensavam, acenando com a cabeça: "Aí está o fruto da má conduta, ao contrário da nossa, que só nos traz vantagens." Também as crianças paravam, mostrando em sua curiosidade um misto de terror ao verem a criminosa agora guardada por soldados, o que a impedia de cometer qualquer mal. Um camponês que vendia carvão na rua adiantou-se, fez o sinal da cruz e quis dar um *kopeck* à mulher; os soldados impediram-no por não saber se era coisa permitida. Maslova esforçava-se para caminhar o mais depressa que lhe permitiam os pés desabituados e, ainda mais, sob o peso dos grosseiros sapatos da prisão. Observava aqueles que a fitavam de passagem, sem mexer a cabeça, feliz de ser objeto de tanta atenção. Alegrava-se na doçura do ar, mormente depois de ter saído de uma atmosfera viciada. Ao passar diante de um armazém de cereais, em cuja frente voejavam algumas pombas, resvalou o pé na cauda de um pombo azulado. O pássaro alçou voo, roçando as penas no rosto da moça, que sentiu na face o trepidar das asas. Ela sorriu, mas logo depois suspirou profundamente, como a retomar a consciência de sua atual situação.

Capítulo II

A história de Maslova era das mais banais. Era filha natural de uma camponesa tratadora de vacas, em um castelo. A mãe não era casada, mas todos os anos dava à luz uma criança; e, como é muito comum em casos semelhantes, as crianças nem bem nasciam eram batizadas, depois do que a mãe não as amamentava, pretextando terem vindo ao mundo sem que ela quisesse, e lhe atrapalhando o serviço: e assim iam morrendo de fome as pobrezinhas.

    Cinco filhos já tinham desaparecido dessa maneira. Todos foram batizados, logo ao nascer; depois, como a mãe não os amamentasse, morriam. A sexta criança, filha de um cigano que havia passado, aconteceu-lhe nascer menina: aliás, isto não lhe teria impedido a mesma sorte dos outros cinco irmãos, se o destino não houvesse levado ao estábulo uma das duas velhas, donas do castelo, que para lá se dirigira, a fim de repreender as criadas por causa do mau cheiro que vinha observando no leite. Encontrou a parturiente deitada no chão do estábulo, com uma linda criança ao lado cheia de vida e de saúde. A senhora ralhou com as criadas por causa do leite e por terem recolhido no estábulo uma mulher naquele estado; mas ao ver a criança acalmou-se, oferecendo-se mesmo a ser madrinha. Compadeceu-se depois da afilhada e mandou dar leite e dinheiro à mãe, para garantir o sustento da menina, que assim ficou com vida. Por esta razão as duas velhotas chamavam-na "a enjeitadinha".

    Quando tinha três anos a mãe caiu doente e morreu. E como a avó, que era vaqueira, não soubesse que destino dar à neta, as duas senhoras a levaram para o castelo. A meninazinha, de grandes olhos negros, era extremamente viva e graciosa: as duas velhas distraíam-se com ela. A mais moça, e também a mais indulgente, Sofia Ivanovna, era a madrinha da menina; a mais velha, Maria Ivanovna, de natureza mais severa. Sofia Ivanovna enfeitava a pequena, ensinava-lhe a ler, sonhando fazer dela uma governanta. Maria, ao contrário, queria fazer dela uma empregada, uma boa arrumadeira: por isso era exigente, dava ordens à menina e, nos momentos de mau humor, às vezes, lhe batia.

Sob o efeito dessa dupla influência a menina cresceu, meio como empregada e meio como moça da casa. O próprio nome que lhe deram correspondia a esse estado intermediário: chamavam-na não de Katia, nem de Katenka, mas de Katucha. Ela cosia, arrumava os quartos, servia café, limpava o santuário, lavava a roupa miúda e, às vezes, fazia companhia às patroas e até lia para distraí-las.

Por várias vezes foi pedida em casamento, mas ela sempre recusava, pressentindo que a vida com um trabalhador ou um criado seria penosa, acostumada como estava a desfrutar as delícias de uma vida melhor.

E assim viveu até os dezoito anos. Quando ia completar seus dezenove anos, chegou ao castelo um sobrinho das duas senhoras, que já em outra época passara um verão inteiro com as tias. Katucha por ele se apaixonou loucamente. O rapaz era oficial do exército, e vinha de passagem, descansar alguns dias, antes de partir com o seu regimento em combate aos turcos. No terceiro dia, na véspera da partida, seduziu Katucha, deixando-lhe no dia seguinte, a título de recompensa, uma nota de cem rublos.

Três meses depois a moça reconheceu, sem qualquer engano, que estava grávida.

Desde esse momento, tudo lhe pareceu repugnante, e só arquitetava um plano de fugir à vergonha que a esperava.

Servia as patroas constrangida e, não raro, descuidada no serviço.

As duas velhas não tardaram a perceber. Maria Ivanovna repreendeu-a mais de uma vez; finalmente viram-se obrigadas a "separar-se dela" e puseram-na para fora de casa.

Ao sair do castelo, empregou-se como arrumadeira em casa de um stanovoi, onde não pôde ficar mais do que três meses, porque o stanovoi, um velho de mais de cinquenta anos, desde o início começou a cortejá-la. Um dia ela o repeliu com violência, chamando-o de bruto e de diabo velho, e foi despedida por seu atrevimento. Não podia cogitar de outro emprego porque já estava no termo da gravidez. Tomou pensão em casa de uma das tias, uma viúva, que, embora fosse taberneira, desempenhava também as funções de parteira. O parto foi normal, mas depois Katucha contraiu a febre puerperal de uma camponesa doente que a parteira tinha ido ver na aldeia. E a criança, menino débil de nascença, foi levada para um asilo, onde morreu logo depois, sob os olhos da mesma mulher que a trouxera à vida.

Por sorte Katucha possuía 127 rublos: 127 rublos e mais os cem que lhe dera o sedutor. Quando deixou a casa da tia, restavam-lhe apenas seis rublos: quarenta dera em pagamento da pensão, 25 para a entrada da criança no asilo, e à parteira, a título de empréstimo para comprar uma vaca, ainda quarenta rublos. Os vinte rublos restantes, Katucha os havia gasto sem saber no que, em ninharias, em roupas, em presentes: quando ficou boa, não tinha mais dinheiro e se viu obrigada a procurar emprego. Colocou-se em casa de um conteiro, homem casado, mas que, desde o primeiro dia, como o stanovoi, começou a fazer a corte à linda empregadinha. A princípio ela procurou escapar às perseguições porque prezava o lugar. Mas ele era mais experiente e mais astuto do que ela, e além do mais, seu patrão, podendo dar as ordens que lhe aprouvesse. Assim conseguiu, em breve, dominá-la. A mulher do guarda não tardou a ser informada do que ocorria, e, um dia, ao surpreender o marido com Katucha, esbofeteou-a com toda a violência e mandou-a embora sem lhe pagar o ordenado.

Katucha, então, foi para a cidade e hospedou-se em casa de uma prima, cujo marido fora encadernador; outrora foi-lhe bom o ofício, mas depois foi perdendo a freguesia, tornou-se um bêbado inveterado, e passou a gastar todo o dinheiro que lhe caía às mãos. A esposa tinha uma lavanderia e os magros recursos de que dispunha serviam para alimentar os filhos e sustentar o marido ébrio. Propôs ensinar seu ofício a Katucha. Mas esta, ao perceber a situação precária das lavadeiras que trabalhavam com a prima, não hesitou em dirigir-se a uma agência de colocação, para pedir lugar de empregada. De fato, entrou a trabalhar em casa de uma senhora viúva que morava com os dois filhos. Uma semana depois mais ou menos, o mais velho, um estudante de 6º ano, abandonou os estudos para perseguir a linda criadinha. A mãe responsabilizou-a de tudo e despediu-a.

Não aparecia nenhuma oportunidade nova. Um dia, de volta da agência, Katucha encontrou-se com uma senhora cheia de joias a reluzir-lhe nos dedos e nos braços. Logo que soube da situação da moça, deu-lhe seu endereço e convidou-a para ir visitá-la. E Maslova foi. A senhora fez-lhe uma acolhida muito amável, regalou-a com bolos e vinhos, e prendeu-a até alcançar a noite.

Katucha viu entrar então um homem de grande estatura, cabelos e bigodes grisalhos, que logo foi sentar-se ao lado dela, examinando-a com brilho nos olhos e um sorriso nos lábios. A senhora chamou-o no quarto contíguo, e Katucha pôde perceber o que lhe disse: "Novinha e recém-chegada do campo." Em seguida chamou-a para dizer que aquele senhor era um escritor muito rico, que lhe poderia dar tudo quanto quisesse com a condição de que ela soubesse agradar.

De fato ela agradou e o escritor lhe deu 25 rublos, prometendo ir vê-la sempre. O dinheiro logo foi gasto: Katucha entregou uma parte à prima em pagamento da pensão e com o resto comprou um vestido, um chapéu e umas fitas.

Alguns dias depois, o escritor tornou a aparecer, deu-lhe de novo 25 rublos, oferecendo-se para lhe montar casa, o que ela prontamente aceitou.

Maslova travou então conhecimento com um caixeiro, rapaz jovem e alegre, que morava no mesmo andar. Apaixonou-se por ele e confessou tudo ao escritor, que a deixou imediatamente. O caixeiro, embora houvesse prometido casar-se com ela, não tardou em abandoná-la.

Teria continuado a viver no quarto mobiliado, mas não lhe permitiram: preveniram-na de que só poderia continuar com aquela vida se recebesse um cartão vermelho da secretaria da polícia, submetendo-se a exame médico. Katucha então voltou para a casa da prima. Ao vê-la com um vestido na moda, com bonito chapéu e casaco de pele, a prima acolheu-a com respeito e não se atreveu a oferecer uma hospedagem de lavadeira à parenta que fora promovida a uma classe superior da sociedade. Entretanto, a própria Maslova não se sentia diminuída em casa da prima. O importante era ter um quarto onde morar provisoriamente: observava com um sentimento misto de piedade e de desprezo a vida de trabalhos forçados que ali levavam as lavadeiras, esgotando-se a esfregar e passar roupa a 30 graus de temperatura, de janela sempre aberta quer no inverno como no verão. Foi nesta época, de quase penúria extrema, que, sem encontrar um "protetor", resolveu aceitar a proposta de certa mulher. Havia algum tempo Maslova habituara-se ao fumo e à bebida. O vinho exercia sobre ela uma espécie de atração porque, além de ter gosto agradável, era uma distração e servia para abafar a voz da consciência. E, assim, lançou-se na vida. Tinha a impressão de se poder vingar do príncipe que a seduzira, do caixeiro e de todos os homens que a aborreceram. Mas o que mais lhe tentara na proposta e fora o motivo principal da determinação que havia tomado foi a dona da casa de tolerância a dizer que poderia encomendar todos os vestidos que quisesse, de veludo, cetim, seda, vestidos de baile, decotados e sem mangas. Quando Maslova se imaginou vestida de seda clara, decotada, com acessórios de veludo preto, não hesitou em assinar o contrato. Imediatamente a dona da pensão mandou chamar um carro para levá-la à melhor casa de modas da cidade, a casa de Caroline Albertovna Rosanov. A partir desse dia começou para Maslova uma vida de contínua violação das leis divinas e humanas, como hoje em dia levam milhares e milhares de mulheres, não somente com autorização, mas, o que é pior, sob proteção efetiva de um poder legal — zeloso do bem-estar dos seus súditos: vida degradante e monstruosa que acaba 90% das vezes com sofrimentos atrozes, levando à decrepitude e à morte prematura.

A manhã e a maior parte do dia são passadas em pesado sono, após as fadigas da noite. Entre três e quatro horas da tarde soa um despertador velho. Erguem-se das camas de roupas sujas, alguns goles de água de Seltz, café, passeios pelo quarto, de camisola, ou *peignoir*, um relance na rua através das venezianas fechadas, rixas e discussões. Depois, o banho de sais perfumados, a *toilette*, o cuidado em adelgaçar a cintura com espartilhos arrochados e a escolha do vestido, discussões com a dona da pensão a esse respeito, o estudo de atitudes diante do espelho; segue-se a aplicação dos vários artifícios de beleza: rouge, batom, pintura nos olhos. Uma vez prontas, com um vestido de seda clara e transparente, descem para um salão muito enfeitado, com luzes em profusão a fim de receber a clientela com música, dança, doces, vinho e fumo. É o comércio de paixões com rapazes, homens maduros, adolescentes, velhos decrépitos, celibatários, homens casados, negociantes, caixeiros, armênios, tártaros; ricos e pobres são os doentes, com bêbados e sóbrios, com brutos e homens de sociedade, com militares, funcionários, estudantes, colegiais, com pessoas de todas as condições sociais. E são gritos e mofas, risos e música desde a tarde até o amanhecer. E, somente pela manhã, a liberdade e o sono pesado. E assim passam os dias, sempre iguais, do princípio ao fim da semana. Ao fim de cada semana, a visita legal à chefatura de polícia: verdadeira loteria, em que os funcionários e os médicos presentes, ora severa, ora levianamente, se divertem em humilhar o recato, o pudor que a natureza dá a cada um como salvaguarda, não só da espécie humana mas dos próprios animais. Procedem ao exame das mulheres e depois lhes entregam uma autorização escrita para prosseguirem a semana. E de novo recomeça a vida de pecado sob o mesmo ritmo, indefinidamente, de verão a inverno, nos dias de festas como nos dias úteis. Maslova assim viveu durante mais de seis anos. Por duas vezes mudou de casa, e em certa ocasião precisou internar-se em um hospital. No sétimo ano tinha então 26 anos quando se deu o fato que lhe valeu a prisão e que agora a levava diante do júri, após encarceramento preventivo de vários meses em companhia de indivíduos cuja profissão era o roubo e o crime.

Capítulo III

I

No momento em que Maslova, sentada no banco duma cela do Palácio de Justiça, se ocupava em descalçar os pés amortecidos pelos sapatos durante o trajeto pela cidade, aquele mesmo príncipe Dmitri Ivanovitch Nekhludov, que outrora a seduzira, despertava em seu leito majestoso, coberto de *édredon* de penas. Vestia uma camisa de noite de cambraia finíssima elegantemente plissada no peito. Recostado ao travesseiro, em atitude displicente, fumava um cigarro e pensava no que havia feito na véspera e no que iria fazer naquele dia. Lembrou-se da noite anterior na casa dos Korchaguine, casal riquíssimo e muito conceituado, cuja filha, na opinião de todos, ele devia desposar. Essa recordação fê-lo suspirar; jogou fora o cigarro e estendeu a mão para um estojo de prata a fim de apanhar outro, mas logo mudou de ideia. Levantou com energia o corpo entorpecido, pôs fora da cama as pernas brancas e calçou os chinelos. Cobriu os ombros largos com um roupão de seda e num passo pesado, mas rápido, dirigiu-se para o banheiro contíguo ao quarto de dormir.

    Começou a escovar cuidadosamente os dentes, obturados em muitos lugares, com um pó especial; bochechou a boca com um líquido perfumado, aproximou-se do lavatório de mármore, lavou as mãos com um sabão cheiroso, empregando o máximo cuidado em escovar as unhas, que conservava longas. Feito isto, abriu a torneira do lavatório, lavou o rosto, as orelhas e o pescoço. Passou a um terceiro quarto, onde estava instalado um aparelho de duchas: refrescou o corpo branco e musculoso com jatos de água fria. Enxugou-se em uma toalha felpuda, mudou de camisa, calçou as botas de verniz muito luzidias, sentou-se defronte ao espelho e, com dois jogos de escovas, pôs-se a pentear primeiro a barba negra, depois os cabelos, já então muito ralos no alto da cabeça. Todos os objetos que empregava na *toilette,* bem como a roupa branca, calçados, gravatas, terno, abotoaduras, alfinetes, era tudo de primeira qualidade, muito caro, muito durável, mas muito simples e discreto.

Sem se apressar, Nekhludov acabou de se vestir e dirigiu-se à sala de jantar, peça espaçosa que na véspera fora encerada por três homens. Nessa sala via-se um enorme aparador de carvalho e uma imponente mesa elástica da mesma madeira, que tinha qualquer coisa de solene com os quatro pés esculpidos em patas de leão. A mesa estava coberta com uma toalha de linho finíssimo impecavelmente engomada com grandes nós nas pontas; sobre ela via-se uma cafeteira de prata de onde escapava o cheiro de um café gostoso, o açucareiro também de prata, um pote de creme e uma cesta cheia de pãezinhos frescos, torradas e biscoitos.

Ao lado do talher estava a correspondência da manhã: cartas, jornais e um fascículo da *Révue de Deux Mondes.*

Nekhludov preparava-se para abrir as cartas quando, pela porta que dava para o vestíbulo, entrou na sala de jantar uma mulher robusta de meia-idade, toda vestida de preto, com uma touca de rendas na cabeça. Era Agripina Petrovna, criada de quarto da velha princesa mãe de Nekhludov, recentemente falecida nessa mesma casa. Ficara em companhia do filho da princesa na qualidade de governanta.

Agripina Petrovna por várias vezes havia acompanhado a mãe de Nekhludov em excursões pelo estrangeiro. Eis por que conservara as maneiras de grande senhora. Morava em casa dos Nekhludov desde a infância e conhecera Dmitri Ivanovitch quando ele era "Mitenka".

— Bom dia, Dmitri Ivanovitch!

— Bom dia, Agripina Petrovna. O que há de novo? — perguntou Nekhludov.

— Uma carta para o senhor. A empregada dos Korchaguine já trouxe há muito tempo: está esperando no meu quarto — disse Agripina Petrovna estendendo a carta com um sorriso significativo. O sorriso de Agripina Petrovna significava que ela sabia a procedência da carta: vinha da jovem princesa Korchaguine, com a qual Agripina Petrovna julgava que o seu patrão se casaria. Ora, essa suposição desagradava a Nekhludov.

— Diga à empregada que espere ainda um pouco.

E Agripina saiu da sala, não deixando de colocar no respectivo lugar uma escova de mesa que encontrou desarrumada.

Nekhludov abriu o envelope perfumado que lhe entregara Agripina Petrovna e passou a ler a carta escrita em papel de linho, com as linhas desiguais de uma letra inglesa pontiaguda:

"Desempenhando o encargo que tomei de ser seu lembrete, venho avisá-lo de que hoje, 28 de abril, você deve fazer parte do júri, que portanto não poderá acompanhar-nos a Kolossov, à exposição de pintura dos Z... como nos havia prometido ontem com sua habitual leviandade; a não ser que esteja disposto a pagar no júri os trezentos rublos que nos recusou pelo seu cavalo. Lembrei-me disto ontem, assim que se retirou. Cuidado e não se esqueça."

"Princesa M. Korchaguine". No verso da página estava escrito: "Mamãe manda dizer que seu lugar na mesa ficará à espera até a noite. Venha sem falta, a qualquer hora!

M.K."

Nekhludov cerrou o sobrecenho. Este bilhete era a continuação da campanha que já há dois meses vinha empreendendo a princesa Korchaguine, para apanhá-lo em laços cada vez mais difíceis de romper. E, por outro lado, além da hesitação que experimentam sempre os homens maduros diante do casamento, habituados ao celibato e por esta mesma razão mediocremente apaixonados, havia outro motivo que o impedia de se declarar, nessa ocasião, ainda que estivesse decidido a casar. Esse motivo, naturalmente, nada tinha a ver com o fato de, oito anos atrás, Nekhludov haver seduzido Katucha, abandonando-a em seguida: ele não gostava de pensar nisso e não seria isso obstáculo ao seu casamento com a jovem princesa. O motivo era o seguinte: Nekhludov mantinha relações com uma mulher casada, relações aliás que considerava rompidas, mas existindo oposição formal por parte da amante, que não se conformava com a ideia.

Nekhludov era muito tímido com mulheres. E a timidez foi o que acendeu em Maria Vassilievna, esposa de um marechal da nobreza, o desejo de conquistá-lo. De fato conseguiu o seu intento, tornando-se cada vez mais absorvente para Nekhludov. Cada dia que passava mais terrível era. A princípio ele não pôde resistir à sedução e, mais tarde, sentindo-se responsável, não encontrava meio de se desvencilhar da amante, que havia declarado que se ele a abandonasse, depois de lhe haver sacrificado a vida toda, a ela só restaria uma solução: o suicídio.

Exatamente no mesmo correio daquela manhã constava uma carta do marido da amante de Nekhludov; o príncipe reconheceu logo a letra e o sinete. Enrubesceu; sentiu uma espécie de sobressalto como à aproximação de algum perigo. Mas tranquilizou-se depois que leu a carta. O marido de Maria Vassilievna, marechal da nobreza do distrito onde se encontravam os principais domínios da família de Nekhludov, escrevia ao príncipe para preveni-lo de que seria realizada uma sessão extraordinária do conselho, de que ele, marechal, era presidente, em fins de maio e vinha pedir-lhe que não deixasse de comparecer e assim dar mão forte a duas questões muito sérias que seriam debatidas: a questão das escolas e a dos caminhos vicinais, e, para ambas, poderia haver forte oposição do partido reacionário.

De fato o marechal era um liberal e, ao lado de outros liberais da mesma têmpera, lutava contra a campanha encetada pela oposição. Esta luta absorvia-o por completo e com isso não tinha tempo para perceber que a mulher o enganava.

Nekhludov lembrou-se dos momentos de angústia por que já tinha passado: certo dia, imaginando que o marido da amante tivesse descoberto tudo, preparou-se para um duelo com ele com intenção de atirar para o ar; reviu uma cena terrível, que teve com a amante, no dia em que ela, desesperada, correu para o tanque do jardim a fim de se afogar.

"Eu não posso ir lá", pensava consigo não resolver nada até receber uma resposta de Vassilievna. Oito dias antes escrevera à amante uma carta decisiva, em que se reconhecia culpado e se prontificava a reparar o erro; terminava dizendo que para o bem de ambos ficariam definitivamente terminadas as antigas relações. Justamente resposta a esta carta é que estava aguardando.

Aliás, isto já parecia um bom sinal: se a amante não tivesse admitido a ruptura, teria escrito há muito tempo ou vindo em pessoa como acontecera em outras ocasiões. Nekhludov tinha ouvido falar de certo oficial que fazia a corte a Maria Vassilievna; ao pensar no rival roíam-no os ciúmes, mas, ao mesmo tempo, embalava-o a esperança de se desembaraçar da amante mais depressa. A outra carta que Nekhludov encontrou procedia do procurador dos bens de sua mãe, bens agora seus.

Escrevia pedindo a presença de Nekhludov para receber a confirmação dos direitos de sucessão e além disso resolver a forma por que os bens deveriam ser futuramente administrados.

A questão prendia-se em saber se continuariam a vigorar os contratos com os camponeses como em vida da princesa ou se, como o procurador havia aconselhado à falecida mãe e o tornava a repetir ao jovem príncipe, não seria mais conveniente romper os contratos e explorar diretamente as terras. Garantia o procurador que esse sistema era muito mais lucrativo.

Desculpava-se, em seguida, de ter retardado um pouco a remessa dos três mil rublos de renda que tocavam ao príncipe, quantia essa que seria remetida pelo correio imediatamente. O atraso provinha da demora no pagamento, a que se haviam habituado os camponeses, que só o faziam mediante força. Esta carta foi ao mesmo tempo agradável e desagradável para Nekhludov. Sentia-se feliz de ser dono de uma fortuna maior do que a que então possuía. Mas, por outro lado, lembrava-se de que, quando mais moço e com a generosidade e o entusiasmo próprios daquela idade, apaixonara-se pelas teorias sociais de Spencer e Henry George. E não somente havia pensado, proclamando e escrito que a terra não pode ser objeto de propriedade individual, mas ele próprio distribuíra aos camponeses uma pequena propriedade que recebera de herança do pai, a fim de testemunhar com atos os seus nobres princípios. Agora que a morte da mãe fizera dele um grande proprietário, precisava escolher entre duas alternativas: ou renunciar a todos os domínios, como já o havia feito antes com os duzentos hectares que recebera do pai, ou então, ao entrar de posse dos mesmos, reconhecer de modo tácito, mas formal, que os princípios e as convicções antigas eram falsos e mentirosos. A primeira solução era impossível, pois as propriedades constituíam toda a sua fortuna. Não tinha coragem de recomeçar a carreira militar como meio de vida. Além do mais, estava habituado ao luxo e à ociosidade. Não sentindo mais a força das convicções da mocidade, Nekhludov esquecera a lição do sacrifício e da renúncia. Quanto à segunda solução, que consistia em abandonar formalmente os princípios desinteressados, generosos, de que tantas vezes se orgulhara com a leitura dos mestres, parecia-lhe impossível. Eis por que a carta do procurador causou-lhe desagrado.

II

Terminada a refeição, Nekhludov passou para o gabinete de trabalho. Queria ver, na carta de intimação, a que horas deveria comparecer ao tribunal, aproveitando também para responder à princesa Korchaguine. De passagem, entrou em seu *atelier* de pintura, onde se via um quadro começado, sobre um cavalete, e outros esboços pendurados na parede. À vista do quadro, no qual vinha trabalhando há mais de dois anos, sem poder concluir, dos estudos iniciados e de todo o *atelier*, sentiu cada vez mais patente sua incapacidade em progredir naquela arte, a consciência absoluta de sua falta de talento. Atribuía este sentimento ao excesso de delicadeza de seu gosto artístico; contudo, não podia ocultar a si mesmo que cinco anos antes abandonara o exército, julgando-se verdadeiro talento para a pintura. Foi com tal disposição de espírito, bastante acabrunhado, que entrou no enorme gabinete de trabalho, provido de toda a espécie de comodidade e de luxo. Aproximou-se da secretária cheia de gavetas em forma de fichário e abriu a que trazia o título "Convocações" e encontrou imediatamente o que procurava. A intimação informava-o de que deveria comparecer ao Palácio de Justiça às onze horas. Nekhludov tornou a fechar a gaveta, sentou-se e principiou uma carta para a princesa, a fim de lhe agradecer o convite e esperando poder comparecer ao jantar. Mas, ao reler, rasgou a carta: pareceu-lhe muito íntima. Escreveu uma segunda, porém achou muito seca e pouco delicada talvez: rasgou-a também. Apertou a campainha e entrou um lacaio, homem de idade, circunspecto, de barba feita. Vestia um avental de alpaca cinzenta.

— Chame um fiacre!

— Vou chamar imediatamente, Sua Alteza.

— Diga à pessoa que está esperando que está bem, que agradeço e que farei o possível para ir.

"Não é lá muito elegante", pensou Nekhludov, "mas não consegui escrever! De qualquer maneira irei vê-la hoje."

Vestiu o sobretudo e saiu pela escada externa. A carruagem que costumava tomar, muito elegante, com rodas de borracha, já estava à espera.

— Ontem à noite — disse o cocheiro, voltando-se para ele —, mal o senhor tinha saído da casa do príncipe Korchaguine, eu cheguei. O mordomo me disse: "Acabou de sair."

"Até os cocheiros sabem das minhas relações com os Korchaguine", pensou Nekhludov consigo. Novamente veio-lhe à mente a questão de saber se devia ou não se casar com a jovem princesa. E nunca conseguia liquidar a questão de um modo ou de outro.

Em geral havia dois argumentos a favor do casamento. Em primeiro lugar, o próprio casamento, depois, o descanso do lar assegurar-lhe-ia a possibilidade de uma vida honesta e morigerada; em segundo lugar, e sobretudo, Nekhludov esperava que a família, os filhos, viriam dar uma razão de ser à sua vida, até então destituída de qualquer finalidade.

Contra o casamento, havia aquele sentimento a que já nos referimos; uma espécie de receio que inspira aos celibatários de certa idade a perspectiva de perder a liberdade; mas havia também um medo inconsciente do mistério que envolve uma natureza de mulher. A favor do casamento com Missy (apelido que a princesa Korchaguine recebia na intimidade), o primeiro argumento era ser ela moça de boa família. Além disso, em tudo, desde as *toilettes* até a maneira de falar, de rir, de andar, era diferente das outras moças: não que possuísse algo de excepcional, mas pela sua distinção.

Ele não encontrava outra palavra para designar essa qualidade que tanto prezava. O segundo argumento era que a jovem princesa sabia apreciá-lo e compreendê-lo muito bem; e pelo fato de compreendê-lo, isto é, reconhecer suas grandes qualidades, Nekhludov via nisso uma prova de inteligência e de bom senso. Mas havia também argumentos muito sérios contra Missy em particular: primeiro, Nekhludov poderia encontrar uma moça ainda mais distinta que Missy; em segundo lugar, esta já tinha 27 anos, e provavelmente deveria ter amado outros homens: e esta ideia, para Nekhludov, era um tormento. Sua vaidade de homem não podia admitir que, mesmo no passado, a moça pudesse ter amado alguém que não fosse ele. Por certo não podia exigir que antecipadamente ela soubesse que um dia o encontraria na vida; mas a simples ideia de que pudesse ter amado outro homem antes dele afigurava-se-lhe humilhante. Destarte, os argumentos pró e contra estavam em igualdade de condições. Nekhludov ria consigo mesmo, pois se comparava ao asno de Buridan. E continuava como o asno, a não saber a que monte de feno dirigir-se.

"Seja como for, mas, enquanto não receber resposta de Maria Vassilievna e não der por terminada aquela questão, de modo algum tomarei qualquer compromisso." O sentimento da necessidade de adiar sua decisão causou-lhe prazer. "Pensarei nisso mais tarde", disse ainda, enquanto a carruagem rolava sem ruído no pátio do Palácio de Justiça.

— Trata-se agora de cumprir um dever social com o cuidado que exijo de todas as minhas ações. A bem dizer, estas audiências são às vezes bem interessantes.

Capítulo IV

I

Quando Nekhludov entrou no Palácio de Justiça já reinava grande animação pelos corredores. Guardas corriam levando papéis; outros andavam com passo grave e lento, de mãos cruzadas nas costas. Os oficiais, os advogados, os procuradores andavam de um lado para outro; os litigantes e os detidos em liberdade condicional encostavam-se humildemente às paredes ou sentavam-se nos bancos, à espera do julgamento.

— É aqui a sala de audiências? — perguntou Nekhludov a um dos guardas.

— Qual, a do crime ou do civil?

— Sou jurado.

— Então é o tribunal do júri. Por que não disse logo? Tome a direita, depois a esquerda; é a segunda porta.

Nekhludov caminhou pelos corredores. Diante da porta designada pelo guarda, viam-se dois homens de pé, a conversarem. Um deles, um negociante gordo, naturalmente se abastecera para desempenhar sua missão, comendo e bebendo fartamente, pois demonstrava ótima disposição de espírito; o outro era um caixeiro de origem judaica. Os dois homens trocavam opiniões sobre negócios de lãs, quando Nekhludov se aproximou perguntando-lhes se era mesmo ali que se reuniriam os jurados.

— Sim, Senhor, é exatamente aqui.

— Jurado também? Sem dúvida um dos nossos companheiros — acrescentou o negociante, sorrindo e piscando o olho.

— Pois é. Vamos trabalhar juntos! — continuou, após a resposta afirmativa de Nekhludov.

Baklachov, negociante de segunda classe, estendeu ao príncipe a mão grosseira.

— E a quem tenho a honra de falar?

Nekhludov apresentou-se e entrou na sala dos jurados.

— É aquele cujo pai fazia parte da casa do imperador! — murmurou o judeu.

— Tem fortuna? — perguntou o negociante.

— É um ricaço!

Na salinha dos jurados, reuniu-se uma dezena de homens de todas as condições. Todos acabavam de chegar; uns estavam sentados, outros andavam ao longo da sala. Olhavam-se entre si, procurando travar conhecimento. Um coronel reformado vestia sua farda; os outros traziam fraque, jaquetão; apenas um pusera seu trajo comum. Muitos deles precisaram abandonar suas ocupações para desempenhar a função de jurado, e não disfarçavam o desagrado. Entretanto, de todas as fisionomias transparecia ao mesmo tempo certa satisfação e orgulho pela consciência de cumprir um grande dever social.

Ao terminarem as primeiras apresentações todos se agrupavam no fundo. Distraíam-se a falar do tempo, da chegada prematura da primavera, dos vários processos. Grande número de jurados procurava travar conhecimento com o príncipe Nekhludov, julgando evidentemente ser aquilo uma honra excepcional. Nekhludov achava isso natural e compreensível, e agia, como sempre, em circunstâncias idênticas. Se lhe perguntassem por que se julgava superior à maioria dos homens, seria incapaz de responder, pois sua vida, mormente durante os últimos anos, não tinha merecimento algum. Verdade é que sabia falar corretamente inglês, francês e alemão; a roupa, os ternos, as gravatas, as abotoaduras eram comprados nas melhores casas, e sempre do mais caro que existia. Mas, aos seus próprios olhos, tudo isso não era motivo suficiente para significar superioridade. Entretanto, tinha profunda convicção de sua superioridade, considerava como muito justas as homenagens que recebia, e a falta delas feria-o como uma afronta. E exatamente uma afronta dessa espécie o esperava na sala do júri. Entre os jurados se achava um homem que ele conhecia, um certo Pedro Gerquimovitch — cujo nome de família Nekhludov jamais soubera —, que fora preceptor dos filhos de sua irmã. Esse homem terminou depois os estudos e era agora professor no ginásio. Nekhludov sempre o achou insuportável pela excessiva familiaridade, pelo riso arrogante e pelos modos grosseiros.

— Ah! Também foi contemplado com a sorte? — disse, adiantando-se para Nekhludov com uma gargalhada. — E não arranjou um meio de ser dispensado?

— Nunca pensei em semelhante coisa — respondeu Nekhludov, secamente.

— Muito bem! Um belo exemplo de coragem cívica! Há de ver como sofrerá de fome! Não encontrará meio de dormir nem de beber! — prosseguiu o professor, rindo ainda mais alto.

"Este filho de *pope* logo vai começar a me tratar por tu!", pensou Nekhludov. Deu à fisionomia tal expressão de severidade que parecia ter recebido a notícia da morte de um parente. Voltou as costas a Pedro Gerquimovitch, a fim de se aproximar de um grupo formado ao redor de um indivíduo de estatura elevada, barbeado, eminentemente representativo e que parecia contar alguma coisa. Falava de um processo que estava sendo julgado na vara cível; pelo modo de falar mostrava-se conhecedor do assunto, e referia-se aos juízes e aos advogados pelos nomes. Não cessava de elogiar o maravilhoso golpe que um famoso advogado de Petersburgo imprimira ao caso, fazendo com que perdesse a causa uma senhora idosa, que pleiteou justamente.

— Um homem genial! — exclamava, ao se referir ao advogado.

Todos ouviam com atenção; alguns dos jurados tentaram dar opinião, mas ele os interrompia logo, como se tivesse monopolizado o direito de falar.

Nekhludov, apesar de ter chegado atrasado ao Palácio de Justiça, precisou ficar muito tempo na sala dos jurados. Um dos membros do tribunal ainda não havia chegado, e esperavam-no para abrir a audiência.

II

O presidente do tribunal, pelo contrário, tinha chegado muito cedo. Era um homem alto e gordo, de fartas suíças grisalhas e, posto que casado, levava uma vida dissipada, deixando a esposa em liberdade para fazer o mesmo. Tinham por princípio não se atrapalhar um ao outro. Exatamente naquela manhã o presidente tinha recebido um bilhete de uma governanta suíça, que outrora estivera em sua casa. Ao passar pela cidade, via Petersburgo, ela escreveu-lhe que fosse entre três e seis horas ao Hotel de Itália. Eis por que estava apressado para começar a sessão do dia e acabar o mais cedo possível. Queria ir ter com a ruiva Clara, às seis horas, e continuar um romance do verão anterior.

Entrou em sua sala, fechou a porta a chave e, pegando na última gaveta do armário dois halteres, executou vinte movimentos para frente, para trás, para os lados, para cima e para baixo; depois fez três flexões do joelho, com os halteres acima da cabeça.

"Nada como a hidroterapia e a ginástica para dar agilidade", disse consigo, apalpando o bíceps direito com a mão esquerda, onde brilhava um anel de ouro. Preparava-se para executar um movimento de rotação, exercício habitual que executava antes das sessões demoradas, quando alguém experimentou abrir a porta. O presidente apressou-se a esconder os halteres e abriu a porta, dizendo:

— Queira desculpar.

Entrou na sala um dos juízes do tribunal; homem pequeno, de ombros angulosos e fisionomia triste, usando óculos com aro de ouro.

— Está na hora! — pronunciou em tom áspero.

— Estou pronto — respondeu o presidente, ao vestir a toga. — Mas Mateus Nikitich ainda não chegou.

— Isto é um verdadeiro abuso! — E sentando-se, já de mau humor, acendeu um cigarro.

Esse juiz, homem de extrema pontualidade, tivera pela manhã uma cena desagradável com a mulher, porque esta havia gastado muito depressa o dinheiro que ele dera para as despesas do mês. A mulher pediu que adiantasse uma quantia e ele recusou: daí a cena. Ela declarou então que, nesse caso, era escusado ir jantar, porque não o encontraria pronto.

Sob esta ameaça saíra de casa, acreditando que a mulher não hesitaria em cumpri-la, pois a conhecia muito bem.

"Vá alguém viver uma vida honesta e irrepreensível!", repetia consigo, enquanto olhava o presidente, homem forte, a vender saúde, bem-humorado, que se ocupava em aliviar com as mãos brancas o pelo sedoso e espesso das longas suíças, dispondo-as de modo a deixar ver a gola bordada. "Ele está sempre alegre e satisfeito, ao passo que eu só tenho aborrecimento."

Neste instante entrou o escrivão do tribunal, trazendo os documentos pedidos pelo presidente.

— Muito obrigado — disse este, acendendo também um cigarro. — Então! Por onde começaremos?

— Pelo envenenamento, a menos que V. Ex.ª queira alterar a ordem — respondeu o escrivão.

— Está bem — acrescentou o presidente, supondo que seria um caso simples, facilmente liquidável até quatro horas, e deixando-lhe tempo para ir ter com a sua suíçazinha.

— E Breuer, já chegou? — perguntou ainda ao escrivão, que se retirava.

— Creio que sim.

— Diga-lhe então, se o encontrar, que iniciaremos pelo envenenamento.

Breuer era o substituto do procurador e a quem cabia fazer a acusação naquele dia.

De fato, o escrivão encontrou-o no corredor com a cabeça inclinada para a frente, de sobrecasaca desabotoada, com a pasta debaixo do braço, andando a passos largos, quase correndo, batendo os saltos e balançando o braço com um movimento nervoso.

— Michel Petrovitch manda perguntar se V. Ex.ª está pronto — indagou o escrivão aproximando-se dele.

— Naturalmente! Estou sempre pronto. Por que processo começaremos?

— Pelo envenenamento.

— Muito bem — respondeu o substituto. Mas no íntimo não achava lá muito boa a ideia. Tinha passado a noite toda a jogar baralho num café com outros rapazes; levaram um dos companheiros para casa, pois bebera muito. Jogaram até cinco horas da manhã e foram depois à mesma casa de mulheres, onde, seis meses antes, vivera Maslova. Por tudo isso não tivera tempo nem de folhear o processo que ia entrar em julgamento. O escrivão bem o sabia e, muito de propósito, insinuou ao presidente para começar por esse processo, que o substituto não tivera tempo de estudar.

O escrivão era um liberal, para não dizer um radical, o que não lhe impedia de servir na magistratura com um ordenado de 1.200 rublos, e com pretensões até a substituto.

Breuer, pelo contrário, era conservador, e muito particularmente entusiasta da Ortodoxia, como a maior parte dos alemães que são funcionários na Rússia. Por esse motivo, o escrivão, além de ambicionar o lugar, votava-lhe ainda uma antipatia pessoal.

— E o processo dos Skoptsy? — perguntou o escrivão.

— Declarei que nada podia fazer, por falta de testemunhas — respondeu o substituto. — Repetirei ainda na audiência.

— E o que importa isso? — perguntou o escrivão.

— É impossível! — retorquiu o substituto. E correu para sua sala balançando o braço.

Vinha adiando o processo dos Skoptsy não por falta de algumas testemunhas insignificantes, mas porque, se julgassem o processo em uma grande cidade, onde o corpo de jurados é constituído na maioria de gente instruída, os implicados seriam fatalmente absolvidos, por isso, entrara em entendimento com o presidente, para que o caso fosse julgado em uma cidadezinha qualquer, por jurados de classe modesta. Assim sendo, poderia garantir a condenação.

Aumentava o movimento nos corredores. A multidão se aglomerava principalmente diante da sala da vara cível, onde estava em julgamento uma dessas causas que se costumavam denominar de "interessantes", e exatamente aquela a que se referiu com tanto conhecimento o tal personagem importante na sala dos jurados. Sem vislumbre de razão, nem de direito moral, mas de modo perfeitamente legal, um jurisperito sabido apropriara-se de toda a fortuna de uma senhora idosa. Os agravos da senhora eram absolutamente justos. Os juízes o sabiam, e melhor ainda o jurisperito e seu advogado: o advogado, porém, desenvolveu uma argumentação de tal modo capciosa que a senhora fatalmente veio a perder a ação.

No momento em que o escrivão entrava no cartório, viu passar à sua frente a senhora que, por um golpe de habilidade, acabava de ser despojada de sua fortuna. Era uma criatura forte e gorda, usando chapéu de flores grandes. Saía da sala de audiência e, gesticulando com as mãos curtas e gordas, repetia sem cessar: "No que vai dar tudo isso? No que vai dar tudo isso?" Sentou-se num banco, onde seu advogado não tardou a encontrá-la. Logo entabulou uma conversa muito complicada, que nada tinha a ver com o processo. O advogado olhava para as flores do chapéu, concordava com um aceno de cabeça e com certeza não lhe dava ouvidos.

De repente abriu-se uma porta — e surgiu uma figura, imponente, de colete decotado, camisa de peito engomado e elegante *plastron*: sorria com satisfação. Era o famoso advogado cujo golpe de habilidade fizera a senhora do chapéu de flores ficar sem recursos, fazendo jus ao pagamento de dez mil rublos dos cem mil a que o constituinte não tinha direito algum. Passou diante da senhora. Todos os olhares imediatamente voltaram-se para ele com respeito; e, ele consciente disso, parecia dizer: "Por quem sou senhores, poupai-me tantas provas de consideração."

III

Afinal chegou Mateus Nikitich, o juiz que estava faltando. Logo os jurados viram entrar na sala onde se achavam reunidos o oficial de justiça do tribunal, um homenzinho magro, de pescoço comprido e andar desigual. Era um homem que tinha feito os estudos na universidade: mas não parava em emprego algum porque bebia. Havia três meses que uma condessa em consideração à mulher arranjou esse lugar no Palácio de Justiça, e ele considerava quase um milagre o ter conservado até aquela data.

— Meus senhores, estão todos presentes? — perguntou ao colocar o *pince-nez*, olhando os jurados.

— Acho que sim — respondeu o negociante, com ar alegre.

— Vamos verificar — disse. Tirou uma lista do bolso e começou a chamar os nomes, olhando ao mesmo tempo para os jurados, ora através do *pince-nez*, ora por cima dele:

— Conselheiro de Estado I.M. Nikiforov?

— Sou eu — respondeu o personagem importante que conhecia a fundo todas as questões judiciais.

— Coronel reformado Ivan Semenovitch Ivanov?

— Aqui estou — respondeu o homem fardado.

— Negociante de segunda classe Pedro Baklachov.

— Presente! — disse o negociante alegre, distribuindo um sorriso franco para todos os companheiros. — Estou pronto!

— Capitão da guarda, príncipe Dmitri Nekhludov.

— Sou eu — disse Nekhludov.

O oficial de justiça curvou-se, em sinal a um tempo de deferência e de amabilidade, como se quisesse por aí distinguir Nekhludov dos demais jurados. Continuou depois a enumeração:

— Capitão Jorge Dmitrievitch Danchenko? Negociante Gregório Efimovitch Koulechov? etc.

Todos os jurados estavam presentes, com exceção de dois.

— Agora, senhores, tenham a bondade de passar para a sala de audiências — disse, mostrando a porta com gesto convidativo.

Todos se movimentaram e saíram da sala, cada um se afastando polidamente diante da porta, para deixar passar o companheiro.

A sala de audiência era uma sala muito ampla. Ao fundo, erguia-se um estrado precedido de três degraus. No meio do estrado colocava-se uma mesa coberta de pano verde com franjas em tom mais escuro. Atrás dela viam-se três poltronas de carvalho com os altos espaldares entalhados. Da parede maior pendia em moldura dourada, um retrato do imperador, fardado, com suas insígnias, de pé, com uma das mãos na bainha da espada. Ao canto direito, uma efígie do Cristo, coroado de espinhos, atrás de uma estante. Também à direita do estrado ficava a pequena cátedra destinada ao procurador da coroa. À esquerda, ao fundo, via-se a mesa do escrivão; à frente, mais próximo do público, uma balaustrada de madeira que cercava o banco dos réus, ainda vazio, como o resto do estrado. Diante do banco dos réus enfileirava-se uma série de assentos de espaldares altos, destinados aos jurados, e, acima destes, mesas dispostas para os advogados. Quanto à outra parte da sala, separada do estrado por uma grade, compunha-se de bancos, em palanque, que se estendiam até a parede do fundo. Nas primeiras fileiras estavam sentadas quatro mulheres, modestamente vestidas, empregadas ou operárias, talvez, e acompanhadas de dois homens que também deviam ser operários. Esse grupinho naturalmente mostrava-se muito impressionado com a majestosa decoração do ambiente, e cochichava com timidez.

Assim que o meirinho introduziu e instalou os jurados, adiantou-se para o meio do estrado. Com voz alta, para impressionar a assistência, anunciou:

— A justiça!

Todos se levantaram e os juízes subiram ao estrado. Primeiro o presidente, de belas suíças, que Nekhludov reconheceu logo: dois anos antes o havia encontrado, num baile, marcando o "cotillon" e dançando a noite inteira com muita graça e entusiasmo.

A seguir vinha o juiz de cara amuada, agora com razão de ser, porque ao entrar na sala viera-lhe ao encontro o cunhado para contar que a irmã não faria jantar naquela noite.

— O que quer você? Somos obrigados a ir jantar num restaurante — disse rindo o cunhado.

— Não acho graça nenhuma nisso — respondeu o juiz, visivelmente aborrecido.

O último era Nikitich, o juiz retardatário, de barba comprida, olhos redondos e bondosos, e pálpebras inchadas. Esse juiz sofria do estômago e, naquela manhã, o médico fê-lo começar um novo regime que o obrigava a se demorar em casa ainda mais tempo do que o usual.

Subiu ao estrado com ar absorto: de fato estava muito preocupado. Tinha por hábito adivinhar, de qualquer maneira, uma resposta às perguntas que formulava mentalmente.

Desta vez a pergunta era a seguinte: se o número de passos que precisava dar desde a porta da sua sala até a cátedra fosse um número divisível por três, o novo regime iria curá-lo: caso contrário, não. Ora, havia ao todo 26 passos, mas no último instante o juiz fez uma trapaçazinha dando um passo menor e chegou ao lugar, contando 27. As figuras do presidente e dos juízes, dominando sobre o estrado, com suas togas de colarinho bordado a ouro, constituíam um espetáculo bastante imponente. Aliás, os próprios juízes o reconhecem, e os três, como que confusos com tanta grandeza, apressaram-se a sentar. Abaixaram modestamente os olhos diante da mesa verde, sobre a qual havia um instrumento triangular encimado da água imperial, tinteiros, canetas, folhas de papel, grande quantidade de lápis de tamanhos e cores diferentes, cuidadosamente apontados. Por último, entrou o promotor adjunto, encaminhando-se rapidamente para o seu lugar, sempre com a pasta debaixo do braço balouçante. Uma vez sentado, mergulhou-se na leitura dos autos, aproveitando todos os minutos para preparar a acusação. Devemos acrescentar que Breuer fora nomeado substituto havia muito pouco tempo, e pela quarta vez ia fazer acusação no júri. Era muito ambicioso, sonhava em fazer uma bela carreira e julgava indispensável conseguir a condenação em todos os processos que acusasse.

Já tinha estudado os planos gerais das razões que apresentaria no processo do envenenamento, mas precisava ainda entrar em contato com certos fatos do processo, para apoiar e fundamentar sua argumentação.

Na extremidade oposta do estrado estava sentado o escrivão, tendo à sua frente todos os documentos que devia ler. Percorria com os olhos o artigo de um jornal clandestino, que tinha recebido na véspera e que já havia lido uma vez. Queria comentar o artigo com o juiz barbudo, pois sabia ser da mesma opinião política que ele, mas, antes de falar, desejava conhecer a fundo o assunto.

IV

Depois de ter consultado vários documentos, o presidente fez algumas perguntas ao oficial de justiça e ao escrivão; e, recebendo resposta afirmativa, deu ordem para introduzir os réus.

Logo que a porta se abriu, no fundo, entraram dois guardas, de gorro de pele e sabre em punho, seguidos por três réus: primeiro um homem ruivo, com o rosto coberto de sardas, depois duas mulheres. O homem vestia roupa de sentenciado, muito comprida e muito larga para ele. Apertava os braços de encontro ao corpo para segurar as mangas, sem o que as mãos ficariam escondidas. Parecia não ver nem os juízes, nem o público e conservava os olhos fixos sobre o banco perto do qual passava, até que dando a volta sentou-se. Erguendo os olhos para o presidente, pôs-se a mover os lábios como a murmurar qualquer coisa. A mulher que vinha em seguida igualmente vestia o uniforme das detidas; aparentava uns cinquenta anos. Trazia um xale amarrado na cabeça, rosto desbotado, e nada teria de extraordinário, se não fosse a falta de sobrancelhas e de pestanas. Demonstrava absoluta seriedade. Chegando ao seu lugar desprendeu com todo o cuidado o vestido que ficara preso num prego, arrumou-o e sentou-se.

A outra mulher era Maslova.

Assim que entrou, todos os olhares masculinos na sala voltaram-se para ela, a apreciar-lhe longamente a suavidade do rosto, o brilho dos olhos, o porte esguio, o busto bem formado sob o amplo casaco. O próprio guarda, em cuja frente devia passar, não lhe desviou o olho até sentar-se; depois, como se houvera cometido um crime, voltou rapidamente o olhar para a janela que lhe ficava à frente.

O presidente esperou que os acusados sentassem. Virou-se para o escrivão, e começou a ordem do dia: chamada dos jurados, dos suplentes, o julgamento daqueles que tinham faltado, a condenação à multa: exame das justificações apresentadas pelo que se desculpavam, substituição dos jurados ausentes pelos suplentes. Em seguida o presidente pediu ao *pope* para vir dar juramento aos jurados.

O *pope* era um velho gordo, calvo, de rosto vermelho, uns poucos cabelos brancos e barba rala. Vestia uma sotaina de seda cor de canela, trazendo ao pescoço uma corrente, de onde pendia uma cruz de ouro que ele não cessava de virar de um lado para outro com os dedos inchados. Fora ordenado havia uns 49 anos e no ano seguinte iria celebrar seu jubileu sacerdotal, como recentemente o fizera o arcipreste da catedral. Desde a construção do Palácio de Justiça era adido ao tribunal: orgulhava-se de ter feito prestar juramento a várias dezenas de milhares de pessoas e de continuar, mesmo na velhice, trabalhando para o bem da Igreja, da pátria e também da família à qual contava legar além da casa, um capital de pelo menos trinta mil rublos em boas apólices. Nunca lhe passara pela ideia proceder mal, ao fazer prestar juramento sobre o evangelho diante de um tribunal; longe de sentir-se embaraçado, gostava do encargo que, muitas vezes, proporcionava-lhe ensejo de travar conhecimento com pessoas de destaque. Naquele dia, por exemplo, estava satisfeitíssimo de ter conhecido o famoso advogado de Petersburgo, e a consideração ainda aumentou ao saber que, por um único processo, recebera dez mil rublos.

Assim que o presidente o autorizou a proceder ao juramento, o velho *pope*, levantando com dificuldade os pés inchados, pôs-se a caminho da estante armada diante da santa imagem. Os jurados levantaram-se e seguiram-no em fila.

— Um momento — disse o *pope*, remexendo na cruz com a mão direita e esperando que todos os jurados se aproximassem. Depois de todos reunidos junto à imagem, o *pope*, inclinando para o lado a cabeça branca, meteu-a pela abertura de sua estola ensebada; depois de ter posto novamente em ordem os cabelos desalinhados, voltou-se para os jurados.

— Levantei a mão direita e colocai os dedos assim! — disse, enquanto erguia a mão gorda com os dedos dobrados como para tomar uma pitada de rapé. — E agora repeti comigo: "Juro pelos Santos Evangelhos e pela cruz redentora de Nosso Senhor que na causa em que..." Não abaixeis a mão! — disse, interrompendo-se para dirigir a palavra a um rapaz, que já ia abaixar o braço. Prosseguiu, então, lentamente, com pausa depois de cada frase: — "Que na causa... em que..."

O personagem importante de belas suíças, o coronel reformado, o negociante e outros jurados mantinham o braço erguido e os dedos dobrados exatamente como queria o *pope*; outros, pelo contrário, pareciam agir mecanicamente e de modo indeciso. Uns repetiam a fórmula do juramento muito alto, com expressão e calor; outros murmuravam baixinho, atrasando as palavras do *pope,* depois, muito assustados, apressavam-se para alcançá-lo. Todos estavam meio confusos, exceto o velho *pope,* que conservava a convicção e a serenidade de cumprir um ato de suma importância e utilidade.

Após o juramento, o presidente convidou os jurados a escolherem o presidente do júri. Imediatamente se levantaram e se dirigiram à sala de deliberação, onde quase todos, sem hesitar, acenderam cigarro e puseram-se a fumar. Alguém propôs que se elegesse para presidente o personagem importante, com o que todos concordaram. Depois, jogaram os cigarros e tornaram a entrar na sala de audiências. O jurado eleito anunciou ao presidente que fora escolhido, e todos sentaram nas poltronas de espaldares altos. Tudo decorreu sem incidentes, mas não sem solenidade; e essa solenidade, ordem e exatidão serviam para se compenetrarem magistrados e jurados do sentimento de estar cumprindo um dever social de grande responsabilidade. O próprio Nekhludov partilhava desse sentimento.

Quando os jurados sentaram, o presidente do tribunal dirigiu-lhes uma alocução para expor os direitos, obrigações e a responsabilidade que assumiam. À medida que falava mudava de posição: ora se virava para a direita, ora para a esquerda, ora se ajeitava na cadeira ou inclinava-se para a frente; ora alisava as folhas de papel soltas sobre a mesa, ora levantava a faca de papel, ora brincava com um lápis.

O direito dos jurados, segundo o que dissera, estava em interpelar os réus por intermédio do presidente, em poder examinar e tocar as peças. As obrigações eram julgar de acordo com a justiça. Finalmente a responsabilidade provinha do segredo das deliberações: se entrassem em comunicação com estranhos, no exercício da função de jurados, expor-se-iam às penas da lei.

Os jurados ouviram tudo em religioso silêncio. O negociante, exalando ao redor um acentuado cheiro de álcool, aprovava cada frase com um movimento de cabeça.

V

Terminada a alocução, o presidente dirigiu-se aos acusados:

— Simão Kartymkine, levante-se!

Simão assustou-se e deu um pulo; os lábios agitavam-se-lhe nervosamente!

— Seu nome?

— Simão Petrovitch Kartymkine — respondeu num fôlego, com voz estrídula, o réu que evidentemente havia preparado de antemão suas respostas.

— Condição?

— Somos camponeses.

— De que governo e distrito?

— Do governo de Tula, distrito de Krapivo, comuna de Koupianskore, aldeia de Borki.

— Idade?

— Trinta e quatro anos, nascido em 18...

— Religião?

— Pertencemos à religião russa-ortodoxa.

— Casado?

— Nós nunca nos casamos.

— Que emprego tinha?

— Trabalhávamos no Hotel Mauritânia.

— Já respondeu a processo?

— Nunca, porque, como vivíamos antes...

— Nunca respondeu a processo?

— Não, senhor, nunca. É tão verdade como há um Deus!

— Recebeu cópia do auto de acusação?

— Recebi, sim, senhor.

— Sente-se! Eufemia Ivanovna Botchkova! — prosseguiu o presidente, dirigindo-se a uma das mulheres.

Mas Simão continuava de pé e escondia a Botchkova.

— Kartymkine, sente-se!

Este teimava em ficar de pé. Sentou-se apenas quando o oficial de justiça, inclinando a cabeça e arregalando os olhos severos, ordenou-lhe com voz trágica que sentasse.

O réu sentou-se com a mesma precipitação com que se levantara e, enrolando-se no capote, começou outra vez a mover os lábios.

— Seu nome?

Com um suspiro de cansaço do homem impaciente que repete sempre a mesma coisa, o presidente voltou-se para a mais velha das mulheres, sem ao menos levantar os olhos e deixar de consultar o papel que segurava na mão. Este modo de agir já se tornara tão familiar que, para ir mais depressa, podia perfeitamente ocupar-se de duas coisas ao mesmo tempo.

Botchkova tinha 43 anos, pertencia à burguesia e era criada de quarto no mesmo Hotel Mauritânia. Nunca respondera a processo. Também havia recebido a cópia da acusação. Respondeu às perguntas do presidente com uma insolência provocante, como se dissesse: "Pois é, sou Eufemia Botchkova, recebi a cópia, tenho muito prazer e não admito que se riam de mim!" Não esperou que a mandassem sentar e, mal o interrogatório terminou, já o havia feito.

— Seu nome? — disse o presidente ao dirigir-se, com uma doçura toda especial, à outra acusada. — É preciso levantar-se — acrescentou em tom afável, observando que Maslova permanecia sentada.

Maslova ergueu-se e, com cabeça ereta, peito para a frente, sem responder, fixou no presidente os seus olhos negros, ingênuos e feiticeiros.

— Como se chama?

Ela murmurou qualquer coisa, indistintamente.

— Fale mais alto! — disse o presidente.

— Chamavam-me a Lubova — respondeu.

Nesse ínterim Nekhludov, através do *pince-nez,* ia observando os réus à medida que os interrogavam. "Não é possível!", dizia consigo, com os olhos fixos no rosto da acusada. "Chama-se Lubova, não é o mesmo nome! Mas que semelhança impressionante!"

O presidente queria passar a outra pergunta, mas o juiz de óculos murmurou-lhe algumas palavras que pareceram chamar-lhe a atenção.

Voltando-se para a acusada, disse:

— Como Lubova? Mas está inscrita sob outro nome!

A acusada ficou quieta.

— Pergunto qual é o seu verdadeiro nome?

— Seu nome de batismo? — sugeriu o juiz de óculos.

Ela pronunciou alguma coisa, sem desviar os olhos do presidente.

— Outrora, chamavam-me de Catarina.

"Impossível!", tornava a pensar Nekhludov. Não duvidava mais de que era ela, Katucha, a pupila, criada de quarto, que ele um dia amara sinceramente e a quem mais tarde seduzira, num momento de loucura, e abandonara. Ela, em quem sempre evitava pensar, porque a lembrança lhe era bastante dolorosa: humilhava-o e mostrava-lhe que, apesar de sua altivez e retidão, conduzira-se vil e covardemente para com aquela mulher.

Sim, era ela! Distinguia agora perfeitamente, naquela fisionomia, certa particularidade misteriosa que há em cada rosto e o torna diferente de todos os demais; uma coisa única, especial, sem equivalente.

Apesar da palidez doentia e da magreza de Katucha reconhecia-lhe essa particularidade em todas as linhas da face, na boca, nos olhos ligeiramente estrábicos, no sorriso, na voz e, sobretudo, no olhar ingênuo e na expressão graciosa não só do rosto mas de todo o porte.

— Devia ter respondido isso logo — continuou o presidente com o mesmo tom afável, tão irresistível a atração que ela exerce. — E seu nome patronímico? E o nome de seu pai?

— Sou filha natural — respondeu Maslova.

— Isso não tem importância; diga o nome de seu padrinho.

— Mikailovna.

"Mas que crime poderia ela ter cometido?", perguntava aflito Nekhludov a si mesmo.

— E seu apelido de família — prosseguia o presidente.

— Chamavam-me a "Enjeitada".

— Como?

— A "Enjeitada" — respondeu ela, com um ligeiro sorriso. — Pelo lado de minha mãe eu me chamava Maslova.

— A que classe pertence?

— Burguesia.
— Religião? Ortodoxa?
— Sim, senhor.
— Profissão? Que emprego tinha?

Maslova calou-se.

— Que emprego tinha? — repetiu o presidente.
— Estava numa casa.
— Em que casa? — perguntou o juiz de óculos, com severidade.
— O senhor sabe muito bem em que casa eu estava! — respondeu Maslova e, após desviar um instante os olhos, voltou a fixar o presidente.

Um estranho rubor lhe subiu à face. Havia algo de extraordinário na expressão do seu rosto, de tão terrível e pungente em suas palavras e no rápido olhar que lançou à assistência, que o presidente abaixou a cabeça.

Reinou absoluto silêncio na sala. Interrompeu-o um riso vindo do fundo da sala, onde se achava o público. O presidente levantou a cabeça e prosseguiu com o interrogatório.

— Nunca respondeu a processo?
— Nunca — disse a voz baixa de Maslova, com um suspiro.
— Recebeu cópia do auto de acusação?
— Recebi, sim, senhor.
— Sente-se.

A acusada levantou a barra da saia, gesto comum de senhora em grande *toilette* ao levantar a cauda do vestido, e sentou-se. Mergulhou as mãos nas mangas do capote e voltou a fixar o presidente. Voltaram-lhe ao rosto a calma e a palidez.

Procedeu-se em seguida à enumeração das testemunhas, à apresentação das mesmas, que se encontravam aguardando ordem de comparecimento, e do médico legista.

Levantou-se o escrivão e iniciou a leitura do processo. Lia com voz alta e clara, mas tão depressa que as palavras acabavam formando um ruído surdo, contínuo e enfadonho.

Os juízes viravam-se de um lado para outro nas cadeiras, visivelmente impacientes para ver terminada a leitura. Um dos guardas mal pôde disfarçar um bocejo alto.

No banco dos réus, Kartymkine não cessava de mexer os lábios; Botchkova mantinha-se perfeitamente calma, arrumando de vez em quando os cabelos debaixo do xale; Maslova continuava imóvel com os olhos parados no escrivão; por duas vezes, deu um suspiro e mudou a posição das mãos. Nekhludov, sentado na primeira fila entre os jurados, em sua poltrona alta, continuava a observá-la: no seu íntimo travava-se uma luta terrível.

VI

O auto de acusação assim principiava: "A 17 de outubro de 188..., o gerente do Hotel Mauritânia, sito nesta cidade, prestou declarações sobre a morte repentina de um dos seus locatários, residente no referido hotel, negociante siberiano Ferapout Smiclkov. O certificado do médico da 4ª divisão atesta que a morte de Smiclkov foi devida ao coração, causada pelo abuso das bebidas alcoólicas; o corpo de Smiclkov teve competente inumação no terceiro dia do falecimento. Entretanto, no quarto dia depois da morte de Smiclkov, um compatriota e companheiro dele, o negociante siberiano Timochine, chegou de S. Petersburgo. Informado das circunstâncias da morte de Smiclkov, levantou a suspeita de que não fora natural, mas que o amigo fora envenenado por malfeitores que logo em seguida se apoderaram de um anel de brilhantes e de grande quantia de dinheiro que Smiclkov possuía, mas não se mencionava no inventário após o falecimento.

Em consequência abriu-se um inquérito que esclareceu o seguinte:

"1º) que, pela declaração do gerente do Hotel Mauritânia e do principal caixeiro de Starikov, com o qual Smiclkov, ao chegar à cidade, mantinha negócios, o sobredito Smiclkov devia estar de posse da quantia de 3.800 rublos, sacada por ele no banco da cidade, enquanto que após sua morte só se encontravam 312 rublos e 16 kopecks em sua valise e em sua pasta;

"2º) que, na véspera da morte, Smiclkov passou o dia inteiro com uma tal Lubka, que por duas vezes viera ao seu quarto;

"3º) que a referida Lubka entregou à dona da casa em que vivia um anel de brilhantes que havia pertencido ao negociante Smiclkov;

"4º) que a criada de quarto do hotel, Eufemia Botchkova, no dia imediato ao da morte de Smiclkov, depositou no Banco do Comércio, em contacorrente, a quantia de 1.800 rublos; que, segundo a rapariga Lubka, o criado de quarto do hotel, Simão Kartymkine, entregou-lhe certo pó aconselhando-a a despejá-lo no *cognac* que Smiclkov iria beber, o que a empregada Lubka fez deliberadamente.

"Interrogada pelo magistrado instrutor, na qualidade de acusada, Lubka declarou que, enquanto o negociante Smiclkov se encontrava na casa de tolerância, onde, segundo sua expressão, ela 'trabalhava', foi enviada pelo dito negociante Smiclkov ao quarto que ocupava no Hotel Mauritânia para apanhar o dinheiro; que depois de ter aberto a valise do negociante com a chave que ele dera, ela retirou quarenta rublos, conforme lhe ordenara. Declarou não ter tirado outro dinheiro, fato que poderiam testemunhar Simão Kartymkine e Eufemia Botchkova, na presença dos quais ela abrira e fechara a valise.

"Com referência ao envenenamento de Smiclkov, a rapariga Lubka declarou que, ao voltar uma segunda vez ao quarto de Smiclkov, ela de fato despejou, no copo de *cognac* que este iria beber, um pó que lhe deu Simão Kartymkine. Mas julgara simplesmente ser um soporífero, e despejou-o para que aquele dormisse e a desembaraçasse. Acrescentou que não tirou outro dinheiro e que o próprio Smiclkov lhe dera o anel, depois de a ter espancado e para impedi-la de sair.

"Interrogados pelo delegado na qualidade de acusados, Eufemia Botchkova e Simão Kartymkine declararam o seguinte:

"Eufemia Botchkova declarou que absolutamente nada sabia sobre o desaparecimento do dinheiro, não tinha entrado no quarto do negociante, onde unicamente Lubka entrara. Afirmou que, se dinheiro houvessem tirado ao negociante, só poderia ter sido Lubka quando foi ao quarto com a chave da valise.

(Neste ponto da leitura da acusação, Maslova estremeceu e, abrindo a boca como para dar um grito, virou-se para Botchkova). Interrogada sobre a procedência dos 1.800 rublos depositados por ela no Banco, declarou que esse dinheiro era fruto da economia de doze anos, feita por ela e por Simão, com o qual estava para casar.

"Simão Kartymkine, interrogado, confessou que, de cumplicidade com Botchkova e por instigação de Maslova, a quem o negociante havia entregue a chave da valise, tinha tirado grande quantia de dinheiro, que dividira entre os três; confessou também que dera a Maslova um pó para adormecer o negociante.

Porém, no seu segundo interrogatório negou qualquer participação no roubo do dinheiro, como na entrega do pó, jogando toda a culpa sobre Maslova. Interrogado sobre o dinheiro depositado no banco por Botchkova, respondeu, como a mesma, que fora ganho por ambos durante doze anos de serviço, e era o produto de gorjetas que lhe davam os locatários.

"A autópsia do corpo do negociante Smiclkov, executada de acordo com a lei, revelou a presença de certa quantidade de veneno nos intestinos..." Seguiam na acusação o relatório das confrontações, depoimento das testemunhas etc. E assim terminava:

"Em consequência do que, Simão Kartymkine, camponês, de 34 anos; Eufemia Ivanova Botchkova, burguesa, de 43 anos, e Catarina Mikailovna Maslova, de 27 anos, são acusados de haver, a 16 de outubro de 188..., roubado em comum, do negociante Smiclkov, a quantia de 2.500 rublos e em seguida, a fim de fazer desaparecer os indícios do roubo, atentarem deliberadamente contra a vida do dito Smiclkov, fazendo-o ingerir o veneno que lhe motivou a morte.

"Tais delitos são previstos pelo artigo 1.455 do Código Penal: em virtude do que, Simão Kartymkine, camponês, e Eufemia Botchkova e Catarina Maslova, burguesas, são entregues ao julgamento do tribunal do distrito, submetidos a júri, com a colaboração dos jurados."

Terminada a leitura, o escrivão pôs em ordem as folhas que acabava de ler, sentou-se e alisou a longa cabeleira negra com as duas mãos. Toda a assistência lançou um suspiro de alívio, cada um teve a grata impressão de que, aberto o inquérito, tudo iria esclarecer-se e a justiça se faria. O único de opinião diversa era Nekhludov: continuava a pensar, com espanto, que crime podia ter cometido Maslova, que, há dois anos passados, ele conhecera inocente e pura.

VII

Quando acabou a leitura do processo, o presidente consultou os auxiliares e, depois, virou-se para Kartymkine com uma expressão que significava: "Agora, iremos saber qual a versão mais certa, com todos os pormenores."

— Simão Kartymkine! — chamou, inclinando-se para a esquerda.

Simão Kartymkine levantou-se, ergueu as mangas do capote e adiantou-se com firmeza, sem deixar de mexer os lábios.

— É acusado de que, a 16 de outubro de 188..., de conivência com Eufemia Botchkova e Catarina Maslova, roubou da valise do negociante Smiclkov uma quantia de dinheiro que lhe pertencia; e, tendo arranjado arsênico, induziu Catarina Maslova a misturá-lo à bebida de Smiclkov, o que ela fez e em consequência do que Smiclkov faleceu. Reconhece, confessa-se culpado? — concluiu o presidente, inclinando-se para a direita.

— É impossível, porque nosso trabalho...

— Dirá isso mais tarde. Reconhece sua culpa?

— É impossível... eu somente...

— Irá dizer-nos isso mais tarde! Reconhece que é culpado? — repetiu o presidente, com voz calma embora severa.

— É impossível, porque...

Novamente o oficial de justiça se voltou para Simão Kartymkine e interrompeu-o com um "psiu" trágico. O presidente, expressando que aquela parte do processo estava terminada, mudou o braço de posição e dirigiu-se a Eufemia Botchkova:

— Eufemia Botchkova. É acusada de haver, a 16 de outubro de 188..., de conivência com Simão Kartymkine e Catarina Maslova, roubado da valise do negociante Smiclkov uma quantia em dinheiro e um anel, em seguida, após haver repartido o produto do roubo, ter feito o negociante Smiclkov beber arsênico, o que ocasionou sua morte. Reconhece sua culpa?

— Não sou culpada de nada — respondeu a acusada, com voz dura e ousada. — Nem sequer entrei no quarto, e, uma vez que só esta sujeita lá entrou, naturalmente foi ela que fez tudo.

— Dir-nos-á isso mais tarde — tornou a dizer o presidente, com voz firme e tranquila. — Então não se reconhece culpada?

— Não peguei o dinheiro, não dei veneno, não entrei no quarto e, se tivesse entrado, teria escorraçado esta ordinária.

— Reconhece ou não que é culpada?

— Não tenho culpa.

— Está bem. Catarina Maslova — disse em seguida o presidente, dirigindo-se à outra ré — é acusada de ter entrado no quarto do Hotel Mauritânia com a chave da valise do negociante Smiclkov e roubado dessa valise dinheiro e um anel...

O presidente interrompeu a frase, para escutar uma observação do juiz da direita a respeito da falta de um frasco, uma das provas materiais enumeradas na lista.

"Veremos isso daqui a pouco!", murmurou em resposta o presidente; continuou depois sua frase como se fosse uma lição estudada de cor.

— ...roubado dessa valise dinheiro e um anel, repartido o produto do roubo com seus dois companheiros e, voltando ao hotel com o negociante Smiclkov, ter-lhe dado de beber *cognac* envenenado. Confessa-se culpada?

— Não sou culpada de nada! — respondeu imediatamente a acusada. — Como já disse desde o início, repito agora: não peguei nada, nada, nada! E o anel foi ele mesmo que me deu!

— Não se reconhece culpada de tirar os 2.600 rublos? — perguntou o presidente.

— Não tirei nada, a não ser os quarenta rublos.

— E de ter despejado o pó no copo de Smiclkov?

— Isso confesso. Mas pensei, como me garantiram, que era pó para adormecer, absolutamente inofensivo. Eu nunca seria capaz de envenenar alguém! — acrescentou franzindo o sobrecenho.

— Então, não se reconhece culpada de ter roubado o dinheiro e o anel de Smiclkov, mas confessa haver despejado o pó?

— Sim, confesso, mas pensei que fosse um entorpecente. E dei unicamente para que ele dormisse. Eis que...

— Muito bem! — interrompeu o presidente, visivelmente satisfeito com os resultados obtidos. — Conte-nos agora como se deu tudo! — prosseguiu ele ajeitando-se no fundo da poltrona e apoiando as mãos sobre a mesa. — Conte tudo o que sabe. Uma confissão sincera pode equivaler às vezes a uma absolvição.

Maslova continuava a fixar o presidente, porém, calada e enrubescida, procurando vencer a timidez que a dominava.

— Vamos! Conte-nos como se passaram as coisas.

— Como se passaram? — disse bruscamente Maslova. — Pois bem! O negociante foi uma noite à casa em que eu trabalhava; sentou-se perto de mim, ofereceu de beber.

Calou-se novamente, como se tivesse perdido o fio da narração ou se lembrado de outra coisa.

— Bem, e depois?

— Depois! ah!... ele ficou, depois saiu.

Nesse momento o substituto do procurador levantou-se um pouco, apoiando-se com afetação sobre um dos cotovelos.

— Desejais fazer uma pergunta? — indagou o presidente.

E, ante a resposta afirmativa do substituto, lhe foi dada a palavra.

— Desejava saber se a ré conhecia anteriormente Simão Kartymkine — perguntou solenemente o substituto, sem dirigir o olhar para Maslova.

Feita a pergunta, cerrou os lábios e franziu a testa. O presidente repetiu a pergunta. Maslova fitava com espanto o substituto.

— Simão? Sim, senhor, conhecia.

— Desejaria ainda saber quais eram as relações da acusada com Kartymkine. Viam-se acaso amiúde?

— Quais eram nossas relações? Recomendava-me aos hóspedes do hotel, mas eu não tinha "relações" com ele! — respondeu Maslova, caminhando os olhos inquietos do substituto ao presidente e vice-versa.

— E por que Kartymkine só recomendava Maslova aos hóspedes, e não as outras? — disse o substituto com um sorriso irônico de quem prepara uma armadilha.

— Não sei. E como poderia saber? — respondeu Maslova, olhando ao redor, com terror. — Recomendava as que queria.

"Será que ela me reconheceu?", cismava Nekhludov, em quem os olhos da acusada demoraram um instante; todo o sangue lhe afluiu ao rosto. Maslova, porém, não o havia notado entre os demais jurados, e logo voltara os olhos assustados sobre o substituto.

— Então a acusada nega que tivesse tido qualquer relação íntima com Kartymkine? Está muito bem. Nada mais tenho a perguntar.

E o substituto, desencostando-se imediatamente, pôs-se a escrever qualquer coisa. Na realidade, não escrevia coisa alguma, limitava-se a cobrir com a pena as letras da denúncia, e isso para imitar os procuradores e os advogados que, a cada pergunta feita, anotavam sempre observações que depois serviriam de argumento contra o adversário. O presidente, que até então se distraíra a conversar com o juiz de óculos, voltou-se logo para a acusada.

— E o que aconteceu depois? — perguntou, prosseguindo o interrogatório.

— Era noite — declarou Maslova recobrando o ânimo, ao pensar que só teria de dirigir-se ao presidente —, mal acabara de subir para o meu quarto, quando Berta, a criada, veio dizer-me: "Desce, o teu negociante acaba de voltar!" Eu não queria descer, mas a dona da pensão me obrigou. E lá estava ele, no salão, distribuindo bebidas às minhas companheiras; depois quis pedir mais vinho e já não tinha dinheiro. A senhora não quis fiar. Então ele me mandou ao hotel, no quarto em que morava. Disse-me onde estava o dinheiro e quanto eu devia trazer. Eu saí.

O presidente continuava a falar baixinho com seu vizinho e não ouviu o que Maslova acabara de dizer; mas para provar o contrário, achou que devia repetir as últimas palavras da acusada.

— Saiu? E depois?

— Cheguei ao hotel e fiz exatamente o que o negociante mandou; tomei quatro notas vermelhas de dez rublos cada uma. — Novamente interrompeu a narração, como se fosse subitamente dominada por estranho pavor. — Não fui sozinha ao quarto. Chamei Simão Mikailovitch e ela — acrescentou, apontando para Botchkova.

— Menina! Eu não entrei! — gritou Botchkova, mas o escrivão fê-la calar-se.

— Foi na presença deles que eu retirei as quatro notas vermelhas.

— Desejaria saber se a acusada, ao pegar os quarenta rublos, viu quanto dinheiro estava na mala — perguntou o substituto.

— Não contei, mas vi que havia notas de cem rublos.

— Nesse caso a acusada viu notas de cem rublos! Estou satisfeito.

— E então levou o dinheiro? — prosseguiu o presidente, consultando o relógio.

— Levei.

— E depois?

— Depois, o negociante me fez acompanhá-lo ao seu quarto.

— Está bem! E como lhe deu o pó? — perguntou o presidente.

— Despejei no copo, e ele bebeu.

— E por que lho deu?

— Para me livrar dele — disse com um sorriso forçado.

— Como! Para se livrar? — repetiu o presidente, também sorrindo.

— Pois é, para me livrar! Não queria deixar-me. Então saí no corredor, disse a Simão Mikailovitch: "Se ao menos me deixasse em paz." — Maslova parou um instante, depois continuou:

— E Simão Mikailovitch me disse: "Também a nós ele aborrece. Vamos dar-lhe um pó para adormecer, e assim você poderá ir embora!" Eu pensei que era um pó inofensivo. Tomei-o para despejar no copo. Quando voltei, o negociante estava deitado na alcova e mandou-me buscar *cognac* sem demora. Então coloquei sobre a mesa uma garrafa de *champagne*, enchi duas taças, para mim e para ele, sendo que, na dele, misturei o pó que tinha trazido, julgando sempre que fosse um narcótico. Mas, se eu soubesse, nunca, nunca o teria dado.

— Agora, vejamos! Como entrou de posse do anel? — perguntou o presidente. — Quando lho deu?

— Quando cheguei ao quarto, quis ir embora e ele me bateu na cabeça e quebrou-me o pente. Comecei a chorar; tirou então o anel do dedo e me fez presente para que eu ficasse.

Nesse momento, o substituto fez menção de levantar-se e pediu licença para fazer ainda algumas perguntas.

— Desejaria saber: em primeiro lugar, quanto tempo esteve a acusada no quarto de Smiclkov?

Novamente um súbito terror se apoderou de Maslova. Dirigindo seu olhar inquieto do substituto para o presidente, respondeu depressa.

— Não me lembro.

— Ah! E a acusada igualmente se esqueceu de que, ao sair do quarto de Smiclkov, entrou em qualquer outro aposento do hotel?

Maslova refletiu um instante.

— Entrei no quarto vizinho, que estava desocupado.

— E por que entrou lá? — perguntou o substituto, virando-se repentinamente e dirigindo-se diretamente a ela.

— Para me arrumar e esperar o carro.

— Kartymkine terá entrado também no quarto com a acusada? Sim ou não?

— Entrou também.

— E para quê?

— Ainda restava *champagne* na garrafa e bebemos juntos.

— E a acusada terá falado alguma coisa com Simão?

— Não falei nada. Já contei tudo o que aconteceu.

— É o bastante — disse o substituto ao presidente; pôs-se a escrever rapidamente, no esboço da sua acusação, que a ré confessara haver entrado no quarto.

Sobreveio um silêncio geral.

— Nada mais tem a declarar?

— Já declarei tudo — repetiu Maslova. Depois, suspirou e sentou-se.

O presidente observou qualquer coisa em seus papéis. Ouviu a comunicação que lhe fazia um dos auxiliares e declarou a sessão suspensa por vinte minutos. Levantou-se com pressa e saiu da sala.

Dirigira-lhe à palavra o juiz barbudo, de olhos grandes e bondosos: esse magistrado estava com o estômago ligeiramente indisposto e tinha mostrado desejo de tomar um reconfortante. Eis o motivo que levou o presidente a suspender a sessão.

Logo depois o presidente, os juízes e igualmente os jurados levantaram-se e retiraram-se para a sala de deliberações, bem impressionados de já haverem cumprido boa parte da sagrada missão que a sociedade lhes confiara.

Nekhludov, assim que entrou na sala do júri, sentou-se diante da janela e pôs-se a sonhar.

Capítulo V

I

Não havia dúvida, era Katucha!

Nekhludov pôs-se a recordar as circunstâncias em que a conhecera.

Quando a viu pela primeira vez, tinha apenas acabado seu terceiro ano de universidade e instalara-se em casa das tias a fim de preparar sua tese. Geralmente passava o verão em companhia da mãe e da irmã, no castelo da família, nos arredores de Moscou. Aquele ano, porém, a irmã se casara e a mãe fora fazer uma estação de águas no estrangeiro. Nekhludov não pôde acompanhá-la por ter de escrever a tese, e eis por que resolveu passar o verão em companhia das tias. Tinha certeza de que encontraria naquele retiro a tranquilidade de espírito necessária à elaboração do seu trabalho. Além disso, queria muito bem às tias e sabia o quanto elas correspondiam a essa afeição. Por fim, encantava-o a simplicidade daquela vida à antiga. Achava-se com a disposição e o entusiasmo próprios de um rapaz que, pela primeira vez, observa bem de perto toda a beleza e todo o valor da vida. Reconhecia que, se há uma responsabilidade que pesa sobre o homem nesta vida, em compensação esta lhe oferece a possibilidade de realizar sua tarefa, e quem se consagra a essa realização com esperança tem a certeza de chegar a atingir o mais alto grau de perfeição. Havia pouco, lera as obras sociológicas de Spencer e de Henry George, e foi quase decisiva a impressão que essa leitura lhe causou, porque as questões tratadas afetavam-no diretamente: sua mãe era proprietária de um domínio considerável. O pai, a bem dizer, nunca teve fortuna, mas a mãe ao casar trouxe um dote e dez mil jeiras de terra aproximadamente, e um dia a maior parte disso iria pertencer-lhe.

E eis que, pela primeira vez, descobriu o quanto era cruel e injusto o regime da propriedade particular. E, como, por natureza, pertencia ao grupo daqueles para quem o sacrifício em nome de uma necessidade moral constitui um gozo espiritual, resolveu imediatamente renunciar à sua parte e dar aos camponeses tudo quanto possuía, isto é, a pequena propriedade que herdara do pai. Esse motivo lhe inspirou o assunto da sua tese sobre "Propriedade rural". A vida que levava no campo, junto às tias, era das mais saudáveis. Levantava-se muito cedo, às vezes às cinco horas. Ia banhar-se no regato que serpenteava ao pé da colina, e depois voltava à velha mansão, através dos prados ainda orvalhados pela madrugada. Depois do café, ora trabalhava na tese, ora lia ou escrevia, ora saía novamente a vaguear pelo campo até as onze horas. Antes do almoço, cochilava a um canto do jardim; durante a refeição divertia e deliciava as tias com sua alegria inesgotável; mais tarde saía a cavalo ou passeava de barco; e à noite, ou tornava a ler ou ficava no salão contando pilhérias às tias. Muitas vezes, sobretudo nas noites de luar, não conseguia dormir, tal a alegria que lhe palpitava em todo o ser; punha-se então a perambular pelo jardim até a aurora, dando largas à sua imaginação.

Assim passara uma vida calma e feliz durante o primeiro mês com as tias, e em todo aquele tempo nem ao menos uma vez prestara atenção na moça que vivia tão perto dele, a semipupila e criada de quarto das tias: na meiga e graciosa Katucha de olhos negros. Educado sob os cuidados maternos, ainda conservava, aos dezenove anos, a inocente ingenuidade de uma criança. Sonhava com a mulher para o casamento, mas todas aquelas que, em sua opinião, não podiam casar-se com ele eram simplesmente seres humanos. Ora, nesse mesmo verão, na véspera da Ascensão, uma senhora da vizinhança foi visitar as duas solteironas, acompanhada de seus dois filhos e um jovem pintor, filho de um camponês, amigo íntimo dos dois rapazes. Depois do chá, os rapazes organizaram uma partida de corrida, no campo que se estendia diante da casa e que fora recentemente aparado. Katucha foi convidada a tomar parte no jogo e chegou a hora de Nekhludov correr com ela. Era encantadora e, como todos, sentia prazer em vê-la; mas não imaginou que pudesse nascer entre ambos uma relação mais íntima.

Deviam correr de mãos dadas, de acordo com as regras do jogo, e era o jovem pintor quem devia tentar pegá-los. "Oh!", pensou consigo, "não conseguirei apanhar aqueles dois!" Mas assim mesmo corria o mais rápido possível, com as pernas de *mujik*, curtas e musculosas.

— Um! Dois! Três! — Deu o sinal batendo três vezes as mãos. Katucha, sorridente, aproximou-se de Nekhludov, segurou-lhe a mão com um movimento forte da sua mãozinha e atirou-se ligeiramente para a esquerda; ouvia-se o farfalhar da saia engomada. Nekhludov também era bom corredor. Como se empenhasse, também, em não ser alcançado pelo pintor, passou logo Katucha e em pouco tempo estava na extremidade do campo. Ao chegar, virou-se e viu que o pintor perseguia Katucha; ela, porém, com muita agilidade, escapava e se afastava sempre para o lado esquerdo. Havia lá uma moita de sabugueiro, atrás da qual combinaram não correr. Katucha, porém, correu para não ser apanhada, e Nekhludov, como seu parceiro, achou-se na obrigação de ir-lhe ao encalço. Esquecera-lhe à frente do sabugueiro um fosso coberto de urtigas. Escorregou, caiu dentro, ficou com as mãos molhadas no orvalho da noite, que já começava a umedecer as folhas. Logo, porém, levantou-se, rindo-se do revés e, com um salto se pôs à frente do sabugueiro. Katucha, com seus grandes olhos negros, sempre sorridente, encaminhou-se para ele. Aproximaram-se e estenderam a mão.

— O que aconteceu? Você tropeçou? — perguntou ela, fixando-o nos olhos, enquanto arrumava uma mecha de cabelo que lhe escapara da trança.

— Esqueci-me completamente desse fosso — respondeu Nekhludov, também sorrindo e segurando-lhe ainda a mão. Sentindo-a mais perto Nekhludov, num ímpeto, apertou-lha fortemente e beijou-a nos lábios. Com um movimento rápido a moça retirou a mão e deu alguns passos para trás. Colheu dois ramos de sabugueiro, apoiou-os de encontro às faces escaldantes, como para refrescá-las, e, agitando o braço, zarpou a reunir-se com os outros companheiros. Desde esse instante, as relações entre Nekhludov e Katucha se transformaram. Dali por diante os dois jovens se encontraram na situação de dois jovens igualmente puros e inocentes, que sentem mútua atração.

Bastava Katucha entrar no quarto de Nekhludov ou que este lhe percebesse de longe o vestido cor-de-rosa e o avental branco, para que tudo a seus olhos se transfigurasse: renascia para a vida, tudo era alegria. E ela, por sua vez, experimentava idêntica impressão. Não era simplesmente a presença, a aproximação de Katucha o que produzia esse efeito em Nekhludov: a simples ideia da sua existência enchia-o de felicidade. Se por acaso recebia uma carta que o aborrecia;

se o trabalho não progredia; se, por acaso, o dominava uma crise de melancolia profunda, sem fundamento, tão frequente entre a mocidade; bastava pensar em Katucha para se dissiparem todas as tristezas. Katucha tinha muito que fazer na casa, mas trabalhava depressa. Nos momentos de lazer entregava-se à leitura. Nekhludov emprestou-lhe romances de Dostoievski e de Turgueniev; encantou-a o "Antchar", de Turgueniev.

Durante o dia trocavam palavras ao se encontrar no corredor, na escadaria externa e no pátio; às vezes ficavam na copa em companhia da velha governanta, Matrena Pavlovna, e tomavam juntos o chá. Aquela prosinha, na presença de Matrena Pavlovna, era para ambos um motivo de encantamento. Mas quando ficavam a sós a conversa deixava de ser a mesma. Os olhos passavam a falar sua linguagem bem diversa da dos lábios, que, afinal, se calavam; invadia-os uma sensação de constrangimento e eram obrigados a se afastar imediatamente. Essa intimidade vicejou entre eles durante toda a estada. Afinal as tias acabaram por percebê-la: inquietaram-se com o caso e julgaram um dever prevenir, por carta, a cunhada, mãe de Nekhludov. Maria Ivanovna temia que Dmitri viesse a ter uma relação de caráter íntimo com Katucha: receio infundado, pois Nekhludov jamais pensara em semelhante coisa.

Amava Katucha, mas de amor absolutamente puro, e esse amor seria o bastante para impedi-lo, tanto quanto a ela, de um mau passo. Não só não desejara possuí-la, como também não admitira essa possibilidade. A tia mais moça, Sofia Ivanovna, de temperamento mais romântico, receava que Dmitri, com seu caráter íntegro e resoluto, viesse um dia a pensar em casamento com a moça, apesar de sua origem e condição. De fato, havia muito mais fundamento nessa ideia do que na da outra tia, pois, quando Maria Ivanovna certa vez chamou a atenção do sobrinho, com mil precauções, mostrando-lhe que não era digno o seu procedimento com a moça, porque acabaria apaixonada por ele sem que pudesse desposá-la, o rapaz respondeu com firmeza:

— E por que não me casaria com Katucha?

Na realidade, jamais pensara na possibilidade desse casamento. O sentimento de exclusivismo aristocrático proíbe aos homens de posição escolherem para esposa moças como Katucha. Mas, depois da conversa com a tia, chegou à conclusão de que não lhe desagradava a ideia de casar com Katucha. Com o ardor da mocidade, gostava de opiniões radicais. Sentia prazer em dizer: "Seja como for, Katucha é uma mulher como as outras. Se a amo, por que não me casarei com ela?" Contudo, embora amando Katucha, não se lhe afastava do pensamento a certeza de mais tarde encontrar na vida outra mulher, a que lhe estava destinada. Estava convencido de que aquilo que sentia por Katucha era apenas uma sombra apagada do que sentiria quando encontrasse a mulher extraordinária — símbolo de toda perfeição — que o destino lhe reservava.

Porém, no dia da sua partida, quando viu Katucha no alto da escadaria ao lado das tias, quando viu aqueles grandes olhos negros que o fixavam com ternura, marejados de lágrimas, teve a impressão nítida de que, naquele dia, acabava para ele qualquer coisa de muito bela, de valor inestimável, que jamais volveria a encontrar. Sentiu-se, então, dominado de profunda tristeza.

— Adeus, Katucha, e obrigado por tudo! — disse-lhe baixinho, por detrás dos ombros das tias, antes de subir ao carro que devia levá-lo.

— Adeus, Dmitri Ivanovitch! — repetiu com ternura. Saltaram-lhe dos olhos as lágrimas que a tanto custo retivera; correu, então, para a sala, a fim de poder chorar à vontade.

II

Decorreram três anos sem que Nekhludov tornasse a ver Katucha. E quando, ao cabo desse tempo, foi vê-la, durante uma rápida passagem em casa das tias, para depois reunir-se ao seu regimento — pois acabara de ser nomeado oficial da guarda — era outro homem, bem diferente daquele que mantivera sua inocente relação amorosa com a meiga Katucha. Outrora era um rapaz leal e desinteressado, sempre pronto a abandonar inteiramente o que não lhe parecesse direito; agora, era apenas um egoísta e devasso que só se preocupava com seu prazer pessoal. Outrora o mundo afigurava-se-lhe um mistério que ele precisava desvendar, com o ardor da juventude; agora, tudo lhe parecia simples e claro; tudo lhe parecia subordinado às condições da sua vida pessoal. Outrora, considerava de suma importância comungar com os homens que tinham vivido, pensado e sentido antes dele, os filósofos e os poetas do passado; agora, o importante e o necessário era estar em comunhão com seus camaradas e conformar-se com os hábitos mundanos do seu meio. Outrora, concebera a mulher como uma criatura misteriosa e encantadora, e todo o encanto lhe procedia do próprio mistério que a envolvia; agora, a mulher, todas as mulheres — exceção feita à família e às esposas dos amigos — apareciam a seus olhos com um sentido muito preciso e definido: não passavam de um instrumento de prazer, já experimentado e por isso mesmo preferido. Outrora, não precisava de dinheiro e limitava-se a gastar a terça parte da mesada que a mãe lhe dava; podia renunciar à herança paterna e entregá-la aos camponeses; agora, não lhe bastavam os 1.500 rublos que recebia, e mais de uma vez houve explicações desagradáveis entre ele e a mãe, por questão de dinheiro.

Essa transformação tão profunda proviera unicamente de ter deixado de confiar em si mesmo para confiar nos outros. E se isso acontecera foi porque acreditar em si mesmo é talvez mais difícil do que acreditar nos outros: para viver confiante em si mesmo, era-lhe preciso agir não em proveito de suas inclinações egoístas, unicamente preocupado com o prazer, mas, ao contrário, sempre contra os seus próprios impulsos; ao passo que, crendo nos outros, não precisava resolver nada antecipadamente, encontrando tudo resolvido e sempre a seu favor. Além do mais, acreditando em si, expunha-se constantemente à desaprovação dos homens, e confiando nos outros estava seguro dos seus elogios. Assim, se acaso Nekhludov se preocupava com a verdade, com o destino do homem, com a riqueza e a pobreza, todos que o cercavam julgavam essas preocupações extravagantes e até ridículas; a mãe, as tias, chamavam-no, com fina ironia, "o nosso caro filósofo"; pelo contrário, quando lia romance, quando contava anedotas picantes, quando contava passagens de um "vaudeville" a que assistira no Teatro Francês, todos o aprovavam e achavam encantador. Quando, para moderar sua despesa, aparecia com uma casaca do ano anterior ou se abstinha de beber vinho, todos o acusavam de pretensa originalidade; mas, se esbanjava em prazeres mais dinheiro do que possuía, em caçadas e jantares elegantes, ou ainda em renovar a decoração de uma das dependências da sua casa, merecia a aprovação geral, e os amigos presenteavam-no com objetos custosos. Enquanto foi casto e externou o desejo de assim se conservar até o casamento, toda a família receou pela sua saúde, e a própria mãe, que ao pensar na possibilidade do casamento com Katucha se enchia de temor, alegrou-se ao saber que o filho raptara certa senhora francesa a um dos seus camaradas. Finalmente, quando Nekhludov entregou aos camponeses uma parte dos bens que herdara do pai, porque considerava injusto possuir terras, essa decisão horrorizou a família e lhe valeu inúmeras censuras e zombarias por parte das suas relações. Não cansavam de repetir que a dádiva aos camponeses, longe de lhes melhorar o nível de vida, teve como resultado a instalação de três tabernas que os levaram a abandonar completamente o trabalho. Entretanto, quando Nekhludov, ao entrar no exército, se viu admitido na sociedade mais aristocrática, e começou a esbanjar tanto dinheiro a ponto de pedir à mãe um adiantamento de legítima, a velha princesa ficou aborrecida, mas no íntimo jubilosa, achando naturais e compreensíveis aqueles caprichos da mocidade, com que o filho levava essa vida dissipada em companhia tão brilhante. Nos primeiros tempos, Nekhludov chegou a lutar contra esse novo sistema de vida; a luta pareceu árdua porque tudo aquilo que considerava bom, quando confiava em si, era pelos outros tido como mau, e, inversamente. Resultado: Nekhludov acabou cedendo, abandonando a confiança em si para confiar nos outros. A princípio muito lhe custou a renúncia, mas foi impressão efêmera. Começou a fumar, a beber; terminou por se arraigar nos novos hábitos, aliviando-se no pensamento de que para o futuro só se deveria inquietar com a crítica dos outros. E, desde então, Nekhludov, com seu temperamento apaixonado, entregou-se inteiramente à nova vida, comum a todos os seus amigos; abafou completamente a voz que reclamava em seu íntimo qualquer coisa diferente. Essa transformação, principiada quando chegou a S. Petersburgo, terminou ao entrar no corpo do exército.

— Estamos prontos a sacrificar nossa vida, e, portanto, esta vida que levamos, vida despreocupada e alegre, não só é justificável mas ainda indispensável. Seríamos insensatos se procurássemos outra diferente.

Assim raciocinava inconscientemente Nekhludov, durante essa fase de sua vida, e regozijava-se de se haver libertado de todos os preconceitos morais que impusera à sua mocidade. Não deixava de proporcionar a si mesmo um verdadeiro estado de loucura egoística. E nesse estado se encontrava quando, três anos após o seu primeiro encontro com Katucha e no momento em que iria partir para a guerra contra os turcos, voltou novamente à casa das tias.

III

Nekhludov tinha diversos motivos para parar no castelo. Em primeiro lugar a propriedade ficava no caminho que devia seguir para reunir-se ao regimento; depois, as velhas tias suplicaram que ele viesse vê-las de passagem, mas sobretudo ele próprio quisera rever Katucha. Talvez já tivesse, no íntimo, arquitetado um mau plano para com a moça, plano que lhe instigava o novo homem que nele nascera, e que, em todo caso, não o confessava abertamente. Manifestava o desejo de rever os lugares em que fora feliz com ela, revê-la e as tias, criaturas um tanto ridículas, mas boas e amáveis, que sempre o haviam cercado de uma atmosfera de carinho e admiração. Chegou em fins de março, numa Sexta-Feira Santa, em pleno degelo, debaixo de chuva copiosa, de modo que, ao aproximar-se da casa, estava completamente molhado e transido de frio. Mas, apesar de tudo, alegre e bem-disposto, como sempre estava nessa época da vida. "Contanto que ela ainda esteja aí!", pensava ao penetrar no pátio, todo coberto de neve. Ao avistar a velha casa de tijolos que tão bem conhecia, exclamou: "Se eu pudesse vê-la ali, para me receber!"

No umbral da porta apareceram duas empregadas descalças, com as saias arregaçadas, segurando baldes, naturalmente ocupadas em lavar o soalho. Mas nenhum sinal de Katucha. Recebeu-o Tikhon, o velho empregado, também de avental, que decerto interrompera algum serviço. Na sala de entrada foi recebido por Sofia Ivanovna, vestida com um capote amarelo e com uma touca na cabeça.

— Ah! Como estou contente de você ter vindo — disse Sofia Ivanovna, abraçando-o. — Maria está meio adoentada, cansou-se hoje cedo de ir à igreja, quando nos fomos confessar.

— Bom dia, titia — disse Nekhludov, beijando-lhe a mão. — Desculpe-me, se a molhei!

— Vai depressa mudar de roupa em teu quarto. Estás ensopado. Ora veja, já tens bigode. Katucha, Katucha, depressa, prepare um café para ele.

— Imediatamente! — respondeu de dentro uma voz conhecida e agradável. O coração de Nekhludov palpitou de alegria. Era ela. Ainda estava lá! Nesse instante o sol rompeu por entre as nuvens. Nekhludov, feliz, seguiu o velho Tikhon, que o levou ao mesmo quarto que ocupara da outra vez. Gostaria de ter feito uma série de perguntas sobre Katucha: se ela ia bem, o que estava fazendo, se já estava noiva... Mas Tikhon era tão respeitoso e, ao mesmo tempo, tão digno, insistia tanto em despejar a água do jarro sobre as mãos de Nekhludov, que este não ousou interrogá-lo sobre a moça, limitando-se a pedir notícias dos seus netinhos, do velho cavalo, de Polkam, o cão de guarda. Todos estavam vivos, todos iam bem de saúde, exceto Polkam, que contraíra a raiva no ano anterior.

Nekhludov estava mudando de roupa quando ouviu um passo ligeiro no corredor. Bateram à porta. Nekhludov reconheceu tanto o passo como a maneira de bater: só *ela* andava, só ela batia daquele modo! Rapidamente atirou aos ombros o sobretudo todo molhado e depois gritou: "Entre." Era ela, Katucha, sempre a mesma, mas ainda mais bonita e mais encantadora do que outrora. Nos olhos negros brilhava o mesmo sorriso ingênuo; como em outros tempos, trazia um avental branco de alvura imaculada. Vinha da parte das tias trazer-lhe um sabão perfumado, do qual apenas retirara o invólucro, e duas toalhas, uma de linho e outra mais áspera para o banho. E tudo, o sabão, as toalhas e a própria Katucha, tudo era limpinho, fresco, agradável.

— Seja bem-vindo, Dmitri Ivanovitch — disse sem titubear, o sangue, porém, afluiu-lhe ao rosto.

— Obrigado, Katucha. E você, como vai? — respondeu, corando também. Ele não sabia se devia tratá-la por "tu" ou "você".

— Muito bem, graças a Deus! Aqui está seu sabonete preferido com perfume de rosas — continuou ela, depositando-o sobre a mesa e estendendo as toalhas no espaldar de uma cadeira.

— Dmitri Ivanovitch trouxe tudo! — observou Tikhon, com um tom solene, apontando para o grande estojo de viagem, com fechos de prata, que Nekhludov tinha aberto sobre a mesa, com uma profusão de frascos, escovas, pós, perfumes e outros objetos de *toilette*.

— Diga às minhas tias que muito agradeço. Como me sinto feliz de estar de novo aqui! — acrescentou Nekhludov, cuja alma parecia transbordar de alegria e de felicidade, como em outros tempos.

A cada frase, Katucha respondia com um sorriso, e assim se retirou.

As duas tias, que sempre tiveram loucura por Nekhludov, acolheram-no dessa vez com maior carinho ainda. Dmitri ia para a guerra; podia ficar ferido, morrer.

A princípio Nekhludov tencionara demorar-se apenas um dia, mas, ao ver Katucha, resolveu passar junto dela o dia da Páscoa. Telegrafou ao seu companheiro

Chembok, com quem combinara de se encontrar em Odessa, pedindo-lhe para vir procurá-lo em casa das tias.

Desde o primeiro momento em que tornou a ver Katucha, Nekhludov sentiu o despertar das antigas impressões: não podia avistar, sem emoção, o avental branco da moça, não podia ouvir, sem prazer, a sua voz, o seu riso e o rumor dos seus passos; não podia contemplar indiferente o brilho daqueles olhos negros e a expressão do seu rosto: como outrora, não podia ver, sem se perturbar, como ela enrubescia na presença dele. Sentia-se novamente apaixonado, mas não como há três anos passados. Antes o amor era um mistério, e não ousava confessar a si mesmo que amava; estava convencido de que só podia amar a uma mulher. Agora, sabia que estava apaixonado, disso se alegrava, mas também sabia, embora procurasse encobri-lo a si mesmo, no que consistia aquele amor e a que resultados poderia chegar.

Em Nekhludov, como em todo homem, havia duas personalidades: o homem espiritual, que fazia sua a felicidade dos outros; e o homem animal, que só procurava o bem individual, disposto a tudo sacrificar para a própria felicidade. E, nesse estado de loucura egoísta, se encontrava naquela fase de sua vida: o ser animal dominava-o a tal ponto que abafava completamente as manifestações do outro ser. Quando viu Katucha, sentiu despertarem novamente os antigos sentimentos que tivera por ela, e o homem espiritual ergueu a cabeça reclamando seus direitos. Durante todo aquele dia, e no dia seguinte, travou-se no seu íntimo uma luta tremenda. Reconhecia, bem no recesso da alma, que o dever lhe ordenava partir; sabia que era um erro querer prolongar aqueles dias, e pensava no mal que poderia resultar, mas experimentava tal sensação de prazer e de felicidade que se recusava a ouvir a voz da consciência.

E ficou.

No sábado à tarde, véspera da Páscoa, segundo o costume, o sacerdote, acompanhado pelo diácono e o sacristão, veio ao castelo benzer os pães. A grande custo conseguiram atravessar de trenó os charcos produzidos pelo degelo, através das três *verstas* que separavam a igreja da casa das duas senhoras. Nekhludov assistiu à cerimônia com as tias e toda a criadagem, não despregando, porém, os olhos de Katucha, de pé junto à porta, com o turíbulo nas mãos. Trocados os três beijos do ritual com o sacerdote, depois com as tias, dirigiu-se ao quarto; apenas entrara, ouviu no corredor a voz de Matrena Pavlovna, a velha governanta dizendo que iria à igreja com Katucha, assistir à missa da meia-noite e à bênção dos pães.

"Também irei", disse consigo Nekhludov.

Era impossível fazer o trajeto de carro ou de trenó. Nekhludov mandou arrear o velho cavalo que tantas vezes usara em seus passeios; tornou a vestir a imponente farda de oficial, lançou a capa aos ombros, montou no velho animal, pesado e gordo, a relinchar constantemente, e à noite, através da neve e da lama, foi ter à igreja da aldeia.

IV

Aquela missa de meia-noite perdurou em Nekhludov como uma das mais deliciosas recordações da sua vida.

Após longa caminhada nas trevas, que apenas iluminava de espaço a espaço a brancura da neve, entrou no adro da igreja. A cerimônia já havia começado.

Os camponeses, ao reconhecerem no cavaleiro o sobrinho de Maria Ivanovna, conduziram-no a um lugar abrigado onde pudesse descer do cavalo e abriram-lhe a porta da igreja, que já estava repleta.

À direita ficavam os homens. Os velhos com vestes confeccionadas por eles próprios, pernas envoltas em tiras de linho branco, os jovens, de roupas novas, com faixas vistosas amarradas à cintura e botas de cano alto. À esquerda reuniam-se as mulheres: lenços de seda na cabeça, corpetes de veludo, blusas em tom de vermelho e saias verdes, azuis, vermelhas, e sapatos de couro. As mais idosas colocavam-se ao fundo, modestamente, com seus lenços brancos e vestidos cinzentos. E, entre elas e as mocinhas, alinhavam-se as crianças em trajes festivos.

Os homens persignavam-se; as mulheres, sobretudo as mais idosas, olhavam fixamente para a imagem rodeada de velas e apoiavam firmemente os dedos dobrados sobre a fronte, os ombros e o ventre, enquanto lábios murmuravam intermináveis orações. As crianças, imitando os grandes, rezavam com devoção, sobretudo quando sentiam o olhar dos pais que pousavam sobre elas. O santuário de ouro resplandecia entre altos círios envoltos em fios dourados. O próprio lustre estava guarnecido de velas. Dos dois coros elevavam-se os cânticos jubilosos de um grupo de amadores em que os sons graves dos baixos se harmonizavam perfeitamente com a voz aguda do soprano das crianças.

Nekhludov adiantou-se dentro da igreja. Na parte do centro reunia-se a aristocracia. Aí se achava um proprietário com a esposa e o filho, vestido de marinheiro; o *stanovoi*, o telegrafista, um negociante de botas altas, o *estarosta* com sua medalha e, à direita do púlpito, atrás da mulher do proprietário, Matrena Pavlovna, com um vestido multicor e um xale riscado aos ombros, Katucha se achava junto dela, vestida de branco com um corpete de pregas e uma faixa azul na cintura.

Nekhludov observou que ela pusera nos cabelos negros um laço vermelho.

Em tudo dominava uma nota festiva: tudo era alegre, solene e belo; o sacerdote, com a casula branca e a enorme cruz bordada a ouro, o diácono e o sacristão com estolas igualmente bordadas, os cânticos dos coros e o gesto do sacerdote, que, repetidas vezes erguia uma vela para abençoar os fiéis, dizendo com eles: "Cristo ressuscitou!" Tudo aquilo era belo, mas ainda mais bela era Katucha com seu vestidinho branco, faixa azul e laço vermelho preso aos cabelos pretos.

Nekhludov pressentiu que, embora sem se voltar, ela adivinhara sua presença. Passou junto dela e dirigiu-se ao altar. Nada tinha a dizer-lhe, mas na hora inventou qualquer coisa:

— Minha tia manda avisar que a ceia só será servida depois da segunda missa.

O sangue ardente de Katucha, como sempre acontecia ao ver Nekhludov, afluiu-lhe ao rosto, e os seus olhos negros pousaram sobre ele, sorridentes e felizes.

— Eu já sabia.

Nesse momento o sacristão, que atravessara o povo para fazer a coleta, passou perto de Katucha e, não a vendo, roçou-a com a estola. Por deferência, quisera afastar-se de Nekhludov e por isso esbarrara levemente em Katucha. Nekhludov, porém, ficou estupefato de verificar que o sacristão não compreendia que tudo o que se fazia na igreja, tudo o que sucedia no mundo era apenas para Katucha, que de modo algum poderia passar despercebida, pois era o centro de todo o universo. Para ela brilhava o ouro do santuário; para ela ardiam as velas do candelabro; para ela subiam aos céus todos aqueles cânticos festivos:

"Alegrai-vos, homens! É a Páscoa do Senhor!" E tudo quanto na terra havia de belo e de bom era para ela, e Katucha, sem dúvida, assim o devia compreender.

É o que sentia Nekhludov, ao observar as formas graciosas da moça, desenhadas sob o vestido branco. E a expressão daquele rostinho irradiando santa alegria lhe dizia por quem o seu coração palpitava.

No intervalo entre as duas missas, Nekhludov saiu da igreja.

A multidão se afastava reverente diante dele para cumprimentá-lo. Uns reconheciam-no e outros perguntavam: "Quem é?" Deteve-se nos degraus. Os mendigos o cercaram e todo o dinheiro miúdo de que dispunha foi distribuído entre eles. Logo depois desceu a escadaria.

A madrugada vinha surgindo aos poucos, mas o sol ainda não tinha despontado. A multidão que saía da igreja agrupava-se pelo adro, mas Katucha ainda não havia aparecido. Nekhludov voltou para trás a fim de esperá-la.

O povo continuava a sair, fazendo ressoar o lajeado com os pregos das botas. Um homem velho, de cabeça trêmula, antigo cozinheiro de Maria Ivanovna, deteve Nekhludov e abraçou-o três vezes; a mulher, uma velhinha encarquilhada, estendeu-lhe um ovo pintado de açafrão. Atrás deles aproximou-se um *mujik* jovem e musculoso, com sua blusa nova e cinturão verde.

É costume entre os russos trocar ovos no dia de Páscoa, depois de se beijarem três vezes na boca.

— Cristo ressuscitou! — disse ele com sorriso amável nos olhos; e, passando os braços ao redor do pescoço de Nekhludov, beijou-o em plena boca, fazendo-lhe cócegas no rosto com sua barbinha encaracolada, impregnando-o, ao mesmo tempo, do cheiro característico do *mujik*.

Enquanto Nekhludov era abraçado pelo *mujik* e recebia um ovo pintado de cor de canela, viu sair da igreja o vestido multicor de Matrena Pavlovna, acompanhado pela cabecinha negra enfeitada com o laço vermelho. Katucha avistou-o logo, por entre a multidão que os separava; e ainda uma vez não pôde esconder o rubor que lhe subiu ao rosto. Ao chegar ao adro, parou para distribuir esmolas aos mendigos. Um deles, um desgraçado que tinha uma chaga vermelha no lugar do nariz, aproximou-se dela. Katucha tirou qualquer coisa do bolso e, adiantando-se para ele, sem o menor sinal de repulsa, abraçou-o três vezes. Enquanto isto fazia, seus olhos encontraram os de Nekhludov, como a se interrogarem.

"Será que estou procedendo bem?"

"Sim, querida, como é belo esse teu gesto, e como eu te amo!"

Afinal desceram a escadaria, e Katucha passou à frente. Nekhludov não tencionava dirigir-lhes a saudação da Páscoa, mas não pôde resistir e se aproximou de Katucha.

— Cristo ressuscitou! — disse Matrena Pavlovna sorrindo com leve aceno de cabeça e numa entonação de voz que demonstrava a igualdade de todos, naquele dia; depois, limpando os lábios com o lenço, apresentou-os ao rapaz.

— Em verdade ressuscitou! — respondeu Nekhludov abraçando-a. Lançou um olhar para Katucha, que muito corada se encaminhou para ele.

— Cristo ressuscitou, Dmitri Ivanovitch!

— Em verdade ressuscitou! — Abraçaram-se duas vezes e pararam como a perguntar se podiam continuar; como decidissem afirmativamente, abraçaram-se uma terceira vez, e ambos sorriram.

— Ainda vão à casa do vigário? — perguntou Nekhludov.

— Não, Dmitri Ivanovitch, vamos esperar um pouco aqui — disse Katucha, falando com esforço. Sentia o peito arfar-lhe nervosamente, e os seus olhos tímidos, ternos e inocentes buscavam os dele.

No amor entre o homem e a mulher existe sempre um momento supremo em que ele deixa de ser sensual e refletido, para se transformar na união perfeita dos dois seres. E este momento, Nekhludov conheceu-o naquela noite de Páscoa.

Agora, sentado na sala do júri, tentava rememorar todas as circunstâncias em que conhecera Katucha. Justamente naquele instante ressurgia diante dele, ofuscando tudo o mais, a cabecinha negra muito bem penteada, o laço vermelho, o vestido branco de corpete preguead0, a silhueta esguia, o busto apenas formado, o corado do rosto, os olhos negros e brilhantes. Toda a pessoa de Katucha era a expressão viva da pureza, do amor inocente e profundo, não só para ele, Nekhludov, mas para tudo quanto no mundo havia de belo e existia, mesmo para aquele mendigo desfigurado que ela acabara de abraçar. E esse amor que ela ensinara naquela noite, ele o sentia em si mesmo: amor que inconscientemente fundia a ambos em um só ser.

Ah! Se pudesse ter conservado aquele sentimento da noite de Páscoa!

"Sim, porque tudo o que aconteceu de terrível entre nós foi depois daquela noite de Páscoa!", pensava consigo, sentado fronteiro à janela da sala de jurados.

V

De volta da igreja, Nekhludov ceou com as tias, e, para melhor se refazer do cansaço, seguindo o hábito contraído no regimento, bebeu vários copos de vinho e de aguardente. Recolheu-se depois ao quarto, e, sem se despir, estendeu-se na cama e adormeceu. Uma batida à porta despertou-o, reconhecendo logo que era ela. Saltou da cama, ainda esfregando os olhos.

— Katucha, é você? Entre.

Ela entreabriu a porta dizendo:

— O almoço está na mesa.

Vestia o mesmo vestido branco, mas já não trazia o laço no cabelo. Olhou-o bem nos olhos e o seu rosto irradiava tal alegria que parecia haver comunicado uma boa notícia.

— Já vou — respondeu ele.

Katucha ainda demorou um minuto sem nada dizer. De repente Nekhludov encaminhou-se para ela, e ela no mesmo instante se afastou, fugindo a passos ligeiros pelo corredor afora.

"Que tolo fui eu em não a ter agarrado aqui!", pensou Nekhludov.

Saiu do quarto para alcançá-la. O que desejava dela nem ele mesmo sabia.

— Katucha, espere.

— O que aconteceu? — perguntou, continuando a correr.

E, lembrando-se do que outros homens de sua posição fariam em circunstâncias idênticas, enlaçou-a pela cintura.

Katucha parou e fitou-o nos olhos.

— O que é isso, Dmitri Ivanovitch. Não, por favor! — repetiu, corando e com lágrimas na voz. Com a mãozinha forte afastou o braço que a apertava. Nekhludov largou-a sentindo não só uma impressão de mal-estar e de vergonha, mas de quase repugnância por si mesmo. Via-se à frente de um momento decisivo, em que devia ouvir apenas a voz da própria consciência; não compreendeu que aquela vergonha e repugnância eram a expressão de uma alma nobre; imaginou ter ouvido a voz da timidez e resolveu proceder como qualquer homem.

Novamente perseguiu Katucha, e, desta vez, cingiu-lhe a cintura. Beijou-a no pescoço. Bem diferente foi esse beijo dos outros que lhe dera: o primeiro, furtado atrás do sabugueiro, e o segundo na igreja, ainda pela manhã. O beijo de agora tinha uma significação terrível e ela bem o adivinhou.

— O que é isso? — exclamou com voz assustada e, recobrando alento, saiu apressadamente pelo corredor. Nekhludov dirigiu-se para a sala de jantar, já encontrando à mesa as tias, o médico da família e uma senhora da vizinhança. Tudo corria normalmente, mas no íntimo de Nekhludov desencadeara-se um verdadeiro turbilhão. Não compreendia nada do que perguntavam, respondendo a tudo às avessas. Só pensava em Katucha e na sensação daquele beijo roubado. Percebeu-lhe o passo no corredor e não conseguiu ouvir o resto da conversa. Ela entrou na sala, mas ele não ergueu os olhos. Todavia, com todo o seu ser, sentia e aspirava sua presença.

Depois da refeição, voltou para o quarto e, profundamente excitado, pôs-se a andar de um lado para outro, assestando o ouvido a todos os ruídos da casa, na esperança de perceber o andar de Katucha. O ser animal que até então vivia adormecido agora vinha reivindicar os seus direitos e jogar a seus pés o ser puro e leal que dominava em Nekhludov, quando em sua primeira visita e ainda mesmo na manhã daquele dia. Agora, só o governava a satisfação dos instintos.

Embora não deixando de espreitar a moça, durante o dia todo não conseguiu encontrá-la uma única vez. Evidentemente o evitava. À tarde, porém, ela foi obrigada a entrar no quarto contíguo ao dele, pois o médico acedera ao convite das duas senhoras, para passar a noite, e Katucha recebera ordens de preparar o quarto. Nekhludov ao ouvir os passos seguiu-a sem fazer ruído. Retendo a respiração, como se preparando para cometer um crime, caminhou furtivamente para onde ela havia entrado.

Katucha mal apanhou uma fronha para colocar no travesseiro ouviu a porta abrir-se. Voltou-se para Nekhludov e sorriu, mas não era o sorriso confiante e despreocupado de outrora: era um sorriso suplicante e assustado. Parecia exprimir a Nekhludov uma censura pelo que ia fazer, e ele o compreendeu tanto que hesitou no primeiro momento. Ia talvez recomeçar a luta entre a sua dupla personalidade. Ainda uma vez ouviu, embora fracamente, a voz do verdadeiro amor que lhe falava na nobreza, nos sentimentos puros e na vida de Katucha. Outra voz, porém, procurava abafar a anterior dizendo: "Cuidado! Vais perder uma ocasião de saciar teu prazer." Com um passo resoluto encaminhou-se para a moça. Dominado por um sentimento bestial e irresistível, abraçou-a nervosamente e fê-la sentar-se junto dele.

— Dmitri Ivanovitch, largue-me, por favor! — exclamou Katucha em tom de súplica. — Matrena Pavlovna vem vindo! — acrescentou, afastando-o bruscamente.

De fato alguém se aproximava.

— Ouça! Irei encontrá-la à noite — murmurou Nekhludov. — Você estará sozinha?

— O que pretende com isso? Não, não, isto não é direito. — Dizia-o com os lábios, apenas; mas toda a confusão do seu ser desmentia a linguagem dos lábios.

Matrena Pavlovna entrou no quarto. Trazia as toalhas para o médico. Lançou um olhar de reprovação a Nekhludov e repreendeu Katucha por ter se esquecido de levar as toalhas.

Nekhludov retirou-se depressa, sem qualquer demonstração de acanhamento, embora visse suspeita no olhar de Matrena Pavlovna, a censura de que era merecedor; mas o instinto bestial havia substituído o seu antigo amor por Katucha. Passou o resto da tarde inquieto, ora entrando no quarto das tias, ora voltando ao seu ou vagueando pelo pátio. Só pensava em rever Katucha de qualquer maneira. Ela, porém, o evitava e Matrena Pavlovna procurava não a perder de vista um só instante.

VI

Assim decorreu toda a tarde, e sobreveio a noite. O médico foi deitar-se e as tias recolheram-se aos seus aposentos. Nekhludov sabia que Matrena Pavlovna, naquela hora, devia estar ajudando as tias e deduziu que Katucha devia estar sozinha. Nekhludov novamente saiu para o pátio. A noite estava quente, úmida e escura, e a atmosfera, envolta no nevoeiro branco provocado pelo degelo da neve. Ouvia-se, a uns cem passos da casa, o murmúrio do regato que brincava com os bloquinhos de gelo.

Nekhludov desceu e, patinhando nas poças d'água, chegou até a janela da copa. Batia-lhe tão fortemente o coração que se podia ouvir-lhe as pulsações; a respiração ora ofegante, ora quase imperceptível.

Da copa, fracamente iluminada pela luz trêmula de uma pequena lâmpada, destacava-se o vulto de Katucha, sentada junto à mesa, os olhos fixos e imersos no vácuo. Durante muito tempo Nekhludov ficou a observá-la, curioso para saber o que faria depois. Ela assim permaneceu ainda alguns minutos, depois levantou os olhos, sorriu e, meneando a cabeça como se estivesse a falar a si própria, deixou as mãos sobre a mesa e continuou a cismar.

Nekhludov, do lado de fora a contemplá-la, ouvindo ao mesmo tempo as batidas do coração e o estranho rumor do regato. Lá ao longe, através do nevoeiro prosseguia, sem interrupção, o mesmo trabalho: um eco distante, um estalido ou qualquer coisa que desabava, indo quebrar-se de encontro aos pedaços de neve, como o tinir de vidros. Nekhludov continuava a espreitar a expressão pensativa de Katucha e os sinais da luta íntima que vinha travando. Teve pena dela, mas... coisa estranha, isto só lhe veio aumentar o desejo de possuí-la. Dominado inteiramente pelo instinto, bateu à janela. Como por efeito de um choque elétrico, Katucha estremeceu todo o corpo e sua fisionomia estampou o terror. Levantou-se, correu para a janela, colou o rosto de encontro à vidraça. A expressão de terror desapareceu, quando ajustando as mãos por sobre os olhos, para melhor enxergar, reconheceu o vulto de Nekhludov. Mas o terror do olhar se transformou em severidade do rosto. Não sorriu espontaneamente, mas apenas para retribuir, em sinal de submissão. Sua alma não sorria: tinha pavor. Nekhludov fez-lhe sinais para ir ter com ele no pátio. Ela respondeu com a cabeça negativamente. Não, não sairia. Aproximou o rosto da vidraça, tentando chamá-la em voz alta; nesse momento, porém, ela voltou-se para a porta, pois alguém a chamara. Nekhludov afastou-se da janela. O nevoeiro descia tão espesso que a cinco passos da casa não mais se avistava a janela; apenas se distinguia uma enorme massa escura, de onde difundia o clarão vermelho de uma lâmpada. Do regato vinha o mesmo sussurro, o mesmo ruído e o mesmo estalido de gelo. De repente, por entre o nevoeiro, cantou um galo; responderam uns ali por perto, outros mais longe, pelos campos em vozes alternadas, acabando por se fundirem num só canto. Em redor, tudo era silêncio; apenas o regato prosseguia ruidoso sua célebre jornada.

Depois de dar alguns passos em toda a extensão da casa, Nekhludov de novo se aproximou da janela da copa. A luz da lâmpada deixou-o distinguir Katucha sentada junto à mesa. Mas, apenas se aproximou, ela ergueu os olhos para a janela. Ele bateu. Imediatamente, sem ao menos ver quem batia, saiu da copa; ele ouviu a porta ranger ao abrir-se e depois se fechar. Correu-lhe ao encontro diante da escada, e sem nada dizer enlaçou-a nos braços. Katucha levantou a cabeça e ofereceu-lhe os lábios a beijar. Assim ficaram num ângulo da casa, em lugar protegido do frio. Nekhludov já não podia conceber a impossibilidade de possuí-la. Eis, porém, que ouvem mais uma vez o ranger da porta e a voz irritada de Matrena Pavlovna gritar na escuridão: "Katucha!" A moça correu para a copa. Nekhludov ouviu o barulho do ferrolho. Tudo voltou depois ao primitivo silêncio; o clarão vermelho da lâmpada se extinguiu. Só restavam o nevoeiro e o murmúrio do regato.

Nekhludov aproximou-se da janela e nada mais pôde ver. Bateu, não obteve resposta. Entrou em casa pela escadaria da frente e recolheu-se ao quarto: porém, não se deitou. Meia hora depois, descalçou as botas e foi pé ante pé pelo corredor até o quarto de Katucha. Ao passar diante do quarto de Matrena Pavlovna, ouviu que a velha governanta roncava pacificamente. Preparava-se para prosseguir caminho, quando Matrena Pavlovna tossiu e virou na cama. Ele prendeu a respiração e assim ficou alguns momentos. Quando viu que tudo estava calmo e ouviu outra vez o roncar da velha, Nekhludov continuou a andar, procurando evitar o estalido do soalho. Afinal achou-se à porta do quarto de Katucha. Do interior não vinha sequer o ruído da respiração de pessoa adormecida: evidentemente estava acordada. Apenas murmurou baixinho "Katucha", ela se encostou à porta, persuadindo-o em tom severo, para ir embora.

— O que você está pensando? Será possível? Suas tias podem acordar. — Dizia isto com os lábios, mas o seu coração dizia "Sou toda tua!", e Nekhludov ouvia só isto.

— Por favor, um instantinho apenas. — Mas falava sem prestar atenção às palavras.

Seguiu-se um silêncio: depois Nekhludov ouviu o tatear da mão de Katucha, que procurava no escuro o trinco da porta. Afinal se abriu e Nekhludov entrou no quarto. Apanhou-a nos braços, em sua camisa grosseira, e levou-a consigo.

— O que está fazendo? — murmurou ela; ele, porém, não deu ouvidos.
— Largue-me, por favor.

Quando Nekhludov a deixou, trêmula e confusa, não pôde responder as suas palavras. De pé, junto à escada, ele procurava compreender a significação do que acabava de acontecer.

A noite estava clara.

Ao longe, aumentava o barulho do degelo, que se ajuntava ao murmúrio da água. O nevoeiro começou a dissipar-se e já se vislumbrava o clarão da lua.

"Como classificar tudo isso? Será uma felicidade ou uma desgraça?", interrogava Nekhludov a si mesmo.

"Ora! Não fiz senão o que todos fazem." Mais tranquilizado voltou ao quarto, deitou-se e dormiu.

VII

No dia seguinte, Domingo de Páscoa, chegou Chembok, o companheiro de Nekhludov.

Bonitão, alegre e inteligente, conquistou a simpatia das duas senhoras, que, ao lado de toda a sua eloquência, bondade e extrema delicadeza, viam a grande afeição dedicada a Dmitri. Mas, no íntimo, achavam um tanto exageradas aquelas manifestações. Não puderam reprimir certa admiração quando o viram dar um rublo a um mendigo, distribuir, de uma só vez, quinze rublos de gorjeta aos empregados e rasgar, sem hesitação, um lenço de cambraia bordada (que lhe custara pelo menos quinze rublos) para servir de atadura à pata do cãozinho que se tinha machucado. As boas senhoras jamais tinham visto coisa semelhante. Entretanto, ignoravam completamente que Chembok devia perto de duzentos rublos, os quais não tencionava pagar: portanto, 25 rublos a mais ou a menos não fariam falta. Chembok demorou-se apenas um dia, e à noite devia partir com Nekhludov. Não podiam prolongar a estada porque o prazo da licença ia expirar. Durante esse último dia, Nekhludov viveu a recordar a noite anterior. Dois sentimentos contrários estavam em luta: um se comprazia na evocação sensual do prazer experimentado — aliás, bem inferior ao que tinha esperado — e se orgulhava de ter atingido o seu objetivo; o outro se traduzia na consciência de haver cometido uma leviandade que exigia reparação, não tanto no interesse de Katucha como no seu próprio. Na loucura do egoísmo, só pensava em si mesmo.

Preocupava-o a ideia de saber que juízo iriam fazer do seu procedimento com Katucha; o que a ela podia acontecer não tinha importância. Por exemplo, estava ansioso por ouvir Chembok dizer que adivinhara suas relações com a moça.

— Agora compreendo esta súbita afeição pelas tuas tias — disse-lhe aquele, logo que viu Katucha. — Assim, também eu me demoraria mais tempo! Que criatura encantadora! — E Nekhludov pensava que, embora lhe custasse a separação, pelo menos romperia de um só golpe relações que dificilmente poderia sustentar. Sentia-se na obrigação de remunerar Katucha, não porque ela necessitasse, mas porque assim, em idênticas circunstâncias, deveria proceder um homem honrado. Resolveu entregar-lhe uma quantia condizente com a posição de ambos. Depois do almoço esperou-a no corredor. Ao vê-lo, a moça envergonhou-se e quis fugir, chamando-lhe a atenção para a porta de Matrena, que estava entreaberta. Ele, porém, segurou-a pelo braço.

— Tenho a pedir mil desculpas — disse, procurando escorregar-lhe na mão um envelope em que pusera uma nota de cem rublos.

Ela olhou o envelope, cerrou as sobrancelhas e, sacudindo a cabeça, repeliu a mão do rapaz.

— Mas por que não? — gaguejou ele, enfiando o envelope na abertura do corpete. Depois, franziu o sobrecenho e, a suspirar, como se o houvessem ferido, correu a fechar-se no quarto. Por muito tempo andou de um lado para outro, como se a lembrança daquela cena lhe torturasse o coração. Mas que fazer? Todos não procediam assim? Não foi isso que fez Chembok com a governanta a quem seduziu? Não foi assim que agiu seu tio Giska? E o mesmo não fez seu próprio pai com uma camponesa que lhe deu um filho que ainda vivia? E, desde que todos assim procediam, por que deveria ele merecer censura? Com essas razões procurava atenuar sua conduta, embora no íntimo persistisse a lembrança criminosa da última entrevista com Katucha.

Não havia dúvida: procedera de maneira vil, infame, cruel; e considerava-se indigno de julgar quem quer que fosse e, até, de encarar alguém. Contudo, esforçava-se para ver em si um homem cheio de nobreza, de honra e de generosidade: era esse o preço da vida que vivia. Para tal só havia um recurso: não pensar no acontecido. E assim passou a fazer.

A nova existência que se abria diante dele, a viagem, os companheiros, a guerra, eram outras tantas circunstâncias que amenizavam o passado. E, à medida que o tempo passava, ia-se esquecendo, acabando por nunca mais pensar. Sentiu, porém, o coração apertado, quando, alguns meses depois de regressar da guerra, foi visitar as tias e soube que Katucha não estava mais lá. Fora embora logo depois que ele partira; dera à luz uma criança e, a julgar pelo tempo, podia ser filha dele, mas também podia não ser. Ao contarem o fato, as tias acrescentaram que, mesmo antes de deixá-las, Katucha se pervertera completamente; herdara a mesma natureza viciada da mãe.

Esse modo de pensar das tias agradou Nekhludov; via justificado o seu procedimento e remido o seu pecado. A princípio teve intenção de procurar Katucha e o filho, mas, como no íntimo a recordação da sua conduta era um vexame, resolveu procurar a tranquilidade de espírito no esquecimento. E eis que uma estranha coincidência vinha trazer-lhe à memória a consciência da vida egoísta, indigna e cruel que, durante nove anos, viveu, tendo no coração aquele crime. Contudo, estava longe o momento da confissão sincera e franca de toda a sua infâmia. Naquele momento, pensava apenas no meio de esconder o seu segredo e, principalmente, evitar que Katucha ou seu advogado se lembrassem de revelar aos olhos de todos o que ele na realidade era.

Capítulo VI

I

Nekhludov se achava nessa disposição de espírito enquanto esperava, na sala de júri, o reinício da sessão. Sentado junto à janela, ouviu o ruído das vozes dos colegas, que conversavam ao redor, fumando com avidez. O negociante alegre evidentemente simpatizava de todo o coração com seu confrade, o defunto Smiclkov, e apreciava muito sua maneira de gozar a vida.

— Como se divertia ele, à moda siberiana! E não era nada tolo! Escolheu um belo pedaço de mulher! — O presidente do júri expunha uma série de considerações, de onde se podia concluir que o nervo do processo se achava no parecer dos peritos. Pedro Gerassimovitch gracejava com o caixeiro judeu e ambos riam às gargalhadas.

Quando, no seu andar saltitante, o oficial de justiça do tribunal entrou na sala para chamar os jurados, Nekhludov experimentou uma sensação de terror como se não fosse julgar, mas sim ser julgado. No íntimo, tinha plena consciência de que era um miserável e indigno de encarar os outros homens; entretanto, era tal a força do hábito, que subiu ao estrado com toda a firmeza, retomando assento na primeira fila, bem próximo ao juiz-presidente. Cruzou as pernas calmamente e pôs-se a brincar com o *pince-nez*. Os acusados, que também tinham saído da sala, foram reconduzidos naquele instante. Novas caras surgiram no estrado. Eram as testemunhas. Nekhludov observou que Katucha lançava frequentes olhares para uma senhora gorda suntuosamente vestida de seda e veludos, com um imenso chapéu de fitas exageradas e com os braços nus até os cotovelos. Não foi difícil reconhecer nela a dona da última pensão em que

Katucha tinha trabalhado. Procedeu-se à inquirição das testemunhas. Interrogaram-nas sobre os nomes, sobrenomes, a religião, etc. E, ao indagar se desejavam ser interrogadas sob juramento ou não, novamente surgiu no estrado a figura do velho *pope*; de novo o velho, a mexer com a cruz de ouro que lhe pendia ao peito, dirigiu-se para o crucifixo, onde fez prestarem juramento as testemunhas e o perito, sempre com a mesma serenidade e a consciência de desempenhar uma função grave e importante.

Finda a cerimônia, o presidente mandou dispensar todas as testemunhas, com exceção de uma única: Mme. Kitaiev, a senhora gorda, dona da casa de tolerância. Mme. Kitaiev, convidada a dizer o que sabia a respeito do envenenamento, com um sorriso afetado, ajeitando o chapéu na cabeça após cada frase que dizia, com um sotaque alemão muito acentuado, expôs minuciosa e metodicamente tudo o que sabia. Contou como o rico negociante siberiano Smiclkov foi pela primeira vez a sua casa; como voltou pela segunda vez — "um pouco animado", acrescentou ela sorrindo; como continuara a beber e a divertir todas as mulheres e como, finalmente, não tendo mais dinheiro consigo, mandou ao hotel em que morava aquela mesma Lubka "por quem votava especial predileção". Sorriu outra vez e dirigiu o olhar para a detida.

Nekhludov julgou que Maslova, ao ouvir essas palavras, também tivesse sorrido, o que lhe causou uma impressão desagradável, um misto de repulsa e de dor.

— A testemunha poderá externar sua opinião sobre Maslova? — perguntou o advogado desta, um rapaz que se preparava para entrar na magistratura, e a quem o tribunal designara para defensor *ad hoc* da acusada.

— Minha opinião sobre ela é a melhor possível — respondeu Mme. Kitaiev. — Muito boa pessoa, bem educada, amável e de bons modos. Foi educada por uma família nobre e até fala francês! Talvez um dia tivesse bebido um pouco mais, mas nunca a vi perder a compostura. É uma ótima criatura.

Katucha tinha os olhos fitos em Mme. Kitaiev; dirigiu-os depois para os jurados e, especialmente, para Nekhludov, que lhe notou ao mesmo tempo na fisionomia uma expressão grave, quase severa. Por muito tempo aqueles olhos, com estranha expressão, mantiveram-se fixos sobre Nekhludov; e ele, apesar do seu pavor, não podia desviar o olhar daquelas pupilas negras que dardejavam para ele. Rememorava a noite decisiva, o estalido do gelo ao se quebrar no rio, o nevoeiro e aquela lua minguante, cuja palor iluminara a madrugada sombria e terrível da sua realidade. E aquelas pupilas negras que o fixavam recordavam-lhe a coisa terrível e sombria.

"Reconheceu-me", pensou. Maquinalmente se ia levantando da cadeira, à espera da prisão. Mas, na verdade, ainda dessa vez, Katucha absolutamente não o reconhecera. Apenas suspirou, voltando-se para o presidente. Nekhludov suspirou também: "Ah! Melhor seria que me reconhecesse logo!" Seu estado de espírito, naquele instante, fora idêntico ao que muitas vezes experimentara em caçadas, quando precisava acabar de matar a presa mal ferida: impressão de piedade e de pesar. A ave ferida se debate; o caçador tem pena, hesita e, ao mesmo tempo, quer vê-la morta. Tais os sentimentos que agora enchiam o coração de Nekhludov, ao ouvir o depoimento das testemunhas.

II

O processo parecia alongar-se propositadamente. Depois de interrogar uma a uma as testemunhas e o perito; depois de o substituto do procurador e os advogados formularem com ar de importância uma infinidade de perguntas inúteis de praxe; o presidente convidou os jurados a examinarem o corpo de delito: uma dezena de frascos; um tubo de ensaio que servira para analisar o veneno e um anel imenso com uma rosa de brilhantes, e tão grande que deveria ter ornado um indicador de grossura descomunal. Todos os objetos estavam lacrados e rotulados.

Os jurados preparavam-se para proceder ao exame dos objetos, quando o procurador-adjunto, levantando-se, pediu que, antes de se examinar as peças, se fizesse a leitura dos resultados do exame médico-legal sobre o defunto Smiclkov.

O presidente, que apressava a sessão o quanto podia, a fim de encontrar-se com a governanta suíça, sabia perfeitamente que a leitura desses documentos só serviria para aborrecer todo o mundo. Sabia que o procurador exigia a leitura apenas porque era um direito outorgado. Contudo, não se podia opor, e concedeu a ordem de leitura. O escrivão apanhou os papéis e começou a ler com sua pronúncia defeituosa e voz taciturna.

Da autópsia feita as conclusões eram as seguintes:

1º) A estatura de Feraponte Smiclkov era de 1,90. "Um belo tipo de homem!", murmurou o negociante ao ouvido de Nekhludov;

2º) de acordo com o aspecto exterior, aparentava uns quarenta anos;

3º) o cadáver, por ocasião do exame, estava muito inchado;

4º) os tecidos tinham uma cor esverdeada, com manchas pretas;

5º) a pele estava levantada em toda a superfície do corpo e flácida em várias regiões;

6º) os cabelos, ruivos e espessos, descolavam-se do couro ao menor contato;

7º) os olhos saíam das órbitas e a córnea estava embaçada;

8º) as narinas, os ouvidos e a boca segregavam um líquido seroso e fétido;

9º) o cadáver quase não tinha pescoço, em consequência da inchação do rosto e do busto;

10º) etc..., etc....

E a enumeração continuava em quatro páginas, descrevendo com todos os pormenores o cadáver inchado do velho Smiclkov. E um sentimento invencível de repulsa invadiu Nekhludov após aquela leitura macabra. A vida de Katucha, o líquido que corria das narinas de Smiclkov, os olhos saindo-lhe das órbitas e a maneira com que procederam em relação à moça, tudo se afigurava a um conjunto ignóbil e repugnante.

Terminada a leitura da perícia médica, o presidente deu um suspiro de alívio e levantou a cabeça; mas logo o escrivão se pôs a ler um segundo documento: o processo verbal da autópsia do cadáver de Smiclkov.

O presidente deixou cair a cabeça, apoiou na mesa os cotovelos e escondeu os olhos nas mãos.

O negociante alegre, sentado perto de Nekhludov, fazia um esforço sobre-humano para disfarçar o sono; apesar disso a cabeça lhe oscilava de quando em quando. Os próprios réus e os guardas que se conservavam imóveis não se furtavam à sonolência. A autópsia do cadáver tinha provado que:

1º) A pele do envólucro craniano estava ligeiramente desligada dos ossos, sem qualquer indício de hemorragia.

2º) O envólucro do cérebro apresentava pequenas manchas pretas de umas quatro polegadas, etc., etc. Havia ainda treze outros pontos do mesmo gênero.

Seguiam-se os nomes das testemunhas do inquérito, as respectivas assinaturas e, finalmente, as conclusões do médico-legista declarando que as perturbações produzidas no estômago, nos intestinos e nos rins de Smiclkov evidenciavam que a vítima morrera em consequência da absorção de um veneno, que ingerira com a aguardente. Quanto ao nome exato do veneno, era impossível determinar; e, quanto à hipótese de que o veneno fora ingerido ao mesmo tempo que a aguardente, encontrava ela explicação no haver grande quantidade de álcool no estômago da vítima.

— Não bebia pouco o homem! — murmurou novamente, ao ouvido de Nekhludov, o seu vizinho, repentinamente despertando. A leitura dos relatórios durou quase uma hora; mas o substituto do procurador ainda não se achava satisfeito. Quando o escrivão acabou de ler as conclusões do médico-legista, o presidente, voltando-se para o substituto, disse:

— Creio que não há necessidade de ler os resultados da análise das vísceras.

— Perdão, mas peço que se proceda à leitura — disse, em tom severo, sem olhar o presidente, inclinando-se ligeiramente para o lado. O tom com que falou dava a entender que tinha o direito de exigir a leitura e que por coisa alguma renunciaria a esse direito; qualquer recusa nesse sentido daria motivo de apelação.

O juiz de barbas, sentindo outra vez suas dores de estômago, não pôde deixar de dizer.

— Por que essa leitura? — perguntou ele ao presidente. — Só servirá para roubar-nos tempo!

O juiz de óculos nada dizia. Olhava para a frente, sombrio e triste, com ar de homem que nada espera de bom, nem da mulher, nem da vida em geral.

E começou a leitura da ata.

"A 15 de dezembro de 188...., nós, abaixo assinados, por ordem da inspeção médica e em virtude do artigo...", lia o escrivão em tom resoluto, elevando o diapasão da voz como para vencer sua própria sonolência e a de toda a sala, "em presença do ajudante da inspeção médica acima referida, procedemos a análise dos objetos nomeados a seguir:

"1º) Do pulmão direito e do coração (encerrados em uma cuba de vidro de 6 libras);

"2º) do conteúdo do estômago (encerrado em um boião de 6 libras);

"3º) do estômago (encerrado em uma cuba de vidro de 6 libras);

"4º) do fígado, do baço e dos rins (encerrados em uma cuba de vidro de 3 libras);

"5º) dos intestinos (encerrados em uma cuba de vidro de 6 libras)."

Nesse ponto da leitura, o presidente segredou qualquer coisa ao ouvido de ambos os magistrados e, recebendo resposta afirmativa, fez ao escrivão sinal para interromper a leitura.

— O tribunal considera supérflua essa leitura — declarou ele. Imediatamente o escrivão se calou e pôs-se a ajuntar as folhas do relatório, enquanto o procurador-adjunto rabiscava um apontamento com ar irritado.

— A partir de agora, os senhores jurados podem examinar os objetos que constituem o corpo de delito.

Vários jurados se levantaram e, visivelmente preocupados com a maneira de usar as mãos durante a inspeção, aproximaram-se da mesa, um após outro. Examinaram o anel, as cubas e o tubo. O negociante não resistiu e experimentou no dedo o anel.

— Sim, senhor! — disse a Nekhludov, ao retornar ao seu lugar. — Que dedo! Grosso como um pepino.

III

Uma vez terminado o exame das provas, o presidente declarou encerrado o inquérito judiciário, e, sem interrupção (apressado como estava para ver tudo terminado), deu a palavra ao promotor-adjunto. Pensava consigo: ele também é homem e com certeza sente necessidade de fumar, de comer, e terá contemplação com a assistência. O adjunto, porém, não tinha as mesmas disposições. Esse magistrado, além de tolo por natureza, era detentor de uma medalha de ouro do ginásio e de um prêmio de honra pela sua tese na universidade sobre "Servidões no Direito Romano", o que o tornou um legítimo protótipo da vaidade — ainda aumentada pelo sucesso em aventuras amorosas; a consequência de tudo isso foi que a basófia natural chegou a atingir proporções incalculáveis.

Quando o presidente lhe conferiu a palavra, levantou-se lentamente, exibindo o porte elegante por sob a toga bordada; apoiou as mãos sobre a cátedra, inclinou a cabeça e, espraiando um olhar demorado por toda a sala, com exceção dos réus, começou a arenga que tivera tempo de preparar durante a leitura verbal do processo.

— Senhores jurados. O processo que está sujeito ao vosso julgamento constitui, se assim me puder exprimir, um fato de criminalidade essencialmente característico.

Na sua opinião, o discurso do representante do Ministério Público devia ter um alcance social geral e assemelhar-se, destarte, aos famosos libelos que elevaram à glória os grandes advogados. Embora naquele dia o auditório fosse constituído de costureiras, cozinheiras, cocheiros, carteiros etc... não se impressionou. Os mestres da advocacia também haviam iniciado de modo semelhante. O substituto partia do princípio de "penetrar bem no íntimo de todas as questões, desenvolvendo a significação psicológica de cada delito e pintando em cores vivas a chaga social de que o crime era expressão".

— Vede diante de vós, senhores jurados, um crime bem característico deste fim do século; um crime que, a bem dizer, apresenta todos os traços específicos do processo da decomposição moral que ataca hoje em dia inúmeros elementos da nossa sociedade.

Falou muito tempo conservando esse tom, tendo em mira dois pontos: 1º — procurar não omitir um fato sequer, importante ou não, relativo ao processo; 2º — esforçar-se por não interromper a acusação durante, pelo menos, uma hora. Entretanto foi obrigado a parar uma vez, perdendo o fio da argumentação; mas imediatamente disfarçou a perturbação momentânea e redobrou a eloquência. Às vezes falava a voz baixa e insinuante, balançando-se de uma perna para a outra e fixando os jurados; às vezes, a voz tonitruante e acusadora, depois de relancear os autos, voltando-se para o público e os advogados. Somente os réus não foram mimoseados com o seu olhar, embora os três o fizessem insistentemente. Todo o discurso era tecido de citações novas e bordado com o fraseado característico do meio, até hoje repetido como sendo a última palavra da ciência: hereditariedade e criminosos natos; Lombroso e Tarde; evolução, luta pela vida, Charcot e degenerescência.

O velho Smiclkov, segundo a definição do substituto, era o tipo do russo generoso e bom, que, em consequência da boa-fé e generosidade, caíra presa de seres perversos que o exploraram. Simão Kartymkine era um produto atávico da antiga escravidão, homem rudimentar, sem instrução, sem princípios e sem religião. Eufemia Botchkova, sua amante, era uma vítima da hereditariedade: seu aspecto físico e seu retrato moral apresentavam todos os estigmas da degenerescência; mas o agente principal do crime era Maslova, que representava o tipo da decadência social contemporânea em sua forma mais baixa.

— Essa criatura — prosseguia o substituto, sempre sem voltar os olhos para ela —, ao contrário dos seus cúmplices, teve o ensejo de ser beneficiada com a instrução. Ainda há pouco ouvimo-lo, pelo depoimento da dona da casa em que trabalhava: disse-nos ela que não só sabe ler e escrever, mas até compreende e fala francês. Filha natural, marcada, sem dúvida, por uma tara atávica, Maslova foi educada no seio de uma família nobre, poderia perfeitamente ter vivido do trabalho honesto, todavia, abandonou seus benfeitores para se entregar ao gozo das paixões e, para melhor satisfazê-las, entrou em uma casa de tolerância, onde, graças à sua superioridade intelectual, como bem ouvistes, senhores jurados, exerceu sobre seus adoradores aquela influência misteriosa, de que tão bem define a ciência nestes últimos tempos. É o que a escola de Charcot tão bem define como Sugestão Mental. E este poder de sugestão ela o exerceu sobre o honesto e ingênuo gigante russo que lhe caiu nas mãos, e de cuja confiança abusou para despojá-lo de dinheiro e depois roubar-lhe a vida!

— Por Deus do céu! Ele está divagando — disse o presidente, com um sorriso, inclinando-se para o lado do juiz severo.

— É um grande imbecil! — respondeu o juiz.

— Senhores jurados — prosseguia, enquanto isso, o substituto do procurador, inclinando a cabeça em sinal de deferência —, a sorte destes três criminosos está em vossas mãos assim como em vossas mãos também está a sorte da sociedade, pois o vosso *veredictum* exprime um ato de grande importância social. Penetrai até o fundo a significação deste crime e convencer-vos-eis do perigo que representam, para a sociedade, elementos degenerados, fenômenos patológicos, direi mesmo, tais como Maslova; preservai a sociedade do contágio desses fenômenos e impedireis que elementos sãos e fortes da sociedade se contaminem ao contato destes elementos mórbidos!

E, como que esmagado pela importância social do veredicto a ser dado, o procurador, deslumbrado com seu discurso, deixou-se cair na poltrona. O sentido positivo da acusação, toda emoldurada pelas flores da retórica, consistia em sustentar que Maslova havia hipnotizado o negociante, conquistado toda sua confiança e aproveitado as circunstâncias para roubá-lo; mas, descoberto por Simão e Eufemia o seu plano, ela foi obrigada a partilhar com eles o produto do roubo. Depois, para evitar qualquer suspeita, convenceu o negociante a voltar com ela ao hotel, onde o envenenou. Logo que terminou o discurso, levantou-se da bancada dos advogados um homenzinho de meia-idade, de fraque com um enorme *plastron* engomado, que começou brilhante oração de defesa de Kartymkine e Botchkova. Era um rábula juramentado que os dois acusados haviam contratado por trezentos rublos. Todo o seu arrazoado fora feito com o fim de inocentar completamente as partes, fazendo toda a responsabilidade recair sobre Maslova. Procurou sobretudo refutar a afirmação de Maslova, segundo a qual Simão e Eufemia se encontravam no quarto na ocasião em que ela retirava o dinheiro. A afirmação — declarou ele — era destituída de valor, uma vez que provinha de pessoa acusada do crime de envenenamento. Os 1.800 rublos depositados no banco por Simão podiam perfeitamente ser o produto das economias de empregados laboriosos e honrados que, na opinião do gerente do hotel, recebiam diariamente de três a cinco rublos de gorjeta. Quanto ao dinheiro do negociante, incontestavelmente fora roubado por Maslova, que ou o entregara a alguém, ou o perdera, uma vez provado no inquérito que ela estava embriagada. Quanto ao fato do próprio envenenamento havia menos possibilidade de dúvida: Maslova o confessara claramente. Por consequência o advogado pedia aos jurados para declararem Kartymkine e Botchkova inocentes do roubo do dinheiro, acrescentando que, se os jurados os reconhecessem culpados do roubo, pedia para declará-los inocentes em relação ao envenenamento ou, pelo menos, afastar a hipótese da premeditação. Para concluir, o defensor de Simão e Eufemia chamou a atenção sobre "as brilhantes considerações do senhor substituto do procurador a respeito do atavismo", considerações essas de grande importância científica, mas que não se aplicavam ao caso de Botchkova, filha de pais desconhecidos. O substituto lançou-lhe um olhar de indignação, escreveu às pressas alguma coisa e sacudiu os ombros em sinal de desprezo. Quando o advogado tornou a sentar-se, o defensor de Maslova levantou-se e, com voz tímida quase a gaguejar, desincumbiu-se da defesa. Sem negar que Maslova tivesse participado do roubo, limitou-se a sustentar que ela não teve a intenção de envenenar Smiclkov e só lhe dera o pó para adormecê-lo. Mais adiante, também quis lançar mão dos arroubos da eloquência, pintando um quadro que mostrava como sua cliente fora induzida ao vício por um homem que a seduzira: ele ficara impune ao passo que ela tivera de carregar todo o peso da falta. Mas esta excursão ao domínio da psicologia patética não surtiu efeito, a todos causando a mesma impressão. Numa ocasião em que enveredou a descrever a crueldade dos homens e a inferioridade social e legal das mulheres, o presidente, para salvá-lo da situação, convidou-o a se abster de considerações desnecessárias. O advogado apressou-se então em terminar a defesa. O substituto retomou a palavra para fazer a réplica. Insistia em defender seu ponto de vista sobre o atavismo e a responder às críticas feitas pelos advogados. Declarou que, embora Botchkova fosse filha de pais desconhecidos, isso não diminuía o valor científico da teoria do atavismo. Esta teoria — disse ele — está de tal modo estabelecida pela ciência que podemos não só do atavismo deduzir o crime, como também do crime inferir o atavismo. Quanto à suposição apresentada pelo segundo advogado, e pela qual Maslova teria sido pervertida por um sedutor mais ou menos imaginário (e insistiu de maneira bastante irônica sobre a palavra "imaginário"), todos os dados levam antes a admitir que ela fora sempre a sedutora das incontáveis vítimas que lhe caíam às mãos. Dito isso, o substituto sentou-se com ar triunfante. O presidente perguntou então aos réus se desejavam acrescentar alguma coisa à sua defesa. Eufemia Botchkova repetiu pela última vez que não sabia de nada, não tinha feito nada e que a única culpada era Maslova. Simão limitou-se a dizer:

— Seja o que for, estou inocente.

Ao chegar a vez de Maslova, ela permaneceu calada. O presidente perguntou-lhe se tinha alguma coisa a dizer. Ela simplesmente se levantou; depois percorreu os olhos por toda a sala, como um animal perseguido, e baixou-os outra vez, começando a chorar convulsivamente.

— O que lhe aconteceu? — perguntou o negociante ao seu vizinho, Nekhludov, que acabava de dar um grito estranho. O grito, na realidade, era um soluço. Nekhludov continuava a ignorar sua nova situação; atribuiu à tensão dos nervos aquele soluço imprevisto, como também as lágrimas que lhe marejavam os olhos.

O receio do opróbrio que o cobriria, uma vez fosse do conhecimento de toda a sala do tribunal a sua conduta para com Maslova, enchia-o de temor e o impedia de ter consciência da revolução interior que, pouco a pouco, se processava em sua alma.

IV

Quando os réus terminaram de dizer "o que tinham a declarar para a própria defesa", passou-se à redação das perguntas que seriam formuladas aos jurados. Logo depois, o presidente apresentou o resumo dos debates. Explicou longamente aos jurados, em linguagem acessível a todos, que o furto simples não devia confundir-se com o roubo por arrombamento e que o fato de roubar alguma coisa em recinto fechado devia distinguir-se cuidadosamente do fato de roubar em lugar aberto. Durante a explicação olhava de preferência para Nekhludov como se a ele se destinassem as explicações a serem transmitidas aos companheiros de júri. Ao perceber que o auditório estava suficientemente impregnado dessas importantes verdades, passou à de outra ordem. Expôs que o homicídio significava um ato do qual resultava a morte de um ser humano e que, portanto, o envenenamento constituía um homicídio. E, quando esta verdade lhe pareceu bem estabelecida, explicou aos jurados que, no caso de estarem reunidos o roubo e o assassínio, havia o que se denomina latrocínio.

Passou em seguida a tecer considerações de como os jurados deveriam julgar os criminosos, insistindo para que especificassem as respostas às perguntas.

Interrompeu para olhar o relógio, e com espanto verificou que eram quase três horas.

O presidente falava e os juízes auxiliares ao seu lado ouviam-no com ar compenetrado, consultando os relógios às escondidas. O discurso, embora um pouco longo, estava excelente, opinião não só do procurador como também de todos os membros do tribunal e de toda a sala. À medida que falava, o presidente sentia prazer em ouvir as entoações acariciadoras da própria voz: por isso julgou acertado dirigir ainda algumas palavras aos jurados sobre a importância do direito que a lei lhes conferia e mais sobre a sabedoria e a circunspeção com que deviam usar desse direito — usar e não abusar — e sobre o compromisso que os ligava. Disse, ainda, que os jurados representavam a consciência da sociedade e que o segredo de suas deliberações devia ser sagrado, etc., etc. Desde que o presidente começara a falar, Maslova não desviou mais os olhos, como se tivesse receio de perder uma única palavra. Com isso, Nekhludov pôde observá-la longamente, sem receio de encontrar-lhe o olhar. Notou que se passava com ele o que se passa em geral com qualquer de nós, quando revemos, após muitos anos, uma fisionomia que outrora nos foi familiar.

Ficou admirado de ver as transformações ocorridas durante a separação; mas, pouco a pouco a impressão se apagava e o rosto voltava a ser igual ao de dez anos atrás. Os olhos da alma, dominando os dos sentidos, só o levaram a considerar os traços essenciais que exprimiam a personalidade da moça, traços que permaneceram indeléveis.

Sim, apesar da indumentária de prisioneira, apesar de se ter avolumado todo o conjunto do corpo, apesar do alargamento do rosto, das rugas da testa e das têmporas, das pálpebras inchadas, e apesar da expressão ao mesmo tempo lamentável e impudente de todo o rosto, era bem a mesma Katucha que, em certa noite de Páscoa, o olhara candidamente com olhos amorosos, radiantes de felicidade e exuberantes de vida.

"Que coincidência espantosa! Justamente esse processo vai ser julgado na ocasião em que sirvo de jurado. E eu, que nunca mais encontrei Katucha nestes dez anos, a revejo no banco dos réus! Como acabará tudo isto? Se ao menos acabasse depressa!"

Não queria ceder ao remorso que aos poucos lhe ia roendo a consciência. Obstinava-se em considerar aquilo simples acidente que se desvaneceria sem lhe perturbar a vida. Começou, porém, a reconhecer a vileza do seu procedimento, e teve a impressão de que uma mão forte a cada passo o reconduzia à presença do seu erro; mas não queria compreender a verdadeira significação do que havia feito, nem o que essa mão que o empurrava exigia dele. Recusava-se a reconhecer, no quadro que tinha ante os olhos, uma obra sua. Mas a mão invisível o segurava, o apertava, e ele já pressentia que era sua presa.

Esforçava-se por aparentar calma, cruzando as pernas com ar despreocupado, a brincar com o *pince-nez*, sentando-se em atitude natural e displicente na primeira fila dos jurados.

Durante esse tempo, no fundo da alma, começava a perceber toda a ignomínia não somente do seu procedimento em relação a Katucha, mas de toda a vida inútil, má, perversa e miserável que havia doze anos vinha levando. Naquele instante descerrou-se a cortina que o levou a entrever tudo o que até então lhe ficara oculto.

V

Afinal o presidente terminou o discurso; agitando-a no ar, com gesto gracioso, entregou ao presidente do júri a folha que encerrava a lista das perguntas. Os jurados levantaram-se, contrafeitos, como se envergonhados de estarem ali, mas felizes, por abandonarem os seus lugares, e passaram à sala das deliberações. Assim que se fechou a porta, um soldado desembainhou a espada e colocou-se em frente, de sentinela. Os juízes levantaram-se e saíram, seguidos pelos réus. Mal entraram na sala de deliberações os jurados, como na vez anterior, começaram por acender os cigarros. A consciência do artificial e falso no cargo, aliás já experimentado mais ou menos claramente enquanto sentados na sala do tribunal, apagou-se-lhes por completo ao se sentirem livres com um cigarro na boca. Iniciou-se então animada discussão.

— A pequena não é culpada; deixou-se enlear! — declarou o bom negociante. — É preciso ter pena dela.

— É o que vamos examinar! — respondeu o presidente. — Tomemos cuidado para não ceder às nossas impressões pessoais!

— O juiz-presidente fez um belo resumo! — observou o coronel.

— Belo, de fato, não há dúvida. Mas você acredita que, apesar disso, quase dormi?

— O ponto principal é que os dois criados nada podiam ter sabido do dinheiro do negociante se Maslova não tivesse entrado em acordo com eles — disse o caixeiro do tipo judeu.

— Então, segundo você, ela rouba de fato? — perguntou um dos jurados.

— Jamais me convencerão disso! — gritou o negociante gordo. — Foi aquela empregada canalha, sem sobrancelhas, a autora de tudo.

— De acordo — interrompeu o coronel —, mas aquela mulher afirma que não entrou no quarto.

— Prefere acreditar nela, então? Nunca em minha vida fiaria naquela mulher.

— Mas... — disse ironicamente o caixeiro. — Não é verdade que Maslova trazia a chave?

— O que prova isso? — contestou o negociante.

— E o anel?

— Mas ela explicou toda a história! O siberiano estava com a cabeça quente: bebeu e espancou-a; depois... teve pena. "Tome lá, menina, e não chore mais." Explicaram bem como era aquele homem: 1,90m de altura e peso proporcional.

— A questão não é essa — observou Pedro Gerassimovitch. — A questão é saber se foi ela quem premeditou o crime, ou se foram os dois criados.

— Mas os dois criados não podiam ter agido sem ela! — repetiu o juiz. — Ela é quem tinha a chave!

E assim prosseguiu o debate, durante muito tempo e ao sabor de cada um.

— Permiti, senhores! — disse, por fim, o presidente do júri. — Sentemo-nos em volta da mesa para melhor discutir. — E, dando o exemplo, tomou assento na cadeira presidenal.

— São todas umas desavergonhadas — declarou o caixeiro.

E, para refutar a opinião daqueles que consideravam Maslova inocente, contou como uma criatura da mesma espécie chegara a roubar em plena rua o relógio de uma colega. O coronel, por sua vez, relatou um fato ainda mais curioso: o roubo de um samovar de prata.

— Por favor; senhores, vamos às perguntas! — disse o presidente, batendo com o lápis sobre a mesa.

Todos se calaram e o presidente iniciou a leitura dos quesitos, assim redigidos:

1º) O camponês Simão Petrovitch Kartymkine, da aldeia de Borki, distrito de Krapivo, de 34 anos, é ele culpado de, no dia 16 do outubro de 188..., ter voluntariamente atentado contra a vida do negociante Smiclkov, com intenção de roubá-lo? É culpado de ter furtado ao referido negociante uma quantia aproximada de 2.500 rublos e um anel de brilhante, depois de o haver envenenado, na cumplicidade com outras pessoas?

2º) Eufemia Ivanovna Botchkova, burguesa, de 43 anos, é ela culpada de cumplicidade com Simão Petrovitch Kartymkine, nos atos enumerados no 1º quesito?

3º) Catarina Mikailovna Maslova, de 27 anos, é ela culpada de cumplicidade com os dois outros acusados, nos atos enumerados no 1º quesito?

4º) No caso de Eufemia Botchkova não ser reconhecida como culpada dos atos enumerados no 1º quesito, não o será ela de ter secretamente retirado da valise fechada do negociante Smiclkov a quantia aproximada de 2.500 rublos, uma vez que a 16 de outubro de 188... era empregada no Hotel Mauritânia?

Terminada a leitura, o presidente insistiu sobre o 1º quesito.

— Então, senhores jurados, como responderemos esta primeira parte?

A resposta foi fácil. Todos concordaram pela afirmativa, tanto em relação ao roubo como ao envenenamento. Um único entre os jurados recusou-se a sustentar a culpabilidade de Kartymkine: um velho operário, que, sem comentários, respondia sempre negativamente a todas as perguntas. A princípio, o presidente imaginou que o velho não compreendia, e achou sua obrigação explicar-lhe que, sem qualquer sombra de dúvida, Kartymkine e Botchkova eram culpados; o velho, porém, respondeu que compreendia muito bem e que na sua opinião seria melhor perdoar tudo.

— Nós também não somos santos, — disse ele.

E assim manteve inalterável o seu ponto de vista. Quanto ao 2º quesito, que se referia a Botchkova, após longos debates, a resposta foi a seguinte: "Não é culpada." Faltavam provas da sua participação no envenenamento: aliás exatamente o ponto sobre o qual o seu advogado insistira.

O negociante que procurava inocentar Maslova sustentou outra vez que Botchkova era a principal instigadora de tudo. Muitos dos jurados partilharam da mesma opinião até o mesmo em que o presidente, cioso de se manter no terreno da legalidade absoluta, fez notar que, de qualquer modo, sua participação no envenenamento não fora estabelecida por prova material. Discutiu-se muito tempo ainda, mas a opinião do presidente acabou prevalecendo. Porém, quando se tratou do 4º quesito Botchkova não escapou à culpabilidade do roubo. Ante a insistência do operário, acrescentaram: "Com circunstâncias atenuantes."

O 3º quesito fora reservado para o final. Provocou uma discussão muito mais acalorada que os demais.

O presidente afirmava ser Maslova culpada. O negociante, secundado pelo coronel e pelo operário, sustentava-lhe a inocência. Os outros jurados hesitavam, mas pareciam opinar com o presidente; a razão disso residia em todos os jurados já estarem exaustos e acharem que a primeira explicação solucionaria mais depressa o caso.

Nekhludov, porém, baseado nos resultados das inquirições e no que sabia a respeito de Maslova, tinha plena convicção de não ser culpada nem do roubo nem do envenenamento. A princípio pensou que todos os companheiros concordavam com ele; mas logo reconheceu o quanto se enganara, pois a maioria se inclinava de preferência para a afirmativa: um pouco por causa da fadiga geral, outro pouco em consideração ao presidente, e também porque o negociante bonachão não escondia sua simpatia por Maslova, defendendo-a quase desastradamente. Diante disso, Nekhludov ficou tentado a pedir a palavra. Logo, porém, apavorou-o a ideia de interceder por Katucha, temendo que todos viessem a concluir as antigas relações de ambos. Entretanto, sentia que os debates não podiam prosseguir daquele modo e se achou na obrigação de intervir. Corava e empalidecia alternadamente. Ia enfim decidir-se a falar, quando Pedro Gerassimovitch, já irritado com o tom autoritário do presidente, interveio na discussão e defendeu o ponto de vista de Nekhludov.

— Permiti que vos diga — principiou o professor — que a culpabilidade do roubo se baseia no fato de se achar a chave em poder de Maslova; mas não poderia outro empregado do hotel ter aberto a mala com chave igual?

— Muito bem! É isso mesmo! — apoiava o negociante.

— Pensando bem, é impossível que Maslova tenha apanhado o dinheiro, pois na situação em que se encontrava não teria sabido o que fazer dele.

— Perfeitamente, é o meu ponto de vista também! — acrescentou, ainda uma vez, o negociante.

— Acredito antes que a sua chegada ao hotel com a chave tenha sugerido aos dois empregados a ideia do roubo; que se aproveitaram da ocasião e, mais tarde, imputaram a Maslova toda a responsabilidade.

Pedro Gerassimovitch não escondia a irritação da voz, exasperando com isso o presidente, que procurava manter cada vez mais forte o seu ponto de vista. Mas com tão grande convicção falava Gerassimovitch que a maioria acabou por aceitar os seus argumentos: Maslova não tinha participado do roubo do dinheiro nem no do anel, e recebera este como presente da vítima.

Restava resolver se era culpada no envenenamento. O negociante, ardoroso defensor da acusada, declarou dever de todos considerá-la inocente; mas o presidente replicou, com muita energia, que havia impossibilidade material de proclamarem sua inocência sobre esse ponto, considerando que ela própria confessara haver despejado no copo o pó fatal.

— Mas despejou o pó, julgando que fosse ópio! — retrucou o negociante.

— E o ópio já é em si um veneno — respondeu o coronel por digressões; contou então a aventura de uma cunhada que ingerira ópio por acidente e teria morrido se não fosse a habilidade quase miraculosa de um médico chamado às pressas para atendê-la. O coronel narrava o fato com tanto entusiasmo, que ninguém tinha coragem de o interromper. Só o caixeiro judeu, animado com o exemplo, ousou cortar-lhe a palavra.

— Qualquer pessoa pode habituar-se ao veneno de tal forma que chega a ingerir sem prejuízo doses muito fortes; a esposa de um parente... — Mas o coronel não era homem para se deixar interromper; continuou a história, e todos vieram a conhecer a fundo o papel que o ópio desempenhara na vida da cunhada.

— Meu Deus! Já são quatro horas! — exclamou um jurado.

— Pois bem, senhores, o que iremos responder? — perguntou o presidente.

— Quereis uma resposta mais ou menos como esta: "Sim, ela é culpada de ter despejado o veneno, mas sem intenção de roubar"?

Pedro Gerassimovitch, satisfeito com o sucesso obtido sobre a pergunta anterior, concedeu dessa vez plena aprovação.

— Peço que se acrescente: "Com circunstâncias atenuantes" — gritou o negociante.

Todos acederam imediatamente. O operário era o único que continuava afirmando: "Não, ela não é culpada."

— Mas a resposta que acabei de propor equivale a isso! — esclareceu o presidente. — "Sem intenção de roubar" é o mesmo que dizer "não é culpada".

— Sim, mas com a condição de acrescentar: *com circunstâncias atenuantes*, para acabar de absolver a acusada — declarou o negociante, entusiasmado com a sua ideia. Todos já estavam tão cansados, que as longas discussões só serviram para atrapalhar mais as ideias e ninguém pensou em acrescentar à resposta: "Sim, mas sem intenção de matá-lo." O próprio Nekhludov não teve essa ideia, absorvido como estava pela dor e pela angústia. Escreveram as respostas, segundo a forma adotada pelos jurados, e entregaram ao tribunal.

Rabelais nos conta que um jurista, chamado para liquidar um processo, depois de ter enumerado uma série interminável de artigos de leis e lido vinte páginas de uma moxinifada incompreensível, propôs aos colegas tirar a sorte. Se os dados formassem um número par, o agravado tinha razão; se fosse número ímpar, era o acusado. Foi o que aconteceu. As respostas adotadas pelo júri concordaram não porque todos os jurados eram da mesma opinião, mas porque, em primeiro lugar, o presidente, depois de ter feito um discurso sem fim, se esqueceu de dizer que, em geral, em casos semelhantes os jurados podiam responder:

"Sim, mas sem a intenção de matar"; em segundo lugar, porque o coronel tinha contado toda a história da sua parenta, o que acabou aborrecendo e cansando os jurados; em terceiro lugar, porque Nekhludov, absorvido pelas preocupações pessoais, não percebeu que as palavras "sem intenção de roubar" deveriam ser acompanhadas das palavras "sem intenção de matar". Finalmente porque Pedro Gerassimovitch, satisfeito de haver imposto sua opinião ao júri, desinteressou-se do resto do debate, chegando mesmo a retirar-se da sala, enquanto o presidente formulava as respostas. Mas o motivo principal da adoção das mesmas foi os jurados já estarem exaustos, ansiosos de se ver livres para ir jantar. Resolveram aceitar a primeira explicação que parecia solucionar o caso mais depressa. Ao finalizar a leitura das respostas, o presidente tocou a campainha. O guarda que se achava diante da porta com a espada desembainhada embainhou-a novamente. Os juízes retornaram aos primitivos lugares e os jurados entraram na grande sala, uns após outros.

O presidente do júri, em atitude solene, trazia a folha que encerrava as respostas. Adiantou-se até a mesa em que funcionava o tribunal e entregou-a ao presidente.

Este, ao ler de relance, mostrou-se muito surpreso, sacudiu os braços e virou-se para os colegas para pedir opinião. Estava estupefato de verificar que o júri, respondendo negativamente à questão do roubo, se pronunciara afirmativamente e sem restrições à questão do assassínio. Dessa resposta se inferia que Maslova não roubara nem dinheiro nem o anel, mas que, sem motivo plausível, envenenara o negociante.

— Veja que conclusão absurda! — disse o presidente ao vizinho da esquerda. — São trabalhos forçados para esta moça, que, certamente, está inocente!

— E por que está inocente?

— Mas isso salta aos olhos! Na minha opinião é caso de se aplicar o artigo 817.

O artigo 817 declara que o tribunal tem o direito de modificar a decisão do júri, desde que a considere insensata.

— O que acha? — perguntou o presidente ao companheiro da esquerda.

— Talvez fosse melhor aplicar o artigo 817 — disse o outro juiz de olhos meigos.

— E você? — perguntou ao juiz rabugento.

— Acho que de nenhum modo devemos fazer isso! — respondeu esse magistrado, com firmeza. — Já se queixam bastante de que os jurados absolvem sempre os culpados; o que dirão se o tribunal lhes imitar o exemplo? Não, não concordo com isso.

O presidente olhou o relógio.

— É doloroso, mas o que fazer? — entregou as respostas ao presidente do júri, a fim de que se procedesse à leitura.

Todos os jurados imediatamente se levantaram e o presidente, balançando-se de um lado para outro, leu em voz alta os quesitos e as respostas. O escrivão, os advogados e o próprio procurador não puderam esconder a estupefação. Só os réus permaneciam impassíveis no banco, não avaliando o sentido das respostas.

Depois os jurados tornaram a sentar-se. O presidente voltou-se para o substituto e perguntou-lhe que penas propunha aos réus. O substituto mostrou-se encantado com a severidade do júri em relação a Maslova, atribuindo-a à sua eloquência. Pigarreou, fingiu refletir e disse:

— Para Simão Kartymkine peço a aplicação do artigo 1452; para Eufemia Botchkova, a aplicação do artigo..., e para Catarina Maslova, a aplicação do artigo... parágrafo...

As punições a que se referiam tais artigos eram naturalmente as mais severas que se podiam aplicar no caso.

— O tribunal vai retirar-se para deliberar sobre a aplicação da pena! — disse o presidente levantando-se.

Saiu, acompanhado pelos dois juízes. No estrado cada um sentia uma sensação de alívio ao ver terminada a tarefa. Os jurados então conversavam à vontade.

— Então, patrãozinho! Fez um trabalhinho bem-feito — disse Pedro Gerassimovitch, aproximando-se de Nekhludov, a quem o presidente do júri explicava qualquer coisa.

— Por culpa sua vão mandar aquela infeliz para os trabalhos forçados.

A emoção de Nekhludov foi tal, ao ouvir essas palavras, que nem sequer reprimiu a chocante familiaridade do antigo empregado de sua irmã.

— O que está você dizendo?

— Mas é claro! — respondeu Pedro Gerassimovitch. — O senhor se esqueceu de acrescentar na resposta: *sem intenção de matar*. E o escrivão acabou de me dizer que o procurador exige quinze anos de trabalhos forçados.

— Mas a resposta está de acordo com o que decidimos em conjunto! — replicou o presidente.

Pedro Gerassimovitch não perdeu a ocasião para o contradizer, mostrando claramente que se Maslova não tirou o dinheiro, como ficou provado, era imprescindível acrescentar que ela não tivera intenção de matar.

— Eu reli as perguntas antes de entrar em sessão! — justificou-se o presidente. — Ninguém reclamou!

— Fui obrigado a retirar-me um instante durante a leitura — disse Gerassimovitch. — Mas o senhor, Dmitri Ivanovitch, como deixou escapar isso?

— Não percebi nada — disse Nekhludov.

— No entanto, é coisa fácil de observar!

— Será possível reparar o mal?

— Oh! Agora é tarde demais. Está tudo acabado.

Nekhludov lançou os olhos para os réus. Enquanto se decidia o destino de cada um, continuavam sentados. Maslova sorria. Pela mente de Nekhludov passou um pensamento mau. Pouco antes, ao prever a absolvição de Maslova e a sua liberdade, estava imaginando como deveria conduzir-se para com ela. Mas agora os trabalhos forçados e a Sibéria punham por terra toda a possibilidade de reatar as antigas relações. O pássaro ferido iria em breve abandonar a mísera carcaça.

VI

Tudo aconteceu como previra Pedro Gerassimovitch.

Após curta deliberação, os três juízes voltaram à sala e o presidente procedeu à leitura da sentença, que começava assim:

"A 28 de abril de 188..., por ordem de Sua Majestade Imperial, a sessão criminal do tribunal do distrito de N..., funcionando com a colaboração dos jurados, em virtude dos artigos 771, 776 e 777 do Código de Processo Criminal, condenou Simão Kartymkine, camponês, de 34 anos, e Catarina Maslova, burguesa, de 27 anos, à perda de todos os direitos civis e pessoais, e estabelece que ambos sejam condenados a trabalhos forçados: Kartymkine por 8 anos e Maslova por 4, conforme o artigo 23 do Código Penal.

"Condena igualmente Eufemia Botchkova, burguesa, de 43 anos, à perda dos direitos civis e a 3 anos de prisão, conforme o artigo 48 do Código Penal.

"Condena, outrossim, os réus ao pagamento de todas as custas do processo e acrescenta que, no caso de serem insolvíveis por eles, as mesmas correrão por parte do Tesouro."

A sentença especificava, em seguida, que o anel seria restituído aos herdeiros do negociante Smiclkov e que o corpo de delito seria vendido ou destruído.

Ao ouvir a sentença Simão Kartymkine ficou agitado, esfregando as mãos ao longo das costuras da calça e ao mesmo tempo mexendo os lábios.

Botchkova permanecia impassível. Catarina Maslova ficou repentinamente cor de sangue.

— Eu não sou culpada! Estou inocente! — gritou ela assim que o presidente terminou a leitura. — Juro! Não sou culpada. Não quis matá-lo, nunca pensei nisso! Estou dizendo a verdade! A única verdade verdadeira.

Pronunciou as palavras com tal força que toda a sala ouviu.

Depois deixou-se cair no banco, escondeu o rosto entre as mãos e chorou convulsivamente.

Simão e Eufemia levantaram-se para sair, mas ela continuou sentada, soluçando; um dos guardas lhe sacudiu o braço, obrigando-a a levantar-se.

— Não, é impossível deixar isto assim — dizia Nekhludov consigo, não mais se lembrando dos maus pensamentos que o haviam assaltado antes. E, sem refletir, levado por um impulso quase irresistível, lançou-se para o corredor a fim de rever ainda uma vez a moça que os guardas conduziam.

Diante da porta acotovelavam-se jurados e advogados, tagarelando e gesticulando, e por isso Nekhludov precisou esperar muito tempo para conseguir sair da sala. Quando afinal chegou ao corredor, Maslova já ia longe. Correu para ela, indiferente à atenção que pudesse provocar, e só se deteve quando lhe parou à frente.

Maslova já não chorava, mas, a cada momento, fortes soluços estremeciam-lhe todo o corpo; enxugava com a ponta do lenço que trazia à cabeça as gotas de suor que corriam pelo rosto. Passou por Nekhludov sem o notar. Ele, por sua vez, não tentou atrair-lhe a atenção; deixou-a passar e saiu desesperado à procura do presidente do tribunal.

Já estava prestes a sair, quando Nekhludov conseguiu encontrá-lo.

Vestia um elegante sobretudo de meia-estação e o porteiro ocupava-se em entregar-lhe respeitosamente a bengala de castão de prata.

— Senhor presidente — disse-lhe Nekhludov. — Poderia V. Ex.ª conceder-me alguns minutos de atenção? Trata-se do caso que acaba de ser julgado há pouco. Fiz parte do corpo de jurados.

— Com todo o prazer! Não é o príncipe Nekhludov? Sinto-me honrado em poder cumprimentá-lo! — acrescentou o presidente, apertando-lhe a mão. Lembrou-lhe com muita simpatia o baile em que o encontrara e onde o vira dançar com elegância inigualável! — Em que posso servi-lo?

— Houve um engano em nossa resposta em relação à acusada Maslova. É inocente do envenenamento e foi condenada a trabalhos forçados! — exclamou Nekhludov, em tom quase de desespero.

— Mas baseamos as sentenças nas respostas apresentadas pelo júri, embora as tenhamos achado bastante incoerentes.

O presidente lembrou-se de repente de que, no seu resumo, estivera a ponto de explicar aos jurados a maneira pela qual deviam formular as restrições, caso houvesse restrições a fazer. Lembrou-se também de que, para ganhar tempo, resolveu passar por cima dessa parte da explicação.

— Houve engano — prosseguiu Nekhludov —, não será possível reparar o mal?

— Há sempre motivos para apelação. Por que não consulta um advogado? — disse o presidente, dando mais um passo em direção à porta.

— Mas é uma coisa horrível!

— De acordo, mas só havia duas soluções possíveis.

Não havia dúvida de que o presidente tinha interesse em ser agradável a Nekhludov, mas ao mesmo tempo estava receoso de chegar muito tarde ao seu compromisso.

Assim que acabou de arrumar bem as mangas do fraque, por debaixo do sobretudo, segurou Nekhludov amavelmente pelo braço e encaminhou-o para a porta:

— Não acha preferível sairmos daqui?

— Perfeitamente! — respondeu Nekhludov.

Vestiu depressa a capa e saiu com o presidente. Brilhava um sol esplêndido. Nas ruas reinava agitação e movimento. O presidente precisou elevar a voz por causa do barulho de rodas no calçamento.

— Como estava dizendo — continuou o presidente —, o caso era simples e só comportava duas soluções possíveis. Ou aquela criatura, a Maslova, podia, a bem dizer, ser absolvida, isto é, sujeita apenas a alguns meses de prisão que já teriam sido satisfeitos pela prisão preventiva, ou condenada a trabalhos forçados. Estávamos no dever de optar por uma ou outra solução: e nossa escolha naturalmente recairia sobre o parecer do júri.

— Eu não pensei em acrescentar a restrição que teria traduzido o nosso pensamento! O que fiz é imperdoável.

— E toda a questão foi essa? — respondeu o presidente.

Tirou o relógio e olhou as horas. Teria apenas três quartos de hora para passar com a sua meiga Clara.

— Se tiver mesmo empenho, dirija-se a um advogado. É preciso arranjar um motivo de apelação. Aliás esse motivo sempre se encontra.

— Hotel de Itália! — gritou ao cocheiro de um fiacre que passava. Dou trinta kopeks para a corrida e nada mais.

— Queira subir, Excelência!

— Os meus respeitos — disse o presidente a Nekhludov ao se despedir. — Se puder servi-lo em qualquer coisa: casa Dvorikov, rua Dvorianskaia. É fácil de guardar. — Afastou-se depois de ter cumprimentado Nekhludov, pela última vez, com um ligeiro aceno de cabeça.

VII

A entrevista com o presidente do tribunal e o ar fresco da tarde serenaram a inquietação de Nekhludov. Diga-se de passagem que a emoção extraordinária por que passara resultava em grande parte do cansaço e das circunstâncias anormais que o assoberbavam desde cedo.

"Mas, pensando bem, que coincidência espantosa! De qualquer modo preciso fazer alguma coisa para abrandar a sorte dessa infeliz, e o mais depressa possível. E, já que estou aqui, vou aproveitar para pedir o endereço de Fainitzin ou de Mikinin." Eram dois advogados famosos, cujo nome lhe veio à mente.

Voltou para trás e entrou outra vez no Palácio de Justiça. Tirou o sobretudo e subiu a escada. Ainda na entrada do corredor, encontrou-se com Fainitzin.

Adiantou-se para ele, sem perda de tempo, dizendo que precisava falar-lhe. O advogado, que o conhecia de vista e de nome, apressou-se em responder que se sentia honrado em poder servi-lo.

— Infelizmente estou um pouco cansado e tenho ainda o que fazer; mas o senhor pode me explicar o caso em duas palavras. Vamos entrar aqui um instante? — Introduziu Nekhludov em uma sala que se achava aberta, sem dúvida o escritório de algum empregado do tribunal. Ambos sentaram perto da mesa.

— De que se trata?

— Pedir-lhe-ei de início — disse Nekhludov — que não deixe transparecer a ninguém o papel que represento em tudo o que lhe vou dizer.

— Não há dúvida. Está claro.

— Hoje fui jurado e condenamos uma mulher a trabalhos forçados. Ora, essa criatura não é culpada, e a ideia me atormenta.

Sem querer Nekhludov corou e perturbou-se. Fainitzin percebeu-o num relance, mas abaixou depois os olhos e pôs-se a observar a toalha verde da mesa.

— E então? — perguntou ele.

— Condenamos uma inocente. Eu queria um meio de anular o julgamento e apelar para uma jurisdição superior.

— Para o Senado — esclareceu o advogado.

— Vim pedir-lhe para tomar essa causa.

Nekhludov tinha pressa em tratar do assunto, que era sumamente desagradável para ele, e acrescentou de um só fôlego:

— Quanto aos honorários e a todas as despesas do processo, por elevadas que sejam, ficam inteiramente ao meu cuidado.

Pela segunda vez sentiu o sangue subir-lhe ao rosto.

— Sim, sim, arranjaremos tudo — respondeu o advogado, sorrindo com bondade ante a inexperiência do seu aristocrático cliente.

Nekhludov relatou por alto o caso.

— Aí está! Agora quero saber o que há a fazer.

— Fique descansado. Amanhã mesmo pedirei as razões e me porei a par de tudo. Vejamos! Depois de amanhã... Não, marquemos, antes, quinta-feira. Então quinta-feira, às seis horas da tarde, caso não lhe seja incômodo, espero-o em minha casa para lhe dar uma resposta. Está combinado, não é? Até quinta--feira. Peço que me desculpe, mas ainda tenho várias coisas a fazer.

Nekhludov despediu-se do advogado e saiu do Palácio de Justiça. A nova entrevista tranquilizou-o mais do que o presidente; estava radiante de ter dado os primeiros passos em favor de Maslova.

Alegrava-se com a beleza do tempo e respirava com prazer a brisa suave da tarde primaveril. Vários cocheiros paravam para lhe oferecer o carro, mas ele recusava, sentindo-se feliz de poder andar um pouco. Logo o assaltaram mil pensamentos e recordações de Katucha e da maneira por que se conduzira com ela.

"Não, não", disse consigo, "pensarei em tudo isso mais tarde; agora preciso distrair-me das impressões desagradáveis que acabei de ter!"

Lembrou-se então do jantar com os Korchaguine. Olhou o relógio.

O jantar não deveria estar acabado ainda. Nekhludov correu para o ponto de fiacres mais próximo, examinou os cavalos e escolheu o melhor carro. Dez minutos depois se achava diante do imenso pátio da elegante moradia dos Korchaguine.

Capítulo VII

I

— Queira entrar, Excelência. Esperam-no em cima — disse a Nekhludov, com um sorriso amável, o gordo porteiro da residência dos Korchaguine, encaminhando-se para ele em direção à escadaria exterior. — Estão à mesa e rogam a V. Ex.ª que suba até a sala de jantar.

O porteiro introduziu Nekhludov no vestíbulo e, dirigindo-se para a escada, puxou o cordão da campainha.

— Há alguém de fora? — perguntou Nekhludov, enquanto tirava o sobretudo.

— O senhor Kolossoff e Miguel Sergueievitch, mas além deles, mais ninguém — respondeu o porteiro.

No topo da escada apareceu a figura elegante de um mordomo encasacado e de luvas brancas.

— Queira subir, Excelência.

Nekhludov subiu a escada, atravessou a suntuosa antecâmara e entrou na sala de jantar.

Em volta da grande mesa estava sentada toda a família dos Korchaguine, exceto a mãe de Missy, a princesa Sofia Vassilievna, que em geral tomava as refeições no quarto.

À cabeceira, o velho Korchaguine, à esquerda seu amigo Ivan Ivanovitch Kolossoff, antigo funcionário e atual membro do conselho de administração num banco. Do mesmo lado, Miss Redort, preceptora da irmã, uma criança de quatro anos; à direita, a começar da extremidade, o irmão de Missy, Fetia, estudante do sétimo ano que se estava preparando para os exames, e um jovem estudante, seu repetidor. Mais adiante, em face um do outro, Miguel Sergueievitch Teleguine, ou Mitia, filho do primeiro casamento da princesa Korchaguine, e uma parenta pobre, Catarina Alexievna, solteirona e eslavófila; finalmente Missy, e um lugar vazio entre ela e Catarina.

— Oh! Muito bem! Venha depressa, estamos ainda no peixe! — disse o velho Korchaguine, erguendo os olhos injetados de sangue para Nekhludov.

— Estêvão! — gritou para o imponente *maître d'hôtel*, fazendo-lhe sinal para conduzir Nekhludov ao lugar que lhe estava reservado. Nekhludov já conhecia o velho Korchaguine há muito tempo, e muitas vezes o havia visto à mesa: naquela noite, porém, chamou-lhe sobremodo a atenção o rosto vermelho e congestionado, a boca sensual, o pescoço grosso, o seu todo em suma; até mesmo a maneira de prender o guardanapo no colete causou-lhe uma impressão desagradável. Lembrou-se, sem o querer, de tudo quanto lhe haviam dito sobre a rudeza daquele homem, que, no seu tempo de governador da província, mandara fuzilar uma multidão de infelizes e enforcar outros tantos.

— V. Ex.ª será servido imediatamente — disse Estêvão, retirando de uma gaveta uma colher de sopa, enquanto o mordomo se postava atrás da cadeira vazia e Missy se ocupava em arranjar uma das pontas do guardanapo, artisticamente dobrado em forma de leque, sobre o prato de Nekhludov.

Mas Nekhludov teve primeiro de fazer toda a volta da mesa e cumprimentar cada um dos presentes que se levantava para estender-lhe a mão, menos as senhoras e o velho Korchaguine. Aquele passeio ao redor da mesa, aqueles apertos de mão a pessoas que nunca tinha dirigido a palavra, tudo lhe pareceu naquela noite sumamente ridículo e desagradável.

Desculpou-se de ter chegado tão tarde e já se ia sentando entre Missy e Catarina Alexievna quando o velho Korchaguine exigiu que na falta de aperitivo, ele ao menos se servisse de *hors d'ouvres*. Nekhludov precisou ir até uma mesinha onde estavam os *hors d'oeuvre*: lagosta, caviar, queijo e anchovas. Pensou que não estivesse com fome, mas foi-lhe bastante provar o caviar para sentir grande apetite.

— Então! Abalou os esteios? — perguntou-lhe Kolossoff, aplicando ironicamente a expressão empregada, pouco tempo antes, por um jornal reacionário, em artigo destinado a mostrar os perigos da instituição do júri.

Absolveu os culpados ou condenou os inocentes.

— Acabou com os esteios! — repetiu o velho príncipe, numa gargalhada.

Depositava uma confiança ilimitada no espírito e na ciência do amigo, cujas opiniões liberais compartilhava.

Nekhludov, entretanto, para não parecer incivil, nada respondeu. Sentou-se, serviu-se de sopa e continuou a comer com apetite.

— Deixem-no em paz! — disse Missy, sorrindo com familiaridade, o que bem mostrava o caráter de extrema amizade entre ambos.

Aliás, Kolossoff já tinha esquecido sua pergunta. Discutia em altos brados e em tom violento o artigo do jornal reacionário sobre a instituição do júri. Miguel Sergueievitch fazia-lhe a réplica; assinalava os erros monstruosos de outro artigo recente, publicado no jornal.

Missy, como sempre, mantinha sua distinção, *toilette* elegante, discreta, sóbria e impecável.

— Você deve estar morto de fome e de cansaço! — murmurou a Nekhludov, quando este acabou de tomar a sopa.

— Nem tanto! E você? Foi ver aqueles quadros?

— Não, adiamos a visita para outro dia. Fomos assistir a um jogo de tênis em casa dos Salomonov. Sabe que Mister Crooks joga de fato admiravelmente?

Nekhludov tinha ido visitar os Korchaguine para se distrair. Sempre achou as reuniões agradáveis, não só pelo luxo e pela riqueza da casa, verdadeiro prazer para as pessoas de gosto apurado, como também pela atmosfera de carinho na qual era recebido. Mas, coisa curiosa, naquela noite tudo na casa o desagradava: desde o porteiro, o enorme vestíbulo, as flores, os mordomos com seus trajes, a ornamentação da mesa, até a própria Missy, a quem achou afetada e antipática. Aborreceu-lhe o tom autoritário e grosseiro de Kolossoff com seu liberalismo, a figura sensual e viciada do velho Korchaguine, as citações francesas da velha eslavófila e as caras inexpressivas da governanta e do preceptor. Aborreceu-lhe sobretudo a intimidade com que Missy falara sem designá-lo pelos prenomes como os demais convivas.

Havia em Nekhludov dois sentimentos bem distintos em relação a Missy. Às vezes, vendo-a na penumbra, descobria nela todas as perfeições: era leal, bonita, inteligente e cheia de naturalidade. Às vezes, porém, quando passava da penumbra para pleno dia, era obrigado a reconhecer-lhe defeitos. Naquele momento, dominava esta última disposição. Distinguia todas as rugas da testa, os dois dentes postiços; reconhecia o sinal do ferro de encrespar nos cabelos, os ossos salientes do cotovelo e, principalmente, a grossura dos dedos, como os do velho Korchaguine.

— Que jogo enfadonho o tal tênis — disse Kolossoff. — O jogo da pela, de nosso tempo, era bem mais interessante.

— É porque o senhor não conhece o tênis. Não há nada mais emocionante — protestou Missy.

Nekhludov achou na pronúncia do "emocionante" uma afetação insuportável.

Começaram a discutir, e também tomaram parte Miguel Sergueievitch e a solteirona. Só não se manifestaram o repetidor, a governanta e as crianças, já cansados de ouvir aquilo.

— Pois briguem de uma vez! — gritou, por fim, o príncipe Korchaguine às gargalhadas.

Arrancou o guardanapo com a mão, jogou-o sobre a mesa, todo amassado, e levantou-se. Um mordomo correu para puxar-lhe a cadeira. Todos se levantaram imediatamente e se dirigiram a uma mesinha onde estavam arrumados *bols* e vasilhas de água tépida perfumada. Os convidados enxaguaram a boca, prosseguindo a discussão entre bochechos.

— Não sou eu quem tem razão? — perguntou Missy a Nekhludov, depois de ter afirmado a Miguel Sergueievitch que nada melhor do que o jogo para revelar o caráter de uma pessoa. Observou, porém, na fisionomia do amigo, a expressão concentrada e severa que tantas vezes a inquietara.

Estava resolvida a descobrir a causa.

— Para falar a verdade, nunca cogitei dessa questão — respondeu Nekhludov.

— Vamos subir até o quarto de mamãe? — perguntou-lhe a moça.

— Com muito prazer! — respondeu ele, acendendo um cigarro; mas o tom da resposta significava claramente que dispensava muito bem aquela formalidade.

Missy calou-se. Lançou-lhe um olhar perscrutador e ficou ainda mais preocupada.

"Dir-se-ia que só vim aqui para dar aborrecimentos", dizia Nekhludov consigo. Esforçou-se para ser amável e acrescentou algumas palavras que demonstravam quanta honra sentia em poder cumprimentar a princesa, caso a visita não lhe fosse importuna.

— Muito pelo contrário, mamãe ficará encantada. Poderá fumar do mesmo modo que aqui. Ivan Ivanovitch já deve ter subido.

A princesa Sofia Vassilievna passava a vida deitada em uma cadeira preguiçosa. Há oito anos não ia à mesa e se comprazia em estar no quarto, entre os veludos, flores, bronzes e móveis dourados ou laqueados. Nunca saía. Só via os "seus amigos", como costumava dizer, isto é, pessoas que aos seus olhos, por uma ou outra razão, se destacavam do comum dos homens. Nekhludov estava incluído nesse número não só porque passava por ser um rapaz inteligente, como porque sua mãe tivera relações com os Korchaguine e, principalmente, porque Sofia Vassilievna queria vê-lo casado com a filha.

O quarto da velha princesa era precedido de dois salões: um grande e outro menor. Missy caminhava à frente de Nekhludov no salão grande. De repente parou, agarrou com um gesto nervoso o encosto de uma cadeira e ergueu os olhos para o rapaz.

Missy tinha muita vontade de se casar e considerava Nekhludov um ótimo partido. Além do mais agradava-lhe e se habituara a pensar que o teria para ela, sem contudo pertencer a ele: preparava o golpe com toda a astúcia e tenacidade.

Fitou Nekhludov bem nos olhos e disse à queima-roupa, para obrigá-lo a falar com franqueza:

— Alguma coisa lhe aconteceu, tenho certeza. Diga o que foi.

Nekhludov lembrou sua aventura na sessão do júri. Cerrou as sobrancelhas e ficou vermelho.

— De fato me aconteceu algo de estranho, imprevisto e, mesmo, grave.

— O que foi? Não quer dizer-me?

— Agora não posso. Desculpe-me. Aconteceu-me uma coisa e preciso refletir muito — acrescentou ele, ainda mais corado.

— Então não quer contar para mim?

Saltou-lhe uma veia na testa e empurrou o espaldar da cadeira no qual estava apoiada.

— Não, não posso — respondeu Nekhludov, demonstrando que por essa resposta acentuava ainda mais a extrema gravidade do que lhe acontecera.

— Está bem! Vamos ver mamãe.

Missy sacudiu a cabeça, como para afastar um pensamento desagradável, e tomou seu passo apressado.

Nekhludov percebeu que ela estava fazendo um esforço para não chorar. Ficou envergonhado e aborrecido de tê-la magoado. Mas sabia que o menor sinal de fraqueza significaria sua rendição, isto é, ver-se-ia preso para sempre. E era exatamente isso que tanto receava naquela noite.

Continuou calado até chegar ao quarto da princesa Korchaguine.

II

A princesa Sofia Vassilievna tinha terminado o jantar; refeição trivial porém farta, que preferia tomar sozinha para que ninguém a visse em ocupações prosaicas.

Sobre uma mesinha redonda, perto da cadeira preguiçosa, estava servido o café. Tomava-o aos goles, entre as baforadas inebriantes do seu cigarro.

A princesa era uma senhora idosa, magra e muito alta, de dentes grandes e olhos pretos. Apesar da idade, ainda conservava atitudes de moça. Por toda parte corriam boatos sobre as relações que mantivera com seu médico. Nekhludov nunca tinha dado ouvidos a esses comentários, mas não pôde deixar de se lembrar deles quando, ao entrar no quarto, se lhe deparou, sentado ao lado dela, o corpulento médico, de barba lustrosa, elegantemente talhada. Sua presença causou-lhe uma impressão de repugnância. Ao pé da cadeira, em um tamborete, estava Kolossoff. Entretinha-se em misturar o açúcar no café. A pequena distância via-se uma garrafa de licor. Missy demorou-se no quarto apenas alguns instantes.

— Quando mamãe se cansar e os mandar embora, irão ter comigo, não é? — disse ela a Kolossoff e a Nekhludov, sorrindo amavelmente para este último, como se nada houvesse acontecido antes.

Retirou-se do quarto, escorregando ligeiramente no tapete macio.

— Bom dia, caro amigo. Sente-se e conte-nos alguma coisa — disse a princesa Sofia Vassilievna, com seu sorriso afetado, artificial, e imitando perfeita naturalidade. — Estávamos falando exatamente a seu respeito. Os amigos comentavam que tinha voltado do tribunal de muito mau humor. Mas essas sessões devem mesmo ser muito penosas para um homem de bom coração! — acrescentou ela.

— Não há dúvida — respondeu Nekhludov. — Muitas vezes reconhecemos nossa própria ing... quer dizer, sentimo-nos sem direito de julgar os erros alheios.

— Que grande verdade! — exclamou a princesa, em tom que demonstrasse o quanto a justeza de reflexão de Nekhludov lhe agradara; pois tinha por hábito sempre lisonjear os seus interlocutores. — E que fim levou o seu quadro? Sabe que me interesso muitíssimo e que se estivesse mais forte já teria ido vê-lo.

— Abandonei-o por completo! — respondeu Nekhludov, secamente, para quem a falsidade das adulações era tão visível, naquela noite, quanto a velhice que ela cuidadosamente escondia. Fizera todo o possível para ser amável, mas seus esforços foram inúteis.

— Isso é um crime! Sabe que o próprio Rapine me afirmou reconhecer no amigo um verdadeiro talento? — disse, voltando-se para Kolossoff e designando Nekhludov.

"Não terá vergonha de mentir tanto?", pensava Nekhludov consigo.

Entretanto, ao verificar que Nekhludov não alimentava a conversa, passou a dirigir-se a Kolossoff. Perguntou-lhe a opinião sobre uma nova peça recentemente estreada. Encaminhou a conversa de maneira a causar a impressão de que todas as dúvidas a respeito seriam dissipadas ante as palavras abalizadas do pseudocrítico.

Kolossoff julgou a nova peça com muita severidade, e aproveitou a ocasião para expor todas as suas ideias sobre a arte.

A princesa Sofia Vassilievna mostrava-se, como sempre, assombrada com a fineza das suas observações; se, às vezes, se arriscava a defender o autor da peça, era exclusivamente para se confessar vencida na primeira oportunidade. Nekhludov apenas ouvia e observava; e o que via e ouvia era bem diferente de quanto se passava diante dele. Vendo e ouvindo a princesa e Kolossoff, Nekhludov chegou à conclusão de que a conversa nada tinha a ver diretamente com a peça comentada, nem interesse comum, mas era simplesmente a satisfação de uma necessidade física: ativar a digestão, movimentando os músculos da face e do pescoço. Além do mais, Kolossoff tinha bebido aguardente e licor e já devia estar meio embriagado: não como as pessoas que não têm hábito, mas como aquelas que bebem regularmente. Kolossoff não fazia divagações nem dizia tolices: achava-se, porém, em estado de excitação anormal e de contentamento de si mesmo. Em terceiro lugar, Nekhludov concluiu que a ilustre senhora, no auge da conversa, não deixava de lançar olhares inquietos para a janela de onde entrava um raio de sol poente, que indiscretamente vinha mostrar-lhe as rugas do rosto.

— Tem toda a razão! — respondeu ela a uma observação de Kolossoff, enquanto apertava o botão da campainha elétrica.

Logo depois o médico se levantou e, sem dizer nada, retirou-se do quarto, como pessoa da casa. Nekhludov viu que Sofia Vassilievna, embora continuando a conversa, o seguia com os olhos.

— Felipe, faz favor de abaixar essa cortina — disse ao mordomo que veio atender ao chamado. — Tem razão, falta misticismo, e sem misticismo não há poesia — prosseguiu ela, dirigindo-se a Kolossoff, enquanto seus olhos negros espreitavam os movimentos do mordomo, ocupado em abaixar a cortina.

— Misticismo e poesia, não é exato? Ambos são necessários. Misticismo sem poesia é superstição; e poesia sem misticismo é prosa.

De repente interrompeu sua dissertação:

— Mas, Felipe, você bem vê que é a outra cortina.

Recostou-se na cadeira preguiçosa, como que esgotada pelo esforço que exigiram aquelas palavras; logo depois, para se acalmar, acendeu um cigarro, levou-o à boca entre os dedos faiscantes de anéis.

O elegante mordomo inclinou levemente a cabeça em sinal de arrependimento. Nekhludov, porém, julgou ler nos seus olhos claros uma frase mais ou menos como esta:

— Vá para o diabo, velha maníaca.

E Felipe continuou respeitosamente a cumprir as ordens da frágil e etérea princesa Sofia Vassilievna.

— Quanto a Darwin — continuou Kolossoff mexendo-se sobre a banqueta —, devo confessar que há muita coisa exata em sua doutrina; mas às vezes vai um pouco longe. Concorda comigo?

— E você, acredita na hereditariedade? — perguntou a princesa a Nekhludov, cujo silêncio era incompreensível.

— Hereditariedade? Não, não acredito — respondeu ao acaso, sem poder afastar as estranhas imagens que lhe ocupavam o pensamento.

— Sem querer estive a prendê-lo, e esqueci-me de que Missy o espera. Vá ter com ela; gostará de interpretar uma música que acabou de aprender. É de Schumann. Há de ver como é interessante.

"Quer tocar música coisa alguma! Tudo isso são mentiras que forjou não sei por quê!", pensou Nekhludov consigo, levantando-se para depositar os lábios sobre a mão branca, ossuda e coberta de anéis de Sofia Vassilievna.

Encontrou-se no salão com Catarina Alexievna, que o fez parar por um instante:

— Estou vendo que as funções de jurado exerceram influência deprimente sobre o senhor! — disse ela.

— De fato! Com licença! Não estou disposto a transmitir aos outros os meus aborrecimentos — respondeu Nekhludov.

— Mas por quê?

— Peço licença para não responder.

— Por acaso se esqueceu do que disse outro dia, que era preciso dizer sempre a verdade, e que se aproveitou disso para dizer a todas nós verdades bem duras? Por que está querendo contradizer-se hoje? — Você se lembra, não é Missy? — acrescentou Catarina Vassilievna, voltando-se para a moça que acabava de entrar.

— Naquela noite estávamos brincando — respondeu Nekhludov, com serenidade. — Brincando, tudo é possível, mas na realidade somos tão miseráveis... pelo menos assim me considero, que não concebo a possibilidade de dizer sempre a verdade.

— É injusto em se julgar desse modo! — replicou Catarina Alexievna, em tom alegre, sem parecer notar a seriedade de Nekhludov.

— Não há nada pior do que não se estar disposto — interrompeu Missy. — Vejo-o por mim, e por isso procuro sempre estar de bom humor. Acabe com isso e venha cá. Vamos ver se conseguimos dissipar esse estado de espírito.

Nekhludov sentiu o que os cavalos devem sentir quando os preparam para pôr-lhes o freio e os atrelar: de modo algum queria ver-se freado.

Pretextou um motivo para se retirar. Quando estendeu a mão em despedida a Missy, esta a segurou mais tempo do que habitualmente fazia.

— Não se esqueça disto: o que é grave para você também o é para os seus amigos! — disse ela. — Voltará amanhã?

— Espero poder vir — respondeu Nekhludov, envergonhado, sem saber se por causa dela ou de si próprio.

Retirou-se depressa, procurando ocultar o que lhe ia n'alma.

— O que significa tudo isto? Estou muito intrigada — disse Catarina Vassilievna quando ele deixou a sala. — Mudou por completo! Será questão do amor-próprio? Nosso caro Dmitri é mesmo muito sensível.

— Deixe disso! Todos nós temos os nossos dias maus — respondeu Missy, em tom de indiferença.

Havia em sua fisionomia uma expressão de absoluto contraste com as palavras que acabava de proferir.

— Contanto que ele não desapareça daqui, depois de tudo que houve entre nós... — Se, entretanto, lhe perguntassem o que ela entendia por "tudo que se passou entre nós", a própria Missy não o saberia responder. Dava a impressão clara de que Nekhludov tinha não só alimentado esperanças como também proposto casamento a ela. O que se passara entre eles não foram palavras precisas, mas apenas olhares, sorrisos, alusões e profundos silêncios. E isso lhe bastou para o considerar como propriedade sua: pensar em perdê-lo parecia-lhe demasiado cruel.

III

"Vergonha e desgosto, desgosto e vergonha", eis o que Nekhludov repetia a cada instante, ao voltar a pé para casa, percorrendo um caminho bem conhecido.

Não lhe fugia da ideia a impressão desagradável causada a Missy. Porém, materialmente, nada o prendia à moça e nunca lhe havia feito uma declaração formal que o comprometesse; no entanto, na realidade as coisas eram diferentes. Sentia isso e sentia também com toda a plenitude de seu ser que era impossível casar-se com ela. "Vergonha e desgosto, desgosto e vergonha!", repetia ele, pensando não só em Missy, mas em toda a sua vida em relação à dos outros. Essas palavras voltavam a cada passo como um estribilho; ainda as repetia quando entrou em casa.

— Não cearei aqui hoje — disse a Korne, o mordomo, que se aproximou para servi-lo na sala de jantar. — Pode ir embora.

— Às suas ordens — respondeu o mordomo, mas não se retirou. Passou a desarrumar a mesa. Nekhludov logo pensou que estava querendo contrariá-lo. Queria que todos o deixassem em paz e já ali alguém se obstinava em importuná-lo!

Finalmente ficou só. Aproximou-se do samovar para preparar o chá, mas ao ouvir os passos pesados de Agripina Petrovna escondeu-se e foi para a sua sala particular, fechando a porta a chave. Foi exatamente naquele lugar que cinco meses antes sua mãe havia falecido. Dois refletores iluminavam o vasto aposento, realçando dois enormes quadros suspensos à parede, retrato do pai e da mãe de Nekhludov. Ao vê-los, recordou as últimas relações que tivera com a mãe. Percebeu que também aquelas tinham sido cheias de falsidade: nelas também via desgosto e vergonha. Lembrou-se de como, nos últimos tempos da moléstia da mãe, chegou a desejar-lhe a morte, para não vê-la sofrer; mas sentia agora que fora para poupar sofrimento a si próprio.

Para escapar à obsessão dessas lembranças, aproximou-se do retrato, obra de um pintor célebre a quem tinham pago cinco mil rublos, naquele tempo. A princesa Nekhludov estava de veludo preto com o colo a descoberto. Percebia-se que o artista se empenhara em pintar a nascente dos seios, o colo, o pescoço e os ombros da senhora de linhas belíssimas. Nekhludov sentiu outra vez a impressão de desgosto e de vergonha. Achou deveras chocante aquela maneira de representar a mãe com um aspecto de beleza seminua. E tanto mais chocante ainda por isso que, naquela mesma sala, cinco meses antes, a mesma mulher, estendida sobre um divã, descarnada como uma múmia, exalava um cheiro que empestava toda a casa. Nekhludov recordou-se, então, de como, na véspera de morrer, ela lhe tomou as mãos entre as suas mãos descarnadas e fitando-o bem nos olhos lhe disse: "Não procure julgar-me, Mitia, se pequei!" E daqueles olhos apavorados jorraram muitas lágrimas.

"Que vergonha!", disse consigo, observando novamente o retrato em que a mãe exibia o colo nu com um sorriso afetado. Aquela nudez fê-lo pensar em outra mulher que tinha visto tempos atrás, decotada do mesmo modo: era a própria Missy, que, numa noite de baile, o convidou para ver seu vestido novo. Nekhludov lembrou-se, com verdadeira repugnância, do prazer que sentiu diante dos ombros nus e dos braços bem torneados da moça; lembrou-se de que os pais de Missy assistiam à *toilette*: o pai, grosseiro e sensual, dono de um passado cruel, e a mãe, de reputação suspeita! Tudo aquilo era ao mesmo tempo repugnante e vergonhoso.

"Não, não. Isto não pode continuar. Preciso me ver livre e romper todas estas relações feitas de falsidade, tanto com os Korchaguine como com Maria

Vassilievna e todas as outras!... Quero fugir e respirar em paz! Partir para o estrangeiro, para Roma e dedicar-me à pintura."

Logo, porém, lhe veio à mente a dúvida que tinha sobre seu talento.

"Tanto faz! O essencial é que eu respire em paz. Irei primeiro a Constantinopla, depois a Roma. Partirei assim que me desobrigar das funções de jurado e ver assentado com o advogado aquele caso."

Novamente surgiu diante dele a imagem viva da prisioneira, com aqueles olhos negros e ingênuos. Como chorava ao ouvir as últimas palavras da sentença!

Num movimento brusco Nekhludov atirou fora o cigarro que acabava de acender. Logo em seguida, acendeu outro e se pôs a andar nervosamente pelo salão. Reviveu, um após outro, todos os momentos que passou com Katucha. Reviveu a cena do quarto, a paixão sensual que o dominou e a desilusão que o acometeu após a satisfação carnal. Reviu o vestido branco, o laço vermelho e a missa do galo. "Sim, amei-a naquela noite com toda a intensidade de um verdadeiro amor, belo e puro; e amei-a também antes disso! Como a amei durante o tempo que passei com minhas tias escrevendo a minha tese!"

Nekhludov recordou-se de como era então. Sentiu-se inebriado por um perfume de frescor, de mocidade, de plenitude de vida; e dilatou-se na sua alma a tristeza que o acabrunhava. A diferença entre o homem que fora e o que agora era pareceu-lhe inominável: tão grande ou talvez maior que a que havia entre a Katucha da igreja, da noite de Páscoa, e a amante do negociante siberiano, a prostituta que tinha acabado de julgar. Outrora era um homem livre e corajoso, diante do qual se abriam possibilidades sem fim; agora, prendiam-no mil laços de vida inútil e estúpida, diante da qual não via saída, ou antes, via mas não tinha forças para sair. Lembrou-se, então, de quanto se orgulhava de sua franqueza, a ponto de ter estabelecido como princípio de vida dizer sempre a verdade, e de como lhe era fiel. Agora, via-se mergulhado na mentira, na mentira insidiosa e cruel que se acobertava sob a verdade. Acostumou-se a mentir e acabou se emaranhando em suas teias.

Como iria livrar-se de Maria Vassilievna? Chegar a encarar outra vez o marido e os filhos da amante? Como iria romper o compromisso com Missy? Como chegaria a resolver a contradição entre antes haver apregoado a injustiça da propriedade individual e explorar agora um domínio cujos lucros lhe eram indispensáveis para viver? Como reparar a falta cometida contra Katucha? Todas essas ideias lhe atormentavam o espírito. "Não posso abandonar uma mulher que amei e limitar-me a pagar um advogado que a livre dos trabalhos forçados, aliás, imerecidos. Pretender reparar o mal com dinheiro é reincidir no erro que cometi ao dar a Katucha cem rublos para justificar minha conduta." Tornou a ver aquele segundo em que foi ao encalço de Katucha no corredor da casa das tias e lhe escorregou o dinheiro para depois fugir. "Oh! Maldito dinheiro, dinheiro!", disse ele consigo, num misto de terror e de vergonha. "Amar uma mulher, deixar-se amar, seduzi-la e, depois, abandoná-la com uma nota de cem rublos! Que indignidade! E fui eu o autor disso! Será possível?" "Mas sem dúvida!", respondeu-lhe uma voz íntima. "Tuas relações com Maria Vassilievna, tua amizade com seu marido, tudo isso não te é indigno? E tua atitude para com a herança da tua mãe? Aproveitas de uma fortuna que tu mesmo qualificaste de imoral. E o que dizer da tua vida depravada e inútil? E do teu procedimento para com Katucha?! És um miserável, um indigno! Pouco importa o juízo que façam de ti; podes enganar os outros, mas a ti não te enganas!" E Nekhludov compreendeu o porquê da aversão que vinha sentindo havia algum tempo, e sentia naquela noite em particular, pelos homens, pelo velho príncipe, por Sofia Vassilievna, por Missy, pelo governante e pelo mordomo. Na realidade a repugnância que sentia era por si mesmo. Por um estranho fenômeno aquela confissão da própria baixeza, embora muito lhe custasse, foi um calmante e um consolo.

Várias vezes em sua vida, procedera ao que chamava de "limpeza da consciência". Assim denominava as crises morais em que, sentindo quase uma paralisação da vida interior, resolvia expurgar-se das imundícies que lhe obstruíam a alma. Ao sair dessas crises, Nekhludov impunha regras a si mesmo e jurava observá-las sempre dali por diante. Escrevia um diário, recomeçava vida nova, "virava uma página", como dizia. Mas todas as vezes o contato com o mundo o arrastava e ele insensivelmente recaía nos antigos erros, de maneira talvez ainda pior do que antes da crise.

Procedeu pela primeira vez a essa limpeza durante as férias de verão que passou com as tias. A crise tinha sido então muito viva; uma crise de exaltação juvenil, e suas consequências perduraram bastante. A segunda crise sobreviera por ocasião da guerra contra os turcos: sonhou em sacrificar a própria vida e partir para o teatro da luta. Finalmente, a última crise foi quando abandonou o exército para se dedicar à pintura. Nunca mais, desde então, procedera à "limpeza" de sua consciência: eis aí a causa da diferença tão grande entre aquilo que lhe ditava a consciência e a vida que levava. Sentiu isso e ficou aterrorizado. O abismo afigurou-se-lhe tão profundo que se considerou vencido. "Mais de uma vez tentaste corrigir-te e te tornares melhor, mas falhaste!", dizia-lhe uma voz secreta. "Para que recomeçar nova tentativa? Aliás, não és o único no mundo; todos são como tu." Mas o ser moral, o ser livre, vivo, ativo, o único que existe em nós, naquele instante veio reivindicar os seus direitos. Ouvia, e não podia furtar de ouvir-lhe a voz e de confiar no que dizia. Por maior que fosse a diferença entre o que ele era e o que desejaria ser, aquela voz interior lhe afirmava que tudo ainda era possível. "Romperei os laços que me prendem ao erro e à mentira, custe o que custar; confessarei tudo, direi a verdade! Direi a verdade a Missy: um indivíduo depravado não tem sequer o direito de falar-lhe em casamento. Pedir-lhe-ei perdão pela mágoa que causei. Direi a Maria Vassilievna... ou antes, não direi nada a ela, mas ao marido: que sou um miserável e indigno de sua amizade. E a ela, a Katucha, farei a confissão sincera de toda a minha infâmia e vilania. Tudo farei para amenizar-lhe o destino. Sim, irei procurá-la e pedir o seu perdão."

Parou um instante e continuou:

"Casar-me-ei com ela, se for preciso."

Parou de novo. Aumentava-lhe a exaltação interior.

De repente juntou as mãos, como fazia em criança, e erguendo os olhos para o céu exclamou:

— Senhor, tende piedade de mim! Penetrai-me com vossa luz e purificai-me com a vossa graça!

Nekhludov rezava. E o milagre que pedia a Deus em sua oração já estava cumprido. Sim, porque o mesmo Deus que um dia lhe habitou o coração vinha agora entrar na posse de toda a sua alma. Nekhludov sentiu, numa efusão de alegria, toda bondade e beleza da vida. Via abrir-se diante de si todas as possibilidades de fazer o bem. Seus olhos choravam. Eram lágrimas de alegria e, ao mesmo tempo, de orgulho: de alegria, porque nasciam da felicidade de ver despertar aquele ser interior que durante tantos anos se conservara adormecido; de orgulho, porque eram fruto da admiração por si mesmo e da nobreza de sua grande alma. Tinha impressão de que essas ideias o sufocavam. Aproximou-se da janela, abriu-a e olhou para o jardim. A noite descia clara, fresca e silenciosa. Ao longe ressoou um ruído de rodas e depois tudo voltou ao silêncio. Abaixo da janela, desenhava-se a sombra de um enorme choupo desgalhado, por sobre a areia da alameda e o verde da relva. À esquerda avistava-se branquinho o telhado da cocheira, sob o reflexo do luar. Nekhludov contemplava o jardim, a luz suave e prateada, a cocheira, a sombra do choupo e respirava a deliciosa brisa da noite.

— Que beleza, meu Deus, que beleza!

Mas toda a beleza estava em sua alma.

Capítulo VIII

Maslova só foi reconduzida à prisão às seis horas da tarde, em deplorável estado de cansaço. A inesperada severidade da sentença lançada contra ela acabrunhou-a e o longo trajeto através das ruas mal pavimentadas da cidade acabou de aniquilá-la. Durante um dos intervalos na audiência viu os guardas comerem pão e ovos: ficou com a boca cheia d'água e percebeu que tinha fome, mas não quis perder a dignidade fazendo um pedido aos guardas. E a audiência recomeçou para se prolongar por mais três horas. À custa de cansaço e de embrutecimento Maslova acabou perdendo a vontade de comer. Foi nessa disposição que ouviu a leitura da sentença.

A princípio, pensou que fosse um sonho, pois não pôde conceber a ideia de trabalhos forçados. Parecia um pesadelo do qual iria despertar a qualquer momento. Mas, pela maneira natural com que os magistrados, advogados, testemunhas e toda a sala receberam a leitura da sua condenação, avaliou perfeitamente a realidade. Num momento de desespero, gritou com todas as suas forças que era inocente. Entretanto, logo viu que também aquele grito fora recebido como uma coisa natural, esperada e incapaz de alterar sua situação. Desatou em pranto, desde então resignada a sofrer até o fim aquela estranha e cruel injustiça do destino.

Uma coisa, porém, a surpreendia: aquela sentença tão dura lhe era imposta pelos homens — e homens em pleno vigor dos anos, e não velhos, homens que, durante todo o tempo do processo, olhavam-na com olhos compadecentes. Pois, com exceção do substituto do procurador, cujo olhar parecia cheio de maldade, todos os outros demonstraram prazer em vê-la. E eis que aqueles mesmos homens que lhe lançaram olhares amáveis acabaram por condená-la aos trabalhos forçados, embora ela fosse inocente do crime que lhe imputavam! Por isso ela chorou com todas as lágrimas que tinham os seus olhos. Mas por fim as lágrimas se esgotaram; e, quando, após o processo, fecharam-na em uma cela do Palácio de Justiça à espera da hora de voltar para a prisão, só pensou em duas coisas: fumar e beber.

Já estava sozinha na cela, havia algum tempo, quando o guarda encarregado de vigiá-la entreabriu a porta e entregou-lhe três rublos!

— Tome lá! Foi uma senhora que mandou.

— Que senhora?

— Vamos, pegue e não quero saber de conversa.

O dinheiro fora remetido à Maslova por Mme. Kitaiev, a dona da casa de tolerância. Ao sair da sessão perguntou ao contínuo se podia dar um pouco de dinheiro à condenada. Diante da resposta afirmativa, tirou do bolso da saia de seda uma bolsa cheia de notas e de dinheiro miúdo e entregou ao oficial de justiça uma nota de dois rublos e cinquenta e alguns kopeks de cobre, quantia essa que o oficial entregou logo ao guarda, sob as vistas de Kitaiev.

— Mas veja lá, dê tudo a ela! — acrescentou.

O guarda ofendeu-se com a recomendação: daí o mau humor contra Maslova. A prisioneira ficou radiante com aquele dinheiro, que iria permitir a realização do seu duplo desejo.

— Contanto que eu possa conseguir logo cigarros e aguardente. — Todas as suas ideias se concentravam nesse único desejo; tinha tal vontade de beber que só a ideia lhe fazia sentir o gosto da bebida. Aspirava com satisfação o cheiro do tabaco que entrava na cela, às baforadas.

Entretanto, precisou esperar bastante para ver satisfeita a sua vontade. O escrivão tinha se esquecido de ir buscá-la, atrasando-se, a conversar sobre política com o juiz gordo e um advogado. Finalmente, mais ou menos às cinco horas, depois que levaram Kartymkine e Botchkova, vieram buscá-la para a entregar às mãos dos dois soldados que a trouxeram pela manhã. Assim que saiu do Palácio de Justiça, deu cinquenta kopeks a um dos soldados e pediu-lhe que fosse comprar dois pãezinhos, cigarros e duas garrafas de aguardente. O soldado caiu na gargalhada.

— Vais pagar por isso! — disse ele. De fato, foi comprar os cigarros e os pães, mas recusou-se, comprar a bebida. Maslova pelo menos comeu os pães enquanto caminhava; mas isso só serviu para lhe aumentar a fome.

Só chegou à prisão depois do pôr do sol. Ficou esperando um tempo enorme no vestíbulo, porque naquele momento os guardas acabavam de trazer um reduto de cem prisioneiros de uma cidade vizinha. Havia homens barbados e outros escanhoados, velhos e moços, russos e estrangeiros. Alguns traziam metade da cabeça raspada e ferros presos aos pés. E todos que passavam perto de Maslova olhavam-na com ar de cobiça; vários deles sorriam maliciosamente e beliscavam-lhe a cintura.

— Hé! Hé! Que mulher! Alguma rameira de Moscou! — disse um.

— Senhorita, as minhas homenagens! — disse outro, piscando o olho.

E um deles, de cabeça raspada e bigodes enormes, chegou até a abraçá-la.

— Ora, deixe disso! Para que tanto luxo! — disse-lhe, quando ela o empurrou.

— Seu porco, o que está fazendo? — gritou um guarda.

O forçado retirou-se imediatamente, tremendo de medo. Voltando-se para o lado de Maslova, o guarda perguntou:

— Que vieste fazer aqui?

Maslova quis responder que voltava do julgamento, mas estava tão cansada que lhe faltaram forças para falar.

— Está chegando do tribunal, senhor vigilante — respondeu um dos soldados, fazendo continência.

O inspetor tomou a prisioneira sob custódia, sacudiu-a pelo braço para despertá-la e conduziu-a em pessoa através dos longos corredores até a sala em que estivera retida pela manhã.

II

A sala a que conduziram Maslova era uma grande peça de nove metros de comprimento por sete de largura, com duas janelas; o mobiliário se resumia num velho fogareiro já estragado e vinte camas de pranchas ajustadas, que ocupavam dois terços da extensão. Na parede diante da porta, via-se suspensa uma imagem enegrecida pelo tempo, perto da qual, de um lado ardia uma vela e, de outro, pendia um ramo de sempre-vivas. Atrás da porta, à esquerda, ficava a lata do lixo.

Tinham acabado de fazer a chamada da noite e fechavam as prisioneiras para dormir. A sala era habitada por quinze pessoas, doze mulheres e três crianças. Ainda estava claro e só duas mulheres se haviam deitado. Uma, que dormia cobrindo a cabeça com um casaco, era uma pobre idiota, presa por vagabundagem: passava o dia na sonolência. A outra, condenada por roubo, era tuberculosa. Não dormia, mas ficava estendida, com os olhos esbugalhados e a cabeça recostada sobre o casaco que dobrara à guisa de travesseiro. Para não tossir retinha na garganta uma golfada de saliva que lhe umedecia os lábios. Quanto às outras mulheres, vestidas na maior parte apenas com uma camisola de pano grosso, sete se conservavam de pé, junto às janelas, divididas em dois grupos, e observavam a passagem dos prisioneiros no pátio. Diante de uma das janelas, num grupo de três mulheres, estava a velha que pela manhã tinha falado com Maslova, pelo alçapão da porta. Chamava-se Korableva. Era uma criatura mal-encarada, de sobrancelhas cerradas, raros cabelos ruivos guarnecendo as têmporas e uma verruga cheia de cabelo no meio do rosto; era grande, robusta e de constituição sólida. Foi condenada por ter matado o marido. Era a deã da sala, pertencendo-lhe o privilégio de vender aguardente. Naquele instante estava cosendo junto à janela, segurando a agulha à moda do campo, com três dedos da mão forte e escura. Ao seu lado, igualmente ocupada em coser, achava-se uma pretinha de nariz esborrachado, olhos pretos muito meigos e vivos. Era sinaleira em uma estrada de ferro e foi condenada a três meses de prisão, porque uma noite se esqueceu de agitar a bandeira à passagem do trem, ocasionando um acidente.

Finalmente, a terceira mulher era Feodosia — ou Fenitchka, como a chamavam as companheiras —, ainda jovem, muito clara e rosada, com olhos límpidos de criança e duas longas tranças louras em volta da cabeça. Estava na prisão porque tentara envenenar o marido. De fato tentara envenená-lo na noite do casamento sem saber bem por quê. Tinha então apenas dezesseis anos; o homem que lhe deram para marido era um tipo odioso. No entanto, durante os oito meses que precederam a sua condenação não só se reconciliara com o marido como acabara gostando dele, de sorte que, por ocasião do julgamento, pertencia-lhe de corpo e alma. Isso, porém, não impediu que o tribunal a condenasse, apesar das súplicas do marido e dos sogros, que no decorrer dos oito meses chegaram a dedicar-lhe real afeição. Boa, alegre, sempre sorridente, Feodosia era a vizinha de cama de Maslova; não tardou em tornar-se sua amiga, compartilhando de tudo com a companheira.

Não muito longe, viam-se duas mulheres sentadas numa cama. Uma, de uns quarenta anos, magra e pálida, todavia conservando ainda alguns traços de antiga beleza. Segurava ao braço uma criancinha a quem dava de mamar. Era uma camponesa que estava na prisão por crime de rebeldia contra a autoridade. Um dia em que a polícia foi a sua aldeia engajar no regimento um de seus sobrinhos, os camponeses, considerando ilegal a medida, prenderam o *stanovoi* e libertaram o rapaz. E aquela mulher foi quem primeiro se lançou à frente do cavalo em que iam montar o sobrinho. A outra mulher que se assentava perto era uma velhinha corcunda de cabelos grisalhos. Brincava de pegador com um menino de quatro anos, gordo, corado e bochechudo, que corria ao redor dela dando risada. A criança, vestida apenas com uma camiseta, corria, corria, parando de rir apenas para repetir:

— Kiss, Kiss, não me pega.

Essa velhinha foi declarada cúmplice do filho, condenado por tentativa de incêndio. Aceitava a prisão perfeitamente resignada. Só se preocupava com o filho e, sobretudo, com o marido, que não tinha ninguém para o lavar e catar-lhe os piolhos.

Perto da segunda janela, viam-se quatro mulheres de pé, com a cabeça apoiada nas grades de ferro; falavam com os prisioneiros que passavam no pátio, aqueles mesmos prisioneiros com quem Maslova se encontrara pouco antes, no corredor à entrada da prisão. Uma dessas mulheres — condenada por roubo — era uma ruiva grandalhona de corpo flácido, com o rosto todo coberto de sardas. Com sua voz rouca gritava pela janela toda espécie de palavrões. Ao seu lado, estava uma meninota morena, aparentando seus dez anos, de corpo muito comprido e pernas curtas. O rosto era vermelho e cheio de manchas, olhos grandes e pretos, lábios grossos e levantados por uma fileira de dentes brancos e salientes. Tinha acessos de riso ao ouvir o diálogo entabulado entre a vizinha e os prisioneiros do pátio. Chamavam-na de Beleza, por causa de sua fealdade.

Atrás dela se achava outra mulher magra e ossuda, em estado lastimável, uma pobre infeliz que, condenada por ter escondido objetos roubados, mantinha-se de pé, sem dizer palavra, limitando-se a sorrir com ar de aprovação às barbaridades que ouvia. Havia ainda uma quarta detenta, condenada por fraude na venda de aguardente. Era a mãe do meninozinho que brincava com a velha corcunda e da menina de sete anos; ambos viviam com a mãe na prisão por não terem no mundo outra pessoa. A menina estava perto da mãe e prestava atenção desmedida às palavras obscenas, trocadas através da janela. Era um tipo delicado e fino, de lindos olhos azuis e duas tranças de um louro quase branco, que caíam às costas.

Finalmente, a décima segunda prisioneira era filha de diácono, culpada de ter afogado num poço o filho recém-nascido. Era moça alta e robusta, de cabelos louros, desgrenhados, e olhar inexpressivo. Não parava de andar em toda a extensão da sala entre os intervalos das camas. Não olhava nem falava com ninguém, limitando-se a engrolar qualquer coisa de inarticulado cada vez que, chegando perto da parede, se virava.

III

Quando a porta se abriu para dar passagem a Maslova, a filha do diácono interrompeu por alguns segundos o seu passeio pela sala. Arregalou os olhos para examinar a recém-chegada e depois, sem nada dizer, recomeçou a caminhada com andar decidido. Korableva espetou a agulha no saco que estava cosendo e, olhando Maslova por sobre os óculos, exclamou com ar interrogador:

— Ei-la! Voltou! E eu que sempre pensei que fosse absolvida!

Tirou os óculos e depositou-os sobre a cama com o saco de trabalho.

— E nós que estávamos agora há pouco dizendo que você já devia andar solta! São coisas que acontecem. Até dinheiro deram! — replicou a sinaleira, com voz cantante.

— Então eles te condenaram? — perguntou Fenitchka, erguendo timidamente os olhos claros e ingênuos para Maslova.

Logo, porém, obscureceu-lhe o rosto jovem e alegre, quase a chorar. Maslova não deu resposta. Aproximou-se da cama, junto de Korableva, e sentou-se.

— Nunca esperei por isso! — disse Fenitchka.

Maslova, depois de ficar imóvel alguns instantes, levantou-se, colocou sobre o rebordo da parede o pão que ainda restava, tirou o capote, branco de pó, desamarrou o lenço que lhe cobria os cabelos negros, cacheados, e novamente caiu na cama.

A velha corcunda, que brincava com o menino na outra extremidade da sala, aproximou-se por sua vez:

— Meu Deus! Meu Deus! — disse, com voz plangente, sacudindo a cabeça.

O menino correu atrás dela. Abriu a boca, arregalou os olhos e ficou estatelado ao ver o pão que Maslova trouxera. Esta, ao ver aquelas fisionomias todas cheias de solicitude, quase não conseguiu reprimir as lágrimas. Soube conter-se até o momento em que a velha e a criança se aproximaram dela. Quando ouviu o grito desolado da velha e seus olhos se encontraram com os da criança, rompeu em pranto.

— Eu sempre te disse: procura um advogado hábil! — insistiu Korableva.

— Então? Sibéria?

Maslova quis responder, mas as lágrimas impediram-na. Tirou de sob a camisa e o estendeu à Korableva, um maço de cigarros em cujo invólucro se via a figura de uma mulher rosada, com um bandó alto e seios descobertos. Korableva olhou a figura, sacudiu a cabeça com ar de desaprovação, como a censurar Maslova por ter gastado o dinheiro tão tolamente; depois, tirando um cigarro do maço acendeu-o na vela da imagem, deu uma baforada e entregou-o a Maslova, que, sem parar de chorar, se pôs avidamente a fumar.

— Trabalhos forçados! — disse por fim entre dois soluços.

— Esses carrascos malditos então não temem a Deus? — gritou Korableva. — Ela não fez nada! Por que foi condenada?

No mesmo instante, as quatro mulheres que se achavam perto da outra janela desandaram a rir. A meninota ria também: distinguia-se bem seu risinho juvenil entre as gargalhadas maldosas das companheiras. Naturalmente um dos prisioneiros tinha acabado de fazer um gesto qualquer que provocou a hilaridade.

— Viu o gesto que aquele cão fez? — disse a mulher ruiva, sacudindo todas as banhas do corpo.

— Que imunda! — disse Korableva, designando a ruiva. Depois, voltando-se para Maslova, perguntou: — Quanto tempo?

— Quatro anos! — respondeu Maslova, com tal efusão de lágrimas, que a sinaleira achou que devia intervir para consolá-la.

— Não me enganei quando disse que eram uns bandidos! Estávamos certas de que ias ser posta em liberdade! A titia dizia: "Há de ser posta em liberdade." E eu respondia: "Será que não vão pegá-la?" Bem razão tinha eu! — prosseguiu com sua voz cantante, sentindo prazer em ouvir a si própria.

Enquanto continuava suas lamentações, os prisioneiros tinham acabado de atravessar o pátio. Assim que os viram partir, as mulheres perto da janela afastaram-se e também se aproximaram de Maslova.

— Então, te condenaram? — perguntou a taberneira, segurando a filha pelo braço.

— Condenaram porque ela não tinha dinheiro! — respondeu Korableva. — Se tivesse dinheiro teria contratado um advogado hábil e esperto que teria arranjado a absolvição. Sei de um, mas não lembro o nome; astucioso como ele só: esse, tenho certeza, te tiraria do fundo d'água sem te molhar! É desses que precisas.

— Talvez... foi o destino que assim quis! — interrompeu a boa velha, condenada por cumplicidade em incêndio. — Vocês não pensam, por exemplo, que é bem duro separar um velho de sua mulher e de seu filho e não deixar ninguém para cuidar dele; e eu que fui jogada aqui, em plena velhice!

E, pela centésima vez, contou toda a sua história.

— Ninguém escapa ao seu destino! — repetiu ela, sacudindo a cabeça.

A taberneira sentou-se na cama, diante de Maslova; deitou o filho ao colo e exclamou, enquanto se ocupava em matar piolhos:

— É sempre isso que acontece com esses malditos juízes! — dizia ela. — Por que fizeste comércio de aguardente?

— E com que teria dado de comer ao meu filho?

Essas palavras chamaram Maslova à realidade.

— Eu queria tanto beber um pouco! — falou a Korableva, enxugando as lágrimas na manga da camisa.

Acalmou sua grande emoção: só de vez em quando se ouvia um soluço.

— Queres aguardente? — respondeu Korableva. — Vamos, dá o dinheiro que te irás fartar!

IV

Maslova tirou do bolso do capote a nota que recebeu de Mme. Kitaiev e entregou-a a Korableva. Esta, embora não soubesse ler, reconheceu pela efígie que se tratava de uma nota de dois rublos e cinquenta; mas, para maior certeza, mostrou a Beleza, que era considerada a sabichona da prisão, depois arrastou-se até o fogareiro, abriu um dos buracos e tirou uma garrafa que estava escondida. Enquanto esperava, Maslova levantou-se, sacudiu o pó do capote e do lenço e começou a comer o pão.

— Tinha feito chá para você, mas agora já está frio — disse Fenitchka.

E lá se foi ela pegar debaixo da cama um bule e um copo de metal enrolados num pé de meia. O chá estava completamente frio e tinha mais gosto de metal do que de chá. Mas nem por isso Maslova deixou de o tomar, mergulhando o pão a cada bocado.

— Fédia, vem cá, é para você! — gritou ela para o meninozinho; e, partindo o pão em dois pedaços, deu-lhe a metade.

Enquanto isso, as mulheres, que tinham as camas do outro lado, se afastaram. Maslova, assim que recebeu a garrafa, despejou um gole, bebeu, depois ofereceu a Korableva e a Beleza, que constituíam, juntamente com ela, a aristocracia do lugar, pois eram as únicas que às vezes tinham dinheiro.

Alguns minutos depois Maslova, já mais alegre, começou a contar com desembaraço às duas companheiras tudo que lhe acontecera desde cedo, imitando a voz e os gestos do presidente, do substituto e dos advogados.

Contou como ficou surpreendida de ver as atenções que os homens lhe dispensaram durante o dia todo "correndo atrás dela". No tribunal, todos a olharam de soslaio e mesmo depois do julgamento foram espiá-la na cela onde ficou fechada.

Narrava tudo isso rindo, num misto de terror e de vaidade.

— É sempre assim! — declarou a sinaleira, que, se aproximando de novo, recomeçava as suas divagações, com sua voz cantante. Os homens, segundo ela, corriam atrás das mulheres "como moscas atrás de açúcar".

— O mesmo me aconteceu — interrompeu Maslova, sorrindo. — Na ocasião em que voltava para a prisão, um magote de prisioneiros, vindos da estação, me barraram a passagem. Começaram a me perseguir e eu não sabia o que fazer. Finalmente veio um guarda salvar-me! Havia um que estava furioso e eu precisei esbofeteá-lo para me largar.

— Como era ele? — perguntou Beleza.

— Preto, de cabeça raspada e bigodes grandes.

— Só pode ser ele.

— Ele quem?

— Ora, Cheglov!

— Que Cheglov?

— Então você não conhece Cheglov? Já fugiu duas vezes dos trabalhos forçados. Agora foi preso outra vez, mas ainda há de fugir. Até os guardas têm medo dele! — acrescentou Beleza, que por ter feito escritas para o gabinete da polícia estava a par dos menores boatos da prisão. — Com certeza fugirá outra vez.

— Talvez fuja! Mas não nos pegará — disse Korableva. — Conte-nos agora, Maslova, o que disse teu advogado sobre o recurso. Agora é que precisas assinar!

Maslova respondeu que não ouvira falar nada no Palácio de Justiça. Nesse instante a mulher ruiva, enfiando no cobertor o braço sardento e coçando a cabeça com toda a força, aproximou-se das três mulheres que continuavam a saborear sua bebida.

— Eu vou dizer o que precisas fazer, Catarina! — disse a Maslova.

— Que história é essa? — perguntou-lhe Korableva, com voz irritada. — Veja só que sujeita! Cheirou aguardente e arranjou um pretexto para vir contar coisas que ela nem sabe. Não precisamos de instruções; sai daqui!

— Não estou falando contigo! Que tens com isso?

— Foi a aguardente que te tentou, hein? Mas não é para teu bico.

— Ora, dê um copo a ela — disse Maslova, sempre pronta a distribuir o que era seu.

— Espera um pouco! Há de ver o que acontece se não nos deixar em paz!

— O quê? O quê? Não tenho medo de ti — respondeu a mulher ruiva, avançando ainda para Korableva.

— Vejam só essa tripa-mole!

— Eu tripa-mole! Tens coragem de me insultar, seu verme de masmorra! — gritou a ruiva.

— Já te disse, vai embora! — respondeu Korableva. E, como a outra desse mais um passo à frente, deu-lhe um soco no peito nu. A mulher ruiva, como se à espera daquela provocação, deu um murro na costela da adversária enquanto que com a outra mão lhe visava o rosto. Maslova e Beleza procuravam separá-las, mas ela tinha agarrado nos cabelos da velha com tal força que não havia meios de largar. Korableva estapeava ao acaso o corpo da adversária e tentava morder-lhe o braço. Todas as mulheres da sala se aglomeraram em volta das duas, aos gritos.

Até a tuberculosa se levantou para ver a luta, misturando ao alarido das companheiras a tosse característica da moléstia. As crianças choravam, abraçando-se umas às outras. Era tal a algazarra que não tardou a vir a vigilante da seção de mulheres. Separou as duas prisioneiras. Korableva desmanchou a trança para sacudir os punhados de cabelo que sua adversária havia arrancado. Esta, por sua vez, arrumava os pedaços de camisa rasgada sobre o colo sardento. E todas as duas começaram a gritar, fazendo as respectivas queixas e dando explicações aos berros.

— Eu já sei! — disse a vigilante. — Tudo isso é efeito da aguardente. Amanhã cedo, contarei ao diretor; hão de se ver com ele. Vamos! Deitem depressa, senão... Cada uma em seu lugar, e silêncio!

Mas não era tão fácil conseguir silêncio. As mulheres continuaram brigando ainda certo tempo, cada uma querendo contar à sua moda como a briga começara. Por fim a vigilante saiu e as mulheres se prepararam para dormir. A velha corcunda ajoelhou-se diante da imagem e começou a rezar.

— Que desaforo! Aqueles dois vermes a querer dar lições! — gritou de repente a mulher ruiva, para ser ouvida por Maslova e Korableva, cujas camas ficavam na outra extremidade da sala.

— Toma cuidado senão ainda te escangalho hoje! — respondeu Korableva. De novo as duas calaram, mas a cada momento vinha quebrar o silêncio da sala adormecida nova troca de injúrias e ameaças.

Todas as prisioneiras estavam deitadas, e algumas até já roncavam. Só se conservavam de pé a velha corcunda e a filha do diácono. A velha, que sempre rezava muito, continuava a fazer reverências diante da imagem; a outra, assim que viu a vigilante pelas costas, prosseguiu sua excursão através da sala. Maslova não conseguia dormir. Pensava a cada instante que agora era um "verme de masmorra". Duas vezes em algumas horas a haviam qualificado assim: Botchkova, no Palácio de Justiça, e, há pouco, a mulher ruiva. Não atinava com aquilo. Korableva, que a princípio lhe dera as costas para dormir, virou-se bruscamente.

— E eu que não fiz nada! — disse-lhe Maslova baixinho. — Os outros praticam o mal e eu é que levo a culpa e saio condenada.

— Não te aflijas, minha filha! Também se vive na Sibéria! Não morrerás por isso! — respondeu-lhe Korableva para a consolar.

— Bem sei que não morrerei; mas a questão é a vergonha! Não foi esse o destino que esperei! Eu que estava habituada a viver no luxo!

— Ninguém pode ir contra Deus! — replicou Korableva, suspirando. — Ninguém pode ir contra Ele.

— Bem sei, mas assim mesmo é duro...

Calaram-se.

A mulher ruiva também não tinha conseguido dormir.

— Ouve! É aquela imunda! — tornou a dizer Korableva, chamando a atenção da vizinha para um barulho estranho que vinha da outra extremidade da sala.

De fato, era a ruiva, que estava chorando. Chorava porque tinha sido insultada, espancada e porque lhe recusaram a aguardente que tanto queria! Chorava também de pensar que em toda a sua vida só tinha encontrado injúrias, zombarias, humilhações e pancadas. Para consolar-se, pôs-se a lembrar o primeiro amor, relações que outrora tivera com um jovem operário; mas, ao mesmo tempo que se recordava do início daquele amor, vinha-lhe à mente a maneira pela qual tinha acabado. Reviu a noite terrível em que o amante, depois de ter bebido, lançou-lhe vitríolo por brincadeira e se divertiu com os companheiros em olhá-la a se contorcer de dor. Invadiu-a uma tristeza profunda; e, julgando que ninguém a ouvia, pôs-se a chorar. Chorava como criança, puxando pelo nariz e engolindo as lágrimas.

— Ela sofre! — disse Maslova.

— Cada um de nós tem sua cruz! — replicou a velha.

E de novo virou-se para dormir.

Capítulo IX

I

Na manhã seguinte, logo ao acordar, Nekhludov teve vaga consciência de que alguma coisa nobre e extraordinária lhe havia acontecido na véspera. Depois a lembrança de tudo se tornou bem nítida. "Katucha, o tribunal!"... a resolução de deixar de mentir e de dali por diante dizer toda a verdade.

E eis que, por uma coincidência surpreendente, encontrou entre a sua correspondência a carta que há tanto tempo esperava: a de Maria Vassilievna, sua ex-amante. Concedia-lhe a liberdade, fazendo votos de felicidade para seu próximo casamento.

— Meu casamento — disse ele sorrindo. — Como está longe!

Lembrou-se do projeto da véspera, de contar tudo ao marido da amante, de pedir que o perdoasse e aceitar a reparação que ele exigisse. Entretanto, esse nobre plano que traçou na véspera não lhe pareceu tão fácil de executar no dia seguinte. E, pensando bem, por que tornar um homem infeliz, revelando uma verdade que só o levaria a sofrer?

"Se me perguntar o que há, então direi. Mas eu mesmo ir dizer, não vejo necessidade."

Não menos irrealizável lhe pareceu revelar toda a verdade a Missy. Falar qualquer coisa era se humilhar inutilmente. Seria melhor nesse caso dar-lhe a entender aos poucos. Nekhludov resolveu, por fim, não ir mais visitar os Korchaguine, a não ser para explicar o motivo, caso manifestassem o desejo de o conhecer. Quanto às relações com Katucha, agiria abertamente. "Irei vê-la na prisão, direi tudo e pedirei perdão. E, se for preciso... se for preciso... me casarei com ela."

A ideia de sacrificar tudo para satisfazer a própria consciência e casar-se com Katucha, caso fosse necessário, continuava a sorrir-lhe como na véspera.

Finalmente, quanto à questão do dinheiro, resolveu conformar sua conduta com os princípios baseados na injustiça da propriedade individual. Caso não tivesse coragem de se privar de toda a fortuna, conservaria apenas uma parte, fazendo todo o possível para ser sincero consigo mesmo e com os outros.

Havia muito tempo que não começava um dia com tanta energia. Agripina Petrovna veio receber as ordens na sala de jantar e logo de início ele disse, com uma firmeza que chegou a surpreendê-la, que iria mudar de casa e se via obrigado a dispensar os seus serviços.

Desde a morte da mãe nunca explicara à governanta o que pretendia fazer da casa, muito grande e luxuosa para um celibatário; mas era coisa assentada, embora tacitamente, que continuaria a morar nela depois de casado. O plano de deixar a casa passava pois a ter uma significação especial, que Agripina Petrovna compreendeu imediatamente. Lançou um olhar de espanto para Nekhludov.

— Sou muito grato por tudo quanto fez por mim: mas agora não terei necessidade de uma casa tão grande nem de numerosos empregados. Se consentir, pedirei que tenha a bondade de me ajudar a fazer a mudança e engradar todos os móveis de que não preciso. Quando minha irmã vier, determinará o que é necessário.

Agripina Petrovna sacudiu a cabeça.

— Como? O que é necessário, mas o senhor precisará de tudo mais tarde.

— Não, não precisarei, Agripina Petrovna. É verdade, não precisarei — disse Nekhludov, dando resposta à intenção da governanta. — Faça o favor de dizer a Kornei que adiantarei dois meses de ordenado, e, assim, desde hoje poderá procurar outra colocação.

— Faz mal em proceder assim, Dmitri Ivanovitch! Ainda que pretenda ir para o estrangeiro, há de precisar de um lugar para guardar os móveis.

— Não é o que você está pensando, Agripina Petrovna! — replicou Nekhludov, sorrindo. — Aliás, não vou mais para o estrangeiro e, se for para algum lugar, é para uma viagem bem diferente da que está supondo.

Às suas palavras o sangue afluiu-lhe ao rosto.

"Devo dizer tudo?", pensou consigo. "Não tenho motivo algum para ocultar e devo começar a dizer a verdade desde já."

— Ontem eu tive uma aventura estranha e muito séria. Lembra-se de Katucha, empregada da tia Maria Ivanovna?

— Perfeitamente! Fui eu quem a ensinou a costurar.

— Pois bem! Foi condenada ontem no tribunal em que servi de jurado.

— Ah! Senhor, que pena! — disse Agripina. — Que crime cometeu?

— Homicídio! E fui eu que fiz tudo.

— Incrível! Como é possível que tenha feito tudo?

— Sou eu o causador de tudo! E esse acontecimento transtornou todos os meus planos.

— O que está dizendo?

— Mas sem dúvida! Foi por minha causa que tomou esse caminho e depende de mim prestar-lhe auxílio.

— Reconheço o coração grande que tem Dmitri Ivanovitch. Mas não vejo culpa sua em tudo isso. Aventuras como essa acontecem a todos: quando uma pessoa tem juízo, tudo se arranja, é esquecido, e a vida continua. Creia, é loucura sua considerar-se responsável! Há muito tempo me haviam dito que aquela criatura tinha deixado o bom caminho: a culpa é toda dela.

— Não, não, a culpa é minha. A mim cabe a reparação.

— Reparação, como?

— Saberei o que fazer; isto é comigo. Mas se está em dificuldade, Agripina Petrovna, quero esclarecer desde já o que minha mãe resolveu no testamento...

— Oh! Não, não estou em dificuldade. A defunta me cumulou de tantos benefícios que não necessito de nada. Tenho uma parenta que me convidou para morar com ela; só irei quando tiver a certeza de não poder mais servi-lo. Acho meu dever avisá-lo; não leve esse caso a sério; não há ninguém que não tenha passado por isso.

— O que quer? Não sou de sua opinião. Peço-lhe mais uma vez para arrumar minhas coisas. Não se zangue comigo. Sou muito reconhecido pelo muito que fez por mim, Agripina Petrovna.

Coisa surpreendente! Assim que Nekhludov compreendeu que era um indigno e um miserável, deixou de desprezar e odiar os outros. Demonstrava verdadeiros sentimentos de afeição por Agripina e Kornei, seu criado grave. Chegou mesmo a desejar humilhar-se diante de Kornei, como o fizera com a governanta; mas Kornei era de um tal servilismo que Nekhludov desistiu do intento.

Para voltar ao Palácio de Justiça, onde continuaria a servir como jurado, tomou o mesmo carro da véspera. O cocheiro o fez passar pelas mesmas ruas: isso o levou a admirar-se da enorme mudança por que passou em 24 horas. Percebeu que era outro homem.

O casamento com Missy, que na véspera lhe pareceu tão próximo, tornara-se totalmente impossível. Na véspera estava convencido de que faria a felicidade da moça: agora, julgava-se indigno não só de se casar com ela como de frequentar sua casa. "Se ela soubesse quem eu sou, jamais consentiria em receber-me. E eu que cheguei até a censurar-lhe as atenções dispensadas aos Romanov! Aliás, se me casasse com ela, será que poderia respirar um momento de felicidade e gozar paz de espírito, sabendo que a outra infeliz está na prisão e que amanhã ou depois partirá para os trabalhos forçados? Enquanto isso eu estaria recebendo felicitações e fazendo visitas de agradecimento com minha esposa? Ou então, enquanto estivesse sentado ao lado de um amigo que indignamente enganei, na assembleia da nobreza, fosse contar os votos sobre a nova lei escolar e depois encontrar-me em segredo com a mulher desse mesmo amigo? Ou ainda continuasse a lutar contra o meu quadro, esse maldito quadro que nunca terminarei porque está acima das minhas forças? Não, não posso admitir esse estado de coisas!", refletia Nekhludov.

Intimamente se rejubilava da transformação interior por que tinha passado.

— Em primeiro lugar irei falar ao advogado, saber o resultado do inquérito; depois... depois irei vê-la e contar-lhe tudo!

Todas as vezes que representava na imaginação a maneira pela qual trataria do assunto, confessando todo o seu erro e se declarando o único culpado, todas as vezes se enternecia com a própria bondade, quase heroica, e vinham-lhe lágrimas aos olhos.

II

Logo no corredor do Palácio de Justiça, Nekhludov se encontrou com o oficial de justiça do tribunal. Perguntou-lhe onde ficavam os condenados depois do julgamento e a quem deveria dirigir-se para obter a autorização de vê-los. O oficial respondeu que os sentenciados eram distribuídos por vários lugares e que a única pessoa indicada para conceder autorização era o procurador.

— Se quiser — acrescentou ele — virei buscá-lo, logo, depois da audiência e eu mesmo o levarei ao procurador. Mas agora lhe peço que se dirija sem demora para a sala do júri. A audiência deve iniciar-se dentro de alguns minutos.

— Nekhludov agradeceu a informação e correu para a sala.

No momento em que entrava, os jurados já se estavam preparando para passar à sala da audiência. O negociante conservava o mesmo humor jovial da véspera, e logo se via que tinha comido e bebido fartamente como no dia anterior. Recebeu Nekhludov como a um velho amigo. O próprio Pedro Gerassimovitch, apesar de sua familiaridade, não causou impressão desagradável.

Nekhludov continuava a conjeturar se devia ou não revelar aos jurados as relações que mantivera com a mulher que tinham condenado na véspera. "Desde ontem, por ocasião do *veredictum* deveria ter-me levantado para confessar publicamente o meu crime!" Mas, quando entrou na sala de audiência e viu o desenrolar dos mesmos fatos — a entrada dos juízes de toga, o silêncio, a chamada dos jurados, os guardas, o retrato, o velho sacerdote —, percebeu que, mesmo apesar de toda a boa vontade, não teria coragem de interromper aquela solenidade. Os preparativos do julgamento foram quase idênticos aos da véspera, apenas os jurados não prestaram juramento e o presidente dispensou a costumeira alocução preliminar.

A causa a ser julgada naquele dia era um roubo por arrombamento. O acusado era um rapaz de 20 anos, pálido, franzino, de ombros estreitos e vestido num capote cinzento. Estava sentado no banco dos réus entre dois guardas e tossia sem parar. Juntamente com um companheiro, forçara a porta de uma cocheira e se apoderara de um feixe de vassouras, cujo valor era de três rublos e meio. No auto de acusação constava que os dois culpados tinham sido presos por um agente na ocasião em que fugiam carregando as vassouras nas costas. Ambos confessaram tudo e ambos foram presos. Um morreu na prisão, por isso o outro comparecia sozinho ao júri. As vassouras figuravam sobre a mesa como corpo de delito.

O processo seguiu o mesmo curso que o de Maslova, com o mesmo interrogatório, testemunhas, provas e contraprovas. O agente que havia prendido o réu respondia a todas as perguntas do presidente, do substituto e do advogado com "Perfeitamente" ou "Não sei!" Respondia automaticamente, mais por espírito de disciplina, porque no íntimo tinha pena do rapaz e não desejava contribuir para sua prisão. A segunda testemunha, um velho de cara sofredora, era o proprietário da casa roubada.

Interrogado sobre o corpo de delito, manifestou evidente má vontade em reconhecê-lo. E, quando o substituto perguntou se as vassouras eram de grande utilidade, ele respondeu em tom irritado:

— Que levem o diabo essas malditas vassouras. Não me serviam para nada. Daria de boa vontade o dobro do que valem para não me aborrecer com todo esse negócio! Só de carro já gastei o dobro do valor. Sou um homem doente! Há sete anos que sofro de reumatismo.

Assim falaram as testemunhas. Quanto ao acusado, confessou todo o crime relatando os fatos minuciosamente. Interrompiam-no, a cada momento, terríveis acessos de tosse. Virava a cabeça para todos os lados com um olhar aterrorizado de animal que caiu na armadilha.

Contudo, o substituto do procurador, assim como na véspera, engendrava perguntas das mais capciosas destinadas a embaraçá-lo por completo. Nos autos, estabeleceu que o roubo fora premeditado, que se acompanhara de violência e que portanto o réu devia ser sujeito a penas severas.

O advogado designado *ad hoc* pelo tribunal afirmava pelo contrário que o roubo tinha sido feito sem premeditação, que não foi usada violência e que, apesar da gravidade do ato, o acusado não era elemento tão nocivo à sociedade como acabava de pintar o procurador.

Finalmente, o presidente, com o mesmo esforço de imparcialidade da véspera, explicou aos jurados o que deviam saber sobre o processo e o que não tinham direito de ignorar. Como no dia anterior houve suspensão da audiência, os jurados fumaram cigarros, o oficial anunciou: "O tribunal." Como na véspera, os guardas que ladeavam o réu, com espada desembainhada, fizeram o possível para não cochilar.

Os debates revelaram que o réu, aos quinze anos, fora empregado em uma fábrica de tabaco, pelo pai, lá ficando cinco anos; que no mês de janeiro o despediram em consequência de uma briga que provocou entre o diretor da fábrica e os operários. Ficou então desempregado. Largado ao acaso, travou conhecimento com um serralheiro que também estava sem colocação e que bebia. E, numa noite em que ambos estavam embriagados, arrombaram a porta de uma cocheira e pegaram a primeira coisa que encontraram. O serralheiro morreu na prisão e eis que seu cúmplice era chamado ao júri como indivíduo perigoso e nocivo à sociedade.

"Um elemento tão perigoso como a condenada de ontem!", pensou Nekhludov ao ver desenrolarem os detalhes do processo. "Ambos são perigosos! Que seja! E nós, nós todos que os julgamos? Eu, por exemplo, um devasso, um mentiroso, um impostor. Nós então não somos perigosos? E depois, mesmo supondo que esse pobre rapaz seja o único elemento pernicioso nesta sala, o que faremos dele, agora que se entregou?

"É fato bem evidente que esse moço não é criminoso profissional, nem um tipo degenerado; pertence à classe mais comum de homens. Todos veem e sentem isso. Se chegou a esse ponto, foi porque se encontrou em circunstâncias que fatalmente o conduziram a esse caminho. Coisa não menos evidente a qualquer criatura de bom senso é que, para impedir atos semelhantes, o primeiro passo é procurar destruir as condições que têm por efeito inevitável a perdição de tantos homens. E o que fazemos nós? Pegamos ao acaso um desses pobres diabos, embora sabendo que há soltos milhares de outros, jogamo-lo numa prisão, condenamo-lo à completa ociosidade ou então a um trabalho deprimente e estúpido em companhia de outros pobres diabos da mesma espécie; e depois o enviamos às expensas do Estado, do governo de A... para o governo de Irkutsk, desta vez em companhia de criminosos piores.

"Mas, para destruir as condições que produzem tais seres, nada fazemos. O que estou dizendo? Fazemos tudo para desenvolvê-las, multiplicando as fábricas, as usinas, os cafés, as oficinas, as casas de tolerância. Ao invés de abolirmos, perpetuamos esse estado de coisas, declarando-as necessárias, incentivando-as e dando-lhes o apoio da lei.

"Formamos assim não um criminoso, mas milhares deles, e depois, pegando um ao acaso, julgamos com tal ato salvar a sociedade e cumprir nosso dever, condenando-o a ser transferido do governo de A... para o de Irkutsk!" Assim pensava Nekhludov, enquanto ouvia as palavras do substituto do advogado e do presidente, sentado em uma cadeira de espaldar alto, ao lado do presidente do júri. "E quando penso", prosseguia ele, observando a palidez do réu, "que bastava alguém ter-se apiedado desse infeliz, na ocasião em que o pai, premido pela necessidade, o empregou como operário, ou mais tarde, quando após doze horas de trabalho o desgraçado tivesse encontrado distração com seus companheiros! Se nessa hora alguém se compadecesse de seu estado... e lhe dissesse: 'Não vá, Vania, isso não é direito', ele não teria ido, e não teria cometido aquele delito. Mas não encontrou ninguém durante todo o tempo que passou a viver na fábrica como um animal. Pelo contrário, todos, contramestres e companheiros, só lhe ensinaram durante esses cinco anos que a sabedoria, para um rapaz daquela idade, reside em mentir, em beber, em proferir palavrões, armar brigas e procurar mulheres.

"E quando mais tarde, gasto e depravado por um trabalho doentio, pela bebida e pela devassidão; quando, depois de ter vagado sem destino pelas ruas, deixa-se arrastar, penetrando em uma cocheira para roubar algumas vassouras velhas já sem uso, então nós, a quem nada falta, nós, homens ricos e instruídos, nos reunimos numa sala, com toda a solenidade, para julgar um infeliz que é nosso irmão e para cuja perdição nós mesmos contribuímos!"

Nekhludov já nem dava mais atenção ao que se passava ao redor. Perguntava unicamente a si mesmo como não tinha percebido tudo aquilo antes, e como os outros ainda não o tinham feito.

III

Quando, acabado o resumo do presidente, o júri se retirou na sala de deliberação para responder às perguntas formuladas, Nekhludov, em vez de seguir os colegas, escapuliu para o corredor com a resolução de se desinteressar por completo da sequência do processo. "Façam o que tem entenderem! Não quero mais tomar parte em toda essa farsa." Pediu a um guarda que lhe mostrasse a sala do procurador, e para lá se dirigiu. O porteiro a princípio se recusou a deixá-lo entrar, afirmando que o procurador estava ocupado; Nekhludov, porém, sem lhe dar ouvidos, abriu a porta da antecâmara, interpelou um servente que se achava sentado e rogou-lhe que fosse dizer ao procurador que um jurado desejava tratar de um assunto muito urgente. O título de príncipe e a elegância de sua aparência foram suficientes para se impor ao servente, que insistiu junto ao procurador e conseguiu que Nekhludov fosse introduzido imediatamente.

O procurador recebeu-o de pé, não escondendo seu descontentamento pela insistência verificada.

— Em que posso servi-lo? — perguntou em tom severo.

— Sou jurado, chamo-me Nekhludov e preciso absolutamente ver uma mulher que está na prisão: Maslova — respondeu Nekhludov, num arranco.

Sabia que estava dando um passo talvez decisivo em sua vida.

O procurador era um homenzinho magro e seco, com cabelos curtos e grisalhos, olhos muito vivos e uma barbicha em ponta sobre o queixo saliente.

— Maslova? Sim, conheço! Acusada de envenenamento, não é exato? Por que precisa vê-la?

Depois prosseguiu em tom mais cortês:

— Perdoe a pergunta, mas não me é possível conceder autorização sem conhecer primeiro o motivo que o leva a pedi-la.

— Preciso ver essa mulher; é coisa de suma importância para mim — disse Nekhludov enrubescendo.

— Ah! Tanto assim! — exclamou o procurador, levantando os olhos para fixar um olhar penetrante em Nekhludov. — Essa mulher foi julgada ontem, não é?

— Foi condenada a quatro anos de trabalhos forçados. Foi condenada injustamente! Está inocente!

— Ontem? — continuou o procurador, sem prestar a menor atenção ao que dizia Nekhludov sobre a inocência de Maslova. — Como só ontem foi julgada, ainda deve estar na casa de detenção preventiva. Lá só se conservam detentos por alguns dias. Aconselho-o a ir até lá.

— Mas preciso vê-la imediatamente — insistiu Nekhludov.

Seus lábios tremiam. Sentia aproximar-se o momento decisivo.

— Mas por que tem tanta necessidade de vê-la? — perguntou o procurador, cerrando as sobrancelhas com ar inquieto.

— Preciso vê-la porque está inocente e foi condenada a trabalhos forçados. Eu é que sou culpado, e não ela! — acrescentou Nekhludov com voz fremente.

— Como assim?

— Seduzi-a e lancei-a ao estado em que se encontra! Se não fosse isso não se teria exposto à acusação ontem lançada contra ela.

— Isso tudo não explica o motivo de desejar vê-la.

— Meu motivo é reparar o mal e... casar-me com ela! — declarou Nekhludov. E, enquanto pronunciava essas palavras, marejaram-lhe os olhos, lágrimas de enternecimento e admiração por si mesmo.

— Com efeito! É um caso bastante curioso. Porventura o senhor não foi membro do Zemstvo de Krasnopersk? — disse, como a lembrar-se da ocasião em que o ouvira falar anteriormente. E este mesmo Nekhludov é que vinha torná-lo ciente de uma resolução tão imprevista!

— Perfeitamente! Mas, perdão, creio não ter isso relação alguma com o meu pedido! — replicou Nekhludov, visivelmente ofendido.

— Não, sem dúvida — respondeu o procurador, com um sorriso irônico. — Mas a declaração que me fez é tão estranha e tão fora do comum...

— Mas, afinal, posso obter essa autorização?

— A autorização? Sim, certamente. Vou expedi-la já. Queira sentar-se, por favor.

Dirigiu-se para a escrivaninha e começou a escrever.

— Sente-se, faça o favor.

Nekhludov permaneceu de pé.

Quando acabou de escrever, o procurador levantou-se e estendeu o papel a Nekhludov, observando-o com curiosidade.

— Quero dizer-lhe ainda outra coisa. Não poderei mais servir no júri.

— Neste caso precisa requerer dispensa do tribunal alegando os motivos.

— A razão é que considero inúteis e imorais todos os julgamentos.

— Oh! — exclamou o procurador, com o mesmo sorriso irônico, dando a entender que não desconhecia tais princípios e que não era a primeira vez que se divertia com eles. — Compreenderá, sem dúvida, que na qualidade de procurador não posso compartilhar da sua opinião a esse respeito. Mas pode explicar isso tudo ao tribunal! O tribunal saberá apreciar as explicações e declará-las plausíveis ou não, e nesse último caso infligir uma multa. Dirija-se a ele.

— Como já lhe disse, estou resolvido a não voltar atrás! — declarou Nekhludov, secamente.

— Meus cumprimentos! — exclamou o magistrado, evidentemente louco para se livrar de tão estranha visita.

— Quem é que você acabou de receber? — perguntou ao procurador, alguns instantes depois, um juiz que acabava de entrar em seu gabinete de trabalho, na ocasião em que Nekhludov saía.

— É Nekhludov, você sabe, aquele que já fez parte do Zemstvo de Krasnopersk e sempre se fez notar por toda espécie de propostas excêntricas! Imagine que, como jurado, foi encontrar no banco dos réus uma mulher da vida que julga ter seduzido. E, agora, quer se casar com ela!

— Será possível?

— É o que me acabou de dizer! E se soubesse com que exaltação...

— Dir-se-ia que alguma coisa de anormal está acontecendo no cérebro dos nossos rapazes de hoje!

— Mas esse não é tão jovem assim... Diga-me o que andou contando seu famoso Ivachenkov. Aquele animal jurou que nos mataria! Fala por quantas juntas tem!

— Deveriam simplesmente cassar-lhe a palavra. Naquele ponto tudo se torna obstrucionismo!

IV

Deixando o procurador, Nekhludov foi diretamente à casa de detenção. Não encontrou Maslova. Em consequência de uma agitação política vários presos desse estabelecimento tinham sido transferidos para outras prisões, a fim de serem substituídos por estudantes, operários e empregados rebeldes. Maslova tinha passado à velha prisão do governo. Nekhludov encaminhou-se para lá sem demora.

Essa prisão ficava situada no outro extremo da cidade, e por isso Nekhludov só conseguiu chegar ao cair da tarde. Já diante da porta, quando se preparava para entrar, uma sentinela lhe barrou a passagem, mas tocou a campainha, a porta se abriu e apareceu um guarda à frente de Nekhludov. Leu pausadamente o papel que Nekhludov entregou, tornou a ler e acabou dizendo que, sem autorização do diretor, nada podia fazer.

Nekhludov conseguiu licença de ir falar com o diretor. Na escada que conduzia aos aposentos desse funcionário, ouviu os sons abafados de uma música executada ao piano. Assim que uma empregada mal-encarada com um dos olhos vendado abriu a porta do apartamento, os sons do piano escaparam do quarto contíguo, quase lhe ferindo o tímpano. Era uma das Rapsódias de Liszt das mais batidas, muito bem tocada, mas com uma particularidade toda especial: a pessoa que a executava não ia além de certo trecho. Quando aí chegava, parava instantaneamente e retomava o começo, para de novo parar no mesmo lugar. Nekhludov perguntou à empregada zarolha se o diretor estava em casa.

— Não, ele não está.

— E quando deve voltar?

— Vou perguntar.

A empregada entrou, deixando Nekhludov de pé na sala de espera.

Um minuto depois a rapsódia parou, mas desta vez sem ter chegado ao lugar mágico. Nekhludov ouviu uma voz de mulher que dizia:

— Diga que papai saiu e vai jantar fora. Impossível de ser encontrado hoje! Que a pessoa volte outro dia.

Novamente recomeçou a rapsódia para se interromper nos primeiros compassos. Nekhludov ouviu um barulho de arrastar cadeira. De certo a pianista resolvera vir em pessoa despedir o importuno que a incomodava.

— Papai saiu! — disse em tom amuado, entreabrindo a porta que dava para a sala de espera. Era uma moça pálida, de cabelos louros em desalinho e de olheiras negras.

Ao avistar um rapaz elegante e bem vestido, mudou completamente de entoação de voz.

— Tenha a bondade de entrar! Terá algum pedido a fazer a meu pai?

— Desejaria ver uma pessoa que está detida aqui.

— Na seção dos presos políticos, sem dúvida?

— Não, não é. Trago uma autorização especial do procurador.

— Sinto muito. Meu pai saiu e eu nada posso fazer sem ele. Mas entre, por favor, e sente-se um pouco! — insistiu ela.

E como Nekhludov fizesse menção de sair:

— O senhor pode dirigir-se ao subdiretor, que deve estar no escritório. Dar-lhe-á qualquer informação, qual é a sua graça?

— Muito lhe agradeço — disse Nekhludov, sem responder à pergunta.

Tornou a descer a escada, enquanto ressoavam atrás dele os sons retumbantes da rapsódia, tão pouco em harmonia com o local e com o aspecto da pessoa que a executava.

No pátio, Nekhludov encontrou um jovem oficial de bigode retorcido e perguntou-lhe onde poderia achar o subdiretor. Esse oficial era justamente a pessoa a quem procurava.

Apanhou a licença, lançou rapidamente os olhos e declarou que, referindo-se ela à casa de detenção, não podia ser válida para a prisão do governo. De qualquer maneira, a hora era imprópria e a chamada da noite já havia sido feita.

— Volte amanhã! É domingo, e a partir das dez horas são permitidas as visitas. Encontrará o diretor e poderá ver Maslova no locutório das mulheres ou talvez mesmo no gabinete particular, caso o diretor autorize.

Desfeita a esperança de ver Katucha naquele dia, Nekhludov voltou para casa desapontado. Ao atravessar as ruas fremia de emoção, reconstruindo-lhe a memória todos os detalhes daquele dia agitado. Repetia constantemente para si mesmo que havia tentado rever Katucha, procurando-a em duas prisões, depois de ter falado ao procurador sobre a sua intenção de se humilhar diante dela.

O sentimento de ter agido assim aumentava-lhe ainda mais a exaltação. Chegando em casa, foi imediatamente procurar numa gaveta o caderno em que escrevia o seu diário. Releu algumas passagens e acrescentou as seguintes palavras:

"Há dois anos que não escrevo neste diário e julguei nunca mais me dedicar a esta criancice. Agora, porém, verifico que é uma necessidade íntima de me pôr em contato com o meu *eu* verdadeiro e intangível. Há dois anos este meu *eu* estava adormecido no fundo de minha alma, e por isso não encontrava ninguém para confiar os meus sentimentos e os meus atos. Entretanto, ontem, 28 de abril, em virtude de um acontecimento extraordinário, este meu *eu* despertou inesperadamente durante a sessão do tribunal, onde eu era jurado. No banco dos réus, fui encontrar a mesma Katucha que um dia seduzi, para depois abandonar. Um lamentável engano, que eu tinha obrigação de esclarecer, teve por consequência a condenação dessa infeliz aos trabalhos forçados. Hoje fui conversar com o procurador e cheguei até a prisão em que está detida. Não consegui avistar-me com ela, mas tomei a firme resolução de fazer tudo o que estiver ao meu alcance para reparar o meu erro, pedindo-lhe perdão e casando-me com ela caso seja necessário. Senhor, vinde em meu auxílio. Nunca senti tanta tranquilidade de espírito e tanta alegria no coração."

Capítulo X

I

Durante a noite que se seguiu à condenação, Maslova, moída de cansaço, dormiu um sono de pedra; na noite seguinte, porém, não conseguiu pregar os olhos. Estendida sobre a cama, única pessoa acordada em toda a sala, ficou a pensar uma porção de coisas. Uma delas era que jamais se sujeitaria a casar com um forçado quando estivesse na Ilha Sakalina, para onde, segundo diziam, deveria ser conduzida. Empregaria todas as suas forças para impedir semelhante ato: preferia casar-se com um inspetor, um escrivão e até com o seu carcereiro. "Não será difícil seduzir qualquer um deles", dizia para si mesma. "Contanto que eu não emagreça muito, porque do contrário estaria perdida." Relembrava o modo pelo qual os advogados, o presidente e os jurados haviam-na olhado, e como à sua passagem pelas ruas da cidade todos os homens lhe lançaram olhares de cobiça. Recordou-se que Clara, uma amiga, fora vê-la na prisão e contou-lhe que um estudante, seu cliente preferido, ficou desolado de não a encontrar mais. Pôs-se a pensar em todos os homens que a tinham amado menos em Nekhludov. Eram recordações muito dolorosas que, para não mais tocar, escondera num recôndito do coração.

Mesmo em sonho não via Nekhludov. Se não o chegou a reconhecer no tribunal não foi devido à idade. Evidentemente estava mudado: usava barba, deixara crescer o bigode e os cabelos se lhe escassearam; mas tê-lo-ia reconhecido apesar de tudo, se não fosse o hábito de não pensar mais nele. Tomou essa resolução na terrível noite em que Nekhludov, de volta da guerra, embora passando pelas imediações da casa das tias, não se deteve para ir vê-la. Naquela ocasião Katucha sabia que estava grávida, mas, enquanto teve esperanças de rever Nekhludov, não lhe preocupou a ideia do nascimento do filho; sentia-se às vezes perfeitamente feliz, até comovida, ante a perspectiva de ser mãe. As duas senhoras, ao saberem que Nekhludov passaria por perto, mandaram pedir que fosse vê-las; mas ele respondeu por telegrama que não poderia parar no caminho, devendo regressar imediatamente a São Petersburgo. Em vista disso, Katucha resolveu ir até a estação, contentando-se em vê-lo por alguns minutos. O trem devia passar às duas horas da manhã. Katucha preparou tudo e, depois de ter ajudado as patroas a se recolherem ao leito, calçou as botas, cobriu a cabeça com um lenço e saiu em companhia da filha da cozinheira, uma meninota de dez anos.

A noite estava fria e escura. A chuva ora caía em descargas pesadas, ora amainava. Através dos campos ainda era possível distinguir o caminho, mas na mata a escuridão era completa. Katucha, embora perfeita conhecedora do caminho, quase se perdeu, chegando à estação quando o trem já estava parado. Correu para a plataforma e logo reconheceu Nekhludov sentado perto da janela de um vagão de 1ª classe, fartamente iluminado. Olhava sorridente para dois oficiais sentados em banquetas de veludo que se entretinham a jogar baralho. Assim que o avistou, Katucha teve ímpetos de se atirar à janela para chamá-lo. Mas nesse momento a máquina apitou e o trem se pôs lentamente em movimento. O maquinista antes de reassumir o seu posto fez Katucha descer e assim ela ficou na plataforma enquanto o vagão de 1ª classe já ia adiante. Correu para pegá-lo, mas o trem corria mais depressa e os vagões de 2ª e 3ª classes continuaram passando até desaparecer o último com sua lanterna vermelha. Apesar de tudo continuou correndo, mesmo além da plataforma; o vento que soprava em fortes rajadas arrancou-lhe o lenço da cabeça, e os cabelos esvoaçaram em desordem; a cada passo enterrava os pés em poças de lama.

— Catarina — gritava a meninazinha a correr atrás dela —, seu lenço caiu! — Despertada por esse grito, Katucha finalmente parou. Sentiu mergulhar-se num vazio terrível. "Enquanto ele está lá naquele carro confortável, sentado em uma poltrona de veludo, rindo e se divertindo, eu estou aqui sozinha em plena noite sob a chuva e o vento!", refletia consigo. Sentou-se no chão e prorrompeu em soluços tão fortes que a menina, assustada, nem sequer soube consolá-la.

— Catarina! Vamos embora depressa — suplicava-lhe a pequena. Katucha continuava imóvel sob a chuva e o vento. "Quando passar outro trem eu vou atirar-me nos trilhos e acabar com tudo de uma vez." Decidira-se a executar o seu plano, mas, sentindo o filho mexer-se dentro dela, o desespero que a invadira logo se abrandou. Tudo quanto antes a enchera de angústia, a impossibilidade de continuar a viver, o ódio contra Nekhludov, o desejo de vingar-se dele suicidando-se, tudo se apagou do seu pensamento como por encanto. Levantou-se, amarrou novamente o lenço na cabeça e voltou para casa. Aquela noite lhe operou na alma uma radical transformação, e começou a ser o que agora era. Naquela noite deixou de crer em Deus. Até então acreditava em Deus; agora Deus não existia, mais ninguém cria nele e todos aqueles que lhe falavam de Deus e das suas leis só o faziam para enganá-la.

Aquele homem a quem amava e que também a tinha amado, que a seduziu para logo em seguida abandoná-la, era ainda o melhor entre quantos conhecera mais tarde. Os outros eram mil vezes piores! E tudo quanto depois lhe sucedeu veio confirmar tal convicção. As tias de Nekhludov, aquelas velhas beatas, mandaram-na embora no dia em que perceberam o seu estado, não tendo contemplação sequer pelo tempo que as servira. As demais pessoas com quem teve de privar, umas — sobretudo as mulheres — só souberam explorá-la; as outras — os homens, desde o *stanovoi* até os carcereiros da prisão, viram-na apenas como satisfação aos seus baixos instintos. Não conhecia no mundo uma única pessoa que não se preocupasse em satisfazer os sentidos. Foi o que ensinou a Katucha um velho escritor de quem tinha sido amante: declarou-lhe ele abertamente que a satisfação dos instintos era a única sabedoria e a única beleza da vida. No mundo, cada um vive para si e tudo quanto dizem de Deus e do bem é pura invencionice! Eis o que pensava Maslova; e quando porventura se apresentava a questão de saber por que tudo no mundo estava tão errado e por que os homens só se preocupavam em atormentar-se mutuamente em vez de gozarem a vida em paz, ela procurava logo afastar esse problema importuno. Reconfortava-se num cigarro ou num copo de aguardente.

II

O dia seguinte era domingo. Às 5 horas da manhã, quando soou pelo corredor da prisão o toque da alvorada, Korableva despertou sua vizinha, que só de madrugada adormecera. "Trabalhos forçados", pronunciou Maslova com pavor, esfregando os olhos e aspirando contra sua vontade o ar infecto da cela. Teve vontade de continuar a dormir, para se refugiar de novo no campo da inconsciência; mas o hábito e o medo lhe haviam roubado o sono. Levantou, sentou-se na cama, deixando as pernas pendentes e se pôs a olhar em derredor. Todas as mulheres já estavam acordadas, apenas duas crianças continuavam dormindo. A mãe, com todo o cuidado, tirava o seu capote debaixo deles, a fim de não os despertar. A mulher condenada por desacato à autoridade estendia diante do fogareiro os trapos que serviam de roupa ao recém-nascido, que esperneava e chorava nos braços de Fenitchka, apesar de todas as palavras carinhosas que a moça dizia para o acalmar. A tuberculosa, com o rosto congestionado e segurando o peito com as mãos, tossia continuamente como acontecia todas as manhãs, e nos intervalos dos acessos suspirava com força como se estivesse a soluçar. A ruiva, deitada de costas, exibia suas grossas pernas nuas: contava em alta voz um sonho complicado que acabava de ter. A velha corcunda, de pé diante da imagem, repetia, sem se cansar, as mesmas palavras no meio de persignações e reverências. A filha do diácono, sentada na cama, conservava fixos num ponto indefinido os seus grandes olhos abatidos pela insônia. Beleza encrespava com os dedos os cabelos negros e gordurentos.

No corredor ouviram-se passos pesados. A porta se abriu e dois prisioneiros entraram. Eram homens mal-encarados, com uma roupa de pano escuro e calças arregaçadas acima dos joelhos. Apanharam a caixa de despejo e a carregaram no ombro. Uma a uma as mulheres saíram ao corredor para se lavar na torneira. A sardenta, enquanto esperava sua vez, teve uma briga com outra mulher da sala vizinha. Gritos, troca de insultos, reclamações.

— Então vocês juraram mesmo ir até o calabouço? — gritou o guarda; depois aproximando-se da ruiva aplicou-lhe um murro nas costas com tanta força que ressoou em todo o corredor. — E, vejam lá, acabem com esse barulho — continuou ele, afastando-se.

— O velhote ainda tem pulso forte — disse a ruiva, sem se zangar com a rude carícia que recebera.

— Andem depressa com isso! — gritou o carcereiro. — Está na hora da missa.

Maslova ainda não se tinha acabado de pentear quando entrou o subdiretor com um papel na mão.

— Em forma para a chamada! — disse o guarda.

Das outras salas saíram outras mulheres; todas as prisioneiras se alinharam em duas filas ao longo do corredor, as de trás segurando os ombros das companheiras da frente. O oficial contou todas, fez a chamada dos nomes e retirou-se.

Alguns momentos depois apareceu a vigilante encarregada de levar as prisioneiras à missa. Maslova e Fenitchka ficaram no meio da coluna formada por mais de cem mulheres, todas com lenço branco na cabeça. De quando em vez avistava-se uma camponesa com as vestimentas típicas das suas aldeias: eram as mulheres dos forçados, admitidas a compartilhar da sorte dos maridos.

A imensa coluna de prisioneiras enchia toda a escada. Ouvia-se o barulho dos sapatos pisando as lajes, um murmúrio de vozes e, às vezes, um riso perdido. Num dado momento Maslova avistou sua inimiga Botchkova, que caminhava à frente da coluna; mostrou-a a Fenitchka. Nos últimos degraus da escada todas as mulheres silenciaram, e, persignando-se, entraram duas a duas na capela, ainda vazia, mas já toda iluminada. Colocaram-se à direita, sentando na fileira de bancos em grupos cerrados.

Seguiu-se logo a vez dos homens, que vestidos de escuro foram acomodar-se à esquerda e no centro da capela. Alguns subiram a pequena escada que ia ter ao órgão, acima da nave principal.

A capela da prisão fora restaurada e pintada, havia pouco, graças à generosidade de um negociante rico que despendeu para esse fim algumas dezenas de milhares de rublos. Na pintura dominava o colorido vivo sob o reflexo de arabescos dourados. A capela permaneceu silenciosa durante algum tempo: apenas o ruído de alguém assoando o nariz, uma tosse isolada, respondida por outra mais adiante, o choro de alguma criança e, às vezes, um tinir de algemas. Logo, porém, os prisioneiros do centro se afastaram, abrindo ala: era o diretor da prisão, que solenemente se encaminhava para a primeira fila de bancos.

Dali a instantes principiou o ofício divino.

O sacerdote, vestindo uma casula de brocado, tão singular quanto incômoda, partia pequenas fatias de pão e as colocava numa bandeja. Molhava-as em seguida num cálice cheio de vinho, acompanhando a cerimônia com inúmeras orações e invocações. Enquanto isso o diácono ora lia, ora cantava, alternando com o coro dos prisioneiros orações de toda espécie em eslavo antigo, já de compreensão difícil e ainda mais incompreensíveis pela rapidez com que se recitavam.

Essas orações se destinavam especialmente a implorar a bênção divina para o imperador e sua família. Em todas elas faziam-lhe referências, e havia algumas destinadas só a esse fim, que deviam ser rezadas de joelhos.

Além disso, o diácono devia ler alguns versículos dos Atos dos Apóstolos, e lia-os com uma voz tão estranha e afetada que ninguém conseguia compreender uma única palavra. Em seguida o sacerdote lia uma passagem do Evangelho segundo São Marcos, em que se dizia que o Cristo ressuscitado, antes de subir aos céus, aparecera primeiro à Maria Madalena e, depois, aos seus onze discípulos, a quem ordenara pregar o Evangelho a todos os povos; acrescentava que aqueles que tivessem fé e se batizassem seriam salvos, e poderiam além disso expulsar os demônios, curar os enfermos pela simples imposição das mãos e falar todas as línguas. Quanto à significação desses ofícios divinos, os pedacinhos de pão molhados no vinho, mediante certos gestos do sacerdote e orações especiais, deviam transformar-se no corpo e no sangue do Cristo. Um desses gestos consistia em o sacerdote levantar ambas as mãos acima da cabeça e conservá-las nessa posição. Outro era ajoelhar-se ele em frente ao altar e beijar o que ali estava depositado. Mas o principal rito era ele pegar com as duas mãos um pequeno guardanapo e o agitar por sobre a bandeja e o cálice dourado. Era nesse momento que o pão e o vinho se transformavam em corpo e em sangue; consequentemente essa parte da missa se realizava com grande solenidade. "Intercedei por nós, Puríssima e Santíssima Mãe de Deus!", exclamava em seguida o sacerdote, de pé em frente ao altar, separado do resto da igreja por uma grade divisória. Imediatamente o coro respondia, cantando e glorificando a Mãe de Cristo, a Virgem Maria, sentada no trono celeste acima dos querubins e dos serafins. Enquanto continuavam os cânticos ia-se consumando a transformação milagrosa. Em seguida, o padre, levantando o guardanapo que cobria a bandeja, cortava um dos pedaços de pão em quatro fragmentos, umedecia-os no vinho e comia-os; isso significava que estava comendo e bebendo a carne e o sangue de Deus. Depois corria uma cortina, abria uma cancela na grade e, dirigindo-se à multidão, a convidava a comer e a beber, por sua vez, a carne e o sangue de Deus. Naquele domingo, apenas algumas crianças atenderam ao seu convite.

O padre perguntou-lhes os nomes e, tirando com uma colher os pedacinhos de pão embebidos no vinho, introduziu-os no fundo da boca das crianças; logo em seguida o diácono lhes enxugava os lábios, cantando em tom alegre que podiam regozijar-se aqueles que tinham comido e bebido a carne e o sangue de Deus. O sacerdote voltou então ao altar, comeu e bebeu o que ainda restava, limpou cuidadosamente os lábios e a barba, arrumou os objetos do culto e, com passo rápido, desceu os degraus do altar.

Estava terminada a parte principal dos ofícios divinos. O sacerdote, porém, desejoso de suavizar os sofrimentos dos prisioneiros, acrescentou uma cerimônia especial. De pé, no meio da capela, diante de uma imagem desse mesmo Deus cuja carne acabara de comer, principiou a recitar em tom meio falado, meio cantado as seguintes palavras:

— "Doce Jesus, glória dos Apóstolos, Jesus, louvor dos Mártires, Senhor Todo-Poderoso, salva-me pecador que sou, mas que a ti recorro, salva-me! Jesus, tem piedade de mim e escuta os rogos de tua Mãe, de todos os profetas e de todos os santos; salva-me, Jesus, e recebe-me nas doçuras do céu!"

Após estas palavras parou um instante, respirou profundamente, persignou-se e curvou-se até tocar o chão, no que foi imitado por toda a assistência. O diretor, os guardas e os presos também se curvaram, ouvindo-se junto do órgão um forte tinido de grilhões.

— "Criador dos Anjos" — prosseguiu o sacerdote — "Jesus Salvador, Manso Jesus, admiração dos Anjos, adoração dos patriarcas, apoio dos imperadores, promessa dos profetas. Manso Jesus, coragem dos mártires, Jesus Filho de Deus, tem compaixão de mim!" — E o coro, retomando suas palavras cantava:

— "Jesus, Filho de Deus, tem compaixão de mim!"

Novamente a multidão se inclinava e se erguia, fazendo toda a capela ressoar com o ruído das algemas que tiniam umas de encontro às outras. Seguiram-se outras invocações, terminando todas com um "Aleluia!" Os prisioneiros persignaram-se e curvaram-se primeiro a cada aleluia, depois uma, cada duas vezes, depois uma cada três ou quatro vezes e demonstraram grande satisfação quando viram o sacerdote fechar o livro e encaminhar-se para o altar. A cerimônia, entretanto, ainda não havia terminado. Voltando ao altar, o sacerdote pegou uma cruz dourada com medalhas esmaltadas nas quatro extremidades e, segurando a cruz, caminhou novamente para o meio da capela. Então, o diretor, o subdiretor, os guardas, as vigilantes e toda a multidão de prisioneiros e prisioneiras desfilaram diante dele, beijando alternadamente a cruz e a mão. E assim terminou a cerimônia religiosa, destinada a consolar as ovelhas transviadas e reconduzi-las ao bom caminho.

E a nenhum dos assistentes, desde o sacerdote e o diretor até Maslova, ocorria a ideia de que esse mesmo Jesus, cujo nome o sacerdote repetia tantas vezes, esse mesmo Jesus a quem erguiam louvores incompreensíveis proibira exatamente tudo o que se praticava naquele lugar: proibira que os homens julgassem seus semelhantes, que os prendessem, que os vigiassem e os atormentassem, como acontecia no recinto da prisão; proibira aos homens a violência de uns para com os outros, afirmando que tinha vindo restituir à liberdade os que dela foram privados.

Longe de pensar em semelhante coisa, o padre realizava todas as cerimônias com a consciência tranquila.

É que desde a infância fora educado na convicção de que aquelas práticas eram a única manifestação da verdadeira fé, aquela em que acreditavam todas as autoridades espirituais e temporais dos tempos presentes. E o que vinha confirmar a sua crença era que, havia dezoito anos, o cumprimento daquelas práticas lhe garantiram um meio de vida, graças ao que sustenta a família, mantinha o filho no ginásio e pagava a mensalidade para os filhos na Escola Normal!

A crença do diácono era semelhante, mas a sua fé era mais sólida que a do padre, não se esquecendo de que as cerimônias eram pagas segundo uma tabela fixa. Sempre procedia com serenidade e com tranquila confiança na necessidade das suas ações.

O diretor da prisão e todos os seus subordinados, embora não conhecessem nem nunca tivessem manifestado desejo de conhecer os dogmas da fé ou o significado das cerimônias que se realizavam na capela, acreditavam que era indispensável ter fé e participar de todos os atos religiosos, porque todas as autoridades superiores, a principiar pelo tzar, assim procediam.

Além do mais tinham a impressão, confusa e irrefletida, de que essa religião justificava a desumanidade dos cargos que exerciam e de que, sem ela, seria difícil, se não impossível, consagrar toda a sua existência a atormentar os seus semelhantes, o que então podiam fazer com absoluta tranquilidade de espírito. O diretor, que era homem tão honesto e tão bom, de nenhum modo aceitaria aquela vida se não contasse com o apoio daquela religião. Era por isso que durante toda a cerimônia se conservava ereto e imóvel, executava com o máximo cuidado todas as genuflexões e sinais da cruz, esforçando-se para se comover quando o coro cantava: "Glória dos querubins!" E, no momento da comunhão, quando uma das crianças não conseguiu atingir a grade, devido à pouca altura, ele mesmo a ergueu nos braços e a susteve no ar durante o ato.

Entre a maioria dos presos — excetuando-se alguns que compreendiam claramente a falsidade daquela religião, e que por isso tinham deixado de crer nela ou em outra qualquer — os demais acreditavam que as imagens douradas, os círios etc... gozavam de um poder mágico, graças ao qual podiam adquirir bens quer nesta vida, quer na vida futura. Uma religião que tantos homens de ciência professavam e tantos metropolitanos aprovavam não podia deixar de ser uma instituição de suma importância, necessária não só à felicidade desta vida, como também à da vida futura. Era o que acreditava Maslova. Perdera a crença em Deus, mas continuava a julgar as orações, sinais da cruz e genuflexões indispensáveis.

E, como as suas demais companheiras, sentia durante os ofícios diários uma sensação de tédio e recolhimento forçado.

De pé no meio da multidão de prisioneiros, Maslova conseguia ver apenas as costas das companheiras que estavam à frente; quando todos se movimentaram para beijar a cruz e a mão do sacerdote, achou grande distração em observar os assistentes, o diretor, os guardas e em reconhecer atrás deles um homem alourado, de barbicha, o marido de Fenitchka, com os olhos ternamente fitos na mulher.

— Maslova ao locutório! — disse um guarda, na ocasião em que as mulheres saíam da capela.

— Oh! Que sorte! — exclamou Maslova, encantada de nova distração.

Naturalmente pensou que fosse Berta ou, talvez, sua amiga Clara que tivesse vindo visitá-la. Com passo ligeiro e satisfeita seguiu pelos corredores as companheiras também chamadas ao locutório.

Capítulo XI

I

Nekhludov também se levantara bem cedo. Quando saiu de casa para se dirigir à prisão, a cidade parecia adormecida ainda. Um único homem caminhava de porta em porta puxando sua carrocinha e gritando o pregão habitual:

— O leite! Olha o leite! O leite!

Durante a noite caíra a primeira chuva quente da primavera.

Por toda parte se avistava a vegetação reverdecida, onde a não esmagara o calçamento das ruas. Nos jardins os vidoeiros se revestiam dessa roupagem verde; os álamos e as cerejeiras espalmavam suas longas folhas perfumadas. As portas se abriam preguiçosamente. Mas no centro comercial já se via movimento. Homens e mulheres de botas se acotovelavam perto das tendas dispostas em fileiras, apalpando, medindo e regateando roupas, calças e coletes.

Nas tabernas também havia gente. Viam-se operários em trajes domingueiros, de botas reluzentes, encantados de poderem escapar, ao menos um dia, às fadigas da oficina; muitos se faziam acompanhar das mulheres, com lenços de cores vistosas na cabeça e vestidos enfeitados de miçanga. Espalhados pelas esquinas, os policiais da cidade em uniforme de gala, com as pistolas amarradas à cintura por cordões amarelos, postavam-se alertas a qualquer distúrbio que viesse quebrar a monotonia da ronda. Nas alamedas arborizadas e na grama ainda úmida de orvalho, brincavam e corriam crianças e cães, enquanto as pajens, agrupadas nos bancos, riam e conversavam alegremente.

De todos os pontos da cidade, misturando o seu bimbalhar ao rodar dos carros nas ruas, os sinos das igrejas convidavam a população ao ofício divino, semelhante àquele que estava sendo celebrado na capela da prisão. Raros transeuntes endomingados tomavam rumo da igreja paroquial.

Quando Nekhludov chegou à prisão, a porta ainda estava fechada. A uma centena de passos, estacionava numa pequenina praça um grupo de homens e mulheres, quase todos com pacotes na mão. À direita da praça ficava uma pequena construção de madeira; à esquerda, erguia-se um edifício de dois andares, com uma bandeira flutuando ao alto. Ao fundo avistava-se a enorme escadaria de pedra da prisão, onde vigiava um soldado que vedava a passagem aos estranhos. Diante do postigo do barracão de madeira sentava-se um velho, em uniforme agaloado; apoiava sobre os joelhos um livro de registro. A ele deviam dirigir-se os visitantes para inscrever os nomes dos prisioneiros que desejavam visitar.

Nekhludov aproximou-se e disse:

— A detenta Catarina Maslova.

— Por que não deixam entrar? — perguntou ele.

— Estão todos assistindo à missa — respondeu o guarda. — Assim que terminar, será franqueada a entrada.

Nekhludov se aproximou do grupo de visitantes. Nesse instante destacou-se do grupo um homem, maltrapilho, descalço, com o rosto cheio de profundos sulcos vermelhos, que se esgueirou até a porta da prisão.

— Onde vais? — gritou o soldado, empunhando o fuzil.

— E tu, por que berras assim? — respondeu o homem voltando lentamente sobre seus passos, sem dar a menor importância à advertência do soldado. — Não queres que eu entre? Pois então, esperarei! Mas acaso pensas que és um general para gritar com a gente desse modo? — Um sorriso de aprovação acolheu a resposta. Os visitantes eram na maioria gente pobre, malvestida e alguns até esfarrapados; havia outros, porém, homens e mulheres, elegantemente trajados. Perto de Nekhludov se encontrava um indivíduo de sobrecasaca, cuidadosamente barbeado, cheio de corpo e corado, segurando na mão um pacote pesado que parecia conter roupas. Nekhludov perguntou-lhe se era a primeira vez que vinha à prisão. Respondeu-lhe que não, pois vinha todo domingo. Contou a Nekhludov toda a sua história.

Era porteiro num banco e vinha visitar o irmão condenado por falsificação.

Quando o porteiro acabara de contar a sua vida e esperava retribuição semelhante por parte de Nekhludov, a atenção de ambos foi atraída pela chegada de um carro de aluguel, de onde desceram um jovem estudante e uma senhora de vestido claro. Encaminhou-se para Nekhludov e perguntou se achava que lhe permitiriam distribuir uma ração de pão fresco entre os prisioneiros.

— A ideia é de minha noiva, a moça que ali está. Seus pais aconselharam-nos a trazer isto aos prisioneiros.

— É a primeira vez que venho aqui e não estou a par dos hábitos do lugar; mas creio que será mais seguro dirigir-se ao guarda — respondeu Nekhludov, apontando para o barracão.

De repente se abriu o portão de ferro da prisão, e saiu um oficial em uniforme de gala, acompanhado de um guarda; depois de trocar algumas palavras com o chefe em voz baixa, este anunciou que os visitantes podiam entrar.

A sentinela postou-se a um lado, e todos se comprimiram na porta da prisão como se impelidos pelo receio de chegar atrasados.

Atrás da porta um guarda contava os visitantes, em voz alta, à medida que passavam. Alguns passos adiante, no fundo do primeiro corredor, outro guarda tocava no braço a todas as pessoas, antes de atravessarem uma pequena porta; contava-as outra vez, a fim de certificar-se, na saída, de que nenhuma faltava sair. O guarda, absorvido no cálculo, não prestava atenção às pessoas e quando Nekhludov passou recebeu ele forte safanão, que o irritou bastante, apesar de suas excelentes intenções.

A portazinha dava para uma grande sala em arco, com varões de ferro nas janelas. Nekhludov atravessou-a a passos lentos deixando adiantar-se a onda de visitantes. Sentia repugnância pelos criminosos encerrados na prisão, compaixão pelos inocentes, como o acusado da véspera e Katucha que se imiscuíram na companhia dos outros; finalmente, orgulho e satisfação pelo ato heroico que ia praticar. Na outra extremidade da grande sala, um guarda murmurava alguma coisa aos visitantes que desfilavam diante dele. Nekhludov, imerso em reflexões, não lhe deu ouvidos e continuou a seguir o grupo que caminhava à sua frente.

Por isso foi ter ao locutório dos homens, quando devia dirigir-se ao das mulheres.

Foi o último a entrar. Impressionou-o o barulho ensurdecedor gerado pela confusão de vozes simultâneas. Só compreendeu a causa da algazarra, quando chegou no meio da sala, onde se comprimiam os visitantes diante de uma grade. Parecia um enxame de moscas em cima de um prato de açúcar.

A sala dividia-se em duas partes por uma grade dupla, desde o teto até o chão. Entre as duas grades ficava o espaço de uns dois metros, onde passeavam soldados.

De um lado estavam os prisioneiros e do outro, as visitas. O espaço que os separava era bastante grande para impedir que dessem qualquer coisa aos prisioneiros, dificultando até a visão dos mesmos. Não menos difícil era falar de um grupo para outro: eis a razão pela qual recorriam aos gritos para se fazerem ouvir.

E, como cada qual queria ser ouvido, as vozes misturavam-se na babel ensurdecedora que tanto impressionou Nekhludov, ao entrar na sala.

Compreender o que diziam era quase impossível. Pela expressão dos rostos podia-se adivinhar o assunto das conversas e as relações entre prisioneiros e visitas.

Perto de Nekhludov, uma velhinha de lenço na cabeça colava o rosto à grade, gritando qualquer coisa para um rapaz, um forçado com metade da cabeça raspada; o moço, franzindo as sobrancelhas, parecia ouvi-la com extrema atenção.

O maltrapilho que pouco antes divertira a multidão diante da porta conversava com um amigo, gesticulando a rir e a gritar. Ao lado deste, Nekhludov viu sentada no chão, segurando uma criancinha, uma mulher que chorava e soluçava tanto que nem força tinha para erguer os olhos para o forçado diante dela, do outro lado da grade, com a cabeça raspada e os pés acorrentados. Nekhludov, ao perceber que também se avistaria com Katucha em condições idênticas, indignou-se contra os homens que inventaram e autorizavam aquele gênero de suplício.

Admirou-se de pensar como uma instituição tão desumana, uma afronta tão cruel aos mais sagrados sentimentos, não tivesse provocado em outras pessoas indignação igual. Escandalizou-se de observar que os soldados, o guarda e os próprios prisioneiros se haviam habituado àquela espécie de entrevista, considerando-a como natural e inevitável.

Nekhludov permaneceu imóvel durante alguns minutos, acabrunhado, misturando à sensação de melancolia o desprezo a todas as coisas e a consciência da sua própria fraqueza.

II

"De qualquer maneira preciso fazer jus ao motivo que me trouxe aqui", dizia Nekhludov de si para si. "Mas a quem me devo dirigir?"

Correu o olhar pela sala e acabou descobrindo o vigilante perdido no meio da multidão. Era um homenzinho franzino, com dragonas de oficial na farda. Nekhludov encaminhou-se para ele:

— O senhor me desculpe — disse-lhe em tom de amabilidade forçada —, mas poderia informar-me onde fica a divisão das mulheres e a quem me devo dirigir para poder falar com uma prisioneira?

— O senhor quer ir ao locutório das mulheres?

— Exatamente. Desejaria ver uma mulher que está presa aqui.

— E por que já não disse isso na primeira sala, quando lhe perguntaram?

Abrandando a voz continuou:

— A quem deseja ver?

— Catarina Maslova.

— Uma prisioneira política?

— Não, é simplesmente...

— Então o que é? Detida? Condenada?

— Sim, condenada desde anteontem — respondeu Nekhludov, amavelmente, temendo destruir com uma palavra mais áspera a boa vontade que julgava encontrar no vigilante.

E, de fato, sua maneira delicada de falar pareceu sensibilizar aquele homem rude.

— Mandarei alguém acompanhar o senhor até o locutório das mulheres, apesar de ser proibido deixar sair daqui antes do sinal. Mas, para a outra vez, não se engana mais!

— Lidov! — gritou ele a um carcereiro coberto de medalhas. — Venha cá e leve este senhor até o locutório das mulheres.

O carcereiro abriu a porta de fechadura dupla, fez Nekhludov passar para o corredor, conduzindo-o à grande sala em arco, e dali para outro corredor que ia ter ao locutório das mulheres.

Como o outro, estava dividido em três partes pelas duas grades; embora fosse bem menor e muito mais reduzido o número de visitas, a gritaria era talvez ainda mais ensurdecedora. Aí também se via a autoridade a passear no espaço entre as grades, representada desta vez por uma vigilante igualmente uniformizada, com divisas nas mangas, punhos azuis e cinto da mesma cor. De maneira idêntica à do outro locutório, de um lado se acotovelavam as visitas, e do outro, as prisioneiras, quase todas de branco com lenço da mesma cor à cabeça. Não havia um único espaço livre em toda a extensão da grade.

Do lado dos visitantes tal era a aglomeração que a maioria das mulheres se viam obrigadas a ficar sobre a ponta dos pés para gritar por cima das cabeças que lhes ficavam à frente.

Depois que conseguiu acostumar-se à algazarra da sala, Nekhludov teve a atenção despertada pela figura de uma mulher alta e magra, com ar de cigana que, na parte central da grade, gesticulando e berrando, explicava qualquer coisa a um cigano de roupa azul que estava de pé do outro lado. Perto dele um jovem camponês de barba loura parecia fazer um esforço enorme para conter as lágrimas. Ouvia atentamente o que lhe dizia uma linda prisioneira do lado oposto; à medida que falava contemplava-o com toda a ternura dos seus grandes olhos azuis. Era Fenitchka conversando com o marido. Nekhludov examinou a expressão do rosto de cada uma das prisioneiras apoiadas contra a grade; Maslova não se encontrava entre elas. Mas, escondida atrás da 1ª fileira, avistou uma mulher que só podia ser ela. Nekhludov sentiu a respiração parar-lhe e acelerarem as pulsações do seu coração. Aproximava-se o momento decisivo.

Adiantou-se até a grade e, a muito custo, conseguiu arranjar um lugar. Fixou os olhos sobre Maslova. Ela estava justamente atrás da camponesa de olhos azuis e parecia acompanhar com interesse, e a sorrir, o diálogo da companheira com o marido. Estava toda de branco, em vez do capote escuro da véspera. De sob o lenço surgiam-lhe os lindos cachos de cabelo negro.

"Coragem! Decida-se", pensou consigo. "Mas como poderei chamá-la? Se pudesse me ver e vir espontaneamente!"

Ela, entretanto, não teve a menor ideia. Esperava ver chegar Berta ou Clara e não suspeitava de que aquele senhor elegante tivesse ido vê-la.

— Com quem deseja falar o senhor? — perguntou a vigilante, parando à frente de Nekhludov.

— Catarina Maslova! — respondeu ele, falando com dificuldade.

— Olá! Maslova — gritou a vigilante. — Visita para você!

III

Maslova virou-se bruscamente e, levantando a cabeça, peito ereto numa expressão bem conhecida de Nekhludov, em outros tempos, aproximou-se da grade depois de conseguir colocar-se entre duas prisioneiras. Olhou Nekhludov num misto de surpresa e de interrogação. Contudo, não o reconheceu. Pelo aspecto exterior pôde perceber que era homem de posição. Sorriu-lhe.

— Foi a mim que chamou? — perguntou ela, colando de encontro à grade seus olhos sorridentes, ligeiramente estrábicos.

— Sim, eu queria...

Nekhludov interrompeu a frase, sem saber se devia tratá-la por tu ou por você. Resolveu empregar a forma você.

— Vim ver você... eu...

— Estás me irritando com tuas histórias! — gritou perto dele um visitante maltrapilho. — Afinal tiraste ou não?

— Cada dia está pior! Ela acaba morrendo! — gritou alguém do outro lado.

Maslova não conseguiu compreender o que lhe dizia Nekhludov, mas, pela expressão do rosto, via-se que o reconhecera, enquanto ele falava. Logo depois achou impossível aquilo e pensou que se enganara. Desapareceu-lhe dos lábios o sorriso e um sulco profundo de sofrimento desenhou-se-lhe na testa.

— Não ouço o que está dizendo! — exclamou, acenando com os olhos enquanto franzia cada vez mais a testa.

— Eu vim...

"Sim, estou cumprindo meu dever e expiando a minha culpa", pensava Nekhludov.

Bastou esse pensamento para as lágrimas lhe brotarem dos olhos e lhe sufocarem a garganta. Agarrou a grade com os dedos e calou-se. Sabia que à primeira palavra que dissesse desataria em pranto.

— Palavra de Deus que não sei de nada — clamava uma detenta ao fundo da sala.

A emoção dera tal expressão à fisionomia de Nekhludov, que Maslova não teve mais dúvida.

— Não estou muito certa se o reconheço — achou-se ela na obrigação de dizer, sem levantar a cabeça. Um estranho rubor lhe tingiu de súbito o rosto, e os seus olhos se anuviaram.

— Vim pedir-lhe perdão! — disse, por fim, Nekhludov.

Pronunciou estas palavras em voz alta, como se repetisse uma lição aprendida de cor.

Depois de falar, envergonhou-se e olhou ao redor, mas essa vergonha era salutar; achou-se na obrigação de se expor a ela. E com toda a força bradou:

— Perdoa-me! Sou terrivelmente responsável para com...

Katucha permanecia imóvel atrás da grade, não desviando dele os olhos um só momento.

Nekhludov não teve forças para terminar a frase. Afastou-se da grade procurando conter os soluços que lhe convulsionavam o peito.

O carcereiro que o acompanhara tinha ficado na sala; naturalmente seguira com o olhar todos os pormenores da cena. Ao ver Nekhludov se afastar da grade foi perguntar por que não continuava a conversa.

Nekhludov assoou o nariz, fez o possível para recuperar a calma e respondeu:

— Não é possível falar através dessa grade! Quase não se ouve nada!

O carcereiro refletiu por um instante.

— Ouça uma coisa: creio que darei um jeito de trazer a prisioneira aqui, para o senhor! Mas é só um minuto!

— Maria Karlouva! — berrou para a vigilante. — Mande trazer Maslova aqui! É um caso urgente!

Logo depois Maslova entrava por uma porta lateral. Aproximou-se de Nekhludov, olhou-o de baixo para cima sem erguer a cabeça. Apesar do aspecto doentio e das feições transtornadas era ainda agradável de se olhar. Aparentava perfeita calma; mas sob as pálpebras inchadas resplandeciam os olhos negros com um brilho invulgar.

— Podem conversar aqui, um ou dois minutos — disse o guarda, afastando-se depois, discretamente.

Nekhludov sentou-se num banco fixo na parede.

Maslova parou primeiro diante do carcereiro, em atitude de respeito, mas depois que ele saiu de perto, resolveu aproximar-se de Nekhludov. Sentou-se no banco ao seu lado, tendo o cuidado de arrumar a saia um pouco erguida.

— Sei o quanto é difícil para você me perdoar — principiou Nekhludov. Parou de novo como para recobrar a coragem. — Mas, uma vez que é impossível reparar o passado, pelo menos no presente quero fazer alguma coisa. Estou resolvido a fazer tudo o que puder. Diga-me o que...

— Como conseguiu me encontrar? — perguntou ela, sem responder-lhe a pergunta. Ora o fitava longamente, ora volvia para o chão os olhos brilhantes.

"Meu Deus! Vinde em meu auxílio! Dizei-me o que devo fazer!", repetia Nekhludov no íntimo, espantado com a expressão torpe e viciada que lia naquele rosto macilento.

— Ontem, no tribunal, quando você foi julgada... eu fui jurado... Não me reconheceu?

— Absolutamente não. Quando podia imaginar isso? Aliás, não olhei para ninguém.

— Então você teve um filho? — perguntou Nekhludov, corando.

— Graças a Deus morreu logo depois — respondeu Maslova, secamente, desviando o olhar.

— Morreu de quê? Como?

— Eu também estava doente e quase morri — continuava a falar sem levantar os olhos.

— E por que minhas tias mandaram você embora?

— Ninguém quer saber de empregada que vai ter criança. Assim que perceberam que eu estava grávida, me puseram na rua. Mas para que recordar tudo isso? Não me lembro de mais nada; esqueci e está tudo acabado.

— Não, não está tudo acabado. Não posso admitir isso. Quero reparar o meu erro de qualquer maneira.

— Não há nada que reparar: o que passou, passou — prosseguiu Katucha.

Ergueu de novo os olhos para Nekhludov, com um malicioso sorriso.

Maslova nunca imaginara rever um dia Nekhludov, e muito menos naquela ocasião e naquele lugar. À primeira vista sentiu-se magoada porque viu desfilar na memória fatos em que resolvera nunca mais pensar. Lembrou-se do mundo maravilhoso de sonhos e de sentimentos que lhe revelou o seu primeiro amor; lembrou-se do quanto o tinha amado e de como ele a amara; mas lembrou-se também da crueldade do abandono e da série interminável de humilhações e sofrimentos que vieram coroar aqueles instantes de felicidade tão efêmera!

Essas recordações a torturavam.

Não tendo forças suficientes, e sentindo-se sucumbir à dor, recorreu, ainda uma vez, ao seu processo habitual: abafar nas trevas da alma as recordações dolorosas.

Ao avistar Nekhludov procurou identificá-lo a princípio com o rapaz a quem um dia ela tinha amado; logo depois renunciou à ideia, por lhe parecer muito cruel.

E desde então começou a tratar o cavalheiro elegantemente trajado, de barba bonita e bem tratada, como a um dos seus "fregueses", que se utilizavam das criaturas da sua espécie, as quais por sua vez procuravam explorá-los o máximo possível.

Eis por que agora o olhava com aquele sorriso atraente.

Às vezes calava-se, para refletir sobre a melhor forma de o explorar!

— Pois é — disse ela. — Tudo acabou e fui condenada aos trabalhos forçados. — Tremiam-lhe os lábios ao pronunciar essas palavras terríveis.

— Eu sabia, tinha certeza de que você não era culpada.

— Por certo que não era! Acaso serei uma ladra ou uma assassina?

Calou-se um momento, e depois continuou:

— Já me disseram que tudo é culpa do advogado, e que agora é preciso apelar. Mas tudo isso custa muito dinheiro... despesas... advogado...

— Não há dúvida — disse Nekhludov. — Já entrei em entendimentos com um advogado.

— Mas é preciso escolher um bom... ainda que custe caro...

— Farei tudo o que for possível.

Novo silêncio. O sorriso de Maslova tornava-se cada vez mais provocante.

— Desejaria pedir-lhe... se não for incômodo... um pouco de dinheiro. Pouca coisa... uns dez rublos! Mas só se não o atrapalhar em nada! Não preciso mais do que isso.

— Pois não — respondeu Nekhludov, inteiramente confuso, retirando do bolso a carteira de dinheiro.

Maslova lançou um rápido olhar para o guarda, que passeava em toda a extensão da sala.

— Espere que ele esteja de costas, se não me tira o dinheiro!

Nekhludov retirou da carteira uma nota de dez rublos, mas no momento em que ia entregá-la o guarda virou. Escondeu a nota na palma da mão.

"Mas esta não é a criatura que conheci", pensava Nekhludov, à medida que observava o rosto macilento e intumescido, que, com um brilho excessivo nos olhos, acompanhava ora os movimentos do guarda, ora os gestos da mão que segurava os dez rublos.

Sentiu-se desanimado e infeliz.

A voz da tentação que lhe falara na antevéspera, durante a noite, novamente se ergueu para dissuadi-lo do que pretendia fazer, levando-o a pensar somente nas consequências do ato que ia praticar.

"Nunca farás coisa alguma desta mulher!", dizia a tentação; "estás amarrando uma pedra no pescoço para te afogares mais depressa, e deixarás de ser útil aos outros! Dar-lhe dinheiro, isso sim! Entrega todo o dinheiro da carteira e depois vai-te embora, e não penseis mais nela!"

Nekhludov parecia debater-se num mar de dúvidas, ou na bifurcação de dois caminhos; a escolha de um acarretaria o afastamento completo do outro.

Daquele instante dependeria a sua vida.

Depois de invocar e pedir o auxílio do seu Deus, cuja presença no seu coração parecia agora tão viva, resistiu à tentação e resolveu falar abertamente a Maslova.

— Katucha! Vim aqui lhe pedir perdão, e você não respondeu; nem disse se me perdoará se acaso me puder perdoar algum dia.

Ela, porém, nem sequer o ouvia. Continuava a prestar atenção no carcereiro e nos rublos. Assim que o guarda deu as costas estendeu a mão, com um gesto rápido, apanhou a nota e escondeu-a no cinto.

— Não deixa de ser estranho o que acabou de dizer! — prosseguiu ela com um sorriso que cortou o coração de Nekhludov.

Teve impressão de que atrás daquele sorriso havia qualquer coisa que significava ódio contra ele, impedindo-o de penetrar bem no íntimo da alma de Katucha.

E, sem saber como, tal impressão, em vez de o afastar de Katucha, ligou-o mais estreitamente a ela.

Via-se na obrigação moral de despertar aquela alma. A tarefa era árdua, e por isso mesmo o atraía.

Pela primeira vez, manifestou por Maslova um sentimento que até então nunca demonstrara por ninguém. Nada desejava dela pessoalmente; queria apenas que ela deixasse de ser o que agora era e voltasse a ser o que outrora fora.

— Katucha, por que me fala você assim? Sabe que a conheço muito bem, e me lembro perfeitamente de como você era em Tafoka...

— Águas passadas! — respondeu ela secamente.

— Se me lembro de tudo é porque desejo reparar e resgatar o meu crime — insistiu Nekhludov.

Ia dizer que estava disposto a se casar com ela, mas, ao fitá-la mais longamente, leu-lhe nos olhos uma linguagem tão grosseira e repugnante que não teve coragem de continuar a confissão.

Nesse momento foi dado o sinal de saída. O guarda aproximou-se de Nekhludov e avisou-o de que estava terminada a hora da visita.

Maslova levantou-se, lançando mais um olhar a Nekhludov, intimamente satisfeita de se ver livre dele.

— Adeus, tenho ainda muita coisa para dizer — continuou Nekhludov, estendendo-lhe a mão.

Maslova apenas tocou-a, sem apertar.

— Voltarei logo aqui para lhe dizer coisas muito importantes, que precisa ouvir! — acrescentou Nekhludov.

— Venha mesmo! Só me dará prazer! — respondeu ela, esboçando o sorriso convidativo com que estava acostumada a despedir-se dos "fregueses".

— Você é para mim mais do que uma irmã — ainda pronunciou Nekhludov.

— O que está dizendo? — E, com um último sorriso, correu para a porta.

IV

Nekhludov imaginou que, tornando a vê-la, arrependido e pronto a ajudá-la, Katucha manifestasse alegria ou enternecimento, e voltasse a ser a antiga Katucha de outrora. Verificou, porém, que ela já não existia, cedera lugar a Maslova. Ficou profundamente surpreendido. O que mais extraordinário lhe pareceu foi Katucha envergonhar-se mais da situação de prisioneira do que da de prostituta, mostrando-se até orgulhosa de ser agora quem era.

Na realidade, a causa era perfeitamente compreensível.

De fato, todos nós que nos dedicamos a um gênero de atividade somos levados a considerá-la necessária e boa; daí resulta que, em qualquer condição que se encontre um ser humano, ele forma inevitavelmente um conceito de vida onde a sua atividade particular aparece como manifestação necessária e boa.

Em geral imaginamos que o ladrão, o assassino, o traidor, a prostituta se envergonham da profissão que exercem ou, pelo menos, a reconhecem como má; mas na realidade não é assim.

Os homens, vítimas do destino e jogados pelos erros em determinadas situações, por imorais que pareçam, ajustam-nas sempre a um conceito geral de vida em que a situação particular possa parecer legítima e admissível. E, para conformar esta asserção, buscam instintivamente apoio em outros homens que se encontram em idênticas condições e olham a vida sob o mesmo prisma.

Admiramo-nos de ver ladrões orgulharem-se da sua perícia, prostitutas vangloriarem-se da própria corrupção e assassinos gabarem-se da sua insensibilidade. E esse espanto provém de considerarmos essa espécie de gente, de círculo restrito, fora da atmosfera que respiramos.

Em compensação, não nos surpreendemos ao vermos ricaços que se orgulham de sua fortuna — produto de roubo e da usurpação, ou ainda ao vermos homens poderosos se orgulharem de seu poder, feito de violência e crueldade. Não percebemos a maneira dessas pessoas desvirtuar e deformar a concepção natural da vida, o senso primitivo do bem e do mal, a fim de justificarem, diante dos próprios olhos, a situação em que se mantêm. Não o percebemos, e nem sequer disso nos admiramos, simplesmente porque o número de pessoas que assim pensam é muito grande e nós nos incluímos nesse número.

Eis por que Maslova também formou uma concepção geral de vida à qual pudesse enquadrar o seu caso particular. Descida ao nível mais baixo da degradação moral, condenada aos trabalhos forçados, só poderia criar um mundo seu que compreendesse e justificasse a sua conduta.

Essa concepção se firmava na ideia de que a felicidade de todos os homens — sem exceção, velhos e moços, ricos e pobres, cultos e ignorantes — está na posse da mulher. E Maslova admitia como princípio inevitável todos os homens, embora ocupados com pensamentos diferentes, na realidade só terem essa ideia. Consciente do seu poder de sedução, capaz de satisfazer ou não os caprichos dos homens, considerava-se pessoa sumamente importante e necessária. Era esta sua concepção de vida, e, a bem dizer, via plenamente confirmada no presente toda a experiência pessoal que recolhera do passado. Há dez anos vinha encontrando em seu caminho homens que só pensavam em possuí-la. A alguns, talvez, não tivesse ocorrido essa ideia: a esses, porém, não se deu ao trabalho de notar. O mundo afigurava-se-lhe uma reunião de homens enamorados do seu corpo, ávidos da sua conquista, procurando possuí-la por qualquer meio: sedução, insolência, astúcia ou, até, ao peso de dinheiro.

Emprestou tal vigor a semelhante concepção de vida que, se um dia viesse a perdê-la, perderia a importância que atribuía à sua própria pessoa. Portanto, apegava-se instintivamente às pessoas que concebiam a vida de modo análogo. Daí a sua preocupação em varrer do coração as recordações da primeira mocidade, que não se harmonizavam com o atual modo de viver; talvez não tivesse conseguido libertar-se inteiramente do passado, mas recalcou-o nas profundezas da sua alma, onde se ia desvanecendo inacessível à memória do amor, como as abelhas que tapam seu alvado para impedir que os insetos daninhos lhes destruam a colmeia.

Eis por que, ao ver Nekhludov, recusou-se a contemplá-lo como a um ser outrora pura e castamente amado; eis por que preferiu olhá-lo como a um "freguês" rico, um homem a quem ela tinha o direito e o dever de explorar e com quem podia manter relações semelhantes às que mantivera com outros homens de sua vasta "freguesia".

"Hoje não consegui dizer o mais importante! Não pude dizer nada!", refletiu Nekhludov, ao sair do locutório entre a turba de visitantes.

Na sala principal, os dois guardas contavam novamente cada um que passava, certificando-se de que nenhum prisioneiro se evadira e nenhuma visita ficara na prisão. Outra vez Nekhludov foi tratado com aspereza e empurrado pelo ombro; entretanto, desta vez nem sequer o notou.

Capítulo XII

Logo no dia seguinte ao do encontro com Katucha no banco dos réus, Nekhludov decidiu alterar o seu sistema de vida: resolveu alugar a casa, despedir os empregados e mudar-se para um quarto mobiliado. Passaria a viver como estudante. Agripina Petrovna procurou dissuadi-lo da ideia, pelo menos até o inverno, pois ninguém cogitaria alugar um casarão daqueles nem comprar móveis durante o verão. Assim, todos os esforços de Nekhludov nesse sentido, bem como suas belas resoluções, caíram por terra.

A casa continuou como antes e os empregados empreenderam uma limpeza geral, aparecendo móveis, agasalhos, roupas de cama, vestidos, ternos, uniformes e coisas que Nekhludov nunca tinha visto.

Viu o porteiro, a cozinheira e Kornei enrolarem tapetes, transportarem armários de um cômodo para outro, assistiu a arrumações sem fim, tendo de suportar o cheiro de naftalina que impregnou todos os quartos.

Admirou-se de ver a quantidade de coisas inúteis que conservava em casa. "A única razão de ser daquilo tudo era proporcionar a Agripina Petrovna, a Kornei, ao porteiro e à cozinheira uma oportunidade de matar o tempo."

"Aliás", repetia consigo, "é bem verdade que não posso alterar o meu ritmo de vida, enquanto não se decidir o destino de Maslova. Tudo depende do que lhe acontecer, conforme seja posta em liberdade ou enviada à Sibéria, pois, neste caso, irei com ela!"

No dia marcado, Nekhludov foi procurar o advogado Fainitzin, que morava numa casa enorme, rodeada de jardim com plantas raras; interiormente era suntuosa: cortinas finíssimas, mobílias caras e também de mau gosto, bastante características de pessoas enriquecidas rapidamente sem muito esforço e sem escrúpulos.

Na sala de espera, como acontece nos dentistas, Nekhludov encontrou uma dezena de clientes, sentados em volta das mesas e buscando consolo na leitura de jornais velhos e revistas ilustradas. No fundo da sala sentava-se o secretário de Fainitzin, por trás de imponente escrivaninha. Ao reconhecer Nekhludov encaminhou-se imediatamente para ele certificando-o de que iria anunciar ao chefe a sua chegada.

Logo depois se abriu a porta do gabinete e Fainitzin apareceu em animada palestra com um homenzinho rechonchudo, muito corado, trajando um terno novo. Tanto os seus traços como os de Fainitzin tinham a expressão bem peculiar dos homens que acabavam de fazer um ótimo negócio, não muito limpo, mas muito vantajoso.

— A culpa é sua! — dizia Fainitzin, a sorrir.

— Eu bem gostaria de ir para o céu, mas os pecados não me deixam!

— Faz bem, seu malandro; eu sei por quê!

E ambos riram, com visível afetação.

— Queira ter a bondade de entrar, príncipe Nekhludov — disse Fainitzin ao avistá-lo; introduziu-o no seu gabinete de trabalho, onde a decoração essencialmente austera era um contraste flagrante com a da sala de espera.

— Por favor, esteja a gosto e fume à vontade — prosseguiu ele, sentando-se à frente de Nekhludov, e procurando conter o riso que lhe provocara a ideia do negócio acabado de fechar.

— Muito obrigado! — respondeu Nekhludov. — Vim ver o andamento do caso de Maslova.

— Oh! Sim! Perfeitamente! Que bons patifes são esses burguesotes. Reparou nesse indivíduo que saiu há pouco daqui? Imagine que tem um capital de 12 milhões de rublos, mas, se conseguir tirar de alguém uma nota de 25 rublos, arrancá-la-á nem que seja com os dentes, mas não perderá a oportunidade.

O advogado comentava o fato em tom de familiaridade como para dar a entender que ele e Nekhludov pertenciam a uma classe que não se misturava com a do cliente que acabava de sair, nem com a daqueles que desanimavam de esperar na sala.

— Peço-lhe mil desculpas, mas aquele indivíduo me irritou os nervos. Senti necessidade de me expandir um pouco — continuou como para justificar a digressão. — Agora tratemos do nosso assunto. Estudei o processo com todo cuidado. Aquele advogado idiota foi de uma inépcia a toda prova. Deixou escapar todos os motivos de anulação.

— E o senhor, o que resolveu diante disso?

— Com licença, um minuto apenas. Diga-lhe — declarou ao secretário, que acabava de entrar com um cartão de visita — que é o que eu já disse! Se é possível, muito bem; se não, nada feito.

— Mas ele sustenta que não pode aceitar as condições propostas.

— Então, nada feito! — retorquiu Fainitzin, substituindo a expressão alegre e amável por uma sombria e indignada.

— Afirmam por aí que os advogados ganham dinheiro sem fazer nada! — disse ele voltando-se novamente para Nekhludov, com um sorriso forçado. — Imagine o senhor que consegui livrar um devedor insolvente de uma ação que tinha todas as probabilidades de perder e agora outros tantos me vêm procurar! Não pode imaginar o trabalho que isso me dá! Mas preciso ganhar para comer. Voltando ao seu caso, ou melhor, ao caso que lhe interessa, devo dizer que foi conduzido à revelia do senso comum. De fato, não encontrei motivos reais de anulação; mas, afinal de contas, é sempre possível descobrir-se alguma coisa. Eis aqui a minuta do agravo que redigi para lhe mostrar.

Apanhou da mesa um papel e começou a ler em voz alta, passando por cima das fórmulas usuais e insistindo sobre outros pontos:

— "Agravo apresentado ao Tribunal Superior etc. etc... contra o *veredictum* do júri, etc. etc... que condenou a ré Catarina Maslova à pena de etc. etc..., trabalhos forçados, por homicídio contra a pessoa de etc. etc... em virtude dos artigos etc..."

Neste ponto o advogado parou e ergueu os olhos para Nekhludov. Evidentemente comprazia-se em ouvir o belo documento de que fora autor, apesar dos muitos anos de profissão.

— "O *veredictum* parece-nos ter procedido de ilegalidades de processo e de erros tão graves que de nenhum modo pode ser mantido. Em primeiro lugar, a leitura do processo verbal da autópsia do negociante Smiclkov foi interrompida pelo presidente, antes de ser terminada."

— Mas foi a acusação que exigiu essa leitura! — exclamou Nekhludov, surpreendido.

— Oh! Isso não tem importância! A defesa, também, poderia basear-se nessa peça.

— Mas se era inútil para qualquer das partes...

— Em todo o caso é um motivo de acusação. Continuemos: "Em segundo lugar, o defensor da ré Maslova foi interrompido pelo juiz-presidente, na ocasião em que, procurando caracterizar a personalidade da sua constituinte, expunha as razões íntimas que lhe motivaram a queda; alegou o senhor presidente que essas declarações não tinham relação com o processo: ora, nas causas criminais, conforme ainda muito recentemente verificou o tribunal, a análise psicológica de um caráter é de suma importância para a avaliação do grau de criminalidade." E de duas, uma! — concluiu o advogado, levantando novamente os olhos para Nekhludov.

— O advogado falava muito mal — observou este. — Não se compreendia nada do que estava dizendo.

— Não duvido! É um imbecil que só diz disparates. De qualquer maneira podemos ver nisto outro motivo para agravo. E agora ouça o seguinte: "Em terceiro lugar, o presidente no seu resumo, contrariamente aos artigos... do Código Penal, não explicou aos jurados que a ré Maslova não teve intenção de matar o negociante Smiclkov quando despejou o veneno, o que resultou no pronunciamento do *veredictum* dos jurados; pelo contrário, se o presidente tivesse esclarecido a possibilidade de tal restrição, o ato cometido pela ré Maslova apresentaria atenuantes, sendo considerado homicídio involuntário e não assassínio."— Isto é um ponto capital.

— A questão é que nós mesmos poderíamos ter compreendido isto, sem que houvesse necessidade de explicação. Os únicos responsáveis pelo erro somos nós.

— "Finalmente, em quarto lugar, a resposta dos jurados foi redigida de forma a implicar uma contradição. Os jurados reconheceram a ré Maslova como não culpada de roubar o negociante, ao passo que a incriminaram de o envenenar: daí resulta que, no ponto de vista dos jurados, a acusada causou a morte do negociante Smiclkov, mas sem intenção de matar, sendo movida exclusivamente pelo desejo de roubar. Em virtude do que a resposta dada pelo júri ficava sem efeito de acordo com o artigo 817, etc..., e o presidente tinha a obrigação de esclarecer os jurados sobre o erro cometido, levando-os a formular resposta mais explícita."

— Mas por que o presidente não fez isto?

— Ah! Isto é lá com ele! — respondeu Fainitzin, gracejando.

— E acredita o senhor que o Tribunal Superior fará justiça ou reformará a sentença?

— Tudo depende dos juízes que vão julgar o agravo... Agora, ouça a conclusão.

O advogado leu ainda, para Nekhludov, um longo trecho em que, invocando numerosos artigos do código e baseando-se em vários antecedentes, pedia que a sentença fosse anulada e o processo, submetido a novo juízo.

— Aí está! — disse o advogado, terminando a leitura. — Tudo o que era possível fazer eu fiz. Mas agora vou dizer-lhe francamente o que penso: temos pouca probabilidade de êxito. Aliás, tudo vai depender dos juízes que constituem o Tribunal de Apelação. Se tiver alguma influência nesse meio, trate de a fazer valer.

— Tenho bastante relações entre pessoas influentes.

— Então não perca tempo, pois esses veneráveis magistrados não demora muito irão tratar das suas doenças, e o senhor terá que esperar pelo menos três meses. E, no caso de não sermos bem-sucedidos, ainda nos resta a petição de graça a Sua Majestade. Naturalmente tudo depende de um bom trabalho por detrás dos bastidores. É excusado dizer que estou pronto a auxiliá-lo, tanto para manobrar nos bastidores como para redigir o memorial.

— Fico-lhe sumamente grato... E quanto aos honorários...

— O meu secretário lhe entregará uma cópia desta petição e todas as especificações sobre a despesa do processo.

— Há ainda uma informação que lhe queria pedir. O procurador concedeu-me uma licença por escrito para ver a condenada na prisão, mas desejaria conversar com ela fora dos dias de visitas, e noutro lugar que não o locutório comum. A quem devo dirigir-me para obter esta autorização?

— Ao governador. Mas no momento ele está ausente e o vice-governador é quem o substitui. É um idiota completo, e duvido que consiga alguma coisa com ele.

— Não é Maslinnikov? Conheço-o muito — disse Nekhludov.

Levantou-se para se despedir.

Durante a palestra de Nekhludov com o advogado, entrou na sala de espera uma mulherzinha medonhamente feia, de nariz achatado, tez amarelecida e ossuda. Era a senhora Fainitzin. Para disfarçar a fealdade, andava luxuosamente vestida de sedas, veludos, rendas; e usava o ralo cabelo que lhe restava num penteado pretensioso. Entrou de repente pela sala adentro e logo se encaminhou para ela um homem, alto e magro, de rosto lívido, vestindo sobrecasaca e gravata branca. Era um escritor a quem Nekhludov conhecia de vista.

— Anatólio — gritou a senhora, entreabrindo a porta do gabinete.

— Semen Ivanovitch está aqui! Vamos esperar você na saleta. Trouxe o poema dele e você lerá então seu ensaio sobre Garchine.

Nekhludov quis retirar-se, mas a senhora o impediu.

— O senhor não é o príncipe Nekhludov? Há muito tempo que o conheço de nome e de fama. Dê-nos o prazer de assistir à nossa reunião literária. Será muito interessante! Anatólio lê maravilhosamente.

— Por aí o senhor pode ver como as minhas atividades são diversas! — disse o advogado, sorrindo e mostrando a mulher com um gesto que significava não ser possível recusar qualquer coisa a uma criatura tão sedutora. Nekhludov, porém, muito delicadamente, embora em tom meio seco, agradeceu a honra que lhe concedia a Senhora Fainitzin, excusando-se de não poder aceitar o amável convite.

— Que hipócrita! — qualificou-o a senhora logo que ele saiu.

Na sala de espera, o secretário entregou a Nekhludov a cópia da petição e, ao lhe perguntar este sobre os honorários, respondeu o secretário que Anatólio Petrovitch havia estipulado a quantia de mil rublos, acrescentando em forma de explicação que o ilustre advogado não costumava aceitar coisas daquela espécie, tendo-o feito como prova de alta deferência ao príncipe.

— E quem deve assinar este papel? — interrogou Nekhludov.

— A própria condenada, caso esteja em condições de o fazer, senão Anatólio Petrovitch assinará por procuração.

— Não, não. Levarei o papel e ela mesma assinará! — replicou Nekhludov, radiante de ter achado um pretexto para ver Katucha no dia seguinte.

Capítulo XIII

À hora de costume, soaram os apitos dos carcereiros nos corredores da prisão; abriram-se as portas de ferro das salas, ouviram-se barulhos de passos, e o corredor ficou empesteado com o mau cheiro dos vasos que eram despejados no esgoto. Prisioneiros e prisioneiras vestiam-se para responder à chamada; depois sentaram-se nas camas e tomaram chá. Nesse dia corriam muito animadas as conversas pelos corredores, pois conversavam sobre o acontecimento do dia: o espancamento a ser ministrado a dois prisioneiros.

Um deles era um rapaz inteligente e instruído, um caixeiro chamado Vassiliev, condenado por ter assassinado a amante num acesso de ciúmes. Era muito estimado pelos companheiros de cela pela sua alegria, liberalidade e pela desenvoltura com que enfrentava a autoridade da prisão, pois conhecia bem o regulamento interno e não admitia que o transgredissem. Por isso os carcereiros e os vigilantes não podiam suportá-lo. Três semanas antes um guarda tinha espancado um dos prisioneiros que, ao passar, lhe entornara um pouco de caldo no uniforme novo. Vassiliev interveio em favor do companheiro declarando que o regulamento proibia de bater nos prisioneiros. "Regulamento? Já te mostro o que é regulamento!", respondeu o guarda, insultando depois Vassiliev. Este replicou no mesmo tom, o guarda quis bater-lhe, mas Vassiliev agarrou-o pelas mãos, conservou-o assim durante algum tempo e em seguida deu queixa e o inspector condenou Vassiliev ao segredo.

O segredo consistia numa série de celas escuras, fechadas por fora com duplo ferrolho. Nessas celas frias e escuras não havia nem cama, nem mesa e nem cadeira, e o prisioneiro era obrigado a sentar-se e a deitar-se no chão sujo, sendo exposto à visita de uma ratazana esperta que logo surripiava qualquer pedaço de pão esquecido pelo prisioneiro.

Vassiliev protestou que não fizera nada e não iria para o segredo. Levaram-no à força. Ele lutou e, ajudado por dois companheiros, escapuliu das mãos dos carcereiros. Em vista disto vieram reforços e entre eles um certo Petrov, afamado pela sua força. Os três prisioneiros rebeldes foram agarrados e jogados no segredo. Apresentado o relatório ao governador, como um começo de insubordinação, a resposta do palácio do governo foi ordem de condenar os dois principais culpados, Vassiliev e um vagabundo chamado Nepomniak, a receber cada um trinta chicotadas.

O espancamento devia realizar-se ainda naquela manhã, no locutório das mulheres. Desde a véspera se espalhara a notícia por toda a prisão e nas diversas celas não se falava de outro assunto.

Korableva, Beleza, Fenitchka e Maslova, sentadas no canto predileto, tagarelavam com animação, pois já tinham bebido um pouco, o que agora era possível graças ao dinheiro de Maslova, que corria para todas elas. Enquanto tomavam o chá, comentavam o caso do espancamento.

— E tiveram a coragem de dizer que ele se rebelou! — dizia Korableva, mordendo um torrão de açúcar. — Não fez mais do que tomar a defesa do companheiro! Hoje em dia ninguém tem o direito de espancar os presos.

— Dizem que é um rapaz valente — acrescentou Fenitchka, que estava vigiando o bule do chá.

— Deverias falar com ele sobre esse pobre rapaz, Mikhailova! — disse a sinaleira a Maslova.

Por "ele", ela significava Nekhludov.

— Não há dúvida que falarei; ele faz tudo o que quero! — respondeu Maslova, com ar vitorioso.

— Deus sabe quando voltará aqui... Parece que já foram buscar Vassiliev — disse Fenitchka. — É horrível! — acrescentou, suspirando.

— Um dia vi bater um homem lá na comuna. Alguém me mandou na casa do sogro do chefe da estação e quando cheguei à aldeia...

E continuou a contar uma história interminável. Mas a história foi interrompida por barulhos de passos e um vozerio no corredor do andar superior. As mulheres calaram-se, com o ouvido à escuta.

— Aqueles bandidos levaram o rapaz! — exclamou Beleza. — Agora o matam. Sempre tiveram raiva dele, imagine numa hora destas!

Tudo voltou ao silêncio. A sinaleira prosseguiu com sua história, contando como presenciou o chicoteamento de um *mujik* que acabou morrendo, como a cena a deixara transtornada. Beleza contou como bateram em Cheglov, que não deu um gemido. Enquanto isso Fenitchka tirou a mesa de chá; Korableva e a sinaleira recomeçaram a costurar, e Maslova estendeu-se sobre a cama com os joelhos erguidos.

Preparava-se para dar um cochilo, quando a vigilante veio chamá-la para ir até a secretaria falar com alguém que a esperava.

— Não deixe de falar de nós! — disse a velha beata a Maslova, enquanto esta arrumava os cabelos diante de um espelho mal polido. — Diga-lhe que não fomos nós que pusemos fogo, mas aquele bandido do taberneiro; um operário viu! Peça para ele ir ver Mitri! Mitri explicará tudo direitinho. Nós não temos nada com isso e estamos na prisão, enquanto aquele patife está se divertindo com a mulher dos outros e o meu velho não tem ninguém em casa para lhe catar os piolhos.

— Pode ficar descansada; falarei tudo — respondeu Maslova.

— Vamos! — acrescentou ela. — Um gole para dar coragem.

Korableva ofereceu-lhe um copo de aguardente. Maslova esvaziou-o num trago, enxugou a boca e com o mesmo sorriso alegre com que pedia para beber e dar coragem foi ao encontro da vigilante, que a esperava no corredor.

Capítulo XIV

I

Nekhludov chegou à prisão muito cedo. Mostrou a autorização do procurador primeiro à sentinela e depois a um carcereiro.

— Agora não é possível! — declarou o guarda.

— O diretor está ocupado.

— Na secretaria?

— Não, aqui no locutório! — respondeu o carcereiro, levemente constrangido.

— É dia de visita?

— Não, é um caso diferente.

— O que devo fazer para falar com o diretor?

— É só esperar aqui. Daqui a pouco ele deve passar.

Dali a alguns minutos Nekhludov viu entrar na sala em que se achava um jovem oficial inferior de dragonas brilhantes, muito vivo, de bigode retorcido que, ao avistá-lo, interrogou severamente o carcereiro.

— Por que deixou entrar aqui? Devia ter mandado à secretaria.

— Disseram-me que o diretor devia passar por aqui e fiquei esperando, porque preciso falar-lhe! — disse Nekhludov, surpreendido de perceber na fisionomia do oficial a mesma expressão que há pouco observara no guarda. Logo após abriu-se a porta onde tinha entrado o oficial e apareceu um carcereiro de estatura colossal, vermelho, alagado em suor. Era o célebre Petrov.

— Há de se lembrar desta! — disse ele, dirigindo-se ao oficial.

Este, porém, fez-lhe um sinal com a cabeça, chamando a atenção para a presença de um estranho, e Petrov saiu por outra porta sem acrescentar uma só palavra.

"Quem se vai lembrar de qualquer coisa? E por que esta gente está tão atrapalhada?", pensava consigo Nekhludov.

— Ninguém pode esperar aqui! Queira entrar na secretaria — disse-lhe o oficial. Nekhludov preparava-se para sair quando viu entrar pela mesma porta por que os outros dois tinham passado o diretor da prisão.

Este parecia ainda mais embaraçado do que os seus subordinados, com a fisionomia completamente alterada.

Nekhludov foi-lhe ao encontro e apresentou a permissão do procurador.

— Fedotov! — gritou logo o diretor para um dos carcereiros. — Vá buscar imediatamente Maslova na quinta cela das mulheres! Mande levá-la ao gabinete dos advogados.

Voltando-se depois para Nekhludov disse:

— Permite que o acompanhe?

Subiram uma escadaria em caracol e entraram numa sala, cujo mobiliário se limitava a uma mesa e algumas cadeiras.

O diretor sentou-se.

— Que dura tarefa! Que dura tarefa! — disse com um suspiro, enquanto tirava um cigarro da cigarreira.

— O senhor parece estar cansado — observou Nekhludov.

— Estou cansado de todo o meu serviço. São obrigações penosas demais. Às vezes queremos abrandar a sorte desses miseráveis e o resultado ainda é mais desastroso. Se ao menos eu visse uma possibilidade de sair daqui.

— É um cargo muito penoso.

Nekhludov ignorava em que consistiam as dificuldades da função de diretor; embora sem conhecer, sentiu naquele momento um estranho sentimento de desânimo e tristeza.

— Não é difícil avaliar as dificuldades do seu cargo. E, já que ele o deixa neste estado, por que não renuncia de uma vez?

— A falta de recursos, a família...

Deteve-se um instante e depois prosseguiu:

— Isto não é nada. Afinal, faço o que posso, na medida de minhas forças, para suavizar a sorte destes desgraçados, o que a certo ponto consigo; talvez outro em meu lugar agisse de modo diverso. O senhor pode fazer ideia do que seja tomar conta de quase 2.000 pessoas desta espécie? É preciso saber tratá-las. São homens como nós, é natural que lastimemos sua sorte. Mas, se formos muito complacentes, está tudo perdido.

O diretor relatou então uma aventura ocorrida recentemente: uma briga entre dois presos, que degenerou na morte de um deles.

Em meio da narração entrou Maslova, acompanhada por um carcereiro.

Nekhludov avistou-a no limiar da porta, antes mesmo que ela notasse a presença do diretor. Tinha o rosto corado e ardente. Caminhava depressa e atrás do guarda, sorrindo sempre e acenando com a cabeça.

Quando viu o diretor parou um instante diante dele, como que intimidada com a sua presença, mas logo depois voltou-se para Nekhludov alegremente, recobrando o ânimo.

— Bom dia! — saudou-o sorrindo e, em vez de lhe estender simplesmente a ponta dos dedos, como na vez anterior, apertou-lhe a mão com força.

— Trouxe a petição do agravo para você assinar — disse-lhe Nekhludov, um tanto admirado de vê-la tão animada. — Foi redigida por um advogado e é só você assinar para depois enviarmos a Petersburgo.

— Então é só assinar? Não custa nada. — Continuava a sorrir, notando-se o estrabismo de um dos olhos mais acentuado do que habitualmente.

Nekhludov tirou do bolso uma folha de papel e aproximou-se da mesa.

— Podemos assinar isto aqui? — perguntou ao diretor.

— Vamos, sente-se lá! — disse o diretor a Maslova. — Aqui a caneta e a tinta. Sabe escrever?

— Soube em outros tempos! — respondeu ela, dirigindo um sorriso a Nekhludov. Suspendeu ligeiramente a saia, arregaçou as mangas; depois, sentando-se à mesa, empunhou a caneta com firmeza e, voltando-se para Nekhludov, sempre sorrindo, perguntou-lhe o que devia fazer.

Recebeu a devida explicação sobre onde e como deveria assinar.

— É só isto? — interrogou com ar de surpresa, olhando alternativamente Nekhludov e o diretor.

— Tenho ainda alguma coisa a dizer! — respondeu Nekhludov, ao retirar-lhe a caneta da mão.

— Pois então diga.

Cobriu o rosto de serenidade como se uma estranha visão lhe houvesse passado ante os olhos, ou então como se fosse dominada por repentina sonolência.

O diretor levantou-se e saiu da sala. Nekhludov ficou a sós com Maslova.

II

Afinal chegou o momento decisivo para Nekhludov. Não cansou de censurar-se por não ter confessado a Maslova, desde a primeira vez, o motivo principal da sua visita: a intenção de expiar sua culpa, casando-se com ela.

Mas, desta vez, di-lo-ia de qualquer forma.

Antes de sentar-se ao outro lado da mesa, de frente à prisioneira, mais uma vez tomou essa resolução. A sala era clara e Nekhludov pôde observar à vontade o rosto de Maslova: as rugas no canto dos olhos e junto à boca, as pálpebras inchadas, o aspecto geral de fadiga e degradação.

Sentiu-se penetrado de profunda tristeza, o que mais aumentou sua compaixão. Procurou colocar-se de maneira a não ser visto nem ouvido pelo carcereiro que acompanhara Maslova, sentado num canto perto da janela, na outra extremidade da sala.

Inclinando-se para Maslova, disse-lhe Nekhludov:

— Se o recurso não surtir efeito, apelaremos para o imperador. Faremos tudo o que for possível.

— Que pena não ter aparecido há mais tempo, teria achado um bom advogado. Aquele imbecil que me arranjaram foi o causador de tudo. Todos fazem referências muito lisonjeiras à sua pessoa — acrescentou ela, rindo. — Ah! Se no dia do julgamento tivessem sabido que me conhecia, a coisa seria bem diferente. Mas sem isso... Para eles não passo de uma ladra.

"Como está esquisita hoje", pensou Nekhludov. Ia entrar no assunto, quando de novo ela tomou a palavra:

— Ouça o que lhe vou dizer. Na minha cela há uma velhinha que causa admiração a todos que a conhecem. Uma criatura extraordinária, como não há igual. Deus sabe por que, foi condenada com o filho; todos estão fartos de saber que estão inocentes e foram acusados de provocar um incêndio. Ela ouviu dizer que eu o conhecia e pediu-me para lhe dar um recado: "Diga-lhe que vá falar com meu filho;

ele explicará tudo!" O nome de família é Menchov. Se soubesse como a velhinha é boa! Vê-se logo que não tem culpa. Não é verdade, querido, que vai tratar deste caso? — disse ela, fitando-o profundamente nos olhos, com um sorriso amável.

— Naturalmente! Cuidarei disso e pedirei informações — respondeu Nekhludov, cada vez mais surpreendido com aquela súbita expansão. — Agora quero conversar com você sobre um assunto pessoal. Lembra-se do que disse no outro dia?

— Disse tanta coisa! O que foi?

Não deixava de sorrir, inclinando a cabeça ora de um lado, ora de outro.

— Disse que tinha vindo pedir-lhe perdão.

— Ah! Sei! Não há nada que perdoar! Seria melhor que...

— Outra coisa — prosseguiu Nekhludov. — Quero reparar o meu erro não com palavras, mas com atos... Estou resolvido a casar com você.

Ao ouvir estas palavras, o rosto de Maslova tomou uma expressão de espanto. Os olhos até então irrequietos fixaram-se severamente nos de Nekhludov.

— Não faltava mais nada!

— Perante Deus, é o que devo fazer!

— E, além do mais, quem quer falar em Deus — disse Maslova. — Que Deus? Seria melhor que tivesse pensado em Deus em outros tempos, no dia em que...

E estacou, conservando a boca aberta.

Nekhludov sentiu então, pela primeira vez, o cheiro forte de álcool que lhe exalava da boca; e compreendeu a causa de tanto entusiasmo.

— Acalme-se! — disse ele.

— Não preciso acalmar-me. Pensa que estou embriagada? Pois estou mesmo, mas sei o que estou dizendo — retrucou, sem refletir, afluindo-lhe todo o sangue ao rosto. — Sou uma mulher da vida, uma condenada às galés e tu, um fidalgo, um príncipe. Não tens nada a ver comigo. Vá atrás de tuas princesas.

— Por cruéis que sejam tuas palavras, não significam nada comparadas ao meu sofrimento — respondeu baixinho Nekhludov, quase trêmulo. — Não podes calcular a que ponto tenho consciência do erro que cometi para contigo.

— Consciência do teu erro? — repetiu, com uma gargalhada sarcástica. — Não tinhas consciência quando me entregaste aqueles cem rublos!

— Sei muito bem, mas o que fazer agora? Atualmente jurei a mim mesmo não te abandonar. E o que digo cumpro.

— Pois eu digo que não!

— Katucha! — exclamou Nekhludov, tentando segurar-lhe a mão.

— Não me toques! Sou uma condenada e és um príncipe; não tens nada a fazer aqui! — gritou no auge da cólera, retirando a mão. — Vai-te embora! Odeio-te; tudo em ti me enoja, teu monóculo, teu aspecto detestável. Vai-te embora.

E levantou-se com um movimento rápido.

O carcereiro aproximou-se dela.

— Que escândalo é esse?

— Deixe-a, por favor! — pediu Nekhludov.

— Hás de ver comigo, depois — replicou o carcereiro.

— Por favor, espere um pouquinho.

O carcereiro se afastou e voltou a sentar-se perto da janela.

Maslova sentou-se outra vez, olhos baixos, a brincar nervosamente com os dedos da mão pequenina.

Nekhludov mantinha-se de pé, junto dela, sem saber o que fazer.

— Não acreditas em mim?

— Não acredito no quê? Que querias casar comigo? Não, não; isso não acontecerá nunca! Prefiro me enforcar.

— Está satisfeita?

— Isto lá é contigo? Mas fica sabendo que não preciso de teu auxílio. Quem me dera ter morrido naquela ocasião! — acrescentou, desfazendo-se em pranto. Nekhludov quis dizer qualquer coisa, mas não conseguiu. Aquelas lágrimas despedaçavam-lhe o coração. No fim de pouco tempo ela ergueu os olhos, lançou um rápido olhar sobre ele e pôs-se a enxugar as lágrimas que corriam pela face, com a ponta do lenço que trazia à cabeça.

Aproximando-se novamente, o carcereiro preveniu-os que era hora de ir embora.

— Hoje estás muito nervosa. Se for possível, voltarei amanhã. Enquanto isso, reflete bem! — disse Nekhludov. Ela não deu resposta e, sem ao menos o olhar, saiu com o carcereiro.

— Então desta vez o caso será resolvido! — disse Korableva a Maslova, assim que a viu entrar na sala. — Ele dará um jeito de te tirar daqui. Para quem tem dinheiro tudo é possível.

— Lá isso é verdade! — repetiu a voz cantante da sinaleira. — Ao homem rico basta desejar uma coisa para ter o que quer. Havia um...

— Falou em mim? — perguntou a velhinha.

Maslova, porém, não deu resposta a ninguém. Deitou-se na cama e, fixando um ponto indefinido, assim ficou até anoitecer.

O que lhe havia dito Nekhludov fez despertar ante os seus olhos a visão de um mundo de sofrimentos que julgava esquecido, depois de habituada a odiá-lo. Agora, entretanto, o esquecimento em que vivera se havia dissipado: a perfeita recordação do passado parecia-lhe insuportável. À noite, comprou mais meia garrafa de aguardente e esvaziou-a com as companheiras.

III

"A verdade é essa", dizia maquinalmente Nekhludov, ao atravessar os longos corredores da prisão.

Somente agora Nekhludov avaliava a extensão do seu erro. Se não tivesse tentado reparar o mal, nunca teria percebido a sua enorme responsabilidade; e nem a própria Katucha compreenderia o crime de que fora vítima! Pela primeira vez os fatos lhe apareceram na evidência do seu horror. Até então, Nekhludov divertia-se com o seu enternecimento e a verdadeira expiação parecia mero brinquedo, ainda distante; agora, porém, sentia verdadeiro pavor.

Abandonar aquela criatura já significava, para ele, coisa impossível; contudo, não podia conceber as consequências que adviriam das suas relações com a prisioneira.

Ao transpor a porta da prisão, aproximou-se dele um carcereiro casmurro, de aspecto desagradável, tipo escarrado do judeu. Com ar misterioso, introduziu-lhe na mão um papel.

— É para Vossa Excelência! — murmurou ele. — É uma carta de certa pessoa.

— Mas quem?

— Tenha a bondade de ler primeiro. É duma prisioneira política. Sou eu quem tomo conta dessa seção. Ela pediu tanto que, por um ato de humanidade, consenti... mas é proibido — acrescentou o guarda, com visível hipocrisia.

Surpreendido de ver um guarda se encarregar de tal incumbência, Nekhludov embolsou o papel e, assim que saiu da prisão, tratou de lê-lo.

Estava escrito a lápis e às pressas.

Dizia o seguinte:

"Informada de que o senhor vem à prisão impelido pelo interesse que dispensa a uma detenta da seção criminal, desejaria muito poder falar-lhe. Peça autorização para falar comigo e tenho certeza de que não lhe será negada. Revelarei coisas interessantes tanto sobre a sua protegida como sobre o nosso grupo.

Sumamente grata, Vera Bogodouchovska."

"Bogodouchovska! Já ouvi este nome!", observou Nekhludov, ainda abalado com a cena com Katucha. "Ah!, sim, estou me lembrando. É a filha do diácono, naquela caçada de urso."

Vera Bogodouchovska era professora numa aldeia do distrito de Bougorod, quando Nekhludov foi fazer uma caçada com outros amigos.

Vera lhe havia pedido certa quantia para abandonar a escola e ir estudar na universidade. Nekhludov atendera o pedido e desde aquela ocasião nunca mais a viu. E agora essa criatura reaparece na qualidade de prisioneira política, prometendo-lhe fazer revelações sensacionais sobre Maslova!

Bons tempos aqueles, de simplicidade e despreocupação, comparados com os terríveis momentos de agora! Nekhludov sentiu verdadeiro alívio quando conseguiu lembrar-se do dia em que encontrou Bogodouchovska.

Era véspera de carnaval, numa aldeia distante umas sessenta *verstas* da estrada de ferro. A caçada fora magnífica, pois mataram dois ursos. Depois de um bom jantar, quando estavam prontos para a partida, o dono da pequena estalagem veio avisar que a filha do diácono queria falar com o príncipe Nekhludov.

— É bonita? — perguntou um dos caçadores.

— É o que vamos ver — respondera Nekhludov. Retomando seu ar de seriedade, levantou-se da mesa, limpou a boca e saiu sem ao menos supor o que a moça poderia desejar dele.

No quarto contíguo se achava uma moça magra e ossuda, de rosto comprido, sem graça, vestida com uma peliça grosseira de camponesa e trazendo à cabeça um chapéu de feltro. De todos os seus traços talvez só os olhos tivessem alguma beleza.

— Este é o príncipe, Vera Efremovna — disse-lhe o estalajadeiro, retirando-se discretamente.

— Em que posso servi-la? — perguntou Nekhludov.

— Eu... eu... desejava. Sei que o senhor é rico, gasta dinheiro em divertimentos, em caçadas... Sei muito bem disto — prosseguiu a moça, um tanto confusa. — Eu desejava apenas uma coisa: ser útil aos outros. Não posso fazer nada porque não tenho bastante instrução.

O seu olhar exprimia franqueza, e a resolução e a timidez com que falava traduziam-se nas suas feições.

Nekhludov percebeu imediatamente, comoveu-se e procurou colocá-la à vontade.

— Mas o que deseja de mim?

— É o seguinte: sou professora aqui e queria muito me matricular na universidade; mas não me deixam. Não é bem isto; a questão é a falta de dinheiro. Quer emprestar-me uma quantia? Quando eu terminar o curso, restituirei! Pensei comigo: "A gente rica mata ursos, embriaga os *mujiks* e nada disso é aproveitável. Por que não há de fazer um pouco de bem?" Veja, só preciso de oitenta rublos. Se não quiser dar, não faz mal.

— Mas por que não? Agradeço-lhe até me haver proporcionado esta ocasião. Vou trazer o dinheiro imediatamente.

Nekhludov voltou à sala de jantar, retirou quatro notas de vinte rublos e as levou à professora.

— Por favor, não me agradeça; eu é que lhe devo agradecer.

Nekhludov recordava-se agora do incidente com grande satisfação. Sentia prazer em se lembrar da discussão com um dos companheiros que quisera dar ao caso uma interpretação diversa e do aplauso de outro que aprovara o seu gesto; agradava-lhe rememorar aquela caçada decorrida num ambiente de alegria e de camaradagem, aquela boa disposição com que regressou da aldeia à noite, para a estação. Os trenós deslizavam aos pares, sem ruído, através do caminho entre pinheirais cobertos de neve. A brasinha vermelha dos cigarros brilhava na escuridão. O guarda-florestal corria de um trenó a outro enterrando-se até os joelhos na neve; dizia aos caçadores que naquela época do ano vagueava pela floresta uma multidão de veados, alimentando-se da casca tenra dos álamos brancos; falava também dos ursos, que àquela hora deviam estar recolhidos no calor do fundo das tocas.

Nekhludov recordava tudo isso, principalmente a deliciosa impressão que lhe dava a consciência da sua saúde, vigor físico, força e descuidosa liberdade.

Uma peliça leve, o ar frio e seco, e neve a fustigar o rosto. O corpo quente, o rosto fresco e, na alma, nem cuidados, nem remorsos, nem temores, nem desejos! Como tudo aquilo era belo! E agora! Santo Deus! Como era tudo difícil e penoso.

Vera Efremovna, evidentemente, fizera-se revolucionária e suas opiniões políticas a levaram à prisão. Nekhludov resolveu ir falar com ela. Talvez lhe aconselhasse alguma coisa interessante para suavizar a sorte de Maslova.

Capítulo XV

Logo ao despertar no dia seguinte, Nekhludov viu num relance tudo o que lhe sucedeu na véspera.

Apavorou-se.

Todavia, apesar do horror que lhe inspiravam os acontecimentos, sentia-se mais resolvido que nunca a prosseguir no seu intento, a despeito das consequências.

Com esta disposição de espírito saiu de casa às 9 horas e dirigiu-se ao palácio do vice-governador, Maslinnikov. Queria pedir-lhe autorização para visitar na prisão não só Maslova mas também o filho da velhinha por quem ela se interessava. Agora, havia também uma terceira pessoa, Vera Bogodouchovska, que lhe escrevera na véspera; tentaria obter a autorização para vê-la também.

Conhecia Maslinnikov há muito tempo, desde a época do regimento, quando então o futuro vice-governador desempenhava o cargo de tesoureiro. Era um oficial consciencioso e honesto, que apenas vivia para o regimento e a família imperial. Mais tarde, por instigação da esposa, abandonou o exército e ingressou no funcionalismo; mulher rica e esperta como era, bem depressa conseguiu vê-lo promovido a altos postos administrativos. Tinha por hábito zombar do marido, animá-lo, tratando-o como a um cãozinho de estimação. Nekhludov os visitara no inverno anterior, mas, achando-os tão pouco interessantes, nunca mais voltou.

Encontrou Maslinnikov exatamente como sempre fora. A mesma cara bochechuda, a mesma corpulência, a mesma preocupação de requintada elegância. Como militar, Maslinnikov fora sempre citado no regimento pela irrepreensível limpeza da farda, talhada à última moda, sem uma única ruga nas costas e no peito; agora, vestia um traje civil impecavelmente limpo, com o corte mais moderno, muito justo, fazendo sobressair o peito amplo. Encheu-se de alegria ao avistar Nekhludov.

— Até que enfim, meu velho! Que surpresa e que prazer que nos dá! Vou chamar minha mulher. Foi mesmo a calhar, porque disponho exatamente de dez minutos antes da audiência. Meu chefe está ausente e sou eu que desempenho as funções de governador! — explicou ele, pavoneando-se com uma satisfação que não conseguia dissimular.

— Vim pedir-te um grande favor.

— Hein? — exclamou Maslinnikov, em tom e fisionomia severos.

— Trata-se do seguinte: na velha prisão do governo está uma pessoa por quem me interesso muitíssimo.

Ao ouvir a palavra "prisão" o rosto de Maslinnikov tornou-se mais severo ainda.

— Eu desejaria muito obter autorização para conversar com ela em outro lugar que não fosse o locutório comum e fora dos dias de visitas. Disseram-me que isso competia a você.

— Naturalmente, e excusa dizer que não há motivo de recusa — respondeu ele, apoiando as duas mãos sobre os joelhos de Nekhludov, como para lhe provar sua condescendência. — O que me pede não é impossível, pois bem vê que... agora sou califa.

— Então você pode dar por escrito um documento que me permita vê-la a qualquer hora?

— É mulher?

— Sim.

— Quem é?

— Uma condenada aos trabalhos forçados, aliás injustamente.

— *Ah! Voilà bien les jurés, ils n'en font pas d'autres!* — disse Maslinnikov, jogando a frase francesa, sem ter o que nem porquê. — Sei muito bem — continuou ele — que neste ponto não concordamos; mas que fazer, *c'est mon opinion bien arrêtée!* Você, naturalmente, o liberal de sempre!

Nekhludov, muito intrigado, procurava estabelecer que relação podia existir entre uma opinião política e o seu liberalismo de exigir para um acusado o direito de defesa, de não admitir o direito de espancar e martirizar mesmo os piores criminosos, ou ainda de dar preferência a esta ou aquela forma de julgamento.

— Ignoro se sou liberal ou não — respondeu Maslinnikov —, mas só sei dizer que, apesar de todos os defeitos, a nossa justiça atual é mil vezes preferível à antiga.

— Você procurou advogado?

— Procurei: Fainitzin.

Ouvindo esse nome, Maslinnikov fez uma careta.

— Que triste ideia ter ido procurar esse homem.

O vice-governador não podia esquecer que no ano anterior Fainitzin o intimara a comparecer como testemunha de um processo e que durante meia hora ele divertira a assistência à custa do advogado.

— Não o aconselho a tratar de negócios com ele! *C'est un homme taré!*

— Quero pedir-lhe uma coisa mais — disse Nekhludov, sem prestar atenção. — Há muito tempo atrás, conheci uma professora... hoje a pobre infeliz também está na prisão e mandou pedir-me para falar com ela. Você pode dar uma autorização também?

Maslinnikov inclinou a cabeça ligeiramente para o lado e refletiu um momento.

— Em que seção está ela?

— Disseram-me que na seção política.

— Ah! Sei! O caso é que a visita aos prisioneiros políticos só se permite à família! Para facilitar concederei uma autorização geral. *Je sai que tu n'en abuseras pas...* E que tal sua *protegeée*? *Jolie?*

— Medonha!

Maslinnikov meneou a cabeça em ar de desaprovação. Dirigindo-se depois à escrivaninha, tirou uma folha de papel oficial e começou a escrever.

— Você há de ver a ordem perfeita que reina na prisão! E manter ordem não é coisa fácil, principalmente agora que as celas já não comportam mais gente, abarrotadas como estão de condenados às galés! Só mesmo a minha severa vigilância e o meu interesse. Verá como tudo anda limpo e arrumado, e como todos estão satisfeitos. O essencial é saber lidar com gente daquela espécie. Há pouco houve um ligeiro distúrbio: um ato de indisciplina. Qualquer outro no meu lugar teria considerado aquilo como uma revolta de graves consequências. Mas comigo tudo acabou depressa.

— O necessário é ser indulgente, sem perder a autoridade. Indulgência e autoridade, eis o segredo.

— Ignoro por completo essas coisas! — respondeu Nekhludov. — Fui à prisão só duas vezes e, confesso, fiquei muito mal impressionado.

— Sabe de uma coisa? Você devia travar conhecimento com a condessa Passek. Hão de se entender às mil maravilhas. Dedicou-se inteiramente à obra desta espécie. "*Elle fait beaucoup de bien.*" Graças a ela, e também a mim, modéstia à parte, foi transformado todo o regime das nossas prisões. Não subsiste mais nada dos horrores do regime antigo. Os prisioneiros, hoje em dia, podem se considerar felizes. Você verá tudo isso de perto... Mas, que ideia de recorrer a Fainitzin, francamente! Não o conheço pessoalmente; nossas atribuições impedem uma aproximação entre nós, mas, de fonte segura, posso afirmar que é um grande idiota, e isto sem me referir às asneiras que diz em pleno tribunal...

— Muito obrigado pela sua amabilidade — disse Nekhludov, apanhando a folha que o vice-governador acabara de escrever.

E levantou-se para sair.

— Agora vamos ver minha mulher.

— Infelizmente hoje não posso! Queira desculpar-me junto a ela.

— Nunca me perdoaria de o ter deixado ir embora! — respondeu Maslinnikov, acompanhando até a escada o antigo companheiro, honra que concedia às visitas de posição social comparável à sua, pois que, para os superiores, dava-se ao trabalho de descer até o vestíbulo.

— Vamos, um pouco de boa vontade, é só um instante.

Nekhludov continuou inflexível.

E quando Maslinnikov o viu embaixo, a vestir o sobretudo sob ajuda dos dois criados que lhe entregaram depois a bengala, gritou do alto em tom de intimidade.

— Escute! Então venha quinta-feira sem falta! É o *jour* de minha mulher receber. Vou anunciar-lhe desde já sua visita.

E entrou novamente no escritório.

Capítulo XVI

I

Sem perda de tempo, Nekhludov saiu da casa de Maslinnikov e foi direto à prisão. Pediu aos guardas para falar com o diretor e logo em seguida se dirigiu ao gabinete desse funcionário, a quem já conhecia. Agora, como da primeira vez, enquanto subia ouviu os sons de um piano detestável. Em vez da rapsódia de Liszt tocavam um dos Estudos de Clementi, executado com o mesmo critério: força excessiva, precisão mecânica e rapidez. A empregada que atendeu Nekhludov informou-o logo de que "o capitão" estava em casa e introduziu-o numa saleta, cujo mobiliário consistia de sofá, mesa, três cadeiras e uma lâmpada enorme com um *abat-jour* de papelão cor-de-rosa.

Momentos depois entrava o diretor, com fisionomia abatida e aborrecida.

— Tenha a bondade de sentar-se, príncipe Nekhludov. Em que poderia servi-lo? — perguntou ele, acabando de abotoar o uniforme.

— Estive em casa do vice-governador e aqui está a autorização que me concedeu. Desejo ver Maslova.

— Maslova? — interrompeu o diretor, que não pôde ouvir direito o nome, impedido pela música.

— Maslova.

— Ah! Sim, já sei!

Levantando-se o diretor caminhou em direção à porta de onde vinham as escalas de Clementi.

— Tenha paciência, Maroussia, pare um instante ao menos! — pronunciou num tom que significava perfeitamente que aquela música era a cruz de sua vida. — Não consigo ouvir nada do que dizem aqui. — O piano silenciou, as cadeiras foram arrastadas com um movimento de mau humor e alguém entreabriu a porta para lançar um rápido olhar na sala.

O diretor, visivelmente aliviado com a interrupção da música, tirou do bolso uma cigarreira, ofereceu a Nekhludov, que recusou, e acendeu então um cigarro.

— Posso ver Maslova?

— Que vieste aqui fazer? — perguntou o diretor a uma meninazinha de uns cinco ou seis anos que surgira, sorrateiramente, na sala. Sem retirar os olhos de Nekhludov, fazia uma ginástica complicada para trepar nos joelhos do pai. — Toma cuidado, vais cair! — prosseguiu ele com um sorriso carinhoso, diante da manobra da criança.

— Então, se for possível, peço-lhe que mande buscar Maslova — repetiu Nekhludov.

— Maslova? Infelizmente, hoje não poderá vê-la.

— Mas por quê?

— A culpa é dela mesma! — respondeu o diretor, com um breve sorriso. — Por favor, príncipe, não lhe dê dinheiro. Se quiser, entregue-me a quantia e prometo não deixar faltar nada a ela. O que aconteceu foi isto: naturalmente o senhor lhe deu dinheiro e ela o gastou em aguardente, nunca conseguirá destruir esse vício, hoje estava completamente embriagada e promovia desordens.

— E daí?

— Fomos obrigados a castigá-la: foi transferida para outra sala. Aliás, comumente é uma prisioneira sossegada; mas, por favor, não lhe dê dinheiro em mão. Se conhecesse essa gente como eu conheço...

Nekhludov lembrou-se da cena da véspera e ficou novamente apavorado.

— E Bogodouchovska, da seção de prisioneiros políticos, posso ver? — perguntou, depois de ligeira pausa.

— Perfeitamente.

O diretor pegou pelos braços a filhinha, que continuava a encarar Nekhludov, colocou-a no chão e levantou-se para conduzi-lo até a prisão.

Mal havia acabado de vestir o sobretudo na sala de espera, recomeçou os exercícios de Clementi, executados com ritmo acelerado.

— Ela estava no conservatório, mas houve uma série de irregularidades e despediram os alunos — explicou o diretor, descendo a escada. — Tem muito jeito, e seu sonho dourado é tocar em concertos.

Nekhludov e o diretor encaminharam-se para a secretaria. À passagem de ambos todas as portas se abriam como por encanto. Encontraram no corredor quatro forçados carregando baldes, e Nekhludov viu-os tremer com a presença do diretor. Um deles, então, abaixou a cabeça, fez cara feia com um brilho estranho nos olhos.

— Evidentemente devemos estimular as verdadeiras vocações e não temos o direito de impedi-las; mas, num apartamento pequeno como o nosso, um piano o dia inteiro chega a cansar! — prosseguiu o diretor, sem prestar a menor atenção aos prisioneiros. Arrastando as pernas já cansadas, conduzia Nekhludov a um salão.

— Como se chama a prisioneira que o senhor quer ver?

— Bogodouchovska.

— Ah! Ela está na outra sala do edifício com os presos políticos. Por obséquio, queira esperar um pouquinho que já mando buscá-la.

— Não poderia ver, nesse ínterim, o prisioneiro Menchov, condenado por incendiário?

— Esse está numa cela à parte. Quer ir até lá?

— Certamente, isso me interessa muito.

— Lá não há nada de interessante.

Nesse momento entrou na sala o garboso subdiretor.

— Leve o príncipe à cela de Menchov! Depois, traga-o novamente à secretaria. Enquanto isso mandarei chamar Bogodouchovska.

— Queira ter a bondade de me acompanhar — disse o ajudante a Nekhludov, com um sorriso amável.

— Acaso se interessa por nosso estabelecimento?

— Interesso-me sobretudo por esse Menchov, que, segundo me informaram, está inocente do crime que lhe imputaram.

O oficial lourinho encolheu os ombros.

— São coisas que acontecem! — observou calmamente, depois de dar passagem a Nekhludov, em sinal de cortesia, antes de atravessarem um corredor comprido, de onde exalava um cheiro insuportável.

— Muitas vezes é mentira... Por favor!

As portas das celas estavam abertas, e vários prisioneiros se encontravam pelo corredor. Ao passar, o subdiretor respondia distraidamente às continências dos guardas, mas não se dava ao trabalho de responder aos cumprimentos dos presos; aliás, alguns deles, ao vê-lo, corriam para dentro das celas, enquanto outros paravam imóveis, em posição de sentido.

O subdiretor fez Nekhludov atravessar todo o corredor e, depois de passar por uma porta de ferro, entraram num segundo corredor mais estreito, escuro e de cheiro ainda pior.

De ambos os lados do corredor viam-se portas fechadas a chave com uma pequena abertura na parte superior. Esse corredor estava vazio, vendo-se apenas um velho guarda de cara tristonha, que passeava de um lado para outro.

— Qual é a cela de Menchov?

— A oitava à esquerda.

— Todas estas celas estão ocupadas? — perguntou Nekhludov.

— Todas, menos uma!

II

Nekhludov aproximou-se de uma porta.

— Posso espiar? — perguntou ao companheiro.

— À vontade — respondeu este, com um sorriso amável, aproveitando para conversar com o guarda.

Nekhludov levantou a tampa corrediça da abertura e olhou para o interior. Viu dentro da cela um rapaz de estatura elevada. Andava rapidamente de um lado para outro, vestindo apenas uma camisa. Ao ouvir o barulho levantou a cabeça, olhou de relance para a porta, cerrou o sobrecenho e, depois, reassumiu o seu passeio.

Nekhludov se deteve diante de outra cela. Ao espreitá-la deu de cara com uns grandes olhos negros, estranhos e penetrantes, que o obrigaram a fechar rapidamente a tampa.

Numa terceira cela, divisou um homenzinho a dormir numa cama, com as pernas encolhidas e a cabeça coberta. Na cela seguinte, um prisioneiro estava sentado de cabeça baixa com os cotovelos nos joelhos. Assim que ouviu barulho na tampa ergueu a cabeça e virou-a maquinalmente para o lado da porta. A palidez do rosto e, sobretudo, os olhos encovados traduziam claramente que pouco lhe importava saber quem tinha vindo espiá-lo na cela. Não esperava nada de ninguém.

Nekhludov assustou-se com a expressão de desespero daquele rosto e perdeu o ânimo de examinar as outras celas. Dirigiu-se diretamente à de Menchov.

O guarda abriu-lhe a porta, de fechadura dupla, e Nekhludov avistou um rapaz musculoso, de pescoço comprido, barba curta, olhos redondos e bondosos, que se apressava a vestir o uniforme, de pé perto da cama, com ar assustado. Havia naqueles olhos meigos uma expressão ao mesmo tempo de medo e de espanto, dirigindo-se alternativamente para Nekhludov e para o subdiretor.

— Está aqui um senhor que quer saber do teu caso.

— Alguém me falou em você — disse Nekhludov, encaminhando-se para o fundo da cela na direção da janela de grades. — Queria ouvir de viva voz a descrição do que lhe aconteceu.

Menchov aproximou-se da janela e começou logo a relatar o caso. A princípio falava com timidez, lançando um olhar inquieto para o subdiretor; pouco a pouco, porém, animou-se, e a timidez desapareceu por completo quando o subdiretor se retirou da cela para ir se entreter com o guarda. Tinha linguagem e atitudes de simples e bom camponês. Nekhludov tomou-se de compaixão por aquele *mujik* valente, no seu uniforme de sentenciado e jogado numa cela escura. Enquanto o ouvia, observava a cama grosseira com o colchão de palha, a janela imunda com o pesado gradil de ferro, as paredes manchadas de umidade, o rosto desfigurado e emagrecido daquele homem nascido para uma vida livre de trabalho ao ar puro dos campos; cada vez se entristecia mais, recusando-se a acreditar que fosse verdade o que estava ouvindo: não podia conceber que, sem motivo justo, tivessem arrancado à vida normal aquele homem, lhe metessem o ultrajado uniforme de prisioneiro e o jogassem num lugar horrível. Não podia admitir que aquela descrição feita de maneira tão ingênua com tanta franqueza e simplicidade pudesse ser produto de invencionice e de mentira.

O prisioneiro contou-lhe que, logo depois do seu casamento, o taberneiro da aldeia lhe havia raptado a mulher. Clamou por justiça em todo lugar, mas o taberneiro, subornando as autoridades, ficara impune.

Certo dia Menchov agarrou a mulher à força e levou-a para casa: no dia seguinte ela fugiu. Foi então até a casa do taberneiro para reclamá-la. Respondeu-lhe ele que a mulher não estava lá e mandou-o embora. Ele não quis sair, e o taberneiro, ajudado por um caixeiro, espancou-o até ver sangue. No dia seguinte a granja do taberneiro apareceu incendiada. Culparam Menchov e a mãe. Ele, porém, nada havia feito, pois naquele dia estava em casa de um amigo.

— É verdade que não a incendiaste?

— Nunca pensei nisso, Excelência; juro que nunca me passou pela cabeça. Foi aquele bandido mesmo que a incendiou. Disseram que tinha acabado de pôr a granja no seguro. E toda a culpa recaiu em minha mãe e em mim, que não temos nada com isso. Na verdade, no dia que fui buscar minha mulher insultei e ameacei o homem: meu coração não podia suportar mais. Mas nunca pensei em pôr fogo! Eu não estava lá quando começou o incêndio. Foi ele mesmo que fez de propósito e nós é que fomos acusados.

— É verdade mesmo?

— Tão verdade como se estivesse falando diante de Deus, Excelência! Tenha compaixão de mim! — prosseguiu ele, procurando ajoelhar-se aos pés de Nekhludov. — Me ajude e não me deixe morrer aqui sem razão. — Os lábios tremiam-lhe e ele chorava. Arregaçou a manga do paletó e enxugou as lágrimas no punho da camisa suja.

— Já acabou? — perguntou o subdiretor.

— Já — respondeu Nekhludov e, dirigindo-se para o lado de Menchov, disse-lhe:

— Vamos, tenha coragem, havemos de fazer todo o possível.

Menchov estacou na entrada da porta, de maneira que ao fechá-la o guarda empurrou-o para dentro. Mas até a porta se fechar de todo o pobre infeliz continuou olhando pela fresta.

III

Nekhludov e o subdiretor voltaram pelo corredor maior.

Era hora do almoço e todas as celas se achavam abertas. Vendo-se rodeado por aquela multidão de homens, todos com o mesmo traje, que o encaravam com curiosidade, Nekhludov passou por várias sensações estranhas: compaixão pelos prisioneiros, horror pelos homens que os encarceraram daquela maneira e vergonha de si mesmo, por assistir àquele espetáculo com absoluta indiferença.

Quando passava, saíram de uma das celas vários prisioneiros que vieram ao seu encontro cumprimentá-lo respeitosamente.

— Excelência, por favor, faça alguma coisa por nós.

— Estão enganados; não pertenço à administração e nada posso fazer.

— Não faz mal! — exclamou uma voz descontente. — Pode falar de nós com alguém da administração. Não fizemos nada e há dois meses que estamos fechados aqui.

— Como assim? — perguntou Nekhludov.

— Pois é! Fomos jogados na prisão, e há dois meses estamos aqui sem saber por quê.

— É verdade — disse o subdiretor —, mas é um caso puramente acidental. Foram todos presos por falta de passaporte e deviam ser encaminhados para o respectivo distrito; mas acontece que a prisão desse distrito pegou fogo e nos pediram que não os mandassem. Os que pertenciam a outros distritos já se foram embora, mas esses somos obrigados a reter por mais algum tempo.

— Será possível? — interrompeu Nekhludov. Aproximou-se da porta e lançou um rápido olhar para o interior da cela.

Nekhludov e o subdiretor foram cercados por uns quarenta homens, todos uniformizados. Falavam todos ao mesmo tempo. Afinal, um deles, um camponês robusto, já grisalho, tomou a palavra em nome dos companheiros. Explicou estarem aprisionados por causa dos passaportes; não que os não tivessem, mas porque os mesmos haviam caducado fazia quinze dias. Aquilo acontecia todos os anos, mas nunca as autoridades puseram dificuldades; naquele ano, porém, resolveram prendê-los, e já lá estavam encarcerados por dois meses como criminosos.

— Nós todos somos pedreiros, do mesmo grupo, e aqui viemos trabalhar juntos. Disseram que a prisão do nosso distrito pegou fogo. Mas nós não temos nada com isso. Pelo amor de Deus, faça alguma coisa em nosso favor.

Nekhludov ouviu o discurso um tanto distraído, pois tinha a atenção atraída para um enorme piolho cinzento que, saído da cabeleira do bravo operário, passeava-lhe pelo rosto.

— Como é possível isto? — tornou a perguntar Nekhludov ao subdiretor, voltando ao caso.

— Que quer o senhor? A lei ordena que os reconduzam ao respectivo distrito a fim de serem julgados!

Mal acabava de falar o subdiretor, adiantou-se um homem baixinho, gesticulando nervosamente, e tomou a palavra para queixar-se do trato que, sem motivo algum, lhes davam os carcereiros.

— Somos tratados pior do que cães!

— Ora, vamos! Deixa-te disso! Não abuses da nossa benevolência! — disse o subdiretor. Cala a boca, se não, já sabes...

— Já sei o quê? — retrucou o homenzinho, em tom de desespero. — Acha justo estarmos aqui?

— Silêncio! — bradou um carcereiro.

E o homem calou-se.

— Não é possível! — continuava a afirmar Nekhludov, prosseguindo seu caminho através do corredor, enquanto o espionavam centenas de olhos.

— Não se devia permitir a detenção de inocentes na prisão! — observou ao companheiro, assim que saíram do corredor.

— O que quer que faça? Mas dê sempre um desconto, porque essa gente mente muito. Quem os ouve imagina-os todos inocentes.

— Mas, afinal de contas, são aqueles de fato inocentes?

— Admitamos que sim! Mas é uma espécie de gente perigosa; e sem severidade nada se consegue. Temos aqui uns malandros terríveis que são capazes de se lançar sobre nós. Ainda ontem fomos obrigados a castigar um deles.

— Castigá-los, como?

— Chicote, por ordem superior.

— Julguei que fossem proibidos os castigos corporais.

— Menos para os prisioneiros destituídos de direitos. Para estes, ainda subsistem.

Nekhludov recordou a cena da véspera, presenciada no vestíbulo. Compreendeu então que, enquanto esperava o inspetor, tinham procedido à "punição". Mais do que nunca invadiu-o, quase a provocar-lhe náuseas, um misto de curiosidade, tristeza, pavor, espanto e repugnância.

Sem dar ouvidos ao subdiretor, e sem olhar ao redor, correu à secretaria. O diretor lá estava, mas tão ocupado que se esquecera de mandar chamar Bogodouchovska. Só se lembrou da promessa quando viu Nekhludov entrar.

— Mil perdões! Vou mandar chamá-la imediatamente. Enquanto isto, tenha a bondade de sentar-se.

IV

A secretaria ocupava duas salas: a primeira, iluminada por duas janelas imundas, com uma lareira ao fundo, toda coberta de poeira. Numa das paredes via-se uma régua preta destinada a medir a altura dos prisioneiros e, na parede oposta, um grande crucifixo — verdadeiro paradoxo à doutrina do Salvador como se timbrassem em exibir-lhe a imagem em todos os lugares de tortura! Esta primeira sala estava quase vazia: apenas se viam alguns guardas. A outra sala era maior; aí se reuniam umas vinte pessoas de ambos os sexos, que conversavam em voz baixa, sentadas em grupos separados, nos bancos encostados à parede. Perto de uma janela, a um canto, estava a mesa do diretor. Quando Nekhludov entrou, fê-lo sentar-se e foi até a outra sala para ordenar a presença de Bogodouchovska. Aproveitando a oportunidade, o príncipe pôde observar comodamente o quadro que tinha diante dos olhos.

Despertou-lhe a atenção um rapaz de jaqueta que, de pé à frente de duas pessoas sentadas, uma moça e um prisioneiro, lhes contava qualquer coisa com uma mímica muito expressiva. Pouco adiante, um velho de óculos azuis segurava a mão de uma prisioneira, que lhe ouvia com avidez o que contava. De pé, junto ao velho, um meninozinho, muito sério e amedrontado, não desviava os olhos do senhor. Atrás deles, num canto, arrulhava um casal de namorados. A moça, elegante no vestir, era uma loura bonita, de aspecto distinto; o namorado, um detido de cara bonita, com traços bem marcados, vestia um grosseiro casaco. A pouca distância da mesa, de encontro a outra parede, Nekhludov notou uma mulher grisalha, toda de preto; naturalmente era uma mãe; devorava com os olhos um rapaz tuberculoso, metido num casaco de borracha. A mulher tentava conversar, mas não conseguia, sufocada pelas lágrimas; principiava uma palavra e logo parava. O rapaz, confuso, dobrava e amassava um pedaço de papel que tinha na mão. Ao lado deles, Nekhludov observou uma linda moça com um vestido cinzento e uma capinha nos ombros. Procurava consolar a mãe que chorava, acariciando-lhe meigamente o braço. Tudo na moça era bonito: as longas mãos brancas, o cabelo ondeado, cortado bem curto, o nariz aquilino e a boca pequenina; mas todo o encanto do rosto residia nos grandes olhos castanhos, olhos que irradiavam franqueza, doçura e bondade.

Enquanto Nekhludov, sentado junto ao diretor, observava com curiosidade aqueles vários grupos, o meninozinho se aproximou dele e perguntou com sua voz infantil:

— O senhor quem é que está esperando?

Nekhludov ficou surpreso com a pergunta e comoveu-se ante o rostinho sério do garoto, com os seus olhos vivos e inquietos; com a maior seriedade possível, respondeu-lhe que esperava uma senhora.

— É sua irmã? — perguntou o pequeno.

— Não, não é minha irmã. E tu, com quem estás aqui?

— Eu? Com mamãe! Ela está na seção dos políticos — respondeu o menino, com visível orgulho.

— Maria Pavlovna, chame Kolia! — disse o diretor, que considerava ilegal a palestra de Nekhludov com a criança.

Maria Pavlovna, a moça bonita que sentava a pouca distância de Nekhludov, levantou-se e encaminhou-se para eles.

— Naturalmente está perguntando quem é o senhor — disse ela a Nekhludov, esboçando um sorriso com a boca bem-feita e olhando-o fixamente.

Tanta simplicidade havia no seu olhar e na sua voz que a todos logo cativava, encontrando para cada qual uma palavra de carinho fraternal.

— Ele é assim! Quer saber tudo! — continuou conversando; sorriu para o menino e havia nesse sorriso tanta ternura que Nekhludov não pôde esconder um sorriso em resposta.

— Perguntou-me quem eu viera visitar.

— Maria Pavlovna, não tem direito de falar com estranhos. Sabe muito bem disso! — censurou-lhe o diretor.

— Está bem! — E, segurando a mãozinha de Kolia com sua longa mão branca, voltou para perto da mãe do rapaz tuberculoso.

— Este pequeno é filho de quem? — perguntou Nekhludov ao diretor.

— De uma prisioneira política. Imagine que nasceu na prisão.
— Verdade?
— Pois é, agora vai com a mãe para a Sibéria.
— E aquela moça?
— Perdoe-me, mas não posso responder-lhe. Aliás, aqui está Bogodouchovska!

V

Nekhludov viu entrar na sala, a passos rápidos, a figura pequena, magra e pálida de Vera Bogodouchovska, arregalando os olhos muito grandes e serenos.

— Quanto lhe agradeço por ter vindo! — disse ela, estendendo a mão a Nekhludov. — Ainda se lembra de mim? Sente-se, por favor.

— Nunca pensei em encontrá-la aqui.

— Estou perfeitamente bem e digo mais: não desejo coisa melhor! — disse Vera Efremovna.

Não mudara muito. Fitava Nekhludov com seus olhos bondosos e, quando falava, movia incessantemente o pescoço comprido em todas as direções, espichando-o fora da gola suja e amassada da blusa.

Ao perguntar-lhe Nekhludov o motivo da sua detenção, ela começou a narrar com entusiasmo toda uma história minuciosa, em que suas próprias aventuras quase desapareciam ante a organização e os empreendimentos do seu "partido". Intercalava em sua narrativa uma série de palavras estrangeiras, tais como *propagande, organisation, groupes, sections, sous-sections* e outras divisões revolucionárias, nomes que ela naturalmente considerava do domínio público, mas que Nekhludov ouvia pela primeira vez.

Contava tudo isso na certeza de despertar o mais vivo interesse, fornecendo todos os pormenores da organização.

Nekhludov, entretanto, observava-lhe o pescoço comprido, os cabelos ralos em desalinho, os olhos arredondados, e perguntava a si mesmo por que lhe estaria ela contando tudo aquilo e por que se interessaria por essas questões. Lastimava a sorte da moça, embora de maneira bem diversa do que sentira pelo *mujik* Menchov, de mãos e rosto macilentos, encarcerado sem motivo numa cela infecta. Ela se considerava uma heroína e como heroína é que Nekhludov a julgava digna de compaixão. A ilusão lamentável da qual era lídima representante, ele a via também estampada na fisionomia das outras pessoas na sala. Percebia que sua presença atraíra atenção geral e, não estivesse ele ali como testemunha ocular, não acreditaria na unidade de gestos e atitudes, tanto da moça como de todos os outros, até mesmo do casal de namorados. Só não participava o velho, o rapaz tuberculoso e a moça bonita de olhos vivos.

A questão a que se referia Vera Efremovna era bastante complicada. Uma companheira da moça, chamada Choustova, embora não filiada a nenhuma *sous-section*, fora presa havia cinco meses, apenas por custodiar papéis e livros dos seus companheiros. Vera Efremovna julgava-se em parte responsável pela prisão da amiga e queria pedir a Nekhludov, "tido como muito relacionado", que fizesse o possível para obter a libertação de Choustova.

Referindo-se a sua própria história, Vera contou que, após concluir os estudos de parteira, ingressara numa seção de "libertadores do povo". Lera *O Capital*, de Karl Marx, e resolvera dedicar-se inteiramente à causa da "revolução". No início tudo correra muito bem. Lançaram manifestos, fizeram propaganda nas minas. Um belo dia foi preso um dos membros da seção; a polícia apreendeu papéis em seu poder e todos os companheiros foram igualmente detidos.

Nekhludov perguntou-lhe quem era a moça bonita. Era filha de um general e filiada há muito tempo ao partido revolucionário, fora acusada de alvejar um polícia. Quando os soldados deram busca na sala onde funcionava o partido, os membros reunidos fizeram barricadas na porta, para haver tempo de queimar ou esconder os documentos comprometedores. Mas a polícia arrombou a porta; preparava-se para prender os conspiradores, quando um deles atirou num soldado, ferindo-o mortalmente. Feito o inquérito para apurar o assassínio a moça chamou a si toda a responsabilidade; embora ela nunca tivesse empunhado um revólver, foram obrigados a admitir sua declaração como verdadeira. Agora, condenada aos trabalhos forçados, aguardava ordens de partir para a Sibéria.

— Uma personalidade muito interessante, um caráter profundamente altruísta! — acrescentou Vera Efremovna, ao acabar a narração.

Era inegável que Vera sentia manifesto prazer em falar, pois demonstrava, além dos seus conhecimentos, seus dotes de oradora; Nekhludov limitava-se a fazer-lhe de vez em quando uma pergunta e era o suficiente para ela continuar falando sem interrupção. Numa breve pausa, Nekhludov aproveitou para dizer que achava pouca probabilidade de conseguir alguma coisa em favor de Choustova, uma vez que não gozava do prestígio que lhe atribuíra de início a jovem revolucionária.

Restava saber o que Vera Efremovna iria revelar-lhe sobre Maslova. Aventurou-se, afinal, a entrar no assunto. A moça, como toda a prisão, já sabia da história de Maslova e do interesse que Nekhludov votava a ela. Queria, pois, aconselhá-lo a transferir a protegida para a enfermaria, que precisava de auxiliares. Ali ficaria muito melhor, não só do ponto de vista moral, como de todos os outros pontos.

VI

A entrevista foi interrompida pelo diretor, que se levantou para declarar terminada a hora das visitas e dizer que os visitantes deviam retirar-se.

Nekhludov despediu-se de Vera Efremovna e preparou-se para sair.

Na soleira da porta deteve-se um instante, para presenciar as despedidas dos outros visitantes.

A advertência do diretor tivera por fim abreviar as conversas, mas ninguém a parecia ter logo levado em consideração. Apenas dois ou três grupos se levantaram e conversaram de pé. Logo depois começaram os adeuses, as lágrimas e os soluços. A mãe do rapaz tuberculoso parecia completamente transtornada. O filho continuava a amarrotar entre os dedos a folha do papel. Nekhludov notava naquele rosto uma expressão de maldade, proveniente do esforço para resistir ao contágio do desespero materno. Com a cabeça apoiada ao ombro do rapaz, a senhora chorava como uma criança.

Involuntariamente o olhar de Nekhludov recaía sempre sobre a moça bonita: de pé, diante da mãe banhada em lágrimas, dirigia-lhe palavras de consolo. O velho de óculos azuis continuava a prender entre as suas a mão da filha, meneando-lhe a cabeça a toda palavra que dizia. Os dois namorados, de pé, quedavam-se imóveis, fixando-se mutuamente, sem dizer palavra.

— Ao menos eles são felizes! — disse a Nekhludov o rapaz de jaqueta, que também se detivera no limiar da porta, presenciando a cena.

— Vão casar-se na próxima semana, aqui na prisão; e daqui a um mês ela partirá com ele para a Sibéria.

— E ele, quem é?

— Um condenado aos trabalhos forçados. Pelo menos eles estão alegres; mas o resto é de cortar o coração — acrescentou o rapaz, chamando-lhe a atenção para o soluçar convulso do senhor de óculos azuis.

— Vamos, senhores, por favor, não me obriguem a usar de violência! — exclamou o diretor, repetindo duas vezes cada frase. — Vamos, depressa com isso! — prosseguiu, já em tom mais brando e hesitante. — Mas o que é isto? Já passou da hora há muito tempo. É a última vez que digo! — insistiu, depois de uma pausa.

Levantava-se, tornava a sentar-se, tirava uma baforada do cigarro, deixava-o apagar, acendia outra vez.

Era evidente que por inveterados que estivessem nele os argumentos especiosos que permitem a um homem provocar o sofrimento alheio, esquivando-se da responsabilidade, o diretor, mesmo assim, não podia furtar-se à consciência de ser um dos causadores das cenas lancinantes desenroladas naquela sala. Evidentemente também sofria e sentia um peso profundo no coração.

Finalmente, separaram-se prisioneiros e visitas; uns dirigiram-se para a porta interna e outros, para a grande porta que dava para a sala vizinha. Pela porta de trás, Nekhludov viu sair o tuberculoso, a filha do velho de óculos e a linda Maria Pavlovna, conduzindo pela mão a criança nascida no cárcere.

Os visitantes se retiraram e, com eles, Nekhludov.

— Não há dúvida de que são espetáculos extraordinários! — observou na escada o rapaz de jaqueta, que dava a vida por uma prosa. — Felizmente o "capitão" é um bom sujeito e não observa estritamente o regulamento da prisão, senão seria um martírio. É o que todos dizem.

— Será que nas outras prisões o critério é diferente?

— Nem há dúvida! Quando muito se veem, através de grades, os prisioneiros políticos, tal qual os criminosos comuns.

Nekhludov teve de separar-se do companheiro, porque o diretor veio ao seu encontro. Chamou-o de lado e disse, com sua voz cansada:

— Se o príncipe quiser, poderá amanhã visitar Maslova.

Adivinhava-se perfeitamente o empenho que tinha em dispensar amabilidades a Nekhludov.

— Muito obrigado! — respondeu este, e saiu depressa.

A impressão de repugnância e horror era ainda mais forte do que no domingo anterior ao penetrar pela primeira vez nos corredores da prisão. Horrorosos eram os sofrimentos de Menchov, condenado injustamente — além do sofrimento físico, a dúvida e a descrença em Deus, no Bem, que infalivelmente o desgraçado *mujik* havia de sentir, vítima que era da crueldade dos homens, obstinados em torturá-lo sem razão. Horrorosas também as violências e torturas infligidas àqueles pobres pedreiros, encarcerados unicamente por não terem em ordem os documentos. E como qualificar a volúpia dos carcereiros, verdadeiros instrumentos de suplício para seus semelhantes, tão compenetrados eles de estar colaborando numa obra altamente útil? Mas o que mais repugnante e lamentável parecia aos olhos de Nekhludov era o papel daquele velho diretor, que obrigava uma mãe a separar-se do filho, um irmão de sua irmã, martirizando os seus semelhantes, a si mesmo e aos seus filhos, aceitando aquela situação apesar da velhice e da bondade natural do seu coração!

"Por que tudo aquilo?", perguntava Nekhludov a si mesmo. E continuava a não compreender a razão.

Capítulo XVII

I

Na manhã seguinte Nekhludov foi até a casa de Fainitzin. Expôs-lhe a situação de Menchov e pediu-lhe que tomasse a causa. O advogado prometeu examinar o processo e, se de fato as coisas tivessem ocorrido conforme dissera Menchov, ele não só tomaria a si o caso, como faria isso gratuitamente, apenas pelo prazer de chatear a magistratura.

Em seguida, Nekhludov falou dos 130 pedreiros detidos por equívoco de passaporte. Queria saber de quem dependia o caso e a quem cabia a responsabilidade. Fainitzin refletiu um instante, embaraçado com aquela pergunta à queima-roupa.

— A quem cabe a responsabilidade? — disse afinal. — Ninguém. Dirija-se ao procurador: descarregará a culpa no governador; este, por sua vez, dirá que o procurador é o responsável. Em suma, ninguém tem culpa!

— Hoje mesmo irei falar com Maslinnikov, para informá-lo de tudo.

— Ora! Vai perder tempo! É um... desculpe, se é algum parente seu ou amigo. Com perdão da palavra, é um perfeito cretino e, além do mais, um canalha!

Nekhludov lembrou-se então dos termos com que Maslinnikov se referira ao advogado. Não deu resposta e retirou-se. À tarde resolveu ir até a casa do vice-governador, a quem tinha dois pedidos a fazer: em primeiro lugar, a transferência de Maslova para o serviço de enfermaria e, se fosse possível, a libertação dos 130 pedreiros detidos sem razão.

Embora o homem lhe inspirasse repulsa, decidiu fazer o pedido porque achava ser esse o único meio de alcançar o que pretendia.

Ao aproximar-se da casa de Maslinnikov, viu o pátio cheio de carros, seges e coches. Só então se lembrou, muito contrariado, de que era o *jour* da Sra. Maslinnikov, aquele *jour* a que tanto se empenharam que não faltasse ele.

Nesse momento parou na escadaria um coche; um lacaio de casaco de pele e roseta no chapéu ajudou a descer a uma senhora que, ao levantar a cauda do vestido, descobriu uma perna muito fina, calçada de meia de seda preta. E entre as carruagens estacionadas no pátio Nekhludov reconheceu o *landau* dos Korchaguine. Assim que o velho cocheiro gordo e corado avistou Nekhludov, cumprimentou-o com um sorriso cheio de deferência e familiaridade.

Mal Nekhludov acabava de perguntar ao porteiro se Miguel Ivanovitch recebia, ei-lo que surge no topo da escada. Acompanhava alguém de alta patente, pois concedia-lhe a honra de descer com ele a escadaria.

Nekhludov reconheceu, de fato, na pessoa um dos mais altos funcionários do governo. Conversava em francês com Maslinnikov e, enquanto descia a escada, referia-se aos quadros vivos que planejaram organizar em benefício de certa obra de caridade. Expressava sua opinião a respeito, e achava excelente ocupação para as senhoras. "Elas se divertem e arranjam o dinheiro."

— Olhe quem vem lá! Nekhludov — exclamou, interrompendo suas reflexões morais. — Há quanto tempo não o via! *Allez vite, presenter vos devoirs à ces dames*. Os Korchaguine já subiram! *Et Nadine Buckskeyden aussi! Toutes les jolies femmes de la ville vous attendent, heureux gaillard!* — acrescentou apresentando as largas espáduas ao lacaio, que respeitosamente lhe vestia o sobretudo. — *Au revoir, mon cher!* — Apertou a mão a Maslinnikov uma última vez.

— Subamos depressa ao salão! Não calcula o prazer que me deu! — disse a Nekhludov, desmanchando-se em amabilidade. Segurou-o pelo braço e subiu a escada com a agilidade de um rapaz, apesar de toda a sua corpulência. Aquela efusão de alegria, Nekhludov logo percebeu, tinha por principal motivo a deferência com que o tratara tão alto funcionário. Era uma satisfação semelhante à alegria que sente o cão cujo dono o afaga e coça e lhe puxa as orelhas. O cãozinho abana a cauda, rola pelo chão, corre de um lado e outro, sem o menor motivo: Maslinnikov estava quase a pique de fazer o mesmo. Nem sequer notava a expressão concentrada do rosto de

Nekhludov; não ouvia e o levava alegremente para o salão. Nekhludov não conseguiu esquivar-se.

— Logo mais trataremos de negócios. Aliás, você sabe muito bem que farei tudo o que quiser! — insinuou Maslinnikov, conduzindo pelos salões, mesmo à força, aquele hóspede.

— Previna a generala de que o príncipe Nekhludov chegou! — disse ele a um lacaio, no limiar do salão. Voltando-se depois para Nekhludov: — *Vous n'avez qu'à comander, je vous obeirai.* Mas primeiro vá falar com minha mulher. Outro dia passei um mau pedaço porque deixei você ir embora sem ela o ver.

Assim que entraram no salão, Ana Ignatievna, a esposa do vice-governador, a "generala", como a chamavam, fez um sinalzinho muito amável a Nekhludov, por sobre as cabeças que lhe cercavam o sofá. Na outra extremidade, ao redor da mesa de chá, sentavam-se várias senhoras a conversar de pé. Ouvia-se um sussurro contínuo de vozes graves e agudas.

— *Enfim!* Julguei que se tinha esquecido de nós. Está zangado conosco? Será que fizemos alguma coisa?

Com estas palavras, de uma pseudofamiliaridade jamais havida entre ela e Nekhludov, Ana Ignatievna saudou o recém-chegado.

— Já se conhecem, não é? Sra. Bielavskaia, Miguel Ivanovitch Chernov? Vamos, sentem-se aqui, pertinho de mim.

— Missy, venha para nossa mesa!

— Trarão o seu chá aqui! — prosseguiu ela, elevando a voz e dirigindo-se a outro grupo. — Um pouco de chá, príncipe Nekhludov?

— Por mais que queira nunca me convencerá! Ela não gostava dele, o caso é esse — disse uma voz feminina.

— Estes canudinhos estão deliciosos! — disse outra voz. — Dê-me mais um.

— E você, quando vai para o campo?

— Amanhã. Foi por isso que viemos aqui hoje. O tempo está delicioso e aproveitaremos bastante à sombra das árvores!

Com um chapeuzinho de veludo e um vestido que lhe desenhava perfeitamente a silhueta esguia, Missy estava linda.

Ao avistar Nekhludov, corou.

— Pensei que já tivesse ido embora!

— Estou de saída — respondeu ele. — Vim tratar de um negócio urgente.

— Não quer ver mamãe, antes da nossa partida? Ela quer muito vê-lo. — Sabia que estava mentindo, e Nekhludov logo o percebeu, e por isso ela ficou mais vermelha ainda.

— Receio não ter tempo! — replicou Nekhludov, tentando parecer indiferente. Missy cerrou as sobrancelhas, encolheu ligeiramente os ombros e virou-se para um garboso oficial, com quem conversava quando Nekhludov entrou. Novamente favorecido com as atenções da moça, o oficial esbarrou o sabre de encontro às cadeiras na ânsia de, pressuroso, apanhar-lhe das mãos uma chícara vazia.

— Você também devia contribuir para a nossa obra.

— Certamente! Não me recuso! Preferia, porém, reservar-me para os quadros vivos! Verá como tenho talento para essas coisas.

O *jour* de Ana Ignatievna decorria brilhantemente, chegando mesmo a exceder as expectativas.

— Mika falou-me do interesse que vem manifestando pelas nossas prisões — disse ela a Nekhludov. — Compreendo-o perfeitamente! Mika (era o apelido que dava ao gordo Maslinnikov, seu marido) pode ter seus defeitos, mas bem sabe o quanto é bom! Considera todos aqueles infelizes prisioneiros como a seus filhos. Sempre me repete isso. "*Il est d'une bonté...*"

Por falta de um termo bastante expressivo para definir a "bondade" do marido; esqueceu-se do que estava dizendo e voltou-se com um sorriso para uma senhora idosa de rosto enrugado, que acabava de entrar, com um vestido todo enfeitado de fitas lilás.

Nekhludov sentou-se ainda algum tempo, trocando palavras banais, como era de bom-tom para não quebrar o encanto daquele conjunto. Depois, levantou-se para ir ao encontro de Maslinnikov.

— Pode conceder-me um minuto de atenção?

— Mas é lógico. O que há de novo?

— Não seria melhor irmos sentar em outro lugar qualquer?

Maslinnikov conduziu-o à saleta japonesa contígua ao salão.

II

— Agora, sou todo ouvidos! Quer um cigarro? Espere um pouco, vou buscar um cinzeiro. Não há necessidade de sujar o tapete, não acha?

Maslinnikov pôs-se a procurar o cinzeiro e depois veio sentar-se em frente de Nekhludov.

— Pode falar à vontade.

— Vim tratar de dois assuntos importantes e fazer um pedido.

— Pois então diga.

O rosto de Maslinnikov nublou-se: desapareceram todos os sinais de alegria e a excitação do cãozinho que o dono acariciava.

Do outro lado do salão continuava animado o vozerio. Uma voz de mulher dizia: "Nunca me convencerá disso." Mais ao longe uma voz de homem contava uma história em que figuravam constantemente os nomes da "condessa Varonzov", de "Victor Apraxine". Um murmúrio confuso e gargalhadas sonoras faziam coro às palavras do narrador.

Maslinnikov apurava um ouvido para a conversa do salão e com o outro dava uma vaga atenção às explicações de Nekhludov.

— Em primeiro lugar — disse este —, quero fazer-lhe mais um pedido para aquela mulher de que...

— Ah! Já sei, aquela que foi condenada injustamente! Sei, sei.

— Desejaria pedir-lhe que a transferissem para o serviço de enfermaria. Disseram-me que é coisa viável.

Maslinnikov apertou os lábios e refletiu um instante.

— Não tenho certeza se é possível! — respondeu, com ar de importância. — Vou-me informar e amanhã telegrafarei a você dizendo alguma coisa.

— Posso adiantar que há muitos doentes e precisam de enfermeiras auxiliares.

— Havemos de ver tudo isso! De qualquer modo mandarei um telegrama em resposta.

— Fico-lhe muito grato — disse Nekhludov.

No salão estrugiu uma gargalhada.

— Aposto que foi uma pilhéria do Victor! — disse Maslinnikov. — Você não calcula como ele é engraçado, quando está de veia.

— Quanto ao outro assunto, é o seguinte: está atualmente na prisão do governo uma turma de 130 operários encarcerados, simplesmente porque os passaportes caducaram. Estão lá há mais de um mês.

E expôs minuciosamente o fato.

— Como é que você soube disso? — perguntou Maslinnikov, cuja fisionomia exprimira descontentamento e inquietação.

— Eu tinha ido ver um preso e, na ocasião de passar pelo corredor, fui assediado por esses infelizes.

— E quem era o condenado que você tinha ido ver?

— Um camponês falsamente acusado de incendiário, e a quem prometi arranjar um defensor. Isto, porém, nada tem a ver com o objetivo da minha visita. O que eu quero saber é se de fato aqueles 130 homens não cometeram outro crime além da irregularidade dos passaportes, e nesse caso...

— Isso é lá com o procurador! — interrompeu Maslinnikov, procurando justificar-se. — Esses magistrados!... Compete ao procurador visitar as prisões e verificar se as detenções são ou não legais. É pago para isso, e não faz nada; só joga *whist*!

— Então você não pode fazer nada? — perguntou Nekhludov, lembrando-se de que o advogado o prevenira de que o governador e o procurador sempre jogam as responsabilidades um sobre o outro.

— Como? Se não posso fazer nada? É lógico que sim. Vou ordenar imediatamente que procedam ao inquérito.

— Pior para ela! É uma eterna sofredora! — exclamou uma voz feminina no salão.

Novamente uma gargalhada geral.

— Está entendido, meu caro amigo: farei o que for preciso! — prosseguiu Maslinnikov, apagando o cigarro entre os dedos gordos cheios de anéis. — E, agora, que tal se voltássemos para a companhia das senhoras?

Nekhludov, porém, deteve-se na soleira da porta:

— Disseram-me que, outro dia, dois prisioneiros apanharam de chicote na prisão. É verdade?

Maslinnikov ficou rubro.

— Então contaram isso a você? Positivamente, meu caro, é preciso que o proíbam de fazer certas investigações. Estas coisas não são da sua alçada. Vamos, que Anete está chamando. — E, segurando-o pelo braço, levou-o ao salão.

Nekhludov, com muita habilidade, atravessou o salão, sem falar com ninguém nem olhar para nenhum lado e desceu a escadaria.

— O que aconteceu? — perguntou Anete ao marido.
— Uma saída à francesa.
— Não dê importância, foi sempre muito excêntrico.

Entrou uma pessoa, saiu outra e a tagarelice recomeçou ainda mais animada pelos comentários que a visita de Nekhludov suscitara.

Graças a ela a reunião da Sra. Maslinnikov terminou de maneira brilhante.

No dia seguinte Nekhludov recebeu uma carta do vice-governador, escrita em papel acetinado com um magnífico brasão. Maslinnikov participava-lhe ter-se informado das possibilidades de transferir Maslova para a enfermaria, o que provavelmente seria feito. Assinava a carta com uma rubrica muito complicada. Abaixo da assinatura acrescentara: "Teu velho camarada, que apesar de tudo te quer muito bem."

"Que tolo!", não pôde Nekhludov deixar de dizer, irritado com o tom de condescendência usado na palavra "camarada", que se lhe afigurava tão inoportuna.

Capítulo XVIII

Um dos preconceitos mais arraigados e geralmente mais aceito é o que admite em todo homem qualidades próprias e definidas: é bom ou mau, inteligente ou estúpido, enérgico ou apático, e assim por diante.

Entretanto, na realidade não é assim. Podemos dizer que um homem é, na maioria das vezes, bom ou mau, antes inteligente do que estúpido, antes enérgico do que apático, ou inversamente; mas afirmar, como em geral o fazemos, que um homem é bom ou inteligente, que outro é mau ou estúpido é desconhecer o verdadeiro caráter da natureza humana. Os homens são como os rios, feitos todos com a mesma água; uns, porém, são largos, outros, estreitos; corre um lentamente, outro, deságua com rapidez — este tem a água tépida e cristalina, aquele, toldada e fria.

Assim também são os homens, todos eles igualmente depositários dos germes de todas as qualidades humanas; ora manifestam uma de preferência, ora outra, aparentando, muitas vezes, o que habitualmente não são. Em alguns indivíduos, porém, as mudanças são mais raras e levam mais tempo para se produzir enquanto noutros são mais rápidas e frequentes.

Nekhludov pertencia ao segundo grupo. Continuamente operavam-se nele transformações bruscas e completas, sob a influência de coisas diversas, físicas ou morais. Na ocasião sofrera uma dessas transformações.

O entusiasmo e alegria, a crença num rejuvenescimento radical de todo o seu ser e todos aqueles sentimentos que se seguiram à audiência no tribunal e à primeira entrevista com Katucha se haviam desvanecido completamente, dando lugar a um profundo horror em que se misturava cruel repugnância, depois da última e desanimadora entrevista com a moça.

A resolução de não abandonar a amante continuava inabalável, bem como a de se casar com ela, se preciso fosse, e se, voltando atrás, ela consentisse; mas a perspectiva lhe parecia um duro sacrifício e uma pesada cruz.

No dia imediato ao da visita a Maslinnikov, voltou à prisão para rever Katucha.

O diretor concedeu-lhe vê-la no locutório de mulheres e não mais na secretaria, ou no gabinete dos advogados, onde se realizara a última entrevista.

Apesar de toda a sua natural bondade, o diretor naquele dia tratou Nekhludov com pronunciada diferença das demais vezes, naturalmente em consequência da visita que Nekhludov fizera a Maslinnikov. O diretor recebera ordens de recomendar a todo o pessoal da prisão uma atitude mais reservada para com tão indiscreto visitante.

— Sim, poderá falar-lhe um instante. Mas relembro-lhe o meu pedido a respeito de dinheiro. Sua Excelência, o senhor vice-governador, concedeu-me a honra de escrever sobre o caso da transferência dela para a enfermaria. É possível e o médico está de acordo. Mas agora é ela que não quer! Disse que "não tem necessidade de andar fazendo limpeza para sarnentos". Ah! Príncipe, ainda não conhece essa espécie de gente!

Nekhludov não respondeu. Encaminhou-se para o locutório de mulheres. O diretor mandou um carcereiro buscar Maslova.

Quando Nekhludov entrou, ainda não havia ninguém e só passados alguns momentos é que a porta do fundo se abriu e Maslova, calada e tímida, caminhou em sua direção. Apertou-lhe a mão, sentou-se e, sem o fitar, murmurou:

— Perdoe-me o modo grosseiro como lhe falei outro dia, Dmitri Ivanovitch.

— Não sou eu que devo perdoar... — principiou Nekhludov.

— Pouco importa, o essencial é que me abandone — replicou ela. E, nos seus olhos mais estrábicos do que habitualmente, Nekhludov pôde ler a mesma expressão hostil da vez anterior.

— Mas por que devo abandoná-la?

— Porque sim!

— Mas por que sim?

Ela não respondeu. Lançou-lhe outro olhar impregnado de maldade.

— Então, já que é preciso, eu falo — disse ela, por fim. — Dispenso todos os seus cuidados comigo. Não posso suportar isso. Digo o que penso. Basta de cuidados — repetiu com lábios trêmulos. — Prefiro me enforcar, a verdade é esta.

Nekhludov compreendeu que na incisiva recusa havia qualquer coisa a mais do que ódio contra ele e da impossibilidade de perdoar uma ofensa inolvidável; era qualquer coisa nobre e bela.

Aquela recusa, feita com sangue-frio e serenamente, dissipava-lhe todas as dúvidas, e ele sentiu reviver a sua entusiástica disposição de três dias antes.

— Katucha, sustento o que lhe disse — afirmou ele, de maneira convincente. — Mais uma vez lhe peço, case-se comigo! Se me recusar, segui-la-ei sempre para onde a levarem.

— Isso é lá com você, não direi mais nada.

E os lábios recomeçaram-lhe a tremer.

Nekhludov também se calou, porque não tinha forças para falar. Afinal, recobrando o ânimo, disse:

— Katucha, agora vou para a aldeia cuidar de uns negócios; de lá seguirei para São Petersburgo, a fim de tratar do seu recurso; e, se Deus quiser, farei anular a sentença.

— Pouco me importa que anulem ou não! Qualquer coisa que me aconteça, o resultado é sempre o mesmo.

Depois se calou, e Nekhludov quis crer que as lágrimas lhe embargassem a voz.

Seguiu-se um grande silêncio.

— Afinal, conseguiu ver Menchov? — perguntou ela, muito depressa, procurando ocultar a emoção. — Não acha que aqueles coitados são inocentes?

— É claro! Ponho minha mão no fogo.

— Também cheguei a essa conclusão.

— Se soubesse como a velhinha é extraordinária...

Nekhludov então detalhou tudo o que ouvira de Menchov. Ao terminar, perguntou se ela precisava de alguma coisa.

— Não, nada absolutamente.

Novo silêncio.

— Ah! É verdade — recomeçou ela, fitando-o ligeiramente estrábica —, se quiser que vá para a enfermaria, eu irei! Farei o possível para não beber mais.

Nekhludov, sem dizer nada, olhou-a bem nos olhos e viu que sorriam.

— Faz muito bem! — E não teve coragem para dizer mais nada.

"É bem possível que mude!", dizia a si mesmo. Após as dúvidas dos dias anteriores viu nascer, naquele instante, um sentimento novo que nunca conhecera: a convicção absoluta da invencibilidade do amor.

Regressando à sala infecta, Maslova despiu o casaco e sentou-se na cama, com as mãos apoiadas nos joelhos. A sala estava quase vazia. Viam-se apenas a tuberculosa, a mãe aleitando a criança, a velha Menchova e a sinaleira. A filha do diácono, dada como louca na véspera, fora transferida para a enfermaria. As demais estavam no lavadouro. A velha dormia, estendida na cama; as crianças brincavam no corredor entre gritos e gargalhadas. A sinaleira, logo que viu Maslova, aproximou-se, sem interromper a meia que tricotava.

— Então, pudeste vê-lo? — perguntou.

Maslova não respondeu. Sentada à beira da cama, balançava as pernas maquinalmente.

— Ora, ora! Não choramingue assim! O essencial é não desanimar! Coragem, Katiouchka!

Maslova continuava a não responder.

— As outras foram lavar roupa. Parece que há hoje muito serviço.

Soaram passos e vozes no corredor, e as ocupantes da sala apareceram na porta, descalças, trazendo cada qual um grande pão debaixo do braço.

Teodósia correu para Maslova.

— Então, o que aconteceu? Alguma coisa de mau? — perguntou, fitando a amiga com seus olhos límpidos de criança. — Espera que vou preparar-te um chá!

— Como é, ele mudou de opinião? — perguntou Korableva. — Já não quer mais casar contigo?

— Não, não mudou. Eu é que não quero, e disse que não queria.

— Grande boba! — exclamou Korableva, em voz baixa.

— Ela tem razão! — disse Teodósia. — Para que casar, se não podem viver juntos?

— Mas então teu marido não vai contigo para a Sibéria? — perguntou a sinaleira.

— Meu marido é diferente. Estávamos casados quando fui presa, e a lei nos uniu. Mas, para ele, o que adianta casar, se não pode viver com ela?

— Cala a boca, idiota! Para que serve? Casando-se, ela fica rica.

— Ele me disse: "Para onde a mandarem, também irei" — explicou Maslova. — E ele vai, com certeza. Mas pouco me importa que vá ou não. Eu não pedi nada. Agora vai a São Petersburgo — continuou, depois de uma pausa. — Vai tratar do meu processo. Conhece todos os ministros. — Depois, querendo desdizer-se, acrescentou: — Mas não preciso dele para nada. Preferia que não me aborrecesse mais.

— Que história mais esquisita! — disse Korableva, distraidamente. — E, agora, que tal um gole de aguardente?

— Não, obrigada! — respondeu Maslova. — Bebam vocês, que eu pago.

Segunda Parte

E por que vês tu o argueiro no olho do teu irmão e não vês a trave no teu próprio?
Mat. VII, 3.

Capítulo I

Informado de que o recurso de Maslova seria submetido ao Tribunal Superior, dentro de quinze dias, Nekhludov contemporizou sua viagem a São Petersburgo, não só para dar os passos necessários, como também, caso fosse negado provimento, preparar-se para a Apelação ao Imperador, conforme lhe aconselhara o advogado. Este, porém, mais uma vez repetiu que, dadas as poucas probabilidades de anulação, ante a fraqueza dos motivos invocados, muito provavelmente Maslova seguiria para a Sibéria nos primeiros dias de junho, com uma leva de forçados. Nekhludov, persistindo na ideia de segui-la, mesmo que fosse para a Sibéria, resolveu destinar esse intervalo para visitar as suas propriedades e pôr definitivamente em ordem seus negócios.

Começou por Kouzminskoie. Era a propriedade mais próxima, a de maior valor e, também, a que mais lhe rendia. Lá passara a sua adolescência, e lá voltara, mais tarde, muitas vezes. Ainda a pedido da mãe, arranjara um feitor alemão que ainda lhe administrava a propriedade. Ele o ajudou a levantar o inventário dos bens: conhecia a fundo as relações entre os *mujiks* e a administração, isto é, os proprietários e os seus representantes — relações estas que estabeleciam a dependência absoluta dos camponeses para com a administração. Nekhludov se inteirou do assunto no seu tempo de universidade, época em que professava e proclamava a doutrina de Henri George; e foi exatamente o estado de coisas em Kouzminskoie que o levou a doar aos camponeses a pequena propriedade herdada do pai, a única que então possuía.

Mais tarde, porém, ao abandonar o exército, principiara a esbanjar vinte mil rublos por ano. O conhecimento da origem de sua riqueza tornou-se-lhe importuno, e procurou de qualquer modo esquecê-lo. Recebia o dinheiro e o gastava, sem se preocupar de onde viera. Mas, com a morte da mãe, surgiu a questão dos seus direitos e deveres de proprietário, a sucessão e a necessidade de adotar nova fórmula de direção e gerência dos bens. Há mais de um mês se vinha preocupando com isso, mas chegara à conclusão de que nunca teria coragem de mudar a ordem estabelecida, pois não intervinha na gerência das propriedades, vivia retirado delas, apenas lhes recebendo tranquilamente os rendimentos.

Contudo, neste particular, como em muitos outros pontos, o encontro com Maslova operou no seu modo de agir uma mudança radical. Não podia dissimular que, se acompanhasse Maslova à Sibéria, teria de sustentar relações difíceis e complicações com muitos funcionários. E seria de todo interesse para ele aquela propriedade, a fim de manter em destaque sua posição social e, sobretudo, dispor de dinheiro. Mas tinha de reconhecer a impossibilidade dessa situação, uma vez que, para ser coerente com suas próprias ideias, precisava reconhecê-la como imoral. Firmara um compromisso consigo mesmo e sentia-se na obrigação de cumpri-lo. Havia resolvido dispor dos seus bens de maneira a não os doar aos camponeses, mas arrendá-los a preço ínfimo. Naturalmente não era a solução que em teoria o problema exigiu, mas pelo menos já era um bom passo; a mudança de uma forma de opressão grosseira em outra mais branda. Em todo o caso, parecia a única medida que as circunstâncias lhe permitiam tomar.

Chegou a Kouzminskoie ao meio-dia. Simplificara a tal ponto sua concepção geral da vida, que nem lhe passou pela ideia telefonar ao administrador, anunciando sua visita. Desceu do trem, tomou um carrinho e mandou tocar para a sua propriedade. O cocheiro, um jovem camponês, com uma roupa de ganga, tomou assento ao lado de Nekhludov, o que mais lhe facilitava a conversa com o *barine*; fazia-o tanto mais à vontade quanto mais devagar deixava seguir a parelha de cavalos magros, um deles já velho e mal capaz de trotar.

O cocheiro referia-se ao gerente de Kouzminskoie. Falava sem escrúpulo, pois estava longe de imaginar quem fosse o seu interlocutor.

— Aquele alemão esperto é que sabe aproveitar! — dizia ele, virando-se na almofada do assento e brandindo o chicote. — Acabou de comprar uma *troika* com magníficos cavalos e vai passear com a namorada onde muito bem lhe parece! No Natal armou em casa uma árvore como não havia igual em todo o distrito! Aquele sim é que soube ajuntar dinheiro! E por que não havia de aproveitar? Faz o que quer! Disseram que ele até comprou uma casa.

Nekhludov nunca se preocupou de saber como o administrador geria seus bens; e a revelação do cocheiro não lhe causou impressão desagradável. Desfrutava a beleza do dia, o movimento das nuvens que ocultavam momentaneamente o sol para descobri-lo mais adiante; apreciava a paisagem dos campos, de onde alçavam voo cotovias em bandos, o espetáculo das matas, já revestidas de um manto de relva tenra, e os pastos onde corriam em liberdade o gado e os cavalos; mas não gozava plenamente de tudo aquilo como teria desejado. Alguma coisa empanava aquele brilho. E ao perguntar a si mesmo a razão, vinham-lhe à memória as palavras do cocheiro sobre a maneira de o administrador lhe gerir a propriedade. Essa impressão somente se apagou quando desceu em Kouzminskoie e tratou de regularizar os seus negócios.

O exame da escrita e as explicações do guarda-livros, que ingenuamente expunha as vantagens que trazia à propriedade o sistema de manter camponeses nas terras senhoriais, tudo levou Nekhludov a confirmar sua resolução de renunciar à exploração das terras por conta própria e de cedê-las aos camponeses. O exame dos registros e as explicações do empregado vieram provar que de fato antigamente os dois terços dos campos eram cultivados pelos colonos da casa com utensílios aperfeiçoados, ao passo que o terço restante o era pelos camponeses pagos a cinco rublos por jeira. Em outras palavras, mediante o pagamento de cinco rublos o camponês comprometia-se a lavrar e semear uma jeira, depois a ceifar, arar, colher e transportar o trigo para os celeiros, isto é, um trabalho que a qualquer outro valeria pelo menos dez rublos por jeira. Além disso, os camponeses pagavam por tudo quanto recebiam da sede um preço absurdo. Trabalhavam para pagar a forragem, a lenha, as batatas; e compravam tudo de que necessitavam para viver, e, desta maneira, eram pessimamente remunerados. Nada disso era novidade para Nekhludov, mas tudo agora lhe parecia como tal. Admirava-se de ter ignorado tanto tempo a anormalidade daquele estado de coisas. O administrador, por sua vez, demonstrava-lhe com galhardia os inconvenientes e perigos do plano que tinha projetado. Explicava que seriam obrigados a ceder de graça instrumentos agrícolas pelos quais ninguém daria a quarta parte do valor; sustentava, outrossim, que os camponeses cultivariam a terra sem proveito próprio nem dos outros.

Apesar de tudo, Nekhludov continuava convencido da nobreza do ato que iria praticar, cedendo suas terras aos camponeses e privando-se da maior parte dos rendimentos. Por esta razão decidiu-se a liquidar definitivamente o caso, antes de partir. Incumbiu ao administrador informá-lo à medida que fossem vendidas as colheitas, o gado e os utensílios agrícolas. Pediu-lhe que, logo no dia seguinte, reunisse os camponeses de Kouzminskoie e das demais aldeias vizinhas, para que ele mesmo anunciasse sua resolução, entendendo-se diretamente com eles sobre o preço do arrendamento das terras. Maravilhado com a energia com que refutara os argumentos do administrador, e com a abnegação do seu sacrifício em prol dos camponeses, Nekhludov retirou-se do escritório e foi passear ao redor da casa. Percorreu os jardins despidos de flores por falta de tratamento; atravessou a quadra de tênis invadida pelas ervas daninhas e chicória brava; embrenhou-se na aleia das tílias onde outrora costumava fumar seu charuto e onde, três anos atrás, tivera um lance amoroso com a Sra. Kirinov, então em visita a sua mãe.

Assim decorreram as últimas horas do dia. Terminado o plano do discurso que se dispunha a fazer no dia seguinte, Nekhludov entrou, tomou chá com o administrador, acabou de ajustar contas sobre os preparativos da liquidação das terras e, finalmente, tranquilo, satisfeito e orgulhoso de si mesmo, subiu para o quarto em que de costume se alojavam os hóspedes de passagem.

O quarto era pequeno, mas extremamente limpo e bem posto. Nas paredes pendiam quadros com vistas de Veneza; entre as duas janelas, um espelho e, num canto, perto da cama de molas, uma mesinha com uma garrafa d'água de cristal, um copo, uma vela no castiçal e um par de espevitadeiras. Sobre a cômoda, fronteira ao espelho, abria-se a mala de Nekhludov; numa das divisões, viam-se objetos de *toilette* e, na outra, meia dúzia de livros sobre direito e criminologia em russo, alemão, italiano, e um romance inglês. Nekhludov tencionava ler aqueles volumes nos momentos de lazer, depois da inspeção às suas terras. Quando entrou no quarto e viu os livros, verificou o quanto se distanciava deles e do assunto de que tratavam. As preocupações do momento eram bem diferentes. Ao pé da cama havia uma velha espreguiçadeira de mogno, toda entalhada. Era a cadeira de quarto da princesa. E Nekhludov, ao avistá-la, experimentou um sentimento inesperado.

Começou a sentir saudades daquela casa, que, em breve, seria demolida; daquele jardim, que nunca mais seria tratado; das matas, que seriam derrubadas;

e de todas as demais dependências, as cavalariças, os estábulos, os celeiros, o gado e os cavalos, que, apesar de nunca lhe terem valido nada, representavam o trabalho e o fruto de tantas vidas. Pouco antes, julgara fácil a renúncia de tudo aquilo; agora, porém, começava a sentir falta, também, das terras e do rendimento que dali por diante lhe poderiam ter tanta utilidade. Surgiram-lhe ao espírito argumentos sem conta para provar a insensatez do ceder aquelas terras aos camponeses e abandonar a administração das propriedades.

Mas no íntimo lhe dizia uma voz: "Não posso cultivar estas terras por mim mesmo, e, não podendo cultivá-las, é injusto continuar a explorá-las como até agora tenho feito. Além disso, se for para a Sibéria, o que é bem provável, não precisarei nem de casa, nem de terras."

"Tudo isso é muito nobre e muito belo", respondia outra voz, "mas, pensa bem, não irás passar o resto da vida na Sibéria. Se acaso te casares, terás filhos por herdeiros. Recebeste em perfeita ordem as propriedades e assim deves deixá-las. Também existem obrigações para com a terra. Renunciar e destruir é muito fácil; mas dirigir é muito mais difícil. Deves refletir muito sobre o teu futuro, sobre o que pretendes fazer da vida, e resolver de acordo a questão das tuas propriedades. Outra coisa deves levar em consideração: pretendes assim proceder por plena convicção ou simplesmente por te engrandeceres perante os outros homens?"

E Nekhludov continuava a refletir. Muito constrangido, confessou a si mesmo que a opinião dos outros e o juízo que fariam do seu gesto tinham enorme influência sobre as suas resoluções. E, quanto mais pensava, maior número de problemas surgiam, para os quais não encontrava solução. Para se esquivar às ideias que o assaltava, deitou-se e procurou adormecer, deixando os problemas para o dia seguinte, quando tivesse o cérebro repousado. Mas ficou até tarde acordado. Pelas janelas entreabertas, entrava a brisa suave da noite e o clarão da lua; ao longe, no fundo do parque, o coaxar das rãs misturava-se ao canto tristonho dos rouxinóis. Ouviu cantar um pássaro perto da janela: era um rouxinol, num galho de sabugueiro. Imediatamente associou-lhe o canto à música da filha do diretor e ao próprio diretor. Logo em seguida apareceu-lhe em espírito a figura de Maslova, com lábios trementes a lhe proferir aquelas palavras: "É preciso que você me deixe!" De repente teve a impressão de que o gerente alemão caía num charco de rãs. Precisava ir salvá-lo, mas, súbito, viu-o transformar-se em Maslova e exclamar: "Sou uma condenada aos trabalhos forçados e tu és um príncipe!"

Estremeceu-lhe o corpo e ele levantou a cabeça: "Não", disse a si mesmo, "não posso abandoná-la." E mais uma vez: "Será que estou agindo direito? Ora, saberei disso amanhã!" E adormeceu.

II

Nekhludov só despertou às 9 horas do dia seguinte.

Assim que ouviu barulho no quarto, o rapaz encarregado de servi-lo trouxe-lhe as botas, engraxadas como talvez nunca o foram antes, colocou perto da cama uma jarra de água pura e fresca e anunciou-lhe que os camponeses estavam começando a chegar.

Nekhludov saltou da cama e lembrou-se dos acontecimentos da véspera. Desvanecera-se por completo o pesar de renunciar às propriedades. Chegou mesmo a surpreender-se com a mudança de opinião. À medida que se vestia, rejubilava-se intimamente com o ato que ia praticar, misturando-se à sua alegria certo orgulho de si mesmo.

Pela janela via os camponeses reunirem-se na quadra de tênis invadida pelas plantas selvagens.

Não fora sem razão que as rãs coaxaram na véspera: o tempo mudara durante a noite. Desde cedo caía uma garoa fina e renitente, sem a mais leve brisa, enchendo de gotículas as folhas e os campos. Penetrava no quarto o ar impregnado do perfume das plantas e da terra umedecida com a chuva. Nekhludov apreciava os camponeses que se concentravam na quadra. Cada um que chegava cumprimentava os companheiros, colocados em círculo, e conversava com o grupo, todos apoiados no seu bastão.

O administrador, um homem gordo e atarracado, de casaco meio curto, colete verde e botões enormes, entrou no quarto para avisar que todos já estavam reunidos, mas podiam esperar um pouco; perguntou-lhe se preferia tomar chá ou café.

— Não quero nada, obrigado. Vamos logo resolver o caso! — respondeu Nekhludov. O que sentiu naquele momento lhe foi ainda mais imprevisto do que a sensação da noite anterior: um sentimento de timidez e vergonha ante a perspectiva de se dirigir aos camponeses.

Ia enfim concretizar uma das maiores aspirações dos *mujiks*, o que para eles não passava de um sonho: a cessão das terras da aldeia mediante preço insignificante. Não havia dúvida que lhes concedia um benefício inestimável. Entretanto, mal sabendo por que, sentiu-se vexado. Quando se aproximou dos camponeses e os viu descobrir as cabeças louras, castanhas, grisalhas e calvas, teve a voz completamente embargada. Continuava a cair a chuvinha miúda, pouco a pouco molhando a barba, os cabelos e o pelo das blusas. Sem se incomodar com ela, os camponeses conservavam os olhos fixos sobre o *barine*, à espera de que lhes falasse; e ele, imóvel e confuso, não conseguia falar.

O silêncio rompeu-o, afinal, o gerente, tipo de alemão calmo e seguro de si, que aliás falava o russo correntemente. Considerava-se perfeito conhecedor do *mujik* russo. O contraste daquele homem gordo, bem nutrido, ao lado de Nekhludov, com aqueles rostos enrugados, magros de corpo, era flagrante.

— Atenção — disse o gerente —, o príncipe vai conceder um grande benefício a vocês! Quer arrendar todas as terras, ainda que vocês não mereçam.

— Como não merecemos, Basilio Carlitch? Será que não trabalhamos para você? — respondeu um camponês baixinho, ruivo e bom falador. — Estávamos muito contentes com a princesa defunta, Deus a tenha na sua Santa Paz!, e que o príncipe não nos abandone.

— Temos muito respeito para com os patrões, mas a vida é muito dura! — continuou outro camponês, barbudo, de cara achatada.

— Reuni vocês para participar que, se quiserem, cederei todas as minhas terras.

Os camponeses se estarreceram, sem compreender as palavras do *barine* e achando aquilo impossível.

Afinal um deles criou coragem e disse:

— Desculpe, mas de que jeito vai ceder as terras?

— Quero alugá-las a preço módico, para vocês poderem lucrar alguma coisa.

— Bom negócio! — disse um velho.

— Contanto que o preço esteja de acordo com nossas posses — disse outro.

— E por que não haveríamos de aceitar a terra?

— É nosso ganha-pão! É a terra que nos dá de comer!

— Tudo isso é fácil de dizer! Mas assim mesmo precisamos de dinheiro para pagar! — gritou uma voz.

— A culpa é sua de não ter! — respondeu o alemão. — É só trabalharem e guardar dinheiro.

— Você não tem direito de censurar, Basilio Carlitch! — respondeu um camponês magro e narigudo. — Quer saber por quê?

— Por que soltaste teu cavalo no trigal? Nós trabalhamos, e, quando descansamos depois da tarefa, o cavalo foge pelo trigo afora e tu nos castigas e nos arrancas a pele.

— Porque não têm cuidado!

— É muito fácil dizer isso. Mas nós não podemos fazer mais do que fazemos.

— Mas quantas vezes eu disse para vocês cercarem seus campos?

— Pois então nos dê a madeira! — disse um homem magrinho, escondido atrás de um grupo. — No verão passado eu quis fazer uma cerca: cortei uma árvore e você me mandou passar três meses na prisão. É assim que quer cercas?

— O que está ele dizendo? — perguntou Nekhludov.

— É o ladrão nº 1 da aldeia — respondeu-lhe em alemão o gerente. — Todos os anos nos rouba as árvores. — Dirigindo-se depois ao camponês: — Isto te ensinará a respeitar a propriedade alheia!

— Como se não te respeitássemos bastante — exclamou um velho. — Somos obrigados a te respeitar porque estamos nas tuas mãos, quase nos arrancas as tripas.

— Deixa disso, ninguém te está insultando, por isso não insultes a ninguém.

— O que, não me insultas? No ano passado quase me esganaste e ficou por isso mesmo. Já se sabe, o rico não responde a processo.

— Basta que cumpras a lei!

Assim prosseguia, imprevisto e inútil, o torneio de palavras, em que cada um falava sem finalidade prática e sem mesmo saber por quê. Nekhludov, visivelmente impacientado, tentou reconduzir o assunto para o que queria:

— Então! O que decidiram sobre a cessão das minhas terras? Estão de acordo? E que preço me oferecem pela locação?

— O senhor é que deve marcar o preço.

Nekhludov indicou um preço muitíssimo inferior ao que geralmente pagavam; mas os camponeses, naturalmente, começaram a regatear, como se fosse muito elevado. Nekhludov tinha imaginado que sua proposta seria acolhida com grande entusiasmo; enganou-se, porém, e, se existia alguma satisfação por parte dos camponeses, não a deixavam transparecer. Entretanto, pôde reconhecer como certo que sua proposta representa excelente oportunidade para os camponeses, pois, na hora de saber quem arrendaria as terras, se toda a coletividade dos camponeses ou, exclusivamente, uma sociedade, foi acalorada a discussão e muito poucos não participaram dela. Uns queriam excluir os camponeses pobres, para se reduzir o número dos participantes dos lucros; outros, justamente os que se deviam excluir, protestavam fazendo valer seus direitos. Afinal, graças à intervenção do gerente, foi estipulado o preço e estabelecida a data do pagamento. Os camponeses se dispersaram entre gritos e gesticulações. Nekhludov voltou ao escritório com o administrador, para redigir o contrato.

Tudo se ajustara conforme o desejo de Nekhludov. Os camponeses receberiam a terra por 30% menos do que habitualmente tinham pagado e, ainda que reduzida à metade, a renda de Nekhludov era considerável, sobretudo com o excesso que adviria da venda das madeiras, do arrendamento e do material agrícola. Tudo parecia perfeito. Contudo, Nekhludov punha-se cada vez mais constrangido, triste e preocupado. Julgava que os camponeses, apesar dos mil agradecimentos, não estavam tão satisfeitos como ele esperava; talvez esperassem coisa melhor. Repetia então a si mesmo que, afinal de contas, privara-se de uma grande fonte de renda, sem beneficiar os camponeses de maneira equivalente.

No dia seguinte, depois de tudo assentar com o administrador, Nekhludov dirigiu-se à estação na *troika* a que na antevéspera e em termos tão emocionantes se referira o cocheiro. Os camponeses que encontrava pelo caminho continuavam a discutir, a brigar e a sacudir a cabeça com ar descontente. E ele próprio, também, não estava lá satisfeito. Sem saber por que, tinha a impressão de que falhara no seu plano, quando, na realidade, obtivera pleno êxito. Ia triste e pensativo.

III

De Kouzminskoie, Nekhludov dirigiu-se para a propriedade que herdara das tias, a mesma onde noutros tempos conhecera Katucha. Pretendia adotar o mesmo critério que em Kouzminskoie, entendendo-se diretamente com os camponeses sobre a cessão das terras. Aproveitaria também para colher todas as informações a respeito de Katucha e do filho. Será que tinha de fato morrido, ou a mãe o abandonara? Chegou muito cedo à aldeia onde se situava a propriedade. Chamou-lhe a atenção, logo ao entrar no pátio, o estado decadente das construções, quase todas em ruínas, sobretudo a velha mansão. O telhado de ferro, outrora pintado de verde, avermelhara-se, roído de ferrugem, e, em vários pontos, fora levantado pelo vento. Tábuas inteiras haviam-nas roubado às partes mais acessíveis das paredes, de onde caíam grandes pregos enferrujados. Os degraus de madeira e os alpendres das escadarias externas caíram apodrecidos; as vidraças foram substituídas por tábuas; a parte interna estava impregnada de umidade e sujeira desde a ala em que morava o administrador até a cozinha e as cavalariças. Só o jardim não fora devastado e ali crescia a plantação livremente: tudo estava em flor. Por detrás da cerca, como grandes nuvens brancas, Nekhludov via erguer-se os galhos floridos das cerejeiras, das macieiras e ameixeiras. O sabugueiro também estava todo florido, exatamente como quatorze anos atrás, quando Nekhludov, correndo com Katucha, caiu perto daquele arbusto, indo picar-se nas urtigas do fosso. Um lariço, que Sofia Ivanovna plantou perto da casa, e que Nekhludov vira crescer, transformara-se em árvore vetusta, revestida de alto a baixo por um musgo verde e flores amarelas. O regato deslizava mansamente, indo quebrar-se em espumas na comporta do moinho. Na campina da outra margem, pastava em comum o gado da aldeia. O administrador, um seminarista que não terminara o curso, adiantou-se sorrindo para Nekhludov e convidou-o a entrar. Sempre sorrindo levou-o ao escritório, como se quisesse exprimir, com seu sorriso, algo de excepcional. Nekhludov gratificou o cocheiro que o conduzira e despediu-o. Ao redor da casa, espalhou-se profundo silêncio. Perto da janela passou correndo descalça uma moça de blusa bordada e, logo em seguida, um camponês de botas. Nekhludov sentou-se perto da janela. A brisa fresca da primavera batia-lhe levemente no rosto suado, trazendo o cheiro gostoso de terra molhada recém-revolvida. Ao murmúrio do regato, misturava-se a cadência das pás das lavadeiras batendo a roupa. Nekhludov lembrava então o tempo de menino inocente e ingênuo: gostava de ouvir o mesmo bater da roupa molhada, o murmúrio das águas nas comportas e sentir a brisa primaveril soprando-lhe os cabelos. Via em pensamento o menino de outros tempos e rejuvenescia-se com toda a frescura, pureza e entusiasmo dos seus dezoito anos; mas, como acontece em sonhos, sabia que tudo era ilusão, que aquele adolescente não mais existia, e uma profunda mágoa lhe confrangia o coração.

— A que horas deseja que lhe sirva o almoço? — perguntou o administrador, com um sorriso.

— A qualquer hora. Não estou com fome. Agora vou dar uma volta pela aldeia.

— Não quer chegar um instante até minha casa? Por dentro está tudo em ordem. O senhor me desculpe se o aspecto externo...

— Agora não; mais tarde. Diga-me uma coisa: acaso sabe me dizer se ainda anda por aqui uma mulher chamada Matrena Catarina?

Era o nome da tia de Katucha, em cuja casa ela tivera o filho.

— A Catarina? Está aqui sim, na aldeia. Por sinal que me incomoda muito. Ela é quem toma conta da taberna. Zango-me com ela, ameaço-a de mandá-la embora, se não me pagar, mas, no fim, tenho pena dela. É mais forte do que eu. Pobre velha! Tem uma rapaziada com ela! — disse o administrador, sorrindo com seu eterno sorriso, expressão ao mesmo tempo do desejo de ser amável ao patrão e da certeza de este concordar plenamente com a sua opinião.

— Onde ela mora? Gostaria de vê-la.

— No fim da aldeia, do outro lado, a antepenúltima casa. À esquerda fica uma casa de tijolos vermelhos e, logo pegado, é a taberna. Mas, se o senhor quiser, posso acompanhá-lo.

— Não, obrigado, hei de achar. Enquanto isto, procure reunir os camponeses em frente à casa porque quero entender-me com eles a respeito das terras.

IV

No atalho que atravessa o campo, Nekhludov encontrou novamente a jovem camponesa que, momentos antes, vira passar correndo diante da casa. Voltava da vila e continuava a correr, movendo com rapidez os pés grandes e descalços. A mão esquerda, pendente, ritmava a marcha; a mão direita apertava fortemente contra o peito um pequeno galo vermelho que, balançando a crista de púrpura e conservando perfeita aparência de tranquilidade, divertia-se ora distendendo, ora encolhendo um dos pés. Ao aproximar-se do *barine* a moça afrouxou os passos;

já mais perto, parou e saudou-o respeitosamente; e, em seguida, prosseguiu na sua corrida.

Perto do poço, Nekhludov passou à frente de uma velha que caminhava curvada ao peso de um enorme cântaro de água. Ao vê-lo, depôs o cântaro e fez-lhe, também, profunda reverência.

Além do poço começava a aldeia. A manhã estava clara e quente, até quente demais para a estação; as nuvens amontoavam-se e, por momentos, cobriam o sol. Na ladeira comprida que formava a vila, o ar estava impregnado do cheiro de esterco acre e picante, embora não desagradável, desprendido das carroças que subiam ao longo da rua e dos montes de estrume nos quintais, cujas portas estavam escancaradas. Os camponeses que caminhavam descalços atrás dos carros, com as camisas e as calças manchadas de estrume, olhavam com curiosidade o grande e robusto *barine* a passear pela aldeia, com o seu terno cinzento forrado de seda e uma bonita bengala de prata na mão. As mulheres saíam de casa para vê-lo; uma o apontava à outra, e todas o seguiam com os olhos. Diante de uma das portas, Nekhludov teve de deter-se, enquanto saía, de um dos quintais, um carro grande, carregado de esterco até em cima. Um camponês moço, de grande estatura, calçado de "laptis", ocupava-se em guiar os cavalos até a rua. Já um potro cinzento atravessava o portão, quando estacou ao ver Nekhludov, e assustado correu para o lado da égua, que fez um movimento de inquietação e relinchou alguns instantes. Assistindo a esta cena estava um velho camponês magro e seco, descalço também, vestindo uma calça listrada e com uma blusa comprida em cujo dorso se lhe desenhavam os ossos pontiagudos da espinha.

Quando, por fim, o carro ganhara a rua, o velho, dirigindo-se para a porta, inclinou-se diante de Nekhludov.

— Com certeza é o parente das senhoras defuntas?

— Perfeitamente. Sou eu mesmo.

— Muito boas-vindas! E então, veio nos ver? — prosseguiu o velho, que gostava de falar.

— De fato... E vocês, como andam vivendo por aqui? — perguntou Nekhludov, não tendo outra coisa para dizer.

— Como vivemos? Ai de nós! Bem miserável, a nossa vida! — respondeu o camponês, visivelmente encantado com essa ocasião de conversar.

— Miserável?! E por quê? — inquiriu Nekhludov, aproximando-se da porta.

— Ah! Uma triste vida...

O velho ia falando e levando Nekhludov para dentro do quintal.

— Veja só, tenho aqui em casa doze pessoas — continuou. E apontava para duas mulheres que, de mangas arregaçadas, saias levantadas até acima dos joelhos e de forquilha na mão, estavam de pé sobre o que ainda restava do monturo.

— Todos os meses, preciso comprar seis libras de farinha: de onde tirar?

— Mas não tem você a sua farinha?

— Farinha? Eu? — exclamou o ancião, com um sorriso desdenhoso. — O que tenho de farinha só dá para três pessoas! Quando chega o Natal, toda a provisão já se acabou!

— Mas então, que fazem vocês?

— Precisamos dar um jeito! Aí está: um de meus filhos está em serviço; e depois, emprestamos de Vossa Excelência. Se ao menos tivéssemos com que pagar os impostos!

— Quanto de impostos?

— Dezessete rublos, só para nós. Ah! Deus meu, não sei como vou me arranjar!

— Posso entrar na sua casa? — perguntou Nekhludov, avançando pelo quintal, ao longo do monturo, cujo cheiro forte lhe enchia as narinas.

— Mas sem dúvida — respondeu o velho.

Em seguida, com passos rápidos, tomou a dianteira de Nekhludov e abriu-lhe a porta da casa.

As duas mulheres, endireitando o lenço da cabeça e abaixando a saia, olhavam com certo receio para esse *barine* elegante, tão limpo e trazendo abotoaduras douradas, que parecia disposto a entrar-lhe na casa!

Quando entrou, Nekhludov atravessou um pequeno corredor e chegou à *isba* estreita e sombria, impregnada de um cheiro ativo de cozinha rançosa. Perto do fogão, achava-se uma velhinha, cujas mangas arregaçadas deixavam ver-lhe os braços magros e as mãos enegrecidas de veias engurgitadas.

— É o nosso *barine*, que, passando por aqui, entrou para nos visitar! — disse-lhe o velho.

— Meus humildes cumprimentos!

E a velha, inclinando-se, desceu as mangas da camisa cobrindo os braços.

— Quis ver um pouco como vivem vocês! — falou Nekhludov.

— Pois não! O senhor pode ver como vivemos! — respondeu a velha, sem rebuços e sacudindo a cabeça num gesto expressivo. — A "isba" está ameaçando desmoronar: certo é que vai matar alguém. Mas o velho acha que assim está bem! E então vivemos, levamos boa vida. Veja, estou fazendo o jantar. Quem dá de comer à casa toda sou eu!

— E o que é que vocês vão comer ao jantar?

— O que vamos comer? Ora! Vamos nos fartar! Primeiro prato: pão e *kvass*; segundo prato: *kvass* e pão.

E a velha pôs-se a rir, escancarando a boca desdentada.

— Mas, falando sério, mostre-me o que vão comer hoje.

— Vamos, mostre-lhe — disse o velho.

Sua mulher sacudiu novamente a cabeça.

— Ah! ah! Lembraram de vir apreciar a nossa comida de *mujiks*! O senhor é um *barine* esquisito, nunca vi um assim. Quer saber tudo! Pois bem. Vamos ter pão e *kvass*, e, depois, sopa de couve e ainda batatas.

— Mais nada?

— O que mais queria o senhor? — retorquiu a velha, sorrindo com ar matreiro, os olhos voltados para a porta.

Pela porta que ficara aberta, Nekhludov viu que o corredor estava cheio de gente. Eram crianças, moças, mulheres com recém-nascidos ao colo; e comprimindo-se diante da porta, todos consideravam a esse singular *barine* que vinha informar-se do alimento dos *mujiks*. Daí provinham, sem dúvida, o sorriso malicioso da velha, evidentemente orgulhosa do seu modo de comportar-se com um *barine*.

— É mesmo uma vida bem triste, a nossa — continuou o velho. — Olá! Que querem vocês aqui? — gritou, investindo os curiosos que davam mostras de querer entrar.

— E agora, adeus e muito obrigado! — disse Nekhludov, sentindo um misto de mal-estar e vergonha, cuja causa preferia não aprofundar.

— Agradeço-lhe humildemente ter vindo nos ver! — respondeu o velho.

No corredor, todas as pessoas, recuando boquiabertas diante de Nekhludov, deixaram-no passar. Uma vez na rua, antes de continuar o passeio, ele avistou vindo ao seu encontro dois menininhos descalços. O mais velho trazia uma camisa suja, que se adivinhava ter sido branca; o outro, uma camisa cor-de-rosa toda remendada. Nekhludov voltou-se para eles.

— E agora, para onde vai o senhor? — perguntou-lhe o pequeno de camisa branca.

— Vou à casa de Matrena Charina — respondeu Nekhludov. — Você a conhece?

O menorzinho pôs-se a rir, enquanto o outro, muito sério, respondia:

— Qual Matrena? Ela é velha?

— É sim, é velha.

— Então, com certeza é a Semeniocha. É do outro lado da vila. Nós vamos levá-lo até lá. Não vamos levá-lo, Fedka?

— E os cavalos?

— Ora, não faz mal.

Fedka concordou; e os três subiram a longa rua da aldeia.

V

Nekhludov sentiu-se à vontade com os dois garotos que, durante todo o percurso, divertiram-no com a sua loquacidade. O mais moço não ria mais; falava com a mesma inteligência e seriedade do seu companheiro.

— Pois bem. E qual é o mais pobre nesta aldeia? — perguntou Nekhludov.

— O mais pobre? Mikail é pobre, depois Semeno Makarov, mas Marta ainda é mais pobre!

— E Anissia, essa é muito mais pobre. Ela nem vaca tem! Pede esmolas!

— É verdade que ela não tem vaca — disse o mais velho —, mas em casa dela são só três enquanto que em casa de Marta são cinco!

— E onde está ele, o marido? — perguntou Nekhludov.

— Está na prisão dando de comer aos piolhos! — respondeu o mais velho.

— No ano passado — interrompeu o menor —, ele cortou duas bétulas: por isso foi para a cadeia. Já faz seis meses a mulher, então, pede esmola. Ela tem três filhos e ainda sustenta a mãe.

— E onde mora?

— Veja, é ali! — disse o menino, apontando para uma casa diante da qual se arrastava, com esforço, sobre as pernas arqueadas, um garotinho muito louro.

— Vasska, venha já aqui, diabinho! — gritou de dentro da casa uma mulher ainda moça. A camisa e a saia estavam tão sujas que pareciam cobertas de cinza. Precipitando-se para a rua, com ar assustado e, sem ousar erguer os olhos para Nekhludov, agarrou o filho e o levou para dentro.

Era essa a mulher cujo marido estava preso havia seis meses, por ter cortado duas bétulas nas matas de Nekhludov.

— E Matrena? Ela também é pobre? — perguntou Nekludov, quando se aproximavam do fim da rua.

— Como podia ser pobre se vende bebidas! — replicou, com ar de entendido, o menino da camisa cor-de-rosa.

Em frente à porta de Matrena, Nekhludov despediu-se dos companheirinhos. A casa era pequena, compunha-se de um só cômodo. Quando Nekhludov entrou, Matrena fazia arrumações auxiliada pela neta mais velha. Ao avistar o recém-chegado, duas crianças saíram de um canto e vieram para o lado da porta, apoiando-se no batente, com os rostinhos ao mesmo tempo assustados e curiosos.

— O que deseja o senhor? — perguntou asperamente a velha, aborrecida por interromperem o seu trabalho. Além do mais, como taberneira, ela devia desconfiar das fisionomias desconhecidas.

— Eu sou... da cidade... preciso falar-lhe.

A velha, ao invés de responder, examinava-o com os seus olhos pequenos. De repente, transfigurou-se a expressão de seu rosto.

— Ah! É você, meu anjo! E eu, velha estúpida, que não o reconheci. Estava pensando: com certeza é algum viajante que me vem pedir qualquer coisa. Perdoe-me, em nome de Cristo!

A sua voz era lisonjeira e aflautada.

— Poderia dizer-lhe algumas palavras em confidência? — perguntou Nekhludov, mostrando a porta com os olhos, pois que ficara aberta e lá continuavam as crianças e mais uma mulher moça e magra, que acabava de aparecer, trazendo nos braços outra criança remendada, um pequenito doentio e macilento, que não parava de sorrir.

— O que é que vocês estão querendo ver? Esperem aí que já pego o meu cacete! — gritou Matrena, voltando-se para a porta. — Fechem a porta e sumam-se.

As três crianças fugiram. A moça afastou-se também, fechando a porta.

— E eu a me perguntar quem estava aí, quando era o meu *barine*, o meu tesouro, que não me canso de ver! Sente-se, Excelência, sente-se neste banco — prosseguiu ela, depois de enxugar cuidadosamente o banco indicado. — E eu a pensar que era o diabo que me vinha atormentar, e eis que era o meu *barine*, o meu benfeitor! Perdoe-me, é a idade que me cega!

Nekhludov sentou-se. A velha permaneceu de pé na sua frente, segurando o queixo com a mão direita e apoiando o cotovelo direito na outra mão. E continuou a falar, no seu tom adocicado.

— E os anos que se vão passando, Excelência! Mas, se o senhor já era bonito, agora está mais!...

— Escute do que se trata! Vim aqui pedir-lhe uma informação. Você ainda se lembra de Katucha?

— Catarina, a que morava no castelo? Como não me lembro? Era minha sobrinha. Como não havia de lembrar? Chorei muita lágrima por causa dela. É que, o senhor sabe, estou a par de tudo o que se passou. Eh! paizinho, onde estará aquele que não pecou contra Deus e contra o *tzar*? A mocidade é a causa de tudo! Que remédio. E, depois, há muitos outros que, no seu lugar, a teriam abandonado; entretanto o senhor, como soube recompensá-la! Deu-lhe cem rublos! E ela, que fez ela? Foi impossível fazê-la compreender. Ah! se me tivesse ouvido teria sido tão feliz! Veja só, ela pode ser minha parenta, mas sou obrigada a confessar que não tem cabeça. Podia ter ficado num emprego muito bom, que eu mesma lhe arranjei. Mas qual! Não quis humilhar-se. Chegou a insultar o patrão. Então temos direito de insultar os nossos patrões? Ora, foi despedida. No outro emprego também, que depois arranjou, na casa de um guarda florestal, um bom lugar, lá também não quis ficar.

— Queria saber se você ouviu falar alguma coisa sobre o filho dela.

— Se ouvi falar? Mas se foi aqui mesmo que ele nasceu! Era um lindo menino. Mas tão impertinente! Não dava à mãe um momento de descanso. Então providenciei para o batismo, como era justo; depois mandei-o para o asilo. O pobre anjinho, que lhe teria acontecido se a mãe não fosse viva? Outros agem de outro modo: ficam com a criança, não lhe dão de comer, e Deus volta a buscá-la. Mas eu pensei: não! É melhor que ele viva; e como tínhamos dinheiro, fiz que o levassem para o asilo.

— E sabe o número com que o inscreveram?

— Sei, havia um número. Mas o coitadinho morreu logo ao chegar. Ela me disse: "Nem bem cheguei ao asilo ele morreu!"

— *Ela* quem?

— A mulher que levou o menino. Morava em Skorodno. Era uma pessoa que se encarregava de toda sorte de incumbências desse gênero. Chamava-se Melania. Já morreu. Era muito inteligente! Fazia o seguinte: quando lhe entregavam uma criança, em vez de conduzi-la imediatamente ao asilo, conservava-a em casa e dava-lhe alimento. Quando lhe traziam outra, fazia a mesma coisa. Esperava juntar três ou quatro para levá-las de uma vez ao asilo. Mas o menino de Catarina não ficou mais que oito dias em sua casa.

— E como era ele? Uma bonita criança?

— Oh! Era bonito demais; não podia viver. O seu retrato! — acrescentou a velha, piscando o olho pequenino.

— Mas, de que morreu ele? Com certeza não o alimentaram bem?

— Ah! Excelência! Como podia ser bem alimentado? Claro está, o menino não era dela, Melania. O que tinha a fazer era levá-lo com vida ao asilo. Como sabe, ela trouxe os certificados. Tudo estava bem regular. Eis aí uma mulher que tinha boa cabeça!

Nisto se resumiu tudo o que Nekhludov logrou saber a respeito do filho.

VI

Ao sair da casa da velha Matrena, depois de despedir-se dela, Nekhludov avistou na rua à sua espera os dois garotos, o da camisa branca e o outro da cor-de-rosa. Outras crianças se tinham juntado a eles, e também algumas mulheres, entre as quais reconheceu a infeliz que trazia nos braços a criaturinha pálida vestida de trapos. O pequeno continuava a sorrir o seu estranho sorriso, naqueles tracinhos de fisionomia envelhecida.

Nekhludov perguntou quem era aquela mulher.

— É Anissia, de quem já lhe falei — disse um dos meninos. Fui buscá-la para o senhor ver.

Nekhludov voltou-se para Anissia.

— Como vive você? De quê? — perguntou ele.

— Do que vivo? Vivo do que me dão — respondeu Anissia, pondo-se a chorar, enquanto o filho continuava a sorrir, sacudindo as perninhas finas como varas.

Nekhludov tirou do bolso a carteira e entregou dez rublos à mãe. Não havia dado dois passos quando dele se aproximou outra mulher com uma criança no colo, depois uma velha e ainda mais outra. Todas falavam da sua miséria e pediam-lhe que as socorresse. Nekhludov distribuiu entre elas cerca de cinquenta rublos que no momento trazia consigo; e foi com profunda tristeza que voltou para o escritório do administrador.

Vindo ao seu encontro com aquele eterno sorriso, o feitor anunciou-lhe que os camponeses se reuniriam ao cair da tarde. Nekhludov, para fazer tempo, foi passear no jardim, pelos velhos caminhos invadidos pelo mato onde as macieiras deixaram cair suas florezinhas cor-de-rosa e brancas. Caminhava com a lembrança do que vira, que não lhe largava a memória. E pensava tristemente:

"Estes infelizes perecem porque lhes falta a terra que os alimenta, essa terra sem a qual ninguém vive, essa terra que eles mesmos cultivam para que outros lhe vendam no estrangeiro os produtos, e, em troca, comprem para si peliças, carruagens, estátuas de bronze, e sei lá o quê. Quando os cavalos presos num campo acabam de comer todo o capim que aí existia, começam a emagrecer e morrem, se não puderem aproveitar a erva do pasto vizinho: o mesmo acontece com estes infelizes. E eles morrem sem mesmo o perceber, acostumados que estão com uma organização cujo objetivo consiste precisamente em fazê-los perecer; uma organização que conta, entre os seus crimes, o assassínio das crianças, o esgotamento das mulheres e a alimentação insuficiente dos moços e dos velhos. Assim, pouco a pouco, vão perdendo a noção do mal que sobre eles pesa. E então nós, os autores desse mal, chegamos à conclusão de que é um mal natural e necessário: e dessarte, nas faculdades, nos ministérios, nos jornais dissertamos descansadamente sobre as causas da miséria dos camponeses e sobre os diversos meios de remediá-la, enquanto deixamos subsistir, sem lhe fazer a menor alusão, a causa única dessa miséria, continuando a privar os camponeses da terra de que necessitam."

Tudo isto lhe parecia agora tão claro que Nekhludov se admirava de o não ter percebido há mais tempo. Compreendia com perfeita evidência que o único remédio para a miséria dos camponeses era restituir-lhes a terra, para que pudessem alimentar-se. Compreendia que as crianças, particularmente, morriam porque não tomavam leite, e se não tomavam leite era porque os pais não possuíam campo onde levar as vacas a pastarem.

Lembrando-se repentinamente das teorias de Henry George e do entusiasmo que tivera por elas, admirou-se de tê-las esquecido. "A terra não pode ser objeto de propriedade particular; não pode ser objeto de compra e venda, tanto quanto não o pode a água, o ar, os raios do sol. Todos os homens têm igual direito à terra e a todos os bens que ela produz."

Nekhludov compreendeu, então, a causa da vergonha que sempre sentia ao recordar-se das medidas por ele tomadas em Kouzminskoie. Quis iludir-se a si próprio. Sabendo que o homem não tem direito algum sobre a terra, arrogou-se entretanto esse direito quando cedeu aos camponeses parte de um bem que, no fundo da alma, sabia não lhe pertencer.

"Ao menos hoje agirei de outro modo e, depois, anularei o que se fez em Kouzminskoie!" E logo lhe veio ao pensamento um novo projeto. Arrendaria, sim, suas terras aos camponeses, mas de tal forma que o dinheiro do arrendamento não seria para ele, mas reverteria aos próprios camponeses, para o pagamento dos impostos e outras despesas de utilidade geral. Não era ainda o seu ideal sonhado; mas não via, nas circunstâncias presentes, outra solução que mais se aproximasse desse ideal. Além do mais, o essencial era renunciar, de sua parte, ao uso do direito legal de posse da terra.

Ao voltar à residência do administrador, este, com um sorriso particularmente solícito, avisou-o de que estava pronto o jantar, acrescentando que somente receava achar-se um pouco queimado, apesar do zelo da esposa, auxiliada pela empregada.

A mesa estava posta com uma toalha grosseira; numa terrina de velha porcelana de Saxe, de asas quebradas (último vestígio do luxo de outrora no castelo), fumegava uma canja de batatas feita com a carne do galo que Nekhludov, horas antes, vira a esticar ora um pé, ora outro. O galo estava agora em pedaços e aqueles mesmos pés nadavam no caldo. Então reapareceu sobre a mesa o galo, desta vez coberto com um molho de manteiga e açúcar. Por pior que estivesse, Nekhludov comeu com apetite; quase nem prestava atenção no prato, tão inteiramente absorvido estava no projeto que havia formado e que tivera o dom de dissipar-lhe todo o tédio e mau humor.

Pela porta entreaberta, seguia com os olhos as atividades da moça que servia o jantar. Orgulhoso do talento culinário da mulher, o administrador expandia-se num sorriso cada vez mais aberto de satisfação.

Findo o jantar, Nekhludov convidou-o a sentar-se à mesa. Tinha necessidade de falar, de transmitir a quem quer que fosse os nobres pensamentos que lhe agitavam o coração. Expôs-lhe o projeto de ceder as terras aos camponeses; depois, perguntou-lhe o que achava. O administrador sorriu, um sorriso cuja significação era que ele, há já muito tempo, pensava nisso tudo e que sentia grande satisfação em ouvi-lo: porém, na realidade, não tinha compreendido absolutamente nada. E não era porque Nekhludov se exprimisse mal; mas o projeto partia do desejo de renunciar ao seu interesse pessoal pelo interesse alheio e, o administrador, por outro lado, estava firmemente convencido da impossibilidade de um homem ocupar-se de outra coisa além do seu próprio interesse. Por isso julgou não ter entendido muito bem, quando Nekhludov lhe deu a conhecer a resolução de aplicar toda a renda de suas terras na constituição de um capital comum para os camponeses.

— Muito bem! — respondeu ele. — Então o senhor quer arrendar as terras e perceber o rendimento?

— Absolutamente! Veja se me compreende. Quero fazer uma doação completa de minhas terras!

— Mas então — exclamou o administrador, parando de sorrir —, mas então o senhor não vai receber a renda?

— Pois é isso mesmo. Renuncio à renda.

O homem suspirou profundamente, mas logo sorriu de novo. Tinha compreendido. Compreendera que Nekhludov estava meio louco; e, a partir do mesmo instante, só pensou em como, nos meios relacionados com o projeto, poderia arrancar algum proveito. Daí por diante o projeto era coisa resolvida, uma excentricidade que ele nem pensava mais em analisar, mas esforçava-se por descobrir o modo como haveria de lucrar.

Mas, passado algum tempo, descobrindo que o projeto de Nekhludov não lhe traria vantagens, sentiu voltar-lhe novamente toda a má vontade. Continuou, todavia, a sorrir, para ser agradável ao príncipe que, afinal, era o seu patrão.

Nekhludov, vendo que o homem não o compreendia mesmo, deixou-o e dirigiu-se para o escritório. Foi sobre uma mesa antiga, toda manchada de tinta e sulcada de talhos de canivete, que escreveu o plano do seu projeto.

Durante esse tempo o sol se pusera e a lua acabava de aparecer. Uma nuvem de mosquitos invadira o quarto e os insetos zumbiam ao redor do moço; mas ele escrevia sempre, ouvindo o ruído dos rebanhos que se recolhiam, o ranger dos portões que se abriam nos quintais e a voz dos camponeses que vinham para o escritório. Apressou-se em terminar e, chamando o administrador, disse-lhe que preferia ir ao encontro dos camponeses, em vez de recebê-los no escritório.

Acrescentou que se entenderia com eles na aldeia, no lugar que achassem mais conveniente. Depois de engolir apressadamente o chá que lhe oferecia o administrador, rumou de novo para a vila.

VII

Reunidos em grande número no jardim do "estarosta", os camponeses conversavam ruidosamente; mas, ao perceber Nekhludov, calaram-se e, como os de Kouzminskoie, foram tirando o chapéu. Estes camponeses eram muito menos civilizados que os de Kouzminskoie; quase todos vestiam *caftans* cosidos pelas próprias mulheres e calçavam *laptis*. Alguns até se encontravam descalços; outros, em manga de camisa, do jeito que voltaram dos campos.

Fazendo esforço sobre si mesmo para vencer a timidez, Nekhludov, desde o princípio do seu discurso, anunciou-lhes que tinha formado o projeto de entregar-lhes as suas terras. Os camponeses escutavam em silêncio, sem que a fisionomia lhes manifestasse qualquer emoção.

— Realmente, penso que todo homem tem o direito de tirar proveito da terra! — prosseguiu ele.

— Isso é verdade! Isso é bem verdade! — confirmaram algumas vozes.

Continuando, Nekhludov declarou-lhes que os lucros deviam ser repartidos entre todos e que, em consequência, propunha ceder-lhes as suas terras mediante um preço que eles mesmos determinariam e que a renda serviria para constituir-lhes um capital social, destinado ao uso comum.

Novamente se ergueram palavras de aprovação; mas o rosto sério dos camponeses tornava-se cada vez mais sério e o olhar, no começo fixado sobre o *barine*, baixava-se até o chão, como se receosos de ofenderem Nekhludov, deixando-lhe ver que os homens lhe perceberam a astúcia e nenhum deles seria logrado.

O príncipe, entretanto, falava-lhes do modo mais claro possível, e os camponeses estavam longe de ser estúpidos; mas eles não o compreendiam, nem podiam compreendê-lo; e pela mesma razão que havia impedido o administrador de entendê-lo. Estavam profundamente convencidos de que todo homem só se preocupa com buscar vantagens para si próprio. Quanto aos administradores, em particular sabiam os camponeses por experiência de muitas gerações, que todos eles sempre procuraram a sua vantagem própria à custa de subordinados; em consequência, quando o administrador os reunia e lhes submetia qualquer proposta nova, sabiam antecipadamente que o fim era unicamente confundi-los com algum novo ardil.

— Pois bem, qual é o preço que vocês oferecem pela terra? — perguntou Nekhludov.

— Como poderíamos nós oferecer um preço? Isso é impossível. A terra é do senhor, é o senhor que pode tudo! — responderam algumas vozes.

— Mas, se estou lhes dizendo que serão vocês mesmos a aproveitar esse dinheiro para as suas necessidades!

— Não podemos fazer isso.

— Procurem compreender! — exclamou o administrador que se achava atrás de Nekhludov e julgava ter o dever de intervir para que o caso se esclarecesse. — Vocês então não entendem que o príncipe lhes propõe arrendarem a terra por um dinheiro que afinal vai pertencer a vocês mesmos, constituindo um capital de que todos vão tirar proveito?

— Nós compreendemos o príncipe perfeitamente! — disse, sem levantar os olhos, um velhinho baixo, de cara rabugenta. — É como se esse dinheiro fosse posto num banco. Nós, no entanto, temos de pagar com prazo marcado. E é isso o que não queremos! Já temos dificuldades bastante para dar conta do recado, sem mais isso! Seria, desta vez, a nossa ruína completa.

— Ele tem razão! É bem verdade! Preferimos ficar como antes! — exclamaram vozes descontentes, algumas até zangadas.

O descontentamento, porém, aumentou ainda mais, assim como a resistência, quando Nekhludov lhes disse que ia deixar no escritório do administrador um contrato já assinado por ele, que os camponeses deviam também assinar.

— Assinar! Por que devemos nós assinar? Como temos trabalhado continuaremos a trabalhar. Para que serve tudo isso? Nós não somos escrevedores, somos ignorantes!

— Não consentimos nisso, porque não estamos acostumados com essa espécie de negócio! Que as coisas continuem como estavam! Só pedimos que troquem as sementes para nós! — gritavam outras vozes.

"Trocar as sementes" significava o seguinte: estava estabelecido que o grão para o cultivo dos campos devia ser fornecido pelos próprios camponeses; agora pediam eles que o grão lhes fosse fornecido pelo proprietário.

— Então, vocês recusam? Não querem que lhes entregue as minhas terras? — perguntou Nekhludov, dirigindo-se a um camponês moço, de cara reluzente, vestido com um *caftan* remendado, e descalço; segurava na mão esquerda um barrete todo rasgado, com o gesto peculiar do soldado a quem um superior ordena descobrir-se.

— Perfeitamente, Excelência! — respondeu o camponês, que ainda tinha os hábitos da disciplina militar.

— Então é porque vocês têm terra demais?

— Que terra? Nós não temos terra! — replicou o ex-soldado, num tom de amabilidade forçada.

— Não importa! Vocês vão refletir sobre o que eu lhes disse! — declarou o príncipe, estupefato.

E repetiu-lhes, uma vez mais, a sua proposta.

— Já está refletido! É como nós dissemos! — respondeu o velho desdentado e sempre rabugento.

— Ficarei aqui até amanhã. Se mudarem de ideia, venham me dizer.

Os camponeses não responderam.

Convencido de não conseguir mais nada naquela tarde, Nekhludov voltou tristemente para o castelo.

— O senhor vê, príncipe — disse-lhe o administrador, com o eterno sorriso —, jamais conseguirá entender-se com eles: essa espécie é birrenta como as mulas. Se lhe entra qualquer coisa na cabeça, nada na terra conseguirá tirar. E, depois, eles têm medo de tudo. Mas não são bobos, não. Alguns são até bem inteligentes, como camponeses, como, por exemplo, o velho que gritava alto, o mais arrebatado de todos na rejeição do seu oferecimento. Quando chega até o escritório e eu o convido a tomar chá, compreende tudo, fala de tudo; é um prazer conversar com ele. Mas, assim reunido, com outros, o senhor viu, fica inteiramente mudado! É impossível introduzir-lhe qualquer ideia no cérebro!

— Mas, então, não seria melhor chamar aqui alguns deles, os mais inteligentes? — perguntou Nekhludov. — Assim, explicar-lhes-ei detalhadamente o plano.

— De fato, seria bom! — respondeu o administrador.

— Pois bem! Faça-me o favor de chamá-los amanhã cedo.

— Nada mais fácil! Amanhã cedo estarão aqui.

VIII

Ao sair do escritório, Nekhludov foi para o quarto que lhe haviam preparado. Num leito grande e alto, com dois travesseiros e um acolchoado encontrou bonita colcha de seda vermelha, evidentemente um empréstimo gentil da mulher do administrador. Este, depois de conduzir Nekhludov ao seu aposento, perguntou-lhe se não desejava, antes de deitar-se, acabar o que restava do jantar. O príncipe agradeceu-lhe; e mais uma vez se desculpando da pobreza com que o recebera, o administrador deixou-o.

A recusa dos camponeses que, por momentos, entristecera Nekhludov, não mais o afligia. Pelo contrário, embora no fim de contas os camponeses de Kouzminskoie tivessem agradecido, ao passo que os daqui demonstraram descontentamento, e mesmo hostilidade, sentia-se — coisa estranha — tranquilo e feliz.

Achando muito abafada a atmosfera, saiu para o pátio com a intenção de ir até o jardim; mas, lembrando-se da noite terrível, da vidraça da janela iluminada e da escada do fundo da casa, não teve coragem de rever os lugares que lhe traziam tantas recordações. Sentou-se na escada da frente, aspirando o perfume dos brotos de bétulas de que estava fortemente impregnado o ar quente da noite; quedou-se longo tempo a olhar o vulto sombrio das árvores, a escutar o ruído do moinho e o canto de um pássaro que pousara, bem perto, num arbusto. A luz no apartamento do administrador apagou-se; a meia-lua, escondida pelas nuvens, reapareceu a oeste, por trás das granjas; e, de tempo a tempo, relâmpagos de estio clareavam o jardim florido. Depois, vindo de longe, um trovão pressagiava o maciço escuro que foi, pouco a pouco, galgando um pedaço do céu. O pássaro que cantava, silenciou. Ao ruído da água a escumar na comporta juntou-se o grasnar assustado dos gansos; e logo, na aldeia no galinheiro, ouviram-se os galos, cujo canto costuma preceder de muito a aurora, nas noites de tempestade.

Diz um provérbio que os galos cantam cedo nas noites festivas; e, com efeito, aquela noite era, para Nekhludov, uma noite festiva; ou antes, mais do que festiva, era cheia de felicidade e arrebatamento. A imaginação fazia renascer-lhe as impressões que experimentara noutros tempos, durante o verão adorável que, jovem e inocente, ele passara nesses mesmos lugares; e sentia que voltava a ser o que fora. Voltava a ser o que fora no período belo e feliz da sua vida, quando, aos quatorze anos, rezava para que Deus lhe revelasse a verdade, e quando, chorando nos joelhos da mãe, jurava-lhe que havia de ser sempre bom e que nunca lhe daria desgostos. Voltava a ser o que fora nos tempos em que ele e o seu amigo Nicolau Irtenev resolveram que se auxiliariam mutuamente na perseverança no caminho do bem e que consagrariam toda a existência à felicidade dos homens.

Lembrou-se de que, em Kourzminskoie, levado por más tentações, tinha lamentado a perda da casa, das matas, da chácara e das terras. E perguntava a si mesmo se no fundo do coração ainda conservava alguma saudade de todas aquelas coisas. A verdade é que nada mais sentia e, além disso, não compreendia como pudera ter esse sentimento. De novo, veio-lhe à memória a imagem das cenas que presenciou ao dirigir-se à casa de Matrena. A jovem mãe sem marido, porque o marido havia cortado uma árvore da mata que pertencia a ele mesmo, Nekhludov. Lembrou-se da repugnante Matrena, que chegou a dizer-lhe que era dever das moças de sua classe consentir nos amores de seus senhores. Recordou-se do que lhe dissera a velha sobre o modo de conduzir as crianças ao asilo e, diante de seus olhos, apareceu novamente o menino impressionante, com o seu rostinho de velho a sorrir e as suas perninhas magras. O seu pensamento transportou-se desta criança para a prisão, as cabeças raspadas, as celas, o mau cheiro dos corredores, as cadeias; e, comparando todas essas misérias viu o luxo estúpido da sua própria vida, da vida das cidades.

A meia-lua durante esse tempo de novo se tinha desembaraçado das nuvens, por trás das granjas, e sombras escuras se alongavam pelo pátio, enquanto as barras de ferro do telhado brilhavam suavemente.

E, como se não pudesse resignar-se a não saudar essa luz, o pássaro do arbusto começou outra vez a cantar, dando um pequeno estalo com o bico.

Nekhludov pensou como havia perdido o seu tempo, em Kouzminskoie, ao refletir sobre a sua vida, ao imaginar o que devia fazer e o que seria dele. Tinha formulado certas questões que não pudera resolver, tantos eram os motivos prós e contra, tão difícil e complicada lhe parecia a vida. Formulou agora as mesmas questões e admirou-se de achá-las tão simples. Ora, no momento eram simples porque tinha cessado de pensar no que lhe aconteceria, ou mesmo de interessar-se pelo seu destino, para pensar unicamente no que devia fazer. E, o que era surpreendente, decidir sobre a sua vida havia custado mais do que decidir sobre o que fazer para a vida dos outros. Via claramente que devia dar suas terras aos camponeses, porque os camponeses necessitavam delas, e porque ele mesmo não tinha o direito de as possuir. Via claramente que não devia abandonar Katucha, mas, pelo contrário, ajudá-la a perseverar nas boas disposições com que a encontrara pela última vez: porque tinha cometido uma falta que devia expiar. Ignorava quais seriam os resultados, entretanto sabia que tinha absoluto dever de assim agir. E essa profunda convicção o encheu de alegria.

A massa negra havia invadido o céu de repente; verdadeiros relâmpagos sucederam-se aos relâmpagos de calor, iluminando o pátio e a casa semiarruinada; e um forte estrondo de trovão reboou sobre o jardim. Os pássaros calaram-se, mas, em compensação, as folhas das árvores sussurravam, agitadas pelo vento fresco que, começando a soprar, vinha também revolver os cabelos de Nekhludov. Uma gota, depois outra, bateu no telhado; o vento cessou bruscamente, fez-se grande silêncio e Nekhludov ouviu o ronco prolongado de outro trovão, bem sobre sua cabeça.

Foi então para dentro da casa, com o coração sempre feliz.

E refletia: "A utilidade da minha vida, o sentido profundo desta vida, o fim superior para o qual vivemos, não os compreendo, nem posso compreender. Por que existiram minhas tias? Por que morreu Nicolau Irtenev, enquanto eu continuo a viver? Por que encontrei Katucha? Por que estive tanto tempo cego e louco? Nada posso saber de tudo isto: não está em meu poder compreender a obra do Mestre. Mas cumprir a sua vontade, tal qual está escrita em meu coração, isso está em meu poder e sei que é o meu dever. Não descansarei enquanto não o tiver cumprido."

A chuva caía perpendicularmente, tamborilando no teto e respingando gotas nas vidraças; de minuto a minuto, clareava-se o pátio. Nekhludov entrou no quarto, despiu-se e deitou-se, mas meio inquieto a respeito de percevejo, pois o papel sujo e rasgado da parede, logo à primeira vista, o fez suspeitar.

"É isso, não mais considerar-me senhor, mas criado." E esse pensamento lhe inundava de alegria a alma.

Todavia o seu receio era mais do que fundado. Nem bem extinguira a luz, já os insetos lhe corriam pelo corpo.

"Ceder as minhas terras, ir para a Sibéria, — piolhos, percevejos, sujeira! Pois seja: sendo preciso suportar tudo isto, hei de suportar."

Mas, apesar da sua bela resolução, naquela noite, pelo menos, não o pôde suportar. Levantou-se e foi sentar-se perto da janela aberta, onde durante muito tempo ficou a contemplar as nuvens negras que se dissipavam e a lua que novamente apareceu.

IX

Nekhludov só conseguiu dormir pela manhã, de modo que se levantou bem tarde.

Ao meio-dia chegaram os sete camponeses, escolhidos pelo administrador. Reuniram-se no pomar, onde havia, debaixo das macieiras, uma mesa e dois bancos de tábuas colocadas sobre estacas. Custou muito a Nekhludov fazê-los decidir-se a pôr de novo o chapéu na cabeça e sentar-se.

O antigo soldado, sobretudo, obstinava-se em ficar de pé, segurando contra o peito o boné remendado, na atitude própria do soldado que acompanha enterro.

Todavia, quando o mais idoso do grupo — um grande velho de aspecto venerável, cuja barba grisalha longa e crespa lembrava a barba do *Moisés* de Miguel Angelo, e cujos cabelos, também grisalhos e bastos, lhe coroavam a fronte queimada de sol —, pôs na cabeça o grande chapéu e, depois de abotoar o *caftan* novo, aproximou-se de um dos bancos onde sentou, ninguém mais hesitou em seguir-lhe o exemplo.

Terminada esta formalidade, Nekhludov tomou o outro banco, em frente aos camponeses e, abrindo o papel em que havia escrito o projeto, começou a ler, dando-lhes explicações.

Ou porque o número de ouvintes fosse menor, ou porque o pensamento de sua resolução o impedisse de pensar nele mesmo, o certo é que Nekhludov desta vez não sentiu mais embaraço algum. E, involuntariamente, dirigiu-se de preferência ao velho de barba encaracolada, como se esperasse, mais por parte deste do que dos outros, a aprovação ou a censura. Contudo, o bom conceito que formava a seu respeito não passava, infelizmente, de uma ilusão. O velho, na realidade, às vezes baixava a bela cabeça patriarcal, aprovando; outras, meneava as cãs em sinal de desconfiança, porém não conseguiu compreender, não só o pensamento do príncipe, senão até as palavras que este proferia.

Um de seus vizinhos estava compreendendo muito melhor o que lhes dizia Nekhludov. Era um velhinho manco e zarolho, vestido com uma camisa reformada de nanquim e calçado com botas velhas. Como disse a Nekhludov, durante a conversação, tinha a profissão de funileiro. Contraía as sobrancelhas constantemente no esforço de compreender; e, à medida que ouvia, ia traduzindo em voz alta e a seu modo o que tinha entendido.

Perto dele sentava-se outro velho, baixo e musculoso, de barba branca e olhos brilhantes: este aproveitava todas as ocasiões para fazer apartes irônicos ou engraçados. Era, evidentemente, o espirituoso da aldeia.

O ex-soldado também parecia entender do que se tratava: mas suas reflexões se limitavam a algumas fórmulas banais, sem dúvida aprendidas durante o serviço militar.

O ouvinte mais compenetrado era um camponês graúdo, de nariz comprido e barba curta, que trazia um jaleco bem limpo e calçava *laptis* novos. Compreendia tudo muito bem e só falava quando tinha alguma observação a fazer.

Quanto aos dois restantes que completavam o grupo, um era o velhinho desdentado, o mais tenaz oponente da véspera às proposições de Nekhludov; o outro era um gigante de cabelos completamente brancos e bondade nos olhos. Os dois estavam calados, contentando-se em ouvir com toda a atenção.

Nekhludov começou por expor suas ideias a respeito da propriedade territorial.

— Sou de opinião — disse ele — que ninguém tem o direito de comprar ou vender terras, porque, existindo esse direito, os que têm dinheiro compram todas as terras, não permitindo que os outros possam aproveitar também.

— Isso é bem verdade! — disse, com a sua profunda voz de baixo, o homem de nariz comprido.

— Perfeitamente! — declarou o ex-soldado.

— A minha velha um dia apanhou um pouco de capim para as vacas: agarraram-na e pronto! para a cadeia! — disse o espirituoso de barbas brancas.

— A terra que temos é do tamanho deste jardim; arrendar outra maior é impossível — continuou ele. — Os preços subiram tanto que a gente nem pensa em recuperar o dinheiro que se gastou.

— É isso! — exclamou outro. — Esfolam-nos como querem. Está muito pior do que no tempo das senhoras defuntas!

— Eu penso como vocês! — disse Nekhludov. — E considero a posse da terra um pecado. É por isso que estou resolvido a alienar as minhas propriedades.

— Se a coisa é possível, não diremos que não — falou o velho de barba crespa, que com toda a certeza tinha compreendido que Nekhludov queria arrendar-lhes as terras.

— Pois é por isso que vim até aqui. Não quero mais tirar lucro das minhas terras. Mas temos ainda de nos entender sobre o melhor modo de vocês tirarem proveito delas.

— A única coisa que o senhor tem a fazer é entregar as terras aos camponeses! — exclamou, de repente, o velhinho desdentado.

Nekhludov, ao ouvi-lo, perturbou-se momentaneamente; porque sentia nessas palavras a suspeita à lealdade de suas intenções. Mas logo depois se dominou, lembrando de que devia expor até o fim o que tinha a dizer.

— É claro que lhes darei as minhas terras — continuou —, mas a quem e como?

Ninguém respondeu. Só o antigo soldado deixou escapar um: "Perfeitamente!"

— Escutem! — prosseguiu Nekhludov. — O que fariam vocês se estivessem no meu lugar?

— O que faríamos? É muito simples! Repartiríamos tudo entre os camponeses.

— Pois claro! Repartiríamos tudo entre os camponeses! — repetiu o bom velho de barbas brancas.

E todos, um após outro, foram dando a sua aprovação a essa resposta, que lhes parecia plenamente satisfatória.

— Mas como será feita a partilha? — perguntou Nekhludov. — Aos criados, aos que não cultivam, seria também preciso dar terras?

— Ah! Claro que não! — declarou o espirituoso.

O camponês de nariz comprido, porém, não concordou:

— É preciso repartir igualmente entre todos! — falou, com sua voz de baixo, depois de refletir alguns instantes.

— Não! Isso não é possível! — continuou Nekhludov. — Se eu repartisse igualmente entre todos, aqueles que não trabalham para si mesmos, que não plantam, perderiam o seu lote e o venderiam aos ricos. E novamente a terra se acumularia entre os ricos. Quanto aos que plantam, multiplicando-se as suas famílias, a terra seria dividida de novo. E novamente os ricos retomariam o seu poder sobre aqueles que necessitam da terra para viver.

— Perfeitamente! — apressou-se a responder o ex-soldado.

— Proibir que as terras sejam vendidas! Obrigar cada um a plantar para si! — exclamou o funileiro, lançando um olhar irritado.

Nekhludov, todavia, tinha também previsto essa objeção. Respondeu que era impossível verificar se alguém cultivava por sua própria conta ou se por conta de outrem. E, além disso, era também impossível a partilha igual.

— A um de vocês caberia terra boa; a outro, argila ou areia. Todos hão de querer da terra boa.

Então o grande *mujik* de nariz longo, o mais inteligente dos sete, propôs que se organizasse de modo a que todos cultivassem em comum.

— Aquele que plantar terá a sua parte, e aquele que não plantar nada terá! — declarou ele, com sua voz de baixo, clara e enérgica.

Nekhludov respondeu que também havia pensado nisso, mas que, para ser viável o plano, todos deveriam ter os mesmos arados e os mesmos cavalos, ou melhor, que os cavalos, os arados, manguais e tudo que possuíam deviam ser propriedade comum. E acrescentou que, para a sua realização, havia necessidade que todos se pusessem de acordo.

— O pessoal daqui nunca entrará em acordo nesse ponto — declarou o velhinho rabugento.

— Sai logo briga! — disse o velho de barba branca, com riso nos olhos.
— Garanto que até as mulheres acabariam se esbofeteando.

— Vocês veem que a coisa não é tão simples como parece! — disse Nekhludov. — E não somos só nós que pensamos nestas questões. Assim, há um americano chamado George. Pois bem! Aqui está o que ele imaginou; é o que eu também penso, nesse ponto.

— O senhor é o dono, pode fazer o que bem quer. Nós seremos forçados a passar por onde o senhor deseja! — disse o velho desdentado.

Esta interrupção entristeceu a Nekhludov. Descobriu, porém, com alegria, que não era o único a deplorá-la.

— Perdão, tio Semênio, deixe primeiro que ele nos explique as suas ideias! — falou o camponês da voz grave, que decididamente era o mais judicioso do grupo.

Nekhludov, confortado, começou a explicar-lhes a doutrina de Henry George.

— A terra não é de ninguém. Pertence a Deus!

— É isso mesmo! Perfeitamente! Eis uma coisa muito bem dita! — declararam diversas vozes.

— Toda a terra deve ser possuída em comum. Todos têm sobre ela iguais direitos. Mas há terra mais ou menos boa. E cada um deseja ter da boa. Como fazer para igualar as partes? É preciso que aquele que explora uma terra boa reparta o excedente dos produtos com aquele que ara terra menos boa. Como é difícil determinar não só os que devem pagar, mas também quanto deverão pagar, e como, em nossos dias, o dinheiro é indispensável, a resolução mais avisada será decidir que todo homem que explorar uma terra pagará à comunidade, para as necessidades comuns, na proporção do que vale a terra. Deste modo será obtida a igualdade. Quem quiser cultivar terra pagará mais por terra boa, pagará menos por terra pior. E quem não quiser explorar a terra nada pagará; e os que a explorarem pagarão por este o imposto necessário às necessidades comuns.

— Eis aí uma boa cabeça, a desse George! — exclamou o velho, cuja barba crespa lembrava o *Moisés*.

— Aí está uma coisa de acordo com a justiça! — declarou o funileiro, mexendo as sobrancelhas. — O que tem a melhor parte paga mais!

— Contanto que o preço seja de acordo com os nossos meios! — disse o homem do nariz grande.

— Quanto ao preço, este deve ser calculado de modo a não ser nem alto nem baixo demais. Se é muito alto, ninguém paga e se produzem faltas; se é muito baixo, todos se põem a comprar terras uns dos outros e novamente começa o tráfico da terra. Foi isto que George disse; e é sobre estes princípios que eu queria ajustar com vocês.

— Perfeitamente! É mais do que justo! Nós queremos também! — responderam os camponeses.

— Mas que cabeça! — repetiu o velho representativo, das barbas crespas. — George! E pensar que ele inventou tudo isso!

— E se eu quiser também receber terra? — perguntou o administrador a sorrir.

— A participação é livre: receba e trabalhe! — respondeu Nekhludov.

— Para que quer você terras? Você já está cheio assim! — disse o espirituoso.

Assim terminou a discussão.

Nekhludov repetiu ainda uma vez a exposição do seu projeto, acrescentando não desejar resposta imediata, mas aconselhava aos delegados que se entendessem com os outros camponeses e, em seguida, viessem trazer-lhe o resultado.

Todos os sete prometeram seguir o conselho; levantaram-se e voltaram para a aldeia. Por muito tempo Nekhludov ouviu o som de suas vozes animadas e vibrantes se afastando. E, até a noite chegaram aos seus ouvidos os ecos longínquos de gritos e discussões que se misturavam com o ruído monótono da comporta do moinho.

X

No dia seguinte, os camponeses não trabalharam: passaram-no a deliberar sobre a proposição do *barine*. Mas as deliberações não deram resultado, pois os habitantes da aldeia se dividiram em dois partidos: uns consideravam as proposições do príncipe como vantajosas e sem perigo; outros obstinavam-se a ver nelas um ardil, não atinando com o seu objetivo que, por isso mesmo, lhas tornava mais perigosas.

Todavia, no segundo dia, todos finalmente entraram em acordo para aceitar as condições de Nekhludov; e os sete delegados voltaram a comunicar-lhe a decisão da comunidade. Mas não contaram ao príncipe que eles mesmos forçaram os camponeses ao acordo, banindo-lhes o receio de serem enganados, pois que os bons velhotes acreditaram ter-lhe adivinhado o intento e proclamaram que o *barine* assim agia para salvar a alma, resolvido que estava a expiar os pecados.

A explicação foi recebida sem reservas pelos *mujiks*, porque, desde a chegada de Nekhludov, eram testemunhas das grandes esmolas que fazia a todo mundo. O príncipe, com efeito, distribuía muito dinheiro. Era a primeira vez que tinha ocasião de ver de perto a miséria dos camponeses, e a dificuldade extrema de sua vida nas condições presentes. E, embora sabendo que era imprudência abrir mão do seu dinheiro, não podia conter-se e o distribuía com generosidade, pois que havia precisamente recebido em Kouzminskoie uma soma bem grande pela venda de lenha e rendimentos em atraso.

E logo que se ouviu dizer que o *barine* dava dinheiro a todos que lho pedissem, grande número de pobres de toda a região, mulheres, principalmente, começaram a procurá-lo, suplicando que os socorresse. Nekhludov afligia-se, porque não podia dar indefinidamente e, por outro lado, porque não tinha meios para discernir a quem dar e a quem negar. Não tinha coragem de negar às pessoas que pediam e que, aparentemente, se mostravam todas necessitadas de auxílio. E o dinheiro se acabava e os mendigos continuavam a afluir. Para sair dessa situação só havia um meio: partir. Por isso resolveu seguir o mais cedo possível.

No último dia de sua estada, subiu até os apartamentos das tias, para passar em revista os objetos que ainda ali se encontravam. Na última gaveta de uma cômoda de pau-de-rosas, ornada de engastes e fechaduras de bronze cinzelado, descobriu um pacote de velhas cartas e, entre estas, fotografia de um grupo de pé à frente da casa: lá estava Sofia Ivanovna, Maria Ivanovna, Nekhludov com uniforme de estudante e Katucha.

De todos os objetos que havia na casa, Nekhludov só guardou as cartas e essa fotografia. O resto — móveis, quadros, tapeçarias e tapetes — cedeu tudo ao moleiro, que gostava do luxo e que prometera ao administrador uma boa comissão, se conseguisse que os objetos lhe fossem vendidos a preço vantajoso. Assim obteve tudo aquilo por preço com que nem ousara sonhar.

E Nekhludov, lembrando-se novamente da pena que sentira em Kouzminskoie, só com o pensamento de renunciar às suas propriedades, se admirou outra vez de como pudera ter tal sentimento. Agora experimentava deliciosa sensação de liberdade que se aliava com o encantamento da novidade; impressão semelhante à que sente o explorador quando, ao cabo de provações cruéis, entrevê finalmente a nova terra!

Capítulo II

I

Ao voltar do campo, Nekhludov teve uma impressão particularmente desagradável da cidade. Chegou à noite e dirigiu-se logo para casa. Todos os cômodos recendiam a naftalina, e tanto Agripina Petrovna como Kornei pareciam cansados e descontentes; haviam até discutido à tarde, a respeito do trabalho de cada um, que, aliás, consistia simplesmente em desdobrar, pôr ao sol e tornar a guardar os tapetes e as roupas.

O quarto de Nekhludov não estava relativamente muito em desordem; mas tinham negligenciado a sua arrumação para a noite e alguns baús estavam colocados em frente da porta, atravancando a passagem. Evidentemente, Nekhludov, com sua volta inesperada, viera atrapalhar os grandes planos de limpeza da casa que, semanas já, ia prosseguindo com lentidão extraordinária.

E tudo isso pareceu a Nekhludov tão estúpido e ridículo em comparação com a miséria que acabara de presenciar nos campos, que ele se resolveu deixar a casa na manhã seguinte e instalar-se num hotel, deixando Agripina Petrovna proceder às arrumações como lhe aprouvesse.

Com efeito, no dia seguinte, saiu cedo e na primeira hospedaria que encontrou no caminho da prisão, escolheu dois pequenos quartos mobiliados e de aspecto modesto; e, depois de ter dado ordem para transportarem a mala que havia preparado na véspera, dirigiu-se à casa do advogado.

A manhã estava muito fria. Depois das tempestades e das chuvas sucederam-se as geadas que, comumente, sobrevêm no começo da primavera. A temperatura estava tão gelada e o vento tão penetrante que Nekhludov, vestido com um sobretudo muito leve, tiritava e apertava o passo para aquecer-se.

Sua memória repassava o que tinha visto na aldeia: revia as mulheres, as crianças, os velhos, toda aquela miséria e fadiga que descobria pela primeira vez; revia particularmente aquela miserável criança de rosto senil que, nos braços da mãe, sorria para ele um sorriso lamentável, enquanto sacudia as perninhas descarnadas. Involuntariamente ia comparando essas lembranças com o que estava vendo ao seu redor. Passando em frente dos armazéns, dos açougues, dos mercados de peixe, das oficinas de alfaiates, chamou-lhe a atenção a aparência dos burgueses, quase todos bem nutridos, contrastando com os camponeses. Igualmente gordos lhe pareceram os cocheiros das carruagens particulares, com as suas coxas volumosas a ostentar os grandes botões dourados; os porteiros de libré agaloada; as criadas de avental branco e cabelos cacheados; e até os cocheiros de fiacre de primeira classe estendidos nas almofadas do carro e entretidos a olhar distraidamente para os transeuntes. Todavia, sob aquela gordura, Nekhludov reconhecia agora neles a mesma espécie de homens que vira no campo. Expulsos das aldeias pela falta de terra, souberam adaptar-se às condições de vida urbana; tornaram-se burgueses e se orgulhavam da nova situação; mas quantos outros havia que, do mesmo modo expulsos de suas aldeias por falta de terra, tiveram menos sorte e se encontraram em condições infinitamente mais miseráveis do que deixaram em sua terra! Assim, como aqueles sapateiros que Nekhludov via bater sola diante das janelas de um porão; assim como aquelas lavadeiras magras e pálidas, de cabelos desgrenhados, a passar roupa diante das janelas abertas, de onde se desprendia asfixiante vapor de água de sabão. Assim como, ainda, dois pintores com quem Nekhludov se cruzou na rua, descalços e lambuzados de tinta da cabeça aos pés; com as mangas arregaçadas acima dos cotovelos, levavam um balde grande, cheio de tinta, e não paravam de praguejar; sua fisionomia lhes exprimia a lassidão e mau humor. Lia-se a mesma expressão no rosto dos cocheiros de fiacre de segunda classe, que tremiam de frio nos assentos; e no dos homens, mulheres e crianças andrajosos que pediam esmolas pelas esquinas das ruas. Essa expressão, todavia, em nenhum outro lugar era tão patente como nas fisionomias que Nekhludov avistava pelas janelas dos bares. Ao redor de mesas sujas, atulhadas de copos e garrafas, grupos de homens de cara congestionada e banhada de suor sentavam-se a cantar e a gritar. Diante de uma das janelas,

Nekhludov viu um desses desgraçados que, de sobrancelhas erguidas e boca aberta, fixava o vácuo diante de si, parecendo esforçar-se por lembrar-se de alguma coisa.

"Mas, por que vieram eles todos à cidade?", era a pergunta que fazia a si próprio Nekhludov, enquanto aspirava, sem querer, o cheiro enjoativo de ocre oleoso que se desprendia das casas recentemente construídas e que o vento fresco trazia.

Em outra rua encontrou algumas carroças que transportavam uma carga de vigas de ferro, que fazia tremer o solo. O barulho ensurdecedor da ferragem deu-lhe dor de cabeça. Enquanto corria para passar as carroças ouviu, de repente, o seu nome, confundido com o estrépito das barras de ferro.

Parou e divisou à sua frente um homem gordo, elegantemente vestido, de rosto luzidio e bigodes em ponta, que, sentado num fiacre de primeira classe, fazia-lhe um gesto amigável com a mão e sorria descobrindo uns dentes de brancura anormal.

— Nekhludov! Você?!

A primeira impressão de Nekhludov foi de prazer.

— Ora veja! Chembok! — exclamou ele, alegremente.

Mas, logo depois, compreendeu que não havia motivo algum para alegrar-se.

Era o mesmo Chembok que tinha ido ao seu encontro na casa das tias, no dia depois que infelicitara Katucha. Nekhludov o tinha perdido de vista havia muito tempo. Sabia que Chembok também deixara o regimento e que, apesar de não possuir fortuna mas dívidas, continuava, não se sabia como, a viver na sociedade das pessoas ricas. A elegância do trajar e a expressão satisfeita dos seus traços provaram a Nekhludov que tudo era verdade.

— Que sorte tê-lo encontrado! Palavra de honra, não há mais ninguém nesta cidade! Mas, meu caro, como você envelheceu! — disse o antigo oficial, descendo do carro e endireitando os ombros. — Imagine que só o reconheci pelo andar! Jantaremos juntos esta noite, que tal? Onde é que se pode comer satisfatoriamente nesta terra?

— Acho que não posso aceitar — respondeu Nekhludov, que pensava somente em descobrir um meio de se desembaraçar do companheiro sem ofendê-lo. — E você, o que anda fazendo por aqui? — continuou.

— Eu, meu caro, estou aqui a negócios! O caso de minha tutela. Você sabe, não é, que agora sou tutor? Estou administrando os bens de Samanov. Conhece

Samanov, aquele ricaço? Imagine que ele está meio idiota. São 54 mil deciatinas de terra! — acrescentou Chembok, com uma vaidade toda especial. — E tudo isso numa desordem lamentável. Os camponeses tinham-se apropriado das terras. Não pagavam e o déficit era enorme. Pois bem! Num ano de tutela, já pus tudo em bom estado e as terras estão produzindo 70% a mais. Hein! Que acha você? — perguntou ele, com vaidade ainda mais acentuada.

Nekhludov lembrou-se de que, com efeito, ouvira essa história. Precisamente por ter dissipado toda a sua fortuna e estar endividado até o pescoço, Chembok havia sido designado para administrar, na qualidade de tutor, a fortuna de um velho milionário inepto.

"Como despedir-me sem ofendê-lo?", pensava Nekhludov considerando o rosto balofo e lustroso de Chembok, onde se ostentavam uns bigodes brilhantes de cosmético.

— Pois bem! Onde vamos nós jantar?

— Hoje é mesmo impossível — disse Nekhludov, puxando o relógio.

— Você não pode mesmo? Então, escute. Hoje há corso. Vamos?

— Não, é impossível.

— Vamos, sim, faço questão absoluta. Não tenho mais cavalos, mas Grichine vai emprestar-me um. Ele tem montarias magníficas. Está combinado, então, iremos e depois faremos uma ceia juntos.

— Isso também não lhe posso prometer! — respondeu Nekhludov, com um sorriso.

— Pois bem! Fica para outra vez. E para onde vai agora? Quer que o leve?

— Obrigado! Vou falar com um advogado e é aqui perto.

— Ah! já sei. Você presentemente passou a viver nas prisões. Traz recados dos prisioneiros. Os Korchaguine me contaram tudo — disse Chembok, dando uma gargalhada. — Você sabe que eles já partiram? Vamos! Conte-me toda a história.

— Tudo isso é verdade — respondeu Nekhludov. — Mas são coisas complicadas, que não se podem contar na rua!

— Oh! meu velho, você há de ser sempre original! Mas não importa, espero por você esta noite, depois do corso.

— Impossível, é mesmo impossível. Mas você não vai ficar zangado?

— Que ideia! E o tempo, como esfriou, não?

— É mesmo.

— Pois, se é assim, espero ter o prazer de vê-lo novamente. Gostei muito de o ter encontrado! — disse Chembok.

Depois de apertar vigorosamente a mão de Nekhludov, pulou para o carro e sacudiu com afetação a mão com luva branca, enquanto um sorriso amistoso lhe descobria novamente os dentes alvos demais.

"Eu então era assim?", perguntava a si próprio Nekhludov, prosseguindo no seu caminho. "Infelizmente era ainda pior: porque nunca cheguei a ficar assim, mas desejava ficar, e imaginava que havia de passar minha vida inteira desse modo."

II

O advogado estava em casa e, se bem que não fosse dia de consulta, recebeu Nekhludov amavelmente.

Falou-lhe, em primeiro lugar, do caso dos Menchov. Tinha estudado o processo: efetivamente a acusação era sem fundamento algum.

— Mas a ação não deixa de ser bastante complicada! — acrescentou. — Segundo toda probabilidade, o próprio tabeneiro teria posto fogo na granja, a fim de receber o prêmio do seguro. O fato é que não existe nem sombra de provas materiais. A condenação é o resultado do excesso de zelo do juiz de instrução e da negligência do substituto do procurador. Mas aí está, o mal está feito e será difícil qualquer mudança. Não importa. Se conseguirmos apenas obter novo julgamento do processo, tenho toda a certeza de ganhar; e hei de fazer a defesa sem exigir honorários. Ocupei-me também dessa Feodósia Vergoumov, de quem o senhor me havia falado. Aqui está o seu pedido de graça; se o senhor for a Petersburgo, para o caso da Maslova, poderá também levar este pedido e tratar da sua recomendação. Se assim não for, deixando-a entregue à administração, a peça ficará dormindo pelas repartições e teremos perdido o nosso tempo. Desde que o senhor se interessa tanto pelo caso, faço o possível por encontrar acesso junto a pessoas que tenham influência na comissão de graças. Eis aí! e no que mais poderia ser-lhe útil?

— No seguinte. Contaram-me...

— Ah! ah! Pelo que vejo, o senhor tornou-se o porta-voz das reclamações da prisão! — disse o advogado, com uma grande risada. — Mas desde já o previno, o senhor jamais conseguirá recolher todas elas: são demais!

— Não, mas trata-se aqui de um caso monstruoso! — continuou Nekhludov; e repetiu ao advogado o que lhe tinham narrado na aldeia.

Um camponês instruído começou a ler os Evangelhos em voz alta e explicá-los a uns companheiros. O *pope* viu nisso um delito e denunciou-o. Daí resultou um inquérito; e o substituto do procurador redigiu um ato de acusação que o tribunal correcional confirmou.

— Não é horrível? — perguntou Nekhludov. — Não é monstruoso?

— De que se admira tanto assim o senhor?

— Mas, de tudo! Ou antes: compreendo a conduta do *pope* e a dos empregados da polícia; estes nada mais fizeram do que obedecer a ordens. Mas esse substituto, que redigiu o ato de acusação, era livre para interpretar de outro modo; enfim é homem de certa cultura!

— Ora! Vê-se bem que o senhor não o conhece! É opinião corrente que os procuradores, os substitutos e os magistrados em geral são homens de espírito culto e de sentimentos liberais. Antigamente eles eram assim; mas hoje as coisas estão mudadas. Os magistrados atualmente não são mais que funcionários, preocupados unicamente com os seus vencimentos. Se percebem determinado salário, desejam outro mais alto: e nisso se resumem os seus princípios. Depois então ficam prontos para acusar, julgar ou condenar a quem o senhor quiser!

— Mas, enfim, existem leis! Eles não têm direito de deportar um homem simplesmente porque leu o Evangelho com os seus amigos.

— Eles têm o direito não só de deportá-lo, mas também de enviá-lo aos trabalhos forçados. Basta ocorrer-lhes a fantasia de declarar que esse homem, ao comentar o Evangelho, afastou-se da explicação devida e, assim, ofendeu publicamente a Igreja. Ultraje à fé ortodoxa: trabalhos forçados!

— Será possível?

— É o que lhe digo. Sempre afirmo aos juízes — prosseguiu o advogado — que não os posso ver sem sentir o coração agradecido a eles visto que, se não estou na cadeia, e o senhor também e todo o mundo, é por pura manifestação de bondade da parte deles.

— Mas, se tudo depende do capricho do procurador e de outras pessoas que como ele podem seguir ou deixar de seguir a lei, então no que consiste a autoridade da justiça?

O advogado acolheu a pergunta com uma sonora gargalhada.

— Eis aí problemas bem dignos do senhor! Mas, meu caro príncipe, isso tudo é filosofia. O senhor sabe de uma coisa? Venha um sábado destes à noite. O senhor vai encontrar, aqui em casa, sábios, homens de letras, artistas. Então poderemos discutir sossegadamente estas questões gerais. Venha sem falta! Minha mulher ficará encantada com a sua visita.

— Certamente, hei de fazer o possível... — respondeu Nekhludov, sentindo que mentia: pelo contrário, havia de fazer o possível para não comparecer às recepções do advogado, e nunca comparecer às reuniões dos sábios, homens de letras e artistas.

O riso de Fainitzin em resposta à sua pergunta e o tom irônico com que pronunciara as palavras "questões gerais", deram a entender ao príncipe o quanto o seu modo de pensar e sentir diferia dos pensamentos e sentimentos do advogado e, sem dúvida, de seus amigos também. Apesar da transformação operada em Chembok tinha a impressão de que este era e sempre lhe permaneceria menos estranho do que Fainitzin e todos os "intelectuais" da sua roda.

III

Como fosse distante a prisão e já se fizesse um pouco tarde, Nekhludov tomou um fiacre. O cocheiro, homem de seus quarenta anos, de fisionomia simpática e inteligente, chamou-lhe a atenção, no meio do caminho, para um enorme edifício em vias de construção.

— Veja, Excelência, que monumento estão construindo ali — disse num tom de admiração e orgulho.

De fato, o novo edifício prometia ser um verdadeiro monumento, de proporções imponentes. Por entre os andaimes, formigavam operários salpicados de cal: uns colocavam tijolos, outros britavam pedra, e outros, ainda, içavam baldes cheios, ou faziam-nos descer vazios. Um senhor gordo, elegantemente trajado — o arquiteto, provavelmente —, em pé junto da construção, cabeça erguida, dava ordens ao mestre de obras, que o ouvia respeitosamente.

E, olhando para o enorme edifício, Nekhludov refletia:

"Será que toda essa gente, tanto os que trabalham, como os que dirigem a obra, imagina colaborar numa coisa útil? E esses pobres operários, cujas mulheres se esgotam nos campos para criar e sustentar os filhos, acaso estarão convencidos de desempenharem bem o seu cargo, contribuindo para que se levante um palácio absurdo e inútil, a fim de nele habitar qualquer indivíduo estúpido e indigno, enriquecido à custa daqueles a quem rouba e explora?"

— Eis o que se chama um trabalho absurdo! — disse, exprimindo seu pensamento em voz alta.

— Como absurdo? — retorquiu o cocheiro, meio ofendido. — Um trabalho que dá o pão a tanta gente não pode ser absurdo!

— Mas é inútil!

— Se fosse inútil, ninguém ia mandar construir essa casa! — replicou o cocheiro. — E representa o pão de muita gente!

Nekhludov não deu resposta, porque a trepidação das rodas no paralelepípedo tornava difícil a conversa. Na rua seguinte, porém, que era macadamizada, o cocheiro retomou ao assunto interrompido.

— Se o senhor soubesse o mundo de gente do campo que todos os dias chega à cidade! É incrível — observou, apontando para um grupo de camponeses que caminhava pela calçada, carregando serras, machados e sacos de roupas.

— Tem vindo mais gente este ano do que os anteriores? — indagou Nekhludov.

— Mas sem comparação! Basta dizer que as hospedarias estão superlotadas; e o pior é que não aparece trabalho em parte alguma.

— Mas por quê?

— Porque os operários são muitos.

— Neste caso, por que não ficam na aldeia?

— Ora essa! Ficar na aldeia fazendo o quê, se não há meio de se obter terra?

"Será possível que todo o mal provenha dessa causa única?", pensou Nekhludov. Em seguida, interrogou o cocheiro sobre a extensão das terras na sua aldeia, o que possuía ele e por que viera para a cidade.

— Temos um hectare por homem — respondeu o cocheiro. — Meu pai e meu irmão ficaram lá para tomar conta e cultivar o que é nosso, e tenho mais um irmão que é soldado. Mas agora a terra não rende coisa alguma. Até meu irmão está pensando em vir para a cidade.

— Mas ninguém pode arrendar mais terra?

— Arrendar o que e como? Os nobres e antigos senhores venderam tudo. As terras passaram às mãos de homens de negócios: não há perigo que arrendem um pedacinho sequer. Exploram tudo por conta própria. Na minha aldeia foi um francês que comprou as propriedades do nosso antigo *barine*.

— Quem é esse francês?

— Um tal Dufour. O senhor já deve ter ouvido falar nele. É o fabricante de cabeleiras, que fornece para os atores do Teatro Imperial. E garanto que ele ganha muito dinheiro. Desde que entrou na posse da aldeia, dispõe de nós ao seu bel-prazer. Felizmente não é má pessoa; mas a mulher! é uma peste, e pedimos a Deus que nos livre logo dela. Rouba a pobre gente descaradamente!... Afinal, chegamos à prisão. Quer que o leve até o portão? Receio que não me deixem entrar.

Ao avistar os muros da prisão, Nekhludov teve um aperto no coração. Pensava com bastante medo na disposição de que estaria possuída a Maslova, porém o que mais o sobressaltava era o mistério que pressentia nela, mistério esse que parecia pairar sobre toda a prisão.

Bateu na porta principal; e quando um guarda atendeu, informou-lhe que desejava ver a Maslova. O guarda, que o reconheceu, apressou-se em abrir a porta e contou-lhe que a Maslova tinha sido transferida para o serviço de enfermaria.

Nekhludov dirigiu-se, pois, para o lado da enfermaria. Aí encontrou um guarda já velho e simpático, que imediatamente o fez entrar, conduzindo-o até a seção das crianças, onde trabalhava a Maslova.

Um jovem médico interno, cujas roupas exalavam forte cheiro de ácido fênico, veio ao encontro de Nekhludov no corredor e indagou, num tom severo, o objeto de sua visita. Este moço era excessivamente benévolo para com os enfermos, o que muitas vezes o expunha a desagradáveis explicações com os empregados da prisão e com o próprio chefe, o médico principal. Temendo que Nekhludov lhe solicitasse algum favor ilegal e, talvez porque desejasse mostrar que não fazia exceção a ninguém, adotou o ar mais grave que pôde.

— Não há mulheres aqui; a seção é de crianças! — declarou ele.

— Já sei, mas disseram-me que aqui estava uma prisioneira, transferida ultimamente na qualidade de enfermeira.

— Com efeito, temos duas enfermeiras. O que deseja?

— Conheço uma delas, a de nome Maslova — disse Nekhludov. — É ela que desejo ver. Vou partir amanhã para São Petersburgo, onde vou tratar da cassação do julgamento. E depois queria também entregar-lhe isto: é só uma fotografia — acrescentou tirando do bolso um envelope branco.

— Pois seja. Vou chamá-la — falou o médico, já mais calmo. E, voltando-se para uma velha enfermeira de avental branco, mandou chamar Maslova.

— Não quer sentar-se ou entrar na sala da enfermaria?

— Obrigado — respondeu Nekhludov.

E, aproveitando-se da mudança de atitude do interno, perguntou-lhe se estava satisfeito com o trabalho da nova enfermeira.

— Estou satisfeito. Ela não trabalha mal, considerando sobretudo o lugar de onde veio! — respondeu o interno. — Aliás, aí vem ela.

A Maslova com efeito acabava de entrar no corredor, conduzida pela velha enfermeira. Trazia também um avental branco sobre o vestido de algodão listrado, na cabeça um lenço que lhe escondia os cabelos. Ao avistar Nekhludov enrubesceu, parou um momento, como se hesitasse; depois franziu as sobrancelhas, baixou os olhos e, com passo rápido, dirigiu-se para ele. Logo no primeiro instante não quis estender-lhe a mão; mas acabou estendendo-lha e, com isso, ficou ainda mais vermelha.

Nekhludov não deitara mais olho nela desde o dia em que ela se desculpara do seu procedimento exaltado; esperava encontrá-la com os mesmos sentimentos. Mas dessa vez estava diferente: reservada, fechada e, ao que lhe pareceu, mostrava-se mesmo hostil.

Repetiu-lhe o que já havia dito ao interno: que partia para São Petersburgo, que queria muito vê-la antes de partir e que tinha trazido uma coisa para ela.

— Tome — continuou ele —, achei isto na casa de minhas tias: um velho retrato. Quem sabe você vai gostar de vê-lo novamente. Fique com ele.

Ela levantou as sobrancelhas negras, e os olhos ligeiramente estrábicos fixaram-se em Nekhludov com uma expressão de surpresa, como se perguntasse:

"Por que vem ele me dar isto?" Depois, sem dizer palavra, pegou no envelope e o escondeu debaixo do avental.

— Vi também sua tia na aldeia — acrescentou o príncipe.

— Ah! — disse ela, com indiferença na voz.

— E você, está bem aqui?

— Muito bem, não tenho do que me queixar.

— O trabalho não é muito pesado?

— Não, não é pesado. Eu é que ainda não me habituei. É isso.

— Sempre é melhor, não? Melhor que sua vida *lá*.

— Lá, onde?! – exclamou ela. Uma onda de sangue lhe subira ao rosto.

— Quis dizer lá, na prisão! — explicou Nekhludov.

— E por que seria melhor?

— Acho que o pessoal daqui é mais direito. Não é como a gente de lá.

— Lá também há muita gente boa — respondeu ela, friamente.

— Por falar nisso, andei tratando do caso dos Menchov. Tenho esperanças de pô-los em liberdade.

— Queira Deus! É uma velha tão extraordinária! — murmurou, repetindo a sua definição da prisioneira; e a fisionomia iluminou-se com um ligeiro sorriso.

— Espero também que o seu processo seja logo examinado em São Petersburgo e que se anule o julgamento.

— Seja ou não, agora para mim é tudo indiferente.

— Por que diz você "agora"?

— Por nada!

Pareceu a Nekhludov que havia em seu olhar uma interrogação. E imaginou que ela queria saber se persistia ainda a sua resolução ou se ele aceitara a recusa que exprimira claramente.

— Por que lhe é indiferente — disse ele —, não o sei: quanto a mim, efetivamente, em nada modificará o que pretendo fazer. O que quer que lhe aconteça, estou sempre pronto a cumprir a minha promessa.

De novo os olhos negros meio estrábicos fixaram-se no príncipe; e, contra a vontade da moça, neles se lia, distintamente, uma profunda alegria.

— O senhor perde tempo em me falar assim — foi o que respondeu.

— Falo assim para que você saiba a verdade.

— O que eu disse está dito, não direi mais nada! — declarou, percebendo-se-lhe na voz certo esforço.

Nesse momento, ouviu-se um ruído no cômodo vizinho, seguido de um grito de criança.

— Estão me chamando! — disse a Maslova, lançando um olhar inquieto à sua volta.

— Então, adeus!

Ela fingiu não perceber a mão que o moço lhe estendia e, sem se voltar, fugiu, procurando conter a felicidade que transbordava do seu coração.

"O que se passará nela? a que pensa? a que sente? Estará só querendo pôr-me à prova? Ou não consegue, então, de fato, perdoar-me? Não pode ou não me quer dizer o que pensa e o que sente? Será que a disposição dela a meu respeito está hoje melhor do que na última vez?", interrogava-se Nekhludov; e, em vão, esforçava-se para responder a essas dúvidas. Só uma coisa parecia clara: uma grande mudança se operava nela e com essa mudança ele mesmo se achava mais próximo não só de Katucha, mas também d'Aquele, em nome de Quem estava agindo. E o pensamento dessa aproximação suavizava-lhe o prazer.

IV

Maslova, entretanto, voltou para a sala onde trabalhava, sala pequena com oito leitos de crianças. Começou a arrumá-los, sob as ordens da freira. De repente, ao levantar muito alto os braços e inclinando ao mesmo tempo o corpo para trás, quase caiu. Um menininho convalescente, que estava sentado na cama com a cabeça enfaixada, viu o movimento e deu uma risada. E Maslova, sem conseguir conter-se, riu também: um riso alegre que contagiou toda a criançada. A freira zangou-se.

— Por que está rindo desse jeito? Pensa que ainda está lá, de onde veio? Vá já à cozinha buscar as refeições.

Maslova parou de rir e foi para a cozinha. Mas as palavras duras da enfermeira não puderam frear sua alegria. Muitas vezes, durante a manhã, quando só, tirou do envelope a fotografia lançando-lhe um rápido olhar. Porém quando veio a noite, e depois da chamada, pôde ir para o quartinho onde dormia com outra prisioneira, então tomou a fotografia e mirou-a longamente, observando nos menores detalhes os rostos, as roupas, os degraus da escada. Achava um encanto extraordinário nessa fotografia velha, amarelecida. Deitava-se vendo a sua própria imagem, a imagem do seu jovem e aveludado semblante de então, com os anéis de cabelo esvoaçando pela testa. Estava de tal forma absorvida na contemplação que nem mesmo percebeu quando entrou a companheira de quarto.

— O que é que você está olhando aí? Foi *ele* quem deu isso? — perguntou-lhe debruçando-se nos seus ombros a moça gorducha que acabava de chegar. — Veja só, esta se parece com você.

— É verdade, parece mesmo comigo? — disse Maslova, sorrindo de prazer.

— E este, é ele? E esta aqui, a mãe dele?

— Não, é a tia. Mas, acha que se parece mesmo esta comigo? — repetiu ela.

— O fato é que você está bem mudada. Não é o mesmo rosto. Vê-se bem que daquele tempo para cá se passaram muitos anos.

— Não estou mudada por causa dos anos, é por outra coisa! — respondeu Maslova; a animação e a alegria desapareceram por completo. O rosto anuviou-se e na testa apareceu uma ruga.

— Que coisa? Afinal sua vida não tem sido tão dura assim.

— É! Não tem sido dura — replicou Maslova, desviando a cabeça. — Mas em todo o caso, a prisão é bem melhor.

— Que está você dizendo?

— É isso mesmo. Desde as oito da noite até as quatro da madrugada. E isso todos os dias!

— Você podia muito bem ir embora!

— Bem o quis, e mais de uma vez; não foi possível. Mas para que falar nisso?

Levantou-se subitamente, escondeu a fotografia no fundo de uma gaveta e saiu do quarto, esforçando-se para reter as lágrimas.

Quando contemplava a fotografia, pareceu-lhe voltar a ser o que tinha sido outrora: pensava na felicidade de outros tempos e na felicidade que ainda poderia ter. Mas eis que as palavras da companheira vieram lembrar-lhe o que hoje era! Eis que revia o horror da vida, cuja vergonha indefinida ela não tinha coragem de confessar a si mesma.

A lembrança de uma noite, particularmente, apresentou-se-lhe com grande nitidez. Era noite de carnaval. Maslova, com um vestido de seda vermelha, muito decotado e todo manchado de vinho, com uma fita vermelha nos cabelos despenteados, fatigada, embrutecida, semiembriagada, depois de acompanhar até a porta um visitante e antes de continuar a dançar, fora sentar-se um instante perto da pianista, criatura magra, ossuda e cheia de espinhas. E a Maslova sentiu repentinamente um grande peso no coração: confessou à pianista que lhe era penosa a vida que levava, que não tinha mais forças para a suportar. A pianista respondeu que também estava cansada desse modo de viver; e Clara, aproximando-se também, juntou a estas as suas próprias lamentações, acabando as três por decidirem ir-se dali e mudar de vida logo que possível. Quando Maslova, desistindo de dançar, ia saindo do salão para subir ao quarto, ouviu-se a voz de novos clientes. O violinista principiou um *ritornello*, a pianista apressou-se em acompanhá-lo, e um homem baixo e embriagado, com terno preto e gravata branca, agarrou Maslova pela cintura enquanto outro gordo e barbudo segurava a Clara; durante muito tempo, ficaram todos a rodopiar, cantar, beber e gritar. Assim, passou-se um ano, depois outro! Como podia ela mudar de vida?

E a causa de tudo era *ele*, Nekhludov! Mais forte que nunca, sentia avivar-se o ódio contra ele. Gostaria de insultá-lo, de esbofeteá-lo. Sentiu ter deixado escapar, nessa manhã, a oportunidade de afirmar-lhe de novo que o conhecia bem, que não cederia e nunca lhe permitiria abusar dela pela segunda vez.

A paixão era tão viva e estava de tal forma irritada pela cólera e pela dor que teve o desejo irresistível de beber aguardente para acalmar-se e esquecer. Apesar do juramento feito, com certeza teria bebido, se encontrasse meios de obter. Mas quem guardava a bebida era o enfermeiro-chefe; e Maslova tinha medo do enfermeiro porque sabia que desejava possuí-la.

De modo que ficou sentada num banco do corredor; depois voltou para o quarto e, sem responder às perguntas da companheira, chorou, por muito tempo, a sua vida perdida.

Capítulo III

I

Além do agravo de cassação da Maslova, que era o principal objetivo de sua viagem a São Petersburgo, Nekhludov devia ainda tratar de três outros processos, dos quais, dois tinham sido assinalados por Vera Godouchovska. Devia tentar junto à comissão de graças que fosse admitido o recurso de graça de Teodósia, a jovem prisioneira condenada por tentar assassinar o marido e a quem já ele mesmo perdoara. Devia solicitar ao diretor da polícia a liberdade da estudante Choustova. E queria obter também permissão para a mãe de um preso político ver o filho posto incomunicável.

Desde a última visita a Maslinnikov e a estada no campo, Nekhludov ficou penetrado de profunda aversão pela sociedade de que, até então, fizera parte. Não podia afastar de si o pensamento de que milhões de seres humanos sofriam para o bem-estar e o divertimento dessa sociedade, sofrimento esse que a mesma sociedade não via, quando evitava prestar contas do que de abominável e criminoso havia na sua própria vida. Todavia, era nessa sociedade que tinha seus hábitos; nela se encontravam os seus parentes e amigos; e, além do mais, achava que, para auxiliar Maslova e os outros infelizes que empreendera defender, lhe era necessário pedir o apoio e os serviços das pessoas desse meio, pondo de parte a repugnância que sentia por este em geral e pelas pessoas em particular.

Foi esta última consideração que o levou a hospedar-se em casa da tia, a princesa Tcharska, casada com um antigo ministro, logo que chegou a São Petersburgo. Sabia que se ia introduzir, e de modo tão cruel, no próprio centro desse mundo aristocrático que se lhe tornara estranho. Tal pensamento o entristecia;

mas não ignorava também que ia ofender a tia se não fosse para sua casa, privando-se, assim, do seu concurso que lhe podia ser extremamente precioso.

— É verdade o que me contaram a seu respeito? — perguntou-lhe a condessa Catarina Ivanovna, na manhã da sua chegada, enquanto lhe preparava um café com leite. — Você tornou-se original! Deu agora para filantropo! Anda socorrendo criminosos e visitando prisioneiros! E alguma sindicância?

— Qual! Nem penso nisso.

— Antes assim. Mas então se trata de uma aventura amorosa? Vamos, conte-me!

Nekhludov contou as suas relações com Maslova tais quais foram.

— Ah! Estou me lembrando. Sua mãe me falou nisso vagamente; foi depois daquela temporada em casa das velhas, não foi? Elas até pensaram no seu casamento com a afilhada. Como se chamava mesmo? Ainda é bonita?

A condessa Catarina Ivanovna Tcharska era uma senhora nos seus sessenta anos, saudável, alegre, enérgica e tagarela. Alta e corpulenta, desenhava-se-lhe nítido buço no lábio superior. Nekhludov a estimava muito. Desde os tempos de criança habituara-se a buscar junto dela a força e a alegria.

— Não, minha tia, tudo isso acabou. Desejo somente auxiliá-la, porque a condenaram injustamente, e sou eu o responsável pela sua desgraça. Jurei fazer por ela o que pudesse.

— Imagine que me disseram que você queria até casar-se?

— Quis mesmo e ainda quero. Ela é que não consente.

Catarina Ivanovna, que contemplava o sobrinho com ar consternado, tranquilizou-se ao ouvir essas palavras, e começou de novo a sorrir.

— Aí está! Ela tem mais juízo do que você. Ah! meu filho, você é um bobinho. Pretende mesmo casar-se?

— Sem a menor dúvida.

— Depois de tudo o que ela fez?

— Principalmente por esse motivo. Não sou eu afinal o culpado?

— Você é mesmo bobo! — declarou a tia, continuando a sorrir — Um verdadeiro bobo, mas é por isso que gosto tanto de você. — Repetia o qualificativo com insistência, sem dúvida encantada de ter achado uma palavra que definisse tão bem a ideia que fazia do sobrinho. — Mas, voltando ao assunto, sei de uma coisa que vem a propósito. Alina justamente abriu um asilo de

Madalenas arrependidas. Fui lá, um dia. Que horror! Precisei tomar banho quando voltei da visita! Mas Alina dedicou-se de corpo e alma ao asilo. Vamos confiar-lhe a tua protegida. Se alguém no mundo possa reconduzi-la ao bem, será com certeza Alina.

— Mas o fato é que a infeliz está presa, esperando a hora de seguir para os trabalhos forçados. Estou aqui precisamente para ver se consigo anular a condenação. Aliás, além deste, tenho ainda outros casos para os quais terei necessidade de seu concurso.

— E o processo, depende de quem?

— Do Senado.

— Do Senado? O meu primo Leão é do Senado. Ia-me esquecendo de que ele faz parte da seção heráldica. Também não conheço mais ninguém. Lá só se encontra gente de procedência desconhecida, ou então alemães. Gente de outra classe. Não faz mal, vou falar com o meu marido. Ele deve conhecer. Conhece todo o mundo! Falarei com ele. Mas, quanto ao processo, é melhor você mesmo lhe explicar; ele nunca entende o que eu digo. Pode ser o que for, responde sempre que não está compreendendo. É um preconceito; que posso fazer?

A condessa interrompeu a confidência porque entrara um criado de libré trazendo uma carta numa salva de prata.

— Veja como são as coisas. Uma carta de Alina. Você também vai ter a ocasião de ouvir Kiesewetter.

— Quem é Kiesewetter?

— Kiesewetter! Venha aqui esta noite e verá. Fala tão bem que os criminosos mais inveterados se lhe atiram aos pés, chorando arrependidos. Ah! Se a nossa Madalena pudesse ouvi-lo, havia de se converter. Mas você venha sem falta. É um homem admirável!

— Minha tia, o caso é que essas coisas não me interessam muito.

— Garanto que você vai interessar-se. Faço questão que venha, ouviu? Agora vá dizendo o que quer de mim. Vamos, esvazie o saco.

— Tenho que tratar também do caso de um rapaz que se acha preso na fortaleza.

— Na fortaleza? Nesse caso posso dar uma carta para o barão Kriegsmuth. É bom homem. Aliás, você o conhece, pois foi amigo do seu pai. Acabou espírita, mas é bom homem. Que devo escrever?

— Um pedido de permissão à mãe do rapaz para ir visitá-lo. Além disso preciso entregar uma petição a Cherviansky, o que me aborrece bastante.

— Àquele homem! Enfim é o marido de Marieta. Falar com ela é fácil e sei que terá prazer em atender-me. É uma boa moça!

— Trata-se aqui de reclamar a liberdade para uma jovem estudante, presa há muitos meses sem que se saiba por quê.

— Ela deve saber muito bem por quê. Esses cabelos curtos, é bem bom quando estão sob sete chaves.

— Se é bom, realmente, não o sei. Só sei que sofrem como sofreríamos no seu lugar. E a senhora, que é cristã e crê no Evangelho, não tem pena?

— Que diz você? Isso não tem sentido. Evangelho é Evangelho, e o que é mau é mau. Quer que eu diga que gosto dos niilistas, e principalmente das niilistas com os seus cabelos curtos, quando, na realidade, não os suporto?

— E por quê?

— Que necessidade têm elas de meter-se no que não é da sua conta?

— Veja Marieta, por exemplo: a senhora mesma admite que ela tem o direito de se intrometer nos negócios do marido!

— Marieta é outra coisa. Mas criaturas que só Deus sabe quem são, qualquer filha de *pope*, querem agora nos dar lições!

— Elas não querem dar-nos lições, mas sim socorrer o povo.

— Não precisamos delas para conhecer as necessidades do povo.

— Minha tia, a senhora está enganada. Eu mesmo tive ensejo de verificar, pois voltei há pouco do interior. Acha justo que os camponeses padeçam além de suas forças e não tenham com que matar a fome, enquanto vivemos na ociosidade e no luxo? — prosseguiu Nekhludov, que, levado pela benevolência da tia, ia pouco a pouco externando todos os pensamentos.

— Mas que quer você? Quer que trabalhe e me prive de alimentos? Meu caro, você vai acabar mal.

— E por quê?

Nesse momento entrava na sala um velho alto e robusto. Era o marido da condessa Tcharska, e antigo ministro. Depois de beijar galantemente a mão da mulher, o velho general apresentou ao sobrinho o rosto barbeado de fresco.

— Dmitri! Bom dia! — disse ele. — Quando chegou?

— É impagável, o nosso sobrinho! — comentou a condessa ao marido. — Quer que eu vá lavar roupa no rio e só coma batatas. Você não faz ideias até que ponto está mudado. Mas assim mesmo faço o que ele pedir. A propósito, dizem que o estado da Senhora Kamenska é desesperador: você devia fazer-lhe uma visita.

— É verdade, que coisa horrível! — respondeu o marido.

— Vão conversar sobre negócios na sala de fumar, que tenho cartas para escrever.

Nem bem Nekhludov tinha saído, a condessa chamou-o novamente.

— Quer que escreva a Marieta?

— Quero, por obséquio.

— Então vou deixar em branco a explicação do seu pedido. O marido de Marieta fará o que ela mandar. Mas não pense que não tenho coração! As suas protegidas são uns monstros, mas não lhes quero mal. Que Deus as proteja! Então até a noite. Venha sem falta ouvir Kiesewetter. Depois rezaremos todos juntos, o que lhe há de fazer bem. Até logo, não é?

II

O conde Ivan Mikailovitch Tcharsky era homem de profundas convicções.

Tais convicções tinham consistido, desde a sua mocidade, no seguinte: estava convencido de que, assim como o pássaro se cobre de penas, come vermes e voa no espaço, ele, naturalmente, devia alimentar-se dos manjares mais delicados, vestir-se do mais elegante, locomover-se nas mais finas carruagens atreladas com os mais velozes corcéis. O conde Ivan Mikailovitch considerava, pois, todas essas coisas como posse sua indiscutível e sempre às suas ordens. Além desta, tinha ainda outra convicção: estava certo de que, quanto mais dinheiro do Erário público recebesse, tanto maior seria o número de decorações e títulos, assim como seria mais bem recebido na intimidade das pessoas de classe superior à sua, o que era melhor para ele e para todo o universo.

Comparadas com esses dogmas fundamentais, todas as outras coisas não tinham interesse e importância. Que tudo acontecesse de um modo ou de outro, pouco se lhe dava. Conformando-se a essas convicções, viveu o conde Tcharsky em São Petersburgo quarenta anos, no fim dos quais o levaram à testa de um ministério.

Deveu esta honra às seguintes qualidades: primeiramente, sabia compreender o sentido dos regulamentos e de outros atos oficiais e sabia também redigi-los sem neles pôr a verdade do pensamento ou do estilo, mas em todo caso sem infringir a ortografia; em segundo lugar, era eminentemente representativo, podendo, de acordo com as circunstâncias, dar impressão de dignidade, importância e inacessibilidade ou, então, de benevolência e humildade; em terceiro lugar, tinha a vantagem de estar absolutamente isento de todos os princípios estranhos às suas funções tanto morais como políticas, o que lhe permitia aprovar tudo quando fosse conveniente, e nada aprovar, quando o não fosse. Devemos acrescentar, ainda, que, mudando de opinião conforme as conveniências, sabia arrumar as coisas de modo a não se mostrar em manifesta contradição consigo mesmo e isto porque, em todas as suas opiniões, preocupava-se unicamente em satisfazer o desejo dos superiores, sem inquietar-se jamais com as consequências sobre o bem da Rússia ou da humanidade.

Ao ser nomeado ministro, todos os seus subordinados e a maior parte das pessoas que o conheciam, e ele mesmo mais do que os outros, tiveram a certeza de que se revelaria um político notável. Todavia, quando passado certo tempo, transpareceu que ele nada mudava nem melhorava e que, segundo as leis da luta pela vida, outros, aptos como ele a compreender e redigir atos oficiais, passaram à sua frente, prontos a substituí-lo, todo o mundo foi unânime em perceber que, longe de ser homem de inteligência excepcional, era, ao contrário, um espírito bem acanhado, a despeito da vaidade. Percebeu-se que em nada se distinguia das outras mediocridades vaidosas que aspiravam ao seu lugar. Ele, porém, tanto antes como depois do ministério, sempre conservou a convicção de que tinha direito a receber vencimentos sempre maiores, mais títulos e decorações e ver elevar-se a sua posição social. Era ideia tão arraigada nele que ninguém ousava contrariar; e, assim, ano sobre ano, o conde Ivan Mikailovitch recebia vencimentos mais elevados, sob o pretexto de fazer parte de conselhos, comissões, comitês, e a título da recompensa pelos serviços passados; ano após ano, mandava pregar novos galões no paletó, e nele prendia novas cruzes e estrelas de esmalte; e, em São Petersburgo talvez ninguém tivesse relações tão numerosas.

O conde escutou as explicações de Nekhludov com a mesma gravidade e atenção com que antigamente ouvia os relatórios dos chefes de repartição. Tendo Nekhludov finalizado, respondeu ao sobrinho que lhe daria duas cartas de recomendação. Uma, ao senador Wolff, da seção de cassação. "Dizem muita coisa a seu respeito", acrescentou Ivan Mikailovitch, "mas em todo caso é um homem *très comme il faut*. Deve-me obrigações, sei que fará o que for possível". A segunda carta era para um membro influente na comissão dos perdões, onde seria julgado o recurso de Teodósia. A história desta interessou vivamente o ex-ministro. "Se for honrado com um convite de sua Majestade para uma das próximas reuniões de quinta-feira", declarou, "com certeza acharei uma ocasião de falar-lhe sobre esse assunto".

Tendo recebido as duas cartas do tio, e da condessa, um bilhete a Marieta Chervianska, Nekhludov saiu para as primeiras providências.

Dirigiu-se primeiro à casa de Marieta. Conhecera-a quando solteira e sabia que, depois de uma infância bem pobre, ela se casara com um funcionário ambicioso e ativo que soube criar para si uma alta situação. Sabia, além disso, que o marido de Marieta tinha uma reputação deveras suspeita; embaraçava-o, pois, solicitar o apoio de um homem a quem desprezava. A esse embaraço acrescia um sentimento mais pessoal. Temia que ao contato com o mundo que resolvera abandonar lhe voltasse o gosto ou, pelo menos, o hábito da vida fácil e superficial. Era o sentimento que o invadira ao chegar à casa da tia. Lembrava-se de que, na conversa, ela discutira num tom irônico e brincalhão as questões mais graves.

De modo geral, São Petersburgo dava-lhe novamente a impressão debilitante e entorpecente que experimentava antigamente. Havia tanta limpeza, comodidade, sentia-se tal ausência de escrúpulos intelectuais e morais que a vida parecia mais leve do que em outro lugar.

O cocheiro muito asseado de limpíssima carruagem que rodava sobre um calçamento limpo e polido conduziu-o através de ruas elegantes e limpas até a casa que habitava Marieta.

Diante da escada, viu uma parelha de cavalos ingleses atrelados a um *landau*, em cuja boleia sentava-se, com ar grave e digno, um cocheiro de suíças, parecendo inglês.

O porteiro, fardado com vistosa libré, abriu a porta do corredor, Nekhludov avistou perto da escada, de pé, um lacaio que trazia também suntuosa libré, as suíças muito bem penteadas. Pôs-se imóvel enquanto um criado grave avançava e dizia em tom solene:

— O general não pode receber. A senhora também não, pois já deu as ordens para sair.

No momento em que Nekhludov, tirando da carteira um cartão de visita, se aproximava da mesinha da sala de espera a fim de escrever algumas palavras, o lacaio fez um sinal ao porteiro, que se precipitou para a escada e gritou: "Avancem." O lacaio, dando uma volta, seguiu com os olhos uma senhora moça, muito elegante e de pequena estatura que descia rapidamente a escada sem denotar preocupações pelas exigências da sua posição.

Marieta, com um grande chapéu ornado de plumas negras e um véu sobre o rosto, trazia um vestido preto e, nos ombros, uma pelerine igualmente preta; descera abotoando as luvas da mesma cor.

Ao avistar Nekhludov, ergueu o véu, descobrindo o bonito rosto e os olhos grandes e brilhantes. Depois de examinar por instantes a visita, exclamou com sua voz alegre:

— Ah! O príncipe Dmitri Ivanovitch!

— Ainda se recorda do meu nome?

— Como não! E o príncipe esqueceu-se então de que minha irmã e eu andamos apaixonadas pelo senhor durante um verão inteiro? — respondeu, rindo. — Mas como está mudado. É uma pena eu ter de sair. Podíamos entrar um pouco na salinha... — acrescentou, hesitando. Olhou para o relógio da parede e continuou: — Não, é impossível mesmo. Vou à casa dos Kamensky, para a cerimônia fúnebre. Que coisa horrível, não?

— O que houve?

— Então não sabe? O filho dos Kamensky foi morto em duelo. Uma disputa com Posen. Filho único! A mãe está louca de desespero. É impossível eu deixar de comparecer. Mas volte amanhã ou hoje de noite.

Dirigiu-se para a porta no seu passo ligeiro.

— Esta noite, infelizmente, não posso. Aliás é um negócio o que me trouxe aqui.

— Negócio? De que se trata?

— Eis uma carta de minha tia a esse respeito.

Nekhludov estendeu-lhe o envelope lacrado com um grande sinete.

— Já sei, a condessa Catarina Ivanovna pensa que tenho muita influência sobre o meu marido. Como se engana! Não tenho influência nem quero intrometer-me nos seus negócios. Mas, naturalmente, sendo um pedido da condessa e do senhor, estou pronta a transigir nos meus princípios. De que se trata?

— De uma moça presa no forte. Está doente e prenderam-na por engano.

— Como se chama?

— Choustova, Lídia Choustova. Na nota que juntei à carta estão todas as informações.

— Vou tentar fazer alguma coisa — falou Marieta, já com o pé no estribo da carruagem, tão nova que o verniz brilhava sob os raios do sol.

Ela sentou-se e abriu a sombrinha. O lacaio também subiu e deu ao cocheiro o sinal de partida; porém no mesmo instante Marieta, com a ponta da sombrinha que bruscamente fechara, bateu nas costas do cocheiro; os cavalos, voltando a cabeça com a pressão dos freios, empinaram-se sem sair do lugar.

— Mas o senhor voltará qualquer dia, para uma visita desinteressada? — perguntou com um sorriso, cuja fascinação conhecia. Em seguida, como se julgasse finda a representação, abriu de novo a sombrinha, desceu o véu e fez sinal ao cocheiro.

Nekhludov tirou delicadamente o chapéu ao despedir-se. Os cavalos nervosos bateram o calçamento com os cascos; e a carruagem distanciou-se rápida, deslizando nas rodas silenciosas.

III

Lembrando-se do sorriso que trocara com Marieta, Nekhludov fazia toda sorte de reflexões. "Antes que eu perceba, já esta vida toma conta de mim." Novamente lhe vieram ao espírito as dificuldades e os perigos que tinha de enfrentar, acercando-se das pessoas de um mundo a que ele não mais podia pertencer.

Da casa de Marieta foi ao Senado. Conduziram-no a uma vasta sala onde trabalhava grande número de funcionários, todos extremamente asseados e amáveis. Tais empregados o informaram de que o recurso de Maslova tinha sido encaminhado para exame ao mesmo senador Wolff, a quem o tio endereçara a carta.

— Haverá uma sessão do Senado nesta semana, quarta-feira próxima — disseram-lhe —, mas está tão sobrecarregada a ordem do dia que o processo de Maslova será com certeza adiado. Em todo caso, o senhor pode solicitar prioridade para a discussão.

No Senado também, enquanto esperava por algumas informações, Nekhludov ouviu falar do duelo. E foi aí que conheceu os detalhes do caso que então empolgava toda a cidade. A discussão teve origem num restaurante, onde os oficiais estavam comendo ostras e bebendo muito, como de costume. Um deles, tendo feito certa referência injuriosa ao regimento em que servia Kamensky, recebeu deste o labéu de mentiroso; o oficial assim tratado esbofeteou o companheiro. No dia seguinte verificou-se o duelo; Kamensky recebeu uma bala no ventre e, duas horas mais tarde, estava morto. O seu adversário e os padrinhos foram detidos e deviam ficar na cadeia algumas semanas.

Saindo do Senado, Nekhludov dirigiu-se à comissão dos perdões, onde esperava encontrar-se com um alto funcionário, o barão Vorobiev, a quem o conde Tcharsky escrevera a outra carta. Mas o porteiro informou-o num tom severo de que o barão só recebia em dias marcados. Nekhludov deixou então a carta que lhe era endereçada e foi procurar o senador Wolff em sua casa.

Esse acabava de almoçar. Era seu costume estimular a digestão fumando charutos e andando de um lado para outro no seu escritório. Nekhludov encontrou-o ocupado com esses dois misteres. Vladimir Efimovitch Wolff era, efetivamente, um homem *très comme il faut*; considerava essa qualidade acima de todas as outras, o que era muito legítimo, pois devia a sua brilhante carreira e a realização das suas ambições unicamente a essa qualidade. Além disso permitiu-lhe também fazer casamento rico, o que, por sua vez, lhe valeu o título de senador e um emprego de dezoito mil rublos. Todavia, não contente de ser um tipo *très comme il faut*, considerava-se também homem de retidão cavalheiresca. Tal retidão, porém, não consistia na extorsão secreta. De nenhum modo julgava derrogar a esta qualidade quando recebia, ou mesmo solicitava, toda espécie de presentes, comissões e propinas. Ou então, quando enganava a mulher a quem desposara por dinheiro e que o amava. Pelo contrário, talvez ninguém tivesse tamanho orgulho da sábia organização de sua vida familiar.

A família de Wolff compunha-se da esposa e de uma cunhada, cuja fortuna, sob o pretexto de dirigir-lha, tinha passado inteiramente às suas mãos; de uma filha, moça de pouca beleza, tímida e meiga, que vivia isolada e triste, e cujas distrações se limitavam em assistir às sessões religiosas na casa de Alina ou da condessa Tcharska.

O senador Wolff tinha também um filho, robusto rapaz que, aos quinze anos, tinha barba de adulto e já nessa mesma idade começara a beber e meter-se com mulheres. Tinha apenas vinte anos quando Wolff expulsou-o de casa, porque não queria terminar os estudos, e porque os comentários sobre a sua conduta se tornaram comprometedores. Mais tarde, pagou 230 rublos, uma dívida do filho; depois apareceu outra, de seiscentos rublos, que também resgatou, mas declarando que, dessa vez, seria a última. O rapaz, longe de se emendar, fez nova dívida, no valor de mil rublos: nessa ocasião o pai comunicou-lhe que não o considerava mais como filho. Mas, mesmo assim, estava convencido de que ninguém sabia melhor do que ele organizar a vida doméstica.

Wolff recebeu Nekhludov com o sorriso amável e ligeiramente irônico, habitual expressão dos seus sentimentos de homem *très comme il faut*, perante o resto da humanidade.

— Faça o favor de sentar-se — disse, depois de ler a carta do conde Ivan Mikailovitch. — Peço-lhe, entretanto, que me permita andar. Tenho grande prazer em conhecê-lo e, naturalmente, em ser agradável ao conde Ivan Mikailovitch — prosseguiu, depois de ter exalado uma espessa coluna de fumaça.

— Desejava pedir-lhe para apressar o exame do agravo — disse Nekhludov — para que Maslova, desde que seja obrigada a partir para a Sibéria, siga o mais cedo possível.

— Sei, sei, pelos primeiros paquetes de Nijni-Novgorod — declarou Wolff com o seu eterno sorriso, para mostrar que sempre sabia das coisas antes que lhas dissessem. — A prisioneira se chama...?

— Catarina Maslova.

Wolff aproximou-se da escrivaninha e abriu uma pasta cheia de papéis.

— Maslova, é isso mesmo. Perfeitamente, falarei com os meus colegas. Quarta-feira será discutido o processo.

— Posso então telegrafar ao meu advogado?

— Como? O senhor tem advogado para este caso? Não havia necessidade. Mas, enfim, pode telegrafar-lhe.

— Receio que os motivos da cassação sejam insuficientes — disse Nekhludov —, mas o próprio processo verbal dos debates prova que a condenação resultou de um mal-entendido.

— É, isso é possível; mas o Senado não se ocupa da matéria do processo — respondeu severamente Wolff, tomando cuidado para que a cinza do charuto não caísse no tapete. — A função do Senado limita-se em examinar a legalidade dos autos.

— Mas o presente caso me parece tão excepcional...

— Sem dúvida! Sem dúvida! Todos os casos são excepcionais. Enfim, veremos o que se pode fazer.

A cinza não caiu, mas começava a tremer na ponta do charuto.

— E o senhor, vem raramente a São Petersburgo? — prosseguiu Wolff, depositando a cinza no cinzeiro. — Que coisa horrível, a morte do jovem Kamensky! Rapaz encantador e filho único. A mãe está louca de desespero — acrescentou, repetindo, palavra por palavra, os comentários que se ouviam por toda a cidade.

Nekhludov levantou-se.

— Se lhe agradar, venha almoçar comigo qualquer dia — disse Wolff, estendendo-lhe a mão.

Era já tão tarde que Nekhludov, deixando para o dia seguinte as outras providências que devia tomar, voltou para casa, isto é, para a casa da tia.

IV

Nessa noite, sentavam-se à mesa da condessa Catarina seis pessoas: o conde, a condessa, o filho deste — um oficial da guarda, rapaz impertinente e mal-humorado que comia com os cotovelos sobre a mesa —, Nekhludov, a dama de companhia francesa e o intendente do conde.

A conversação, como era natural, recaiu imediatamente sobre o duelo. Todos desculpavam Posen, por ter defendido a honra do uniforme. Só a condessa Catarina Ivanovna, com seu modo de falar franco e irrefletido, mostrou-se severa para com o assassino.

— Embriagar-se e matar estupidamente um moço tão simpático, isso eu não perdoo.

— Não compreendo o que você quer dizer — observou o marido.

— Sei muito bem disso. Você nunca entende o que eu digo! — respondeu a condessa, voltando-se para Nekhludov, como se o tomasse por testemunha. — Todo o mundo me compreende, exceto meu marido. Disse e repito que tenho pena da mãe que perdeu o filho e não posso admitir que esse homem que matou Kamensky tire vantagem do ato.

O filho da condessa que estivera calado até esse momento interveio para tomar a defesa de Posen. Criticou grosseiramente as palavras da mãe, e achou-se no dever de demonstrar que todo oficial devia agir como agira Posen, acrescentando que, de outro modo, o conselho dos oficiais o excluiria do regimento.

Nekhludov, sem tomar parte na conversa, ouvia as diversas opiniões. Na qualidade de antigo oficial compreendia — e as achava mais naturais do que ousava confessá-lo — as afirmações do jovem Tcharsky. Mas, por outro lado, não podia deixar de comparar o caso presente com a sorte de um rapaz que vira na prisão, condenado aos trabalhos forçados, por um homicídio durante uma discussão.

Em ambos os casos, o móvel principal do crime fora a embriaguez. O camponês matou sob o efeito de excitação anormal: para puni-lo, separaram-no da mulher e dos filhos, puseram-lhe grilhões nos pés, rasparam-lhe metade do cabelo e providenciavam a deportação para a Sibéria. Enquanto isso o oficial que, em condições análogas, cometera o mesmo crime, era detido num quarto confortável, serviam-lhe bons manjares e bebidas, podia ler todos os livros que desejasse e, depois de um curto período, voltaria à liberdade e à vida antiga, com a vantagem de realçada consideração.

Nekhludov não resistiu: disse o que pensava. A tia no começo deu mostras de aprová-lo; mas, depois de certo tempo calou-se, como os outros convivas. E Nekhludov teve a impressão de que, ao externar a sua opinião, tornara-se inconveniente.

Depois do jantar os convivas passaram ao salão que, arrumado para a conferência, dava o aspecto de uma sala de aula: bancos e cadeiras enfileirados e, ao fundo, sobre um pequeno estrado, a mesa e cadeira destinadas ao conferencista.

Os convidados já vinham chegando em grande número, todos encantadíssimos com a ocasião de ouvir o famoso Kiesewetter. A rua ia-se enchendo de carruagens suntuosas. As senhoras vestidas de seda, veludo, rendas, com penteados complicados e cinturas artificialmente delgadas entravam no salão muito bem ornamentado. Cavalheiros acompanhavam-nas, militares e civis, em traje de rigor. Nekhludov espantou-se quando enxergou no meio dessa assistência brilhante cinco homens do povo: dois criados, um comerciante, um operário e um cocheiro.

Kiesewetter, um homenzinho atarracado, levemente grisalho, subiu ao estrado e começou o discurso. Falava em alemão e uma moça magra e de óculos traduzia-lhe as palavras à medida que eram proferidas.

Dizia ele que os nossos pecados são tão graves e o castigo que nos espera, tão grande e inevitável, que é impossível vivermos tranquilos na expectativa desse castigo.

"Caros irmãos, pensemos um pouco em nós mesmos, na nossa vida, no nosso modo de agir, irritando a cólera de Deus e aumentando o sofrimento de Cristo: e compreenderemos, então, que não existe para nós perdão ou salvação, que estamos infalivelmente perdidos. A mais terrível perdição, os tormentos eternos", acrescentou com voz trêmula. "Como salvar-nos? Meus irmãos, como fugirmos deste incêndio horroroso? Nossa casa está em chamas e não encontramos a saída!"

Calou-se e as lágrimas, verdadeiras lágrimas, escorreram ao longo das faces. Já fazia oito anos que invariavelmente, todas as vezes que chegava nesse trecho predileto do discurso, ele sentia um espasmo na garganta e as lágrimas brotavam nos olhos. Na sala ouviam-se soluços. Os ombros nus e carnudos da condessa Catarina Ivanovna convulsionavam-se num tremor contínuo. O cocheiro considerava o orador com espanto e susto, como se estivesse olhando para um homem atropelado acidentalmente pelo seu carro. A filha de Wolff, vestida com luxo espalhafatoso, caíra de joelhos e escondia o rosto com as mãos.

O orador, entretanto, levantou a cabeça e entreabriu os lábios num sorriso, sorriso semelhante ao de que usam os atores para exprimir nova esperança. E com voz doce e humilde, continuou:

"A salvação todavia existe. Está ao nosso alcance, certa, festiva e sutil! A salvação é o sangue do Filho de Deus derramado por nós. O martírio e o sangue derramado nos salvam da perdição. Caríssimos irmãos, agradeçamos a Deus que se dignou a sacrificar o seu único filho pela redenção dos pecados do homem! Seu sangue três vezes bendito..."

O mal-estar de Nekhludov chegou a tal ponto que, nesse momento, aproveitando-se da emoção geral, saiu na ponta dos pés e foi para o quarto.

Capítulo IV

I

No dia seguinte pela manhã, Nekhludov acabava de se vestir quando o criado trouxe o cartão do advogado Fainitzin. Esse embarcara logo depois de receber o telegrama.

Tendo perguntado a Nekhludov os nomes dos senadores escolhidos para examinar o processo, exclamou:

— Dir-se-iam escolhidos expressamente para representar três diferentes tipos de senador! Wolff é funcionário petersburguense; Skovorodnikov, jurista erudito; e Bé, jurista prático. Podemos contar mais com este. E na comissão dos perdões?

— Precisamente para isto eu ia agora à casa do barão Vorobiev. Ontem não consegui falar com ele.

— Sabe por que o tal Vorobiev é barão? — perguntou o advogado, em resposta ao tom irônico com que Nekhludov havia pronunciado um título estrangeiro unido a nome de família tão genuinamente russo. — Foi o imperador Paulo que concedeu esse título ao avô de Vorobiev que o servia como criado; tendo-lhe este prestado alguns serviços íntimos, o soberano nomeou-o barão, não se atrevendo a conferir-lhe título russo, o que daria azo a reclamação. Desde então temos os barões Vorobiev. É de ver-se como o tal se ufana do título. Aliás, um espertalhão como ele só! Tenho um carro à minha espera; quer que o leve?

Já na escada, o porteiro entregou a Nekhludov um bilhete. Era de Marieta, que escrevera o seguinte:

"Agi completamente contra os meus princípios para lhe ser agradável, intercedendo junto do meu marido em favor da sua protegida. Acontece que essa pessoa pode ser posta em liberdade imediatamente. Meu marido já escreveu ao comandante. Agora venha fazer uma visita *desinteressada*. Espero-o. M."

— Veja só! — exclamou Nekhludov. — Aqui está o caso de uma mulher que há sete meses está presa e incomunicável; só agora descobriram que nada fez! Uma palavra bastou para lhe concederem a liberdade!

— Mas não há motivo para o senhor se admirar — disse o advogado, sorrindo. — Antes deveria alegrar-se por ter sido bem-sucedido.

— Isso é impossível. Este resultado me enche de tristeza. É inacreditável: por que a conservaram presa?

— Não vale a pena aprofundar essas coisas. O senhor só sofrerá com isso.

O barão Vorobiev, desta vez, podia receber. Na primeira sala em que entrou, Nekhludov viu um empregado moço em pequeno uniforme; no desmesurado pescoço notava-se-lhe o pomo de Adão deveras saliente.

— Seu nome? — perguntou ele a Nekhludov.

Nekhludov deu-lhe o nome.

— Ah! Perfeitamente. O barão há pouco falou a seu respeito. O senhor será atendido imediatamente.

O empregado entrou na sala do fundo e, momentos depois, saía em companhia de uma senhora idosa toda vestida de preto, que chorava sem parar.

— Tenha a bondade de entrar! — disse o empregado a Nekhludov, designando-lhe a porta do gabinete do barão.

Era um homem de meia estatura, magro e musculoso, os cabelos brancos cortados rente. Sentado na poltrona diante de grande escrivaninha, olhava diante de si com ar satisfeito. O rosto vermelho iluminou-se de um sorriso benevolente, quando avistou Nekhludov.

— Encantado em vê-lo! A senhora sua mãe e eu fomos excelentes amigos. Eu o vi quando era criança e, mais tarde, oficial. Faça o favor de sentar. Diga-me no que poderei servi-lo.

Nekhludov contou-lhe a história de Teodósia.

— Ah! Muito bem, muito bem. Compreendo perfeitamente. Com efeito, é comovente. O senhor já redigiu a petição de graça?

— Já foi preparada — respondeu Nekhludov tirando do bolso o papel. — Vim justamente para lhe pedir uma atenção especial para este caso.

— E fez muito bem! Eu mesmo vou tratar disso. A história é de fato muito comovente — continuou o barão, conservando a fisionomia mais do que alegre.

— O caso foi esse. A infeliz não passava de uma criança. O marido assustou-a com sua grosseria. Depois ambos se arrependeram e se apaixonaram. Está certo, eu mesmo vou tratar do processo.

— O conde Ivan Mikailovitch, aliás, prometeu-me que, do seu lado, pediria...

Mal Nekhludov pronunciara essas palavras, o rosto do barão mudou de expressão.

— Pode entregar no cartório a petição — disse friamente. — Farei o que puder.

Nekhludov saiu e dirigiu-se ao cartório, para dar entrada ao requerimento. Aí, como no Senado, viu grande número de funcionários, empregados e contínuos, todos notavelmente asseados e amáveis.

"Quantos havia, como pareciam bem alimentados, como estavam bem escovados, limpos e luzidios! Mas, na realidade, para que serviam?", perguntava-se a si mesmo Nekhludov, ao contemplá-los.

II

O homem, em cujas mãos estava a sorte dos prisioneiros na fortaleza, era um velho general. Dizia-se que era meio estúpido, mas não deixava de ter um passado militar dos mais brilhantes: possuía enorme quantidade de condecorações, cujas insígnias desdenhava de usar, com exceção de uma pequena cruz branca, que prendia à lapela. Ganhara essa cruz no Cáucaso, onde forçara jovens camponeses russos sob o seu comando a matar milhares de nativos que defendiam sua liberdade, suas casas e suas famílias. Em seguida tinha servido na Polônia, onde novamente havia forçado jovens camponeses russos aos mesmos atos, o que lhe valeu novas honrarias; depois ainda serviu em outros lugares, distinguindo-se do mesmo modo. Agora, velho e cansado, ocupava aquele emprego de inspetor da fortaleza. Cumpria os deveres do cargo com rigor inflexível, considerando-os como o que havia de mais sagrado no mundo.

Consistiam estes em manter incomunicáveis nas sombrias celas presos políticos dos dois sexos, e de tal forma que, no espaço de dez anos, metade morria infalivelmente; alguns perdiam a razão, outros ficavam tuberculosos, e grande número se matava, suicidando-se pela fome, abrindo as veias com um caco de vidro, ou enforcando-se nas grades da janela.

O velho general sabia de tudo isso, pois tudo se passava sob suas vistas; nenhum acidente, porém, o comovia, assim como não o comoviam as inundações, os raios ou outra desgraça qualquer. A única coisa que o interessava era obedecer ao regulamento que lhe tinha sido imposto. Tal regulamento devia antes de mais nada executar-se: pouco importavam as consequências que resultassem daí. Uma vez por semana, conformando-se ao regulamento, percorria todas as celas e perguntava aos prisioneiros se tinham algum pedido a fazer. Frequentemente os detidos faziam pedidos: ele os escutava tranquilamente sem responder; e nunca dava importância, porque sabia de antemão que todos solicitavam coisas que não estavam de acordo com o regulamento.

No momento em que Nekhludov se apresentou no alojamento do general, este se achava sentado numa pequena sala, cujas janelas estavam de cortinas corridas, de modo que reinava completa obscuridade. Entretinha-se em rodar uma mesa de um só pé, em companhia de um jovem pintor, irmão de um de seus subordinados. Os dedos magros e delicados do artista se mesclavam com os dedos grossos do general, enrugados e já meio ossificados. A mesa ia responder a uma pergunta formulada pelo velho, se as almas se reconhecem umas às outras depois da morte.

Nesse dia era o espírito de Joana d'Arc que falava por intermédio da mesa. Já tinha dito: "As almas se reconhecem", e começava a ditar a palavra seguinte, quando parou repentinamente. Ditara as três primeiras letras de uma palavra — p, o, s. Na realidade parou, porque o general queria que se seguisse um *t*, enquanto que o artista desejava que fosse um *v*. O general queria que Joana d'Arc afirmasse que as almas se reconheciam *depois (post)* da purificação; o artista desejava que Joana d'Arc dissesse que as almas se reconheciam *por meio* da luz *(pos vitu)* que emanavam.

O general, contraindo as espessas sobrancelhas brancas com ar aborrecido, contemplava fixamente as suas mãos, esperando que a mesa se decidisse a escrever um *t*. O pintor, com o rosto virado para um canto do quarto, maquinalmente imprimia nos lábios o movimento necessário para pronunciar a letra *v*. Foi nesse meio-tempo que um soldado, que servia de criado ao velho general, veio trazer-lhe o cartão de Nekhludov. O velho franziu ainda mais as sobrancelhas, contrariadíssimo de ser interrompido; depois, passado um curto silêncio, colocou a luneta sobre o nariz, leu o cartão que segurava a certa distância, levantou-se com esforço, esfregando lentamente os rins e as pernas.

— Faça-o entrar no meu gabinete!

— Não tenha cuidado, Excelência. Acabarei só! — disse o jovem médium pintor. — Sinto que o fluido está voltando.

— Está bem. Acabe sozinho — respondeu o velho severamente; e dirigiu-se para o gabinete, arrastando as pernas inchadas.

— Prazer em vê-lo! — falou a Nekhludov, designando-lhe uma cadeira perto de sua escrivaninha. — Está há muito tempo em São Petersburgo?

Nekhludov respondeu que tinha chegado há pouco.

— E a senhora princesa, sempre bem?

— Minha mãe é falecida, Excelência.

— Perdão. Sinto muitíssimo. Sabe que estive com seu pai no Exército? Éramos amigos, como irmãos. E o senhor, está em serviço?

— No momento, não.

O general sacudiu a cabeça em sinal de desaprovação.

— Tenho um pedido a fazer-lhe, general.

— Ah! Muito bem. No que lhe posso ser útil?

— Se o meu pedido não lhe parecer admissível, peço que me desculpe. Mas julgo-me obrigado a expô-lo.

— Pois bem. De que se trata?

— Entre os presos confiados à sua guarda, encontra-se um certo Gourkevitch; a mãe dele pede autorização para visitá-lo e, caso não seja possível, que ao menos lhe possa enviar alguns livros.

O general ouviu estas palavras sem dar o menor sinal de satisfação ou desagrado; limitou-se a inclinar a cabeça, numa atitude de reflexão. Na realidade, porém, não refletia sobre coisa alguma, nem se interessava pelo pedido, pois sabia de antemão que o regulamento não permitia concessões dessa natureza. Escutava para não ser indelicado.

— O senhor compreende, todas essas coisas não dependem de mim. No que concerne às visitas, existe um decreto imperial que regula as suas condições.

Quanto aos livros, temos aqui uma biblioteca, e os prisioneiros podem ser autorizados, havendo motivo, a tomar livros emprestados.

— Eu sei, mas este Gourkevitch desejava obras científicas: quer estudar.

— Não acredite. Nem pensa em estudar. Tudo isso não passa de insubordinação!

— Contudo, é justo que esses infelizes queiram ocupar-se em qualquer coisa, na triste situação em que se acham!

— Eles vivem se queixando. Mas nós os conhecemos muito bem.

O general falava *neles* como de uma raça de homens toda especial.

— E a verdade é que encontram aqui certas comodidades que não existem nas outras fortalezas — prosseguiu.

Nesse ponto do diálogo, achou-se no dever de descrever detalhadamente tais "comodidades"; podia-se acreditar, ao ouvi-lo, que o principal objetivo da detenção dos prisioneiros no forte era proporcionar-lhes uma estada agradável.

— Antigamente, eram tratados com muito rigor; hoje em dia o tratamento é o melhor possível. São servidas três refeições por dia, uma delas contendo um prato de carne, costeletas ou picadinho. Nos domingos damos ainda um pequeno almoço. Praza a Deus que um dia toda a Rússia possa alimentar-se como eles!

O general, nos seus hábitos de velho, entusiasmando-se com um assunto, não cessava antes de tê-lo repisado muitas vezes.

— Quanto aos livros — dizia ele —, pomos a sua disposição obras religiosas e também velhos jornais. Temos uma biblioteca bem rica. Mas eles raramente leem. Algumas vezes dão mostras de se interessar pela leitura, mas depois de algum tempo devolvem os livros sem os ter tocado. Podem também escrever. Fornecemos pequenas lousas para se distrair. Assim podem escrever, apagar, escrever de novo. Não se interessam. Só mesmo nos primeiros tempos é que pensam em "ocupar-se"; mais tarde engordam e se tornam cada vez mais inertes.

Nekhludov escutava-lhe a voz roufenha, olhava para os membros encarangados, os olhos de pálpebras inchadas, a cabeça sem um fio de cabelo e aquela pequena cruz branca na lapela; e cada vez mais se convencia da inutilidade de explicar alguma coisa a tal homem.

Levantou-se, escondendo a muito custo o sentimento de repulsa e piedade que lhe inspirava o horrendo velho. E ele, do seu lado, estava satisfeito por ter dado uma lição ao filho do seu antigo camarada.

— Adeus, meu filho! Não me leve a mal, dou este conselho porque lhe tenho amizade: não se meta nos negócios dos prisioneiros. Não pense que haja inocentes entre eles. São todos uns miseráveis; nós sabemos o que valem... E volte para o serviço ativo. O imperador necessita de homens de valor... a pátria também. Reflita no que pode acontecer se todos os homens da nossa espécie deixarem de servir!

Nekhludov suspirou, inclinou-se profundamente, apertou a mão do general e saiu.

O velho, uma vez só, fez a habitual massagem nos rins e arrastou-se para a salinha, onde o jovem artista, durante a sua ausência, havia escrito a resposta ditada pelo espírito de Joana d'Arc. O general leu através dos óculos: "Reconhecem-se umas às outras, por meio da luz que emana do seu corpo astral."

— Ah! — exclamou o general, piscando os olhos satisfeito.

Todavia, assaltou-o uma dúvida.

— Esta luz não é pois a mesma para todos? — perguntou.

E, misturando os dedos com os do artista, instalou-se novamente perto da mesinha.

Nekhludov, descendo a escada, chamou o cocheiro.

— Oh! Patrão, como a gente se aborrece aqui! Por pouco me ia embora sem esperá-lo.

— É mesmo, como a gente se aborrece! — respondeu o príncipe, suspirando.

Depois, sentado de novo no carro, tentou distrair-se observando no céu o movimento das nuvens cinzentas, e as águas resplandecentes do Neva, sulcadas pelos barcos e lanchas a vapor.

III

No dia seguinte, quarta-feira, devia ser examinado o processo de Maslova. Nekhludov chegou cedo ao Senado. Na entrada, encontrou-se com o advogado, que também acabava de chegar. Subiram juntos a escadaria imponente até o segundo andar. Na primeira sala em que entraram, um porteiro, tomando-lhes o sobretudo e a bengala, informou que os quatro senadores estavam presentes: o último tinha chegado um minuto antes deles. Fainitzin, de casaca e gravata branca, levou Nekhludov para uma sala vizinha, em cujas paredes se enfileirava uma série de armários de forma pouco vulgar. Um velho de aspecto patriarcal aí se encontrava nesse momento, um grande ancião de longas barbas brancas; dois criados, em atitude respeitosa, ajudavam-no a tirar o paletó e a caminhar até um dos armários, onde sumiu repentinamente, com grande espanto de Nekhludov.

Fainitzin, entretanto, tendo avistado um colega, igualmente de casaca e gravata branca, foi-lhe ao encontro, deixando o príncipe examinar à vontade as outras pessoas que enchiam a sala. Havia uns quinze homens e duas senhoras, uma bem moça, de óculos, e a outra meio grisalha. Devia ser examinado nesse dia um processo de difamação pela imprensa, o que explicava a afluência de um auditório que, de ordinário, não se abalava para assistir a audiências da seção de cassação.

O oficial de justiça, homem bonito e corado, vestindo imponente uniforme, aproximou-se de Fainitzin para perguntar qual o processo que ia defender. Enquanto anotava a resposta do advogado, a porta do armário se abriu e Nekhludov viu ressurgir o velho de aspecto patriarcal, não mais de jaquetão e calça cinzenta, como tinha entrado: trocara suas roupas de todo o dia por um uniforme colorido que lhe dava ares de um gigantesco pássaro.

Aliás, sem dúvida ele mesmo estava envergonhado dessa fantasia, pois saiu da sala quase a correr.

— Este é Bé, um homem respeitável! — disse o advogado ao alcançar Nekhludov. E começou a explicar o processo que ia ser julgado.

A sessão, todavia, não tardou a abrir-se. Nekhludov entrou com as demais pessoas na sala de audiência, bem menor e ornamentada de modo mais simples do que o tribunal onde fora condenada Maslova. A disposição, porém, era a mesma. Separação idêntica entre o público e os juízes; nas paredes também havia quadros. Quando o oficial anunciou "A Corte!" todos se levantaram para cumprimentar os senadores em grande gala, os quais, sentando-se à mesa, fizeram o possível para exibir fisionomia séria e solene.

Os senadores eram em número de quatro: Nikitine, homem alto, de rosto magro e olhos penetrantes; Wolff, barbeado de fresco, exibindo as belas mãos brancas; Skorodnikov, velhinho gordo e pesado, com o rosto marcado pela varíola; e por fim Bé, o velho de aspecto patriarcal. O escrivão e o substituto do procurador subiram no estrado, em seguida aos senadores; o segundo era ainda moço, magro, seco, muito moreno e os olhos tinham uma expressão de profunda tristeza. Apesar da vestimenta extravagante, Nekhludov reconheceu-o imediatamente, era um dos seus melhores amigos na Universidade.

— O nome desse substituto não é Selenine? — perguntou o príncipe ao advogado, que tinha vindo sentar-se ao seu lado, nos bancos destinados ao público.

— É, por quê?

— Conheço-o muito, é homem de valor.

— É notável substituto, muito ativo e já influente. O senhor devia ter-se dirigido a ele — ponderou o advogado.

— Tenho certeza de que este agirá sempre de acordo com sua consciência! — disse Nekhludov recordando-se das eminentes qualidades de nobreza, probidade e bondade que possuía o seu antigo condiscípulo.

— Aliás, agora é tarde — respondeu Fainitzin, que se pôs a escutar religiosamente a discussão do processo.

Nekhludov ouviu também e esforçava-se por compreender os debates. Mas aqui, também, tolhido de ver que, em vez de discutir o fundo do processo, levavam a discussão para os incidentes acessórios. O objeto da ação era um artigo de jornal denunciando as ladroeiras do presidente de uma sociedade por ações. Segundo a boa justiça, importaria saber se o presidente realmente roubava os seus mandatários e, nesse caso, qual o modo de coibir o roubo. Na discussão, porém, não se tocou no assunto. Debateu-se unicamente a questão de saber se o diretor do jornal, de acordo com certo parágrafo do código, tinha o direito de imprimir tal artigo; no caso de não ter esse direito, havia cometido, ao imprimir, calúnia, difamação, ou então, calúnia agravada pela difamação.

Só duas coisas impressionaram Nekhludov: primeiro observou que Wolff, apesar de lhe ter declarado poucos dias atrás que o Senado se ocupava apenas dos vícios do processo, ao contrário, invocava acalorados argumentos para cassar a condenação do diretor do jornal; e notou também que Selenine, calmo por natureza, sustentava com igual calor a tese contrária. Pareceu-lhe até que o entusiasmo do substituto continha certa hostilidade em relação a Wolff, que, de sua parte, acabou sentindo impressão análoga, pois, a uma réplica de Selenine, estremeceu, ficou vermelho, fez um gesto de despeito e não disse mais nada.

Tendo assim terminado o debate, os senadores retiraram-se para deliberar. O oficial de justiça veio prevenir Fainitzin de que o recurso da Maslova seria julgado dentro de alguns instantes.

IV

Logo que os senadores tomaram assento na sala de deliberações, Wolff, sempre acalorado, começou a expor os motivos por que devia cassar o julgamento proferido contra o diretor do jornal.

O presidente que, em geral, não era muito benevolente, estava nesse dia particularmente maldisposto. Já durante a discussão do processo em sessão pública, havia sustentado sua opinião a respeito e, agora, permanecia absorto em seus pensamentos, sem prestar atenção a Wolff. Os pensamentos voltavam-se para o que escrevera, na véspera, em suas memórias — como Velianov tinha sido nomeado para um posto, em vez dele, que o cobiçava há tanto tempo. Nikitine estava, com efeito, profundamente convencido de que sua opinião sobre os altos funcionários do seu tempo constituiria documento dos mais importantes para a história futura. No capítulo da véspera, apreciara com severidade extrema a conduta de alguns destes funcionários que, segundo sua expressão, o tinham impedido de salvar a Rússia da ruína, o que significava, simplesmente, que o tinham impedido de receber salário mais gordo. E, nesse momento, interrogava-se se a explicação que dera estaria bastante clara para que a posteridade, graças a ele, pudesse ver todos esses fatos sob nova luz.

— Sem dúvida, sem dúvida — respondia, quando julgava que Wolff se dirigia a ele: entretanto, não estava ouvindo nem uma palavra.

Bé também nada ouvia. Com semblante meditativo, desenhava escudos sobre um papel à sua frente. Este Bé era um liberal da velha estirpe. Conservava piedosamente as tradições da escola de 1860; só mesmo as opiniões políticas o desviavam da imparcialidade. Assim, no caso da difamação, recusava-se a ver outra coisa exceto o atentado à liberdade de imprensa. Quando Wolff acabou de falar, o velho levantou um pouco a cabeça, expôs com algumas palavras concisas o seu modo de ver e, baixando de novo a cabeça branca, continuou a desenhar escudos.

Skorodnikov, sentado na frente de Wolff, que passava o tempo todo pondo na boca e dela tirando os fios do bigode e da barba, interrompeu por um instante esta operação, e declarou em voz alta e estridente que, na ausência de qualquer vício de processo, a seu ver o julgamento não devia ser anulado. O presidente deu parecer idêntico e a sentença foi confirmada.

Wolff estava furioso, e tanto mais porque percebera nas alusões dos colegas e do substituto certa dúvida quanto ao seu desinteresse. Mas, como todo homem *très comme il faut*, soube esconder muito bem o mau humor e, tomando outra pasta, começou a ler as peças do processo de Maslova. Os três colegas, depois de terem mandado vir um chá, desviaram a conversação para o caso que, no momento, dividia, com o duelo de Kamensky, a atenção de toda a cidade. Um funcionário graduado, chefe de seção de um ministério, tinha sido preso por atentados ao pudor particularmente monstruosos.

— Que horror! — dizia Bé, enojado.

— Por que acha tão horroroso? — perguntou Skorodnikov, molhando com a língua o papel de um cigarro que enrolava. — Li há pouco a opinião de um autor alemão, propondo considerar-se legal o casamento de um homem com outro.

— É impossível! — exclamou Bé.

— Na próxima vez vou lhe trazer o artigo — respondeu Skorodnikov; e citou, sem hesitação, frases inteiras do tal trabalho, indicando o título, onde tinha sido publicado e a data da publicação.

— Dizem que o homem vai ser remetido para os confins da Sibéria na qualidade de governador! — disse Nikitine.

— O que será perfeito! Já estou vendo o arcebispo dar-lhe as boas-vindas, acompanhado do clero todo — falou Skorodnikov, que, depois de ter tirado umas baforadas do cigarro, começou de novo a mascar os pelos da barba.

Nesse momento o oficial de justiça, entrando na sala, comunicou aos senadores que o advogado Fainitzin desejava assistir ao exame do recurso de Maslova.

— O processo desta Maslova é um verdadeiro romance! — disse Wolff, contando aos colegas o que sabia a respeito das relações entre Nekhludov e a condenada.

Os senadores, que tinham pressa de ir embora, preferiam resolver o caso entre eles, num abrir e fechar de olhos. Mas o pedido do advogado não podia ser negado decentemente. Resignaram-se, portanto, a deixar a sala de deliberações para voltar em audiência pública.

Foi ainda Wolff que, com sua voz efeminada, expôs os motivos de cassação do julgamento de Maslova; desta vez, também, com visível parcialidade, mostrando o desejo de ver cassado o julgamento.

— Tem alguma coisa a acrescentar? — perguntou o presidente ao advogado.

Fainitzin levantou-se, endireitou o peitilho branco e começou a provar, ponto por ponto, com precisão e clareza notáveis, que os debates de primeira instância apresentavam seis detalhes contrários à lei. Depois, em algumas palavras, tomou a liberdade de entrar no fundo do processo, a fim de estabelecer a manifesta incoerência e injustiça no *veredictum* do tribunal de primeira instância. Após esse discurso, pronunciado num tom ao mesmo tempo respeitoso e firme, a cassação da sentença parecia inevitável. Nekhludov estava convencido do ganho de causa, tanto mais que voltando-se para ele enquanto falava, o advogado sorriu satisfeito. Porém, lançando um olhar em direção aos senadores, viu que Fainitzin era o único a sorrir e mostrar-se satisfeito. Os senadores e o substituto estavam longe de sorrir ou dar mostra de satisfação: tinham a fisionomia aborrecida de quem está perdendo tempo e pareciam dizer ao advogado: "Vá falando. Temos ouvido a tantos!"

Logo que Fainitzin acabou o discurso, o presidente deu a palavra ao substituto do procurador. Este se limitou a declarar brevemente que os motivos de cassação invocados não eram sérios e que o julgamento devia ser mantido. Os senadores levantaram-se e foram para a sala de deliberação.

Aí novamente se dividiram os pareceres. Wolff insistia pela cassação; Bé, o único a penetrar na natureza do processo, insistia nesse sentido, apresentando aos colegas um quadro bem vivo da inépcia dos jurados e da negligência dos juízes. Nikitine, partidário, como sempre, da estrita legalidade, opôs-se à cassação. Portanto, tudo dependia da voz de Skorodnikov. Declarou-se este contra a anulação, simplesmente porque o indignava a resolução de Nekhludov em casar-se por dever com Maslova.

Skorodnikov era materialista, darwinista; qualquer manifestação do sentimento do dever, sobretudo do sentimento religioso, parecia-lhe não só um absurdo revoltante, como também uma espécie de injúria pessoal. Eis por que, sem mesmo cessar a mastigação da barba, declarou que apenas via no processo a legalidade do julgamento e a insuficiência dos motivos invocados para a anulação.

E assim foi rejeitado o recurso de Maslova.

V

— Mas isto é abominável! — exclamou Nekhludov, aproximando-se do advogado, após a leitura da decisão. — Uma condenação de evidente injustiça! E eles confirmam a pretexto de não conter vício de forma!

— É ideia preconcebida! — respondeu o advogado.

— E Selenine, que também se opôs à anulação. É abominável! — repetiu Nekhludov. — Agora que podemos fazer?

— Apresentar um recurso de graça. Apresente o senhor mesmo, enquanto está aqui. Vou redigi-lo.

Wolff, ostentando todas as suas cruzes, entrou nesse momento na sala e aproximou-se de Nekhludov.

— O que se pode fazer, meu caro príncipe, os motivos de cassação foram insuficientes — disse, levantando os ombros estreitos. Depois entrou num dos armários para despir-se.

Selenine chegou em seguida e reconheceu imediatamente o amigo de outros tempos.

— Não esperava encontrá-lo aqui — disse, sorrindo, enquanto os olhos conservavam sua expressão de tristeza.

— Não sabia que você era procurador-geral!

— Substituto do procurador — retificou Selenine. — E você, que faz aqui?

— Aqui? Tive esperanças de encontrar aqui justiça e piedade para uma infeliz mulher condenada injustamente.

— Que mulher?

— Mas essa que vocês acabam de condenar novamente.

— Ah! sim, Maslova! — lembrou-se Selenine. — O recurso não tinha o menor fundamento.

— Não se tratava do recurso, mas da própria mulher. É inocente e a punem sem razão.

Selenine suspirou.

— É possível, mas...

— Não é possível, é mais do que certo.

— Como sabe?

— Fiz parte do júri que a condenou. Sei que cometemos um erro em nosso *veredictum*.

Selenine refletiu por momentos.

— Você devia ter dado conhecimento do erro imediatamente!

— Pois dei.

— Deviam ter inscrito no processo verbal. Teria sido um motivo de cassação.

— O próprio exame do processo seria suficiente para mostrar a incoerência do *veredictum*.

— O Senado não se ocupa disso. Se tomasse a liberdade de cassar uma sentença em nome da justiça, não só se arriscaria a aumentar as injustiças — respondeu Selenine, lembrando-se de Wolff e do processo julgado anteriormente —, como também eliminaria às decisões dos jurados toda a sua razão de ser.

— Eu só sei que esta mulher é inocente e perdeu toda a esperança de escapar ao seu monstruoso castigo. A justiça suprema confirmou a injustiça!

— Não confirmou, porque não se ocupa desse ponto — repetiu Selenine, com traços de impaciência na voz. E, querendo evidentemente mudar de assunto: — Disseram-me ontem que você estava em São Petersburgo. Se soubesse, teria ido à casa da condessa Catarina Ivanovna, que, um dia desses, convidou-me para ouvir o novo profeta.

— De fato estive lá, saí amargurado.

— Por que amargurado? Trata-se de um sentimento religioso, por mais estranho e pervertido que pareça.

— Ora! Uma loucura monstruosa!

— Não, não é isso. O que tem de lastimável e curioso é a ignorância dos ensinamentos da Igreja, a ponto de verem novidade numa simples exposição dos dogmas fundamentais da nossa fé! — disse Selenine, com certo embaraço, lembrando-se de que outrora expunha a Nekhludov ideias bem diferentes.

Nekhludov fitou-o, surpreendido. Selenine sustentou o olhar. Todavia pareceu a Nekhludov que no fundo dos olhos tristes havia certa maldade.

— Aliás, ainda havemos de conversar sobre isso — acrescentou Selenine, depois de ter feito sinal ao oficial de justiça para se aproximar. — Precisamos absolutamente nos tornar a ver. Onde posso encontrá-lo? Eu estou sempre em casa na hora do jantar.

Deu endereço a Nekhludov e apertou-lhe afetuosamente a mão.

— Muita coisa aconteceu depois do nosso último encontro! — disse ele, antes de se afastar.

— Se puder irei a sua casa — respondeu Nekhludov.

E sentia no íntimo que esse breve encontro convertera um dos homens que mais estimava num estranho, senão em um inimigo.

Nekhludov conheceu Selenine na universidade, quando então era um filho dedicado, um amigo fiel, um rapaz de educação esmerada, de maneiras finas e cortesas, aliadas a uma retidão de caráter e probidade verdadeiramente excepcionais. Sem favor algum, figurava entre os primeiros alunos, sempre merecendo medalhas e coroas, sem que esses sucessos o envaidecessem, tornando-o pedante ou enfatuado.

Durante toda a mocidade sonhara em servir aos seus semelhantes, não somente em palavras, mas em atos de convicção. Na verdade, não concebia outra possibilidade de ser útil aos homens fora dos empregos públicos. Eis por que, ao terminar os estudos, examinou escrupulosamente as diversas categorias de empregos oficiais para encontrar aquele em cujo campo pudesse trabalhar para o bem dos seus compatriotas e de toda a humanidade. Foram esses sentimentos que lhe inspiraram o ingresso na magistratura. Mas, a despeito da excelência das suas intenções, não pôde encontrar nessa carreira a satisfação do seu ideal: ser útil aos homens. O contato com superiores negligentes e corruptos causou-lhe tanta impressão que se viu obrigado a abandonar a seção em que trabalhava, entrando para o Senado. Mais uma vez dominou-o a mesma impressão, como uma tortura. A cada passo repetia a si mesmo "Não é isto o que quero"; achava que não era essa a sua aspiração, o seu sonho, e que o seu dever era dedicar-se a outras coisas.

Pouco depois de entrar para a Corte Suprema, foi agraciado com título de gentil-homem da Câmara, por influência de sua família: viu-se na contingência de vestir uma farda ridícula e, na sua carruagem, bater de porta em porta a fim de agradecer a todos aqueles que contribuíram para obter o seu título de lacaio.

Mais uma vez teve a impressão bem nítida de não ser isso o que ambicionava: mas, de certo modo, não podia recusar o título que lhe fora conferido, a fim de não magoar as pessoas que se tinham empenhado, julgando causar-lhe satisfação. Intimamente, porém, regozijava-se com a nova posição: não podia ocultar a sua alegria ao contemplar-se no espelho, com a farda de galões dourados, antevendo o prestígio que esse traje lhe havia de conferir.

O mesmo aconteceu por ocasião do seu casamento. Do ponto de vista social, o partido que escolheram para ele era dos mais brilhantes. Não teve coragem de recusar, com receio de melindrar tanto as pessoas que o queriam casar, como a própria moça que desejava desposá-lo; mas, a bem dizer, o casamento com uma jovem fina, educada, rica e inteligente lisonjeava o seu amor-próprio e, no íntimo, lhe agradava. Infelizmente, não tardou a reconhecer que o casamento era ainda menos "aquilo que ambicionava", menos que o trabalho e o título. Depois do nascimento do primogênito, a esposa declarou não mais querer filhos e entregou-se à vida mundana, sendo ele obrigado a acompanhá-la, embora muito contrariado. Envidou todos os seus esforços para se esquivar dessa vida, mas tudo debalde, pois não podia lutar contra a realidade — o meio onde vivia a mulher, a família e todas as suas relações —, a realidade de viver a mesma vida e conformar-se com ela.

A própria filha, uma meninazinha de cabelos louros e encaracolados, parecia-lhe uma estranha, educada sempre longe dele e de maneira bem diversa do que havia imaginado. A indiferença mútua do casal cada vez se acentuava mais: não se compreendiam, e a luta íntima, embora disfarçada pelas conveniências, era persistente e cruel, tornando a vida familiar um verdadeiro martírio para Selenine. A família também não pôde realizar seu grande sonho.

Também não o encontrou à sombra da religião. Como todos os homens do seu tempo e da sua classe social, muito cedo rompeu os laços de crenças religiosas em que havia sido educado; ele próprio não era capaz de determinar o momento exato em que deixou de crer. Durante a mocidade sempre fora exemplo de franqueza e sensatez para esconder do mundo isso a que ele chamava a "libertação dos preconceitos da religião oficial"; abriu-se com toda a sinceridade a esse respeito, especialmente com Nekhludov.

Mais tarde, à medida que subia de posição, essa liberdade espiritual se tornava para ele um verdadeiro entrave. Sem contar as suas relações com a vida doméstica, principalmente as cerimônias religiosas a que fora obrigado a participar, primeiro por ocasião do casamento e, mais tarde, no enterro do pai, sua própria função o levava a assistir todos os dias a orações, bênçãos e outras manifestações exteriores dessa religião em que deixara de crer. Via-se diante de dois caminhos: ou fingir, ou então reconhecer como falsas todas aquelas exteriorizações, estabelecendo um sistema de vida que o isentasse de participar das mesmas. Mas a primeira alternativa repugnava à retidão do seu caráter, e a segunda lhe parecia irrealizável. Para adotá-la, ver-se-ia obrigado a entrar em luta contra toda família e, além disso, renunciar às funções públicas e a todo o bem que pretendia realizar em favor dos homens.

Restava uma solução possível: voltar a crer em tudo aquilo que abandonara. E foi o que Selenine fez. Movido pelas necessidades da vida, tomou a resolução de afastar e esquecer todos os motivos que outrora lhe haviam desviado da sua crença na santidade da religião ortodoxa. Deixou de ler Voltaire, Schopenhauer, Spencer e Augusto Comte, para entregar-se à leitura dos princípios filosóficos de Hegel e das doutrinas religiosas de Vinet. Encontrou então o que tanto procurava: uma pseudojustificação para doutrina religiosa de que durante tanto tempo sua razão o conservara afastado, mas sem a qual toda a sua vida teria sido uma luta contínua. Esses autores e outros mais vieram provar-lhe que a razão humana é incapaz de reconhecer a verdade e que a única fonte da verdade é a revelação. Atraído por essas ideias, passou a viver tranquilamente, participando das orações, bênçãos, comunhões etc., que suas funções e as conveniências familiares ou sociais o obrigavam a cumprir. E, com toda a sinceridade, afirmava, daí por diante, que era um "crente"; mas isto não o impedia de sentir que ainda não tinha alcançado o que almejava.

Eis por que o seu olhar se tornava cada vez mais triste. Eis por que ao rever Nekhludov, que o havia conhecido antes daquela vida ilusória, experimentou uma sensação de felicidade, para logo cair na mais profunda tristeza. Primeiramente Nekhludov veio lembrar-lhe o que havia sido; mas logo depois, pensou como tudo que tinha acontecido era diferente daquilo com que sonhara, dos seus grandes ideais. E Nekhludov, ao rever Selenine, foi dominado pelos mesmos sentimentos.

Por isso ambos, ao separarem-se nesse dia, ficaram certos de que não procurariam mais encontrar-se.

Capítulo V

I

Ao sair do Senado, Nekhludov e o advogado foram andando juntos pela calçada. O advogado contou ao príncipe a aventura do tal funcionário que os senadores haviam comentado. Finalizou dizendo que, em vez de ser enviado às galés, nos termos do código, ia ser colocado à testa de um governo. Depois, ao passar por uma praça, explicou a Nekhludov que fora organizada uma subscrição, a fim de erigir-se-lhe ali certo monumento, mas que o tal monumento nunca aparecia porque os eminentes personagens que presidiam à subscrição tinham embolsado o dinheiro angariado. Acrescentou que a amante de um deles perdera milhões nas corridas. Outro teria vendido a mulher por uma grossa quantia. E, segundo o advogado, eram inúmeras as ladroeiras cometidas por tais e tais pessoas que, longe de estar na cadeia, continuavam a encher posições de destaque. Fainitzin dava mostras de grande satisfação ao narrar esses casos, cuja fonte evidentemente era inexaurível. De fato, eles permitiam convencer aos outros e a si próprio que os meios empregados eram legítimos e inocentes, comparados com os meios usados pelos representantes da aristocracia e do poder público. Por isso ficou extremamente surpreendido ao ver Nekhludov despedir-se e entrar num fiacre, sem escutar o fim de uma anedota.

O caso é que Nekhludov estava muito triste. Sua tristeza provinha, principalmente, da decisão do Senado confirmando a pena monstruosa infligida a Maslova. Pensamentos tristes lhe invadiam a alma, ao imaginar como se tornara mais duro o propósito de unir seu destino ao da condenada. E todas essas histórias do advogado mostrando sempre o triunfo do mal acabaram de o desolar, sem contar que, contra sua vontade, revia sempre o olhar frio e perverso desse Selenine, outrora tão franco, afetuoso e bom.

Quando chegou à casa da tia, o porteiro entregou-lhe, com certo desdém, uma carta que, segundo sua expressão, uma "mulher" viera trazer. Essa carta era da mãe da Choustova; agradecia com palavras comovidas o "benfeitor" e o salvador da filha, suplicando que não deixasse São Petersburgo sem ir vê-la. Era no interesse de ver a Bogodouchovska, acrescentou.

Depois das decepções que sofrera em São Petersburgo, Nekhludov estava profundamente desanimado. Os projetos formados dias antes pareciam agora tão irrealizáveis quanto os sonhos de sua mocidade que, então, gostava de alimentar. Entrando no quarto, tirou uns papéis da carteira e ia tomar nota do que lhe restava ainda fazer antes da partida, quando o criado veio dizer-lhe que a condessa pedia que descesse para o chá.

Nekhludov colocou novamente os papéis na carteira e desceu ao salão. Pela janela da escada avistou o *landau* de Marieta, parado diante da casa. E, repentinamente, teve a sensação de que o coração estava mais aliviado. Teve o desejo de ser moço e sorrir.

Marieta, desta vez com vestido e chapéu de cores claras, estava sentada numa cadeira perto da condessa. Segurava uma xícara de chá e falava a meia voz, toda iluminada pelo brilho de seus belos olhos risonhos. No momento em que Nekhludov entrou, acabava de dizer qualquer coisa tão engraçada e inconveniente — o príncipe reconheceu-o pela natureza do riso — que a excelente condessa ria tanto que sacudia o corpo inteiro, enquanto a moça, com deliciosa expressão de malícia, contemplava-a, inclinando um pouco o rosto ao mesmo tempo encantador e enérgico.

— Você me faz morrer de rir! — exclamava a velha condessa, entre dois acessos.

Nekhludov, depois de as ter cumprimentado, sentou-se perto delas. Marieta, observando a expressão séria de seus traços e desejando agradá-lo — desejava, sem saber por quê, desde o momento em que o tornou a ver —, mudou completamente não só a expressão exterior como a disposição interior. Ficou séria, melancólica, descontente da vida, cheia de aspirações vagas e tudo isso bem sincero, tanto sem hipocrisia como sem esforço. Instintivamente, para agradar a

Nekhludov, assumiu disposição idêntica à que adivinhava encontrar no príncipe nesse momento.

Interrogou-o sobre o resultado de suas providências. Nekhludov contou-lhe como foram malsucedidos no Senado os seus esforços, mencionando o encontro com Selenine.

— Que alma pura! Aquele, sim, é o cavaleiro *sans peur et sans reproche*! Que bela alma! — exclamaram as duas senhoras, sentindo prazer em empregar o epíteto que todo o mundo em São Petersburgo usava para qualificar o jovem substituto.

— Ele é casado. Que tal a mulher? — perguntou Nekhludov.

— Sua mulher? Oh! É uma... enfim, não devemos criticar os outros. Ela não compreende o marido, eis o mal. Mas ele também votou pela rejeição do recurso? — prosseguiu Marieta, com sincera compaixão. — Que atrocidade! Como lamento essa infeliz!

E soltou um profundo suspiro.

Nekhludov, comovido com a sua tristeza, apressou-se em mudar de assunto. Falou a Marieta sobre o Choustova que, pela sua intercessão, tinha finalmente saído da fortaleza. Depois de agradecer-lhe o interesse, ia comentar o caso, dizendo que era horrível só de pensar, que a pobre moça e a família toda sofressem tanto tempo, simplesmente porque ninguém intercedera em seu favor. Marieta, porém, não o deixou continuar e, com termos semelhantes aos que Nekhludov teria empregado, exprimiu sua indignação.

A condessa Catarina Ivanovna viu logo que ela estava querendo namorar o sobrinho, o que aliás a divertia bastante.

— Sabe de uma coisa? — disse para Nekhludov. — Vamos amanhã à casa de Alinia. Kiesewetter vai falar. E você também não deixe de ir — acrescentou para Marieta. — Imagine que Kiesewetter reparou em você — continuou, dirigindo-se ao sobrinho. — Ele me disse que as suas novas ideias eram um bom sinal, que você não tardaria a voltar para Cristo. Conto com você, amanhã. Marieta, diga que você vai e faz questão de encontrá-lo.

— O caso é, querida condessa, que não tenho o direito de aconselhar Dmitri Ivanovitch — respondeu Marieta, lançando um olhar para Nekhludov, olhar que significava estar plenamente de acordo com o príncipe quanto à mania evangélica da boa senhora. — Além do mais, a senhora sabe que não aprecio muito...

— Já sei que você é sempre diferente dos outros e tem um modo muito pessoal de pensar.

— Eu, modo pessoal? Mas minha fé é mais do que simples e banal, fé simples de camponesa bem ignorante! — disse ela a sorrir. — Depois, é que tenho de ir amanhã ao Teatro Francês.

— Ah! Por falar nisso, você conhece por acaso a famosa... como é mesmo? — perguntou a condessa a Nekhludov.

Marieta segredou-lhe o nome da célebre artista francesa.

— Você precisa ir vê-la, sem falta. É um assombro!

— Na sua opinião, o que devo ver em primeiro lugar? A atriz ou o profeta? — interrogou, sorrindo, o príncipe.

— É perversidade sua querer interpretar tão mal as minhas palavras!

— Eu acho que se devia ouvir primeiro o profeta, depois a atriz; sem isso, arriscar-se-ia a perder toda a confiança nas profecias — continuou o sobrinho.

— Pode rir, pode caçoar! Isso não modifica minha opinião. Kiesewetter é uma coisa, outra coisa é o teatro. Para salvar-se não é preciso viver de cara triste e chorar o tempo todo. Basta ter fé. Assim ficamos mais à vontade para gozar a vida.

— Minha tia, sabe que a sua profecia é melhor que a do melhor profeta?

— E você — disse Marieta a Nekhludov — sabe o que devia fazer? Ir ver-me amanhã, em meu camarote.

— Receio não ter tempo...

A conversação foi interrompida com a entrada de um criado que anunciou a visita do secretário de uma obra de caridade, da qual a condessa fazia parte.

— Oh! É o homem mais cacete que conheço! Vou vê-lo um instante e voltarei logo para continuarmos a prosa. E você, Marieta, enquanto espera, sirva-lhe o chá!

E saiu da sala, com o seu passo decidido.

Marieta tirou uma das luvas; a mão pequena não era de forma perfeita, mas estava coberta de anéis.

— Posso servi-lo? — perguntou a Nekhludov, segurando o bule de prata.

Sua fisionomia tomou uma expressão ainda mais séria e triste.

— Vou confessar-lhe uma coisa! Não imagina como me é penoso saber que as pessoas a quem estimo possam confundir-me com a posição em que sou obrigada a viver!

Pronunciando estas palavras, pouco faltou para chorar. Se as analisasse, Nekhludov veria que sua significação era muito vaga. Mas lhe pareceram profundas, cheias de franqueza e bondade, tal poder sobre ele tinha o olhar, que acompanhou a frase da bela e elegante moça.

O príncipe não respondeu. Contemplava-a, sem conseguir desviar os olhos do seu rosto.

— Pensa talvez que não o compreendo? Estou a par do que lhe aconteceu. Aliás todo o mundo sabe. Mas ninguém percebe a razão. Eu não só percebo, mas o aprovo e admiro!

— Realmente, não há do que se admirar. Nada fiz, por enquanto!

— Não importa. Compreendo os seus sentimentos e os dessa pessoa... Está bem, está bem, não vou dizer mais nada — interrompeu-se, ao notar certo descontentamento nos traços de Nekhludov. — E compreendo também — continuou, pensando unicamente em conquistar o coração do moço — que, vendo de perto o horror e o sofrimento da vida nas prisões, queria ajudar esses infelizes, vítimas do egoísmo e da indiferença dos homens. É natural que tenha almejado dedicar a vida a esses desgraçados. Eu também daria a minha, de boa vontade. Mas cada um tem seu destino.

— Então você não está satisfeita com o seu?

— Eu?! — exclamou a moça, como que espantada de lhe fazerem tal pergunta. — Sim, tenho o dever de estar satisfeita e, de fato, estou. Mas existe sempre dentro de mim um remorso que faço o possível para disfarçar.

— Não deve fazer isso! É preciso crer nessa voz! — falou Nekhludov, já completamente subjugado.

Muitas vezes Nekhludov se lembrou mais tarde desta conversa, e com vergonha; muitas vezes sofreu, ao voltar-lhe à memória a atitude respeitosa com que Marieta escutara as impressões que ele colhera nas visitas às prisões e no contato com os camponeses.

Quando a condessa voltou ao salão, Marieta e Nekhludov conversavam como amigos íntimos, os únicos que se compreendiam mutuamente, entre a multidão desconhecida ou hostil.

Comentavam a injustiça dos poderosos, os sofrimentos dos fracos, a miséria do povo; na realidade, porém, seus olhos, embalados pelo murmúrio das palavras, não cessavam de entreter-se de assunto bem diferente. "Poderás amar-me?", perguntava o olhar de Marieta. "Como não!", respondiam os olhos do moço. E enquanto os lábios exprimiam pensamentos nobres, o desejo físico os atraía um para o outro.

Marieta, antes de partir, disse mais uma vez que teria grande prazer em ajudá-lo nos seus projetos; pediu-lhe que fosse visitá-la, sem falta, no teatro, pois precisava falar sobre um assunto muito importante.

— Só Deus sabe quando nos tornaremos a ver! — disse, suspirando e baixando os olhos para a mão coberta de anéis. — Está então combinado?

Nekhludov prometeu que iria, sem falta.

Nessa noite ficou muito tempo deitado sem conciliar o sono. Toda vez que se recordava da Maslova, do recurso rejeitado, de sua intenção de segui-la por toda parte, e da renúncia de suas terras, aparecia diante de si, como resposta aos seus pensamentos, o delicado e gracioso rosto de Marieta. Ele a ouvia dizer: "Só Deus sabe quando nos tornaremos a ver!" Seu sorriso era tão claro e nítido que ele mesmo, no escuro, surpreendia-se a sorrir. E novas dúvidas lhe assaltavam o espírito, sem que as pudesse reprimir: teria razão de ir para a Sibéria e despojar-se da sua fortuna?

Interrogava-se; mas as respostas que acudiam à sua memória, nessa noite clara de São Petersburgo, eram estranhamente vagas e confusas.

Tudo se confundia no seu cérebro. Evocava os sentimentos antigos, ressuscitava as ideias antigas, mas tanto os pensamentos como as ideias tinham perdido todo poder sobre ele.

"Mais uma vez andei forjando sonhos impossíveis de se realizar", pensava. E, perseguido pelas perguntas, às quais não estava em condição de responder, Nekhludov sentia uma tristeza e desânimo como há muito não experimentara. Quando conseguiu dormir, pela madrugada, foi um sono letárgico e lúgubre, como os que costumava ter, ao cabo das noites passadas no jogo.

II

Quando acordou no dia seguinte, o primeiro sentimento de Nekhludov foi a impressão vaga de que na véspera cometera uma ação má.

Rememorou os fatos: não, ação má não tinha cometido, mas tivera maus pensamentos, o que, a seu ver, era pior. E Nekhludov perguntou a si mesmo, horrorizado, como pôde ele ter, mesmo por instantes, tais pensamentos. Por mais penosa que fosse a vida que resolveu levar, sabia que era a única possível; e por mais fácil que lhe fosse voltar à vida antiga, sabia que isto significava cessar de viver. As hesitações da véspera não surtiram maior efeito que os movimentos de um homem que, ao acordar, se espreguiça ainda uma vez e se enfia entre as cobertas, sabendo, contudo, que é hora de levantar-se para tratar de um negócio muito bom e importante.

Vestiu-se depressa e dirigiu-se para o bairro onde morava a mãe de Choustova.

A habitação dos Choustov era no segundo andar. Seguindo as indicações do porteiro, Nekhludov atravessou sombrios corredores, subiu uma escada escura e cansativa, entrando numa cozinha muito quente impregnada de um cheiro insuportável de gordura. Uma velha de mangas arregaçadas, avental e óculos, estava de pé junto ao fogareiro, mexendo qualquer coisa numa caçarola.

— Que deseja? — perguntou ela, com voz desconfiada, olhando por cima dos óculos.

Nekhludov ainda não tinha acabado de dizer seu nome e já o rosto da velha tomara uma expressão de prazer meio acanhado.

— Oh! príncipe! — exclamou ela, enquanto enxugava as mãos no avental. — Como estou envergonhada por ter feito o senhor subir essa escada tão escura! O nosso benfeitor! Eu sou a mãe dela. O senhor nos salvou! — continuou, tentando levar aos lábios a mão de Nekhludov que havia segurado entre as suas. — Tomei a liberdade de ir à sua casa ontem. Foi minha irmã que insistiu. Minha filha está aqui. Tenha a bondade de me seguir.

Conduziu Nekhludov por uma porta estreita e um corredor mal iluminado, e a toda hora procurava endireitar os cabelos despenteados ou remediar a desordem do vestuário.

— Minha irmã, Kornilova... — dizia. — Com certeza o senhor já ouviu falar nela. Esteve implicada num caso... Criatura muito inteligente...

Abrindo uma porta que dava para o corredor, a mãe da Choustova fez Nekhludov entrar num pequeno quarto, onde, sentada num divã e tendo diante de si uma mesa, estava uma jovem baixa e gorda, com uma blusa de chita listrada; os cabelos louros, levemente ondeados, emolduravam o rosto redondo, extremamente pálido. À sua frente sentava-se um rapaz, cujo bigode começava a despontar, vestido com uma blusa russa de gola bordada. Curvado sobre o encosto da cadeira, falava com tanta animação que, nem ele nem a moça deram pela entrada de Nekhludov.

— Lídia! É o príncipe Nekhludov, que...

A moça estremeceu nervosamente. Puxando o cabelo para trás da orelha, num gesto maquinal, fixou timidamente os olhos cinzentos no recém-chegado.

— Enfim está livre! — disse o príncipe, sorrindo e estendendo-lhe a mão.

— É mesmo, enfim! — respondeu a moça. A boca abriu-se num sorriso infantil, descobrindo uma fileira de dentes brancos. — Minha tia queria conhecê-lo. Titia! — exclamou, indo até a porta.

— Vera Efremovna afligia-se muito com a sua prisão!

— É melhor sentar-se aqui! — interrompeu Lídia, designando com o dedo a cadeira de palha donde acabava de se levantar o rapaz. Meu irmão — disse, em resposta ao olhar que observava o seu companheiro.

Este apertou a mão de Nekhludov com o mesmo sorriso afetuoso que iluminou o semblante da irmã; depois, sentou-se perto da janela, onde um colegial de quinze ou dezesseis anos veio fazer-lhe companhia.

— Vera Efremovna é muito amiga de minha tia; mas eu quase não a conheço — disse Lídia.

Nesse momento saiu do quarto contíguo uma mulher de quarenta anos, mais ou menos, de fisionomia agradável e inteligente.

— Quanta bondade por ter vindo! — falou, ao cumprimentar Nekhludov. E sentando-se no divã, perto da sobrinha: — E Verotchka? Esteve com ela? Como suporta a situação?

— Ela não se queixa — respondeu Nekhludov.

— Ela é assim mesmo. Que alma! Tudo para os outros, nada para si!

— De fato, nada me pediu para si. Pensava unicamente em sua sobrinha. Disse-me que estava mortificada com a injustiça dessa prisão.

— Injustiça monstruosa! A coitadinha sofreu por mim.

— Isso, não, titia — exclamou Lídia. — Eu teria guardado os papéis do mesmo jeito!

— Sei melhor do que você como são as coisas — continuou. — O senhor sabe — disse a Nekhludov —, tudo isto aconteceu porque alguém me pediu para guardar certos papéis. Eu, nessa ocasião, não tendo morada fixa, pedi à minha sobrinha que os guardasse. Pois, nessa mesma noite, a polícia veio aqui, apreendeu os papéis e levou-a também; e a conservaram presa até agora porque ela não quis contar quem lhe dera os papéis.

— E eu não contei! — declarou Lídia, com vivacidade, pondo a mão sobre os cabelos que, entretanto, não estavam desarranjados.

— Não estou dizendo que você contou!

— Se prenderam Mitine, não foi por minha culpa! — falou a moça. Ela não sorria mais. Estava corada e enrolava o cabelo à volta do dedo, enquanto lançava olhares inquietos para todos os lados.

— Nada disse — continuou. — Quando me interrogaram a respeito de minha tia e de Mitine, não respondi e declarei que não havia de dizer coisa nenhuma. Então esse... Kirilov...

— Kirilov é um secreta — explicou a tia.

— Kirilov — continuou Lídia — tentou persuadir-me. "Todo mundo julga que você confessará", disse-me ele. "E isso não prejudica a ninguém, pelo contrário. Se confessar, muitos inocentes serão postos em liberdade, evitando portanto que sofram injustamente." Assim mesmo me calei. Então ele me disse: "Pois seja; mas não vá negar o que eu disser." Citou nomes e, entre eles, estava o de Mitine. Imagine que, no dia seguinte, soube que Mitine tinha sido preso! E disse para mim mesma: "Fui eu que o denunciei!" Este pensamento me tortura a tal ponto que pensei enlouquecer.

— Mas foi provado que você não teve culpa! — interveio a tia.

— Sim, mas eu não sabia disso. E pensava sempre: "Denunciei!" Ia de um lado para outro na cela, perseguida pelo pensamento: "Denunciei-o! Denunciei-o!" Deitava-se na cama, cobria a cabeça e uma voz me gritava nos ouvidos: "Denunciaste-o! Denunciaste Mitine!" Embora convencida de que era vítima da imaginação, não cessava de escutar. Era insuportável! — exclamou Lídia, cada vez mais excitada e continuando a enrolar e desenrolar um anel de cabelo.

— Lydotchka, tenha calma — pedia a mãe, repetidas vezes, tocando-lhe o braço.

Lídia, porém, não conseguia acalmar-se.

— E o que é mais horroroso... — recomeçou ela.

Não terminou a frase. Levantou-se do divã, suspirando, e fugiu do quarto. A mãe seguiu-a.

— Para os moços, a prisão celular é qualquer coisa de terrível — disse a tia, acendendo um cigarro.

— Creio que é para todo o mundo — respondeu Nekhludov.

— Não, nem sempre. Para os verdadeiros revolucionários, muitos já me disseram, a prisão representa o repouso, a segurança. Vivendo angustiados, sofrendo privações, temem ao mesmo tempo por si, pelos outros e pela causa. Quando um belo dia são presos, tudo está acabado: cessam as responsabilidades, nada mais têm a fazer senão deitar e descansar. Conheço até alguns que, ao serem presos, sentiram verdadeira alegria. Gente moça e, sobretudo, inocente, como Lydotchka sofre muito com a primeira impressão. As consequências, comparando-se a esta, nada são. Privação da liberdade, maus-tratos, falta de ar e de alimento não teriam importância, e seriam facilmente suportados, se não houvesse o abalo moral que se experimenta, ao ser preso pela primeira vez.

A mãe de Lídia voltou e contou a Nekhludov que a filha não estava muito bem, tendo-se deitado.

— Sem motivo algum arruinaram uma vida — disse a tia. — E meu sofrimento ainda é maior quando penso que fui causa involuntária de tamanha desgraça.

— Não, nada está perdido, por enquanto. Os ares do campo hão de curá-la.

— Se não fosse o senhor, com certeza Lydotchka teria morrido! — prosseguiu a tia. — Mas ia me esquecendo de um dos motivos por que lhe escrevi. Desejava pedir-lhe que levasse esta carta para Vera Efremovna. O envelope está aberto; pode ler e rasgar caso suas opiniões não concordem com o que está escrito. Nada há de comprometedor.

Nekhludov pegou a carta e, despedindo-se das duas mulheres, saiu. Na rua, fechou o envelope, resolvido a cumprir o pedido da tia de Lídia Choustova.

III

Nekhludov teria partido de boa vontade naquela noite, mas tinha prometido a Marieta encontrá-la no teatro. Embora reconhecendo que o seu dever era não ir, resolveu afinal pela afirmativa, iludindo-se com o pretexto de cumprir a palavra. Além disso, convenceu-se de que era essa a ocasião de contemplar, pela última vez, a sociedade a que pertencera, e que, no futuro, tornar-se-ia completamente estranha para ele. "Quero afrontar as suas seduções, despedir-me desse ambiente!", era o que pensava. Mas tinha consciência de que não estava sendo sincero consigo mesmo.

Levantando-se da mesa, logo que acabou de jantar, vestiu a casaca, dirigiu-se para o teatro, aonde chegou muito tempo depois de iniciado o espetáculo. Representava-se a eterna *Dama das Camélias*, em que famosa atriz francesa tinha ocasião de mostrar ao público, mais uma vez, como devem morrer as mulheres tuberculosas.

Os porteiros do teatro receberam Nekhludov com trato especial quando souberam que tinha sido convidado por tão importante personagem e apressaram-se a conduzi-lo ao camarote de Marieta. O lacaio desta, de pé diante do camarote, e em libré de gala, cumprimentou Nekhludov como a quem já conhecesse e o fez entrar.

Os olhos dos espectadores estavam fixos numa atriz ossuda, feia e já idosa que, vestida de seda e rendas, declamava um monólogo com voz afetada.

Nekhludov entrou e, enquanto ainda sentia no rosto as duas correntes de ar, uma quente, outra fresca, um dos ouvintes fez um "psiu" indignado, reclamando do ruído da porta que lhe perturbava o êxtase.

No camarote, além de Marieta, estavam mais dois homens e uma senhora gorda com um vestido vermelho e um penteado incrível. Um dos homens era o marido de Marieta, que Nekhludov via pela primeira vez. Era grande e bem feito de corpo, com o peito saliente; rosto austero frio, nariz aquilino. O outro era um homem louro, baixo e atarracado, com uns bigodes grisalhos entre as suíças.

Graciosa e elegante, com um decote que deixava ver bem os ombros fortes e cheios, sentava-se Marieta na frente do camarote. Voltou-se também ao ruído da porta e, designando a Nekhludov a cadeira atrás de si, sorriu-lhe um sorriso familiar que pareceu ao príncipe cheio de significação. O marido, com a calma que mostrava em todas as ocasiões, inclinou ligeiramente a cabeça em direção ao recém-chegado; depois olhou satisfeito para a mulher, olhar de quem possui uma criatura bela e elegante.

Quando terminou o monólogo, o teatro estremeceu com o calor dos aplausos. Marieta ergueu-se imediatamente e, levantando a saia com uma das mãos, dirigiu-se para o fundo do camarote, a fim de apresentar Nekhludov ao marido. Este, sorrindo com os olhos para a mulher, estendeu a mão ao príncipe, dizendo que estava encantado de conhecê-lo. Não acrescentaram mais nenhuma palavra.

— Devia ter partido esta noite; não parti, para cumprir minha promessa — disse Nekhludov a Marieta.

— Se não sente prazer em ver-me — respondeu Marieta, que novamente adivinhava o seu pensamento —, pelo menos terá o prazer de ver e ouvir uma atriz sublime. Estava maravilhosa nesta última cena, não acha? — perguntou, voltando-se para o marido.

— Confesso que tudo isso não me comove muito. Presenciei hoje tanta desgraça, verdadeira desgraça, que...

— Vamos, sente-se aí e conte-me tudo!

O marido escutava distraidamente a conversa, sorrindo de modo cada vez mais irônico.

— Estive na casa dessa infeliz criatura que, enfim, puseram em liberdade: é uma vida perdida para sempre!

— É a tal moça — disse Marieta ao marido.

— Ah! sei; estou satisfeito por ter intercedido — respondeu ele, que se levantou para fumar um cigarro no *foyer*.

Nekhludov permanecia sentado, à espera de que Marieta lhe falasse sobre o "importante assunto". Ela, porém, nada lhe dizia, nem pensava em dizer; falava sobre coisas engraçadas e comentava a peça que, na sua opinião, devia interessar particularmente ao príncipe.

Este viu logo que a moça nada tinha a dizer; queria simplesmente mostrar-se no esplendor do seu traje de noite, e mostrar os belos ombros e a pinta que havia num deles. Tal descoberta inspirou-lhe um misto de prazer e repugnância. O prazer se originava no encanto exterior que dela emanava. Contudo, Nekhludov percebia ao mesmo tempo que se encontrava sob aquele encanto e era isso que o repugnava. Admirava a imagem de Marieta, mas pensava também que essa mulher bonita era mentirosa, que se adaptava perfeitamente à vida com um marido velhaco, que na véspera só dissera falsidades e que seu único desejo era conquistá-lo. Era odioso e agradável. Muitas vezes ele levantou-se para a despedida, e tornou a sentar-se. Enfim, quando o marido voltou, com os bigodes impregnados do cheiro de fumo, e os seus olhos pousaram irônicos em

Nekhludov, este não suportou mais: a porta estava ainda aberta, despediu-se e saiu apressadamente.

Ao passar pela Perspectiva Newsky, indo para a casa da tia, avistou uma mulher alta, muito bem-feita, vestida com elegância vistosa. Os homens que passavam olhavam para ela, viravam a cabeça. Nekhludov apertou o passo, alcançou-a e fitou-a também. Os traços eram belos, mas estava pintada; sorriu para ele, e os olhos brilharam. O moço, irresistivelmente, pensou em Marieta: a imagem dessa criatura causou a mesma sensação de repulsa e sedução que, momentos antes, sentia no camarote.

Fugiu dali furioso consigo mesmo, correndo até Morskaia, onde começou a andar pelo cais, de um lado para outro, com grande espanto dos policiais.

"Foi este mesmo sorriso que Marieta me dirigiu, quando entrei no camarote", refletia, "ambos têm a mesma significação. A única diferença é que a linguagem dessa mulher é franca, enquanto que Marieta finge ter outras ideias e sentimentos mais elevados. O fundo é o mesmo: só que uma diz a verdade e a outra mente".

Nekhludov lembrou-se de suas relações com a mulher do amigo, e muitas recordações vergonhosas lhe acudiram à mente.

"É terrível", pensava ele, "esta persistência da animalidade. Mas enquanto se apresenta sem artifícios e é reconhecida tal qual é, o homem, que cedendo ou resistindo, permanece o mesmo; mas, quando se oculta nas vestes da poesia e pretende inspirar respeito, então o homem está perdido. A besta suprime o espírito, o ser humano não distingue o bem do mal. E isto é ainda mais terrível".

Nekhludov via agora todas essas coisas de modo tão claro, como avistava na sua frente o palácio, a fortaleza, o rio, os barcos, as carruagens. Assim como não havia trevas sobre a cidade nesta noite, estando tudo iluminado por uma luz triste e confusa, ele tinha a impressão de que as trevas da inconsciência se dissipavam em sua alma, deixando uma luz incolor e triste. Compreendia que as coisas tidas na conta de boas ou importantes não passavam do nada e da vergonha; e que o esplendor e o luxo da vida moderna recobriam vícios velhos como o mundo, vícios originados no fundo mais genuinamente bestial da natureza humana.

Nekhludov desejou esquecer tal descoberta: não era mais possível. Um sentimento estranho nascia no seu ser: a alegria da certeza acompanhada de um medo doloroso.

Capítulo VI

Logo que chegou de São Petersburgo, Nekhludov foi à prisão, a fim de participar a Maslova que o recurso fora rejeitado e que devia, portanto, preparar-se para a viagem à Sibéria. Levava a petição de graça, dirigida ao Imperador, que ela devia assinar. Ele, todavia, não contava com o perdão e mesmo — o que era estranho — não mais o desejava. Seu pensamento se habituara com a ideia da partida, da vida entre os condenados e os exilados políticos; e dificilmente imaginava o que seria de sua vida e a de Maslova, caso adotassem o último recurso. Lembrava-se de uma frase do escritor americano Thoreau afirmando que, num país onde reinasse a escravidão, o único lugar que convinha ao homem honesto era a prisão. Tudo que vira em São Petersburgo bem servia para trazer-lhe à memória esta frase.

O guarda da enfermaria, reconhecendo-o logo, veio ao seu encontro e informou-lhe que Maslova não estava mais ali.

— Onde está, então?

— Voltou para a seção das mulheres.

— Mas por quê? Foi removida?

— Ora! Como sabe, Excelência, ela não é boa coisa — respondeu o guarda, sorrindo com desprezo. — Andou fazendo das suas com um enfermeiro. Foi por isso que o diretor-médico a expulsou daqui.

Nekhludov nunca imaginou que o preocupasse tanto Maslova e os seus sentimentos em relação a ela. Mas o fato é que as palavras do guarda foram um duro golpe para ele. Foi como se tivesse recebido a notícia de uma grande desgraça imprevista. Invadiu-o um sofrimento atroz que, nesse momento, o impedia de refletir.

Quando aos poucos lhe foi voltando a consciência, percebeu que a vergonha dominava qualquer outro sentimento. Envergonhou-se de ter sido tão ridícula a alegria pela transformação da alma daquela criatura. Todas as palavras belas que pronunciara ao repelir o seu sacrifício, as censuras, as lágrimas, tudo não passava de uma comédia, representada por essa miserável mulher, com o fim de enganar e fazer-se valer. Tinha agora a impressão de que, desde a última entrevista, já percebera nela certos indícios de perversidade, da qual não podia mais duvidar. Os pensamentos e as lembranças perseguiam-no, enquanto se afastava da enfermaria.

"Que devo fazer?", interrogava a si próprio. "Devo ainda considerar-me ligado a ela, ou sua conduta libertou-me de qualquer compromisso?"

Ao formular, porém, esta pergunta, compreendeu imediatamente que, se abandonasse Maslova, não puniria a ela, mas a si mesmo. Esta ideia o aterrava.

"Não, o que aconteceu, longe de modificar minha resolução, só pode reforçá-la. Esta mulher, agindo assim, identifica-se com o caráter que as circunstâncias da vida imprimiram nela. Que tenha 'feito das suas' com o enfermeiro, isso lhe concerne. Quanto a mim, devo cumprir o que minha consciência exige. E minha consciência exige o sacrifício da liberdade para expiar o pecado. Aconteça o que acontecer, casar-me-ei e a seguirei por toda parte." Obstinava-se em repetir esta ideia para si mesmo, com certa maldade, enquanto a passos largos atravessava os corredores.

Chegando à porta da grande sala, pediu ao guarda de plantão que informasse o diretor do seu desejo de ver Maslova. O guarda, que já lhe tinha falado diversas vezes, respondeu contando-lhe uma grande novidade: o "capitão" tinha sido aposentado e outro diretor bem mais severo o substituía agora.

— Oh! A vida agora vai ser dura — acrescentou. E saiu a fim de prevenir o novo diretor.

Este não tardou a aparecer. Era um homem alto e magro, de fisionomia desagradável, as maçãs do rosto muito salientes.

— Só é permitido visitar os prisioneiros nas horas regulamentares — disse a Nekhludov, sem o olhar.

— Desejava que a pessoa em questão assinasse uma petição de graça.

— Basta então entregar-me o requerimento.

— Mas tenho absoluta necessidade de ver a prisioneira, apenas um instante. Antes costumava permitir.

— Antes se fazia muita coisa que agora não se permite! — respondeu o diretor, levantando bruscamente os olhos para Nekhludov.

— Mas eu tenho uma autorização do governador — insistiu o príncipe, que tirou do bolso a carteira.

— Com licença — disse então o diretor. Pegou o papel com as mãos longas e magras e leu-o vagarosamente.

— Queira passar ao gabinete — disse ele.

A sala estava vazia. O diretor sentou-se diante da mesa e começou a folhear os papéis que ali estavam: evidentemente tencionava assistir à entrevista. Tendo Nekhludov perguntado se poderia ver também uma presa política, Bogodouchovska respondeu-lhe em tom seco que era impossível. "As visitas aos presos políticos estão interditadas", declarou e entregou-se novamente à leitura da papelada. Nekhludov, que estava com a carta para Vera Efremovna, achou-se na situação de um suspeito, podendo ser revistado e preso.

Quando Maslova entrou, o diretor levantou a cabeça e, sem olhar para os dois, limitou-se a dizer: "Podem conversar." E continuou a leitura interrompida.

Maslova vestia, como antes, o uniforme da prisão, casaco branco e um lenço nos seus cabelos. Notando a expressão severa e hostil do rosto de Nekhludov, ficou muito vermelha e, segurando uma dobra do casaco, baixou os olhos. Essa atitude parecia ao príncipe uma confirmação às palavras do guarda.

O moço, sinceramente, quis tratá-la da mesma forma de sempre. Mas foi impossível estender-lhe a mão, tal a aversão que o dominava.

— Trouxe má notícia — falou com voz calma, porém sem fitá-la. — O recurso foi rejeitado.

— Já sabia disso — respondeu ela, em voz baixa.

Em outras circunstâncias Nekhludov teria perguntado por que falava assim; mas, desta vez, contentou-se em olhar para ela. E viu que seus olhos estavam cheios de lágrimas.

Todavia, a tristeza da moça não o enterneceu, pelo contrário, mais o exasperou.

O diretor levantou-se e começou a andar de um lado para outro.

Nekhludov, embora irritado, achou que devia exprimir-lhe o pesar que sentia pelo insucesso da causa.

— Ainda há esperança — disse. — Temos ainda um último recurso e...

— Oh! Não é isso que... — respondeu ela, fixando nos dele os olhos marejados de lágrimas.

— Então o que é?

— Com certeza na enfermaria lhe disseram...

— Ora! Isso não me interessa! — replicou secamente o príncipe, franzindo as sobrancelhas.

A menção do fato despertou o orgulho ofendido. "Afinal eu, com quem a moça da mais alta nobreza seria feliz de se casar, proponho casamento a esta criatura e ela, não podendo esperar, diverte-se com um enfermeiro qualquer!" E enquanto pensava, olhava-a com maldade.

— É preciso assinar isto — disse-lhe, pondo sobre a mesa uma folha de papel que tirou da carteira.

Maslova enxugou as lágrimas com a ponta do lenço e, sentando-se perto da mesa, perguntou-lhe onde devia assinar.

Ele indicou o lugar e, enquanto a moça escrevia, ficou de pé atrás dela, a olhar para as costas inclinadas sobre a mesa, que, de instante a instante, soluços incontidos sacudiam.

E, na sua alma, recomeçou a luta dos sentimentos bons e dos maus, o orgulho ofendido, a piedade ao vê-la sofrer. Este último acabou prevalecendo.

Lastimou-a primeiro, ou primeiro lembrou-se de suas próprias faltas, principalmente das faltas do gênero que censurava? Nekhludov não soube responder a isso, mas o fato é que se sentiu culpado e teve pena da infeliz, simultaneamente.

Ela, entretanto, tendo acabado de assinar, e limpando na saia os dedos manchados de tinta, levantou-se e olhou para ele.

— Aconteça o que acontecer, minha resolução será sempre a mesma — disse Nekhludov.

O perdão fazia aumentar a sua piedade, dominando-o um desejo imperioso de a consolar.

— Hei de cumprir o que prometi. Para onde você for, irei também.

— É inútil — interrompeu Maslova, e novamente corou.

— E pense bem no que vai precisar para a viagem.

— Não preciso de nada. Muito obrigada.

O diretor aproximou-se. Nekhludov, sem esperar qualquer observação, despediu-se de Maslova e saiu. Saiu com um sentimento que nunca experimentara antes — calma profunda e profundo amor pela humanidade. "Daqui por diante", afirmava a si mesmo com orgulho, "nada poderá modificar a minha afeição por Maslova. As suas ações lhe concernem. Quanto a mim, devo amá-la, não por mim, mas por ela mesma e por Deus".

Ora, eis como, na realidade, Maslova tinha "feito das suas" com o enfermeiro. Um dia, cumprindo ordens da enfermeira-chefe, foi à farmácia buscar certo chá para tosse. A farmácia ficava na extremidade do corredor. Lá encontrou o enfermeiro Oustinov, homem corpulento, com um rosto cheio de caroços, e que há muito a perseguia com gracejos. Ele agarrou-a; ela defendeu-se e desvencilhou-se com tanta vivacidade que o enfermeiro foi bater contra uma prateleira, quebrando duas garrafas que ali se achavam. No mesmo instante, o médico-chefe passava pelo corredor. Ouviu o estardalhaço de vidros quebrados e viu Maslova, que fugia muito corada, os cabelos em desordem.

— Veja lá, moça, se continuar a fazer distúrbios, já sabe, vai embora. O que aconteceu? — perguntou ao enfermeiro, olhando-o com severidade, por cima dos óculos.

O enfermeiro, sorrindo servilmente, começou uma longa história, em que punha toda a culpa em Maslova. O médico nem o deixou terminar, e na mesma tarde transferiram Maslova a seu pedido.

Ela não se importou muito, mas a razão alegada abalou-a profundamente, tanto mais que agora, só de pensar, sentia verdadeiro horror pelo contato carnal com um homem. Nada a humilhava e entristecia tanto como verificar que os homens, por causa do seu passado, se julgavam no direito de possuí-la.

Quando se aproximou de Nekhludov, estava certa de defender-se. Entretanto, desde as suas primeiras palavras ao príncipe, convenceu-se de que nada adiantava: qualquer desculpa serviria apenas para confirmar as suspeitas. As lágrimas desceram até a garganta, e ela então se calou.

Maslova ainda pensava, como aliás disse a Nekhludov, por ocasião da segunda visita, que ela não lhe perdoava e até o odiava. Mas, na realidade, e desde essa visita, começou a amá-lo novamente. E o amava com tal afeição que, inconscientemente, as suas ações se guiavam pela vontade de Nekhludov, vontade que ele não exprimia, porém ela adivinhava: parou de beber, de fumar, de pensar nos homens; e foi ainda para agradar-lhe que consentiu em trabalhar na enfermaria. E, se aproveitava todas as ocasiões para declarar que não aceitava o seu sacrifício, era por dois motivos: orgulhava-se do modo com que recusara o oferecimento na primeira vez, e lisonjeava o seu amor-próprio, perseverando nessa atitude. Contudo, a principal causa era a certeza de que esse casamento representava para Nekhludov grandes sofrimentos. Jurou a si mesma que não aceitaria o seu sacrifício; mas, ao mesmo tempo, atormentava-se com o pensamento do seu desprezo, julgando-a destinada a continuar a ser o que era, sem suspeitar jamais da transformação operada na sua alma.

Por isso, o malogro do recurso e a perspectiva de partir para a Sibéria mortificavam-na menos do que a suposição de Nekhludov quanto às suas relações com o enfermeiro.

Capítulo VII

Não era impossível que Maslova fosse incluída para partir com a primeira leva, de sorte que a Nekhludov pouco tempo havia para regularizar os negócios antes da partida. Estes, porém, eram tantos que, mesmo com mais vagar, ele não os poderia acomodar a todos.

Neste aspecto, a sua situação atual era também muito diferente. No passado, não achava com que encher o tempo: todas as suas ocupações tinham sempre um único objetivo, gravitavam em torno de Dmitri Ivanovitch Nekhludov; o que não lhe impedia de achá-las mortalmente cacetes. Hoje, as ocupações não tinham por objeto a sua pessoa, mas os outros; contudo o interessavam, entusiasmavam e o seu número era infinito. Dividiam-se em quatro categorias; ele mesmo, com seus hábitos ordeiros meio pedantes, fez essa classificação, e separou em quatro pastas diferentes os papéis referentes a cada uma delas.

A primeira categoria compreendia tudo o que dizia respeito a Maslova. Por esse lado, Nekhludov se achava provisoriamente na impossibilidade de agir, dependendo de todas as providências do acolhimento que a petição de graça recebesse.

A segunda categoria compreendia os negócios relativos aos seus bens. Nekhludov havia doado aos camponeses a aldeia que herdara das tias, e outra menor, exigindo em troca apenas o pagamento de pequena renda destinada às necessidades comuns dos seus habitantes. Entretanto, em Kouzminskoie as coisas estavam no estado em que as deixara, isto é, a renda das terras devia ser paga a ele mesmo. Restava somente fixar os termos desse pagamento e calcular a importância que devia reservar para si e a que devia remeter aos *mujiks*. Aí também Nekhludov se via forçado a esperar, pois ignorava quanto ia despender na viagem à Sibéria, hipótese que cada dia se tornava mais provável.

A terceira categoria compreendia os socorros aos prisioneiros que vinham incessantemente pedir-lhe auxílio. O número desses infelizes aumentara de tal forma que Nekhludov tinha extrema dificuldade em tratar de cada caso em particular, sem levar-se em conta que os resultados das suas primeiras tentativas não o animavam a continuar.

Além disso, uma questão de ordem mais geral vinha preocupando o seu espírito, desde a sua primeira visita à prisão. Tal questão era saber como e por que havia sido criada a incrível instituição chamada tribunal criminal, cujas consequências eram as prisões, os degredos, as fortalezas, o sacrifício de milhares de seres humanos.

Baseando-se nas suas relações pessoais com os prisioneiros, nas informações prestadas pelo advogado e pelo secretário da prisão e também nas estatísticas judiciárias pacientemente consultadas, Nekhludov tirou a conclusão de que a totalidade dos presos, chamados "criminosos", podia ser classificada em cinco espécies.

Pertenciam à primeira espécie os detidos completamente inocentes, vítimas de erros judiciais, tais como o suposto incendiário Menchov, Maslova e outros. Segundo o secretário, o número destes era restrito, aproximadamente sete por cento; em compensação, a sua sorte era mais digna de interesse.

A segunda espécie abrangia os homens condenados por crimes praticados em circunstâncias excepcionais, tais como a raiva, o ciúme, a embriaguez, crimes estes que os juízes, nas mesmas circunstâncias, provavelmente teriam também cometido. Em proporção, o número destes era grande: mais ou menos a metade dos presos, conforme o cálculo de Nekhludov.

No terceiro grupo achavam-se os indivíduos condenados por atos que eles não consideravam criminosos, mas que, na opinião dos homens encarregados de redigir e aplicar as leis, passavam por crimes. Tais como os acusados do contrabando e da venda proibida de aguardente, do roubo de plantas ou lenha das propriedades públicas ou privadas etc.

A quarta classe de criminosos compreendia os que haviam sido condenados simplesmente porque o seu valor moral era superior ao da média da sociedade.

Entre estes se achavam membros de seitas religiosas; poloneses e circassianos condenados por terem defendido sua independência; presos políticos, julgados por insubordinação à autoridade constituída.

Finalmente, a quinta categoria formava-se de homens perante os quais a sociedade era mais culpada do que eles perante ela. Eram homens abandonados por ela, embrutecidos com a opressão incessante, exemplo do que tinha no caso do menino e a vassoura e no de centenas de outros infelizes que, pelas condições de vida, foram por assim dizer sistematicamente impelidos a cometerem atos considerados criminosos. Havia na prisão muitos ladrões e assassinos que pertenciam a esta categoria. Nekhludov incluía também nesse grupo os homens natural e substancialmente pervertidos, a quem uma nova escola denomina "criminosos natos", e cuja existência constitui o argumento mais forte daqueles que sustentam a necessidade dos códigos e das punições. Para Nekhludov os representantes do suposto "tipo criminal" não passavam também de desgraçados, menos responsáveis para com a sociedade do que esta para com eles, além disso, a sociedade era também culpada dos ascendentes dos "criminosos natos", o que aumentava a sua responsabilidade.

Nekhludov, por exemplo, teve ocasião de conhecer na prisão um gatuno reincidente de nome Ochotin. Filho natural de uma prostituta, educado no asilo, provavelmente até os trinta anos não encontrou homem algum dotado de sentimentos morais. Acabou filiando-se a um bando de ladrões, e o roubo tornou-se o único ofício. O seu gênio, entretanto, era tão folgazão que cativava a simpatia de quantos o conhecessem. Pediu auxílio a Nekhludov, sempre pilheriando de si mesmo, dos companheiros, dos juízes e de todas as leis humanas e divinas.

Outro detido, um tal Fedorov, tinha matado e enterrado um velho, a fim de roubar-lhe alguns rublos. Era camponês, e o pai tinha sido arruinado por um vizinho rico, que usou de meios ilícitos com ele. Temperamento ardente e apaixonado, ávido de gozos, só encontrou na vida homens que não faziam outra coisa senão divertir-se, e nunca ouviu de outro ideal no mundo além do prazer.

Estes dois presos foram os que mais impressionaram Nekhludov. Tinha a impressão de que ambos poderiam ser utilizados para o bem e de que a sua criminalidade se originava simplesmente na indiferença da sociedade. Embora simpatizasse com estes, apesar de todos os seus vícios, havia muitos outros, cujo embrutecimento e crueldade lhe inspiravam repugnância. Todavia, nem mesmo entre estes conseguiu ele reconhecer o famoso "tipo criminal", citado pela escola italiana; via apenas seres que lhes eram pessoalmente antipáticos, semelhantes a muitas outras pessoas que tivera ocasião de encontrar não nas prisões, mas nos salões, em traje de rigor, uniforme de gala ou com vestido de renda.

Tais eram as diferentes espécies de homens que constituíam a massa dos criminosos.

E a quarta categoria dos negócios que preocupavam Nekhludov era compreender por que motivo se prendia e torturava por todos os meios a estes homens enquanto que a outros, parecidos com eles e às vezes até inferiores a alguns, se deixava em liberdade, arrogando-se o julgá-los e condená-los.

Nekhludov no começo teve esperanças de encontrar respostas nos livros, e comprou todas as obras que tratavam do assunto. Leu com atenção Lombroso, Garofalo, Ferri, Maudsley, Tarde e outros criminologistas conhecidos. Mas a leitura só lhe valeu amargas decepções. Aliás, a mesma coisa acontece a todos que se propõem estudar uma ciência, não para ombrear com os sábios, ou escrever, discutir, ensinar, mas a fim de achar resposta a umas tantas questões simples, práticas e vitais: a ciência que estudava respondia a mil questões diversas, extremamente sutis e sábias, mas à questão que o interessava não dava resposta.

Entretanto, era a questão mais simples de todas. Ele perguntava-se como e com que direito alguns homens aprisionavam, torturavam, exilavam, batiam e executavam outros homens, quando eles mesmos eram semelhantes àqueles a quem torturavam, batiam e matavam. Mas, em vez de responder a esta questão, os criminologistas consultados indagavam uns, se a vontade humana seria livre ou não, outros, se um homem poderia ser declarado criminoso, simplesmente pela forma do crânio, e ainda outros, se o instinto da imitação não teria papel importante na criminalidade. Indagavam o que é a moralidade, a degenerescência, o temperamento, a sociedade e assim por diante. E estudavam também a influência exercida pelo clima, a alimentação, a ignorância, o hipnotismo, a paixão etc., sobre a criminalidade.

Todos estes trabalhos lembravam a Nekhludov a resposta de um garoto que voltava da escola. Nekhludov perguntou-lhe se sabia soletrar: "Claro que sei", respondeu a criança.

"Então soletre 'focinho'."

"Mas que focinho? Focinho de cachorro ou de boi?", replicou o menino, com ar entendido.

Era assim que os autores consultados por Nekhludov respondiam à única questão que o interessava.

Ele continuava a ler, cada vez mais desanimado de tirar proveito da leitura. Atribuía, entretanto, a falta da resposta ao caráter superficial da ciência criminológica e recusava, por enquanto, admitir por sua conta uma resposta mais radical, embora nos últimos tempos esta se apresentasse cada vez mais evidente ao seu espírito.

Capítulo VIII

I

Fixada definitivamente para 5 de julho a partida da leva de forçados da qual fazia parte Maslova, Nekhludov resolveu partir no mesmo dia. Prevenindo a irmã, esta veio à cidade acompanhada do marido, a fim de despedir-se.

A irmã de Nekhludov, Natália Ivanovna Ragojinski, era dez anos mais velha do que ele e tivera influência na sua educação. Quando criança o amava bastante; e, mais tarde, até o seu casamento, consolidou-lhes a união uma perfeita igualdade de ideias e sentimentos. A moça por esse tempo andava apaixonada por Nicolas Irtenev, o amigo predileto do irmão.

Depois ambos se perverteram: Nekhludov, pela vida mundana, a irmã, pelo casamento. Desposara um homem a quem amava de um amor sensual e que não tinha a menor atração pelo ideal do bem e do belo que ela e o irmão abraçavam. E o marido, além de não ter inclinação para esse ideal, era incapaz de compreendê-lo. Essa aspiração pela perfeição moral, o desejo de ser útil à humanidade, tudo que enchia o coração de Natália, ele o interpretava do único modo ao seu alcance, traduzindo-o como egoísmo exagerado e vontade mórbida de chamar atenção e fazer-se admirar.

Ragojinski era homem sem fortuna nem nome ilustre, porém a natural maleabilidade, o espírito de intriga e, sobretudo, o dom de agradar as mulheres, permitiram-lhe brilhante carreira na magistratura. Já andava pelos quarenta anos quando conheceu Nekhludov, no estrangeiro; conseguiu agradar a Natália e com ela se casou, bem contra a vontade da princesa, que o considerava mau casamento.

Nekhludov, embora tentasse dissimular este sentimento, detestava o cunhado. Detestava-o pela vulgaridade da alma, pela estreiteza de vistas e pela vaidade; e mais o detestava por ter-lhe a irmã se apaixonado por natureza tão vil, e por esse amor egoísta ter sufocado nela tudo o que havia de bom e de belo. Não podia lembrar sem doer-lhe que Natália era a mulher desse gorducho careca.

Nem mesmo conseguia ter verdadeira afeição pelos sobrinhos. E toda vez que recebia a notícia da gravidez de Natália, sem querer tinha a impressão de que a irmã estava contaminada por qualquer enfermidade ao contato daquele homem repugnante.

Desta vez os Ragojinski não trouxeram as crianças. Logo que se instalaram nos melhores quartos do hotel mais afamado, Natália Ivanovna saiu e foi para a casa onde passara a vida de solteira; mas, não encontrando o irmão que, segundo informação de Agripina Petrovna, tinha-se mudado, dirigiu-se imediatamente para o lugar indicado.

O criado sórdido que atendeu, depois de atravessar um corredor iluminado durante o dia por um bico de gás, respondeu-lhe que o "príncipe" não estava. Natália Ivanovna disse ao homem que era irmã de Nekhludov e pediu que a deixasse entrar em seu apartamento, a fim de escrever-lhe umas palavras.

Antes, porém, de escrever o recado, não se furtou à curiosidade de examinar os dois pequenos quartos que o irmão ocupava. Por toda parte a mesma limpeza e a ordem meticulosa que já conhecia; mas admirava-se e se entristecia de ser tão simples a instalação. Ficou mais satisfeita ao ver sobre a mesa, a prender um maço de papéis, o velho peso de mármore, com o seu cachorro de bronze; e também quando avistou, num grande volume de encadernação verde, as pontas de um corta-papéis de marfim, com que há muitos anos o presenteara.

Acabada a inspeção, escreveu um bilhete pedindo-lhe que fosse ter com ela o mais cedo possível. Depois voltou para a carruagem e regressou ao hotel.

Duas coisas particularmente interessavam Natália a respeito do irmão. Queria saber a verdade sobre o casamento com Katucha, cujos comentários tinham chegado até a pequena vila onde morava. E queria também informações exatas acerca da cessão das terras aos camponeses, do que se falava ainda mais — aliás, emprestando-se ao caso um caráter político dos mais perigosos.

Por um lado, o casamento com Katucha agradava a Natália. Apreciava a resolução do irmão nessa circunstância e, reconhecendo-o a ele, ela se reconhecia a si própria, no que foram na mocidade: mas, por outro lado, não podia sem apreensão pensar num casamento com aquela criatura abominável; este sentimento prevaleceu sobre o primeiro, de forma que estava decidida a fazer o possível para demover o irmão desse propósito, embora não ignorasse que seria tarefa difícil.

Natália, no íntimo, era indiferente quanto à questão das terras; o marido, pelo contrário, assustou-se e exigiu dela que insistisse com Nekhludov a fim de renunciar ao seu projeto. Inácio Nicephorovitch Ragojinski dizia que tal decisão de Nekhludov era o cúmulo da ilegalidade, da leviandade e, também, da vaidade, pois a única explicação cabível era a mania de ser original e de chamar a atenção de todo o mundo.

— Não acha contrassenso ceder as terras aos camponeses, exigindo que eles paguem a si mesmos? — repetia ele amiúde. — Se Dmitri desejava livrar-se das propriedades, que as vendesse por intermédio do Banco dos Lavradores. Isso, pelo menos, seria mais lógico. Aliás, todos os seus atos denotam certo estado anormal de espírito — acrescentava o finório, comprazendo-se desde já com a possibilidade de uma interdição, que lhe entregaria a tutela dos bens do cunhado.

II

Encontrando sobre a mesa o bilhete da irmã, Nekhludov seguiu imediatamente para o seu hotel. Encontrou-a só, num cômodo amplo que servia de sala; o marido fazia a sesta no quarto de dormir. Natália Ivanovna trazia um vestido de seda preta, bem justo na cintura, a gola debruada com uma fita vermelha; os cabelos pretos estavam penteados para cima, à última moda. Notava-se que fazia o possível para rejuvenescer e, assim, agradar o marido.

Ao ver o irmão, foi-lhe ao encontro com um passo rápido, frufrulejando a seda da saia. O irmão e a irmã beijaram-se e fitaram-se a sorrir. Era a troca misteriosa de olhares, em que as almas se refletem em toda a sua verdade; mas, logo depois, ao olhar mútuo de penetração sucedeu a troca de palavras, em que não havia mais sinceridade. Desde o falecimento da mãe Nekhludov não via a irmã.

— Você está mais gorda e mais moça — disse ele.

Os lábios de Natália estremeceram de prazer.

— E você emagreceu bastante.

— Inácio Nicephorovitch não está?

— Foi repousar um pouco. Não dormiu bem a noite. Você soube que andei à sua procura?

— Soube, sim. Encontrei o seu recado. Fui forçado a deixar nossa casa. Era muito grande para mim, e me aborrecia lá sozinho. Você pode fazer dos móveis e do resto o que achar melhor. Tudo aquilo hoje em dia não tem a menor utilidade para mim.

— Agripina Petrovna já mo disse. Agradeço-lhe muito. Mas...

Neste momento, o criado do hotel trouxe o chá numa bandeja de prata. Nekhludov e Natália calaram-se enquanto este permaneceu na sala.

— Dmitri! Já sei de tudo! — recomeçou Natália, firmando bruscamente os olhos no irmão.

Nekhludov não respondeu.

— Mas tem você ainda esperanças de reconduzir ao bem esta criatura, depois da vida que andou levando? — perguntou a irmã.

Ele continuava calado, pensando no modo como lhe explicar a sua conduta sem descontentá-la. Sua alma estava mais do que nunca repleta de uma alegria tranquila e de um desejo de viver em paz com todos os homens.

— Não pretendo reconduzi-la ao caminho do bem; eu é que devo voltar para ele — disse finalmente.

Natália Ivanovna suspirou.

— Mas para isso há outros meios, fora do casamento!

— Sem dúvida. Mas acho este o melhor, sem levar em conta que, pertencendo a outro meio, terei mais oportunidade de ser útil aos outros.

— Tenho certeza de que este casamento vai fazer a sua infelicidade.

— Não devo mesmo pensar na minha felicidade.

— Compreendo. Ela, porém, se ainda tem coração, não pode ser feliz com esse casamento, nem o pode desejar.

— E não deseja.

— Mas a vida enfim...

— A vida o quê?

— A vida exige outras coisas.

— A vida exige apenas que cumpramos o nosso dever! — respondeu Nekhludov, enquanto contemplava o rosto da irmã, belo ainda, mas que os anos começavam já a enrugar ao redor dos olhos e da boca.

— Não compreendo o que você quer dizer — respondeu ela.

"Como está mudada, pobrezinha!", pensava Nekhludov; mil recordações da infância lhe vinham à memória, e uma grande ternura invadia o seu coração.

Nesse instante apareceu Inácio Nicephorovitch, como sempre de cabeça alta e pose arrogante. Sorria, condescendente, para Nekhludov, que reparava como lhe brilhavam ao mesmo tempo as barbas negras, a careca e as lentes dos óculos.

— Que boa surpresa! — exclamou ele num tom afetado.

Os dois homens apertaram-se as mãos e Inácio Nicephorovitch deixou-se cair numa poltrona.

— Não vim interrompê-los?

— Absolutamente! Não escondo a ninguém os meus atos e palavras.

Ao ver aquele rosto vulgar, as mãos hirsutas, ao ouvir-lhe o tom de voz vaidoso e protetor, desapareceu o sentimento de doçura universal de Nekhludov.

— Estávamos conversando sobre o projeto de Dmitri — informou Natália. — Você quer chá?

— Aceito. Que projeto é esse?

— Ir à Sibéria, em companhia de uma condenada aos trabalhos forçados, perante a qual sou culpado! — declarou Nekhludov.

— Até ouvi dizer que você, além de acompanhá-la, estava resolvido a fazer outra coisa.

— Perfeitamente! Estou resolvido a desposá-la, se ela consentir.

— Realmente! Ficar-lhe-ia agradecido se me explicasse os motivos dessa conduta. Confesso que não percebo.

— Os motivos... é que esta mulher... o seu primeiro passo no vício...

Nekhludov não conseguia arranjar uma expressão conveniente, o que o irritava mais.

— O motivo de minha conduta — disse, por fim — é que sou eu o culpado e ela é que foi condenada.

— Ora, se foi condenada, com toda a probabilidade não é inocente.

— Perdão! Ela é inocente, completamente inocente.

E Nekhludov, nervoso, contou inutilmente toda a história do processo de Maslova.

— Compreendo bem. Tudo decorreu da negligência do presidente e da irreflexão dos jurados. Mas, para isso, existe o Senado.

— O Senado negou provimento ao recurso.

— Então é porque os motivos de cassação não foram suficientes — respondeu Ragojinski. — Evidentemente o Senado não examina o fundo do processo. Mas se realmente houve erro judiciário, era caso de uma petição de graça.

— Já apresentamos o requerimento sem esperanças de sucesso. Provavelmente haverá inquérito no ministério; o ministro pede informações ao Senado, o Senado responde com uma recusa. E, segundo o costume, a inocente será condenada.

— Perdão, perdão! — interrompeu Inácio Nicephorovitch, com um sorriso condescendente. — Em primeiro lugar, o ministério de forma alguma recorrerá ao Senado. Pedirá os autos do processo e, constatando algum erro, decidirá de acordo. Em segundo lugar, absolutamente não é costume condenar-se uma pessoa inocente. Os culpados é que são condenados — continuou com seu tom tranquilo e o eterno sorriso satisfeito.

— Pois eu estou convencido do contrário — afirmou Nekhludov, cuja má vontade para com o cunhado aumentava sempre. — Estou convencido de que pelo menos a metade das pessoas condenadas pelos tribunais são inocentes.

— E em que sentido?

— São inocentes no sentido mais comum da palavra, assim como essa mulher é inocente do crime de envenenamento, como é inocente um homem que conheci há dias, condenado por um homicídio que não cometeu; como são inocentes uma pobre mulher e seu filho, acusados de um incêndio, cujo único autor foi o próprio dono da casa incendiada.

— Sem dúvida, sempre houve e há de haver erros judiciários, mas a justiça humana não se presume infalível.

— A maioria dos condenados são inocentes porque, educados em certa roda, não consideram crime os atos que cometeram.

— Perdão! Todo ladrão sabe que o roubo não é boa ação; que ele não deve roubar, que roubar é um ato imoral! — disse Ragojinski, com um sorriso ligeiramente irônico, que acabou por exasperar Nekhludov.

— Absolutamente! Ele não cogita isso. Dizem-lhe que não roube, mas ele vê o patrão roubar-lhe o trabalho, os fiscais roubar-lhe o dinheiro...

— Saiba que isso é simplesmente anarquismo! — interrompeu, com toda a calma, Inácio Nicephorovitch.

— Pouco importa o nome das minhas ideias, mas a verdade é essa — prosseguiu Nekhludov. — Esse homem sabe que o empregado público o prejudica, que nós, proprietários, exploramos em proveito exclusivo o que deveria ser propriedade comum. E quando esse homem apanha uns galhos secos de nossas matas para acender seu fogo, metemo-lo na prisão, convencendo-o de que é ladrão.

— Não o compreendo, ou antes, se o compreendo, sinto muito não concordar. A terra forçosamente deve pertencer a um dono. Se hoje se divide em partes iguais, amanhã reverterá de novo aos mais laboriosos e mais favorecidos.

— Ninguém está falando em dividir a terra em partes iguais. A terra não deve pertencer a pessoa alguma, nem ser objeto de compra e venda.

— O direito de propriedade é natural ao homem. Sem ele ninguém cultivaria de bom grado a terra. Suprima-se esse direito e a civilização voltará à barbaria — declarou Inácio Nicephorovitch, com superioridade.

— Mas justamente o contrário é que é verdade. Só então a terra deixaria de ser inútil, como acontece em nossos dias.

— Escute, Dmitri Ivanovitch, o que você diz é absurdo. Acha possível nos tempos de hoje suprimir o direito de propriedade? Eu sei que há muito tempo você anda batendo nessa tecla. Mas permita-me que lhe diga francamente...

O rosto de Inácio Nicephorovitch empalideceu de repente e a voz ficou-lhe trêmula. Evidentemente esta questão, ao contrário das precedentes, o interessava indiretamente.

— Sinceramente, aconselho-o a refletir um pouco, antes de pôr em prática os seus projetos!

— Refere-se ao meu caso pessoal?

— Sim, pois julgo que todos nós, que temos certa posição, precisamos arcar com as nossas responsabilidades. Devemos manter as condições de vida em que nascemos, que recebemos de nossos pais e que temos o dever de transmitir aos nossos descendentes...

— Considero minha obrigação...

— Perdão! — falou Inácio Nicephorovitch, não se deixando interromper. — O meu interesse e o interesse dos meus filhos absolutamente não influem no que estou lhe dizendo. O futuro de meus filhos está garantido. Quanto a mim, tenho esperanças de poder ganhar a subsistência enquanto viver. É pois sem ideia preconcebida ou egoísta, e de um ponto de vista teórico, que o convido a refletir mais um pouco, a ler, por exemplo...

— Por favor, permita-me que eu mesmo trate dos meus negócios, não se meta com as minhas leituras! — exclamou Nekhludov, empalidecendo por sua vez. Sentiu esfriar-lhe as mãos e já ia perdendo o controle de si. Calou-se e começou a sorver o chá. — Mas onde estão as crianças? — perguntou Nekhludov, mais calmo.

Natália respondeu que as deixara com a avó; e, satisfeita por ver terminada a discussão, pôs-se a contar como as crianças viajavam de brinquedo com as bonecas, tal como Nekhludov quando criança brincava com o negrinho e a boneca que ele chamava "Francesa."

— Você ainda se lembra disso? — perguntou Nekhludov, sorrindo.

— Lembro-me bem. Imagine que eles brincam do mesmo jeito!

A impressão penosa se desfez. Natália, tranquilizada, mas não desejando falar diante do marido sobre coisas que só ela e o irmão compreendiam, desviou a conversa para o rumoroso caso de São Petersburgo — o duelo em que o jovem Kamensky perdeu a vida.

Inácio Nicephorovitch criticou severamente o preconceito que impedia considerar-se como um assassino comum. Essa opinião bastou para Nekhludov indignar-se de novo, e a discussão recomeçou nesse outro terreno.

Ragojinski sentia que Nekhludov o desprezava; e fazia questão de provar que essa opinião era injusta. Nekhludov, do seu lado, exasperava-se com a intromissão do cunhado nos seus negócios, embora reconhecendo no íntimo que ele, como parente próximo, tinha esse direito. Mas o que sobremodo o irritava era a convicção e a certeza do cunhado quando admitia como razoáveis princípios que atualmente lhe pareciam a última palavra do absurdo.

— Que queria então que fizéssemos? — perguntou Nekhludov.

— Ora, que o matador de Kamensky fosse condenado aos trabalhos forçados como um assassino vulgar!

— Qual seria a vantagem?

— Seria justo!

— Como se a organização judiciária hoje em dia tivesse alguma coisa a ver com a justiça — disse Nekhludov.

— Na sua opinião, qual, pois, é o seu objetivo?

— Para mim o seu objeto é manter uma ordem de coisas favoráveis a certa classe social.

— Eis uma novidade para mim — respondeu, sorrindo, Inácio Nicephorovitch.

— Não é esse o papel que comumente se atribui à justiça!

— Em teoria, não; mas na prática já me convenci do contrário. Nossos tribunais apenas paralisam a sociedade no seu estado atual; daí o perseguirem e punirem não só os que são do nível moral comum, mas também os de nível superior, os que tentam elevá-la até eles.

— Não posso admitir sua opinião de que os magistrados condenem homens superiores ao nível comum! Os homens que condenamos são, na maior parte, a escória social.

— E afirmo-lhe que conheço condenados incomparavelmente superiores aos seus julgadores!

Mas Ragojinski, habituado a não ser interrompido, continuava falando sem ouvir Nekhludov, cada vez mais indignado.

— E também não posso admitir sua opinião — prosseguiu ele — de que o fim dos tribunais seja manter o atual estado das coisas. Eles têm um duplo fim: o primeiro, de corrigir...

— Ótimo, a correção que resulta do encarceramento! — exclamou Nekhludov.

— O segundo, de insultar indivíduos depravados e embrutecidos, constante ameaça para a vida coletiva.

— E eu sustento que os tribunais não preenchem nenhum desses objetivos! Só existem dois castigos racionais, aliás, os empregados antigamente: o açoite e a morte.

— Realmente, nunca esperei ouvir de sua boca tal coisa!

— Pois é isso mesmo. Castigar um homem a fim de impedi-lo de cometer atos que já lhe valeram esse castigo é razoável. Cortar a cabeça de um indivíduo que ameaça a vida de outros também tem sentido. Mas agarrar-se um homem já depravado pela preguiça e pelo mau exemplo e encerrá-lo na prisão, onde a preguiça se torna obrigatória e os maus exemplos o abraçam por todos os lados, tem isso sentido? E transportar, à custa do Estado, despendendo, como me informam, pelo menos cinco rublos por cabeça, de Tula para Irkutsk ou de Kursk para...

— O que não impede que os homens tenham medo de tais viagens e que, sem as prisões, não estaríamos aqui tranquilamente sentados.

— O que não impede, mesmo com as prisões, que se garanta proteção à sociedade; porque os presos, cedo ou tarde, são soltos; e o regime a que são submetidos tem a virtude de torná-los mais perigosos.

— Você quer dizer que o nosso sistema penitenciário deve ser aperfeiçoado?

— Absolutamente, não! Seria inútil. Para reformar as prisões, perder-se-ia dinheiro em maior quantidade do que, hoje em dia, consome o incremento da instrução pública; e os pobres é que ainda seriam obrigados a pagar.

— Mas, então, o que pretende que se faça? Que se mate todo o mundo? Ou, então, como propôs há pouco um eminente homem de estado, que se vazem os olhos aos criminosos? — perguntou Nicephorovitch, com um sorriso forçado.

— Seria cruel, mas racional. Enquanto que o que se faz hoje é cruel e absurdo.

— Não se esqueça de que faço parte desses tribunais.

— Isso lhe concerne. Mostro apenas o que não compreendo.

— Há muita coisa que você não compreende! — disse Inácio Nicephorovitch, com voz trêmula.

— Presenciei em pleno júri o esforço de um substituto no afã de condenar um pobre rapaz, cuja pessoa só teria provocado a piedade num homem por pouco honesto que fosse.

— Eu não seguiria tal carreira, se não reconhecesse a sua legitimidade! — respondeu Ragojinski, levantando-se.

Pareceu a Nekhludov que, sob os vidros dos óculos, brilhava qualquer coisa. "Meu Deus, espero que não sejam lágrimas!", pensou ele. Mas eram lágrimas, efetivamente; lágrimas de despeito e humilhação. Aproximando-se da janela, Inácio Nicephorovitch tirou do bolso o lenço, enxugou as lentes e também os olhos. Depois, sentou-se num divã, acendeu um cigarro e não disse mais coisa alguma.

Nekhludov ficou triste e envergonhado de ter a esse ponto magoado a irmã e o cunhado; e mais ainda porque, tendo de partir no dia seguinte, sabia que não os veria mais. Despediu-se depois de algumas palavras banais, e voltou para casa.

"O que lhe disse talvez seja verdade", refletiu, "mas em todo caso não devia ter-lhe falado assim. Minha transformação é mesmo bem superficial: irritei-me, humilhei Inácio Nicephorovitch e ainda magoei a minha pobre Natacha!"

Capítulo IX

I

A leva de forçados devia partir da estação no dia seguinte às três horas. Nekhludov resolveu ir até a porta da prisão ao meio-dia, a fim de ver a saída dos prisioneiros e acompanhá-los à estação.

Nessa noite, ao arrumar os papéis, antes de deitar-se, tocou no seu "diário" e não pôde deixar de ler as últimas frases, escritas no momento da sua partida para São Petersburgo: "Katucha não aceita o meu sacrifício, obstinando-se no seu. Ela me encanta com essa transformação interior que, segundo me parece, está se processando. Receio enganar-me, mas ela me dá a impressão de que ressuscita." Mas abaixo lia-se o seguinte: "Hoje tive de suportar um duro golpe; soube que Katucha se portou mal na enfermaria. Nesse momento o sofrimento foi terrível; nunca pensei que o fato me abalasse tanto. Tratei a infeliz com ódio e desprezo; depois me lembrei de quantas vezes eu mesmo havia cometido, ainda que em pensamento, o pecado que me fazia odiá-la; e, desde esse instante odiei a mim mesmo, tive pena dela e experimentei uma sensação de bem-estar." Nekhludov pegou a caneta e acrescentou depois da data: "Vi Katucha esta manhã e, novamente, por egoísmo, fui para ela severo e mau. Também fui impiedoso com Natália, e disse ao marido coisas que nunca deveria ter dito. De tudo isso, resta-me um grande peso no coração. Mas o que fazer? Amanhã começa para mim uma vida nova."

O primeiro sentimento, ao despertar no dia seguinte, foi o arrependimento de sua conduta com o cunhado. "É impossível deixar as coisas como estão", pensou. "Vou procurá-lo e pedir desculpas." Mas logo viu que não tinha tempo, se quisesse assistir à partida dos prisioneiros. Acabou, às pressas, de arrumar a bagagem, e tendo dado ordens ao empregado para levá-la à estação, tomou um fiacre e pôs-se a caminho.

Era um dos dias mais quentes de julho. O calçamento das ruas, as paredes e os telhados das casas, não se esfriando durante a noite abafadíssima, somavam calor aos raios do sol, tornavam irrespirável o ar. Nenhuma aragem, a não ser uma ventania repentina que enchia os olhos de grãos de poeira. A maior parte das ruas estava deserta; de vez em quando, alguns transeuntes passavam colando-se às paredes, por causa da sombra. Entretanto, Nekhludov avistou, numa rua, um grupo de trabalhadores, em pleno sol, a assentar paralelepípedos sobre a areia quente.

Quando Nekhludov chegou, ainda estava fechada a porta da prisão. No seu interior, desde as quatro horas da madrugada, contavam e passavam em revista os presos que deviam partir. Lá estavam de pé, em fila dupla, debaixo do sol, 623 homens e 64 mulheres. Diante da porta, como sempre, postava-se um guarda de carabina embalada. Na praça, Nekhludov viu umas vinte carroças, destinadas a levar as bagagens dos presos até a estação, assim como alguns deles, os aleijados e os enfermos. Encontrava-se também, num canto, um grupo de pobres criaturas, parentes e amigos que esperavam a saída dos degredados a fim de vê-los pela última vez e muni-los de mantimentos ou dinheiro.

Nekhludov juntou-se a esse grupo, aí permanecendo durante uma hora. Por fim ouviu o ruído de correntes, de ordens estentóreas e o murmúrio confuso de passos. Durou isso uns cinco minutos, durante os quais os guardas apareciam na porta e tornavam a entrar.

De repente a porta se abriu de par em par, o ruído das cadeias ficou mais forte e um pelotão de soldados fardados de branco veio formar fora nos dois lados da praça um grande semicírculo. Depois, à nova ordem, começaram os prisioneiros a desfilar, dois a dois. Primeiro, os condenados aos trabalhos forçados, todos com blusa cinzenta e bonés nas cabeças raspadas, arrastando as pernas agrilhoadas e a única mão livre segurando um saco pendido às costas. Em seguida vinham outros, com blusa semelhante e cabeça também raspada não tinham grilhões nos pés, mas estavam presos por uma cadeia que os algemava: eram os condenados à deportação. Depois, na mesma ordem, apareceram as mulheres: primeiro as condenadas aos trabalhos forçados, com blusa cinzenta e lenço na cabeça; em segundo lugar as exiladas; e, por fim, as mulheres que em trajes de camponesas partiam voluntariamente atrás dos maridos. Muitas levavam uma criança nos braços; outras crianças, porém, andavam a pé disseminadas entre as fileiras, como potrinhos a seguir a manada de cavalos. Os homens marchavam em silêncio, raramente trocando uma ou outra palavra. Das fileiras das mulheres, pelo contrário, erguia-se ininterrupto vozerio.

Nekhludov, que reconhecera Maslova, no momento em que saía, não tardou a perdê-la de vista na massa confusa de criaturas vestidas de cinzento, todas iguais e sem aparência humana.

Os deportados já tinham sido contados no interior da prisão; porém, à medida que saíam, formando filas de quatro, iam sendo novamente contados. Quando terminaram o recenseamento, o comandante da escolta bradou uma ordem, que gerou certo tumulto. Os homens e mulheres doentes saíram das filas, instalando-se nas carroças. Nestas viam-se misturados mães que amamentavam os filhos, meninos, meninas e alguns presos doentes com fisionomia melancólica e aborrecida.

Outros prisioneiros vieram com a cabeça descoberta pedir permissão ao comandante para subir nas carroças. Este fingiu não os ter ouvido; dando as costas, enrolava calmamente um cigarro. Nekhludov, porém, viu que repentinamente se voltava, levantando a mão para um dos detidos que se aproximou.

— Você terá a sua carruagem! Vá caminhando que é melhor! — gritou o oficial.

Só a um velho forçado, muito trêmulo, permitiram que fosse de carro. Ele tirou o boné, fez o sinal da cruz, pôs o saco numa das carroças e, durante muito tempo, ensaiou para subir, não conseguindo levantar a perna com o peso das correntes. Uma velha, contudo, já sentada, ajudou-o a subir, puxando-lhe o braço.

Quando ficaram cheios todos os carros, o comandante descobriu-se, enxugou com o lenço a testa, a careca e o pescoço e, persignando-se, bradou:

— Ordinário! Marche!

Os soldados levaram ao ombro os fuzis; os prisioneiros, tirando o boné, persignaram-se também; um clamor partiu das fileiras femininas; e, bloqueado de soldados, o cortejo começou a mover-se. Nuvens de poeira subiam a cada movimento dos pés acorrentados. Logo depois dos soldados, avançavam os forçados, em seguida os deportados e, por último, as mulheres. Arrastando-se morosamente atrás destas iam as carroças, quatro a quatro, uma delas levando uma mulher toda embrulhada que chorava e gritava sem parar.

II

Tão comprido era o cortejo que as primeiras fileiras já dobravam a esquina quando as carroças se puseram em marcha. Depois de esperar alguns instantes, Nekhludov subiu para o seu carro e mandou que o cocheiro caminhasse devagar. Desejava encontrar Maslova, a fim de indagar a ela se havia recebido as roupas que ele enviara. O calor estava mais vivo. Os deportados avançavam em passo rápido, envoltos numa nuvem de poeira. Acercando-se da fileira das mulheres Nekhludov reconheceu Maslova. Ia na segunda fila em companhia da Bela, de Teodósia e de outra mulher, grávida, que andava com dificuldade. Com passo ágil, Maslova levava o saco às costas olhando para a frente de modo resoluto e calmo. Nekhludov desceu do fiacre e aproximou-se dela; mas um suboficial que guardava esse lado dirigiu-se para ele.

— É proibido aproximar-se dos prisioneiros — gritou.

Mas, reconhecendo o príncipe, figura já popular na prisão, levou a mão ao quepe e, mais respeitosamente, explicou:

— Temos ordem formal nesse sentido, Excelência. Na estação poderá falar-lhes, porém aqui é impossível.

Nekhludov afastou-se e, dando ordens ao cocheiro para o seguir, foi acompanhando o cortejo pela calçada. Por toda parte onde este passava, suscitava simpatia e temor. Cabeças debruçavam-se nos carros para considerar com curiosidade os presos. Transeuntes paravam e olhavam atentos o horrível espetáculo. Alguns chegavam mais perto e davam esmolas, que os soldados recebiam. Outros, como que hipnotizados, seguiam o cortejo durante longo tempo.

Nekhludov andava depressa para acompanhar os presos e, apesar de estar com roupas leves, sentia o calor cada vez mais insuportável. Afinal não pôde mais suportar; alcançou o fiacre e ordenou ao cocheiro que fosse adiante. Mas o calor aí pareceu-lhe mais forte. Fez esforço para pensar na discussão da véspera, mas essa lembrança, que horas antes o preocupava tanto, já não o interessava.

A impressão do espetáculo a que acabara de assistir era mais profunda. E, principalmente, o calor o sufocava.

— Eu gostaria de tomar qualquer coisa. Conhece algum lugar por estes lados? — perguntou Nekhludov ao cocheiro. Ia abrasado de sede.

— Perto daqui há um bom café — respondeu o homem. Virou em uma esquina e parou diante de um café, cujo nome se anunciava numa tabuleta vistosa.

O dono, de pé, junto ao balcão, em mangas de camisa, assim como dois rapazes com a blusa muito suja, examinou com certa perplexidade o freguês desconhecido e apressou-se em atendê-lo. Nekhludov pediu água de Seltz e sentou-se a uma mesa afastada, coberta com uma toalha manchada de nódoas.

Na mesa vizinha dois homens bebiam chá. Um era moreno e atarracado, de cabelos pretos. Havia certa semelhança com Inácio Nicephorovitch, o que fez Nekhludov lembrar-se da discussão e desejar ver ainda uma vez a irmã e o cunhado. "Se fosse", pensava ele, "não, perderia o trem. Melhor escrever-lhes uma carta." Pediu tinta, papel e caneta. Enquanto bebia lentamente a água fresca e gasosa, pensava no que ia escrever. Mas as ideias se embrulhavam, não conseguia formar frase alguma.

"Querida Natália, não posso ir embora com a penosa impressão da minha conversa de ontem com Inácio Nicephorovitch", começou. O que dizer em seguida? Pedir perdão? Mas as palavras que proferira nada mais eram que a expressão sincera do seu pensamento, e o cunhado poderia pensar que ele agora se retratava. Além do mais, meter-se assim nos seus negócios! Não, era impossível escrever. Pôs no bolso a carta começada, pagou as despesas e entrou no fiacre.

O calor estava tão ardente que as calçadas e as paredes pareciam exalar um bafo tórrido. Pondo a mão no encosto do assento, Nekhludov teve sensação de verdadeira queimadura.

O cavalo arrastava-se pela rua poeirenta; o cocheiro cochilava. Nekhludov, oprimido também, era incapaz até de pensar. Ao virar em uma esquina, atraiu-lhe a atenção um grupo de homens parado em frente de uma casa grande. Estava entre eles um soldado da escolta.

Nekhludov mandou parar o carro.

— Que houve? — perguntou ele ao porteiro da tal casa.

— Foi um dos presos que...

Nekhludov desceu e aproximou-se. Deitado de costas sobre as pedras desiguais do calçamento, com a cabeça mais baixa que os pés, jazia o prisioneiro, homem baixo, de barbas ruivas. Respiração ofegante e os olhos imóveis, injetados de sangue a fitarem o céu. À sua volta reuniram-se um policial com a fisionomia preocupada, um caixeiro, um carteiro, um pequeno entregador com a cesta vazia, e uma velha de guarda-sol.

— Estão enfraquecidos pela prisão e ainda os fazem caminhar sob este calor — comentou o caixeiro.

— Com certeza vai morrer — disse a velha, lamentando-se.

— Descubram depressa o peito — gritou o carteiro.

O policial com os dedos trêmulos desatou o cordão da camisa, descobrindo o pescoço, cujas veias estavam muito salientes. Evidentemente ele estava comovido e triste, mas achou imprescindível dispensar os circundantes.

— Vamos, não fiquem aí parados. Não deixam o homem respirar.

— O médico deve passar uma revista antes da partida e os doentes vão de carro. Forçaram-no a ir a pé! — continuava o caixeiro, satisfeito de mostrar os seus conhecimentos.

O policial, olhando à sua volta, insistiu:

— Vão andando. Vocês nada têm a ver com isto, e nem podem fazer nada.

Fitou o soldado da escolta como se pedisse a sua aprovação. Mas este, afastado do grupo, olhava para as botas, completamente alheio ao que se passava.

— Os responsáveis não cumprem o seu dever. Permite a lei então que morra gente assim?

— Pode ser um preso, mas não deixa de ser um homem — comentavam vozes, enquanto ia aumentando o grupo.

— Levantem a cabeça e deem-lhe água! — falou Nekhludov.

— Já mandei buscar água — respondeu o policial. E, erguendo o homem pelo braço, conseguiu pôr a sua cabeça sobre o meio-fio da calçada.

— O que significa isto? — exclamou, de repente, uma voz dura e imperiosa. Era um oficial da polícia que acudira. Seu uniforme e as botas altas resplandeciam. Antes de saber de que se tratava, continuou para o povo: — Circulem, e depressa!

Ao ver o infeliz, sacudiu a cabeça, dando a entender que não era esse o primeiro, e indagou o policial sobre como se dera o acidente.

Contou-lhe que, na passagem do cortejo, o homem tinha caído e o oficial dera ordem para o deixarem ali mesmo.

— Está bem. É preciso levá-lo ao posto. Chamem um carro.

— Logo que o porteiro voltar — disse o policial, fazendo uma continência.

O caixeiro, entretanto, recomeçou os comentários.

— O que tem você com isto? Vá andando que é melhor — declarou o oficial, olhando-o severamente.

O caixeiro calou-se.

— É preciso que lhe deem água! — repetiu Nekhludov.

O oficial também fitou Nekhludov com severidade. Mas ao vê-lo bem-vestido, não ousou chamar-lhe a atenção. Quando o porteiro voltou com a vasilha de água, o oficial ordenou ao policial que lhe desse de beber. O policial levantou a cabeça do preso e fez o possível para derramar-lhe água na boca, mas o moribundo não a pôde tomar. O líquido espalhou-se pela barba, molhando o paletó e a camisa impregnados de pó.

— Derrame na cabeça — ordenou o oficial.

O policial tirou o boné do homem e jogou-lhe a água sobre a cabeça alva.

Os olhos do infeliz abriram-se ainda mais, como que assustados, mas o corpo permaneceu imóvel. A água escorria pelo rosto misturada com poeira. Ele continuava a gemer, quando, de repente, um tremor agitou-lhe todo o corpo.

— Aí está o carro. Ponham-no dentro! — gritou o oficial, mostrando o fiacre de Nekhludov. — Ei! Você aí! Aproxime-se.

— Não estou livre — respondeu o cocheiro.

— O carro é meu, mas posso ceder — disse Nekhludov. — Pago por tudo — acrescentou ao cocheiro.

— Vamos! O que estão esperando? — disse o oficial.

O policial, o porteiro e o soldado levantaram o moribundo e o instalaram nas almofadas do carro. Mas ele não estava em condições de sentar-se; a cabeça inclinou e o corpo caiu sobre o banco.

— Levem-no deitado — ordenou o oficial.

— Fique tranquilo, vou levá-lo assim — disse o policial. Sentou-se ao lado e segurou o preso pela cintura enquanto o soldado lhe estendia as pernas.

O oficial viu na calçada o boné do homem. Apanhou-o e enfiou-o na cabeça molhada, que pendia ora para um lado ora para outro.

— Podem ir — ordenou.

O carro deu uma volta e rumou para o posto policial. Nekhludov seguiu-o a pé.

III

Quando o fiacre parou em frente ao posto, diversos policiais acorreram. Segurando-o pelos braços e pernas, retiraram o prisioneiro. Falecera no trajeto. Nekhludov chegou dez minutos depois, no momento em que o carregavam para a enfermaria.

Era ela um cômodo pouco asseado, com quatro leitos, dois deles ocupados. Num se achava um tuberculoso; no outro, um homem com a cabeça e pescoço enfaixados. O cadáver foi deposto numa das camas vagas. Nesse momento, com passo rápido, aproximou-se um homenzinho de olhar brilhante e sobrancelhas móveis; examinou o morto, depois Nekhludov. E deu uma gargalhada. Era um louco, que aguardava ali a transferência para uma casa de saúde.

— Eles me querem meter medo — disse ele. — Mas não conseguem, não!

Instantes depois, Nekhludov viu entrar um oficial da polícia e o enfermeiro. Este, aproximando-se do leito, segurou a mão do cadáver, pálida, mas ainda quente e flácida, ergueu-a e largou-a de novo.

— Está liquidado — declarou, com um meneio da cabeça.

Mas, para obedecer ao regulamento, descobriu o peito ainda molhado do morto e aplicou escrupulosamente o ouvido. Todos estavam calados. O enfermeiro voltou-se, sacudiu novamente a cabeça e cerrou as pálpebras sobre os grandes olhos azuis do extinto.

— Não tenho medo, não — repetia incessantemente o louco, cuspindo no chão.

— E agora? — perguntou o oficial.

— É levá-lo para o necrotério — declarou o enfermeiro.

— Levem-no para o necrotério — ordenou o oficial. E você venha à Secretaria para o relatório — disse ao soldado que continuava a montar guarda ao preso, como era sua obrigação.

Quatro policiais carregaram o morto para o térreo. Nekhludov ia segui-los, mas o louco o deteve.

— Você não anda tramando com eles, anda? Então me dê um cigarro.

Nekhludov deu-lhe. E o louco, sempre mexendo as sobrancelhas, começou a contar as perseguições de que era vítima.

— Estão todos contra mim, e me torturam dia e noite por intermédio dos médiuns.

— Desculpe-me — respondeu-lhe o príncipe. E, sem esperar o fim da história, foi ver o fim que davam ao morto.

Os policiais tinham atravessado o pátio e estacionavam à frente de uma porta. Nekhludov quis segui-los, mas o oficial não o deixou.

— Que deseja?

— Nada.

— Nada? Pois então vá embora.

Nekhludov saiu e procurou o carro. O cocheiro dormia na boleia. Nekhludov acordou-o, e mandou que seguisse para a estação.

Não tinham rodado cem passos, quando encontrou um novo preso estendido na maca, que um soldado da escolta acompanhava. Estava deitado de costas e bem morto. Nekhludov pôde examiná-lo à vontade. Enquanto o primeiro era insignificante, este era belo de rosto e de corpo, e na flor da idade. Sob o crânio metade raspado, aparecia uma testa enérgica, ligeiramente arqueada. Os lábios, já roxos, sorriam sob o bigode fino; a forma perfeita de uma das orelhas desenhava-se sobre o lado raspado da cabeça. A expressão do rosto era a um tempo calma, austera e boa. E não só o rosto mostrava quantas possibilidades de vida moral se desperdiçaram ali: a delicadeza do tornozelo e do punho, o vigor dos membros e a harmonia de todo o corpo também patenteavam o malbarato de robusta e preciosa criatura humana. Mataram-no, mas ninguém deplorava a perda do homem, nem do admirável instrumento de trabalho perdido em vão. Assim deduzia Nekhludov, ao analisar os policiais que carregavam o morto: lia-se-lhes nos olhos apenas o aborrecimento com o trabalho que dava e com a antevisão das complicações que iriam surgir.

Suspirando profunda e tristemente, continuou o seu caminho.

IV

Quando Nekhludov chegou à estação, todos os prisioneiros já estavam instalados nos vagões, cujas janelas tinham grade de ferro. Na plataforma umas vinte pessoas queriam despedir-se dos parentes ou amigos; esperavam ordem para aproximar-se dos vagões.

Os guardas da escolta corriam preocupados de um lado para outro. No trajeto através da cidade, cinco prisioneiros tinham morrido de insolação: três durante o percurso, os dois restantes na estação.[1] Mas não era a morte dos cinco prisioneiros confiados à sua guarda o que preocupava os soldados, que, com a menor precaução, o poderiam ter evitado. Não se inquietavam com esse detalhe: o que lhes interessava era cumprir todas as quinze formalidades exigidas pelo regulamento em tal circunstância — entregar os cadáveres às autoridades competentes, separar os objetos que lhes pertenciam, riscar os respectivos nomes da lista dos prisioneiros conduzidos a Novgorod. E tudo isso causava muito transtorno, que o calor excessivo tornava ainda mais penoso.

Corriam, pois, da direita para a esquerda, com ar preocupado; e decidiram que ninguém devia aproximar-se dos vagões, enquanto não acabassem de pôr tudo em ordem.

Nekhludov, entretanto, obteve permissão para se aproximar: obteve-a dando um rublo a um suboficial da escolta, que lhe pediu para não se demorar, a fim de não ser visto pelo comandante.

O trem era formado por dezoito vagões, todos completamente cheios prisioneiros, com exceção de um, reservado aos oficiais. Passando diante das janelas, Nekhludov ouvia o ruído de correntes, de brigas, de conversa entremeada de palavrões; mas ninguém falava dos companheiros tombados durante o trajeto. As conversações e as disputas referiam-se principalmente às bagagens, à escolha dos lugares, às possibilidades de arranjar bebida.

Nekhludov teve a curiosidade de espiar o interior. Viu de pé, na passagem, dois guardas ocupados em retirar as algemas dos prisioneiros. Cada um destes, por sua vez, estendia as mãos; um dos guardas abria o cadeado, o outro tirava as algemas e as levava.

---

[1] Em Moscou, há alguns anos, cinco prisioneiros morreram pelo excessivo calor, no trajeto entre a prisão e a estação de Novgorod. (Nota do Autor.)

Depois dos vagões onde se achavam os homens, Nekhludov chegou perto dos que estavam reservados às mulheres. No primeiro ouviu uma voz rouca que gemia num ritmo monótono: "Ai de mim! ai de mim!"

Por informação do oficial, Nekhludov sabia que Maslova devia estar no terceiro vagão. Aproximando-se de uma das janelas desse carro, teve de virar a cabeça, tão forte era o cheiro de transpiração. A gritaria era de ensurdecer. As mulheres ocupavam todos os bancos, com a cabeça descoberta, o paletó desabotoado e o rosto vermelho e suado; tagarelavam, gritavam e gesticulavam. A aproximação de Nekhludov, entretanto, chamou-lhes a atenção. As que se sentavam perto da janela pararam bruscamente de falar e chamaram Maslova, sentada no outro lado do vagão, junto da loura e sorridente Teodósia.

Logo que avistou Nekhludov, Maslova levantou-se. Pondo novamente o lenço nos cabelos, correu para a janela. Segurando as barras de ferro mostrou o seu rosto corado e animado, a sorrir.

— Mas que calor, não? — disse ela alegremente.

— Recebeu as encomendas?

— Recebi, muito obrigada.

— Quer alguma coisa? — indagou o príncipe, atordoado com o calor que saía do vagão.

— Não, agradecida, não preciso de nada.

— Pergunte se ele pode arranjar qualquer coisa de beber — murmurou timidamente Teodósia.

— Se pudéssemos beber alguma coisa — repetiu Maslova.

— Então não lhes deram água?

— Deram um balde cheio, mas já bebemos tudo!

— Vou falar com o guarda — disse Nekhludov. — E agora só nos veremos em Nijni-Novgorod!

— Então vai também? — exclamou Maslova, fingindo que não sabia de nada. E seus olhos se fixaram em Nekhludov com uma profunda alegria.

— Vou, sim. Pelo próximo trem.

Maslova não respondeu; suspirou e baixou os olhos.

— É verdade, *barine*, que morreram doze homens pelo caminho? — perguntou uma prisioneira, velha camponesa de traços acentuados.

— Em doze, não ouvi falar; mas dois eu os vi.

— Dizem que foram doze. E para esses carrascos, não fazem nada?

— E aqui entre as mulheres, não houve algum acidente? — perguntou Nekhludov.

— Nós mulheres somos mais fortes — respondeu, rindo, outra prisioneira.

— Só uma é que inventou de dar à luz. O senhor não está ouvindo os vagidos? — acrescentou, mostrando com o dedo o vagão vizinho.

— Perguntou-me se eu queria alguma coisa — disse Maslova, esforçando-se por conter um sorriso alegre. — Não se importe conosco; veja antes se consegue que essa infeliz fique no hospital. Diz ela que vai morrer se a obrigarem a fazer a viagem.

— Vou tentar — respondeu ele.

E Nekhludov afastou-se para dar o lugar ao marido de Teodósia, que, finalmente, deixaram aproximar-se. Antes de encontrar a mulher, ele tinha percorrido toda a plataforma, sem obter informação a seu respeito.

Os guardas estavam cada vez mais atarefados. Uns acomodavam os prisioneiros, outros compravam provisões para a viagem ou arrumavam-lhes as bagagens. Outros ainda ofereciam seus préstimos a uma senhora, casada com um oficial, que partia com o marido. Nenhum tinha tempo para ouvir Nekhludov.

Já haviam dado o segundo sinal, quando o príncipe, por fim, avistou o comandante. O oficial gordão, enxugando o suor que escorria pela fronte, dava ordens ao seu ajudante.

— O senhor deseja alguma coisa? — perguntou a Nekhludov.

— Há uma mulher dando à luz num dos vagões. Pensei que...

— Ah, é? Pois que continue — respondeu o oficial, dando uma corrida com suas pernas curtas, a fim de alcançar o seu carro.

No mesmo instante o chefe da estação pôs o apito na boca. Uma última badalada seguiu o apito, e ouviram-se os gritos de despedida — dos que iam e dos que ficavam. De pé, na plataforma, Nekhludov viu passar os pesados vagões, um atrás do outro, a cabeça raspada dos prisioneiros comprimindo as barras de ferro das janelas. Em seguida passou o primeiro carro das mulheres, depois outro, afinal o que levava Maslova. Ainda de pé diante da janela, lançou um derradeiro olhar para Nekhludov, enviando-lhe um sorriso triste que o enterneceu.

Capítulo X

I

Nekhludov tinha ainda duas horas de espera até a saída do trem que o conduziria a Nijni-Novgorod. Primeiro pensou em aproveitar esse tempo para ver Natália, mais uma vez; mas as impressões dessa manhã o tinham a tal ponto fatigado e comovido que não achava forças para mover-se. Entrou na sala de espera, sentou-se num sofá; e ali, pouco depois, encostando a cabeça numa almofada, adormeceu.

Já dormia há mais de uma hora quando despertou sobressaltado com um arrastar de cadeiras. Ergueu-se, passou as mãos pelos olhos, lembrou-se de onde estava, e logo vieram à memória as cenas tristes da manhã. O cortejo dos degredados, os dois mortos, as janelas gradeadas e o sorriso de Katucha através das grades. O espetáculo que via agora era bem diferente do que lhe ia nas lembranças: uma mesa cheia de garrafas, candelabros, vasos de flores; à sua volta cochilavam os "garçons" muito bem uniformizados e, no fundo da sala, perto do balcão, também atulhado de garrafas e vasos, viajantes faziam compras.

Só quando ficou inteiramente consciente, observou Nekhludov que as pessoas sentadas na sala olhavam curiosas para a porta da entrada. Dirigindo o olhar para esse lado, viu alguns homens que carregavam numa cadeira uma senhora envolta em xales.

O primeiro desses homens era um lacaio, cuja fisionomia não lhe parecia estranha. Nekhludov reconheceu também o porteiro de libré e boné agaloado. Perto da cadeira, a criada séria, elegantemente vestida, levava uma valise, um objeto redondo num estojo de couro e diversas sombrinhas. E Nekhludov avistou, do outro lado, o velho príncipe Korchaguine em trajes de viagem, com os seus lábios carnudos e o seu pescoço apoplético. Missy também estava ali, assim como o irmão Mitia e o conde Osten, jovem diplomata bastante conhecido de Nekhludov, que possuía um pescoço interminável e um rosto pequeno, sempre sorridente. Osten conversava com Missy, que parecia divertir-se muito com os seus gracejos. Nekhludov viu também o médico a fumar um cigarro com o seu habitual mau humor.

Esse cortejo imponente só atravessou o salão para ir até a outra sala, reservada às senhoras. Mas a sua passagem provocou uma curiosidade respeitosa. Logo depois o príncipe voltou e, sentando-se à mesa, chamou o criado a quem deu ordens. Missy e Osten vieram em seguida e iam também sentar-se quando Missy, reconhecendo na entrada uma pessoa, correu-lhe ao encontro. Era Natália Ivanovna, irmã de Nekhludov. Acompanhada de Agripina Petrovna, olhava para todos os lados à procura de alguém. Avistou ao mesmo tempo o irmão e Missy. Tendo Nekhludov se aproximado, ela lhe disse depois de apertar a mão da moça:

— Por fim o encontrei. Já estava começando a desanimar!

Nekhludov, por sua vez, apertou as mãos de Missy e de Osten; beijou a irmã. Começaram a conversar e Missy contou que tinha lavrado um incêndio em sua casa de campo, e estavam obrigadas a passar algumas semanas na casa de uma tia, situada na linha Nijni-Novgorod. Osten aproveitou a ocasião para contar algumas histórias sobre incêndios.

Nekhludov, porém, sem escutar, voltou-se para a irmã.

— Como foi bom você ter vindo!

— Faz duas horas que andávamos pela cidade inteira à sua procura, eu e Agripina Petrovna.

Com um movimento de cabeça mostrou a governanta que, de capa de borracha e chapéu de flores, guardava modesta distância, a fim de não perturbar a palestra.

— Imagine que peguei no sono naquele sofá. Mas como foi bom você ter vindo — repetiu ele. — Eu tinha justamente começado uma carta.

— Carta? — perguntou, meio assustada. — E o que dizia?

Missy, vendo que os dois irmãos começavam um assunto íntimo, afastou-se com seu par.

Nekhludov conduziu a irmã para perto da janela; sentaram-se os dois num bloco de veludo verde, onde se encontrava uma valise, uma capa e uma caixa de chapéus.

— Ontem, quando saí do hotel, pensei em voltar para pedir desculpas a Inácio Nicephorovitch — disse Nekhludov —, mas receei que ele me interpretasse mal. Fui cruel e isso me atormenta.

— Eu sabia, eu estava certa de que você não teve intenção de magoar. Você sabe que...

As lágrimas subiram aos olhos, enquanto apertava com força a mão do irmão. Nekhludov compreendeu imediatamente o sentido da frase não terminada. Ela queria dizer que, embora amasse o marido mais do que tudo no mundo, também o amava bastante, e que qualquer cisão entre eles a fazia sofrer.

— Obrigado, Natália, muito obrigado. Se você soubesse o que vi hoje! — continuou, lembrando-se dos prisioneiros. — Dois homens assassinados!

— Assassinados? Como assim?

— É isso mesmo, assassinados. Obrigaram-nos a atravessar a cidade a pé, com esse calor. Dois morreram de insolação.

— É impossível. Hoje? Agora há pouco?

— Há pouco, sim. Eu vi os cadáveres.

— Mas por quê? Quem os matou?

— Quem os matou? Quem os obrigou a caminhar à força, por esse sol! — replicou Nekhludov, impaciente. Sentia que a irmã encarava os fatos sob um prisma bem diferente.

— Meu Deus! Será possível? — perguntou Agripina Petrovna, que ouvia esses comentários.

— Não temos a menor ideia do sofrimento que infligem a esses desgraçados; e devíamos nos informar! — prosseguiu Nekhludov, olhando instintivamente para o velho príncipe que, de guardanapo no pescoço, se empanturrava de presunto, sem pensar em coisa alguma. Este, porém, levantou a cabeça e avistou Nekhludov.

— Nekhludov! — gritou ele. — Não quer tomar um refresco? É indispensável para a viagem.

Nekhludov agradeceu com a cabeça.

— E você vai fazer alguma coisa? — continuou Natália.

— Vou fazer o que puder! Sinto que devo fazer, e hei de fazer.

— Sim, compreendo-o.

E designando os Korchaguine:

— E com eles? Tudo acabado?

— Tudo acabado e, segundo penso, sem pesares nem de um, nem de outro lado.

— É pena! Aprecio tanto a Missy! Enfim, nada tenho a dizer. Mas por que comprometer-se outra vez? — perguntou timidamente. — Para que partir?

— Porque devo partir! — respondeu Nekhludov, em tom firme e seco, como se quisesse dar por encerrado o assunto.

Mas logo depois se arrependeu dessa atitude. "Por que não lhe digo tudo o que penso?", refletiu. "Eu sei que Agripina Petrovna está escutando. Pois que ouça também!"

— Você se refere ao meu casamento com Katucha? — exclamou, comovido. — Pois bem! Fiz esse projeto desde o primeiro dia em que a encontrei de novo. Mas ela negou-se, absolutamente, a se casar comigo. Não quer o meu sacrifício. Prefere sacrificar-se, pois o casamento, na situação em que está, havia de trazer-lhe muitas vantagens. Mas eu não posso admitir que ela se sacrifique. E agora vou partir; onde ela for irei; hei de fazer o possível para ajudá-la, suavizar a sua pena!

Natália Ivanovna nada respondeu. A velha governanta sacudiu a cabeça, olhando alternativamente para ambos.

Nesse instante, o solene cortejo surgiu na porta da sala das senhoras. Felipe, o belo lacaio, e o porteiro de boné agaloado carregavam a princesa para a instalar no vagão. Chegando ao meio da sala, a velha mandou parar e fez um sinal a Nekhludov. Aproximando-se este, ela estendeu-lhe receosamente a mão alva e cheia de anéis, como se pedisse certa precaução no aperto.

— Que calor insuportável! É um verdadeiro suplício! Este clima quase me mata!

Quando acabou as queixas sobre a sua saúde e o clima, mandou continuar a marcha.

— O senhor virá, sem falta, nos visitar? — perguntou ainda a Nekhludov, voltando para ele seu rosto longo, cujo sorriso mostrava a dentadura postiça.

Nekhludov caminhou pela plataforma. O cortejo da princesa dirigia-se para a direita, na direção dos carros de primeira classe. Nekhludov foi para o outro lado, em companhia de Tarass, o marido de Teodósia, que levava o seu saco no ombro. Um carregador os seguia, carregando a bagagem de Nekhludov.

— Eis o meu companheiro de viagem! — disse ele à irmã, mostrando Tarass, cuja história já lhe tinha contado.

— Como? Você vai viajar aí? — perguntou Natália Ivanovna, ao ver que o irmão parava diante de um carro de terceira classe e mandava o carregador deixar as malas.

— É mais agradável; além disso, quero ir na companhia deste bom rapaz — respondeu. — Escute — recomeçou, depois de um breve silêncio. — Não fiz doação das terras de Kouzminskoie; de modo que, se eu morrer, seus filhos vão herdá-las.

— Dmitri, por favor, não me fale nisso!

— E se me casar... assim mesmo... como não terei filhos...

— Peço-lhe, não me fale nisso! — respondeu Natália Ivanovna. Mas Nekhludov viu pela expressão dos olhos da irmã que as suas palavras lhe deram prazer.

Na outra extremidade da estação tinha-se formado um grupo de curiosos diante do compartimento onde entrara a princesa Korchaguine. Quase todos os viajantes já estavam acomodados nos seus lugares; alguns retardatários corriam, subiam depressa as escadas; os condutores fechavam as portinholas. Nekhludov entrou no vagão e ficou diante da janela.

Natália Ivanovna continuou de pé na plataforma, em companhia de Agripina Petrovna. Constrangida de estar ali com o seu vestido elegante e o chapéu à última moda, procurava um assunto para falar, e não o encontrava. Não podia pedir ao irmão que escrevesse, pois a correspondência regular entre ambos cessara havia muito tempo. Além do mais, a conversa a respeito da herança acabou de romper o que restava de suas relações fraternais. Sentiam-se estranhos um ao outro, definitivamente.

Assim, Natália Ivanovna ficou satisfeita no íntimo, quando o trem se pôs em movimento e pôde enfim dizer, com um aceno de cabeça e um sorriso: "Adeus, Dmitri, adeus!" E, tendo partido o trem, só pensou nos termos com que ia descrever ao marido os detalhes da conversação.

Nekhludov, também, apesar de ter bons sentimentos em relação à irmã, e absolutamente nada a esconder-lhe, sentia-se constrangido na sua presença, e teve pressa em separar-se dela. Tinha consciência de que nada mais subsistia daquela Natália de quem outrora a identidade de ideias o aproximava tanto. Restava apenas a escrava daquele homenzarrão que o enojava. A prova estava em que o seu rosto só se transfigurou e iluminou ao ouvir falar nas terras e na sucessão. E uma profunda mágoa invadiu o seu coração.

II

No grande vagão de terceira classe, cheio de passageiros e exposto ao sol desde as primeiras horas da manhã, o calor era tão insuportável que Nekhludov, sentando-se apenas alguns instantes, levantou-se e foi para a plataforma exterior. Mas aí também estava sufocante; e Nekhludov só pôde respirar melhor quando o trem, deixando as últimas casas da cidade, atravessava o ar livre dos campos.

"Assassinos! Assassinos!", dizia ele consigo, recordando-se da conversa com Natália a respeito dos prisioneiros. De todas as impressões recebidas naquela manhã, uma se impunha com precisão e intensidade extraordinárias — era a imagem do rapaz morto, os lábios sorridentes, o rosto enérgico e a orelha pequena tão bem desenhada sobre o lado raspado da cabeça.

"Porém o mais revoltante", refletia ele, "é que ninguém poderá saber quem os matou. De acordo com a ordem escrita de Maslinnikov, eles foram conduzidos à estação, assim como os outros prisioneiros. Maslinnikov, todavia, limitara-se a cumprir uma formalidade: apresentaram-lhe um ofício redigido pela repartição competente e o imbecil assinou-o com a sua mais linda caligrafia, sem preocupar-se com o conteúdo; e, por nada deste mundo, julgar-se-ia responsável pelos acidentes ocorridos. Muito menos se poderia responsabilizar o médico da prisão, que antes da partida passou em revista os deportados. Cumpria pontualmente suas obrigações profissionais; separou os que necessitavam ir de carro e, sem dúvida, não previu que fossem conduzidos em pleno meio-dia e naquele aperto. O diretor também nada mais fez que executar ordens superiores; como foi determinado, providenciou na data fixada a remessa de certo número de prisioneiros, homens e mulheres. Acusar o comandante do comboio seria igualmente impossível: ordenaram-lhe que fosse buscar os prisioneiros em certo lugar e os conduzisse para outro; foi o que fez, do melhor modo possível. Dirigiu o comboio hoje, como da última vez, nunca poderia prever que dois homens válidos e robustos, como os dois que vi, não suportariam a fadiga e morreriam no caminho. Ninguém é culpado; entretanto, os infelizes foram mortos, e mortos por esses mesmos homens que não são culpados de sua morte.

"E tudo isso provém", deduziu Nekhludov, "de que todos esses homens, governadores, diretores, oficiais e soldados de polícia, todos julgam existir na vida situações em que não é obrigatória a relação direta de homem para homem. Pois que, se todos esses homens, desde Maslinnikov até o comandante da escolta, não fossem funcionários, teriam mais de vinte vezes a ideia de que não era possível pôr em marcha a leva de prisioneiros com um calor daqueles; vinte vezes, durante o trajeto teriam feito parar; e vendo que um dos prisioneiros se sentia mal, sufocava-se, o teriam feito sair da linha, tê-lo-iam levado para a sombra, e dado água para beber; e, no caso de acidente, teriam mostrado compaixão. Mas eles não fizeram nada disso, nem permitiram que outros o fizessem; porque não viam diante de si os homens, nem suas próprias obrigações de homens em relação a outros, mas somente o seu serviço, isto é, obrigações que, a seu ver, dispensavam qualquer relação direta de homem para homem".

Tão absorto estava nas suas reflexões, que Nekhludov não percebeu a mudança do tempo: o sol estava encoberto pelas nuvens baixas e espessas do horizonte a oeste, vinha-se aproximando uma nuvem cinzenta que já se diluía, derramando sobre os campos e os bosques uma chuva repentina. O cheiro de umidade impregnava o ar. De instante a instante um relâmpago sulcava a nuvem, e o estampido de um trovão longínquo juntava-se ao barulho monótono do trem. A nuvem aproximava-se cada vez mais e grossas gotas de chuva, trazidas pelo vento, caíam sobre o seu paletó. Ele passou para o outro lado da plataforma e, aspirando profundamente a frescura do vento e o cheiro benfazejo da terra ávida de chuva, contemplou os jardins, os bosques, os campos amarelos de centeio, os campos de aveia ainda verdes, e as manchas negras das plantações de batatas. Subitamente tudo pareceu ter recebido novas pinceladas de tinta, o verde estava mais verde, o amarelo mais amarelo, o negro mais negro.

— Mais! Mais! — exclamava involuntariamente Nekhludov, associando-se à alegria dos campos e dos jardins pelo contato da chuva.

E a chuva, de fato, tornou-se cada vez mais forte, mas pouco durou. A nuvem escura, depois de se ter dissolvido em parte, foi para mais longe. E sobre o solo molhado tombavam apenas gotinhas tênues e espaçadas. O sol reapareceu e tudo se iluminou novamente; no horizonte, a oeste, desenhou-se um pequeno arco-íris no qual dominavam as tintas violáceas.

"No que é mesmo que estava pensando?", perguntou-se Nekhludov, quando terminaram as variações do tempo e o trem penetrou numa vala profunda que não permitia ver a paisagem. "Ah, sim, pensava no modo como esses funcionários, na maior parte homens bons e inofensivos, se transformaram em homens maus."

Recordou-se da indiferença com que Maslinnikov ouvia a narrativa das ocorrências na prisão; lembrou-se da severidade do diretor, da impiedade do comandante, deixando penar no trem a inditosa mulher.

"Evidentemente todos esses homens são insensíveis aos sentimentos de humanidade, como estas pedras são impenetráveis à chuva", pensava ele, ao contemplar o revestimento da vala em que a água gotejava até os trilhos da estrada.

"Pode ser indispensável cavar fossos, revesti-los de pedra, mas temos pena de ver esta terra que podia também dar trigo ou cobrir-se de relva, arbustos e árvores. A mesma coisa acontece com os homens. Acreditam existir situações em que se poderia agir sem amor para com os seus semelhantes, e tais situações não existem; daí o mal. Pode-se agir sem amor para com as coisas: cortar a madeira, malhar o ferro, cozer os tijolos; mas, nas relações de homem para homem, é indispensável como, por exemplo, é indispensável a prudência na atitude a tomar perante as abelhas. A natureza assim o exige, é uma necessidade da ordem das coisas. Se pusermos de lado a prudência na criação de abelhas acabamos por prejudicar a elas e a nós mesmos. Assim também, quando se trata de homens não se deve desprezar o amor. E nada mais justo, porque o amor recíproco entre os homens é o único fundamento possível da vida da humanidade. Sem dúvida, ninguém pode ser obrigado a amar, como não pode ser brigado a trabalhar; mas disso não resulta que alguém possa agir sem amor aos outros homens, principalmente no caso de precisar deles. O ser humano que não sente amor pelos semelhantes, então cuida de si, das coisas inanimadas, de tudo que lhe agradar, exceto dos homens. Assim como faz mal comer sem vontade e não se assimila o alimento, também o agir em relação aos homens, sem começar por amá-los, acabará em desordem. Continue a agir, como fez ontem com o seu cunhado, verá a que ponto pode chegar a sua dureza. Esta é a grande verdade!", conjeturava Nekhludov, alegre não só da frescura da atmosfera depois do calor escaldante, como também de ter dado mais um passo na direção do problema moral que o preocupava.

Capítulo XI

I

O vagão em que viajava Nekhludov estava quase cheio de passageiros: criados domésticos, artistas, operários, negociantes, alguns judeus e mulheres do povo; havia também um soldado e duas senhoras, mãe e filha. A mãe trazia nos pulsos dois enormes braceletes: acompanhava-a um homem de feições ásperas, aparentemente algum burguês rico.

Toda aquela gente que tanto se agitara na hora da partida, a fim de arranjar bons lugares, agora quedava calmamente instalada. Uns comiam, outros fumavam e já principiavam as conversas animadas entre vizinhos.

Tarass, o marido de Teodósia, estava sentado à direita, mais ou menos no meio do carro, e guardava um lugar na sua frente para Nekhludov. Com o rosto irradiando felicidade, conversava com outro camponês, sentado no mesmo banco. Este vestia uma blusa larga e — como soube Nekhludov — era um jardineiro de regresso das férias. Nekhludov ia para o seu lugar quando avistou um velho de barbas brancas a conversar com uma moça em trajes de camponesa. Ao lado direito dela se achava uma menina de sete anos numa camisa nova; tinha duas tranças no cabelo louro quase branco e, balançando as pernas, curtas demais para descansarem no chão, não parava de mexer os lábios. Nekhludov, involuntariamente, parou diante desse grupo e o velho, puxando-lhe a ponta do blusão, disse, com voz convidativa:

— Sente-se aqui.

Nekhludov agradeceu e sentou-se perto dele. A camponesa, depois de uma pausa em silêncio, continuou a sua prosa interrompida. Contava a alegria do marido, que morava na cidade, por tê-la em sua companhia durante algumas semanas.

— Cheguei no sábado de aleluia e agora volto para a aldeia — dizia ela. — Pelo Natal, se Deus permitir, havemos de nos ver outra vez.

— É bom que se vejam de vez em quando — disse o velho, voltando-se para Nekhludov. — Sem isso o marido, moço e vivendo na cidade, correria riscos de se perder.

— Ora, tiozinho, meu marido não é assim. Não tem perigo que faça asneiras! É inocente e meigo como uma moça. Manda todo o dinheiro para casa, até o último vintém. E ao ver a filha, como ficou contente! É impossível descrever o seu contentamento.

A menininha que escutava a conversa, sempre balançando as pernas e mexendo os lábios, fixou calmamente os olhos em Nekhludov e no velho, como se confirmasse as palavras da mãe.

— Ele é ajuizado e Deus o recompensará — prosseguiu o velho.

— E também não gosta daquilo? — perguntou, designando um casal de operários sentados no lado oposto.

O marido, com a cabeça para trás, tinha levado à boca uma garrafa de aguardente e bebia a grandes goles, enquanto a mulher olhava, segurando o saco de onde havia tirado a garrafa.

— Não, o meu homem nunca bebe — respondeu a moça, satisfeita por ter nova ocasião de elogiar o marido. — A terra não produz muitos homens como ele, tiozinho! Se o senhor soubesse como ele é bom! — disse ainda para Nekhludov.

— Não se tem o que dizer, então — respondeu o velho, cuja atenção, porém, se desviara para a cena do outro lado.

O operário, acabando de beber, passou a garrafa à mulher, que fez a mesma coisa. O marido, de repente, vendo que Nekhludov e o velho reparavam neles gritou:

— Então que há, senhores? É porque estamos bebendo? Ninguém vê como trabalhamos. Mas todo o mundo olha quando bebemos. Já trabalhei bastante, e agora bebo e minha mulher bebe! Não me importa o que os outros pensem!

— Pois bem, sem dúvida — respondeu Nekhludov, não sabendo o que mais dizer.

— É o que eu digo! Minha mulher tem boa cabeça. Estou satisfeito com ela e ela comigo. Não é verdade, Maria?

— Tome a garrafa, não quero mais — respondeu a mulher. — E você sempre a dizer bobagens!

— Viu o jeito dela? Tem boa cabeça, mas quando dá para choramingar, mais parece a roda de uma carroça de que se esqueceram de engraxar. Não é mesmo, Maria?

A mulher levantou os ombros, numa risada.

— Vejam só — continuou o homem. — Boa cabeça, mas quando começa não para mais. É a pura verdade! O senhor pensa que estou na chuva? Bebi um pouco demais, que posso fazer?

E o operário, estendendo as pernas, adormeceu com a cabeça em cima do ombro da mulher.

Nekhludov ficou ainda algum tempo perto do velho, que lhe contou a sua história. Disse que fabricava fogões, e isso há 53 anos; que já consertara grande quantidade deles e pretendia agora descansar. Deixou os filhos nesse serviço e ia para a sua terra visitar os irmãos.

Quando terminou, Nekhludov levantou-se e foi para o lugar que Tarass lhe reservara.

— E então, *barine*, não quer sentar-se? Vamos tirar daí esse saco para ficar mais a gosto — disse o jardineiro, fixando em Nekhludov os olhos bondosos e sorridentes.

— Quando o lugar é pequeno, fica-se mais perto — falou Tarass, com sua voz harmoniosa; e, levantando o enorme saco como se fosse uma pluma, o pôs no chão entre as pernas.

O excelente rapaz sempre dizia que não sabia falar sem dar primeiro um bom trago e, quando bebia um copinho, logo as palavras saíam em torrente. De fato, Tarass era um quietarrão, mas sob o efeito do álcool — coisa rara nele —, tornava-se loquaz. Falava, então, com facilidade, e até com elegância, e tudo o que dizia se enchia da doçura que os olhos azuis e o constante sorriso também exprimiam.

Nesse dia, tendo bebido um pouco antes de partir, estava particularmente animado. A aproximação de Nekhludov havia interrompido o discurso; mas, depois que se acomodou bem com o saco entre as pernas e as mãos nos joelhos, continuou a contar ao jardineiro todos os detalhes da sua história, por que tinham condenado a mulher e por que ele ia para a Sibéria.

Sua narrativa interessava bastante a Nekhludov, que só conhecia o caso pelo que ouvira de Maslova. Tarass, infelizmente, estava quase no fim da história e Nekhludov não teve jeito de pedir-lhe que recomeçasse. Mas pelo menos ficou sabendo como as coisas se passaram, depois do envenenamento, quando os pais do rapaz descobriram o crime de Teodósia.

II

— A culpa foi toda minha, por isso conto para me castigar! — disse Tarass para Nekhludov, com expressão de arrependimento. — O mal foi ter-me queixado tanto. Por isso todo o mundo ficou sabendo. Então a velha disse a meu pai: "Vá dar parte à polícia!" Mas meu pai é homem temente a Deus. "Antes fazer as pazes, minha velha", disse ele. "A mulher é ainda uma criança. Nem sabia o que estava fazendo. Ter piedade, isso é o que devemos fazer. Quem sabe se não vai-se arrepender!" Mas qual, minha mãe não quis ouvir. "É isso", foi o que disse, "você quer que ela continue aqui e nos dê veneno também!" E então ela se vestiu e foi falar com o chefe de polícia.

Este veio logo e levou Teodósia!

— E você? — perguntou o jardineiro.

— Eu? Quase morria de dor a vomitar. Com os intestinos revirados, nem pude dizer nada. Pois atrelaram a aranha para conduzir Teodósia ao posto. Lá chegando ela confessou tudo! Disse onde tinha encontrado o veneno e preparou os pastéis. "Mas por que fez isso?", lhe perguntaram. "Ora, para me ver livre dele; antes ir para a Sibéria do que viver com ele." Ela queria dizer "comigo" — acrescentou, sorrindo, o moço. — Enfim, acusou-se de tudo. O caso estava claro e lá foi para a cadeia. Depois chegou o tempo da colheita. Minha mãe era a única mulher na casa e era já velha, mal dando conta da cozinha. Então meu pai foi falar com o *ispravnik*: nada feito. Procurou outro funcionário e depois deste, mais cinco: ninguém quis ouvi-lo. Já estávamos desistindo quando encontramos um funcionário, um grande finório. "Me dê cinco rublos que ela sai da prisão", ele nos disse. Combinamos afinal por três rublos. Pois assim foi. Eu já estava melhor; fui à cidade, deixei os cavalos na estalagem peguei o papel e corri para a prisão. "O que há?", me perguntaram. "É minha mulher, que está presa aqui." "E o papel?" Dei o papel. Eles o examinaram. "Vamos, entre", me disseram. Sentei num banco. Depois chegou um superior. "O seu nome é Vergounov?", me perguntou. "Sou eu." "Então espere um pouco." Uma hora depois a porta se abre; me trazem Teodósia, com as roupas de casa. "Pois então vamos", lhe disse eu. "Você veio a pé?" "Não, os cavalos estão na estalagem." Fomos para lá; paguei a forragem, botei no carro a aveia que sobrou. Ela sentou-se, bem embrulhada no xale, e eis-nos a caminho. Ela não dizia palavra, nem eu. Mas, perto da casa me disse: "Sua mãe ainda vive?" "Sim", lhe respondo. "E seu pai ainda vive?" "Sim." Ela me disse, então: "Perdoe-me, eu não sabia o que estava fazendo!" E eu lhe respondo: "Não falemos mais nisso, há muito tempo que já perdoei." E depois não dissemos mais nada. Chegando a nossa casa, eis que cai aos pés da minha mãe. "Que Deus lhe perdoe!", disse a velha. Meu pai a beija e diz: "O que passou, passou. Agora leve a vida como deve ser. Você chegou em tempo para nos ajudar. O trigo, graças a Deus, cresceu bastante; agora é a colheita. Amanhã você vai ceifar com Tarass." E desse momento em diante ela se pôs a trabalhar. E como trabalhava! Tínhamos então três jeiras de terra arrendada. O trigo e a aveia, graças a Deus, deram em abundância. Eu ceifava, ela arrumava os feixes. E tinha tanta agilidade que todo o mundo se admirava. E uma coragem! Chegávamos em casa com os dedos amortecidos, os braços cansados; eu só queria respirar, mas ela, antes da sopa, lá ia para a granja, a fim de fazer os laços para o dia seguinte. Se você visse, assim mesmo custava acreditar!

— E com você, ficou ela mais afável?

— Nem me fale nisso! Ficou tão afeiçoada que nós dois éramos como se fôssemos uma alma. Tudo o que eu penso, ela pensa também. A velha, que não tem bom gênio, também diz: "A nossa Teodósia está mudada, nem parece a mesma!" Um dia, quando íamos nós dois buscar os feixes, lhe perguntei: "Diga-me, Teodósia, como pôde ter aquela ideia?" "Não sei, achava que não podia viver com você. Antes morrer", dizia para mim. "E agora?" "Agora", me disse ela, "você é a minha vida!"

Tarass calou-se um instante e sacudiu a cabeça com um sorriso feliz.

— Depois — continuou, suspirando —, um dia voltávamos do campo e o *ispravnik* nos esperava diante da porta. Vinha buscar Teodósia para o julgamento. E nós nem sabíamos que iam julgar Teodósia!

— Com certeza foi o diabo que veio tentá-la — falou o jardineiro. — Ninguém, por si só, tem ideia de perder a alma. É como um rapaz lá de nossa terra.

O jardineiro ia começar o seu caso, mas, no mesmo instante, o trem se pôs a diminuir a marcha.

— Uma estação! — disse ele. — Vamos tomar ar fresco!

Assim terminou a prosa. Nekhludov, seguindo Tarass e o jardineiro, saiu do vagão, e os três começaram a andar de um lado para outro nas tábuas molhadas da plataforma da pequena estação.

III

No momento em que descia, Nekhludov avistou diversas carruagens de luxo paradas no pátio; e, uma vez na plataforma, reparou que se aglomeravam diversas pessoas, em frente de um carro de primeira classe. No centro do grupo estava uma senhora velha e corpulenta, com capa de borracha e chapéu enfeitado de plumas; estava acompanhada de um rapaz alto, de pernas magras, em trajes de ciclista, que segurava um cão por uma corrente. À sua volta, solícitos, encontravam-se um lacaio que segurava paletós no braço, uma criada e um cocheiro. Todo esse grupo, desde a grande dama até o cocheiro, manifestava na fisionomia um misto de satisfação e extraordinária confiança em si mesmo. Adivinhava-se logo que eram pessoas bem nutridas, saudáveis e contentes de viver. Um círculo de curiosos não tardou a formar-se ao redor, atraídos pelo espetáculo da riqueza. Ali estavam o chefe da estação, de boné vermelho, um soldado, uma jovem camponesa vendendo bolos, o telegrafista e mais uma dezena de passageiros que tinham descido do seu compartimento.

No ciclista, Nekhludov reconheceu o irmão mais moço de Missy. Também a senhora gorda, tia da moça em cuja casa os Korchaguine vinham passar o verão. O condutor abriu a porta e, com mil ademanes de respeito, manteve-a aberta até que Felipe, o lacaio, com ajuda do empregado da estação, acabasse de arrear a princesa na sua cadeira de inválida. As duas se beijaram; Nekhludov ouviu várias frases em francês consultando se levariam a princesa no *coupé* ou na caleça; e o cortejo se pôs em marcha, as duas senhoras na frente: na cauda foram as criadas, carregando sombrinhas, xales e valises.

Temendo encontrar novamente os Korchaguine e recomeçar as despedidas, Nekhludov ocultou-se atrás de um poste até saírem. A princesa, Missy e o irmão iram agora na frente. O príncipe e a cunhada os seguiam. E entre as frases recortadas em francês que chegaram aos ouvidos de Nekhludov, uma delas o impressionou — como aliás é comum — e, durante muito tempo, continuou inexplicavelmente gravada na sua memória, com a mesma entoação de voz com que fora pronunciada. Era uma frase do príncipe, que falava de alguém à sua cunhada.

— *Oh! il est du grand monde, du vrai grand monde!* — dissera a voz sonora e convencida do velho, no momento em que, atravessando a porta da saída, recebia os cumprimentos respeitosos de uma dupla fila de empregados e carregadores.

Neste momento, vindo da extremidade oposta da estação, chegava um grupo de operários, todos de tamancos e saco às costas. Com passo igual e decidido, eles avançaram para o primeiro vagão; iam subir, quando um condutor correu a impedi-los. Os operários continuaram a marcha e, depois de levar uns empurrões, conseguiram entrar no segundo vagão. Lá também não havia lugar para eles, pois o condutor, com bastante rudeza, mandou que descessem. Então os homens se dirigiram para o terceiro vagão, onde se encontrava Nekhludov. O guarda fez nova tensão de intervir. Nekhludov, porém, que assistira à cena, disse-lhes que poderiam acomodar-se perfeitamente naquele carro. Eles subiram e o príncipe acompanhou-os. Dentro do vagão, os homens percorreram a passagem à procura de lugares; mas o burguês e as duas senhoras que o acompanhavam, considerando uma afronta pessoal a entrada dos operários, reclamaram vivamente, intimando-os a descerem. Os homens trataram de retirar-se apressadamente, batendo os sacos nos bancos, nas divisões, nas portas. Via-se que eles se sentiam verdadeiramente culpados e decididos a ir assim de vagão até o fim do mundo, à cata de um lugar onde instalar-se. Eram vinte entre velhos e adolescentes; mas todos tinham o mesmo rosto tostado e seco, todos exprimiam nos olhos cavos o mesmo sentimento de resignação e fadiga.

— Para onde vão, súcia de bandidos? Fiquem aí mesmo, já que subiram! — gritou o condutor, vindo ao seu encontro da outra extremidade do vagão.

— *Voilà encore des nouvelles!* — disse a moça em francês, certa de que o seu modo elegante de falar lhe valeria a estima e a atenção de Nekhludov.

Quanto à mãe, a tal dos braceletes, limitava-se a resmungar e torcer o nariz e fazer pequenas exclamações sobre o incômodo de viajar com aqueles horrendos e malcheirosos *mujiks*.

Entretanto, os operários, tranquilizados e alegres como se a salvo de grande perigo, pararam definitivamente no corredor, trataram de acomodar-se, jogando sobre os bancos, com um movimento de ombros, os pesados sacos que traziam às costas.

O jardineiro, que vinha de encontrar um conhecido no outro vagão, deixou vago o seu lugar, de forma que perto de Tarass havia três lugares disponíveis. Assim, três dos operários se apressaram a tomá-los. Porém, quando Nekhludov se aproximou deles, tão constrangidos ficaram com a sua elegância que, instintivamente, iam se levantar e mudar de lugar. Mas Nekhludov insistiu para que ficassem sentados. Ele mesmo ficou de pé, apoiando-se no braço de um dos bancos.

IV

Um dos três operários — um homem alto e seco, de cinquenta anos presumíveis —, depois de sentar-se novamente, trocou um olhar desconfiado com o companheiro mais moço que lhe estava à frente. Os dois, evidentemente, estavam surpreendidos e mesmo inquietos, pois Nekhludov, em vez de os insultar e expulsar, como convém a um *barine*, chegou a ceder-lhes o próprio lugar. Estavam convencidos de que nada de bom resultaria desse fato.

Mas ao perceberem que não havia intenção de prejudicá-los e que Nekhludov conversava familiarmente com Tarass, tranquilizaram-se; e o que estava perto do rapaz fez questão de ir para outro banco, a fim de ceder o lugar a Nekhludov. O velho operário, no começo, parecia muito encabulado; metia os pés para baixo do banco o mais que podia, receando incomodar o *barine*; mas pouco a pouco foi perdendo a timidez e começou a conversar tão à vontade com Nekhludov que, muitas vezes, para dar mais importância ao que dizia, descansava no joelho do príncipe a sua grande mão calosa.

Disse a Nekhludov como se chamava, onde morava; contou que ele e os companheiros voltavam para casa depois de trabalhar dois meses e meio numa jazida de turfa. Levava dez rublos e já tinha recebido cinco no mês precedente. Por quinze rublos, pois, fez esse trabalho de entrar diariamente na água até os joelhos e ali permanecer, sem interrupção, desde a manhã até a hora do jantar.

— Os que não estão habituados, padecem um pouco — disse o velho —, mas depois de calejados acaba-lhes o sofrimento. A comida é que era intragável a princípio. Mas depois o pessoal se compadeceu de nós; deu-nos pasto excelente e o trabalho até se tornou mais leve. Contou ainda que trabalhava por dia há mais de vinte anos e que sempre tinha mandado para casa o seu salário: primeiro ao irmão mais velho; agora a um primo que tomava conta da família e lutava com muitas dificuldades. Entretanto, dos sessenta rublos que ganhava por ano, reservava dois ou três para se "divertir", comprar tabaco e fósforos.

— Depois, como sabe, nós pecadores nunca rejeitamos em certas horas um copinho de cachaça — acrescentou, sorrindo familiarmente.

O operário falou também dos companheiros casados, cujas mulheres viviam na aldeia com o dinheiro que lhes enviavam. Contou também que, nesse dia, antes de despedi-los, o contramestre tinha pagado bebida para todos; que um dos companheiros tinha morrido e outro voltava bem doente.

Este doente estava sentado no compartimento contíguo. Era moço ainda, magro e pálido, os lábios azulados. Evidentemente apanhara alguma febre no trabalho. Nekhludov chegou-se perto dele, o moço, porém, fitou-o com um olhar de tão intenso sofrimento que o príncipe não teve coragem de fatigá-lo com perguntas. Pediu ao velho que comprasse quinina para ele. Escreveu o nome do remédio e quis dar-lhe dinheiro, mas o velho recusou com energia.

— Já vi muitos *barines* — disse ele a Tarass, enquanto Nekhludov estava de costas —, mas como este ainda não vi! Além de não querer atormentar-nos, ainda fica de pé para dar lugar! Isto prova que também existem *barines* de toda espécie!

Neste ínterim, Nekhludov considerava os membros magros e musculosos daqueles homens, as roupas grosseiras, as fisionomias cansadas; e sentia envolver-se de uma nova humanidade, cheia de interesses, alegrias e sofrimentos sérios. Sentia-se em presença da verdadeira vida humana.

"Aqui está *le grand monde, le vrai grand monde*", dizia de si para si, lembrando-se da frase do príncipe Korchaguine e do mísero mundo a que pertenciam todos os Korchaguine, com a vaidade e a baixeza dos seus interesses.

E Nekhludov experimentava, do modo mais profundo, a exultação do explorador que acaba de descobrir uma terra nova, terra fértil de flores e de frutos.

Terceira Parte

Capítulo I

I

A leva de prisioneiros, de que fazia parte Maslova, tinha percorrido mais de cinco mil *verstas*. Até Perm, a viagem se fez por estrada de ferro e barco a vapor; e Maslova permaneceu em companhia dos criminosos de direito comum. Em Perm, todavia, Nekhludov conseguiu que a admitissem na seção dos condenados políticos. A ideia dessa transferência foi-lhe sugerida por Vera Bogodouchovska, que se achava nessa seção. A viagem até Perm foi muito penosa para Maslova, tanto moral como fisicamente. Do ponto de vista físico, sofreu com a falta de ar, o mau cheiro, a sujeira e o assédio implacável de toda sorte de insetos repugnantes; do ponto de vista moral, talvez tivesse sofrido mais ainda com a perseguição não menos implacável de homens não menos repugnantes. Em todas as paradas ela precisava repelir propostas ignóbeis, que não lhe davam um minuto de sossego e cuja lembrança lhe provocava náuseas. Entre prisioneiras e prisioneiros, soldados, e até mesmo entre oficiais mais graduados, estabeleceram-se desde logo, como era costume, relações de um cinismo tão revoltante que a qualquer mulher, principalmente moça, cumpria precaver-se dia e noite, se não estivesse disposta a nivelar-se com a corrupção geral e dela tirar proveito.

Nada mais extenuante do que aquele contínuo estado de alma e resistência; sem levar em conta que Maslova estava infinitamente mais exposta do que as companheiras às propostas galantes não só pela sedução da sua pessoa como, também, pela fama do seu passado. E a recusa obstinada que ela lhes punha à frente era recebida como uma afronta, e gradualmente formou-se à sua volta uma atmosfera de malevolência. A situação acabaria intolerável não fora a companhia da excelente Teodósia e também a de Tarass, que, sabendo como punham à prova a virtude da mulher, desde Nijni-Novgorod renunciou à liberdade, a fim de protegê-la.

A situação de Maslova felizmente melhorou bastante depois que a transferiram para a seção dos condenados políticos. Porque não só encontrou melhor alojamento e comida, como também menos rudeza e grosseria nos companheiros. Além do mais, a transferência livrou-a das propostas indecorosas e permitiu-lhe continuar a apagar da memória os vestígios do passado. E não era tudo. Havia outra vantagem preciosa: o ensejo de travar conhecimento com certas pessoas, que não tardaram a exercer uma influência decisiva sobre ela.

O favor solicitado por Nekhludov, aliás, só consistia no alojamento com os prisioneiros políticos durante as paradas; o caminho continuava a ser feito a pé, com os condenados comuns. A partir de Tomsk, pois, fez a pé toda a jornada. Em sua companhia iam também dois condenados políticos: Maria Pavlovna Chetinin, a moça bonita de olhos castanhos que Nekhludov tinha avistado na sala da prisão, no dia da sua visita a Vera Bogodouchovska; e um tal Simonson, homem baixo e moreno, de olhos grandes e profundamente encovados. Maria Pavlovna caminhava, porque cedera o seu lugar no carro a uma condenada de direito comum, que se achava grávida; Simonson andava a pé porque considerava injusto aproveitar-se de um privilégio baseado na distinção de classes sociais. Estes três prisioneiros tinham de se levantar mais cedo do que os condenados políticos, a fim de formar no cortejo dos condenados comuns. Desse modo chegaram até determinado ponto, onde a chefia do comboio passou para outro oficial.

A manhã de setembro estava úmida e sombria. A neve alternava com a chuva; de momento a momento, soprava um vento gelado. Todos os prisioneiros que deviam seguir a pé enchiam o pátio do acampamento — quatrocentos homens e umas cinquenta mulheres. Uns se comprimiam à volta do comandante, que lhes distribuía o salário do dia; outros compravam provisões das vendedoras cuja entrada no pátio tinha sido permitida. Os prisioneiros contavam o dinheiro, conversavam, discutiam entre si ou com as vendedoras, num confuso burburinho de vozes.

Maslova estava arrumando ovos no saco, um arenque e o pão que acabara de comprar; e Maria Pavlovna pagava à quitandeira, quando de repente se produziu um movimento de alarme: os soldados tinham-se enfileirado perto do oficial para executar as formalidades que precediam a partida todas as manhãs.

Como de costume, houve contagem dos prisioneiros; examinou-se a robustez das correntes, algemaram-se os que deviam seguir dois a dois. Mas, rompendo a monotonia habitual, ouviu-se um súbito grito de cólera da parte do oficial, seguido por um choro de criança. Depois veio um profundo silêncio, por todo o pátio. E um murmúrio correu através da multidão. Maslova e Maria Pavlovna precipitaram-se a ver o que se passava.

II

Logo que chegaram perto do grupo no meio do pátio, eis o que viram: o oficial, um homenzarrão de bigodes compridos e louros, enxugava com a mão esquerda o outro pulso todo manchado de sangue e, furioso, não parava de injuriar um dos prisioneiros. Este, de pé à sua frente, cobria com uma das mãos o rosto machucado e sangrando, enquanto com a outra segurava no colo uma menina embrulhada num xale, que chorava e berrava com toda a força. O prisioneiro tinha metade da cabeça raspada: era homem alto e magro, vestido com uma blusa curta demais e umas calças que lhe deixavam os tornozelos descobertos.

— Já o ensino a discutir! — dizia o oficial, misturando as frases com injúrias. — Vamos, ponha a criança no chão! E trate de pôr as algemas!

Àquele forçado haviam deixado as mãos livres nos dias precedentes, para levar a filhinha, porque a mãe morrera de tifo no caminho. Mas, nesse dia, estando de mau humor, o novo comandante, exigiu que o algemassem. O condenado protestou; o oficial, zangado, deu-lhe um soco no olho.

Do outro lado do oficial achava-se um forçado corpulento, de barbas negras, com uma das mãos presas, que olhava fulminantemente ora para o comandante, ora para o infeliz companheiro. Entretanto, o oficial, sempre a injuriar, repetia aos guardas a ordem de levarem a criança e algemarem o homem. O murmúrio da multidão aumentava cada vez mais.

— Desde Tomsk que ele traz as mãos livres! — dizia uma voz rouca, nas últimas fileiras.

— Afinal, não é um cachorro, é uma criança!

— A menina com certeza morre! — dizia outra voz. — Isto não é da lei.

— O quê? O quê? — gritou o oficial, como se mordido por algum bicho. — Já ensino a falarem de leis. Quem falou? Foi você? Foi você?

— Todo o mundo falou, porque... — disse um prisioneiro da fila da frente.

— Ah! Então foi você?

E o oficial começou a distribuir chibatadas a torto e a direito.

— Então é uma revolta? Pois vou mostrar como se revolta! Mato-os como a cães e os chefes me agradecerão pelo castigo! Vamos, levem a criança!

Todos ficaram calados. Um dos soldados pegou a criança, que gritava sem interrupção; outro colocou as algemas no prisioneiro, que, humilde, estendera a mão.

— Entreguem esta criança às mulheres! — disse o comandante ao guarda, que estava atrapalhado com o seu fardo.

A pequena, com o rostinho vermelho lavado em lágrimas, debatia-se furiosamente tentando retirar as mãos de dentro do xale. Nesse momento, Maria Pavlovna atravessou o pátio e aproximou-se do oficial.

— Se o senhor me permitir — disse —, levarei a menina.

— Quem é você? — perguntou o comandante.

— Sou uma condenada política.

O belo rosto de Maria Pavlovna, os seus olhos grandes e os cabelos pretos impressionaram o homem, que já, momentos antes, a notara. Fitou-a ainda uma vez e depois baixou os olhos, constrangido.

— Para mim é indiferente, pode levá-la quanto tempo quiser! Vocês têm facilidade para mostrar compaixão por estes miseráveis. Mas, se eles escaparem, não são vocês que se vão responsabilizar.

— Como podia escapar com uma criança no braço? — perguntou Maria Pavlovna.

— Não estou aqui para discutir com a senhora. Leve a criança, se quiser, e vamos embora.

— Posso entregar a menina? — perguntou o soldado.

— Pode, e depressa!

— Venha comigo — disse Maria Pavlovna à criança, procurando tomá-la nos braços.

Mas a menina só queria ir com o pai. Continuava a debater-se e a exalar-se em gritos.

— Espere, Maria Pavlovna. Ela me conhece, talvez queira vir comigo — disse Maslova, tirando do saco o pãozinho.

A criança de fato conhecia Maslova. Nem bem viu a moça parou de gritar, e se foi com ela.

Novamente houve silêncio. As portas abriram-se, os condenados saíram, enfileirando-se na parte de fora. Pela segunda vez, foram contados. Maslova, levando a criança no colo, trocou algumas palavras com Teodósia, que estava mais à frente.

De repente Simonson, que tinha assistido calado a toda a cena, com passo decidido foi ter com o oficial, já instalado no seu carro.

— Agiu mal, senhor oficial — disse ele.

— Vá para o seu lugar! Não tem nada a ver com isso!

— Meu dever é dizer-lhe a verdade. Repito que o senhor agiu mal! — continuou Simonson, cujo olhar, sob as sobrancelhas espessas, cravavam-se no comandante.

Este, encolhendo os ombros e dando as costas para Simonson, berrou:

— Todos prontos? Ordinário, marche!

O cortejo pôs-se a caminho, ao longo da estrada lamacenta, aberta entre dois fossos cheios de água.

III

Depois de oito anos da vida corrompida que levara, primeiro no regaço das prostitutas, depois entre criminosos, Maslova tinha de achar agradável a convivência com prisioneiros políticos, apesar de penosas as condições especiais em que se achava. As vinte *verstas* que marchava a pé, os repousos frequentes (um dia de repouso para dois de marcha), a alimentação boa e a possibilidade de dormir numa cama confortável davam-lhe novas forças e a remoçava. De outro lado, a intimidade com os novos companheiros revelava-lhe motivos de interesse e prazer de cuja existência jamais suspeitara.

Com efeito, além de nunca ter conhecido pessoas tão "extraordinárias" (segundo sua expressão) como aquelas mulheres, nem mesmo imaginara que tais revolucionárias pudessem existir. No começo estranhava os motivos que assim as fazia agir; mas logo os compreendeu e, com sua natureza ardente, passou a admirá-las. Vendo que elas tinham tomado o partido do povo contra a autoridade, e sabendo que pertenciam elas à classe que constituía a autoridade, só de pensar no sacrifício que, pelo povo, fizeram dos seus privilégios, da sua liberdade e até da própria vida, tornou-se-lhe ainda mais viva a admiração que sentia por elas.

Admirava a todos os seus novos companheiros, porém elevava Maria Pavlovna acima de todos eles. O que sentia pela moça era uma verdadeira paixão. Misto de respeito e entusiasmo. Desde o primeiro dia impressionou-se com parecer simples camponesa essa moça rica, instruída, filha de general, que distribuía dinheiro e roupas recebidas do pai, para vestir-se, não só sem luxo mas também de molde a disfarçar o mais possível a sua beleza. Mais tarde, entre todas as qualidades de Maria Pavlovna, mais se maravilhou Maslova com a ausência total de *coquetterie*. Não que ignorasse a sua própria beleza: Maslova até julgara perceber que a consciência de ser bela lhe dava prazer. Mas, em vez de alegrar-se com a impressão que causava aos homens com a sua beleza, tinha-lhes temor e experimentava verdadeira repulsa por tudo quanto de perto ou de longe se assemelhasse com o amor.

Os companheiros sabiam disso; e mesmo os que se sentiam atraídos escondiam os seus sentimentos; já era costume, no partido, tratá-la como a um rapaz, esquecendo-se dela o encanto. Mas, fora do partido, muitos homens a perseguiam com galanteios e ela recorria à força para se ver livre das insistências.

— Um belo dia — contava, rindo a Maslova —, eis que um cavalheiro se aproxima de mim, agarra-me o braço e não me larga de jeito nenhum. Então o sacudi de tal modo que ele teve medo e fugiu a correr.

Contou também a Maslova como se fizera revolucionária. Desde criança tinha pouca inclinação pela vida dos ricos. Sempre ralhavam com ela porque passava dias inteiros na copa, na cozinha, na estrebaria, em vez de ficar no salão.

— Assim como me divertia em companhia da cozinheira, me aborrecia com as senhoras. Cada dia achava mais estúpida a vida que me obrigavam a levar. Minha mãe morreu quando eu era pequena; meu pai pouco se incomodava comigo. Aos dezenove anos fugi de casa com uma amiga e fomos trabalhar numa fábrica.

Aliás, Maria Pavlovna ficou apenas algumas semanas nessa fábrica; foi depois morar no campo, de onde voltou para a cidade; começou com o serviço de propaganda e acabou presa e condenada aos trabalhos forçados. Ela não acrescentou, mas Maslova o soube por outro, que ela fora condenada por se declarar autora de um crime que, na realidade, não tinha cometido.

Maria Pavlovna nunca pensava em si mesma. Onde estivesse, e sem considerar as suas próprias condições, imaginava apenas os meios de ser útil aos outros. Um dos revolucionários, de nome Novodvorov, e também partícipe naquela leva, dizia brincando que ela se tinha dedicado inteiramente ao "esporte da beneficência". Era a pura verdade. Assim como a única preocupação do caçador é localizar a caça, o único objetivo daquela moça na vida era achar ocasião de ser útil. O esporte acabou-lhe sendo um hábito, tornou-se essencial à sua natureza. E praticava-o de modo tão singelo que os conhecidos não se admiravam mais e tiravam partido dela como se fosse isso muito natural.

Quando Maslova foi juntar-se ao grupo dos condenados políticos, Maria Pavlovna, no começo, sentiu certa repulsa. Maslova, porém, percebendo esse sentimento, também notava que a jovem, fazendo esforço, lhe dispensava maior consideração que aos demais. E a consideração partida de uma criatura que parecia superior não só a ela, Maslova, como a todos os outros, comoveu-a tanto que, daí por diante, dedicou-se com toda a alma à Maria Pavlovna. Adotou cegamente todas as suas ideias e, sem querer, sonhava em parecer-se com ela em tudo.

Maria Pavlovna ficou enternecida com essa grande afeição e, do seu lado, também dedicou amizade a Maslova. Além disso ambas tinham em comum um sentimento que as unia: a aversão pelo amor sexual. A única diferença era que Maslova sentia tal aversão porque lhe conhecia todos os horrores, enquanto que Maria Pavlovna, sem os conhecer, considerava-os uma coisa ao mesmo tempo baixa e incompreensível, um obstáculo contra a realização do ideal humano que se formara para si.

IV

A profunda influência de Maria Pavlovna sobre Maslova originava-se, pois, no amor desta para com aquela. Mas havia também outra influência benéfica sobre o espírito da Maslova: a influência de Simonson, que por ela se tinha apaixonado.

Todo homem vive e age seguindo em parte as próprias ideias, em parte levado pelas ideias dos outros. E uma das principais diferenças entre os indivíduos consiste na proporção das ideias próprias para com as alheias, nas quais se inspirem. Uns se limitam quase sempre a utilizar os seus próprios recursos como uma espécie de jogo; empregam a razão como quem faz girar as rodas de uma máquina, quando se lhes retira a correia de transmissão: nas circunstâncias importantes da vida, como nos detalhes dos atos mais banais, apelam para o pensamento de outrem, a que eles chamam "uso", "tradição", "conveniências" ou "lei". Outros, pelo contrário — e são poucos —, consideram o próprio pensamento o principal guia de conduta: esforçam-se, na medida do possível, para agir de acordo com a razão. Simonson pertencia a esta segunda espécie de homens. Aconselhava-se apenas com o próprio pensamento; e, decidindo o que devia ser feito, havia de cumprir.

Afirmando-lhe a sua razão, quando ainda estava no colégio, que a fortuna do pai, um rico magistrado, tinha sido injustamente adquirida, declarou logo que essa fortuna devia ser restituída ao povo. Mas, como o juiz, em vez de lhe dar atenção, o repreendeu, ele deixou a casa paterna e jurou jamais gozar das vantagens da sua condição.

Deduziu, em seguida, que o mal da Rússia estava na ignorância do povo; em consequência, ao sair da Universidade, foi ser professor numa aldeia, a fim de explicar, não só aos alunos como a todos os camponeses o que achava que eles deviam saber.

Por isso foi preso e julgado.

No momento de comparecer diante do tribunal, achou que os juízes não tinham o direito de julgá-lo; e não perdeu a ocasião de lhes dizer. Como os juízes, não lhe admitindo a tese, continuaram no propósito de julgar, ele resolveu não responder; e, de fato, não disse mais uma só palavra até o final da audiência. Reconhecido culpado, foi condenado à deportação para uma pequena cidade do governo de Archangelsk.

No exílio idealizou uma doutrina religiosa que, desde então, dirigia toda a sua conduta. Essa doutrina admitia que tudo no universo vive, que a morte não existe; que todos os objetos que nos parecem inanimados são partes de um grande todo orgânico; e que, em consequência, o dever do homem é manter a vida desse grande organismo em todas as suas peças.

Concluía que era crime atentar contra a vida, sob qualquer forma: não admitia pois a guerra, as prisões, o sacrifício dos animais. Tinha também uma teoria própria sobre o casamento e as relações sexuais. Considerava estas relações inferiores, e dizia que a preocupação de gerar crianças (o amor, para ele, reduzia-se a isso) tinha por efeito desviar-nos de uma finalidade mais útil e digna de nossos cuidados, qual fosse socorrer os seres já vivos, e assim tornar mais perfeita a harmonia do universo. Os homens superiores, segundo ele, evitando as relações sexuais, comparavam-se aos glóbulos brancos do sangue, cujo destino é auxiliar o organismo nas suas partes enfermas. E, desde que formulou essa teoria, conformou a ela os seus atos, depois de ter agido de maneira bem diversa na mocidade.

O amor que agora sentia por Maslova podia não estar de acordo com os seus princípios; todavia deduziu não haver um verdadeiro desacordo, visto como pretendia dar a Maslova um amor todo fraternal; e dizia a si mesmo que tal amor, longe de estorvá-lo na sua missão de benfeitor da humanidade, pelo contrário, só podia encorajá-lo.

Mas, com tudo isso, Simonson era por natureza de uma timidez extraordinária. Evitava salientar-se, mostrar as suas qualidades, impor suas opiniões. Mas decidira fazer uma coisa e ninguém mais conseguia demovê-lo.

Tal o homem que se apaixonara profundamente pela Maslova. Esta, com o instinto feminino, adivinhou-o logo. E a ideia de ter inspirado amor a um homem tão "extraordinário" elevou-a no conceito de si mesma. Quando Nekhludov lhe propôs casamento, ela compreendeu logo que era por magnanimidade e para reparar a sua falta; agora, porém, Simonson a amava tal como era, e amava-a simplesmente porque a amava.

Amando-a tanto assim, Simonson devia considerá-la uma mulher diferente das outras, com qualidades morais que as outras não tinham. Maslova não conseguia atinar com elas, mas, a fim de justificar a alta opinião que ele tinha da sua pessoa, ela esforçava-se, por todos os meios, para incentivar os melhores sentimentos que era capaz de imaginar. De maneira que, sob a influência de Simonson, fazia o possível para tornar-se tão perfeita quanto a sua natureza lhe permitia.

Há muito tempo que aquilo começara. No pátio da prisão, Maslova tinha notado a insistência com que a fitavam os olhos azuis e ingênuos do prisioneiro de capa de borracha. E, desde então, compreendeu que o homem que a olhava de um modo tão diferente devia ser algum personagem bizarro; e observou o extraordinário contraste no mesmo rosto: a severidade austera sob as sobrancelhas escuras e a doçura infantil que se escoava dos olhos.

Mais tarde, em Tomsk, quando transferida para a seção dos prisioneiros políticos, Maslova viu de novo o seu estranho apaixonado. Embora nenhuma palavra fosse pronunciada entre eles, o modo de se olharem bastou para uni-los em uma amizade especial. Nos dias que se seguiram também não houve entre ambos uma conversa mais íntima; porém Maslova percebia que Simonson, quando falava em sua presença e se dirigia a ela, esforçava-se por falar o mais devagar e do modo mais claro possível para que o compreendesse. Ela o escutava com alacridade; e ele não se cansava de falar-lhe, principalmente durante as longas caminhadas que faziam a pé, atrás das filas dos condenados comuns.

Capítulo II

I

Durante o longo trajeto até Perm, Nekhludov só pôde ver Maslova duas vezes: primeiro, em Nijni-Novgorod, no locutório da prisão, através de grades; a segunda vez, em Perm, igualmente na prisão. Em ambas as visitas, encontrou-a silenciosa e reservada. Quando lhe perguntou se não precisava de nada, ela lhe respondeu num tom ríspido e constrangido, que lembrava o modo hostil dos primeiros tempos de prisão. Afligia-se ele com essa disposição de espírito, pois não sabia que a causa principal era a constante irritação da Maslova ante a insistência de que era alvo por parte dos prisioneiros e dos soldados. Receava que, sujeita a condições penosas e imorais, ela não caísse no antigo estado de desânimo e de ódio de si mesma e dos outros. Temia que começasse a detestá-lo novamente e fosse procurar esquecimento na bebida e no fumo. Mas nada podia fazer em seu auxílio, pois os chefes do comboio opunham-se rigorosamente a toda tentativa. Só quando conseguiu obter a transferência da moça para a seção dos prisioneiros políticos, descobriu o quanto era infundado o seu receio. Desde a primeira entrevista que tiveram a sós, em Tomsk, encontrou-a tal como nas últimas visitas à prisão. Em vez de constranger-se na sua presença, ou mostrar atitude dissimulada, acolheu-o com alegria sincera, agradecendo-lhe insistentemente tudo o que fez e fazia por ela.

Nekhludov observou até mesmo que a mudança que se operava em sua alma começara a refletir-se na aparência exterior. Depois de dois meses de marcha, ela tinha emagrecido, a pele estava-lhe tisnada e as rugas ao redor dos olhos e da boca tinham-se acentuado; e no modo de vestir e de pentear, nada restava da faceirice antiga.

Semelhante transformação dava a Nekhludov um prazer cada vez mais vivo.

O sentimento que agora experimentava por Maslova era completamente novo. Nada tinha de comum com o seu primeiro entusiasmo juvenil, nem com a sensualidade que o dominou mais tarde, e, menos ainda, com o sentimento paradoxalmente nobre e egoísta que sentiu quando, ao rever Katucha, se decidiu a reparar sua falta, desposando-a. Esse nóvel sentimento continuava-lhe o mesmo, misto de piedade e ternura que muitas vezes o invadira nas visitas anteriores, mas, com esta diferença: antes se originava mais de um esforço e aparecia com intervalos, enquanto que agora vinha natural e constante. Em todos os seus atos e pensamentos o coração estava-lhe sempre cheio de piedade e de ternura por Maslova.

E este novo sentimento, como o seu primeiro amor, abria na alma de Nekhludov os tesouros da piedade e da ternura aí colocados pela natureza, mas que durante longos anos estiveram fechados.

Com efeito, desde o começo da viagem, Nekhludov se achava num estado de exaltação sentimental que o forçava, de certo modo contra a sua vontade, a interessar-se pelos pensamentos e pelas emoções de todas as pessoas que encontrava, fossem cocheiros e soldados de comboio ou diretores de prisões e oficiais de polícia.

A transferência de Maslova para a seção de presos políticos ofereceu a Nekhludov ocasião de conhecer diversos desses condenados, principalmente os que faziam parte do grupo de Maslova, cinco homens e quatro mulheres. As relações de Nekhludov com esses condenados modificou completamente a opinião que tinha a seu respeito, assim como a respeito do partido revolucionário russo em geral.

Desde o início do movimento revolucionário na Rússia, Nekhludov tinha pronunciada aversão pelos seus chefes. Detestava principalmente a crueldade e a dissimulação dos meios que empregavam na luta contra a autoridade, nas conspirações, nos atentados. E também se indignava com arrogância, a satisfação íntima, a insuportável vaidade que, no seu juízo, caracterizavam a maioria dos revolucionários. Mas, quando conheceu de perto e quando presenciou o modo como os tratavam as autoridades, compreendeu que tinham razão de ser o que eram.

Por absurdas e horríveis tanto antes como depois do julgamento, eram aparentemente legais as torturas infligidas aos que se convencionou chamar criminosos vulgares, enquanto que no trato aos presos políticos faltava até mesmo essa aparência. Aliás, Nekhludov já o verificara em São Petersburgo, no caso de Ohoustova; agora tudo se esclarecia, ao ouvir a narrativa dos companheiros de Katucha. Ficou sabendo que aplicavam a esses infelizes o critério comum dos pescadores: estes, atirando à margem todo o peixe colhido na rede, catam os graúdos e bons, e não se preocupam com os miúdos, a que deixam a perecer na areia. Assim procedia a polícia na caça aos revolucionários: agarravam ao acaso centenas de indivíduos, muitos deles manifestamente inocentes; conservavam-nos todos presos durante anos; uns ficavam tuberculosos, outros enlouqueciam, outros se matavam. E assim os deixavam, simplesmente porque não tinham motivos para os soltar, ou porque achavam mais fácil tê-los à mão, no caso de poderem prestar algum depoimento. A sorte dessas criaturas, mesmo sob o ponto de vista estritamente legal, dependia do lazer, do capricho ou da disposição de um oficial de polícia, de um procurador, um juiz de instrução, um governador ou um ministro. De duas, uma: ou um desses funcionários era "zeloso" ou então preferia viver tranquilo; no primeiro caso prendia em massa os indivíduos suspeitos; no segundo, deixava-os livres a todos. E, se prendiam, conservavam-nos presos ou os soltavam. Igualmente, a decisão dos governadores e ministros dependia apenas do arbitrário: pelos mesmos delitos uns eram deportados para os confins do mundo, outros se trancafiavam nas celas ou rumavam para os trabalhos forçados; mas outros se libertavam quando alguma dama elegante se dignava interessar-se por eles.

Procediam com aqueles desgraçados como se fossem inimigos em tempos de guerra; eles reagiam da mesma forma. Do mesmo modo como, nos tempos de guerra, os soldados e oficiais se sentem autorizados pela opinião geral a cometer atos que em tempos de paz são considerados criminosos, assim também os revolucionários na sua luta julgavam-se acobertados pela opinião do seu grupo, que transforma em atos nobres e morais os atos de crueldade cometidos ao preço da liberdade e da vida, daquilo que é mais caro à maioria dos homens.

Era esta a explicação que Nekhludov dava ao fenômeno extraordinário — que pessoas excelentes, incapazes não só de causar sofrimento, mas também de presenciá-lo, pudessem preparar-se tranquilamente para a violência e para o crime, e no entanto professassem a nobreza de tais atos, considerando-os meios de defesa ou então instrumento útil à realização do ideal de felicidade dos homens. E, quanto à alta opinião que os revolucionários tinham de sua obra e, por conseguinte, de si mesmos, tal opinião derivava naturalmente da importância que os seus adversários lhes atribuíam e da crueldade empregada ao combatê-los; sem contar que os infelizes eram obrigados a conservar essa ideia, o único incentivo para tolerarem a sua vida de sacrifícios.

Conhecendo-os de perto, Nekhludov convenceu-se de que não eram nem malfeitores perigosos, como acreditavam alguns, nem heróis perfeitos, como imaginavam outros, mas simplesmente seres humanos; uns bons, outros maus, e, na maior parte, medíocres. Alguns entre eles se tornaram revolucionários julgando que deviam combater o mal; outros, por motivos egoístas, ambição ou vaidade; mas, na maior parte, levados pelo sentimento que Nekhludov compreendia muito bem, já que o experimentara na campanha contra os turcos — o sentimento que incita os jovens a desejar o perigo, expor-se a riscos, a variar com aventuras a monotonia da vida. Segundo Nekhludov, a principal diferença entre os condenados políticos e a maioria dos homens estava na concepção mais elevada da obrigação moral. Para os condenados, o dever não implicava somente resistência à fadiga e às privações, à franqueza, ao desinteresse; mas também o sacrifício de todos os bens da própria vida, pelo ideal comum. Daí a razão por que entre eles havia tipos notáveis de elevação moral, tipos acima do nível comum, enquanto que os de nível aquém possuíam acentuada inferioridade por causa do contraste entre o ideal que professavam e os próprios atos. Esta é a razão por que Nekhludov dedicou grande amizade a alguns dos presos que seguiam com Maslova, enquanto que outros, pelo contrário, só lhe inspiravam indiferença e antipatia.

II

Nenhum dos condenados do grupo de Maslova agradava tanto a Nekhludov como um rapaz tuberculoso de nome Kriltzov. Nekhludov, que já o conhecia de vista do locutório da prisão, foi apresentado a ele em Ekaterinenburgo; desde então teve muitas ocasiões de falar-lhe. Certo dia, que era de repouso, passou quase toda a manhã em sua companhia, e Kriltzov, com disposição para falar, contou-lhe a sua história.

Era, aliás, bem curta, pelo menos até a sua prisão. Era filho único. Tinha perdido o pai muito cedo, um rico proprietário nas imediações de Kiev. A mãe educou-o. Primeiro no colégio, depois na universidade, onde fez brilhante curso, alcançando sempre o primeiro lugar em todos os exames e, aos vinte anos, era considerado um matemático de grande valor. Seus professores o aconselhavam a completar os estudos no estrangeiro a fim de tornar-se professor da universidade. Mas Kriltzov hesitava — amava uma jovem, vizinha de sua mãe, que morava no campo. Pensava em casar-se com ela e viver nas suas propriedades. Mas nesse meio-tempo os colegas de universidade pediram-lhe dinheiro para "uma obra comum", como a chamavam. O rapaz não ignorava que essa "obra comum" fosse obra revolucionária, mas não se interessava por ela; todavia deu o dinheiro por senso de camaradagem e também um pouco por orgulho, para não dizerem que estava com medo. O dinheiro foi apreendido pela polícia; havia um papel onde figurava o seu nome como doador. Foi detido e encarcerado.

— O regime da prisão — continuou ele — não era relativamente severo. Não só podíamos fazer sinais, como também nos encontrarmos no corredor, conversar, repartir entre nós provisões e fumo e, à noite, cantar em coro. Eu tinha uma bela voz e gostava muito dessa cantoria. Se não fosse a tristeza de minha mãe, seria perfeitamente feliz. Conheci muitos tipos interessantes, entre eles o célebre Petrov, que mais tarde cortou a garganta com um caco de vidro. Mas, continuava não sendo revolucionário, e sem disposição alguma para me alistar.

"Um dia deram entrada na prisão dois rapazes que foram para a cela vizinha. Enviados à Sibéria por terem distribuído proclamações polonesas, tinham tentado fugir no trajeto. Um deles era polonês, Lozinski; o outro, de nome Rosenberg, era de origem judaica. Este Rosenberg era ainda criança. Pretendia ter dezessete anos, mas via-se que não passava dos quinze. Pequeno, magro, com olhos negros cheios de fogo, irrequieto, tagarela e, como todos os judeus, ótimo músico. Sua voz não tinha ainda mudado, era um prazer ouvi-lo cantar.

"Ambos foram julgados alguns dias depois da chegada à prisão. Vieram buscá-los de manhã; à noite, quando voltaram, contaram que tinham sido condenados à morte. Ninguém esperava por isso, porque embora resistissem quando foram agarrados, não chegaram a ferir ninguém. Depois, nenhum de nós podia imaginar que fossem condenar à morte uma criança como Rosenberg. Assim, todos na prisão acharam que a condenação tinha por intuito assustá-los e nada mais. A emoção provocada por esse acontecimento acabou por acalmar-se, e nossa vida recomeçou como antes.

"Mas, eis que um dia o carcereiro se aproxima de mim e me anuncia, em grande segredo, que os operários tinham vindo preparar a forca. A forca? Que forca? O velho, porém, estava tão comovido que bastava olhar o seu rosto para compreender tudo. Quis fazer sinais, prevenir os companheiros, mas receei que os meus dois vizinhos entendessem. Aliás, todos já deviam estar prevenidos, pois nos corredores e nas celas fez-se repentinamente um silêncio de morte. Nessa noite ninguém teve ideia de cantar e nem mesmo de falar.

"Pelas dez horas o velho carcereiro veio me contar que o carrasco estava para chegar de Moscou. Disse isso e afastou-se. Eu o chamava para perguntar outros detalhes; quando ouvi Rosenberg gritar de sua cela: 'O que há? Por que está você chamando o guarda?' Respondi que era para lhe pedir tabaco; mas Rosenberg evidentemente desconfiava de alguma coisa, pois perguntou, com voz inquieta, por que não tínhamos cantado e estávamos todos quietos. Não me lembro do que respondi. Só sei que fingi ter adormecido, para não dizer nada.

"Mas não pude dormir aquela noite. Que noite medonha! Nunca poderei esquecer! Fiquei imóvel sobre o leito, atento ao menor ruído, tremendo como se fosse comigo. Ao amanhecer, ouvi abrirem-se as portas do corredor e numerosos passos se aproximarem de nós. Levantei-me, precipitei-me para o postigo da cela. O corredor estava frouxamente iluminado por um pequeno lampião. Vi passar, primeiro, o diretor da prisão. Era um homem gordo, de cabeça alta, sempre satisfeito consigo mesmo; mas nesse dia estava pálido, cabisbaixo, e com o olhar fixo no chão. Atrás dele vinha um oficial de polícia e dois soldados. Os quatro passaram diante de minha cela e pararam um pouco além. Ouvi o oficial exclamar com voz estranha: 'Lozinski, levante-se e vista uma camisa limpa!' Depois, um grande silêncio; em seguida o ruído de uma porta se abrindo, os passos de Lozinski saindo da cela. Pela abertura eu via apenas o diretor. Ali estava, pálido e desfigurado, alisando o bigode sem levantar a cabeça. De repente, vi-o recuar, aterrado. Era Lozinski que passava na sua frente, para aproximar-se da minha porta. Belo rapaz, aquele Lozinski! Era desse tipo atraente de polonês: a testa larga e direita, cabelos louros e finos que saíam do boné, e belos olhos azuis, como os de uma criança. Moço cheio de vida e saúde, uma verdadeira flor da espécie humana! Parou diante do postigo de jeito que eu podia ver bem o seu rosto. Era terrível olhar para a sua fisionomia ao mesmo tempo sorridente e sombria. 'Kriltzov, tem um cigarro?' Quis entregar-lhe um cigarro, mas o diretor, adiantando-se com gesto febril, puxou a cigarreira e apresentou-lha. Lozinski tirou um cigarro, o oficial ofereceu-lhe fogo; ele se pôs a fumar, pensativo. De repente, levantando a cabeça, como se recordasse: 'É injustiça! Nada fiz de mal. Eu...' Um estremecimento sacudiu sua garganta, de onde eu consegui desviar os olhos; e ele calou-se.

"No mesmo instante, comecei a ouvir os gritos de Rosenberg, com a sua vozinha aguda de judeu. Lozinski jogou o cigarro e afastou-se da minha porta. Rosenberg então parou aí. Seu rosto de criança, com os pequenos olhos pretos, estava vermelho e coberto de suor. Ele também tinha vestido uma camisa limpa. A calça era grande demais: ele não parava de suspendê-la com as mãos; e o seu corpo não parava de tremer.

"O seu rostinho espantado chegou bem perto do postigo. 'Anatólio Petrovitch, não é verdade que o médico me mandou tomar chá? Estou doente, preciso beber chá!' Ninguém respondia, e ele lançava olhares suplicantes, ora para mim, ora para o diretor. O que queria dizer com o chá, nunca pude saber.

"O oficial novamente elevou a voz, desta vez num tom severo: 'Vamos e nada de brincadeiras. Para a frente!' Rosenberg evidentemente não estava em estado de compreender o que iam fazer dele. Primeiro começou a correr pelo corredor; depois parou. E eu ouvi as suas súplicas, entremeadas de soluços. Aos poucos, os seus sons foram-se afastando, se afastando, a porta do corredor tornou a fechar-se, e nada mais ouvi, a não ser os gritos espaçados de desespero do pequeno Rosenberg.

"E os enforcaram. Outro carcereiro que esteve presente contou-me que Lozinski não protestou, mas que Rosenberg debateu-se durante muito tempo, de modo a ser preciso levá-lo até o cadafalso e colocar-lhe à força a corda no pescoço. Esse guarda era um homem baixote, embrutecido pela bebida. Disseram-me que foi horrível de se ver, *barine*! Mas qual! Nem bem puseram a corda, eles fizeram duas vezes um movimento com os ombros. Então o carrasco apertou o nó e estava tudo acabado. Nada de terrível, posso lhe afirmar!"

Durante muito tempo Kriltzov ficou em silêncio, depois de terminar a sua narrativa. Nekhludov viu que as mãos lhe tremiam e que fazia esforço para conter os soluços.

— Desde esse dia, tornei-me revolucionário! — continuou, já mais calmo. E contou o fim da sua história.

Afiliou-se ao partido dos "populistas" e tornou-se chefe de um grupo cujo objetivo era atemorizar o governo, obrigando-o a renunciar e apelar para o povo. Em nome desse grupo foi a São Petersburgo, viajou pelo estrangeiro, voltou para Kiev e, em seguida, a Odessa, sempre agindo sem ser perturbado. Denunciou-o um companheiro de absoluta confiança. Prenderam-no durante dois anos e finalmente foi condenado à morte, mas a pena foi comutada para as galés perpétuas.

Contraiu tuberculose na prisão. E, nas condições em que se achava no momento, tinha apenas alguns meses de vida. Sabia disso, mas não demonstrava tristeza. Dizia a Nekhludov que, se lhe dessem uma segunda vida, dedicá-la-ia igualmente a esse fim: destruir uma ordem de coisas que permitia tanta injustiça e crueldade.

E a história daquele infeliz, assim como a sua pessoa, deu a explicação de muita coisa, que até então Nekhludov não compreendia.

III

Naquela manhã da discussão entre o oficial e o pai da menina, Nekhludov, que tinha dormido na hospedaria, levantou-se mais tarde que de costume: ainda teve de escrever numerosas cartas, de modo que partiu atrasado para alcançar o comboio, como nos dias precedentes. Quando chegou à aldeia próxima, onde ia parar o cortejo, já começava a escurecer.

Nekhludov dirigiu-se primeiramente à hospedaria. Depois de mudar a roupa — pois o nevoeiro o tinha molhado até os ossos —, sentou-se numa grande sala limpa e agradável, cheia de imagens de santos e retratos da família imperial. Bebeu diversas xícaras de chá; aguentou sem muita impaciência a tagarelice da hoteleira, uma viúva gorda, de busto avantajado, e preparou-se para sair, a fim de pedir ao chefe do comboio permissão para ver Maslova.

Nos seis últimos dias haviam-lhe recusado o pedido. Pôde trocar algumas palavras com Maslova e os companheiros no trajeto, mas nenhuma vez lhe foi permitido entrar no acampamento. Esperavam a visita de um alto funcionário, inspetor das prisões, daí tal severidade. Mas o inspetor veio finalmente, ou antes, passou perto do comboio, sem dignar-se parar. Nekhludov esperava pois que o novo comandante, como os seus predecessores, o autorizassem a penetrar no alojamento dos presos políticos.

A hoteleira tinha-se oferecido para chamar um carro que levasse Nekhludov até o acampamento, situado no lado oposto da aldeia: mas ele preferiu ir a pé. Um rapazote de ombros largos, com as botas altas besuntadas de breu, foi incumbido de o acompanhar. O nevoeiro ficou tão espesso ao cair da noite que Nekhludov não discernia o guia caminhando a dois passos na sua frente; ouvia somente o ranger das botas enterrando-se na lama viscosa e funda. Ao deixar a longa rua onde brilhava uma ou outra luz, a escuridão tornou-se mais completa; porém, logo adiante, Nekhludov distinguiu o clarão das lanternas no portão do acampamento. As duas manchas vermelhas foram-se aproximando, até que por fim Nekhludov pôde divisar o muro estacado, a guarita da sentinela e a própria sentinela de pé, na porta, com o fuzil no ombro.

Este lançou na escuridão o regulamentar "Quem vem lá?" e, vendo que os recém-chegados não pertenciam ao comboio, preveniu-os severamente de que era proibido não só o ingresso de pessoas estranhas, como também o estacionamento ao longo dos muros. Mas o guia de Nekhludov não se amedrontou com a braveza.

— Olhem o bicho papão! — disse ele. — Vá chamar o cabo enquanto esperamos aqui.

O soldado, voltando-se para dentro, chamou por alguém; depois continuou a montar guarda, olhando para o rapaz que limpava com folhas apanhadas no chão as botas de Nekhludov cobertas de lama. Do lado dos muros chegava um burburinho confuso de vozes misturadas com risos.

No fim de três minutos, abriu-se a porta. Das trevas surgiu, bem iluminado pelo reflexo das lanternas, um velho oficial, que perguntou o que queriam dele. Nekhludov entregou-lhe o seu cartão de visita, pedindo fosse dizer ao comandante que desejava tratar de um assunto pessoal.

O velho suboficial era menos severo que o seu subordinado; mas em compensação era muito curioso: fez questão de saber por que Nekhludov desejava falar com o oficial, donde vinha, quem era. Ou então porque simplesmente calculou as possibilidades de uma boa gorjeta, em troca da sua condescendência. Afinal, só depois de Nekhludov prometer recompensá-lo, caso conseguisse falar com o oficial, resolveu-se ele a levar o cartão. Sacudiu então a cabeça e foi correndo.

Enquanto Nekhludov e o rapaz esperavam, a porta abriu-se novamente para dar passagem a um grupo de mulheres carregando cestas, sacos, potes e garrafas. Falavam sem parar e muito depressa, com o harmonioso sotaque siberiano. Todas vestiam peliça curta que as tornava mais parecidas com burguesas da Cidade; mas traziam lenço na cabeça e a saia estava levantada bem acima, descobrindo-lhes as pernas até os joelhos. Examinaram curiosamente Nekhludov e o rapaz à luz das lanternas. E uma delas, visivelmente encantada de encontrar ali o rapaz de ombros largos, começou a injuriá-lo por brincadeira, à moda siberiana.

— E tu, ó porco, que fazes aí?

— Acompanho um estrangeiro — respondeu o moço. — O que trouxeste para eles?

— Trouxe queijo. Mas disseram que só amanhã.

— E ninguém insistiu para que dormisses aí? — perguntou maliciosamente o guia.

— Por quem me tomas, cabeça de porco? — respondeu a mulher a rir. — Vem para a vila conosco, assim nos farás companhia.

O rapaz respondeu qualquer coisa que provocou o riso não só das mulheres como até do solene guarda. E dirigindo-se a Nekhludov:

— O senhor achará sem mim o caminho? Não se vai perder?

— Não, não, pode ficar tranquilo.

— Quando passar a igreja, é a terceira porta depois do sobrado grande. E tome o meu chicote.

Entregou a Nekhludov uma varinha longa e fina, e sumiu-se na escuridão em companhia das mulheres, com o ruído peculiar de suas botas na lama.

Nekhludov ouvia ainda o riso e as vozes das mulheres, quando o velho suboficial, sorrindo amavelmente, veio-lhe anunciar que o comandante estava disposto a recebê-lo.

IV

O acampamento era disposto como quase todos os acampamentos disseminados pela rota da Sibéria. Ao centro de uma área cercada de estacas, levantavam-se três edifícios térreos, no maior, de janelas gradeadas, alojavam-se os prisioneiros; no outro, os soldados, no terceiro estava instalado o escritório, e também servia de morada ao comandante da escolta.

Nessa noite as janelas dos três edifícios estavam vivamente iluminadas; as luzes, vistas por fora, davam a ideia de que no interior devia reinar um bem-estar quente e tranquilo. Além disso havia duas lanternas diante de cada escada e, no pátio, brilhavam outras cinco.

O suboficial conduziu Nekhludov por um caminho de tábuas enterradas na lama, até a escada do edifício menor. Fê-lo subir uns três degraus, e entraram ambos numa sala de espera, onde sufocava o cheiro de carvão. Um soldado, com uma camisa de pano grosso, estava inclinado perto do fogão, a soprar com toda a sua força um samovar.

Ao avistar Nekhludov, endireitou-se e correu até a porta da sala vizinha.

— Ele já chegou, Excelência.

— Pois bem, faça-o entrar! — respondeu uma voz irritada.

— Tenha a bondade de entrar — disse o soldado a Nekhludov; e imediatamente recomeçou a soprar.

No cômodo em que Nekhludov entrou, uma grande sala de jantar, iluminada por uma lâmpada suspensa do teto, o comandante da escolta estava sentado à mesa, mas já tinha terminado a ceia. Era o homenzarrão de bigodes louros que pela manhã esmurrava um dos prisioneiros. Para ficar mais à vontade, desabotoara os alamares do paletó e, pela camisa entreaberta via-se-lhe o pescoço e o peito.

A atmosfera da sala, excessivamente aquecida, estava impregnada de tabaco e álcool.

Ao ver Nekhludov o oficial levantou-se.

— Em que posso ser útil? — perguntou. E, sem esperar resposta, bradou para a sala de entrada. — Bernov! E esse samovar, é para hoje?

— Já vai, Excelência.

— Espere um pouco que lhe ensino...

— Aqui está, Excelência — disse humildemente o soldado, trazendo o samovar.

O oficial pôs as folhas de chá no samovar e tirou do armário uma garrafa de *cognac* e uma lata de biscoitos.

Só depois se voltou novamente para Nekhludov.

— Em que posso servi-lo?

— Desejava autorização para falar com uma prisioneira — disse Nekhludov, que permanecia de pé.

— Uma "política"? A lei não permite.

— Essa mulher não é condenada política... — começou Nekhludov.

— Mas faça o favor de sentar-se!

Nekhludov sentou-se.

— Não é condenada política — recomeçou ele. — Mas, a meu pedido, foi autorizada a alojar-se entre os presos políticos.

— Ah! Já sei. Uma moreninha? É bem galante, palavra! Pois seja, pode ir vê-la. Quer fumar?

Ofereceu a Nekhludov o maço de cigarro e, empunhando para a frente deste uma xícara, serviu-lhe chá.

— Obrigado, eu queria...

— Tem tempo, a noite é comprida. Vou mandar chamá-la.

— Não seria possível eu ir vê-la?

— No alojamento dos "políticos"? É proibido.

— Já me deixaram entrar diversas vezes. Se receiam que eu traga alguma coisa, podem revistar-me.

— Está bem, está bem. Tenho confiança no senhor — disse o homem enchendo um copo de *cognac* para Nekhludov. — Não aceita *cognac*? Como queira! Quando se vive nesta maldita Sibéria é um prazer conversar com gente civilizada. Como vê, nossa profissão é dura. E o pior é que todo o mundo nos tem na conta de ignorantes, grosseiros, mal-educados! Nem sonham que possam existir homens de outra espécie entre nós!

O rosto vermelho, o hálito de bêbedo, o anelão no dedo e, sobretudo, o riso grosseiro daquele homem enojavam o príncipe. Nessa noite, porém, como durante toda a viagem, encontrava-se nesse estado de espírito sério e recolhido, que não permite julgar-se levianamente qualquer pessoa e ordena dizer-se apenas as coisas que devem ser ditas. Quando o oficial terminou as suas queixas, ele replicou gravemente.

— Presumo que o senhor, dentro de suas atribuições, poderia encontrar grande consolo, procurando suavizar os sofrimentos dos prisioneiros.

— Que sofrimento? Bem se vê que o senhor não conhece esta espécie de gente!

— Então é uma espécie diferente? — perguntou Nekhludov. — São gente como nós. E muitos deles são condenados injustamente.

— Sem dúvida, há de tudo. E tenho pena deles, pode acreditar. Os meus colegas, em geral, não lhes perdoam nada. Eu, em todo caso, faço o possível para melhorar-lhes a sorte. Muitas vezes me exponho a penalidades, a fim de poupar-lhes sofrimentos. Mais um pouco de chá? — perguntou, servindo-se novamente. — Mas quem é realmente essa mulher que deseja ver?

— É uma infeliz! Foi condenada injustamente por homicídio. Tem ótimas qualidades!

O oficial balançou a cabeça.

— Acredito. Há muitas assim. Em Kazan, por exemplo, conheci uma. Chamava-se Ema. Era húngara de nascimento, mas tinha olhos de persa. — Sorriu a essa lembrança. — E bem elegante, mais parecia uma condessa...

Nekhludov interrompeu-o, para continuar o seu assunto.

— Suponho que o senhor poderia melhorar bastante a situação destes infelizes. E estou certo de como encontraria nisso grande felicidade.

O oficial fixava em Nekhludov os olhos brilhantes. Esperava impaciente o fim do sermão para continuar a história da húngara de olhos de persa.

— É verdade, o senhor tem toda a razão — interrompeu ele. — Não calcula até que ponto os lastimo. Mas voltando à tal Ema, sabe o que ela fez?

— Não sei e nem quero saber! — falou Nekhludov, num tom que não tolerava réplica. — E digo-lhe com franqueza que depois de ter levado uma vida bem imoral, hoje em dia tenho verdadeiro horror a esse gênero de aventuras!

O oficial examinou o príncipe, meio inquieto.

— Não quer mesmo um pouco mais de chá?

— Não, obrigado.

— Bernov! — gritou o oficial. — Acompanhe este senhor e diga ao chefe da guarda que o deixe entrar no quarto dos "políticos". Que fique até o toque de recolher!

V

Nekhludov, conduzido pelo soldado, encontrou-se novamente no pátio onde luziam, aqui e ali, as lanternas vermelhas.

— Para onde vai? — perguntou um guarda que se achava na escada do pavilhão central.

— Até a quinta sala — respondeu o soldado.

— Por aqui está fechado. É preciso dar a volta.

— Fechado? Por quê?

— O chefe da guarda saiu e levou a chave.

— Paciência, daremos a volta. É por aqui.

O soldado conduziu Nekhludov até outra escada, através de um verdadeiro charco. Ouvia-se continuamente o mesmo barulho de gritaria e risos. E logo que Nekhludov entrou, pôde distinguir também o som de correntes arrastadas, enquanto as narinas se enchiam de um forte mau cheiro.

Nekhludov já estava habituado a essas duas sensações: ruído de cadeias e mau cheiro; mas, nessa noite, como desde o primeiro momento em que passou a frequentar os prisioneiros, agiam de modo irresistível sobre ele, dando-lhe uma impressão estranha de sufocação ao mesmo tempo física e moral.

No corredor do edifício central, o primeiro espetáculo que se apresentou aos olhos de Nekhludov foi o de uma mulher, com a saia erguida e calmamente sentada sobre a tina de despejo. Com a maior sem-cerimônia, a criatura conversava com um prisioneiro, que, ao avistar Nekhludov, piscou o olho e disse:

— Nem o *tsar* pode deixar de fazer isso quando sente vontade.

As portas dos quartos abriam-se todas para o corredor. O primeiro era destinado aos prisioneiros acompanhados da família; em seguida vinha o dos solteiros; e, na extremidade do corredor, duas pequenas salas, onde se alojavam os prisioneiros políticos.

O edifício, cuja lotação era de 150 pessoas, abrigava nessa noite mais de quatrocentas, de modo que os prisioneiros, por falta de espaço, atravancavam o corredor, uns sentados ou deitados pelo chão e outros andando de um lado para outro, segurando xícaras de chá.

Entre eles se achava Tarass, o marido de Teodósia. Veio ao encontro de Nekhludov e o cumprimentou afetuosamente. Seu rosto estava cheio de manchas escuras e tinha um dos olhos vendado.

— O que aconteceu? — perguntou Nekhludov.

— Uma pequena discussão — respondeu, sorrindo, o rapaz.

— São loucos por uma briga! — anunciou o guarda que acompanhava o príncipe.

— E tudo por causa de mulheres! — acrescentou um prisioneiro que passava. — Ainda teve sorte de conservar um olho, o marido de Fedka.

— E Teodósia não ficou também ferida?

— Não, ela está muito bem. Vou levando este chá para ela! — disse Tarass, entrando no quarto.

Nekhludov lançou um rápido olhar pelo cômodo. Estava repleto de homens e mulheres deitados nas camas e pelo chão. Porém, o quarto dos solteiros ainda estava mais cheio, a ponto de se deitarem diversos homens no mesmo leito. Havia um grupo rodeando um velho forçado que lhes distribuía qualquer coisa. O guarda explicou a Nekhludov que era o mais velho do comboio, que distribuía dinheiro ganho no jogo. Com efeito, logo que esses prisioneiros avistaram o guarda, emudeceram, baixaram as mãos, enquanto que nos olhos apareceu uma expressão de medo e de ódio.

Nekhludov reconheceu um deles, de nome Fedorov, que outrora o interessara na prisão; o forçado estava com o braço ao redor do pescoço de um prisioneiro moço, louro e imberbe, de rosto inchado. Era um ser viciado e repugnante, em cuja companhia ele andava sempre. Outro prisioneiro que também ali estava, careca e sem nariz, tinha sido apontado a Nekhludov como um dos mais notáveis do comboio: contava-se que, tendo fugido das galés, matou o companheiro para comê-lo. E o miserável, de pé à entrada do corredor, olhava para Nekhludov com ar insolente e escarninho, sem cumprimentá-lo, como fazia a maior parte dos prisioneiros.

Por muito familiarizado que estivesse com esse espetáculo, Nekhludov não podia presenciá-lo sem experimentar, como também nessa noite, certa vergonha e mesmo remorso, sentimentos de sua própria culpabilidade em relação a esses desgraçados. Vergonha e remorso tanto mais cruéis, porque acompanhados do terror e da repulsa que não conseguia vencer. Embora convencido de que nas condições de vida enfrentadas desde a infância, aqueles indivíduos fatalmente haviam de chegar ao que eram, Nekhludov não podia eximir-se de detestá-los e sentir por eles profunda repulsa.

— Nestes bolsos, sim, valia a pena a gente meter a mão — comentou uma voz rouca, no momento em que Nekhludov se dirigia para a porta.

Estrugiu então uma gargalhada geral entre os condenados.

VI

O guarda que acompanhava Nekhludov deixou-o diante da porta reservada aos presos políticos, prometendo-lhe vir buscá-lo na hora de recolher. Logo que se afastou, Nekhludov viu um prisioneiro correr ao seu encontro, o mais depressa que lhe permitiam as correntes atadas aos pés. Disse-lhe nos ouvidos com certo ar de mistério:

— É preciso que faça qualquer coisa, *barine*. Eles estão embrulhando o rapaz. Embebedaram-no. Na chamada de hoje já se apresentou com o nome Karmanov. Só o senhor pode intervir. Se nós fizermos qualquer coisa nos matam, com certeza.

Depois de pronunciar estas palavras, lançando olhares assustados ao seu redor, o homem se perdeu na multidão que enchia o corredor.

O caso era o seguinte: um preso chamado Karmanov tinha convencido a outro rapaz, muito parecido com ele, que se se trocassem os nomes; assim Karmanov, cuja pena era de galés perpétuas, substituiria o outro em sua deportação de apenas dois anos.

Já na semana precedente esse mesmo condenado havia prevenido Nekhludov dos preparativos para tal substituição, pedindo-lhe que interviesse a fim de evitar tão monstruoso crime. Aliás, o príncipe considerava o homem um dos tipos mais curiosos de toda a leva. Era um camponês de trinta anos, mais ou menos, alto e robusto, de nariz chato e olhos pequenos. Tinha sido condenado aos trabalhos forçados, por tentativa de roubo e assassínio. Chamava-se Macário Dievkin. Contou a Nekhludov que o crime pelo qual fora condenado de fato tinha sido perpetrado, mas não por ele, Macário, e sim por alguém a quem sempre chamava "Ele" — evidentemente o demônio em pessoa.

Certo dia, um desconhecido, chegando à casa dos pais de Macário, alugou por dois rublos um trenó para ir a uma aldeia situada a quarenta *verstas* dali. O pai encarregou o filho de guiar o trenó. Macário atrelou o cavalo, vestiu-se e partiram ambos. Pararam para tomar um chá em uma estalagem no meio do caminho. O homem contou a Macário que ia casar-se com uma jovem que morava nessa aldeia e que na carteira levava quinhentos rublos, toda a sua fortuna. Ao saber disso, Macário foi ao quintal da estalagem, pegou um machado e o escondeu entre a palha, no fundo do trenó.

"Tão verdadeiro como creio em Deus, *barine*", dizia ele, "não sei por que peguei naquele machado. Era Ele quem me dizia: 'agarre esse machado', e eu obedeci. Subimos ao trenó e pusemo-nos de novo em marcha. Até aí nada de mau. Aproximávamos da aldeia, faltando seis *verstas* apenas. Havia uma encosta através de um bosque; desci, para não cansar o cavalo. Eis que Ele murmurou novamente em meu ouvido: 'Então, o que esperas? Lá em cima acaba a mata, haverá gente, pois começa a aldeia. E ele vai-se embora com o dinheiro! *Vamos*, não há tempo a perder!' Inclino-me sobre o trenó na intenção de arrumar a palha, e o machado salta para minha mão. Nesse instante o homem voltou-se: 'Que estás fazendo?', perguntou-me. Eu então levantei o machado; ele, porém, que era um forte rapagão, pulou ao chão e segurou meu pulso.

"'Miserável', disse ele, 'que queres comigo?' E jogou-me na neve; eu nem resisti. Amarrou-me as mãos com o lenço e levou-me diretamente para a casa do *starosta*. Fui para a cadeia. Depois veio o julgamento. Todos na vila atestaram ser eu homem honesto que nunca dera motivo para censura. Meu patrão também testemunhou a meu favor. Mas não tinha meios para tomar advogado; condenaram-me a quatro anos de trabalhos forçados."

Era esse o homem que, para salvar um dos companheiros, veio duas vezes revelar a Nekhludov um segredo que pesava em sua consciência — expondo-se a perder a vida, pois sabia que os prisioneiros, descobrindo sua indiscrição, fatalmente o estrangulariam.

VII

Os condenados políticos ocupavam duas salas pequenas, precedidas de uma sala de entrada que dava para o corredor. Nessa sala Nekhludov encontrou Simonson agachado perto do fogão, parecendo muito ocupado em atiçar o fogo com um galho de pinheiro. Ao avistar Nekhludov, largou o pau a fim de cumprimentá-lo, mas sem mudar de posição.

— Foi bom o senhor ter vindo; desejava precisamente falar-lhe — disse, em tom sério e fitando Nekhludov bem nos olhos.

— O que há? — perguntou o príncipe.

— Direi mais tarde. Agora não posso.

E Simonson, pegando novamente o galho, pôs-se a vigiar o fogo que estava encarregado de acender, segundo um novo método de sua invenção.

Nekhludov ia entrar na outra sala, quando viu sair a Maslova que trazia num pano, a fim de jogar no fogão enorme quantidade de lixo. Estava com uma blusa branca e tamancos; na cabeça havia um lenço que lhe cobria a metade do rosto. E, para varrer mais à vontade, tinha levantado bem para cima a barra da saia. Ao ver Nekhludov, corou, depois, colocando no chão a trouxa, passou as mãos na saia e foi ao encontro do moço com a fisionomia muito animada.

— Então, nas lides domésticas? — perguntou Nekhludov, apertando-lhe a mão.

— Pois é, voltei ao antigo ofício — respondeu ela, com um sorriso. — Nem pode imaginar a sujeira que existe por aqui. Estamos varrendo há mais de uma hora! Voltou-se para Simonson: — E o xale, está seco?

— Quase seco — respondeu o rapaz, lançando a Maslova um olhar que surpreendeu Nekhludov.

— Virei logo buscá-lo. Vou trazer também outras coisas para secar. E, falando a Nekhludov, indicou-lhe a sala vizinha. — Todos estão reunidos ali.

Nekhludov abriu a porta dessa sala e entrou.

Era uma pequena sala oblonga que um lampião de metal iluminava. Ao contrário das outras, aí estava mais frio; porém o cheiro de fumo e mofo e mais o pó que a vassoura levantara tornavam o ar irrespirável. O lampião clareava vivamente o centro do cômodo, deixando na penumbra as camas encostadas à parede; e distinguia-se, a custo, os traços dos prisioneiros que estavam sentados ali.

Naquele quarto estavam todos os presos políticos, com exceção de Simonson e de dois outros homens que, encarregados do abastecimento, tinham ido buscar a ceia.

Lá estava Vera Efremovna Bogodouchovska, ainda mais magra e amarela, com os seus olhos enormes como que assustados e a veia da testa intumescida. Agasalhada com um paletó cinzento, estava sentada com um jornal aberto na sua frente, e entretinha-se a enrolar cigarros.

Havia também outra condenada, que Nekhludov conhecia e estimava muito, Emilia Rantzeva. Encarregada dos misteres domésticos naquele grupo, ela conseguia, mesmo nas condições mais difíceis, imprimir um cunho de doçura e intimidade entre os presos. Sentada na claridade, de mangas arregaçadas, ocupava-se em lavar e enxugar a louça com as mãos belas e ágeis. Moça ainda, e, embora não fosse bonita, o seu rosto inteligente e bondoso tinha o privilégio de transfigurar-se completamente quando sorria, tomando uma expressão alegre, corajosa e mesmo bela. Acolheu Nekhludov com um desses amáveis sorrisos.

— Pensamos que tivesse voltado para a Rússia!

Nekhludov avistou num canto Maria Pavlovna, que mimava ao colo uma menininha loura que tagarelava com sua vozinha doce.

— Estimo bastante o ter vindo! Já viu Katia? — perguntou a moça.

— A nossa família tem mais um membro — acrescentou, mostrando a pequena.

Anatólio Kriltzov também se achava ali. Magro e pálido, sentado numa cama com as pernas cruzadas e as mãos enfiadas nas mangas da peliça, observava Nekhludov com seus olhos fundos de tuberculoso.

O príncipe ia cumprimentá-lo, mas na passagem encontrou um moço ruivo que, remexendo o seu saco, falava com uma jovem bonita que lhe sorria, derretida. Nekhludov deteve-se, então, para apertar a mão desse rapaz; não que tivesse por ele afeição especial, mas justamente por ser o único dos presos políticos que lhe era invencivelmente antipático — a necessidade de cumprimentá-lo mais lhe parecia um dever penoso, que tinha pressa de acabar. Fitando-o com os seus olhos pequenos, que luziam atrás dos óculos, Novodvorov, como se chamava, estendeu-lhe a mão.

— Então, sempre satisfeito com a viagem? — perguntou, com visível ironia.

— Certamente tem me interessado bastante — respondeu Nekhludov, fingindo não ter percebido a intenção de ofender que a pergunta implicava. E afastou-se imediatamente para falar com Kriltzov.

Mostrava indiferença, mas a verdade é que as palavras de Novodvorov tinham bruscamente destruído a disposição otimista que o animava há dias. Invadiu-o agora uma impressão de constrangimento e tristeza, e pouco faltou para arrepender-se de ter vindo.

— Como tem passado? — perguntou a Kriltzov, apertando-lhe a mão gelada e trêmula de febre.

— Vou indo, obrigado. Mas estou encharcado e não consigo aquecer-me, — disse Kriltzov, logo metendo a mão dentro da peliça. — Sem contar que nesta sala faz um frio dos diabos. Dois vidros estão quebrados; podiam muito bem colocar outros — continuou, apontando para a janela.

— E o senhor, por que não vem há tantos dias?

— Não me deixaram entrar. Só hoje o novo comandante se mostrou mais tratável.

— Tratável, ele? Pode ser com o senhor. Pergunte a Macra o que ele fez.

Maria Pavlovna, sem sair do seu canto, descreveu a cena da manhã, por causa da menina.

— Acho que devemos assinar um protesto coletivo — exclamou Vera Efremovna, no seu tom decidido, e passeando o olhar em cada um dos companheiros. — Vladimir Simonson já disse a verdade àquele bruto, mas acho que não é suficiente.

— Para que protestar? — perguntou Kriltzov, contraindo o rosto.

Percebia-se que há muito tempo vinha-se aborrecendo com as atitudes exageradas de Vera, porque lhe provocavam um verdadeiro sofrimento nervoso.

— Está à procura de Katia? — continuou, para Nekhludov. — Ela não para de trabalhar. Já limpou toda a nossa roupa e agora está escovando o paletó das mulheres. Só não consegue livrar-nos das pulgas. Estes malditos bichos sugam quase todo nosso sangue. E Macra, o que está fazendo? — indagou, tentando levantar-se para olhar a moça.

— Está penteando a filha! — disse Emília Rantzeva.

— Contanto que não vá distribuir entre nós os piolhos que encontrar! — acrescentou Kriltzov.

— Não tenha receio. Sei fazer as coisas conscienciosamente. Aliás, já acabei — respondeu Maria Pavlovna. — Emília, tome conta dela um instante, enquanto vou ajudar Katia.

Rantzeva pôs a criança sobre os joelhos com uma solicitude maternal e deu-lhe um torrão de açúcar.

Maria Pavlovna saiu. E, no mesmo instante, entraram na sala os dois condenados que tinham ido buscar a ceia.

Um deles, Nabatov, era homem ainda moço, pequeno e magro; estava com uma peliça curta e botas de cano alto. Avançava com passo rápido e leve, segurando em cada mão uma chaleira de água quente e sobraçando dois pães enrolados num guardanapo.

— Eis de volta o nosso príncipe! — disse ele, colocando as chaleiras perto das xícaras, cuidadosamente arrumadas por Rantzeva. — Compramos coisas formidáveis! — continuou, enquanto tirava a peliça e a jogava para o canto onde estava a sua cama. — Markel vem trazendo leite e ovos. Vamos nos regalar! E Emília ainda vai melhorar servindo-nos com elegância — disse, sorrindo para Rantzeva.

A aparência daquele homem, seus movimentos, assim como o som da voz e o modo de olhar, exprimiam um misto de coragem e alegria.

Seu companheiro, pelo contrário, tinha um aspecto triste e carrancudo. Era também baixo, mas ossudo, de rosto inexpressivo e queixo largo. Trazia um velho paletó acolchoado e galochas. Depois de largar sobre a mesa a cesta e o pote, cumprimentou Nekhludov friamente com a cabeça, fixando nele seus grandes olhos verdes.

Eram homens do povo esses dois condenados. O primeiro, Nabatov, era camponês; o segundo, Markel, operário. Mas enquanto Markel só aos 35 anos se tornou revolucionário, pode-se dizer que Nabatov, desde a infância, já o era. Na escola da aldeia mostrara tais aptidões que o enviaram para o colégio; aí, também, ocupou sempre o primeiro lugar, ganhando no último ano uma medalha de ouro. Entretanto, em vez de completar os estudos na Universidade, resolveu-se a voltar para o povo, achando seu dever transmitir aos irmãos o que tinha aprendido. Conseguindo nomear-se escrivão numa aldeia populosa, começou a emprestar livros de toda espécie aos camponeses, e mesmo a ler para eles; organizou uma sociedade de socorros mútuos e, assim, não tardou a ser preso. Depois de oito meses de prisão, puseram-no em liberdade, mas, desde então, a polícia o teve sob vigilância. Ele, entretanto, foi para outra província, arranjou nomeação de professor e recomeçou o apostolado. Preso novamente e condenado a dois anos de prisão, viu nisso apenas estímulo para as suas convicções.

Cumpridos os dois anos, foi deportado para o governo de Perm. Aí ficou sete meses, findos os quais foi outra vez aprisionado por ter-se negado a prestar juramento ao novo imperador, e então condenado ao degredo de Irkutsk, nos confins da Sibéria. Assim passou na prisão, ou no exílio, a metade da sua vida. Mas todas essas provações, longe de o amargurar, deram-lhe maior entusiasmo e energia.

Era, pois, um homem de grande resistência, cheio de saúde física e moral. Onde estivesse, era sempre ativo, corajoso e alegre. Nunca sentia saudade do passado, nem tentava prever o futuro: aplicava ao presente todas as forças da inteligência, da habilidade e do senso prático. Quando estava livre, dedicava-se ao fim a que se tinha proposto, isto é, à instrução dos camponeses. Quando lhe tiravam a liberdade, fazia o possível para melhorar as condições de vida tanto próprias como dos que o rodeavam.

Aliás, viver para os seus semelhantes era uma necessidade natural em Nabatov. Desde que não necessitava de coisa alguma, podendo privar-se perfeitamente de dormir e comer, era instintivo nele consumir em proveito dos outros as energias de camponês robusto. E em tudo continuava um verdadeiro campônio: prudente, ágil no trabalho manual, infatigável, honesto sem esforço, atento aos pensamentos e aos sentimentos de cada um.

Sua velha mãe, camponesa supersticiosa e analfabeta, ainda vivia: e, toda vez que o punham em liberdade, Nabatov ia vê-la. Ajudava-a nos arranjos domésticos; frequentava as tabernas com antigos condiscípulos de escola primária; acompanhava-os nos campos; fumava com eles e, nas lutas a soco que improvisavam, não deixava de explicar-lhes, entre duas partidas, os motivos da ignorância ou fraqueza que os levava à derrota.

Sonhando ardentemente com a revolução para o bem do povo, não admitia que tal revolução viesse transformar esse povo, nem mesmo lhe modificar as condições de vida: esperava simplesmente que tornasse os camponeses donos da terra, desembaraçando-os da trama dos proprietários e funcionários. A revolução, segundo ele — diferindo radicalmente da opinião de Novodvorov —, não devia romper com o passado, renovar de modo completo os usos e costumes, mas somente distribuir melhor o precioso tesouro das tradições nacionais.

Era camponês até na atitude para com a religião. Nunca se inquietava com os problemas metafísicos, os princípios primeiros, a vida futura. Repetia, muitas vezes, que estava com Laplace achando Deus uma hipótese desnecessária. Pouco lhe importava saber como principiou o universo; e o darwinismo, que a maior parte dos companheiros tomavam muito a sério, era a seu ver uma fantasia tão gratuita quanto a criação do mundo em seis dias.

Também nunca pensava na vida futura; mas, no fundo do coração, existia uma crença herdada dos pais, crença comum a todos que vivem em contato com a terra. Acreditava que, assim como no mundo animal e vegetal, nada perece e tudo se transforma, o homem também não perece: muda apenas de vida. Essa crença o fazia encarar a morte sem medo nem ódio. Mas não gostava de falar no assunto. Só gostava de trabalhar, de preocupar-se com as questões práticas, induzindo os companheiros a imitá-lo.

O operário Markel era bem diferente. Entrara numa usina aos quinze anos; e desde então começou a fumar e beber, a fim de sufocar a humilhação que o atormentava. Foi numa noite de Natal que esse sentimento nasceu. A mulher do proprietário da usina o convidara, assim como aos outros operários, para uma festa. Markel e seus camaradas ganharam de presente apenas uma noz dourada, um assobio ou uma maçã, enquanto que os filhos do patrão receberam brinquedos maravilhosos, de pelo menos cinquenta rublos cada um.

Markel, entretanto, continuou durante vinte anos na sua vida comum de operário. Aos 35 travou relações com uma estudante revolucionária que trabalhava como operária, para fins de propaganda. Essa moça lhe emprestou livros e brochuras, discutiu com ele, abriu-lhe os olhos para a posição em que se encontrava, as causas e os meios de melhorá-la.

Quando Markel reconheceu a possibilidade de libertar-se a si próprio e aos outros da cruel opressão que vinha sofrendo desde a infância, a injustiça dessa opressão apareceu-lhe então com maior evidência; e, à ânsia de liberdade, juntou-se o intenso desejo de vingança contra os que injustamente o oprimiram.

Como lhe afirmassem que a ciência era o único meio possível para libertar-se e libertar os outros, Markel entregou-se de corpo e alma ao estudo. Já não lhe havia a ciência revelado a injustiça da sua posição? Era evidente que só ela poderia fazê-la cessar de todo. Além disso, havia uma grande vantagem, que sempre fora sua secreta ambição: a instrução levando-o acima dos outros homens. Por isso, parou de beber e fumar a fim de consagrar ao estudo todos os seus momentos de descanso.

A revolucionária, sempre em correspondência com ele, admirava-se da força de vontade com que o rapaz se dedicava aos mais diversos conhecimentos. Em dois anos aprendera geometria, álgebra, história; lera toda espécie de obras de filosofia e crítica, mas, sobretudo, assimilara toda a literatura socialista contemporânea.

Nessa ocasião a moça foi detida. Encontraram cartas de Markel na sua casa e este por sua vez também foi preso. No governo de Vologda, para onde fora deportado, fez conhecimento com Novodvorov; leu ainda uma porção de coisas que foi esquecendo aos poucos, enquanto se tornava cada vez mais ardente pelas ideias socialistas. Meses depois, autorizado a voltar para sua terra, pôs-se à frente de uma greve, que culminou no incêndio de uma fábrica e no assassínio do diretor. Foi novamente detido; e agora ia para a Sibéria, condenado ao degredo perpétuo.

Em matéria de religião, mostrava-se tão radical como em economia política. Convencido da falsidade das crenças em que tinha sido educado e conseguindo libertar-se delas, a princípio com receio, depois com entusiasmo, experimentava como que um desejo de vingança contra os que o mantiveram no erro. Assim, não parava de falar dos *popes* com verdadeiro ódio, a caçoar, amargamente, dos dogmas religiosos.

Tinha hábitos de asceta; e, como todos obrigados a trabalhar desde criança, era ágil nas tarefas manuais e infatigável nos exercícios físicos; mas, ao contrário de Nabatov, desprezava tais exercícios e todas as formas de trabalho manual. Tanto na prisão como nos acampamentos, procurava reservar todo o tempo possível para instruir-se, única ocupação que considerava útil e honrosa. Nesse momento começava a estudar o primeiro volume do *Capital*, de Marx; escondia o livro no fundo do saco e tomava conta dele como se fosse tesouro dos mais preciosos.

Mostrava-se indiferente e reservado em face dos companheiros, exceto Novodvorov, por quem se afeiçoara profundamente, e cujas opiniões em todos os assuntos ele tomava pela própria essência da verdade.

Considerava a mulher o principal obstáculo da obra da emancipação social e do livre desenvolvimento da inteligência; por isso demonstrava absoluto desprezo pelas companheiras. Fazia, entretanto, exceção: Maslova. Via nesta um exemplo típico da exploração que as classes inferiores sofriam das superiores. Em todas as circunstâncias, timbrava em dar mostras de consideração para com ela; e, pelo mesmo motivo, não perdia uma só ocasião de mostrar a Nekhludov toda a antipatia que sentia por ele.

VIII

O fogão acendeu de uma vez, a sala ficou quente, o chá foi servido em xícaras e copos e as guloseimas da ceia foram arrumadas sobre uma cama que funcionava de mesa; pão branco, pão de cevada, ovos cozidos, manteiga e carne de vitela. Todos os presos se aproximaram da mesa improvisada e começaram a comer, beber e tagarelar. Sentada num baú, Rantzeva cumpria os deveres de dona de casa. Somente Kriltzov não se veio reunir ao grupo; havia tirado a peliça e se agasalhara no xale, que tinham secado para ele; deitado na cama, conversava com Nekhludov.

Depois do frio e da umidade do caminho, depois da sujeira e da desordem no momento de chegar, depois do trabalho de arrumar tudo, a ceia, o chá fumegante e a agradável temperatura da sala deixaram todos num estado de espírito alegre e afável.

Os gritos, as injúrias, o vozerio grosseiro dos condenados de direito comum, que se ouvia através das paredes, fortificavam neles pelo contraste a agradável sensação de bem-estar e intimidade. Tinham a impressão de se achar isolados numa ilha, no meio do oceano; e essa impressão os exaltava, inspirava-lhes uma espécie de entusiasmo intelectual, fazendo-lhes esquecer completamente o horror da sua situação e entregar-se livremente aos seus sonhos.

Depois, como sempre acontece entre jovens, homens e mulheres, sobretudo quando forçados a viver em promiscuidade, toda espécie de ligações sentimentais se estabeleceu entre eles, conscientes ou inconscientes, declaradas ou ocultas. Todos, ou pelo menos quase todos, estavam apaixonados.

Novodvorov estava apaixonado pela sorridente e formosa Grabetez. Era uma jovem estudante, de temperamento pouco estável e de todo indiferente aos problemas revolucionários. Mas sofrera a influência da época, comprometendo-se numa conspiração; condenaram-na ao degredo. E, assim como a sua preocupação única na universidade era fazer-se cortejar pelos estudantes, não tratou de outra coisa na prisão. Andava então muito feliz, porque Novodvorov se apaixonara por ela, e ela também o amava.

Vera Efremovna Bogodouchovska, sentimental em excesso, que transitava pela vida amando sem esperanças, ora suspirava secretamente por Nabatov, ora por Novodvorov.

Era também qualquer coisa parecida com amor o que Kriltzov sentia por Maria Pavlovna; talvez a amasse verdadeiramente, do modo como os homens amam as mulheres; mas, conhecendo a opinião da moça acerca do amor, ele fazia o possível para embuçar o seu sentimento nas aparências de amizade e gratidão.

Nabatov amava também. Uma ligação estranha se formou entre ele e Emilia Rantzeva; aliás, ligação bem inocente, porque, assim como Maria Pavlovna era virgem, Rantzeva era o tipo da mulher e esposa perfeitas.

Aos dezesseis anos, quando ainda interna no colégio, apaixonara-se por Rantzev, então estudante na Universidade de São Petersburgo. Três anos depois, casou-se. Em seguida Rantzev foi deportado por associar-se a motins escolares; Emília interrompeu os estudos de medicina a fim de segui-lo; e, tornando-se ele revolucionário, ela não hesitou em abraçar-lhe as ideias. Se, na sua opinião, o marido não fosse o mais belo, o melhor e o mais inteligente dos homens, ela não se teria apaixonado nem casado. Mas, reconhecendo nele todas essas qualidades, e unindo os seus destinos, achava absurdo conceber a vida de maneira diferente do marido. Rantzeva, no princípio, julgava que se devia consagrar a vida ao estudo; assim, Emília também considerou o estudo como a ocupação ideal e começou a estudar medicina. Depois, ele se fez revolucionário; ela o seguiu. Era capaz de explicar, como qualquer dos companheiros, que o regime social do presente era injusto, que todo homem tinha o dever de lutar a fim de substituí-lo por um novo estado de coisas, em que a personalidade humana pudesse desenvolver-se livremente etc. Acreditava piamente que esses pensamentos eram os seus próprios; mas, na realidade, ela só pensava naquilo que o marido julgava ser verdade; e o seu único sonho, o seu único prazer era fundir-se plenamente na alma do marido.

Depois de novas conspirações em que Emília tomou parte, ficou separada de Rantzev e do filho, sofrendo cruelmente com a separação. Mas suportava tudo com coragem, sabendo que era pelo marido e pela causa — causa certamente digna de todo sacrifício, visto que também ele se sacrificava. Em pensamento, continuava sempre unida ao marido; e assim como nunca amara outro antes dele, era-lhe impossível amar a mais alguém.

Todavia, a afeição pura e devotada de Nabatov a comovia e lhe causava prazer. Ele, homem essencialmente moral e acostumado a vencer nos seus desejos, esforçava-se por tratar Emília como uma irmã. Entretanto, no convívio transparecia por momentos qualquer coisa mais que não era afeto de irmão para irmã; e isso os inquietava a ambos e dava-lhe um prazer inconfessável.

Assim, ninguém daquele grupo estava isento de preocupação amorosa, com exceção de Maria Pavlovna e Markel.

Nekhludov contou a Kriltzov, entre outras coisas, como tinha sido procurado pelo forçado Macário, relatando também a história desse infeliz. Kriltzov escutava-o com atenção, cravando nele, obstinadamente, os seus grandes olhos brilhantes.

— É isso mesmo — exclamou de repente. — Penso sempre em como é estranha a nossa situação. Estamos na Sibéria com esta gente, ou melhor, aqui estamos por causa dela. Entretanto não a conhecemos nem tentamos conhecer. E o cúmulo é que nos detesta e nos considera inimigos. Não é horroroso?

— Não tem nada de horroroso — declarou Novodvorov, que tinha se aproximado. — As massas são sempre incultas e grosseiras, apenas respeitam a força! — prosseguiu com sua voz sonora. — Hoje a força está nas mãos do governo: esses indivíduos respeitam o governo e nos detestam. Amanhã, se apoderarmo-nos do governo, hão de nos respeitar...

Nesse instante se ouviram da sala vizinha batidas no muro, ruídos de correntes, gritos e gemidos: espancavam alguém que pedia socorro.

— Estão ouvindo essas feras? Que relação poderia existir entre nós e eles? — acrescentou Novodvorov, tranquilamente.

— Feras? Pois ouça o que Nekhludov contou a respeito de um desses homens.

E Kriltzov, mostrando grande irritação, repetiu o que ouvira de Nekhludov: que um deles arriscava a vida para salvar um dos companheiros.

— Acha que pode ser uma fera?

— Sentimentalismo! — respondeu Novodvorov, com o seu sorriso irônico. — Como se pudéssemos compreender essa gente e a razão dos seus atos! O que você toma por heroísmo pode não passar de ódio por outro forçado.

— E você nunca procura ver o lado bom das pessoas! — exclamou Maria Pavlovna.

— Como poderia ver o que não existe?

— Então não devemos admirar um homem que voluntariamente se expõe a uma morte horrível?

— Penso — declarou, friamente Novodvorov — que, se queremos cumprir nossa obra, a primeira condição deve ser não sonhar, ver sempre as coisas como elas são.

Fechando o livro que lia à claridade do lampião, Markel aproximou-se também e ouviu respeitosamente as palavras do homem a quem considerava seu mestre. E Novodvorov prosseguiu, num tom decidido e solene, como se estivesse fazendo uma conferência.

— Nosso dever — dizia ele — é fazer tudo pelo povo, mas nada esperar em troca. O povo deve ser o objeto dos nossos esforços, embora não saiba colaborar conosco, pelo menos enquanto permanecer no seu estado de inércia. Nada mais ilusório que esperar-se o menor concurso das massas, até o dia de concluir sua evolução intelectual, evolução que agora lhes estamos preparando.

— Que evolução? — perguntou Kriltzov, erguendo-se um pouco.

— Fazemos profissão de lutar contra o despotismo, mas não seria tal maneira de agir um despotismo tão revoltante como o que pretendemos destruir?

— Onde está o despotismo? — respondeu Novodvorov, sem alterar-se.

— Estou apenas dizendo que conheço o caminho que o povo deve seguir para desenvolver-se e que posso indicar-lhe tal caminho.

— Mas quem permite afirmar que seja esse o bom caminho? Não seria em nome dos mesmos princípios que serviram para organizar a Inquisição? Não seria em nome dos mesmos princípios que a Revolução Francesa cometeu seus crimes? Ela também julgava ter encontrado na ciência a indicação do único caminho a seguir.

— O fato de outros se enganarem não prova necessariamente que eu esteja enganado. Além disso, não há analogia que se possa traçar entre as tolices dos ideólogos e os dados positivos da ciência econômica...

A voz forte de Novodvorov enchia toda a sala. Ninguém ousava interrompê-lo.

— Para que estar sempre discutindo? — disse Maria Pavlovna, quando ele acabou.

— Qual é a sua opinião a respeito? — perguntou Nekhludov à moça.

— Acho que Anatólio tem razão: não temos direito de impor nossas ideias ao povo.

— Eis um modo bem esquisito de compreender o nosso papel! — disse Novodvorov.

E, acendendo um cigarro, afastou-se zangado.

— É mais forte do que eu, não posso conversar com ele sem exaltar-me! — murmurou Kriltzov ao ouvido de Nekhludov.

E Nekhludov não pôde deixar de pensar que ele também sentia a mesma coisa.

X

Apesar de os companheiros o terem em grande conta, apesar de toda a sua ciência e da alta opinião que tinha de si mesmo, Nekhludov achava que Novodvorov era do tipo desses revolucionários que, estando abaixo do nível comum, só tinha a perder no contato desse meio. Reconhecia que, do ponto de vista intelectual, Novodvorov era mais bem-dotado que a média dos revolucionários; mas sentia que a vaidade e o egoísmo, tornados excessivos pelas circunstâncias da sua vida, há muito tinham esterilizado nele a inteligência.

Toda a atividade revolucionária de Novodvorov — se bem que ele sempre a justificava eloquentemente, emprestando-lhe os mais admiráveis propósitos — parecia a Nekhludov fundar-se na ambição, na vontade de dominar e de se fazer valer. Dotado de uma extraordinária capacidade de assimilar e exprimir as ideias dos outros, Novodvorov impôs-se sem esforço à admiração de todos, naquele meio onde tal qualidade é particularmente apreciada. No colégio e, depois, na universidade, mestres e condiscípulos renderam homenagem à sua superioridade; e ele sentia muita satisfação com isso. Mas quando, terminados os estudos, essa situação desapareceu, ele não se conformou, e, para dominar novamente em outra esfera, mudou de opinião de uma hora para outra: de progressista liberal tornou-se ardente revolucionário.

A completa ausência de qualidades morais e estéticas, as que promovem a dúvida e a hesitação, permitiu-lhe alcançar depressa o lugar de chefe no partido revolucionário, posto que ambicionava acima de tudo. Tendo tomado uma resolução, ele não mais duvidava ou hesitava; por conseguinte, certo estava de não se enganar. Tudo lhe parecia simples, claro, incontestável. Embora com estreiteza de vistas, o fato é que suas ideias eram simples e claras, gostando ele de repetir que bastava ser lógico para discernir infalivelmente o verdadeiro do falso.

A confiança em si mesmo era tão grande que ninguém se aproximava dele sem sujeitar-se à sua dominação ou sem ser forçado a resistir-lhe. E, como lidava principalmente com moços que interpretavam tal confiança com penetração de espírito, a maior parte dos companheiros submetiam-se ao seu domínio; de modo que não tardou muito em obter enorme popularidade nos círculos revolucionários.

Pregava a necessidade de preparar por todos os meios uma revolução, com o fim de apoderar-se do poder e convocar uma Assembleia Constituinte. Já tinha redigido o programa de reformas que ditaria a essa assembleia, e estava plenamente convencido de que tal programa ia resolver, em definitivo, todas as questões, e nada poderia se opor à sua realização.

Os companheiros temiam-no e apreciavam sua temeridade e decisão; mas não o amavam. Ele, do seu lado, não tinha afeição por ninguém. Todo homem que se salientasse era considerado rival e, se lhe fosse possível, tiraria de boa vontade as qualidades dos outros, só para não desviar do seu próprio mérito a atenção pública. Mostrava condescendência apenas com os que se inclinavam diante dele. Portanto, no trajeto só tratava bem ao operário Markel, que adotara cegamente todas as suas ideias, e às duas mulheres, que adivinhavam estarem apaixonadas por ele, Vera Efremovna e a bela Grabetz.

Em princípio, Novodvorov era partidário da emancipação da mulher; mas, de fato, considerava-as criaturas estúpidas e ridículas, com exceção das que amava. Estas seriam então criaturas extraordinárias, de quem só ele sabia estimar a perfeição. Assim amou grande número delas e por duas vezes chegou a viver maritalmente; mas abandonou as amantes ao perceber que ainda não sentia o verdadeiro amor. Naquela ocasião preparava-se para contrair nova união com a Grabetz.

Desprezava Nekhludov porque, segundo sua expressão, "fazia rapapés" a Maslova; mas, na realidade, o desprezava e odiava, porque, longe de partilhar das suas ideias sobre os meios de remediar os defeitos da sociedade, Nekhludov tinha o seu ponto de vista próprio, encarando as questões sociais "como príncipe", isto é, como imbecil.

Nekhludov percebia os sentimentos de Novodvorov a seu respeito; e sentia, com tristeza, que, apesar de toda a sua boa vontade, nada poderia impedi-lo de ter-lhe aversão e desprezo.

Acabaram de cear. Nekhludov ia falar com Maslova, quando ouviu a voz do chefe da guarda na sala vizinha. Seguiu-se um grande silêncio na sala e no corredor. A porta abriu-se e o chefe entrou com mais dois soldados para proceder à chamada da noite. Contou, um a um, todos os presos políticos, lendo-lhes os nomes na lista que um dos soldados segurava.

Terminada a formalidade, o homem voltou-se para Nekhludov e, num misto de respeito e familiaridade, disse-lhe:

— Príncipe, agora deve retirar-se. Não é permitido ficar depois do toque de recolher.

Nekhludov, porém, sabendo o que significavam essas palavras, aproximou-se do velho e meteu-lhe na mão uma nota de três rublos, que já havia separado para esse fim.

— Se deseja, não posso forçar. Fique por mais alguns momentos.

O guarda ia sair quando entrou na sala outro soldado acompanhando um prisioneiro alto e magro, tendo um dos olhos machucado.

— Vim buscar a pequena — disse o prisioneiro.

— Papai! — exclamou uma vozinha de criança; e uma cabeça loura apareceu por trás do grupo formado pela Rantzeva, Maria Pavlovna e Katucha.

As três, aproveitando uma saia de Emília, faziam um vestido novo para a menina.

— Venha dormir, minha filha — dizia o forçado com doçura.

— Ela está tão bem aqui! — exclamou Maria Pavlovna, compadecendo-se do homem ferido.

— Vou ganhar um vestido novo, papai, um vestido vermelho muito bonito! — disse a criança, mostrando o trabalho de Emília Rantzeva.

— Você quer dormir aqui? — perguntou esta, acariciando-a.

— Quero. Mas quero que papai também durma comigo.

Rantzeva sorriu um dos seus sorrisos que a embelezavam.

— Papai precisa ir dormir na outra sala. Mas ele vai deixar você aqui, não é? — disse, voltando-se para o homem.

— Façam o que quiserem — declarou o chefe da guarda. E saiu com os três soldados.

Nem bem tinham saído, Nabatov aproximou-se do pai da menina e, pondo-lhe no ombro a mão musculosa, perguntou-lhe:

— Então é verdade que Karmanov quer mudar de nome com um deportado?

O rosto tranquilo do forçado repentinamente se anuviou, e os seus olhos se fixaram no chão.

— Não ouvimos falar nada. Só Deus sabe como inventam calúnias! — respondeu; depois, sempre com os olhos baixos: — Pois bem, Aniutka, fique aí com as senhoras, feito uma princesa.

E saiu precipitadamente.

— Ele sabe de tudo: com toda a certeza é verdade o que esse Macário contou! — disse Nabatov a Nekhludov.

Mas todos ficaram calados, temendo que recomeçasse a discussão.

X

Simonson, que durante esse tempo não dissera palavra, permanecendo deitado no seu catre, levantou-se de repente, com um movimento decidido. Abriu caminho entre os grupos e aproximou-se de Nekhludov.

— Seria possível conceder-me agora um minuto de atenção?

— Certamente — respondeu-lhe Nekhludov.

Maslova, ao ver o príncipe levantar-se, ficou muito vermelha, e virou o rosto para esconder a emoção.

— Trata-se do seguinte — começou Simonson, depois de conduzir o moço até a sala de entrada.

O barulho aí era ensurdecedor por causa da proximidade dos alojamentos dos prisioneiros de direito comum. Nekhludov franziu as sobrancelhas, atordoado. Simonson, porém, evidentemente nada ouvia.

— Sabendo de suas relações com Catarina Mikailovna — continuava ele fixando os olhos bondosos no príncipe — achei que... — Não pôde terminar a frase porque, nesse momento, duas vozes começaram uma disputa bem perto da porta.

— Já disse que não fui eu, seu "porco" — gritava uma das vozes.

— Devolva-me, e já, animal! — bradava a outra.

Felizmente Maria Pavlovna apareceu.

— Mas que ideia vocês virem conversar aqui! — disse ela. — Antes o nosso quarto; parece que está vazio.

Levou Simonson e Nekhludov para a pequena sala quadrada onde dormiam as mulheres. Entretanto, havia ali outra pessoa. Era Vera Bogodouchovska, que estava deitada na sua cama com a cabeça voltada para a parede.

— Está com enxaqueca — explicou Maria Pavlovna. — Podem falar sossegados, porque ela está dormindo. E eu vou-me embora.

— Se ficasse me daria prazer — respondeu Simonson. — Não tenho segredos para ninguém, e muito menos para você.

— Seja como você quiser — disse Maria Pavlovna.

E, sentando-se num dos leitos, com trejeitos de graça infantil, ela se preparou para escutar a conversa dos dois homens.

— Trata-se do seguinte — repetiu Simonson. — Conhecendo suas relações com Catarina Mikailovna, julguei que o senhor devia estar a par das minhas intenções com ela.

— Como? — perguntou Nekhludov, tomado de repentino susto.

— O fato é que desejava casar-me com Catarina Mikailovna...

— Você quer mesmo? — perguntou Maria Pavlovna, fitando Simonson nos olhos.

— Então resolvi perguntar-lhe se consentiria em ser minha mulher — prosseguiu Simonson.

— Como posso saber? Isso depende exclusivamente dela — respondeu friamente Nekhludov.

— Sei disso, mas ela não dará uma resposta sem a sua permissão.

— E por quê?

— Porque, enquanto não estiver resolvido o que vai fazer com ela, Catarina Mikailovna não tomará deliberação alguma.

— No que me concerne — disse Nekhludov —, a questão está mais do que resolvida. Quis fazer o que julgava ser o meu dever; tentei igualmente suavizar, na medida do possível, a satisfação de Maslova; mas de forma alguma quero impor-me, nem constrangê-la nas suas decisões.

— Sem dúvida, mas ela não quer o seu sacrifício.

— Não faço sacrifício algum!

— Sei que nesse ponto sua resolução é inabalável.

— Mas então de que serve falar comigo? — perguntou Nekhludov.

— Para que o senhor renunciasse a ocupar-se dela.

— Como poderia renunciar a uma coisa que considero meu dever? Apenas posso afirmar-lhe que, se não sou livre em relação a Maslova, ela está completamente livre no que me diz respeito.

Simonson permaneceu alguns minutos sem responder, refletindo.

— Pois seja — disse, afinal. — Vou dizer isto a ela. Mas não pense que estou apaixonado! Gosto dela como uma irmã, uma amiga que tenha sofrido muito e precise de consolo. Nada mais desejo a não ser ajudá-la suavizar a sua posição...

Apesar de estar comovidíssimo, Nekhludov notou que a voz de Simonson tremia.

— Suavizar a sua posição — recomeçou o rapaz. — Ela não quer aceitar o seu auxílio, mas talvez consinta no meu. Neste caso pedirei que me mandem para a cidade onde ela irá cumprir a pena. Quatro anos passam depressa. E, vivendo juntos, pode ser que eu consiga tornar-lhe a vida menos dura...

Novamente se interrompeu, quase soluçando.

— Que posso dizer-lhe? — falou Nekhludov. — Estou muito contente que ela tenha encontrado um protetor como o senhor...

— Era isso o que eu queria saber! — exclamou Simonson. — Queria estar certo de que, conhecendo meus sentimentos por Catarina Mikailovna, conhecendo o quanto desejo a sua felicidade, o senhor acharia bom ela casar-se comigo.

— Pois acho muito bom — respondeu Nekhludov, sem hesitar.

— Só estou pensando nela! O meu único desejo é que aquela alma sofredora encontre um lenitivo! — disse então Simonson, com um olhar tão humilde, suplicante e infantil, como ninguém poderia esperar num homem geralmente reservado e taciturno.

Inesperadamente, aproximando-se de Nekhludov, ele sorriu, tímido, tomou sua mão e beijou-lhe o rosto.

— Vou contar tudo a Katia! — disse, e saiu do quarto.

XI

— Veja só! — exclamou Maria Pavlovna, depois que Simonson deixou o quarto. — Ele está apaixonado, loucamente apaixonado! Quem havia de esperar que Vladimir Simonson se apaixonasse como um simples colegial? É incrível! Francamente, estou decepcionada! — acrescentou, mais ou menos seriamente.

— E ela, Katia? O que achará de tudo isso? — perguntou Nekhludov.

— Ela?

Maria Pavlovna refletiu alguns instantes, procurando dar uma resposta bem clara.

— O seu passado não lhe impediu de conservar uma das naturezas mais retas que tenho conhecido. Tem sentimentos mais delicados do que qualquer uma de nós. Katia ama-o, e muito; e havia de sentir-se feliz se pudesse prestar-lhe pelo menos um serviço negativo, cessando de ser um estorvo. Na sua opinião, o casamento com o senhor seria uma queda terrível, pior que todo o seu passado. Estou convencida de que jamais consentirá nessa união. Sua presença aqui é para ela um temor contínuo.

— Mas, então, o que me aconselha? Desaparecer? — indagou o príncipe.

Maria Pavlovna sorriu com o seu doce sorriso.

— Pelo menos em parte.

— Seria possível eu desaparecer em parte?

— Vejo que não respondi à sua primeira pergunta — continuou a moça, procurando, evidentemente, desviar a conversa. — Queria dizer-lhe que Katia, com certeza, já percebeu o amor exaltado de Simonson, embora ele não lhe tenha dito coisa alguma. O senhor deve saber que não entendo muito desse assunto; mas tenho impressão de que tal sentimento não passa do amor mais comum, apesar de revestido das mais belas aspirações. Vladimir pretende que o seu amor é platônico, que tem por efeito estimular suas energias em vez de enfraquecê-las. Mas acho que não é nada disso, apenas um desejo físico, assim como Novodvorov se sente atraído por Lubka Grabetz...

E Maria Pavlovna ia discorrer sobre o tema, que a interessava muito; Nekhludov, porém, interrompeu-a.

— Enfim, o que me aconselha a fazer?

— Acho que, em primeiro lugar, devia falar com Katia. Explicar-se bem sempre é o melhor método. Entenda-se com ela. Quer que lhe peça para vir aqui?

— Quero, por obséquio.

E Maria Pavlovna saiu.

Sentimentos estranhos agitavam a alma de Nekhludov, enquanto estava só no pequeno quarto, ouvindo a respiração regular de Vera Efremovna e, mais longe, a algazarra incessante dos condenados comuns. A declaração de Simonson tinha uma vantagem — libertá-lo daquilo que considerava seu dever e que, muitas vezes, mesmo nos últimos tempos, parecia-lhe pesado e aterrador. Entretanto, as palavras de Simonson não só o desagradavam, mas também o faziam sofrer, como talvez nunca tivesse sofrido.

Tal sofrimento provinha de mil causas diversas, vagamente conscientes. Uma delas, por exemplo, seria porque a proposição de Simonson tivesse tirado à sua conduta com Katucha o caráter que até então a ele e a todo o mundo fora tido como excepcional. Pois, se outro homem, e da têmpera de um Simonson, sem ter obrigação alguma para com a moça, consentia jungir seu destino ao dela, era lógico que o seu próprio sacrifício nada tinha de heroico. Outra coisa não era além de simples ciúme: estava tão acostumado com o pensamento de ser amado por Katucha que a possibilidade de querer ela bem a outro homem o torturava como uma decepção. Nekhludov sofria também ao ver desmoronar-se todos os seus planos: há tanto tempo se preparava para viver perto de Katucha, fazendo--lhe companhia e zelando por ela, até a expiração da pena; mas, se casasse com Simonson, além de sua presença tornar-se inútil, ele tinha necessidade de dar à sua vida um novo objetivo. Assim, tristes pensamentos o conturbavam quando a porta se abriu e Katucha apareceu no quarto. O barulho da sala vizinha estava ainda mais ensurdecedor: com certeza acontecia qualquer coisa de anormal.

Katucha, de olhos baixos, foi rapidamente ao encontro de Nekhludov.

— Maria Pavlovna disse-me que você desejava falar comigo — disse, meio embaraçada.

— É verdade, Katucha, tenho uma coisa a dizer-lhe. Sente-se. Vladimir Simonsen falou-me a seu respeito.

Ela tinha se sentado, colocando as mãos nos joelhos e conseguindo mostrar-se calma; mas, logo que Nekhludov tocou no nome de Simonson, estremeceu e corou.

— O que disse ele?

— Ele me disse que quer casar-se com você.

O rosto da moça contraiu-se, como sob o efeito de um grande sofrimento. Porém, nada disse, contentando-se em baixar de novo os olhos.

— Simonson pediu o meu consentimento ou, pelo menos, minha opinião — continuou Nekhludov. — Eu lhe respondi que tudo dependia de você, que só você devia decidir.

— E para que tudo isso? — exclamou ela, fixando em Nekhludov o olhar penetrante dos seus olhos ligeiramente estrábicos, que sempre o impressionavam profundamente.

Os dois permaneceram assim, num curto instante, a fitar-se nos olhos. E esse olhar deu a entender a ambos muito mais coisas do que as palavras poderiam exprimir.

— Só você deve decidir! — repetiu Nekhludov.

— Decidir o quê? — exclamou Katucha. — Já está tudo decidido há muito tempo.

— Não, não, Katucha, você deve decidir sobre a proposta de Vladimir Simonsen.

— Então eu, uma condenada, poderia me casar? Para que arruinar a vida de Vladimir Simonson? — respondeu, com voz trêmula.

— Mas se você o ama?

— Deixe-me. É melhor não falar mais nisso.

E, levantando-se, Katucha fugiu do quarto.

XII

Voltando para a sala maior, depois da conversa com Katucha, Nekhludov encontrou todos os presos emocionadíssimos. Nabatov, que nunca estava quieto e tudo observava, informando-se de tudo o que via, tinha feito uma descoberta muito interessante para os seus companheiros. Encontrara numa parede uma inscrição feita pelo revolucionário Petline, que havia dois anos fora condenado às galés perpétuas. Era voz corrente que esse Petline se encontrava há muito na Sibéria; eis que a inscrição, deixada na parede, vinha provar que fizera parte de um comboio recente.

Estava escrito o seguinte:

"Passei por aqui a 17 de agosto de 18.., com uma leva de condenados de direito comum. Nevierov devia partir comigo; mas enforcou-se em Kasan, num acesso de loucura. Quanto a mim, estou bem de corpo e de espírito, e cheio de esperanças pelo futuro da nossa causa. — Petline."

Todos conjeturavam sobre os motivos que fizeram protelar a partida de Petline e principalmente os motivos do suicídio de Nevierov. Só Kriltzov estava calado, absorto, fixando diante de si, sem nada ver, os olhos febris.

— Meu marido me contou que, já na fortaleza, Nevierov começou a ver fantasmas — disse Rantzeva.

— Um poeta, um fantasista! Gente dessa espécie não suporta o regime da solidão! — declarou Novodvorov, num tom de desprezo. — Eu, quando me fecharam na cela, impedi, terminantemente, o trabalho da imaginação! Fiz um programa para encher o tempo, e segui-o com precisão pontual. Por isso acabei muito bem suportando a prisão.

— Suportando? Está aí uma coisa de que nem vale a pena a gente se gabar. Eu, muitas vezes, fiquei feliz quando me trancaram na cela! — exclamou Nabatov, com um sorriso prazenteiro, esforçando-se evidentemente para distrair os espíritos e dissipar a sombra de tristeza que os envolvia. — Quando estamos em liberdade, vivemos preocupados, com medo de prejudicar a nós mesmos, aos outros e à causa; uma vez presos, não nos responsabilizamos por mais nada; podemos respirar livremente. É só sentar e fumar.

— Você conheceu Nevierov intimamente? — perguntou Maria Pavlovna a Kriltzov, cujas mãos tremiam e cujo rosto se contraiu ao ouvir as palavras de Novodvorov.

— Nevierov, um fantasista? — respondeu Kriltzov, esforçando-se por elevar a voz ofegante. — É difícil encontrar no mundo pessoas parecidas com ele. Era um homem admirável e, por assim dizer, transparente, tal a sua franqueza.

Incapaz não só de mentir, mas de esconder qualquer pensamento. Sua pele era tão fina que o menor arranhão parecia ferir até a alma. Todos os nervos à flor da pele... É verdade, uma natureza delicada, rica, uma criatura excepcional. Ele não era como... Mas de que serve falar!

Calou-se um momento, mas notava-se que a irritação lhe aumentava.

— Os homens da espécie de Nevierov — prosseguiu, num tom cheio de amargura e ódio — indagam angustiados o que vale mais: se instruir o povo, e depois modificar as formas de vida, ou mudar desde logo as formas de vida; indagam quais os meios a empregar na luta, propaganda pacífica ou terrorismo. Eis por que os chamam de "fantasistas"! Entretanto, os que lhes dão esse apelido nada indagam, nada discutem, nem procuram saber se as suas ações não custarão a vida de dezenas, de centenas de homens, e que homens! Pelo contrário, que pereçam os melhores, isso é o que desejam. E, com efeito, os melhores perecem! Herzen dizia que a proscrição dos Decabristas teve por efeito abaixar o nível social da Rússia. Depois proscreveram Herzen e os do seu tempo. Agora os Nevierov é que são excomungados!

— Mas não conseguirão suprimir todos — disse Nabatov. — Sempre há de haver alguns no ajuste final de contas!

— Não, não há de sobrar um só, se permitirmos que essa gente continue em ação! — exclamou Kriltzov, cada vez mais exaltado. — Dê-me um cigarro.

— Você não está bem hoje — disse-lhe Maria Pavlovna. — Por favor, não fume!

— Deixe-me — respondeu, encolerizado, e acendeu o cigarro. Mas, na primeira baforada, começou a tossir e sufocar-se. Durante uns instantes esperou recobrar o fôlego, continuando depois, sempre animado: — Não, não foi assim que nós concebemos esta obra. Raciocinávamos, procurávamos os melhores métodos, enquanto que...

— Esses, enfim, também são homens — disse Nekhludov.

— Não, os que pensam e agem dessa forma não devem ser considerados homens... Deviam ser exterminados como percevejos... eliminá-los, isso é o que devíamos... porque...

Ao começar uma nova frase, o seu rosto congestionou-se e um terrível acesso de tosse o fez cair sobre o travesseiro. E dos seus lábios escorreu um jacto de sangue.

Nabatov precipitou-se para o corredor a fim de pedir que trouxessem um pouco de neve. Maria Pavlovna, aproximando-se de Kriltzov, apresentou-lhe um frasco de gotas de valeriana, que ele repeliu com a mão descarnada; durante muito tempo, permaneceu imóvel sem conseguir respirar.

Quando, por fim, a neve e as compressas de água fria o reanimaram e os companheiros o puderam despir e acomodar na cama, Nekhludov despediu-se e foi para o corredor, onde o oficial da guarda o esperava havia muito tempo.

* * *

Os condenados de direito comum haviam cessado a algazarra e a maior parte dormia. Dormiam sobre os catres, embaixo destes, pelo assoalho, encostados às portas; muitos só tinham encontrado lugar no corredor: os sacos servindo-lhes de travesseiros, dormiam nus, cobrindo-se com as próprias roupas.

As salas e o corredor ressoavam com os roncos. Por toda parte estendiam-se estranhas figuras humanas meio encobertas por grandes mantos. Só não dormiam alguns forçados que jogavam cartas à luz de uma vela. Nekhludov viu também um velho que, já despido, catava piolhos na roupa. O ar que se respirava nos quartos dos condenados políticos era puríssimo, comparado com o cheiro fétido que pairava no corredor e nas salas.

Depois de muito custo, o príncipe conseguiu atravessar o corredor, caminhando com precaução para não machucar os homens que atravancavam a passagem. Três prisioneiros que não acharam lugar, nem mesmo no corredor, estavam deitados sob as próprias tinas de despejo. O primeiro era um idiota, que Nekhludov já tinha visto muitas vezes. O outro era um menino de dez anos; dormia como dormem as crianças, com as mãos nas faces; e da tina cheia de excrementos pingava sobre ele um líquido empestado.

Uma vez no pátio, Nekhludov parou por momentos, abrindo os pulmões e respirando com delícia o ar gelado da noite.

Capítulo III

O céu, há pouco tão escuro, achava-se agora semeado de estrelas. Em muitos lugares as poças de lama haviam congelado; por isso Nekhludov pôde regressar à hospedaria com maior facilidade. Bateu à janela; o moço de ombros largos veio abrir-lhe a porta.

No corredor, à direita, Nekhludov ouviu o ronco dos cocheiros que dormiam num cômodo sem luz; do quintal à sua frente chegava o barulho de cavalos comendo aveia; à esquerda, a porta da sala estava aberta, onde se via brilhar uma lâmpada diante da imagem.

Nekhludov foi para o quarto, sacou o capote e estendeu-se num divã. Aí, embrulhado na capa de viagem, reviu pela imaginação todas as cenas a que acabava de assistir. Com mais intensidade do que as outras, aparecia a imagem do menino dormindo, com a cabeça apoiada nas mãos, perto da tina e o líquido imundo a pingar em cima dele.

Perturbava-o ainda a conversa com Simonson e Katucha: tinha a intuição de que esse acontecimento imprevisto e grave modificaria o rumo da sua vida. Mas, ao mesmo tempo, achava que, sendo recente, não podia examinar com calma; e, por todos os meios, se esforçava a não pensar, afugentando todas as lembranças que se relacionassem com a sua situação e a de Katucha. E representava-se com maior intensidade o espetáculo dos prisioneiros dormindo no corredor malcheiroso e, principalmente, o pobre menino estendido entre os dois forçados.

Uma coisa é saber-se que, num lugar longínquo, certos homens fazem tudo para torturar outros, infligindo-lhes toda variedade de sofrimento e humilhação;

outra coisa é assistir, durante três meses, às cenas dessa tortura, ver aplicados diariamente os sofrimentos e as humilhações. Nekhludov só agora se certificara desta verdade. Vinte vezes, nesses três meses, interrogara a si mesmo: "Enlouqueci e vejo coisas que os outros não veem; ou estarão loucos os homens que fazem e toleram as coisas que eu vejo?" Ora, tais homens eram unânimes não só em tolerar essas coisas que revoltavam Nekhludov, mas ainda em considerá-las importantes e necessárias; daí a impossibilidade de admitir que todos eles fossem loucos; também não podia admitir que tivesse enlouquecido, pois suas ideias lhe pareciam claras e intimamente associadas. Por isso não encontrava solução.

Mas pelo menos a significação geral do que tinha visto nesses três meses aparecia-lhe agora de modo mais claro.

Em primeiro lugar, tinha a impressão de que entre os homens que viviam em liberdade a magistratura e a administração escolhiam os mais ardentes e espertos, em suma, os mais vivos; mas, também, os menos prudentes e astuciosos; e eram esses homens, sem serem mais culpados ou perigosos do que os que continuavam em liberdade, os que se viam encarcerados nas prisões, nos acampamentos e galés, ou então mantidos anos a fio na ociosidade, longe da natureza, da família, do trabalho, isto é, fora de todas as condições normais da vida humana.

Em segundo lugar, Nekhludov era de opinião que todos esses homens, nas prisões, acampamentos e galés, submetiam-se a uma série de humilhações — grilhões, algemas, cabelos raspados, uniforme da prisão — que não tinham outro objetivo além de destruir neles aquilo que para a maioria dos homens constitui os principais móveis da vida moral, isto é, o interesse pelo respeito dos outros homens, a vergonha, o senso da dignidade humana.

Em terceiro lugar, estava certo de que, expondo-os a um constante perigo de moléstia ou morte, inculcavam neles disposição de espírito que leva o melhor e o mais morigerado dos homens a cometer, e justificá-los, os atos mais cruéis e imorais.

Em quarto lugar, Nekhludov compreendia que, obrigando esses homens a viver dia e noite, somente na companhia de seres depravados — assassinos, ladrões, incendiários —, obrigavam-nos a contaminar-se nessa depravação geral.

E compreendia, ainda, que comportar-se assim com seres humanos — executando toda sorte de medidas monstruosas, separando pais de filhos, maridos de mulheres, e premiando denúncias — era como se quisessem provar que todas as formas da violência, crueldade e bestialidade, além de não as proibir, a lei até as recomendava, caso houvesse algum proveito: donde se concluía que todas as coisas eram permitidas contra homens privados de liberdade e sujeitos à mais extrema miséria.

"Até parece", conjeturava Nekhludov, "que inventaram tais medidas com o fim único de propagar, entre os homens mais ativos da nação e do modo mais seguro possível, a depravação e o vício, para contaminar, em seguida, a nação inteira. Cada ano, milhares de seres humanos assim se pervertem, privados dos sentimentos naturais, obrigados a ações monstruosas; ultimada a perversão, libertam-nos, para que inoculem o país todo, com os germes nocivos de que estão impregnados".

Na prisão de Katucha, e, mais tarde, em todo o trajeto do comboio, em Perm, Ekaterinenburgo, Tomsk em todas as paradas, Nekhludov tinha observado os efeitos daquilo que só podia considerar um vasto plano de desmoralização nacional. Viu naturezas simples, imbuídas das noções de moralidade tradicionais do campônio e do cristão, irem-nas gradualmente perdendo para adquirirem, em troca, a crença principalmente em admitir a legitimidade de toda violência e desonra. Presenciando o espetáculo do trato infligido aos prisioneiros, aquelas naturezas acabavam considerando falsos todos os princípios de justiça e de caridade ensinados pela religião, concluindo daí que estavam por igual dispensadas de seguir esses princípios.

Nekhludov averiguara em grande número de prisioneiros os indícios da decadência, entre eles Fedorov, Macário, e até mesmo Tarass, que, depois de dois meses de coabitação com os presos, tinha adquirido muitos dos seus hábitos e maneiras de sentir e exprimir-se. Nekhludov já o ouvira falar na admiração do velho forçado que se gabava de ter matado o companheiro de fuga para apaziguar a fome. Daí concluía Nekhludov que o camponês russo, sujeitando-se ao tratamento de prisioneiros, em poucos meses chegaria ao mesmo estado de perversão em que se encontraram, depois de séculos de corrupção moral, os intelectuais que glorificavam e pregavam as doutrinas de Nietzsche.

E encontrava nos livros que esse conjunto de medidas, a cujas consequências estava agora assistindo, se justificava pela necessidade de apartar da sociedade certos membros perigosos, senão intimidá-los ou corrigi-los. Mas nada disso se atinha à realidade. Em vez de isolar caracteres nocivos, propagava-se a depravação.

Em vez de os intimidar, encorajava-os, dando-lhes o exemplo da crueldade e da imoralidade; aliás, assegurando-lhes uma vida de ócio e devassidão agradável aos vagabundos, ao ponto de muitos solicitarem como favor o seu encarceramento. Em vez de os corrigir, contaminava-os sistematicamente com todos os vícios.

"Mas, então, por que fazem tudo isso?", interrogava-se Nekhludov; mas não encontrava resposta.

Admirava-se ainda mais ao ver que tudo era feito não em caráter provisório, mas de maneira contínua e refletida desde longos séculos, com uma única diferença: outrora arrancavam as narinas dos prisioneiros e conduziam-nos em jangadas; nos tempos presentes, punham-lhes algemas, furavam-lhes os olhos com socos e faziam-nos viajar em barcos a vapor.

Nekhludov também encontrava nos autores explicação para as medidas que o revoltavam: eram o resultado simplesmente da insuficiência dos lugares de detenção e da falta de organização que, muito em breve seria aperfeiçoada. Tal resposta não lhe era satisfatória; para ele o mal não dependia da influência do número de prisões ou de determinado defeito de organização. A experiência provava que esse mal crescia de ano para ano, apesar do pretenso progresso da civilização. Sabia que, cinquenta anos atrás, os comboios de prisioneiros não apresentavam o mesmo grau de embrutecimento ou depravação, embora não existissem caminhos de ferro nem barcos a vapor para conduzi-los através da Rússia. E não podia ler, sem repugnância e inquietação, as descrições das prisões modelo, sonhadas pelos sociólogos, em que a iluminação, o aquecimento, a alimentação e até as punições e execuções seriam feitos à eletricidade.

E Nekhludov indignava-se ao pensar que juízes e funcionários recebiam anualmente gordos salários, extorquidos do povo, simplesmente para ler, nos livros escritos por outros juízes e outros funcionários, os meios de expedir certos homens para lugares longínquos, a fim de se desembaraçarem deles por algum tempo, acabando com a sua vida moral, quando não a física. À medida que observava de perto as prisões e os acampamentos, Nekhludov compreendia que os vícios espalhados entre os presos, a embriaguez, o jogo, a violência, a impudicícia, não eram a manifestação do pretenso "tipo criminal", inventado pelos sábios ao serviço da autoridade, mas sim a consequência direta da aberração monstruosa, mercê da qual certos homens se arrogaram o direito de julgar e punir outros homens. Nekhludov compreendia que o canibalismo do velho forçado não se originou nem nas galés nem no deserto, mas nos ministérios, nas comissões e nas chancelarias. Entendia que as ocorrências nas galés eram o resultado de atividades nas esferas superiores, que homens — como, por exemplo, o seu cunhado —, que nada tinham a ver com a justiça ou o bem da nação, gabavam-se de servi-la, mas com a preocupação única dos rublos recebidos para desempenhar as funções desprezíveis, cujo fruto era o grande sofrimento e a depravação moral.

"Não seriam talvez consequências de um mal-entendido? Não seria possível dar a tais funcionários garantias contra os seus juízos monetários, e mesmo oferecer-lhes prêmios, sob a condição de se absterem de uma ação nefasta, a que talvez se julgam obrigados pelos vencimentos que percebem?"

Todos estes pensamentos se atropelavam no seu cérebro; e, só pela madrugada, o sono conseguiu interrompê-los, apesar dos percevejos que, logo ao deitar-se, corriam à sua volta, como formigas num formigueiro.

Capítulo IV

I

No dia seguinte, quando Nekhludov acordou, mais ou menos às nove horas, a dona da estalagem mandou entregar-lhe um envelope deixado por um soldado do acampamento havia duas horas. Era um bilhete de Maria Pavlovna.

A moça avisava Nekhludov que o acidente da véspera com Kriltzov era bem mais sério do que a princípio imaginaram. "Pensamos em permanecer aqui um ou dois dias. Mas não permitiram; de modo que o levamos conosco, e bem preocupados. Não seria possível ao senhor obter que um de nós fique com ele em S... (era a próxima parada do comboio), caso o seu estado de saúde o exija? Se houver nova recusa e o senhor julgar que como esposa eu poderia obter a permissão, escusa dizer que estou pronta a consentir nessa formalidade."

Nekhludov mandou preparar o carro e apressou-se em arrumar a mala. Ainda não tinha acabado de tomar chá, quando ouviu o tilintar dos guizos da *troika* e o trote dos cavalos na estrada congelada e sonora como ruas calçadas. Pagou imediatamente a nota e, subindo na *troika*, ordenou ao cocheiro que seguisse bem depressa a fim de alcançar logo o comboio. Efetivamente, depois de uma hora de boa marcha, Nekhludov viu na sua frente a fila negra dos carros que levavam, além das bagagens, os prisioneiros doentes e os condenados políticos. O oficial, como na véspera, havia partido antes para vigiar os que seguiam a pé. Perto dos carros, nos dois lados da estrada, marchavam soldados com passo lépido, percebendo-se que tinham bebido um bom trago antes de partir.

Os veículos eram bastante, uns vinte pelo menos. Nos últimos encontravam-se amontoados, seis a seis, os prisioneiros de direito comum; nos primeiros encontravam-se, três a três, os condenados políticos. Novodvorov viajava em companhia de Markel e de Grabetz; Emília Rantzeva e Nabatov tinham a seu lado a mulher grávida, a quem Maria Pavlovna cedera o lugar. Por fim, em outro, Nekhludov viu Kriltzov estendido num monte de palha, a cabeça apoiada em travesseiros. Maria Pavlovna estava a seu lado, sentada na borda do carro.

Nekhludov mandou parar a *troika* e, descendo, aproximou-se de Kriltzov. Os soldados, que rodeavam o carro, fizeram sinal para afastar-se. Nekhludov, porém, já estava habituado a não se importar com esses avisos; os soldados, com efeito, depois do primeiro protesto, deixaram-no acompanhar os prisioneiros quanto quis.

Envolvido numa peliça, um barrete de pele de carneiro na cabeça e um lenço amarrado à volta da boca, Kriltzov parecia ainda mais pálido e magro. Os olhos, único sinal de vida no seu rosto, brilhavam tanto que pareciam ter crescido desmedidamente. Sacudido pelos incessantes solavancos do veículo, estava com o olhar fixo diante de si, numa expressão de grande sofrimento. Quando Nekhludov lhe perguntou como se sentia, apenas desceu as pálpebras e, com ar irritado, virou a cabeça. Era evidente que concentrava todas as energias do seu ser para suportar os abalos do carro.

Maria Pavlovna, quando avistou Nekhludov, lançou-lhe um olhar que mostrava toda a sua inquietação; mas logo depois começou a falar, alegre e animada.

— Uma boa notícia! — exclamou, de forma que a voz dominasse o barulho das rodas. — Imagine que o oficial hoje sentiu vergonha! Mandou tirar as algemas do pai da menina para ele poder carregá-la. E estou aqui porque Vera me cedeu o lugar. Ela vai indo a pé, na frente com Simonson e Katia.

Depois guardaram silêncio por alguns momentos; de repente Kriltzov, puxando o lenço que lhe cobria a boca, pronunciou umas palavras: nem Nekhludov, nem Maria Pavlovna conseguiram, contudo, compreender. O doente fitou-os com impaciência e novamente fechou os olhos, contendo a tosse. Maria Pavlovna inclinou-se à escuta; e Kriltzov, voltando-se, murmurou:

— Agora estou melhor. Se não me resfriar, escapo mais esta vez.

Depois falou a Nekhludov, esforçando-se para sorrir.

— Como vai o problema dos três corpos? Já encontrou a solução?

Nekhludov olhava-o com ansiedade, não lhe compreendendo o alcance. Maria Pavlovna explicou então que os sábios denominavam assim o problema concernente às relações astronômicas entre o sol, a terra e a lua, e que Kriltzov, gracejando desde a véspera, comparava a esse problema as relações sentimentais entre Nekhludov, Simonson e Maslova. Kriltzov fez um movimento com a cabeça, para confirmar a explicação da moça.

— Não depende de mim a solução! — disse Nekhludov.

— Recebeu o meu bilhete? Vai fazer o que pedi? — perguntou Maria Pavlovna.

— Pode contar comigo! — respondeu ele.

Depois, percebendo que o rosto de Kriltzov se contraía, como se o incomodasse a conversa na qual não podia tomar parte, Nekhludov afastou-se e subiu novamente na carruagem. A alusão de Kriltzov trouxe-lhe à memória a sua própria situação, que, desde a véspera, vinha se esforçando para esquecer. Dominado pelo desejo de encontrar Katucha o mais depressa possível e ter uma entrevista decisiva, ordenou ao cocheiro que seguisse em boa marcha. Percorridas duas ou três *verstas*, pôde avistar, com um aperto no coração, o lenço azul na cabeça de Maslova. Caminhava na retaguarda do comboio, em companhia de Vera Efremovna e Simonson. Este, pelo modo de mover os braços compridos, parecia estar explicando alguma coisa às companheiras.

Quando Nekhludov os alcançou, as duas mulheres o cumprimentaram sorrindo, e Simonson tirou o barrete com especial deferência. Nekhludov, entretanto, vendo-os assim reunidos, não teve coragem de falar-lhes. No momento em que a *troika* ia parar, mudou de ideia; e não tardou a passar o comboio, que se arrastava ao longo do caminho, acompanhado como sempre dos gritos, risos e do retinir das correntes.

O caminho que o seu carro seguia levou-o a uma floresta sombria, onde as bétulas e os pinheiros ofereciam mil nuanças de amarelo nas folhas. Depois desapareceu a floresta; de ambos os lados do caminho estendiam-se vastos campos. E, ao longe, Nekhludov avistou as cúpulas e as cruzes douradas de um convento.

Entretanto, o dia começou a ficar mais bonito, as nuvens dispersaram-se e o sol surgiu acima dos campos. A geada, a lama solidificada dos caminhos, a cúpula e as cruzes brilhavam suavemente. E aquela claridade parecia tornar mais imensa a planície, até a linha azul das montanhas que debruavam o horizonte.

A *troika* finalmente entrou numa grande vila, arrabalde da cidade para onde se dirigia Nekhludov. As ruas estavam cheias de transeuntes, russos e estrangeiros, com uma extraordinária variedade de trajes e penteados.

Grupos de homens formavam-se diante dos cabarés, lojas e hospedarias e tagarelavam, discutiam, davam risadas. Carroças pesadas arrastavam-se ou paravam pelo caminho. Tudo anunciava a proximidade da cidade.

Empertigando-se no assento, a fim de causar impressão, o cocheiro chicoteou os cavalos e conseguiu fazê-los atravessar a trote a longa rua, apesar da multidão que a enchia. O carro parou apenas à margem do rio, divisa entre a vila e a cidade, cujas águas se deviam transpor em balsa.

Esta vinha no meio do rio, dirigindo-se à margem onde estava Nekhludov. Esperavam aí umas vinte carroças; mas os dois balseiros fizeram sinal ao cocheiro da *troika* para avançar antes dos outros. Quando ficou lotada a balsa retiraram-lhe a prancha que a ligava a terra, sem dar atenção aos protestos dos carroceiros que não tinham conseguido embarcar.

E a balsa lentamente deslizou pela superfície da água, ouvindo-se apenas o ruído das vagas que se quebravam nas bordas e, de vez em quando, os cascos dos cavalos batendo nas tábuas.

II

Nekhludov permaneceu de pé na beira da balsa, os olhos fixos nas águas rápidas do rio. Sua imaginação representava ora a imagem de Kriltzov agonizando sobre a palha, com o olhar revoltado, ora a imagem de Katucha, caminhando ao longo da estrada com seu passo ágil, em companhia de Vladimir Simonson.

A imagem de Kriltzov não se resignando com a morte era terrível e lamentável; a outra imagem, a de Katucha encontrando para amá-la a um homem com as qualidades de Simonson e avançando no caminho do bem, com o mesmo passo alerta com que pisava na estrada, só podia ser alegre e reconfortante. Contudo ambas as imagens eram para Nekhludov igualmente cruéis. Ambas não saíam do seu pensamento, aí se juntavam para produzir uma única impressão de profunda tristeza.

O vento trouxe o som argentino de um sino, anunciando o ofício religioso. O cocheiro de Nekhludov e os outros passageiros descobriram-se e fizeram o sinal da cruz. Só um velhinho, vestido de trapos, continuou imóvel com o seu barrete, as mãos cruzadas nas costas.

— Então, meu velho, você não reza? — perguntou o cocheiro da *troika*, depois de pôr novamente o boné. — Não é batizado?

— Rezar? Rezar para quem? — perguntou o velho andrajoso, encaminhando-se para o cocheiro e fitando-o fundo nos olhos.

— Mas que pergunta! Então você não acredita em Deus?

— E você acaso o conhece? Sabe onde está?

Na expressão do velho havia tanta seriedade e dureza que o cocheiro ficou meio intimidado. Mas formou-se um círculo à sua volta, de modo que ele continuou o diálogo, a fim de ser o último a falar.

— Onde está Deus? Ó imbecil, todo o mundo sabe que está no céu.

— Você então o viu? Já esteve no céu?

— Estar não estive, mas todo o mundo sabe que a gente deve rezar.

— Ninguém jamais viu Deus! O Filho Unigênito, que está no seio do Pai, esse é quem o deu a conhecer — continuou o velho, severamente, e franzindo as sobrancelhas.

— Então você não é cristão? É idólatra?

O velho voltou-se e cuspiu em sinal de desprezo.

— Qual é a sua religião, paizinho? — perguntou um carroceiro que ali estava, ao lado dos seus cavalos.

— Religião não tenho. Só creio numa pessoa, que sou eu mesmo — respondeu o velho, sempre zangado.

— E como se pode crer em si mesmo? — perguntou Nekhludov, cada vez mais intrigado com o estranho personagem.

— É o único meio de ninguém se enganar!

— Mas por que então existem tantas religiões?

— É porque todo o mundo acredita nos outros. Eu também já acreditei nos outros, e vaguei como se estivesse perdido numa floresta, sem esperanças de achar o caminho. Encontrei toda sorte de velhos e de novos crentes, sabatistas e chiliastas, popovistas e não popovistas *eskoptzy*. Cada um achava que a sua religião era a melhor. Religiões existem muitas, mas só há um Espírito. Ele é o mesmo em mim, em você, neles todos. E isto quer dizer que cada um deve crer no Espírito que existe em si próprio e assim todos poderão encontrar-se reunidos!

O velho falava em tom cada vez mais alto, e olhando em torno, como se desejoso de ser ouvido pelo maior número de pessoas.

— Você prega assim há muito tempo? — indagou Nekhludov.

— Eu? Há muito tempo. Já faz 23 anos que eles me perseguem.

— Como assim?

— Eles me perseguem, como perseguiram Cristo. Eles me prendem, levam-me diante dos juízes, dos padres, dos escribas e fariseus; enviam-me para a casa dos loucos. Mas nada podem fazer, porque sou livre. "Como te chamas?", me perguntam. Pensam que tenho nome. Mas não tenho, já renunciei a tudo: não tenho nome, nem país, nem pátria; não tenho nada, só tenho eu! "Como te chamam a ti?" "Um homem." "Que idade tens?" "Eu?", lhes respondo, "a idade não me interessa; aliás não tenho idade, porque o Espírito que está em mim sempre existiu e continuará a existir". "E teu pai? E tua mãe?", me perguntam. "Em casa, não há pai, nem mãe", lhes digo, "exceto Deus e a terra. Deus é o meu pai; a terra é a minha mãe". "E o *tzar*", me dizem, "não o reconheces?" "Por que não o havia de reconhecer? Ele reina do seu lado e eu do meu." "É mesmo impossível falar contigo!", me dizem. "Mas", lhes respondo eu, "não estou lhes pedindo que falem comigo!" E então eles começam a martirizar-me.

— E agora, para onde vai você? — perguntou Nekhludov.

— Vou para onde Deus me levar. Eu trabalho, e, quando não encontro trabalho, peço esmola — respondeu o homenzinho, enquanto lançava à sua volta um olhar de triunfo.

A balsa chegava à outra margem. Nekhludov tirou do porta-níqueis uma moeda de prata e ofereceu-a ao velho.

Mas ele recusou:

— Isso não costumo receber. Só aceito pão — disse ele.

— Então me desculpe.

— Não tenho o que desculpar. Você não me ofendeu. Aliás ninguém pode me ofender! — exclamou o velho, levantando o saco que estava a seus pés.

Os carroceiros começavam a agitar-se. Puxavam as carroças, atrelavam os cavalos.

— O senhor afinal é indulgente para conversar com gente dessa espécie! — disse o cocheiro a Nekhludov, quando saíram do barco. — Imagine se fôssemos ouvir a todos esses vagabundos!

III

Quando a *troika* já estava nos cais, o cocheiro dirigiu-se novamente a Nekhludov.

— Em que hotel pretende ficar?

— Não sei. Qual é o melhor?

— O "Sibéria" é o melhor. Mas o hotel de Dukov também é bom.

— Leve-me para onde quiser.

O homem chicoteou os cavalos e o carro entrou nas ruas da cidade. Esta era semelhante a todas as cidades: as mesmas casas de telhado chato, uma grande igreja, lojas de pequeno comércio, grandes lojas nas ruas mais elegantes, os mesmos transeuntes e policiais. Notava-se apenas, de diferente, que a maioria das casas era de madeira e as ruas não tinham calçamento.

O cocheiro parou o carro diante da escada do hotel, situado na rua mais movimentada; mas, estando ele completamente cheio, foi necessário seguir à procura de outro.

Nekhludov conseguiu instalar-se. Pela primeira vez, depois de dois meses, voltou aos antigos hábitos de limpeza e comodidade. O quarto que reservou no hotel de Dukov, embora não fosse de grande luxo, pelo menos era habitável. Ao vê-lo, depois das acomodações pelas estalagens, nas noites precedentes, sentiu-se mais reconfortado.

Antes de mais nada, Nekhludov tinha pressa de livrar-se dos piolhos que o perseguiam tenazmente por toda a Sibéria, de parada em parada. Por isso, depois de arrumar as roupas, dirigiu-se imediatamente para uma casa de banhos, onde levou mais de uma hora se esfregando. Depois, voltando ao hotel, pôs-se em trajes de cidade, camisa engomada, calça de casimira cinza, sobrecasaca e sobretudo, para ir falar com o governador.

Um fiacre, puxado por um cavalo quirquiz, pequeno mas vigoroso, levou em bom trote até o pátio de uma casa grande e bonita, guardada por duas sentinelas e diversos soldados. A casa era rodeada de jardins, onde aparecia, entre os troncos nus das bétulas e dos álamos, o verde-escuro dos pinheiros.

O governador estava doente e não recebia. Nekhludov, porém, entregando ao lacaio um cartão de visita, viu-o voltar com um sorriso amável, participando-lhe que sua Excelência o convidava a entrar.

A sala de espera, o criado, a escadaria, o salão encerado, tudo se assemelhava com as casas de São Petersburgo, embora fosse mais grandioso e menos limpo.

Nekhludov não esperou muito tempo no enorme salão: apenas tinha sentado, vieram comunicar-lhe que o governador o esperava.

Vestido com uma *robe de chambre* amarela, de cigarro na mão, o governador estava tomando chá numa xícara com lavores de prata. Era um homem gordo, sanguíneo, careca, de nariz muito vermelho e testa com veias salientes.

— Queira desculpar-me, príncipe, de recebê-lo em *robe de chambre*. Mas é preferível receber assim do que não receber, não acha? — falou, com um sorriso e afundando-se de novo na poltrona. — Estou meio adoentado e não posso sair do quarto. A que devemos o prazer de sua visita ao nosso longínquo reino?

— Estou acompanhando um comboio de prisioneiros, onde se encontra uma pessoa por quem me interesso — respondeu Nekhludov. — Tenho dois pedidos a fazer-lhe, um deles precisamente se refere a essa pessoa.

O governador estirou as pernas, tomou um bom gole de chá, sacudiu a cinza do cigarro num cinzeiro de malaquita, e, fixando os olhos pequenos e brilhantes em Nekhludov, pôs-se a escutá-lo com a mais viva atenção. Interrompeu-o somente duas vezes, para oferecer-lhe uma xícara de chá e um cigarro.

Este general pertencia à espécie de homens que, por índole, acha possível dosar a profissão com um pouco de humanidade e tolerância. Todavia, como a natureza o dotara também de um grande fundo de bondade e juízo, não tardou muito em ressentir a própria vaidade nos esforços empregados; e, para fugir, à consciência do conflito interior em que se debatia, entregou-se cada vez mais ao hábito de beber. O hábito totalmente se arraigou nele que, ao cabo de 35 anos de serviço na armada e na administração, se tornou o que os médicos chamam um "alcoólico". Estava tão saturado de aguardente que um cálice de vinho era suficiente para levá-lo ao estado de embriaguez. Mas não era possível deixar de beber; assim, todos os dias da sua vida, pela tarde, achava-se completamente embriagado.

Mas soube adaptar-se tão bem a esta situação que nunca o viam cambalear, ou lhe ouviam dizer coisas incoerentes; todavia, mesmo que as dissesse, a sua alta posição não permitia a ninguém notá-lo. Apenas de manhã, justamente na hora em que Nekhludov foi procurá-lo, o velho general parecia homem sensato e capaz de compreender o que lhe diziam.

Os superiores hierárquicos não lhe ignoravam os hábitos de intemperança. Mas sabiam também que era mais inteligente que os colegas, e mais culto, embora sua cultura cessasse de evoluir quando se entregava ao vício. Reconheciam que ele era ousado, hábil, representativo; sabiam que, mesmo embriagado, conservava a linha. E, por isso, deixaram-no subir, gradualmente, até o atual posto de governador.

IV

Nekhludov contou-lhe como a prisioneira em questão havia sido condenada injustamente, informando-o de que, antes de partir, dirigira ao Imperador um recurso de graça.

— Perfeitamente! — disse o governador, depois de escutar com atenção.

— E então?

— Prometeram-me que o recurso seria examinado o mais depressa possível, e que a decisão imperial nos alcançaria aqui, no corrente mês...

Sempre com os olhos fixos em Nekhludov, o governador colocou sobre a mesa a mão gorda e de dedos curtos para apertar a campainha, e continuou a escutar em silêncio.

— Queria, pois, solicitar a V. Ex.ª que, se possível, fosse a prisioneira conservada aqui, até se ter conhecimento da decisão.

Nekhludov foi interrompido pela entrada de um criado em grande uniforme militar.

— Vá saber se Ana Vassilievna já se levantou — disse o governador — e traga mais chá.

E, voltando-se para Nekhludov:

— E o que mais?

— O meu segundo pedido — continuou Nekhludov — refere-se a um condenado político que também faz parte deste comboio.

— Ora! — exclamou o governador, num movimento de cabeça, como quem faz amável censura.

— O infeliz está muito doente, pouco tem de vida. Com toda a certeza vão deixá-lo aqui, na enfermaria. Uma das suas companheiras, também condenada política, queria permissão para ficar junto dele.

— Tem ela algum parentesco com o prisioneiro?

— Não, mas está pronta a casar-se, se isso lhe valer a ordem de fazer-lhe companhia.

O governador, sem nada dizer, continuava a examinar Nekhludov com seus olhos brilhantes, como se procurasse intimidá-lo com a força do olhar.

Quando Nekhludov se calou, aguardando a resposta, levantou-se da poltrona, tirou um livro da biblioteca, folheou-o rapidamente e durante alguns minutos ficou a ler um trecho, que seguia com o dedo.

— A que foi condenada essa mulher? — perguntou, finalmente, erguendo os olhos.

— Aos trabalhos forçados.

— Nesse caso a situação do condenado não lucraria com o casamento.

— Mas é que...

— Um momento! Mesmo que essa mulher se casasse com um homem livre, teria de cumprir a pena. A questão é saber-se qual dos dois tem a pena maior.

— Ambos estão condenados a galés perpétuas.

— Então já é caso resolvido — disse o governador, sorrindo. — O casamento em nada modificaria a situação de ambos. Ele, estando doente, permanecerá aqui e o que for possível para melhorar o seu estado será feito. Ela, mesmo se casando, seria forçada a seguir no comboio...

— A generala acabou de descer para o almoço — anunciou o criado.

O general assentiu com a cabeça e continuou:

— Contudo, vou pensar nisso. Como se chamam os condenados? Escreva os nomes neste papel.

Nekhludov escreveu.

— Isso também não posso consentir! — respondeu o governador, quando o príncipe pediu autorização para visitar o doente. — Mas não vá pensar que desconfio do senhor — continuou ele —, compreendo-o, perfeitamente. O senhor se interessa por essa gente, quer ajudá-la, já que tem dinheiro. Ora, tudo se compra neste país. Dizem-me sempre: você deve extirpar a venalidade. Mas como conseguir tal coisa, se todo o mundo se vende? Além disso, não é possível vigiar funcionários numa extensão de cinco mil *verstas*! Cada um deles é um pequeno *tzar*, como eu aqui! — acrescentou o governador, dando uma gargalhada. — Sei bem o que se passou. Durante todo o trajeto, permitiram-lhe ver os condenados políticos: o senhor deu gorjetas e deixaram-no passar. Não foi?

— De fato, foi isso mesmo.

— Compreendo o seu modo de agir. Fez o que devia fazer. Desejava ver um condenado político: empregou os meios necessários. Tanto o oficial como o soldado permitiram a entrada mediante gorjetas; porque os soldos, sem esses pequenos suplementos, não dão para a família viver. Eles têm razão e o senhor também. Eu, no lugar deles ou no seu, teria feito a mesma coisa. Mas no meu lugar é diferente: não posso cometer a menor infração e ainda menos porque naturalmente sou inclinado à indulgência. Estou incumbido de uma missão, que me confiaram sob determinadas condições: devo justificar tal confiança. Eis o que lhe posso dizer sobre esta questão. Mas, do seu lado, conte-me o que se passa na sua terra, pela Europa, e em São Petersburgo e Moscou.

E o general fez mil perguntas, aproveitando a oportunidade, menos para informar-se do que para mostrar sua importância e afabilidade.

— Onde está hospedado? No hotel de Dukov? Não é mau, mas nem se compara com o "Sibéria"!

No momento em que Nekhludov se despedia, acrescentou:

— Prometa vir jantar conosco. Às cinco horas. Está combinado? O senhor fala inglês?

— Falo.

— Então está ótimo. Imagine que se encontra aqui um inglês, um viajante. Trouxe autorização de São Petersburgo para visitar as prisões e os acampamentos da Sibéria. Justamente esta noite vem jantar aqui. Ficar-lhe-ia muito agradecido se viesse também. Decidirei então qualquer coisa a respeito da prisioneira que está aguardando a decisão do recurso e do doente. Vou ver se posso fazer alguma coisa por eles.

Tendo-se despedido do governador, Nekhludov dirigiu-se ao correio. Há muito tempo não sentia tanta disposição para desenvolver suas atividades.

A agência do correio ocupava uma grande sala abobadada, úmida e escura. Atrás das grades, sentavam-se uns dez funcionários, quase todos conversando um com outro, enquanto na parte reservada ao público se acotovelava grande número de pessoas impacientes e apressadas. Perto da porta, um velho empregado levava todo o tempo a carimbar numerosos envelopes que um colega lhe passava e os ia retirando, à medida que os timbrava.

Nekhludov não teve de esperar muito tempo. Aí, como em toda parte, seu vestuário de *barine* lhe dava vantagens: um dos empregados imediatamente lhe fez sinal para aproximar-se. Nekhludov deu o seu cartão. Com um gesto respeitoso o empregado entregou ao príncipe a volumosa correspondência que o aguardava na posta restante.

Havia muitas cartas com valor e cartas comuns, alguns livros, brochuras e jornais. Para dar uma rápida vista de olhos em tudo aquilo, Nekhludov sentou-se num banco de madeira, ao lado de um soldado, que estava ali a esperar, com um registro na mão.

Um dos envelopes o intrigou, um grande envelope fechado com imponente sinete vermelho. Abriu-o, leu a assinatura: imediatamente o sangue afluiu ao rosto e o coração bateu descompassado. Assinava-a Selenine, o antigo companheiro de Nekhludov, atual procurador no Senado; junto havia um papel oficial. Era a resposta ao recurso de graça para Maslova.

Qual seria a resposta? Uma rejeição? Nekhludov morria de vontade de saber, mas não ousava ler o conteúdo. Por fim, achou força o bastante para decifrar as poucas linhas de Selenine e suspirou de alívio: fora concedido o perdão!

"Caro amigo", escrevia Selenine, "nossa última conversa causou-me funda impressão. Você tinha razão a respeito de Maslova. Estudei melhor o processo e cheguei à conclusão de que a sentença condenatória resultava de erro evidente. Infelizmente era tarde para pensar na cassação. Dirigindo-me à comissão de graças, soube com alegria que ali se encontrava o requerimento da sua protegida. Graças a Deus pude obter satisfação. Segue inclusa a cópia do decreto, para o endereço que a condessa Catarina Ivanovna acaba de me dar. Quanto ao decreto, enviado a Maslova para a cidade onde foi pronunciado o julgamento, penso que já o fizeram seguir, e não tardará a ser entregue à sua protegida. Em todo o caso, apresso-me em anunciar-lhe a boa-nova, com um afetuoso aperto de mão. — *Selenine*."

O decreto, cuja cópia Selenine enviava a Nekhludov estava assim redigido: "Chancelaria de Sua Majestade Imperial. Comissão de graças. De ordem de S. M. Imperial, a denominada Catarina Maslova é informada de que S. M.

Imperial, tendo tomado conhecimento do seu pedido, dignou-se comutar a condenação de quatro anos de trabalhos forçados por ela incorrida, para quatro anos de degredo em qualquer província das fronteiras da Sibéria."

Feliz, bem-vinda notícia! Realizava tudo o que Nekhludov podia desejar para Katucha e para ele também. Mas logo lhe ocorreu que a mudança na situação de Katucha repercutia nas suas relações com ela. Enquanto estava condenada aos trabalhos forçados, o casamento seria apenas uma união fictícia, cuja razão de ser era apenas suavizar a sorte da moça. Agora, porém, assumia aspecto mais sério: nada impedia que Nekhludov e Katucha levassem vida comum, como marido e mulher. O antigo temor de Nekhludov voltou-lhe a tal lembrança. Perguntava-se, apreensivo, se estava preparado para a vida em comum; e era obrigado a confessar que não.

Depois se recordou das relações entre Katucha e Simonson. Qual a significação das palavras que ela pronunciara na véspera? E se consentisse em casar-se com Simonson, seria o casamento um bem para Katucha? Mas para ele, Nekhludov, seria por igual um bem?

Todas essas reflexões o perseguiam, e ele não sabia como responder. Recorreu, então, mais uma vez, a um processo seu muito comum. "Vamos decidir tudo isto mais tarde!", dizia a si mesmo. "Antes de mais nada preciso ver Katucha, comunicar-lhe a boa-nova e ultimar as formalidades da sua libertação." A cópia enviada por Selenine sem dúvida seria suficiente, enquanto se esperava a notificação oficial do decreto.

E Nekhludov, saindo do correio, encaminhou-se para a prisão onde deviam estar internados os prisioneiros do comboio.

VI

Nekhludov sabia por experiência, embora o governador tivesse proibido formalmente a entrada na prisão, que das autoridades superiores não se conseguia o que muito ao contrário, com facilidade, se obtinha das inferiores. Por isso estava certo de que o diretor da prisão lhe permitiria ver Maslova, a fim de participar-lhe a aceitação do seu recurso. Esperava também poder informar-se da saúde de Kriltzov e transmitir a Maria Pavlovna o resultado da entrevista com o governador.

O diretor da prisão era um homem grande e corpulento, de aspecto imponente; tinha longos bigodes e as barbas cobriam todo o rosto. Acolheu Nekhludov com certa reserva, declarando-lhe desde logo que o acesso de pessoas estranhas junto aos prisioneiros só era possível mediante autorização do governador. Nekhludov tendo objetado que, mesmo nas grandes cidades percorridas pelo comboio, deixavam-no falar com os condenados, o diretor respondeu asperamente.

— Isso é muito possível, mas eu não posso permitir a sua entrada.

Estas palavras significavam claramente o seguinte:

— Vocês, os senhores da capital, pensam provocar a nossa admiração e timidez. Mas muito se enganam. Nós aqui na Sibéria havemos de mostrar que conhecemos muito bem o regulamento, até para ensinar-lhes, sendo preciso.

Nekhludov apresentou-lhe a cópia do decreto perdoando Maslova, e que, aliás, não causou a menor impressão sobre aquele homem terrível. Além de recusar obstinadamente que o príncipe atravessasse as portas do presídio, nem quis informá-lo sobre a chegada do comboio. E, como Nekhludov lhe perguntasse se a cópia do decreto bastava para concederem a liberdade a Maslova, ele em resposta sorriu com tal desprezo que Nekhludov sentiu vergonha da sua ingenuidade. Em todo o caso, o diretor levou sua condescendência ao ponto de prometer-lhe que ia comunicar a Maslova o resultado do recurso, acrescentando, como sinal de favor todo especial, que não a reteria, nem mesmo por uma hora, depois que os chefes lhe transmitissem a ordem de libertação.

Assim Nekhludov, sem nada conseguir, tomou o carro para voltar ao hotel.

Em compensação, ficou sabendo pelo próprio cocheiro que o comboio tinha já chegado havia uma hora mais ou menos. Soube também, por essa fonte, dos motivos da severidade inflexível do diretor. Tinha-se declarado uma epidemia de tifo na prisão superlotada.

— Não é de admirar! — declarou o homem, virando-se sobre o assento. — O número de presos é duas vezes maior do que a capacidade da prisão. Por isso as coisas se complicam. Morrem mais de vinte por dia.

VII

O insucesso das tentativas na prisão não acalmou a febre de atividade que, nesse dia, se apoderou de Nekhludov. Em vez de recolher-se ao quarto, como tencionara, resolveu voltar ao palácio do governador e indagar na secretaria se ainda não tinham recebido aviso do perdão de Maslova. Fez a pé o trajeto, feliz de encontrar novo pretexto que o distraísse dos seus pensamentos. Quando foi informado de que não receberam aviso algum, ficou satisfeito por ter cartas a responder. Escreveu durante uma hora, para Selenine e a tia, e também ao advogado, mostrando-se inquieto com o atraso da comunicação, coisa, aliás, muito natural.

Terminadas as cartas, consultou o relógio e ficou encantado ao ver que mal tinha tempo de fazer a *toilette* para não chegar atrasado ao palácio do governador.

Na rua, porém, o pensamento assaltou-o novamente. Como receberia Katucha a comutação da sua pena? Onde iria morar? Qual seria a atitude de Simonson? O que Katucha pensava deles? O que sentiria ela a seu respeito?

Nekhludov considerou o quanto Katucha estava mudada. Lembrou-se uma por uma de todas as visitas que lhe havia feito. Recordou-se do seu sorriso, através das grades da janela, quando o trem partia.

"Devo esquecer tudo, extirpar estas recordações", dizia consigo; novamente procurou um meio de afastar da moça o seu pensamento. "Vê-la-ei em breve, e tudo se resolverá!" Tomando esse rumo, pôs-se a imaginar o modo como iria insistir junto ao governador para obter permissão de entrar na prisão.

O jantar do governador, organizado com o luxo habitual desse gênero de recepção, causou nessa noite um prazer todo especial a Nekhludov, que desde longos meses se privou não só de qualquer luxo, como da mais elementar comodidade.

A esposa do governador, antiga dama de honra da corte de Nicolau, era uma petersburguense da velha escola — falando perfeitamente o francês e bem mal o russo. Sua atitude era sempre empertigada e, nos movimentos, esforçava-se para não afastar os cotovelos da cintura. Mostrava pelo marido certa consideração tranquila, levemente desdenhosa; era, todavia, de uma amabilidade extrema para com os hóspedes, a quem proporcionava esses favores sem contudo descer da sua importância.

Recebeu o príncipe como a um homem da sua esfera, cercando-o de nímias e graciosas gentilezas, que, mais uma vez, levaram a Nekhludov a plena consciência de suas perfeições e o sentimento de completa satisfação. Deu-lhe com muita discrição a entender que estava a par dos motivos que o traziam à Sibéria, e Nekhludov compreendeu que ela o considerava um homem excepcional.

Tantas homenagens naquela atmosfera de luxo e bem-estar do palácio atuaram sobre Nekhludov, e ele se rendeu ao prazer de participar num excelente jantar em companhia de pessoas amáveis e distintas. Teve impressão de se encontrar num ambiente que lhe era familiar, o seu verdadeiro meio, como se todas as coisas presenciadas nos últimos tempos não lhe passassem de um sonho, do qual acabava de despertar.

Além do general, sua mulher, a filha e o genro, sentava-se à mesa um rico negociante que possuía minas de ouro, um alto funcionário aposentado e o viajante inglês de que o governador havia falado a Nekhludov pela manhã.

Nekhludov ficou encantado de travar conhecimento com os três.

O inglês era um ruivo cheio de saúde que falava pessimamente o francês; mas tornava-se eloquente quando lhe era dado exprimir-se na sua própria língua. Sabia de tudo, porque vira muitas coisas; interessou vivamente Nekhludov ao discorrer sobre as suas recordações da América, da Índia, do Japão e da Sibéria.

O negociante, dono das minas de ouro, era também um rapaz encantador.

Embora filho de camponeses, vestia-se com apuro e elegância — terno à última moda e no peito da camisa botões de brilhantes. Tinha paixão pelos livros, despendia fabulosas quantias em obras de caridade e mantinha-se cuidadosamente a par dos progressos da opinião liberal na Europa. Nekhludov achou-o interessante não só pela sua palavra agradável, mas também porque representava um fenômeno social novo e digno de simpatia: um bom enxerto da civilização europeia no tronco vigoroso da seiva russa.

O diretor aposentado era um homenzinho gorducho e barrigudo, de cabelos ralos e frisados, olhos azuis sempre úmidos e um sorriso bondoso. Falava pouco, era apagado, mas o governador o estimava porque revelou certa honestidade nas suas funções; e a mulher do governador, distinta pianista, o estimava mais ainda, porque era excelente músico e tocava com ela trechos a quatro mãos. Nekhludov estava com tão boa disposição de espírito que sentiu prazer em conhecer até mesmo esse funcionário.

Mas nenhum dos três convivas lhe produziu impressão tão agradável quanto o jovem casal — a filha do governador e o marido. Não era bonita, mas a fisionomia exprimia-lhe uma ingênua meiguice. Só tinha pensamentos para os dois filhos. O marido, com quem se casara por amor, algo contra a vontade dos pais, fora laureado pela Universidade de Moscou. Modesto, tímido, mas não desprovido de inteligência, distraía-se da monotonia militar, ocupando-se de estatística: ninguém melhor informado que ele sobre o movimento da população estrangeira na Sibéria.

Aquela pequena sociedade acolhera Nekhludov com tão pressurosa polidez e deferência porque poucas ocasiões tinham de avistar caras novas e todos estavam sinceramente encantados.

O governador, no seu grande uniforme militar, com a cruz branca no peito, palestrou com Nekhludov como se fosse um velho amigo. Logo que se sentaram à mesa, perguntou ao príncipe o que tinha feito durante o dia. Porém, quando Nekhludov, aproveitando a ocasião, contou-lhe que havia recebido notícias do perdão à condenada por quem se interessava, e insistiu na visita à prisão, o governador franziu as sobrancelhas e fingiu não ter ouvido. Era evidente que não gostava de tocar em assuntos de serviço enquanto jantava.

— Mais um pouco de vinho — perguntou na língua francesa ao hóspede inglês.

O inglês, estendendo-lhe o copo, contou que, nesse dia, tinha visitado a catedral e duas fábricas, acrescentando que muito lhe agradaria visitar a grande prisão dos deportados.

— Não pode haver melhor solução! — exclamou o governador, voltando-se para Nekhludov. — Os senhores irão juntos! Vou assinar a ordem.

— O senhor não quer visitar a prisão à noite, hoje mesmo? — perguntou Nekhludov ao inglês.

— Quero, sim, e até ia pedir-lhe autorização para visitá-la ainda esta noite — disse o viajante ao governador. — Os deportados já devem estar nos seus quartos e poderei ver-lhes a vida tal como é na realidade.

— Ah! Ah! Ele é esperto, quer ver a festa em todo o seu esplendor! — declarou o governador, que, até esse momento, tinha dissimulado muito bem a embriaguez. — Ah! Ah! E vai apreciar. Já escrevi vinte vezes para São Petersburgo reclamando. Talvez se decidam, quando lerem as mesmas reclamações na imprensa estrangeira!

Aí mudaram de assunto. Falou-se da Índia, da expedição do Tonquim de que os jornais então se ocupavam; falou-se da Sibéria, e o governador citou exemplos incríveis da corrupção geral entre os funcionários siberianos.

Pelo fim do jantar, a conversa tornou-se fastidiosa, ou, pelo menos, assim o pareceu a Nekhludov. Mas, quando passaram ao salão, onde foi servido o café, a dona da casa inquiriu o hóspede inglês a respeito de Gladstone. Nekhludov achou que foram muito sensatas as respostas.

Depois do bom jantar, dos vinhos finos, confortavelmente sentado numa poltrona em companhia de pessoas boas e bem-educadas, Nekhludov sentia-se cada vez mais à vontade. E quando, a pedido do inglês e fazendo-se acompanhar do diretor aposentado, a dona da casa tocou a Sinfonia em dó menor de Beethoven, Nekhludov deixou-se invadir por uma satisfação própria que há muito não experimentara. Era como se naquele momento avaliasse novamente os seus predicados.

A música estava excelente. Conhecendo de cor a Sinfonia de Beethoven, Nekhludov reconheceu que nunca lhe ouvira melhor interpretação. No maravilhoso andante, pouco faltou que chorasse: enterneceu-se por si mesmo, por Katucha, por Natália, que o amara tanto nos tempos passados!

Depois de agradecer à pianista os instantes de prazer artístico, Nekhludov levantou-se para se despedir, e a filha do governador interpelou-o, corando:

— O senhor interessou-se pelos meus filhos? Não quer vê-los?

— Ela pensa que todo o mundo sente muito prazer em ver os filhos! — disse a mãe, com um sorriso, indulgente pela ingenuidade da moça. — O príncipe não tem vontade de ver crianças!

— Pelo contrário, terei imenso prazer! — protestou Nekhludov, profundamente comovido com aquelas demonstrações de amor materno. — Desejo muito conhecê-los.

— Então o príncipe vai admirar os garotos! — exclamou do fundo do salão o governador, que jogava *whist* com o genro e o moço das minas de ouro. — Olhe lá, meu amigo, desempenhe-se bem na tarefa!

A moça, entretanto, visivelmente comovida em pensar qual seria a opinião do príncipe acerca dos filhos, saiu depressa do salão, seguida de Nekhludov. Num quarto grande, todo branco, suavemente iluminado por uma lâmpada que um *abat-jour* escuro velava, havia duas pequenas camas, uma ao lado da outra.

Perto delas encontrava-se a ama, com o seu rosto gordo e simpático de siberiana, trazendo nos ombros uma *pelerine* branca. Levantou-se para saudar a patroa.

A jovem mãe, logo que entrou, debruçou-se num dos leitos.

— Esta é a minha Katia! — disse, afastando o cortinado para mostrar o rostinho mimoso e os cabelinhos compridos de uma menina de dois anos, que dormia tranquilamente com os lábios entreabertos. — Ela é bonitinha, não acha? E só tem dois anos!

— Linda!

— Aqui está Vaska, como o apelidou o avô. É outro tipo. Um verdadeiro siberiano, não?

— É, sim, mas que menino robusto! — falou Nekhludov, olhando, o bebê vermelhinho e bochechudo.

A mãe, de pé ao seu lado, sorria com doçura.

Repentinamente vieram à memória de Nekhludov as correntes, as cabeças raspadas, os socos nos olhos, Kriltzov moribundo, Katucha. Invadiu-o atroz sofrimento. Sentiu não poder alcançar também uma felicidade igual, tão pura e calma!

Depois de elogiar, o melhor que pôde, a beleza das duas crianças, voltou com a moça para o salão onde o inglês o esperava para irem à prisão, como ficara combinado. Fizeram-se as despedidas com agradecimentos e votos de felicidades de parte a parte; e Nekhludov, acompanhado do inglês, deixou a casa hospitaleira do governador.

O tempo tinha mudado. Uma neve espessa caía em rajadas e já cobria o lajedo do pátio, as árvores do jardim, os degraus da escada, os topos da carruagem, o lombo dos cavalos.

Nekhludov subiu ao carro com o companheiro e mandou o cocheiro tocar para a prisão.

Capítulo V

I

A neve podia enfeitar todas as coisas com um véu branco e festivo, podia ornar os telhados, o pátio e as escadas da prisão; esta, porém, não apresentava aspecto menos sinistro, com as duas lanternas vermelhas iluminando a entrada e com a sentinela a montar guarda.

O diretor de fisionomia arrogante veio em pessoa ao limiar da porta receber os visitantes. À luz das lanternas, examinou cuidadosamente a ordem que o governador havia entregado a Nekhludov, quando saíram da mesa; depois, limitando-se a encolher os ombros, em sinal de resignação ao capricho do seu superior, convidou-os a segui-lo até o seu escritório. Aí chegando, perguntou-lhes o que desejavam ver.

Nekhludov respondeu que, antes de tudo, desejava entrevistar Maslova, acrescentando que o companheiro do seu lado queria fazer algumas perguntas sobre o regime da prisão, a fim de visitar mais proveitosamente as salas.

O diretor ordenou a um guarda que trouxesse Maslova.

— Quantas pessoas comporta a prisão? — perguntou o inglês, por intermédio de Nekhludov. — Quantas pessoas contém atualmente? Quantos homens? Quantas mulheres? Quantas crianças? Quantos forçados? Quantos deportados? Quantos seguem livremente? Quantos doentes?

Nekhludov traduzia as perguntas do inglês e as respostas do diretor, à medida que iam sendo formuladas, mas seria incapaz de dizer o que significavam as palavras, pois estava aniquilado ante a perspectiva de falar com Katucha. Quando estava no meio de uma frase que traduzia, ele ouviu passos no corredor, a porta abriu-se: como acontecera tantas vezes naqueles últimos três meses — quem sabe se agora não seria a última —, apareceu Katucha, seguida pelo guarda, toda de branco com o lenço na cabeça; quando ele viu Katucha, foi como se o sangue lhe estacasse bruscamente nas veias.

"Quero viver, quero ter família e filhos, quero ter minha parte de felicidade!", murmurou-lhe, nesse momento, uma voz que há muito tempo não ouvia.

Nekhludov levantou-se e adiantou-se alguns passos na direção de Katucha. Esta não proferiu palavra; mas, muito vermelha e excitada, fitava o rapaz de um modo que o impressionou. Era uma expressão completamente nova, um misto de resolução inabalável e ardente paixão. Corava e, de repente, empalidecia; os dedos enrolavam e desenrolavam a orla da blusa; ora o contemplava bem no rosto, ora baixava timidamente os olhos.

— Já soube da notícia? — perguntou Nekhludov.

— Sei, já me contaram. Agora está tudo decidido... Vou me casar com Vladimir Simonson... — Ela falava depressa, sem nem uma pausa. Era evidente que tinha preparado as frases com antecedência.

— Como? Com Vladimir Simonson? — começou Nekhludov.

Katucha interrompeu-o.

— Pois então! Se Vladimir quer que eu viva com ele...

Deteve-se, como que assustada. Depois, corrigindo-se.

— Se Vladimir deseja tanto que eu viva ao seu lado! Que mais posso desejar? Pode ser que o faça feliz, tornando-me útil para alguma coisa... Que posso...

De duas, uma: ou Katucha se apaixonara por esse Simonson, e então não precisava mais do sacrifício de Nekhludov; ou continuava a amar a ele, Nekhludov, e, por isso, unia sua vida à de Simonson, a fim de libertá-lo do seu encargo.

Semelhante alternativa se apresentou bem clara ao espírito de Nekhludov. Ficou envergonhado e sentiu o sangue subir-lhe ao rosto.

— Se você o ama... — disse.

— Eu? Nunca em minha vida conheci homem dessa espécie! Como não amá-lo? Depois, Vladimir Simonson é tão diferente dos outros!

— Sem dúvida! — continuou Nekhludov, com a voz trêmula. — É um homem excelente e penso que...

Ela, porém, interrompeu-o novamente, como se temesse o que ele ia dizer. Ou talvez porque fizesse questão, ela mesma, de dizer tudo.

— Não, não! Perdoe-me, porque não posso fazer a sua vontade... — murmurou. — É que você... você precisa viver!

Justamente o que dissera a si próprio havia pouco, o que pensara ao contemplar as crianças no palácio, Katucha agora lhe repetia!

Mas não pensava mais nisso. Nem traços dessas ideias persistiam no seu *eu*. Invadiram-no novamente outros sentimentos, outros pensamentos.

Estava envergonhado, tinha medo, e a angústia o oprimia.

— Então, tudo acabou entre nós? — foi a sua pergunta.

— Parece que sim! — respondeu ela, com um sorriso estranho.

— Havia de me sentir feliz se pudesse fazer alguma coisa por você...

— Nós de nada precisamos! — Ela fitou Nekhludov bem nos olhos, ao pronunciar *nós*. — Já lhe devo tanto! Sem o senhor...

Ia acrescentar qualquer coisa, mas a voz enfraqueceu-lhe de repente. Baixou então a cabeça e nada mais disse.

— Não sei qual de nós deva mais ao outro. Deus ajustará as nossas contas! — esportulou Nekhludov.

— É isso mesmo, Deus nos vê! — concordou ela.

— *Are you ready?* — indagou o inglês.

— Vou já! — respondeu Nekhludov. Depois, esforçando-se para dominar a angústia, interrogou Katucha sobre o estado de Kriltzov.

Katucha também já estava mais calma. Num tom quase sereno, contou o que sabia: Kriltzov tinha sofrido muito na viagem e, ao chegar, logo baixou à enfermaria. Maria Pavlovna tinha pedido licença para cuidar dele, mas lhe negaram, pois era impossível.

— Agora tenho de ir — acrescentou ela, vendo que o inglês se impacientava.

— Não é adeus, ainda nos veremos! — disse Nekhludov, estendendo-lhe a mão.

— Não. Adeus, adeus! — respondeu Katucha, num tom resoluto.

Os olhares então se encontraram: na expressão dos olhos levemente estrábicos de Katucha, no sorriso triste, no modo de pronunciar a palavra *adeus*, Nekhludov compreendeu, sem sombra de dúvida, que, das duas explicações da sua conduta, apenas a segunda era verdadeira. Percebeu que ela o amava, e o amava profundamente, como na noite de Páscoa quando ele a beijara, quando saíam da igreja; mas que considerava o casamento um sacrifício para ele, arruinando-lhe a vida: enquanto que, casando-se com Simonson, deixava-o viver.

Katucha apertou a mão que Nekhludov lhe estendia; virou-se rapidamente e zarpou da sala.

O inglês preferia iniciar imediatamente a visita à prisão. Mas, observando a emoção que fazia tremer as mãos de Nekhludov, teve escrúpulos e fingiu ter ainda de anotar certos detalhes na sua caderneta. Nekhludov sentou-se num banco de madeira mais afastado. Estava desesperado e envergonhado. Ali permaneceu alguns minutos, sem pensar em nada.

— Então, senhores, desejam agora percorrer os quartos? — perguntou o diretor.

Nekhludov levantou-se sobressaltado. O inglês fechou a caderneta. E puseram-se a caminho.

II

Depois de atravessar um corredor escuro, cujo mau cheiro não podia ser pior, visto haver pelo soalho toda espécie de imundície, Nekhludov e o inglês, conduzidos pelo diretor, foram ter à primeira sala dos condenados a trabalhos forçados. Viram aí cerca de setenta prisioneiros, a maior parte já na cama. Tinham puxado todos os leitos para o meio da sala, de modo que os homens dormiam lado a lado.

À entrada dos visitantes, todos se levantaram bruscamente com um grande ruído de correntes, e Nekhludov ficou impressionado com o luzir das cabeças, raspadas de pouco.

Dois deles, entretanto, não se levantaram. Um era moço, estava muito vermelho e tremendo de febre; o outro, mais idoso, não parava de gemer.

O inglês perguntou se fazia tempo que o rapaz estava doente. Disseram que apenas desde a manhã; mas o outro há tempo vinha sofrendo de uma moléstia do estômago e esperavam vaga na enfermaria para interná-lo.

Em seguida, o inglês pediu a Nekhludov que traduzisse aos presos algumas palavras. Por aí ficou o príncipe sabendo que, viajando principalmente pela Sibéria a fim de estudar o regime de deportação, estava ele encarregado também de propagar entre os deportados as palavras evangélicas.

— Desejava dizer-lhe que Cristo morrera para salvá-los. Que cressem em Cristo e seriam salvos. Aqui está o livro onde estão escritas essas coisas.

E pediu que Nekhludov traduzisse este pequeno discurso; depois tirou do bolso diversos exemplares do Novo Testamento, encadernados em diversas cores. Logo, numerosas mãos grosseiras, de unhas negras, avançaram para ele, disputando-se entre si. O inglês distribuiu alguns livrinhos e saiu.

Na segunda sala, a mesma cena. Sempre a falta de ar, o mau cheiro. Como na primeira, uma imagem de santo pendurada entre as janelas, tendo à frente a tina de imundícies. Como na primeira, sessenta homens deitados lado a lado, erguendo-se em sobressalto à aproximação dos visitantes. Mas desta vez foram três os que não puderam levantar-se: dois se viraram um pouco no seu catre; o terceiro nem sequer lançou um olhar aos recém-chegados. O inglês solicitou nova repetição do discurso e distribuiu mais evangelhos.

Na sala seguinte também havia três doentes. O inglês perguntou por que não reuniam os doentes todos numa sala só. O diretor respondeu que eram os próprios doentes que o não queriam; o enfermeiro os visitava para os cuidados necessários.

— Há duas semanas já que não vemos a cara dele! — murmurou uma voz.

O diretor, sem nada responder, passou a outro compartimento. E nesse, e no seguinte, e em todos os outros, presenciou-se o mesmo espetáculo. As mesmas cenas nos quartos dos deportados e dos condenados ao encarceramento. Por toda parte, Nekhludov e o companheiro viram homens semelhantes, esfomeados, ociosos, doentes, apáticos, dissimulados, que mais pareciam bichos que criaturas humanas.

Mais ou menos meia hora depois, o inglês, que, aliás, tinha esgotado sua provisão de evangelhos, desistiu de transmitir as suas alocuções por intermédio de Nekhludov. Evidentemente o horror de tudo aquilo e sobretudo o cheiro nauseabundo tiveram a virtude de arrefecer-lhe a energia. E passava maquinalmente de um compartimento para outro, contentando-se em responder *All right*, a todas as informações prestadas pelo diretor sobre o número de prisioneiros e a espécie das penalidades.

E Nekhludov, ele, ia como num sonho, sem nada ver, nada ouvir, sem forças para ir ou vir; e de minuto em minuto, sentia-se mais envergonhado e desesperado.

III

Numa das últimas salas, Nekhludov teve um encontro que o sacudiu fora do seu torpor. Aí estava, entre os deportados, o mesmo velhinho estranho que, pela manhã, atravessara o rio na balsa.

Na sua camisa em frangalhos, calça remendada e pés descalços estava a um canto dardejando sobre os visitantes seu olhar severo. O rosto enrugado parecia ainda mais concentrado e vivo. E, enquanto todos os prisioneiros, vendo entrar o diretor, se voltaram e num movimento só puseram-se de pé, o velho continuou sentado. Os olhos despediam chispas e as sobrancelhas contraíam-se em ódio.

— Vamos, de pé! — gritou o diretor.

O velho, porém, deu de ombros e sorriu com desprezo.

— Os seus vassalos é que se levantam na sua presença! Mas eu não sou seu criado. Estou vendo a marca aí, na sua testa!... — continuou o velho, com voz exaltada.

— O que é que você disse? — retrucou o diretor, em tom de ameaça.

— Conheço esse homem — interveio Nekhludov. — É um excêntrico.

— Por que foi preso?

— A polícia acaba de trazê-lo por vadiagem. Já pedimos para não mandarem mais ninguém, mas é pregar no deserto — respondeu o diretor.

— E você, pelo que vejo, pertence às hostes do Anticristo! — disse o velho para Nekhludov.

— Estou aqui de visita — respondeu-lhe este.

— Ah! Veio então ver como o Anticristo tortura os homens? Pois olhe bem: agarrou-os e prendeu-os na gaiola, e há tantos que dá para formar um exército! O dever dos homens é ganhar o pão com o suor do rosto; e ele, o Anticristo, tranca-os, alimenta-os sem trabalharem, como porcos e para que se tornem porcos.

— O que diz ele? — indagou o inglês.

Nekhludov responde que o velho acusa o diretor e queixando de manter seres humanos encarcerados, contra toda a justiça.

— Pergunte-lhe qual seria, na sua opinião, o modo de tratar os que não obedecem à lei — disse o inglês, sorrindo.

Nekhludov traduziu a pergunta.

O velho pôs-se a rir, mostrando uns cacos de dentes muito pretos.

— A lei! — exclamou com desprezo. — Pode falar em lei. Eles começaram por tomar a terra, despojaram o homem de toda a sua riqueza; suprimiram os que lhes resistiam; depois escreveram a lei, para dizer que não se deve matar nem roubar! Pode estar certo de que eles não a escreveriam antes, a sua lei!

Quando Nekhludov lhe transmitiu esta resposta imprevista, o inglês tornou a sorrir.

— Mas, enfim — disse —, pergunte como se deve comportar hoje em dia, com respeito aos ladrões e assassinos.

— Responda-lhe — falou o velho a Nekhludov — que ele deve começar por apagar da própria testa a marca do Anticristo e que, com isso, há de ter trabalho bastante para não ter tempo de ocupar-se com ladrões e assassinos! Vamos, repita-lhe isso na língua dele.

— É bem engraçado este homem! — comentou o inglês, ao ouvir a resposta.

E, sempre sorrindo, deixou o quarto.

Nekhludov tinha ficado para trás; o velho, dirigindo-se a ele, prosseguiu no seu sermão:

— Trate você de si e não se incomode com os outros. Só Deus sabe punir e recompensar. Nós, nós de nada sabemos.

Depois, como se desistisse de converter Nekhludov:

— Não — gritou —, nada tenho a dizer. Vá embora, siga o seu caminho. Já viu bem como os escravos do Anticristo oferecem criaturas humanas como alimento aos piolhos! E agora vá divertir-se noutro lugar!

IV

Quando Nekhludov alcançou os companheiros no corredor, o inglês estava parado diante de uma porta que se entreabria para um compartimento escuro. Perguntando ao diretor para que servia aquela sala, ele respondeu que ali depositavam os mortos.

— Ah! É aí? — disse o inglês, quando ouviu a tradução da resposta. E acrescentou que gostaria de entrar.

O diretor mandou buscar um lampião e introduziu os dois visitantes na câmara mortuária. Era um grande cômodo quadrado, semelhante aos outros.

Num canto havia sacos amontoados, em outro tinham empilhado achas de lenha; no meio, jaziam quatro cadáveres nos catres.

O primeiro, vestido com calça e camisa, tinha a barba em ponta e a metade do cabelo raspado. O frio já havia endurecido os membros: as mãos, que evidentemente lhe foram cruzadas sobre o peito, estavam agora separadas; os pés descalços também estavam desunidos. Perto dele estendia-se uma velha de saia e blusa brancas com o cabelo atado numa trança fina, o rosto amarelo e enrugado e o nariz chato. E, junto dessa mulher, tinham colocado um homem que trazia enrolado ao pescoço um lenço azul. O lenço chamou a atenção de Nekhludov; parecia-lhe que já o tinha visto antes.

Aproximou-se e examinou de perto o cadáver. Sobre o queixo uma barba preta, meio crespa; o nariz grande e reto, a testa branca e larga, os cabelos ondeados espalhados no alto da cabeça. Nekhludov reconhecia todos esses traços bem familiares, mas não acreditava no que os seus olhos viam. Ainda na véspera, contemplara aquele mesmo rosto, animado pela paixão, contraído pelo sofrimento; agora o via calmo, imóvel, revestido de uma beleza que lhe causava medo.

Sim, ali estava Kriltzov, ou pelo menos os únicos vestígios da sua vida corpórea!

"Por que sofreu? Por que viveu? E agora, será que conseguira alcançar a verdade?", perguntava-se Nekhludov, contemplando o cadáver. E a resposta imediata foi que nada, nada mais existia além da morte. Invejara Kriltzov, de toda a sua alma, ele que não mais sofria.

Sem mesmo cogitar de despedir-se do inglês, que examinava a sala fúnebre com acendido interesse, Nekhludov pediu que o levassem para fora da prisão, a fim de meditar no seu quarto sobre os acontecimentos daquela noite.

Capítulo VI

Uma vez no quarto, Nekhludov pôs-se a andar, febrilmente, de um lado para outro. Tinha impressão de que as relações com Katucha estavam terminadas, terminadas para sempre. Cessara para sempre de ser útil à Katucha. E este pensamento o enchia de tristeza e vergonha. Mas também pressentia que isso doravante não tinha mais o direito de ocupar o seu espírito: outro problema, ainda não resolvido, impunha-se-lhe com força imperiosa.

Sentia-se na presença de qualquer coisa errada, terrivelmente má, que era seu dever destruir; mas não sabia como. Era a força malévola que noutros tempos o levara à perdição, infelicitara Katucha e agora arrastava para sempre Kriltzov, o querido e admirável Kriltzov, que jazia naquele quarto, com o lenço azul no pescoço.

Nekhludov revia centenas de homens naquele ar pestoso, encerrados por ordem de governadores, procuradores, diretores de prisão, todos completamente indiferentes à sua sorte. Revia o olhar irritado do velhinho, desafiando os "escravos do Anticristo". Revia na câmara dos mortos o belo rosto de cera de Kriltzov. Tudo isso, toda a vida que rodeava, produziu nele o efeito de um pesadelo terrível. E volvia a pensar se era ele, Nekhludov, que estava louco, ou então aqueles é que o estavam, julgando-se em juízo perfeito e tolerando aquela vida.

Depois de muito andar, jogou-se sobre um divã; maquinalmente, abriu um dos evangelhos que o inglês lhe tinha dado e que ele colocara sobre a mesa ao esvaziar os bolsos. "Há quem diga que achamos aqui resposta para tudo", pensava ele, abrindo o livro numa página qualquer. E leu. Tinha caído num capítulo do evangelho de São Mateus, capítulo XVIII.

1. Naquela hora chegaram-se a Jesus os seus discípulos, dizendo: Quem julgas tu que é o maior no reino dos Céus?

2. E chamando Jesus a um menino, o pôs no meio deles.

3. Disse: Na verdade vos digo, se não vos converterdes e não vos fizerdes como meninos, não haveis de entrar no reino dos Céus.

4. Todo aquele, pois, que se fizer pequeno, como este menino, esse será o maior no reino dos Céus.

"É isso mesmo!", confessava Nekhludov, lembrando-se de que somente gozara de paz e alegria de viver na medida em que se fizera pequeno, assemelhando-se a uma criança.

Leu em seguida:

5. E o que receber em meu Nome, um menino tal como este a mim é que me recebe.

6. O que escandalizar, porém, a um destes pequeninos, que creem em mim, melhor lhe fora que lhe pendurassem ao pescoço uma mó de atafona, e o lançassem ao fundo do mar.

Nekhludov parou de ler.

"O que significa *o que receber* e também *em meu nome*?", interrogava-se, sentindo que lhe era impossível compreender tais palavras. "E o que fazem aqui esta *mó de atafona* no *pescoço* e este *fundo do mar*? Não, isto não é para mim! Não está claro, não tem sentido!"

Recordou-se que já diversas vezes tentara ler os evangelhos e sempre desanimara, por causa dos trechos obscuros como esse.

Todavia tornou a pegar no livro e leu os quatro versículos seguintes.

Jesus falava aí em "escândalos", na "geena do fogo", de "certos anjos pertencendo a certas crianças", e que "veem a face do Pai nos Céus".

"É pena ser tudo isto tão pouco claro e mal redigido!", pensava. "Porque, no fundo, sentimos qualquer coisa de belo que havíamos de apreciar, se a maneira de exprimir fosse mais lúcida."

E continuou a ler:

11. Porque o Filho do Homem veio salvar o que havia perecido.

12. Que vos parece? Se tiver alguém cem ovelhas e se desgarrar uma delas, porventura não deixa as noventa e nove nos montes e vai buscar aquela que se extraviou?

13. E se acontecer achá-la, digo-vos em verdade, que maior contentamento recebe ele por esta, do que pelas noventa e nove, que não se extraviaram.

14. Assim não é a vontade de vosso Pai, que está nos Céus, que pereça um destes pequeninos.

"Sem dúvida, não é a vontade do Pai que eles pereçam! O que não os impede de perecer às centenas, aos milhares! E não existe um único meio de salvá-los!", conjeturou Nekhludov.

Leu ainda outros versículos.

21. Então, chegando-se Pedro a Ele, perguntou: Senhor, quantas vezes poderá pecar meu irmão contra mim, que eu lhe perdoe? Será até sete vezes?

22. Respondeu-lhe Jesus: Não te digo que até sete vezes, até setenta vezes sete vezes!

23. Por isso o reino dos Céus é comparado a um rei que quis tomar contas aos seus servos.

24. E tendo começado a tomar as contas, apresentou-se-lhe um, que devia dez mil talentos.

25. E como não tivesse com que pagar, mandou o seu senhor que o vendessem a ele, e à sua mulher, e a seus filhos, e a tudo o que tinha, para ficar pago da dívida.

26. Porém o tal servo lançando-se-lhe aos pés, fazia esta súplica, dizendo: Tem paciência comigo, que eu te pagarei tudo.

27. Então o senhor, compadecido daquele servo, deixou-o ir livre e perdoou-lhe a dívida.

28. E tendo saído este servo, encontrou um de seus companheiros, que lhe devia cem dinheiros; e, lançando-lhe a mão, o afogava dizendo: paga-me o que me deves.

29. E o companheiro, lançando-se-lhe aos pés, o rogava dizendo: Tem paciência comigo, que eu te satisfarei tudo.

30. Porém ele não quis; mas retirou-se e fez que o metessem na cadeia, até pagar a dívida.

31. Porém os outros servos, seus companheiros, vendo o que se passava, ficaram muito tristes e foram dar parte a seu senhor de tudo o que tinha acontecido.

32. Então o fez vir a seu senhor: Servo mau, eu te perdoei a dívida porque me vieste rogar para isso:

33. Não devias tu logo compadecer-te igualmente do teu companheiro, assim como eu me compadeci de ti?

"Então seria isto?", exclamou Nekhludov, depois de ler estas palavras. "Seria esta a resposta que procuro?"

A voz íntima de todo o seu ser, respondeu:

— É isso, nada mais do que isso!

O mesmo fenômeno que se deu em Nekhludov é muito frequente nas pessoas afeitas à vida espiritual. Um pensamento que, à primeira vista, parece-lhes estranho, paradoxal, fantasioso, repentinamente se esclarece pelos resultados de uma experiência até então inconsciente, e torna-se imediatamente uma verdade clara, simples, evidente. Assim se iluminou de repente, aos olhos de Nekhludov, o pensamento de que o único remédio possível para o mal que fazia sofrer aos homens consistia em ter os homens de reconhecer sempre a sua dívida para com Deus e, conseguintemente, não possuírem direito algum de punir ou julgar a seus semelhantes. Compreendeu que o terrível mal presenciado nas prisões e nos comboios, e que a segurança tranquila daqueles que produziam ou toleravam esse mal, provinham unicamente de uma coisa muito simples. Eram homens maus, pretendendo corrigir o mal. Eram homens viciados, empreendendo corrigir o vício. Ora, sendo viciados, só podiam propagar o vício em vez de corrigi-lo; sendo corrompidos, só podiam espalhar a própria corrupção. A resposta que Nekhludov procurava, angustiado, era a mesma resposta que Jesus dera a Pedro: que se devia perdoar sempre, não sete vezes, mas setenta vezes sete.

"Não! É impossível admitir que tudo seja tão simples!", dizia Nekhludov. Entretanto, já reconhecia, com absoluta evidência, que era essa a única resposta, não só sob o ponto de vista teórico, mas também sob o ponto de vista prático e imediato. A questão ainda lhe parecia incrível e estranha, habituado como estava às ideias opostas, mas sentia, sabia que ela estava fora de dúvida.

A objeção comum, de indagar o que se devia fazer com os ladrões e assassinos, há muito tempo não tinha para ele o menor sentido. Com efeito, tal objeção teria um sentido, se os castigos tivessem diminuído o número de crimes ou corrigido os criminosos; mas a experiência lhe provava que acontecia justamente o contrário. Depois de tantos séculos de encarniçada perseguição ao crime, conseguiram os homens suprimi-lo ou, mesmo, atenuá-lo? Longe de suprimir, longe de atenuar, contribuíram ativamente para o desenvolver, tanto depravando os prisioneiros pelas condenações, como acrescentando à soma dos crimes dos condenados — crimes de ladrões e assassinos — os seus próprios crimes, os crimes desses criminosos que são os conselheiros do tribunal, procuradores, carrascos, juízes de instrução, policiais e comitres.

Mas, de súbito, veio-lhe ao espírito que tudo, fatalmente, devia assim ser. Compreendeu que a sociedade e a ordem social continuavam a existir, não graças ao magistrados e à sua crueldade, mas apesar deles e porque, ao mesmo tempo, os homens continuavam a amar-se mutuamente e apiedar-se uns dos outros.

Por fim, o Evangelho falou ao coração de Nekhludov, revelou-se-lhe como a todo homem que consente na sua leitura. E Nekhludov quis ler outras páginas. Abriu no *Sermão da Montanha*, que sempre o comovera profundamente. Mas, lendo-o desta vez, descobriu que o discurso não era um conjunto de pensamentos elevados e imagens comoventes, expondo um ideal de moral quase irrealizável. Percebeu que o *Sermão da Montanha* continha apenas preceitos claros, simples, práticos, fáceis de aplicar, e cuja adoção teria por consequência imediata criar uma sociedade humana absolutamente nova, suprimindo toda a violência e injustiça e, na medida da fraqueza humana, inaugurando na terra o reino dos Céus.

Esses preceitos são cinco:

O primeiro dizia que não somente o homem não devia matar outro homem, seu irmão, mas não devia irritar-se com ele, acusá-lo ou desprezá-lo; e que, tendo brigado com outro, devia reconciliar-se antes de oferecer qualquer preito a Deus, isto é, antes de unir-se a Deus pela oração.

O segundo preceito afirmava que não só o homem não devia render-se à sensualidade, mas também não devia profanar a beleza da mulher, fazendo dela um instrumento de vil prazer; e, casando-se, devia considerar-se unido a ela para sempre.

O terceiro preceito rezava que o homem nada devia prometer sob juramento, por não ser senhor de si mesmo, nem de pessoa alguma.

No quarto preceito o homem não só não devia exigir olho por olho, mas, quando o batessem numa das faces, devia oferecer a outra; devia perdoar as ofensas, suportá-las com resignação e nada recusar que exigissem dele os outros homens.

E finalmente preceituava o quinto que o homem não só não devia odiar aos seus inimigos ou lutar contra eles, senão amá-los, auxiliá-los e servi-los.

Nekhludov deitou-se no divã e pôs-se a sonhar. Lembrando-se da miséria e dos horrores da vida atual dos homens, sonhou com o que poderia vir a ser esta vida se os homens consentissem em aplicar os preceitos que acabara de ler.

E desapareceu-lhe o desânimo: uma onda de entusiasmo invadiu a sua alma. Sentiu que, ao cabo de sofrimentos inúmeros através das trevas, acabava de avistar uma luz suave, benfazeja e calmante.

Nessa noite não dormiu. Entregando-se à alegria da descoberta que fizera, leu avidamente os Evangelhos, do começo até o fim. E, como acontece com todos a quem afinal se revela o sentido esotérico da palavra divina, admirou-se da lucidez em compreender perfeitamente a significação de termos que, muitas vezes, tomara por simples imagens sem importância. Assim como a esponja aspira num vaso toda a água que pode conter, Nekhludov aspirava tudo o que para ele havia no livrinho de útil, importante, sério e alegre. E tudo lhe parecia coisa familiar, de há muito; porque o que lia lhe confirmava e explicava o que há muito pressentia, mas não ousara reconhecer como verdade. E agora, sim, reconhecia como verdade aquelas coisas e acreditava nelas.

Não só reconhecia e acreditava que os homens, seguindo os preceitos do Evangelho, podiam guindar-se ao mais alto grau da felicidade de que são capazes. Mas reconhecia e acreditava, também, que mais valia ao homem nada fazer do que não aplicar esses preceitos. Reconhecia e acreditava que tais preceitos representavam a única razão de ser da vida humana, e que, faltando a eles, o homem cometia um erro que logo a seguir acarretava o seu castigo.

Foi esta a conclusão que Nekhludov tirou de todo o livro. Mas, encontrava-a expressa, com clareza e força extraordinárias, na parábola dos trabalhadores das vinhas. Estes pensaram que o jardim que lhes fora dado a cultivar não pertencia ao seu senhor, mas a eles mesmos; que tudo que havia nesse jardim era para eles; que a sua única obrigação era aproveitá-lo para seu gozo, esquecidos do seu senhor e matando aqueles que vinham lembrar-lhes os deveres para com o senhor.

"Assim fazemos todos nós", pensava Nekhludov. "Vivemos na crença de sermos senhores da nossa vida e de que esta nos foi dada para o nosso prazer. Ora, esta é uma crença insensata, evidentemente insensata. O homem não veio ao mundo por sua vontade própria: alguém o mandou, e por algum motivo. Nós, porém, decidimos esquecer esta evidência e pensar que vivemos para o nosso prazer. Depois nos admiramos de sofrer e de não nos sentir à vontade, como se não fosse esta a consequência fatal da nossa situação de operários que se opõem a cumprir a vontade do patrão. E a vontade do nosso senhor está expressa neste pequeno livro!

"'*Procurei o reino de Deus e o resto vos será dado* em *excesso.*' Mas nós procuramos o *excesso* e *admiramos não poder encontrar!*

"Foi esta a minha vida! Mas, agora, essa vida se acabou, e outra começa!"

E, com efeito, nessa noite começou uma vida nova para Nekhludov; nova, não só porque, cessando de pensar em si mesmo, esforçava-se para viver apenas para os outros, mas nova principalmente porque tudo o que lhe sucedeu depois daquela noite, tudo que viu e fez, teve a seu ver uma significação bem diversa da que concebera no passado.

E o futuro mostrará como há de terminar este novo período de sua existência.

DIREÇÃO EDITORIAL
Daniele Cajueiro

EDITORA RESPONSÁVEL
Ana Carla Sousa

PRODUÇÃO EDITORIAL
Adriana Torres
Laiane Flores
Juliana Borel

REVISÃO
Luana Luz de Freitas
Marcela Isensee
Nina Lopes

DIAGRAMAÇÃO
Filigrana

Este livro foi impresso em 2021
para a Nova Fronteira.